KB250240

조선 후기

전기소설사의 전변과 새로운 시각

권도경 지음

보고사

머리말

조각조각의 글을 묶고
제목을 붙이고
이름을 새겨 넣는 일이란
차라리 두려움이다.

그것은,
빈약하기 짝이 없는 나의 밑천을
아주 저 바닥끝까지 드러내는 것에 다름 아니기 때문이다.

지금도 나는 학문이란 숲의 입구를 서성이고만 있다.
명징한 논리와 깊이 있는 통찰력이란
여전히 온전한 나의 것이 아니다.

그럼에도 불구하고

이 글을 쓰고 있는 나에게
누군가가 왜냐라고 묻는다면,
이렇게 대답하지 않을 수 없다.

끝 모를 학문의 길이 문득 두려움으로 다가왔다고,
그 깊은 심연에 잠식당하고 싶지 않아서
의미 없는 방점이나마 찍어 보고 싶어졌다고

급하게 달리면 멀리 못 간다.
길게 가려면
물 한 모금 마시고,
숨 한번 크게 들이쉬고,
주위도 둘러보며
그렇게 가야 한단 걸
나의 스승께 배웠다.

여자로서 학문을 한다는 건 천형과도 같다.
지치고 지칠 때쯤
묵묵히 자기 길을 걷고 계신 선배님들을 본다.
앞서 가시는 존재가 있어 얼마나 다행인지 모른다.

언제나 걱정으로 하루를 시작해서 걱정으로 마치시는
나의 부모님,
감사하는 마음을 돌려드린다.

2004년 9월
권도경

차 례

제2부 개별론

제1부 총론

I. 서 론

1. 연구의의와 목적

전기소설은 고소설의 연구 분야 중에서도 특히 최근 들어 연구가 활발히 이루어지고 있는 영역이다. 전기소설 연구는 90년대 중반 서사 문법, 작가 의식, 미학적 특징, 역사적 생평, 장르적 특징 등에 대한 집중적 조명이 이루어짐으로써 한 단계 성숙되는 전기를 맞았다.[1] 90년대 후반부터는 새로운 작품들이 발굴되거나 기왕에 소개되었다가 연구의 사각지대에 방치되었던 작품들을 전기소설의 영역에서 논의하는 관점이 제기됨으로써 조선 후기 전기소설이 새롭게 연구자들의 관심의 대상으로 떠오르고 있다.

현시점의 연구는 작품 발굴과 함께 작품론을 축적해 가고 있는 도중에 있으며, 조선 후기 전기소설의 향방을 가늠해 보고자 하는 시론[2]이 조심스럽게 시도되고 있는 단계에 있다. 최근까지 나온 이러한 시론들은 조선 후기 전기소설사가 전기 양식의 장르적 관습이 해체되는 방향으로 나아

1) 90년대 초반 현실성 문제를 중심으로 전기소설에 대한 연구가 한 단계 도약하는 전기를 맞았고, 『민족문화연구』28(고대민족문화연구소, 1995)에서 90년대 중반까지의 연구성과를 한 차례 정리한 바 있다.

2) 윤재민, 「조선 후기 전기소설의 향방」, 『민족문학사 연구』15, 민족문학사학회, 1999

갔다고 본다. 다른 장르의 문법과 습합되면서 전통적인 장르 관습을 패러디하거나 혹은 장르 문법의 바운더리가 희미해지면서 통속화되었다는 것이다.[3] 요약하자면 조선 후기 전기소설사에서 확인되는 전변의 국면을 양식적 해체로 본다는 것이다.[4]

본고는 조선 후기 전기소설사를 바라보는 이러한 기존 연구와 시각을 달리한다. 전기 양식이란 나말여초부터 조선 후기까지 창작된 장르다. 그 어떤 장르보다도 긴 역사적 생명력을 자랑한다. 그런데 시대가 바뀌면 사회적 패러다임이 필연적으로 바뀌게 마련이고, 어떤 형태로든 사회적 환경의 변화를 반영하게 마련인 전기 양식 또한 세부적인 전변을 겪기 마련이다. 나말여초의 작품과 조선 전기의 작품이 서사 혹은 미학의 미세한 결에서까지 같을 수는 없다. 전기 양식의 골간을 이루는 기본 관습은 공유하더라도 세부적인 층차는 확인된다는 것이다. 시대별로 산생된 작품에서 확인되는 이러한 차이는 전기 양식이 사회적 패러다임의 변화에 조응해나간 결과다. 양식적 '변모'는 어디까지나 그것의 '지속'을 기반으로 하여 이루어진다는 것이다.

만약 각 시기별로 확인되는 양식적 변모의 국면을 장르의 해체로 본다면 똑같은 시각을 매 시기별로 적용해야만 한다. 나말여초와 조선 전기의 작품들이, 또 조선 전기의 작품과 조선 중기의 작품들에서 확인되는 층차

---

3) 앞서 제시한 윤재민 논의 외에 「포의교집」에 관한 김정숙의 연구도 여기에 해당된다. 김정숙, 「<포의교집>의 소설적 특징 연구」, 『한문교육연구』6, 한국한문교육학회, 2001

4) 이외에 동일한 작품을 두고 또 다른 장르 범주를 설정한 경우도 있다. 「절화기담(折花奇談)」, 「포의교집(布衣交集)」을 대상으로 한 김경미, 조혜란의 일련의 연구가 여기에 해당된다. 김경미, 조혜란은 이 두 작품에 나타난 애정의 양상이 전기 양식의 그것과는 차별화된다고 하면서 '애정소설' 혹은 '연애소설'이란 카테고리를 제시한 바 있다. 이에 대해서는 김경미, 「<折花奇談>연구」, 『한국고전연구』1, 1995, 한국고전연구학회 ; 조혜란, 「<포의교집>여주인공 초옥에 대한 연구」, 『한국고전여성문학연구』3, 한국고전여성문학회, 2001 ; 김경미 · 조혜란 공역, 『19세기 서울의 사랑－<절화기담> <포의교집>』, 여이연, 2003을 참조하기 바람.

의 편폭이란 것이 얼마가 큰가 말이다. 일례로 17세기의 「최척전」은 엄밀히 말해서 전기 양식의 장르 문법과 겹쳐지는 측면만큼이나 그 양식적 범주를 벗어나는 특징들이 농후하게 드러난다. 「최척전」은 대표적인 예로 거론한 것일 뿐, 그 외 작품들을 포함한 17세기는 전기소설사에서 그 어느 시기보다 다양한 실험이 시도된 시기로 보여지기도 한다. 그러나 17세기 전기소설사에서 확인되는 새로움을 두고 양식적 해체란 관점에서 논의가 이루어진 적은 없다. 17세기 전기소설사가 보여주는 양식적 층차는 전기 양식의 역사적 진폭의 일부로서 다루어져왔던 것이다.

조선 후기 전기소설사를 바라보는 기왕의 연구들 역시 정도의 차이는 있으나 하나같이 장르 관습의 지속을 인정해왔다. 본 연구가 제시하는 시각과의 차이는 양식적 변모와 해체의 경계를 어디에 두느냐에 있다. 장르 관습의 변모가 장르 관습을 파괴하는 양상으로 나아갔다고 보는 것이 기왕의 연구 시각이라면, 본 연구는 장르 관습의 기본 틀 거리 내부에서 시대적 변화에 조응해 나간 것이 곧 조선 후기 전기소설사에서 확인되는 양식적 전변의 실상이라고 규정한다. 양식적 변모를 장르 관습의 지속을 전제로 하여 그 범주 내부에서 이루어진 운동의 일환으로 보는 것이다.

이러한 전제 하에서 본 연구는 조선 후기 전기소설사에서 확인되는 양식적 전변의 국면에 초점을 맞춘다. 본 연구가 진단하기에 조선 후기 전기소설사에 관한 연구는 전기 양식의 해체가 아니라 지속과 변모란 양식적 진폭의 상하 운동 내부에서 이루어진 독특한 서사 문법 및 캐릭터, 갈등의 양상 및 서술 시각, 미학적 특징 등을 규명해나가야 할 단계에 와 있다.

조선 후기 전기소설의 특징은 무엇보다도 핵심 테마인 갈등을 형상화하는 방식에 있을 것이다. 나말여초의 「온달(溫達)」, 「설씨녀(薛氏女)」 등으로부터 조선 초기의 「이생규장전(李生窺墻傳)」, 「하생기우전(何生奇遇傳)」, 17세기의 「최척전(崔陟傳)」, 「위경천전(韋敬天傳)」, 「운영전(雲英傳)」,

「동선기(洞仙記)」 등에 이르기까지 전대 전기소설의 애정 비극을 초래하는 주된 갈등 요인은 외부에 존재하는 운명적 장애였으며, 여기서 강조되는 것은 어떠한 시련에도 굴하지 않고 영원불변하는 주인공들 간의 절의(節義)였다. 이러한 작품들에서 남녀 상호 간의 애정은 마땅히 지켜져야 하는 당위적인 수준을 넘어서 주인공 내면의 동요나 회의조차 일체 수반하지 않는 절대적인 신의의 양상을 보여주었다.

그런데 조선 후기 전기소설 연구에서 갈등을 분석하는 기존의 관점을 적용하기 위해서는 작품에 나타나는 애정 갈등의 양상이 전대 작품들과 마찬가지로 남녀 주인공 사이에서는 결코 변치 않는다는 사실이 먼저 전제가 되어야 할 것이다. 만약 비극을 초래하는 주된 요인이 외적인 장애보다는 다른 측면에 초점이 맞추어져 있다면 새로운 관점에서 애정 갈등의 양상과 특징을 조망할 필요가 있다.

조선조 전기소설사의 전체 맥락에서 볼 때, 나말여초의 「최치원(崔致遠)」, 「조신(調信)」, 17세기의 「주생전(周生傳)」, 「최랑전(崔娘傳)」, 「상사동기(相思洞記)」 등 각 시기마다 현실적 요인에 의해 남녀 주인공 어느 한 쪽의 변심 혹은 양쪽의 합의에 의해 애정이 결렬되는 작품이 존재해왔다. 조선 후기로 오면 이러한 양상이 다수의 작품으로 확대됨을 발견할 수 있다. 사실 한국 전기소설사에서 변심(變心)의 문제가 본격적으로 다루어지지 못한 데 비해 중국 전기소설사에서는 일찍부터 이러한 문제가 주목되어 왔다.[5] 조선 후기 전기소설에서는 신분적 차이나 방해자형 인물 등의 외부 요인보다는 당사자 간의 신의(信義) 준수의 문제가 초점화되고 있다는 점에서 갈등의 성격이 달라짐을 보여준다. 바로 이 때문에 조선 후기

5) 한국 전기소설 연구사에서 변심의 양상이 조명되지 못했던 것에 비해서 중국 쪽에서는 일찍부터 이 문제에 대한 연구 성과가 축적되어 왔다. 한국 전기소설 연구사에서는 당대(唐代) 전기소설에 나타나는 이러한 변심의 양상이 한국 전기소설에는 나타나지 않는다고 설명하면서 이를 한국 전기소설의 장르적 특징(박희병, 「전기소설의 문제」, 『한국 전기소설의 미학』, 돌베개, 1997, 24쪽)이라고 지적하기도 했다.

전기소설의 갈등을 바라보는 새로운 시각이 요구되며, 작품에 나타난 변심의 양상에 주목해야만 할 필요성이 제기된다.

구체적으로 「정생전(丁生傳)」, 「빙허자방화록(憑虛子訪花錄)」, 「심생전(沈生傳)」, 「포의교집(布衣交集)」, 「절화기담(折花奇談)」에서 이와 같이 전대 작품과는 다른 애정의 새로운 양상이 나타난다. 이들 작품의 주인공들이 애정 실현의 과정에서 직면하는 외부의 장애는 신분 차이, 윤리 문제 등이다. 현실적 문제에 대한 지나친 의식과 염려가 주인공들의 태도 변화를 낳고 있으며, 그 결과 애정 비극이 발생한다.[6] 물론 작품에 따라 신의

---

6) 조선 후기 전기소설사가 시도한 이러한 변고의 측면들은 논자에 따라 별개의 장르적 지표로 받아들여지기도 한다. 논란의 중심에는 「절화기담」, 「포의교집」이 있다. 이 두 작품의 장르 귀속 문제와 관련하여, 「오유란전」, 「종옥전」과의 친연성을 강조한 관점(윤재민, 전게논문), 세태풍자 애정소설로 보는 관점(김경미, 전게논문) 적극적으로 애정소설 혹은 연애소설의 범주를 제시하는 관점(조혜란, 전게논문)이 존재한다. 이처럼 「절화기담」, 「포의교집」의 귀속 장르를 새롭게 설정하기 위해서는 다음과 같은 몇 가지 문제를 검토해 보아야 하지 않을까 생각된다. 첫째, 애정소설이란 카테고리의 광범위성이다. 애정소설이란 범주는 사랑이란 소재를 최소 조건으로 하여 성립된다. 그런데 이 소재는 여타의 소설 장르에서도 광범위하게 발견된다. 「숙향전」, 「숙영낭자전」, 「권용선전」 등 기존 연구에서 애정소설로 분류되어온 작품들 역시도 경우에 따라 여성 영웅소설(「숙향전」, 「숙영낭자전」) 혹은 영웅소설(「권용선전」)을 논하는 자리에 차출되기도 한다. 「춘향전」은 판소리계 소설이지만 소재적으로는 애정소설이다. 전기소설 장르에는 애정을 소재로 한 애정 전기가 하위 유형으로 존재한다. 다수의 소설 장르들이 소재적인 차원에서 애정소설 범주와 겹치는 것이다. 애정소설이란 범주를 제시하기에 앞서 장르의 성립 조건부터 명확히 해야 하지 않을까 생각된다. 둘째 「절화기담」, 「포의교집」과 「오유란전」, 「종옥전」의 장르적 친연성 문제이다. 「오유란전」, 「종옥전」은 근본적으로 하층의 발랄한 시각을 빌어 사족층의 허위의식을 비판한 풍자소설이다. 이 두 작품은 판소리계 소설 「배비장전」과 비슷한 소재를 다루면서도 문체나 분위기의 측면에서 상당한 차이점을 보이는 바, 「오유란전」, 「종옥전」이 「배비장전」과 분지되는 지점은 전기 양식의 애정 모티프를 패러디했느냐에 있다. 「오유란전」과 「종옥전」에서 애정소설적인 분위기가 상대적으로 진하게 풍긴다면 그것은 전기적 애정 모티프의 차용 여부 때문이다. 그러나 이것은 어디까지나 문체 혹은 소설 기법상의 특징일 뿐으로 「오유란전」, 「종옥전」의 주제는 판소리계 소설 「배비장전」과 동일한 자장권에 있다. 태생적으로 이 두 작품은 하층민의 의식 속에서 자라나 양반층을 풍자하는 비판적 주제를 담고 있기 때문이다. 사족 문인 출신의 작가가 기층민 주위를 떠도는 소재를 취택하여 작품화한 결과 문체상 전기 양식의 애정 모티프가

를 파기하는 주체, 변심의 양상과 정도, 상대의 변심에 직면한 주인공들의 인식, 작품의 의미 지향과 작가의 태도 등에서 각기 세밀한 차이를 보여준다.

이처럼 이들 작품에 나타난 애정의 성격이 전대 작품의 그것과는 판이하게 다르기 때문에 기존 연구에서처럼 갈등의 원인을 당사자 외부의 한 방향에서만 찾아서는 애정의 본질을 드러낼 수가 없다. 따라서 조선 후기 전기소설에서 비극을 초래하는 직접적 원인인 당사자 내부의 문제, 즉 외적 장애를 내면화하는 방식, 애정에 대한 입장 차이, 변심의 양상과 이에 직면한 인물들의 대응 양상 등으로 눈을 돌릴 필요가 있다.

본고에서 기대되는 연구 의의와 목적은 다음과 같다. 첫 번째로 조선 후기 전기소설에서는 실생활에서 발생하는 문제들에 직면한 주인공들이 이를 극복할 용기와 의지가 상대적으로 약화되고 있음이 드러난다. 조선

진하게 배어든 이종 교합 장르의 성격을 띠고 있을 뿐 주제상으로는 태생적 뿌리를 그대로 지니고 있는 것이다. 「절화기담」과 「포의교집」에 세태 반영성이 보인다면 그것은 소재적인 측면에서이다. 주제적인 측면에서는 자신을 알아주는 지기지음적 사랑을 찾고자 하는 전기 양식의 애정 모티프와 더 가깝다. 세태 반영성과 전기적 애정 모티프의 소재적·주제적 형상화에 있어서 「오유란전」, 「종옥전」과 「절화기담」, 「포의교집」은 정확하게 크로스 오버(cross-over)되는 것이다. 「절화기담」, 「포의교집」이 기존에 존재하는 여타 소설 장르의 최소 성립 조건과 겹치는 부분이 있는가 혹은 기존 장르 중 어느 부류와 더 친연성이 깊은가 하는 장르 귀속의 문제는 조선 후기 소설사를 다루는 다양한 자리에서 논의되어야 할 것으로 생각된다. 셋째, 연애소설과 전기소설의 장르적 관련성 문제이다. 연애소설의 기본 요소로 지적되고 있는 '남녀 사이의 정서적인 친밀감 형성 과정'은 애정 전기의 전형적인 절차의 하나이다. 남성의 여성 포착, 눈빛의 교환과 순간적 교감, 한시 교환 혹은 창화, 매개인물을 사이에 둔 밀고 당기기, 담론 등 정도의 차이만 있을 뿐 연애 과정의 묘사는 애정 전기의 전통적인 장기이다. 이미 나말여초의 「최치원」에서부터 이런 연애의 과정이 부각되어 있음을 확인할 수 있다. 시녀를 매개로 한 팔낭(八娘)과 구낭(九娘)의 은근한 유혹, 한시의 주고 받음을 통한 교감 확인, 최치원의 능글맞은 농담과 팔낭, 구낭의 토라짐, 상호 욕망의 발화와 인정 등 단편인 「최치원」의 서사 속에서도 남녀의 연애 과정만은 유독 부각되어 있다. 이러한 결연 절차의 확대 및 부각 양상은 「이생규장전」, 「만복사저포기」, 「운영전」, 「상사동기」 등에서도 확인된다. 이는 애정 전기가 발생기 단계부터 남녀의 연애 절차에 주목한 장르였다는 사실을 보여준다.

후기 전기소설에서 애정은 남녀 간의 상이한 배경과 의식에서 출발하며, 이로 인해 상대에 대한 완벽한 일치감은 한 때의 일시적인 현상으로 그칠 뿐 시종일관 유지되지 못하고 결렬된다. 영원한 사랑을 맹세했던 완벽한 신의는 현실적 문제에 노출되는 순간 해체되며, 주인공들은 장애 요인 앞에서 한없이 왜소성을 드러낸다. 이 때문에 애정에 대한 주인공들의 입장과 태도가 전대 작품처럼 이상적이 아니라 현실적인 양상을 띠고 있다는 사실을 중요한 특징으로 꼽을 수 있다. 시련에도 변치 않는 절대적 신의라는 이상화된 애정의 형상이, 조선 후기에 와서 현실적 풍파에 부대끼면서 다분히 변질되는 양상을 보여주는 것이다. 이 점에서 애정의 성격이 본질적으로 변모하고 있음을 확인할 수 있다.

두 번째로 조선 후기 전기소설에서는 전대 작품들에서 '당위적'인 것으로 형상화되었던 절의에 대한 믿음이 '배신'되는 새로운 양상이 초점화된다는 점이다. 사실 당위적 절의는 전기소설뿐만 아니라 여타 대부분의 소설 유형에도 나타나는 애정의 테마이며 조선 후기까지 주된 흐름을 형성하고 있다. 이와는 달리 조선 후기 전기소설에 나타나는 애정의 양상은 신의의 관념적 당위성이라는 애정 형상화의 주류를 벗어나 '변심'이라는 새로운 흐름을 보여주고 있다는 점에서 의의가 있다.

세 번째로 조선 후기 전기소설에서는 변심하는 주체뿐만 아니라 상대의 변심으로 인해 애정 파탄에 직면한 쪽에서도 날카로운 현실 인식을 드러낸다는 점이 확인된다. 애정 파탄을 운명으로 돌리며 감내하는 것이 아니라 비극의 원인과 현실적 배경을 직시하는 태도가 나타난다. 이처럼 조선 후기 전기소설에서는 상대에 대한 감정적 집착으로만 일관하는 것이 아니라 책임 소재를 가리거나 냉정히 현실을 정리하는 애정에 대한 '회의'가 형상화된다는 점에서 애정을 바라보는 관점 자체가 달라졌음을 보여준다.

이상과 같이 조선 후기 전기소설사에 나타난 변심 테마의 양상을 확인할 수 있다면 첫째, 한국 전기소설사가 일률적으로 애정불변 테마를 중심으로 계승되어 온 것이 아니라 변심이라는 상반된 흐름이 존재해왔다는 사실을 입증할 수 있을 것으로 생각된다. 둘째, 한국 전기소설과 중국 전기소설의 변별성이 변심 테마의 부재에 있다는 기존 연구[7]에 새로운 관점을 제시할 수 있을 것으로 생각된다. 셋째, 변심 테마가 발전할 수 있었던 토양, 즉 조선 후기 전기소설의 미학적 특징을 추출할 수 있을 것이다.

따라서 본고는 이러한 문제 의식에 따라 남녀 주인공 당사자 간의 관계와 애정에 대한 태도를 중심으로 각 작품들을 세밀하게 분석함으로써 조선 후기 전기소설사의 특징과 미적 지향을 밝혀보고자 한다.

2. 연구의 방향과 연구방법

이제 「정생전」, 「빙허자방화록」, 「심생전」, 「포의교집」, 「절화기담」 등 조선 후기 전기소설에 대한 연구현황을 살펴보고 그 성과와 문제점을 살펴봄으로써 본고의 논의가 가지는 위치를 가늠해 보고, 앞으로의 연구방향을 제시하기로 한다.[8]

「정생전」, 「빙허자방화록」, 「심생전」, 「포의교집」, 「절화기담」의 애정갈등에 대한 기존 연구는 그 요인을 외부에 존재하는 것으로 보는 시각과 당사자 내부의 신의 준수의 문제로 초점화시켜서 보는 관점으로 나누어 볼 수 있다.

---

7) 박희병, 「전기소설의 문체」, 『한국 전기소설의 미학』, 돌베개, 1997, 24쪽

8) 조선 후기 전기소설의 전반적인 특징에 대한 고찰은 윤재민에 의해 시도되었다.(윤재민, 「조선 후기 전기소설의 향방」, 『민족문학사연구』15, 1999, 28-29쪽) 윤재민은 「빙허자방화록」, 「백운선완춘결연록」, 「절화기담」, 「포의교집」을 대상으로 재자가인소설과 통속소설의 영향을 지적하면서 조선 후기 전기소설의 생성과정을 추론했다는 점에서 의의가 있다.

먼저 전자의 연구성과와 문제점을 살펴보자. 「심생전」은 이혜순[9]에 의해 전과 야담의 영향이 지적되었으며, 이상구[10]에 의해서는 사족 남성과 중인 여성 간의 신분 갈등이 본격적으로 분석되었다. 「빙허자방화록」은 박노춘에 의해 처음으로 소개[11]된 이후, 단편적으로 가정소설적 영향[12], 전란과 애정전기 간의 관계[13] 등이 지적되어 왔다. 「절화기담」은 김경미[14]에 의해 세태적 애정소설로 분류된 바 있으나, 정길수[15]에 의해 전기소설적 진지성과 통속소설적 흥미성이 교체된 작품으로 분석된 바 있다. 「포의교집」은 이승복·신상필[16]에 의해서 하층 출신 주변 인물들의 등장과 세태 반영성 등이 중점적으로 다루어졌고, 조혜란[17]에 의해 여주인공의 주체성과 착목 등의 문제가 지적되었다.

「정생전」, 「심생전」, 「빙허자방화록」, 「포의교집」, 「절화기담」은 이러한 논의들에 의해 애정 갈등의 양상과 인물 성격, 세태 반영성과 패러디성·통속성 등의 측면들이 다각도로 논의될 수 있었다.[18] 그러나 「심생전」

---

9) 이혜순, 「전기소설의 전개」, 『고소설사의 제문제』, 집문당, 1995

10) 이상구, 「심생전의 인물형상과 작가의식」, 『한국고소설사의 시각』, 국학자료원, 1996

11) 박노춘, 「憑虛子訪花錄·白雲仙翫春結緣錄 畧考」, 『한메김영기선생고희기념논문집』, 형설출판사, 1971

12) 소인호, 『한국전기문학연구』, 국학자료원, 1998, 238-239쪽

13) 정환국, 「16-7세기 동아시아 전란과 애정전기」, 『민족문학사연구』18, 민족문학사학회, 1999, 51쪽

14) 김경미, 「절화기담 연구」, 『한국고전연구』1, 한국고전연구회, 1995

15) 정길수, 「절화기담 연구」, 서울대 석사학위논문, 1999

16) 이승복, 「한문소설 <포의교집>의 인물형상과 소설사적 의미」, 『규장각』21, 서울대학교 도서관, 1998 : 신상필, 「한문소설 <포의교집> 연구」, 『한문학보』3, 2000 :한의숭, 「포의교집 연구」, 경북대학교 석사학위논문, 2001

17) 조혜란, 「<포의교집> 여성주인공 초옥에 대한 연구」, 『한국고전여성문학연구』3, 한국고소설학회, 2001, 193쪽

18) 시정 세태를 배경으로 한 조선 후기 애정 관념의 변화는 연구 대상을 야담·한문단편으로 확대해 보면 일찍부터 지적된 바 있다. 대표적으로 임형택은 "사랑의 테마가 현대사회에서는 이미 상업주의의 오염으로 범람하고 속화되어 버렸지만, 시민문학의

은 이상구의 논의에서 보듯 사족 남성의 소극성을 애정 비극의 원인으로 보면서도 그 의미를 적극적으로 부여하지 못하고, 전대 작품과 마찬가지로 외적 장애인 신분 갈등에 애정 비극의 원인을 전적으로 돌리고 있다는 점에서 논란의 소지가 있다. 이러한 문제는 「심생전」의 애정 갈등에서 확인되는 새로운 양상이 역시 조선 후기의 다른 작품들에서도 나타난다는 사실을 고려하지 못했기 때문이다.

「빙허자방화록」은 단편적 언급 외에는 본격적 연구가 이루어지지 못했으며, 논자에 따라 창작 시기가 각기 17세기[19]와 18세기[20]로 엇갈리고 있기 때문에, 애정 갈등의 전기소설사적 의미를 적극적으로 부여하기에는 어려움이 있다. 이러한 점에서 창작 시기 추정이 무엇보다 선행될 필요가 있으며, 이를 바탕으로 하여 「빙허자방화록」의 작품 세계와 애정 갈등의 특징이 논의되어야 할 것으로 보인다.

본 연구는 「빙허자방화록」의 창작시기를 「주생전」, 「상사동기」 이후의 18세기 무렵으로 본다. 이는 본고의 논지상 중요한 전제가 되므로 몇 가지 추정 증거를 제시하기로 한다. 「빙허자방화록」은 여주인공을 형상화하는 전고로 선화(仙花)란 인물을 인용하는데, 이는 바로 권필(1569-1612)이 창작한 「주생전」의 여주인공이다. 「주생전」이 16세기 후반에서 17세기 초엽에 창작되었을 것으로 보인다는 점을 고려하면 「빙허자방화록」은 「주생전」이 권필의 손을 떠나 유통되면서 일정한 독자층을 형성한 이후에 창작되었을 것으로 볼 수 있다. 일단 아무리 빨라도 창작 시기가 17세기 중후반을 거슬러 오르지 못하리라는 추정이 가능하다. 「빙허자방화록」

형성기에 있어서 그것은 봉건적인 속박으로부터의 해방·자유평등의 보편적 욕구를 대변한 것이다."라고 지적된 바 있다.(임형택, 「나말여초의 전기문학」, 『한국한문학연구』5, 한국한문학연구회, 92쪽)

19) 소인호 전게서, 238쪽 : 정환국, 전게논문, 51쪽

20) 윤재민, 전게논문, 29쪽

과 합철되어 전하는 「백운선완춘결연록」의 정황 증거도 이를 뒷받침한다. 이 작품에서는 여주인공의 미모를 묘사하면서 적경홍, 계섬월에게 빗대고 있는 바, 이 둘은 의심의 여지없이 저 유명한 「구운몽」에 등장하는 인물들이다. 구운몽의 수용 및 유통과정 중 「백운선완춘결연록」의 작가 혹은 향유층과 관련있는 부분은 한문 식자층이 될 터인데, 한문 식자층에 의한 「구운몽」의 공식 기록과 한역은 모두 작가 김만중보다 한 세대 밑인 이재(1680-1740), 김춘택(1670-1717)에 의해 이루어졌다. 이로 미루어 「백운선완춘결연록」의 창작 시기 역시 17세기 후반에서 18세기 초중반에 걸쳐있는 것으로 보인다. 물론 「빙허자방화록」과 「백운선완춘결연록」이 합철되어 전한다 하여 창작 시기까지 동일하다고는 단언할 수 없다. 다만 한문 식자층을 주된 향유층으로 하는 전기소설, 몽유록의 경우 합철되어 전하는 작품들이 대체적으로 비슷한 시기에 창작된 것끼리 묶여 있음으로 보아 이 두 작품 역시 그럴 가능성이 높아 보인다.

「절화기담」에 관한 정길수의 논의는 일관된 분석 틀을 바탕으로 하지 못했다는 점에서 문제가 있다. 각 대목마다 통속성과 진지성이라는 두 가지 서로 다른 잣대를 적용하게 될 경우 작품이 드러내고자 하는 주제를 명확히 드러낼 수 없다. 애정에 대한 주인공의 태도에 전대 작품과 같은 진지한 면과 그렇지 않은 면이 공존하고 있다면 이미 「절화기담」은 전대 작품과는 달라진 애정의 양상을 구현하고 있는 작품으로 보아야 한다. 이 점에서 변모된 주인공들의 입장과 태도가 애정 파탄이 초래되는 데 어떻게 기여하고 있는가 하는 점에 주목할 필요가 있다.

「포의교집」에 대한 조혜란의 연구에서 여주인공의 착목은 하층 여성의 주체성 실현과정에서 관념적 착오에 의해 빚어진 문제로 지적되었으나, 이러한 애정의 착각은 비단 여성에게만 한정되는 문제가 아니다. 이는 남녀 주인공 상호 간에 나타나는 문제이며, 그 자체로 이미 전대 작품의 이상적 애정이 해체되는 징후를 보여준다. 이 점에서 애정의 착각은 하층 여성의 애정 주체성 실현의 실패를 입증하는 증거로 논의되기보다는 남녀 상호 간의 이상적 애정의 해체가 「포의교집」에서 구체적으로 구현되고 있는 양상과 관련하여 중점적으로 논의될 필요가 있다.

조선 후기 전기소설에 나타난 갈등을 남녀 당사자 간의 신의 해체 문제로 초점화하는 논의[21]는 「심생전」의 애정 비극을 남성의 '위선'으로 보는 김균태[22]와 남성의 애정 '변질'을 지적한 전수연[23]에 의해 이루어졌다. 김균태는 심생의 행위를 무책임하며 위선적이라고 지적하였으며, 이옥이 궁극적으로 제기하고자 한 「심생전」의 이면적 주제를 사족의 '부도덕성'이라고 보았다. 전수연은 「심생전」의 계층 갈등이 당대 시대상을 반영하는 요소이기는 하나, 작가가 구현하고자 하는 주제는 인간적 성실함의 변질에서 초래된 비극적 사랑이라는 점을 지적하였다.

이러한 연구들은 일단 남성의 이기심, 부도덕성, 위선 등을 지적해 냈다는 점에서 의의가 있다. 그러나 기존 논의들은 「심생전」, 「포의교집」과 같은 극히 일부 작품들을 대상으로 하고 있다는 점에서 한계가 있다. 이러한 남성의 변심은 조선 후기 작품들에서 계층적 편견, 삼각 관계에 따른 배신 등 다양한 모습으로 변주된다. 이 점에서 남성의 변심은 이면적 주제가 아니며, 조선 후기 전기소설에서 본격적으로 포착해낸 일상적 사랑의 본질적인 문제이다.

게다가 변심은 남성의 일방적인 배신에 의해 형성되지 않는다. 이러한 결과가 초래되기까지 애정에 대한 남녀 주인공들의 입장 차이가 소통의 와해를 낳고 있으며, 상대의 태도 변화에 따라 주인공 상호 간에 미묘한 갈등이 빚어지게 된다. 그러나 기존 연구에서는 이 문제를 애정의 어긋남

21) 17세기 작품까지 범위를 확대해 본다면 박일용(「주생전」, 『한국고전소설작품론』, 집문당, 1990)에 의해 「주생전」에 나타난 남성의 계층적 이기심이 이미 지적된 바 있다.
22) 김균태, 「이옥의 문학이론과 작품세계의 연구」, 서울대 박사학위논문, 1985, 184-185쪽
23) 전수연, 「심생전의 양식적 특성」, 『이화어문논집』9, 이화어문학회, 1987

이라는 관점으로 초점화하지 못했으며, 변심이라는 측면에서 중점적으로 다루지 못했다.

따라서 애정의 어긋남과 소통의 와해, 변심과 당사자 내부의 갈등 양상, 변심에 대한 작가의 서술태도 등은 남녀 주인공 상호 간의 관계 속에서 면밀히 검토될 필요가 있으며, 전대 전기소설사의 주류를 차지해온 애정불변 테마 작품과의 차이가 꼼꼼히 따져져야 한다. 이를 위해서는 여러 작품들을 포괄적으로 검토하여 그 구체적 양상과 의미를 추출하고, 전기소설사적 의의를 부여할 필요가 있다.

이상으로 「심생전」, 「정생전」, 「빙허자방화록」, 「포의교집」, 「절화기담」의 연구 성과를 개관하고 각각의 문제점을 살펴보았다. 기존 연구는 조선 후기 전기소설에서 하층민의 등장과 세태 반영, 세속성, 주체성 등의 요소들을 단편적으로 지적해 내는 데 그치고 있으며, 남성의 변심을 「심생전」, 「포의교집」과 같은 일부 작품에 한정되는 예외적 경우로 보았다는 점에서 문제가 있다.

이러한 기존 연구의 한계를 극복하기 위해서는 이들 조선 후기 전기소설에 나타난 애정 테마가 신의 유지와 애정 불변에 있는 것이 아니라 변심의 문제를 초점화하고 있다는 사실을 전제로 할 필요가 있다. 이러한 전제 하에서 변심의 원인과 양상, 서술태도, 미학적 특징 등을 폭 넓게 드러낼 수 있어야 할 것이다. 뿐만 아니라 변심 테마가 나말여초(羅襪麗初)부터 조선 후기에 이르는 한국 전기소설사에서 계승되어 온 전통, 애정불변 테마와의 공존 양상, 중국 전기소설이나 구비문학 전통과의 영향 관계, 마지막으로 개화기 이후 소설사의 근대적 애정 형성에 미친 영향 등이 다각도로 검토될 수 있어야 할 것이다.

본 연구는 이러한 문제 의식 하에 다음과 같은 방향으로 연구를 진행하고자 한다.

Ⅱ장에서는 전기소설사의 구도와 변심 테마의 성립 배경에 대해서 살

펴보기로 한다. 변심은 당위적 관념과 현실의 길항 작용에 의해 성립한다. 변심이란 선험적으로 규정된 관념을 제거한 실제 현실적 사정에 의해 추동되는 것이다. 전기 양식의 관습적인 애정 테마로 알려져 온 지기지음(知己知音)적 애정이란 바로 당위적 영역에 해당된다. 본 연구는 이러한 애정 테마를 영원한 사랑의 테마로 규정하며, 이 반대편에 위치한 애정 테마를 변심 테마로 규정한다.

변심 테마는 나말여초부터 영원한 사랑의 테마와 함께 공존해왔다. 사회적 패러다임의 교체에 따라 변심 테마를 중심으로 한 전기소설사 역시 전변하는 양상을 보여준다.

변심 테마의 한 연원은 문헌설화 속에서도 확인된다. 나말여초부터 조선조까지 문헌설화의 전개 양상 속에서 변심 테마의 형성 배경을 살펴볼 수 있다. 한편 전기 양식의 형성기부터 수입되어 읽힌 중국 전기소설사의 부심한(負心漢) 전통도 변심 테마의 형성에 중요한 영향을 미쳤다. 중국 전기소설의 부심한 전통에 대한 향유의식이 창작의 직접적인 한 동인으로 작용하기도 했다.

Ⅲ장에서는 조선 후기 전기소설사에 나타난 양식적 전변의 국면을 따져보고 변심 테마가 이러한 전환의 일환으로 성립되고 있는 양상에 대해 살펴볼 것이다. 조선 후기 전기소설사에서는 전대의 유력한 장르 관습이었던 전란 모티프가 간접화되는 현상이 나타난다. 대신 시정 공간이 출현하면서 서사 내부에 도시적 현실성이 축조되며, 결연 절차가 확대되면서 일상적 사랑이 서사적으로 구축된다. 전기적 사랑을 운명적으로 채색하는 데 일등 공신이었던 전란 모티프가 매너리즘화하면서 도시적 일상성과 현실성이 전면에 부상하기 시작한 것이다. 변심 테마는 바로 이러한 새로운 미감에 기대고 있다.

지기지음으로 상징되는 영원한 사랑이 균열되면서 변심의 문제가 수면 위로 떠오르고, 전란과 같은 압도적인 운명이 아닌 가족, 유흥 등 일상적인 요소들이 사랑의 장애로 작용한다. 한편 일부 작품에서는 현실성에 기댄 변심의 한 면에 환상이 비균질적으로 틈입하면서 변심 테마 정착의 과도기적 양상을 보여주기도 한다.

Ⅳ장에서는 조선 후기 전기소설에 나타난 변심 테마의 구현 양상과 서술시각에 대해 살펴볼 것이다. 변심은 남녀 주인공 간의 소통 부재와 자기중심성으로부터 발현된다. 바로 변심의 현실적 계기가 된다. 여기서 촉발한 변심은 소극성과 무책임, 배신과 삼각관계, 계층적 편견과 불신의 국면으로 나타난다. 변심은 일상적 현실과 관념적 당위, 계층적 정체성 등이 복합적으로 얽혀있는 문제다. 특히 비극적으로 죽음을 맞는 여주인공들은 현실적으로 무기력하다. 그러나 이들의 원망은 비현실계의 복수를 거쳐 냉정한 결별 선언으로 발전하면서 현실적 대응력을 확대해나간다는 점에서 주목할 만하다.

조선 후기 전기소설은 여성 중심적 서술시각과 남성 중심적 서술시각의 두 가지 유형으로 변심 테마를 조명한다. 여성 중심적 서술시각을 견지한 작품 속에서 여주인공들은 냉정한 현실 인식을 보여주며 남주인공들은 자신의 변심을 반성한다. 반면 남성 중심적 서술시각을 택한 작품 속에서 여주인공들은 남성의 변심을 자각하지 못하며 남주인공들은 자신의 변심을 합리화한다. 독특하게 변심의 주체가 여주인공이면서도 남성 중심적 서술시각을 견지한 작품도 있다.

서술시각의 이 두 유형은 가치 평가적인 기준에 따른 것이다. 변심의 잘잘못을 따지는 당위적 관념이 여기에도 스며들어가 있다는 말이다. 이러한 가치 평가적인 관념으로부터 벗어나 보면 다양한 인간의 개별 욕망이 다층적으로 드러난다. 조선 후기 전기소설이 본질적으로는 다층적 초점화의 시각을 견지하고 있다는 것이다. 개개의 욕망을 조명하는 다층적 초점화의 시각은 변심이 형상화될 수 있는 한 기반이 된다.

Ⅴ장에서는 변심이 기댄 미학적 기반에 대해서 다룬다. 불확정성과 일

상성을 조선 후기 전기소설사가 추구한 또 하나의 전기성으로 보았다. 조선 후기는 체제 통합의 이데올로기인 유교 원론주의가 해체되면서 중심 관념의 공백기를 맞았다. 사회의 패러다임이 급격히 교체되는 근대 이행기의 필연적 현상이다. 당위가 부재한 근대 이행기를 지배하는 것은 불확정성이다. 거대 관념의 공백을 채우는 것은 개체의 일상적 욕망이다. 당위의 해체가 개별 욕망의 분출을 낳는 반면에 불확정성은 인간을 끝없이 왜소하게 한다. 사회적 변화란 파고에 인간의 욕망은 언제든지 좌초될 수 있다. 바로 불확정성과 일상성이 감상적 센티멘탈리즘과 조우하는 지점이다.

Ⅵ장에서는 변심 테마의 소설사적 맥락에 대해 살펴볼 것이다. 조선 후기에는 사회적 패러다임에 대한 변화와 그 속을 부유하는 인간의 욕망에 대해 주목한 작가들이 등장했다. 이러한 작가층의 새로운 현실 인식에 의해 중·하층 인물들의 욕망 및 계층 간의 충돌이 관심의 대상으로 떠오르게 되었다. 관습, 절의 등 기존 관념에 대한 작가층의 인식의 변화도 주목할 만한 대목이다. 조선 후기 전기소설사에 나타난 양식적 전변과 새로운 시각은 이러한 작가층의 새로운 현실 인식에 기댄 바 크다.

조선 후기가 기존 관념 해체의 방향으로 간 것만은 아니다. 과거의 관념에 대한 복고의 움직임도 엄연히 상존하고 있었다. 전통의 유지 및 회귀와 해체의 움직임이 공존하는 것이 근대 이행기 조선 후기 사회의 특징이다. 그러나 주목할 것은 이러한 복고주의가 기존 관념의 해체로 흘러가는 시계추를 되돌릴 만한 것은 되지 못했다는 점이다. 사회적 패러다임의 변화란 대세 속에 이러한 움직임도 존재했다는 것이다. 변심 테마를 낳은 정신사적 흐름과 미의식은 개화기 이후의 소설사로 이행된다.

Ⅱ. 조선 후기 전기소설사의 구도와 변심 테마의 성립 배경

1. 전기 양식과 변심 테마의 성립 원리

1) 변심 테마의 개념과 범주

굳이 전기 양식이 아니더라도 글자 그대로 마음이 변한다는 '변심(變心)'이란 말은 우리 서사 문학사 전반에서 상당히 낯설다. 왜일까? 아마도 실제 생활이야 어쨌든지 간에 마음의 영역은 아직까지 관념적으로 규정하고자 하는 경향이 있기 때문이 아닐까 생각된다. 다시 말해서 현실이 가파르게 변해갈지라도 인간의 근원적인 무언가를 담고 있다고 믿어지는 마음만은 변하지 말아야 한다는 혹은 변하지 않았으면 하는 소망을 드러내고 있는 것으로 보여진다. 이러한 믿음은 다분히 현실과는 동떨어진 이상적인 것이며 당위적으로 규정되는 관념의 영역에 놓여있다.

우리 사회에서 시대와 종교, 지배층의 특정 이데올로기를 초월하여 이어져 내려온 주류 이념으로는 신의, 지조, 정절, 효행, 충성 등을 들 수 있을 것이다. 이 가운데 남녀 간의 애정과 주로 관련되는 관념은 앞의 세 가지다. 전기 양식에서 문제 삼는 것도 이러한 남녀 간의 신의 혹은 지조의 여부이다. 전기 양식 특유의 만남의 형식이라고 언급되어온 지기 혹은 지음도 신의를 달리 표현한 것에 다름 아니다.

그렇다면 변심은? 일상으로부터 선험적으로 규정된 관념을 제거한 실제 현실적 사정에 의해 추동되는 어떤 것이다. 말하자면 이러이러 해야 한다고 나의 현실적 삶 이전부터 누군가 결정해 놓은 이념을 거세한 지점에 놓인다. 신의가 관념적이라면 변심은 현실적이고, 신의가 이상적이라면 변심은 일상적이다. 한편으로 신의가 고정적인 것이라면 변심은 가변적인 것이고, 신의가 주류적인 규범의 영역에 위치한다면 변심은 일상인의 생활 속에 놓여진다.

당위적인 관념은 인간이 사회를 통합하기 위해 인위적으로 고안된 것이다. 다른 말로 하자면 기득층이 그들의 권력을 창출하고 유지하기 위해 만들어낸 것이다. 일단 창조된 이념은 그 사회가 붕괴되지 않는 한 항구적인 속성을 지닌다. 왕조가 교체된다 하더라도 권력의 정점에 있는 기득층의 본질이 연속되는 한, 이념의 핵심 체계는 유사한 형태로 지속된다. 반면에 변심은 인위적인 관념에 의해 통제되기 이전의 본능 혹은 그 질서를 비집고 나오는 균열이다. 체제가 온전히 통합해낼 수 없는 틈새인 동시에 충동적으로 끊임없이 반복 발생되는 돌출적인 것이다. 그러므로 당위적인 관념은 언제나 예측이 가능하되 본능의 영역인 변심은 그 방향성을 미리 짐작할 수 없다. 그저 사정이 허여하는 대로 순간의 충동적 선택에 따르는 것이 변심의 본질이다.

신의	관념적	이상적	고정적	주류적인 규범의 영역	인위적	항구적	예측 가능성
변심	현실적	일상적	가변적	일상인의 생활의 영역	본능적	충동적	통제 불가능

이런 의미에서 변심은 주류 관념에 대응되는 그 바로 건너편에 놓인다. 예컨대 유교 이념은 욕망의 절제를 요구한다. 이를 위해 열절(烈節)과 같은 관념을 마땅히 따라야 할 덕목으로 선전하기도 한다. 이 때문에 현실의 사정에 따라 끊임없이 변심하고자 하는 인간의 본능과 충동은 유교 이

념의 관점에서 볼 때 마땅히 억제되어야 할 부정적 욕망이다.

체제 내부에서 사는 한 인간은 끊임없이 사회의 주류 이념을 의식하지 않을 수 없다. 그런데 이념은 선험적인 것이기 때문에 복잡다단한 생활의 변화를 포섭해낼 수 없다. 이념은 말하자면 고리적 얘기로 일상의 저편에 존재한다. 인간의 일상은 광속보다 빠른 속도로 저 멀리 달려 나간다. 여기서 이념과 일상의 대립과 갈등이 발생한다. 일상적 인간은 당위적 규범과 자신의 현실적 삶의 여건 사이에서 방황하게 되는 것이다.

한 가지 재미있는 사실은 인간이 자기 스스로 만든 관념 체계에 의해 자신의 본능적 욕망을 통제 당한다는 자기 모순을 현현한다는 점이다. 질서를 만들어낸 기득층은 시대가 바뀜에 따라 분화하기 마련이다. 이 과정에서 사회 통합의 이념을 끊임없이 수정하고 배포하는 특정 집단은 교체된다. 한때 기득권 창출을 위해 만들어낸 이념에 의해 이번에는 자기 자신의 발목을 잡히는 아이러니가 발생하는 것이다.

이 점에서 변심이란 용어에는 그 자체에 주류 관념들에 대한 대립적 개념이 내포되어 있다. 마땅히 변하지 말아야 할 것이 변했다는 가치 평가적 어조를 포함하고 있는 것이다. 지금까지 전기 양식의 미학과 등가로 논의되어온 신의의 관념으로부터 정반대편에 위치해 있는 셈이다.

변심은 주류 이념으로부터 환영받지 못하는 감정의 영역이므로 텍스트상에서 본격적으로 초점화되지 못하는 경우가 많다. 변심의 단초들은 바람직한 덕목에 의해 은폐된다. 그렇다면 텍스트에서 나타나는 변심 테마의 범주는 어떻게 설정할 것인가. 삼국시대 때 유입되어 현재까지도 지배관념의 지위를 유지하고 있는 유교 이념을 예로 들어 설명해보자.

유교 이념과 같은 거대 담론의 지속적인 영향을 전제로 할 때, 텍스트들이 변심 테마로 전변해 가는 양상을 단계별로 나타낼 수 있다. 변심의 초점화 정도에 따라 단계를 설정해 보면 다음과 같다.

첫째는 외부적 시련에 의해 추동되는 변심의 가능성이 잠재되어 있는 경우다. 주인공의 이기심이나 왜소성이 감지되기는 하나 어디까지나 인물이 보여주는 다기한 행동 패턴의 하나로만 묘사될 뿐이다. 주인공들의 신의는 변함없다. 외부적 시련이 주인공들을 억압하고 주인공들이 이를 극복 혹은 패배하는 과정에 주안점을 둔다. 이를 통해 범속한 일상인이 흉내낼 수 없는 이상적 인간들의 숭고한 미덕을 부각시킨다.

둘째는 변심으로 인한 갈등이 발생하지는 않지만 은연중에 그 조짐을 노출하는 경우이다. 상대의 생시에는 죽음으로써 외부적 시련에 저항하지만 사후에는 재가를 약속하는 텍스트들이 여기에 속한다. 혹은 생시에는 결코 드러내지 않았던 계층적 편견을 내비치는 경우도 있다. 이러한 변심의 조짐은 어디까지나 상대의 사후에 표출되기 때문에 생시에는 문제의 소지를 제공하지 않는다는 점이 특징이다.

셋째는 변심이 본격적으로 초점화되는 경우다. 주인공들은 외부적 장애로 인해 추동되는 마음의 변화를 본인 스스로 제어할 만한 의지를 지니고 있지 못하다. 신의와 움직이는 마음 사이에서 번민하면서도 자신의 욕망을 제어하지 못한다. 상대는 이런 변심을 눈치 채거나 이로 인한 원망을 표출하기도 한다. 그리하여 상대와의 만남을 '악연(惡緣)'으로 표현하거나 상대의 '망정(忘情)'과 이기심을 비난하기도 한다.

표면적으로 애정의 결렬은 외부의 장애로 인한 것으로 보이지만 그 본질적인 계기는 변심으로 인한 신의의 파탄이다. 외적 시련이 주인공들을 갈라놓기 전에 이미 변심이 그들의 마음을 갈라놓은 것이다. 애정불변 테마의 상징적 장치인 주인공들의 요절 혹은 부지소종(不知所終)은 여기서 전혀 다른 의미를 지니게 된다. 애정불변 테마에서 주인공들의 요절과 부지소종은 외부적 시련에도 불구하고 변치 않는 사랑을 상징하지만 변심 테마에서는 외부적 환경의 변화에 따라 결렬된 사랑의 비극성을 상징하게 된다.

본고는 전기 양식에서 나타나는 변하는 사랑의 양상을 '변심 테마'로

정의한다. 그리고 기존의 연구사에서 암묵적으로 전기소설사의 핵심적인 애정 테마로 보았던 변치 않는 절의를 '애정불변 테마'로 명명한다. 이 둘은 인간의 본능과 체제 유지 이념 간의 상호 작용에 따라 각기 대립되는 개념으로 규정된다. 전자가 사회 규범이 포섭 불가능한 복잡다단한 일상의 변화와 인간의 본능적인 욕망과 관련된다면 후자는 인위적으로 구성되며 당위적이고 선험적인 관념과 관련된다. 전자가 지배층의 의도에 의해 배포된 당위적 이념이 따라잡을 수 없는 사랑의 변화에 초점을 맞추고 있다면 후자는 선험적인 관념에 따라 마땅히 그러해야 한다고 믿어지는 사랑의 모습에 초점을 맞추고 있는 것이다.

이는 인간과 세계를 바라보는 작가 의식과도 관련된다. 작가가 동태적인 현실적 변화상에 포커스를 맞추느냐 아니면 거의 변화하지 않는 고정적인 이념에 초점을 두느냐에 따라 해당 작품의 애정 테마와 이것이 환기하는 미의식이 확연하게 달라지게 되는 것이다. 그리하여 전기소설사에서 애정불변 테마가 어떠한 환경의 변화에도 불구하고 남녀 간의 신의가 변치 않는 양상으로 그려지는 반면에 변심 테마는 외부의 조건에 따라 남녀 주인공의 어느 한 쪽이 상대를 버리거나 양쪽이 합의 하에 결별하는 양상으로 형상화된다.

변심의 주체가 누구냐 하는 문제도 관심거리다. 전기소설사에서는 남성이 변심하는 작품이 주류를 이룬다. 본고는 남성의 주도로 이루어진 변심과 결렬에 대해서는 '남성 변심'이라고 지칭하며 반대로 여성이 변심을 주도하는 결별의 양상에 대해서는 '여성 변심'이란 용어를 사용하기로 한다.

2) 전기 양식 속 변심 테마의 성립 원리

(1) 변심에 대한 전기 양식의 인식과 전고(典故)

애정불변 테마가 여성의 열행(烈行)을 기반으로 성립된다면 변심 테마는 열녀(烈女) 관념 속에 교묘하게 습합되어 있는 남성 중심적 편견과 이기심을 노출한다. 여성의 열행이 관념의 신화를 형성하면서 현실의 여성들에게 부가하는 억압을 드러내는 것이다. 이는 일개 개인의 문제라기보다는 본질적으로는 유교 이념과 결부되어 있는 시스템의 차원이다.

그리하여 상기 두 테마를 형상화하기 위해 인용되는 전고는 조직적으로 사용된다. 작가 개인의 취사가 아니라 일정한 맥락에 의해서 조직적으로 선택되는 양상을 보여주는 것이다. 변심이든 영원한 사랑이든 이를 상징적으로 형상화하는 전고는 대체적으로 고정되어 있다. 전기 양식사의 전개 속에서 일정한 전고들이 지속적으로 반복되는 것이다. 말하자면 변심과 영원한 사랑을 형상화하는 전고는 매뉴얼화되어 전통을 형성하는 것이다.

변심을 상징하는 전고와 이에 대한 전기 양식의 인식은 영원한 사랑을 형상화하는 그것의 반대편에서 그 짝패를 이룬다. 영원한 사랑을 형상화하기 위해 전기 양식이 주로 인용하는 전고의 매뉴얼은 '양홍(梁鴻)과 맹광(孟光)', '포선(鮑宣)과 환소군(桓少君)', '비익조(比翼鳥)와 연리지(連理枝)' 등의 고사이다. 여기서 양홍과 맹광, 포선과 환소군은 부덕(婦德)의 대표격이다.

한(漢)나라 때 선비 양홍은 집안이 가난하였으나 절개를 숭상하는 사람으로 얼굴이 몹시 못생긴 맹광과 결혼하게 되었다. 맹광은 양홍을 지극히 공대하여 양홍이 삯일을 하고 돌아올 때마다 밥상을 차려 눈썹과 가지런히 받들었다고 한다. 여기서 거안제미(擧案齊眉)라는 전고가 나오기도 했다. 진한 사람 포선은 일찍이 환소군의 부친에게서 학문을 배웠는데 청빈한 포선의 지조를 높이 산 환소군의 부친이 그를 사위로 삼았다. 그런데 환소군이 시집 올 때 가지고 온 물건이 너무 많자 포선이 이를 거절했고 환소군도 그의 뜻을 받들어 빈 몸으로 와서 부도(婦道)를 잘 지켰다는 것이다.

기실 이 두 커플의 고사는 그다지 사랑과는 직접적인 관련이 없어 보이기도 한다. 한결같이 청빈, 지조, 부덕을 강조하는 이들 고사 속 부부들의 사귐은 마치 절개 있는 선비들의 그것 같다. 영원한 사랑의 테마를 형상화 한 전기 양식의 작품들이 이런 고사들을 인용하면서 의도한 바가 다분히 규범적인 관념과 관련되어 있음을 드러내는 대목이다. 한편 비익조와 연리지는 중국 전설상의 새와 나무로 남녀 간의 깊은 사랑을 상징한다. 비익은 암수가 눈과 날개가 각각 하나이기 때문에 항상 나란히 한 몸인 새이며 연리는 두 그루이지만 가지가 서로 연결되어 나뭇결이 상통한 나무다. 당(唐)나라 시인 백거이(白居易)가 당나라 현종(玄宗)과 양귀비(楊貴妃)의 비련의 사랑을 그린 「장한가(長恨歌)」에서 '하늘에서는 비익조가 되고 땅에서는 연리지가 되도다'라고 읊은 이후로 현실의 시련에도 굴하지 않는 영원한 사랑을 상징하는 전고로서 널리 인용되게 되었다.

변심 테마를 형상화 한 작품에서도 영원한 사랑을 상징하는 전고들이 인용되기는 하나, 그 의미는 단순치 않다. 변심을 상징하는 전고들과 서로 대립적인 각을 형성하면서 주인공들의 변심이 더욱 강조된다.

예컨대 「최치원」을 보면 '진실부(秦室婦)', '식부인(息夫人)', '황공(黃公)', '선화부인(宣華夫人)' 등 다양한 고사가 인용되어 있다. 진실부는 조(趙)나라 사람 왕인(王仁)의 아내로 양귀비에 비견되는 미인이었는데, 어느 날 그녀가 뽕 따는 모습을 보고 반한 조왕(趙王)의 구애를 거절하면서 「맥상상(陌上桑)」이란 노래를 불렀다. 『시경(詩經)』에 전하는 이 노래는 여성의 절개를 상징하는 노래로 일컬어진다.

그런데 「최치원」의 주인공 최치원은 여주인공인 팔낭(八娘)과 구낭(九娘)에게 진실부를 원했는데 원래 다른 남자를 섬긴 식부인인 줄 몰랐다며 은근히 그녀들을 절개를 잃은 여성에 비유한다.[1] 식부인은 춘추(春秋) 시

1) "將謂得知秦室婦, 不知元是息夫", 「崔致遠」, 김현양 외 공역, 『역주 수이전 일문』, 박이정, 1996, 45-46쪽

대 식후(息侯)의 부인인 식규(息嬀)로 식(息)나라를 멸망시킨 초(楚)나라 문왕(文王)이 그녀에게 장가들어 도교(堵敎)와 성왕(成王)을 낳았다. 식규는 남편에 대한 절개를 지키지 못하고 다른 남성의 아이를 나은 지조 없는 여성인 것이다. 식부인의 고사는 변심을 상징한다고 볼 수 있다.

한편 식부인의 고사 인용은 단순히 변심을 상징하는 고사 활용, 그 이상의 의미를 지닌다. 팔낭과 구낭을 이러한 식부인에 비유하는 최치원에게서는 진지함이나 순정함을 발견할 수 없다. 팔낭과 구낭은 최치원을 지기지음(知己知音)으로 인정하고 있는 데 비해 최치원은 그녀들의 절개를 가지고 농을 하고 있기 때문이다. 최치원은 양홍과 맹광 혹은 포선과 환소군처럼 서로를 공대(恭待)했다는 「이생규장전」의 주인공들과는 다른 지점에 놓여 있다. 물론 「이생규장전」의 남주인공 이생의 절의에 대해서도 다른 방향의 해석이 가능하긴 하지만 적어도 전고를 활용하는 전기 양식의 전통과 관련해서는 차이점이 명확히 드러난다.

황공의 딸과 선화부인에 관련된 전고도 마찬가지다. 최치원은 팔낭과 구낭을 황공의 딸이 아니라 정절을 잃은 선화부인에게 비유한다. 황공의 딸은 제(齊)나라 황공의 딸로 원래 절세 미인이었으나 못생겼다는 평판이 퍼진 고로 장가들려는 사람이 없었다. 위(衛)나라의 홀아비가 소문을 무시하고 장가를 들었더니 과연 절세의 미인이었다는 고사다. 절세 미인임에도 불구하고 못생겼다고 겸손해하는 군자인 황공과 그의 딸은 절제를 미덕으로 하는 유교의 규범적 인간관에 딱 들어맞는다.

그런데 선화부인은 진(陳)나라 선제(宣帝)의 딸로 수나라 문제의 궁빈이었다가 다시 그 태자인 광(廣)에게 욕을 당하고 죽었다. 선화부인이 비록 자의가 아니라 강제적인 폭력을 당한 것임에도 불구하고 팔낭과 구낭을 그녀에게 비유하는 최치원의 어조 속에는 선화부인처럼 지조를 잃은 여자는 다분히 부정적이라는 편견이 내제해 있다. 최치원에게는 사랑에 대한 믿음과 존중이 결여되어 있는 것이다. 식부인의 전고와 마찬가지로 사랑에 대한 최치원의 진정성 부재를 엿볼 수 있다. 사랑에 대한 최치원의 태도는 이미 변심의 영역 속에 있는 것이다.

(2) 변심 테마의 전기 양식적 성립 원리

변심 테마는 전기 양식 속에서 과연 어떻게 성립되는가. 이는 전기소설이란 장르 속에서 변심 테마가 유의미한 개념인가 하는 문제와도 관련된다. 애정불변 테마의 서사는 외부적인 시련이 먼저 전제되고 남녀 주인공이 여기에 대처해 나가는 과정에서 절의를 부각시키는 방향으로 짜여져 있다. 외적인 장애란 잘 알려져 있다시피 전란, 신분 질서 등이다. 이때 주인공들은 소극적인 주저함을 경험하기도 하지만 작품의 포커스는 이런 주인공의 소극적인 내면에도 불구하고 신의가 변치 않았다는 측면에 놓여진다. 그리하여 지기지음으로 상징되는 남녀의 영원한 사랑과 합일을 부각시킨다. 현실 세계의 장애나 유명의 간극에도 불구하고 결코 변하지 않는다는 점에서 이 사랑은 숭고미를 지향하며 지극히 이상적이다.

변심 테마는 이러한 애정불변 테마의 반대편 극단에 위치한다. 그러므로 변심 테마의 성립 원리를 알아보기 위해서는 반대로 애정불변 테마의 그것을 뒤집어 보는 것으로부터 출발할 필요가 있다. 애정불변 테마의 대표격인 「이생규장전」을 예로 들어서 설명해 보자.

홍건적의 난리 중에 이생과 최랑 부부는 절벽으로 피난한다. 적군 중의 한 놈이 칼을 뽑아들고 쫓아오자 이생은 자기 몸만 빼쳐 도망한다. 남겨진 최랑은 "이놈들아, 나를 죽여라. 차라리 승냥이 늑대의 뱃속에서 죽을지언정 어찌 개, 돼지의 짝이 되겠느냐?[2)]"라며 맹렬히 저항하다가 살이 도려내진 채 참혹하게 살해당한다.

---

2) "虎鬼! 殺陷我 寧死於豺狼之腹中 安能作狗彘之匹乎", 「李生窺墻傳」, 김시습, 『金鰲新話』, 동경판

기존 연구사에서 이 삽화는 주인공들의 사랑을 가로막는 운명적인 장애인 전란 소재의 대표적인 예로 인용되어 왔다. 그러나 중세적 질곡으로서의 전란 모티프 말고 이생과 최랑의 태도에 주목해 보면 기왕의 논의에서 주목하지 못한 의외의 사실 한 가지를 발견하게 된다. 자기 목숨을 부지하기 위해서라면 사랑하는 부인도 나 몰라라 할 수 있는 지극히 이기적인 인간의 모습이다.

이런 인간의 이기심은 실상 보통 인간의 일상성을 이르는 다른 말이다. 인간이라면 누구나 적든 많든 이기심을 지니고 있다. 인격을 도야하는 데 특별한 노력을 기울이는 사람이 아니라면 그 상대적인 비중은 높게 마련이다. 따지고 보면 이기심과 일상성은 종이 한 장 차이일 뿐이다. 어쩌면 같은 모습을 지칭하는 다른 이름일 수도 있다. 이렇게 보면 이생의 행동도 이해가 간다. 목숨이 위태로운 상황에 이르게 될 때 자기 외의 다른 것을 챙길 여력이 없게 된다는 건 평범한 인간이 본능적으로 택하게 되는 일반적인 행동이다. 무예를 갖춘 사람이 아니라면 감히 험악한 도적에게 맞설 생각조차 할 수 없는 것이 오히려 당연하다.

그런데 문제는 이런 이생의 모습이 그동안 「이생규장전」에서 구축해놓은 이상적인 부부상과 상당한 괴리를 보인다는 사실이다. 그간 연구사에서는 주목되지 않았지만 우리는 작가 김시습(金時習)이 「이생규장전」에서 구현하고자 한 인간상이 과연 무엇인가 하는 질문을 새삼 던져볼 필요가 있다.

이생과 최랑의 부부상은 일상의 평범한 부부의 모습이 아니다. "함께 거처한 이후 서로의 사랑과 공경함이 손님 대하듯 깍듯[3]"한 이들 부부의 모습은 신비들의 사귐, 그것에 다름 아니다. 공경으로 대접하되 사람과 사람 사이에 일정한 거리를 유지하는 형태다. 인간적으로 친해지면 질척

---

3) "自同牢之後 夫婦愛而敬之 相待如賓", 「李生窺墻傳」, 김시습, 『金鰲新話』, 동경판

거리게 되기 마련인 시속의 사귐과는 명백히 다르다. 신의의 끈으로 이어져 있되 보여주고 싶지 않은 개인적 내밀함을 인정해주는 이런 사귐은 사람과 사람 사이에 일정한 선을 유지한다. 인간적인 신뢰와 개인적인 거리 사이에서 아슬아슬하게 줄타기 하기란 그리 쉽지 않은 문제다. 대부분의 인간은 이런 관계를 고집하는 상대를 고고하다고 부담스러워하기 마련이다. 세속의 인간이 보기에는 다분히 이상적인 이러한 사귐이 유지되기 위해서는 같은 성향을 가진 사람 간의 만남이 전제가 되어야 한다.

작가 김시습은 이생과 최랑 부부를 통해 바로 이런 남녀 간의 이상적 사귐을 애정의 형태로 전유한 모습을 드러내고자 했다. 볼 것 안 볼 것 다 드러내고 결국에는 그것에 환멸을 느껴서 갈라지게 되는 세속적 인간이 쉽게 도달할 수 없는 이런 관계는 김시습의 독창적인 창조물은 아니다. 선비들의 이상적인 교유(交遊)를 남녀 관계로 옮겨놓은 부부상은 한문학의 전통 속에서 오랜 연원을 지닌 애정 고사로 전해져 왔다. 김시습은 그 중에서도 양홍(梁鴻)과 맹광(孟光), 포선(鮑宣)과 환소군(桓少君)의 고사를 인용하여 이생과 최랑 부부에게 대입시킨다.

양홍과 맹광, 포선과 환소군 부부의 이야기는 일종의 절의의 상징이다. 가난한 남편에게 부유한 집안 출신의 부인이 맞춰줬다는 이 두 고사에는 권력에 아부하지 않고 자신을 알아주지 않는 상대에게 굽히지 않는 선비들의 이상이 투영되어 있다. 생계 유지에 골몰하고 청빈함보다는 생활의 여유를 택하는 일상인의 현실적 모습과는 거리가 있다. 다분히 관념적이고 이상적이다.

그런데 이런 이상적인 부부상은 자연스레 열녀 이데올로기와 연결된다. 당사자야 어찌 되었건 이 이야기를 전해들은 제삼자가 보기에는 여성이 보여주는 희생적 측면에 주목했던 듯싶다. 부유한 집안 출신의 여성이 청빈한 남편의 생활 방식에 맞춰주기 위해 고생을 사서 한다는 것은 시속의 인간이 쉽게 택할 수 있는 삶이 아니다. 그럼에도 불구하고 이러한 여성의 희생은 중세 질서를 유지하기 위한 이념 체계에 부합되는 측면이 있다. 중세 체제는 수직적인 질서 하부에 존재하는 인간들의 절제와 희생에 의해 운영된다. 체제가 원활하게 돌아가기 위해서는 이들의 희생을 미덕으로 선양하고 보상을 할 필요가 있다. 이념 체계가 여성과 하층민에게 억압적일 수록 그것을 공식적으로 선전하는 이유가 여기에 있다. 양홍과 맹광의 이야기가 맹광의 열행담으로 『열녀전』에 수록되고, 바람직한 여성상의 대표적으로 '형처(荊妻)'란 고사로 유포된 것도 이런 원리에 기반한다.

같은 원리가 「이생규장전」에도 그대로 대입된다. 극단적인 위기 상황에서 관념의 옷을 벗어던지고 일상인의 본모습을 노출한 이생과는 달리 최랑은 끝까지 이데올로기화된 이상적 여성상을 유지한다. 자신에게 내면화되어온 이념의 당위성을 죽을 때까지 끌어안고 간 것이다. 이런 최랑의 모습은 열녀 이데올로기에는 적합하지만 지극히 비인간적이다. 열(烈)이란 관념으로부터 자유롭지 못한 최랑의 모습은 열녀전에 수록될 것으로는 적합하지만 실제 현실에서는 보통의 인간이 자발적인 의지에 따라 취할 수 있는 것이 아니다.

「이생규장전」의 영원한 사랑, 그 신화는 이렇게 여성의 희생과 열행에 의해 성립한다. 「이생규장전」하면 떠올리게 되는 저 유명한 인귀교환(人鬼交歡) 역시 최랑의 열행이 전제되지 않았다면 애초에 성립조차 될 수 없는 장면이다. 남편에 대한 지조를 지키기 위해 도적에게 맞서다가 살해당한 최랑의 모습은 유명의 간극을 뛰어넘어 못다 한 사랑을 잇고자 하는 인귀교환 모티프와 결합되어 숭고한 사랑의 형식을 형성하는 것이다. 이러한 원리는 현실성을 강화하면서 조금씩 그 구체적인 모습을 바꾸어가며 「동선기」, 「최척전」, 「왕경룡전」 등으로 이어진다.

그렇다면 작가 김시습이 「이생규장전」에서 궁극적으로 완성하고자 한 숭고한 사랑과 전란 삽화에서 삐죽이 드러난 남성의 이기심이 서로 괴리된다는 점은 어떻게 이해해야 할까. 전란 삽화가 현실의 위기 상황에 직면하여 사랑하는 사람보다는 자신의 목숨을 더 우선시하는 인간의 나약한 모습을 드러내고 있음에도 불구하고 남녀 주인공 사이의 신뢰는 변치 않는다. 오히려 그것은 여성의 관념적인 열행과 남성의 절사(節死), 인귀교환 등의 장치를 동원하여 이상적인 사랑의 형태로 승화된다. 이생이 절사하자 "이야기를 들은 사람들은 가슴 아파하고 탄식하였으며 그들의 절의를 사모하지 않은 이가 없었다.[4]"라고 한 결구는 작가의 의도가 어디에 있는지를 보여준다. 바로 인간의 왜소함을 절의 관념을 통해 이상적인 것으로 승화시키려는 것이다.

의식적이건 무의식적이건 「이생규장전」이 이러한 의도에 의해 다분히 인위적으로 조작되어 있다는 혐의를 피할 수 없다. 작가가 아무리 관념으로 포장해 내려 해도 끊임없이 삐져나오는 인간의 나약한 모습이 바로 그 반증이다. 절의의 화신 같았던 최랑도 귀신이 되어 나타나 비로소 관념에 가려져 있던 인간적인 모습을 드러낸다. 자신이 죽음으로써 정조를 지켜낸 것을 가리켜 "천성으로 절로 그렇게 된 것이지 인정으로야 어찌 그럴 수 있겠습니까?[5]"라고 한 최랑의 말은 유교 이념인 천리(天理)와 인욕(人慾)을 변별적으로 인식하고 있음을 은연중에 드러낸다. 최랑의 절사(節死)가 제도의 사회화 과정에 따라 학습된 이념에 따라 행해진 것이라면 인귀교환은 생전에 가려져 있던 인욕이 비로소 발현된 결과인 것이다.

이 지점에서 「이생규장전」이 집착하는 절의 관념과 그 구체적인 현실태인 열행에 대한 진지한 질문이 던져진다. 바로 관념이 미처 포용해 낼 수 없는 일상(日常)의 균열이다. 작가 김시습은 관념으로써 이러한 현실적 틈새를 싸안으려고 했고 그럼에도 불구하고 「이생규장전」은 곳곳에서 관념이 미치지 못한 빈틈을 드러내고 있는 것이다. 만약 이생과 최랑의 모습에서 조금씩 노출된 인간의 현실적 행동, 이기심, 나약함 등을 초점

4) "聞者莫不傷嘆 而慕其義焉", 「李生窺墻傳」, 김시습, 『金鰲新話』, 동경판

5) "固天性之自然 匪人情之可忍", 「李生窺墻傳」, 김시습, 『金鰲新話』, 동경판

화하고자 한다면 「이생규장전」은 전혀 다른 작품이 될 것이다. 그리고 당연하게도 그때는 이미 그 작품은 「이생규장전」이 아니다.

당위적 관념을 걷어낸 인간의 일상적인 모습을 주목하는 시선은 변심 테마 성립의 토대가 된다. 관념에 가려졌던 인간 본연의 육질을 파고 들어가다 보면, 예컨대 최랑을 버리고 삼십육계 줄행랑을 친 이생이 과연 신의 있는 인물인가 혹은 자신의 절사가 학습된 이데올로기의 결과였는가, 날카로운 의식을 드러낸 최랑이 과연 이생의 이기심을 자각하지 못했을까 하는 의문에 이르게 된다. 말하자면 조금씩 이기적인 인간들이 만나서 하는 사랑에 일말의 의심이 개입되지 않는다는 것이 과연 현실적으로 가능한가 하는 불만이다.

그리하여 변심 테마는 시련에 직면한 주인공들의 극복 과정 속에서 변하지 않는 절의에 초점을 맞추는 애정불변 테마의 서사와는 그 양상을 달리한다. 대신 시련을 전제로 하되 그것으로부터 추동되는 마음의 변화에 초점을 맞춘다. 관건은 외부적 시련의 극복 여부가 아니다. 외적 장애로 인해 주저한다면 그 소극성의 기저에는 이미 정(情)의 변화가 내재해 있는 것은 아닌가, 연락이 두절되거나 약속을 지켜내지 못했다면 그것은 이미 정을 잊었다는 것을 말함이 아닌가 하는 점을 파고든다. 다른 상대로 사랑이 옮아가는 배신은 더 말할 나위도 없다. 변심 테마의 서사는 이렇게 외부의 요인으로 인해 마음의 변화가 생기고 그것이 주인공들의 관계에 파급하는 미세한 결의 동요를 따라가면서 서사가 짜여지게 된다.

3) 전기 양식의 서술시각과 변심 테마

변심이란 관념과 현실의 길항 작용에 따라 두 가지 측면에서 이해될 수 있다. 하나는 당위에 따르는 의무를 배반하는 차원이다. 선험적으로 그러해야 한다고 규정되어 있으며 마땅히 그러하리라는 기대를 저버린다는 의미다. 변심의 주체는 미리 마련된 절대적인 판단의 잣대에 따라 비판을 받는다. 아울러 서술자는 철저히 변심의 상대자의 편에 서게 된다. 변심이란 당위적 관념 체계를 흔드는 어떤 것이며 마땅히 비난받아야 할 것이 되는 것이다. 다시 말해서 이런 층위에서 변심은 부정적인 무엇인 것이다. 이 경우 서술자는 교조적인 목소리로 서사의 문면에 개입할 수도 있다. 때로는 관념적인 판단 준거를 독자에게 들이대기도 한다.

다른 하나는 현실의 사정에 따라 자연히 그리되는 차원이다. 이러한 관점에서는 선험적인 관념을 인정하지 않는다. 모든 것은 상대적이다. 시간의 흐름에 따라 혹은 현실의 변화에 따라 믿음도 신뢰도 사랑도 변해간다. 변하는 어떤 것에는 그 나름의 사정이 있다고 보기 때문에 절대적인 기준으로 들이댈 판단의 잣대란 애초에 없다. 변심을 인정하기는 하면서도 여기에 부정적인 뉘앙스가 들어있지 않다는 뜻이다. 이 관점에서 변심은 누구나 한 번쯤은 할 수 있는 것이고 그러기에 쉽사리 비난의 목소리를 낼 수 없는 것이다.

따라서 이 층위에서는 변심 주체의 행동 때문에 상대가 받아야 할 고통이랄지 혹은 비극적 결과에 대해서는 충분히 동정을 표하면서도 변심 주체를 심판의 무대로 올리지는 않는다. 다시 말해서 서술자는 절대적 관념의 편에 서있지 않음은 물론 변심 주체 혹은 상대 그 어느 쪽에도 일방적인 옹호나 비난의 시선을 돌리지 않는다. 변심 주체에게서는 마음이 변할 수밖에 없는 이유를, 변심의 상대에게서는 주체의 변심 때문에 겪은 마음 고생을 각자의 입장에서 바라본다.

전기 양식이 변심을 그려내는 방식은 상기 두 층위 가운데서도 후자에 해당한다. 전기는 전통적으로 남성인 문인(文人) 혹은 사대부 작가의 욕망을 투영한 장르로 존재해왔다. 전기 양식에서 남주인공의 형상은 전통적으로 문인층 남성인 작가의 세계관으로부터 자유로울 수 없는 존재이기 때문이다.[6)]

대체로 문사 혹은 유생으로 설정되어 있는 남주인공은 당대의 핵심적인 지배 권력으로부터 소외되어있던 작가의 충족되지 못한 결핍감을 그대로 떠안은 인물이라는 점에서 작가적 욕망의 대리인이라고 볼 수 있다. 다시 말해서 전기 양식의 남주인공은 작가의 욕망이 투사된 일종의 페르조나(persona)다. 정치 혹은 사회적 기득권이 되었건 애정이 되었건 생래적인 결핍을 타고난 남주인공이 충족을 향해 나아가는 욕망의 유로에는 작가의 그것이 고스란히 반영되어 있는 것이다. 전기 양식의 이런 특징으로 인해 남주인공은 그 변심의 계기를 인정받는다. 여주인공은 이런 남주인공이 지배적 권력 대신 선택한 대상이다. 이 때문에 여주인공과의 사랑은 남주인공이 세계의 변두리에 여전히 존재하고 있다는 실존성 그 자체를 현현한다.

그런데 전기 양식에서 작가의 페르조나가 남주인공에게만 해당하는가 하면 그렇지는 않다. 물론 남주인공은 성별, 외형, 사회적 신분, 인간 관계, 정치적 성향 등등 제반 조건이 작가의 그것과 상통한다. 이 때문에 작가의 욕망은 변형됨 없이 남주인공의 그것에 일대일로 대응되는 경향이 있다. 여기서 페르조나라는 것이 다른 캐릭터로 가장(假裝)하기 즉, 다른 인물이 되어보기라는 고전적인 의미를 지니고 있다는 점을 되새겨 보면 의외의 사실이 눈에 들어오게 된다. 바로 전기 양식의 작가와 여성화자(女性話者)와의 관계이다.

전기 양식의 여성화자는 태생적으로 여성이 창작한 작품에서 나타나는 그것과 다르다. 남성 작가라는 프리즘을 통과한 것이기 때문이다. 여기에는 남성인 작가가 여성에게서 바라는 이상이 투영되어 있을 가능성이 크다. 때로는 그들이 눈 감고 싶어하는 여성의 현실에 대해 결정적으로 침묵할 수도 있다. 혹은 그녀들의 처지에 동정을 보내는 낭만적 감상주의가

6) 임형택, 「전기소설의 연애주제와 <위경천전>」, 『동양학』22, 단국대 동양학연구소, 1992, 26쪽

침투할 수도 있다. 만약 변심의 주체가 남성이라면 작가가 그려내는 여성화자의 진실성에 상당한 회의를 제기할 수도 있을 것이다. 이 경우 작가가 여성의 좌절된 욕망에 대해 동정을 표하면서도 남성의 변심을 긍정하는 어정쩡한 태도를 보인다는 평가가 내려질 수도 있다.7)

어찌 되었건 남성 작가에 의해서 '가장(假裝)'되어지는 여성화자는 실제 여성의 그것과 일치하지 않으며 남성 작가에 의한 왜곡의 여지를 다분히 품고 있다. 그러나 이러한 재구성의 과정에서 조작의 혐의를 피할 수 없음에도 불구하고 전기 양식의 여성화자가 중세 사회 속에서 가려졌던 여성의 욕망을 일정 정도 반영해 내고 있다는 의의를 부정할 수는 없다.

그렇다면 이제 전기 양식의 작가가 가장된 여성화자를 통해 현실에서는 발설할 수 없었던 혹은 좌절된 여성의 욕망을 비교적 인상적으로 그려내는 방식을 취할 수 있었던 이유에 대해 생각해보자.

먼저 전기 양식의 여성화자는 작가가 지닌 결핍감의 투사체라고 할 수 있다. 남성 중심적인 가부장제가 현재보다 훨씬 더 공고한 체제를 유지하고 있었던 중세 사회에서 여성은 상대적인 약자였다. 물론 이런 사회 속을 유영해 나간 여성 개개인의 생존 방식을 미시적으로 따져나가다 보면 다양한 스펙트럼이 재구될 수도 있겠다. 그러나 상대적인 약세라는 말은 적어도 결코 뒤집어질 수 없는 사회적인 도그마로서 남성 중심성이 유지되었다는 말이다. 도그마 속에도 일탈 가능성은 엄연히 존재하기 마련이다. 지금으로선 어디까진지 측정 불가능하나마 개개인별 혹은 계층별로 도그마 내부에서 허용되는 진폭은 추정 가능하단 말이다.

여기서 말하는 것은 어디까지나 전복되지 않고 존재한 중세 사회의 남성 중심성이다. 다시 본줄기로 돌아가 보자면 여성은 남성에 비해 중세적 도그마상 상대적으로 열등한 사회적 지위에 처해 있었다는 점에서 의심

7) 임형택, 전게논문, 36쪽

할 바 없이 결핍된 존재였다고 할 수 있다. 이 상대적 결핍이라는 지점에서 전기 양식의 작가와 중세 사회의 여성은 조우한다. 남성인 전기 양식의 작가는 규중에 갇혀 살며 자신의 정욕을 인정받지도 못하는 여성의 결핍 속에서 좌절된 자기 욕망의 얼굴을 발견했을 것으로 생각된다. 여성의 결핍된 욕망을 곡진하게 묘사해냄으로써 자신의 자전적인 결핍감을 투사하는 방식을 선택했을 것으로 해석할 수 있다. 이것이 남성의 변심을 형상화한 전기 양식의 작품에서 여성의 좌절당한 욕망이 절절하게 그려질 수 있었던 한 가지 이유다.

다음으로 전기 양식의 작가가 중세 사회 내에서 상대적 약자로 존재했던 여성의 처지를 작품을 통해 대신해서 드러내 준다는 의식을 지녔으리라는 점이다. 요컨대 대사회적인 대리 발화(發話)의식이다. 출신 성분 혹은 세계의 기득권과의 관계상 사회에 대해 비판적 시각을 견지하고 있었던 전기 양식의 남성 작가들은 소리 높여 말 못하는 여성들을 대신해 발화한다는 사명감을 가지고 있었을 것으로 보인다.

이러한 비판 의식이 여성화자의 때로는 항의하고 때로는 원망(怨望)하는 목소리로 표출된 것이라고 할 수 있다. 자신의 택부(擇夫)의 정당성을 설파하거나 남성의 변심을 질책하는 목소리에는 다분히 준절한 논리가 담겨있다. 남녀의 문제를 떠나서 시야를 확대한다면 당위적으로 규정되어 있는 체제의 불합리함에 대한 성토 혹은 개성 인정의 촉구로 얼마든지 읽힐 수 있다. 저 유명한 이옥(李沃)의 인간성 긍정론이 남녀지정(男女之情)의 문제를 빌어 전개되고 있다는 점을 상기해봐도 좋다. 전기 양식에 나타나는 여성화자의 목소리에서 허구성을 제거하고 나면 이옥의 논설(論說)과 다를 바가 뭐겠는가. 이러한 측면에서 전기 양식의 여성화자는 여러모로 남성 작가의 여성화자 한시의 그것과 비교할 만한 지점이 있다.

마지막으로 사회적으로 민감한 주장을 여성화자를 통해 희석하고자 하는 의도이다. 중세 사회를 지배해온 거대 담론들은 그것이 유교가 되었건 불교가 되었건 충, 의, 효, 열을 강조한다는 점에서 공통점을 갖고 있다. 그런데 체제를 창안한 지배층이 이를 유지하는 방식 또한 언제나 비슷하다. 사회적 도그마인 이런 관념들을 가장 효과적으로 유포하는 방식이란 바로 체제 질서상 가장 하부에 존재하는 인물을 내세우는 것이다. 체제의 최하단부에 있는 사람도 이렇게 당위적 관념을 준수하는데 상대적으로 체제의 혜택을 받는 너희들이 이를 어겨서야 되겠느냐는 식의 은근한 선동이다. 그러고 나서 관념을 준수한 대가로 동원된 이들에게 보상을 내리면 효과는 그 어느 것보다도 분명하다. 이 경우 동원되는 체제 하부의 구성원이란 대체로 천민, 여성이다. 이러한 경로를 통해 당위적 관념은 사회적 도그마로 공고하게 자리잡게 된다.

전기 양식의 작가가 설파하는 정욕론(情慾論)이란 이런 도그마를 흔드는 것이라는 점에서 충분히 문제적이다. 물론 남성화자의 소외의식 및 사회 비판적 발화 역시 논란의 소지가 있다는 점에서는 같은 맥락이지만 여기에는 다른 해석의 층위가 있다고 생각된다. 무슨 말인고 하니 문학을 통한 작가의 대사회적 비판 의식의 발화는 굴원(屈原) 이후로 의심할 바 없이 문학적 전통의 일례로 확고히 자리 잡았다. 그러나 전통적인 한문학의 창작 방식상 '정(情)'에 관한 담론(談論)은 예외가 아니었던가 싶다. 사회의 집체주의를 살짝 흔드는 개성론을 담고 있다는 의미가 있음에도 불구하고 정에 관한 담론이 직접적인 한편의 논설로서 쓰여진 경우는 거의 없지 않았나 생각된다. 그것은 언제나 허구의 세계를 가탁하거나 여성화자를 빌어서 우회적으로 언급되곤 했다. 전기 양식에서 정욕에 대한 담론이 예외 없이 여성화자를 통해서만 전개되고 있는 것도 이런 맥락이 아닐까 생각된다.

이에 대해서는 두 가지 해석이 가능하다. 전기 양식의 작가층과 한문학의 작가층 사이에 겹쳐지는 측면이 많은 만큼 단순히 여성화자라는 한문학의 오랜 화법(話法)에 무의식적으로 견인되었다는 해석이 그 한 가지다. 다른 하나는 의도적으로 여성화자의 화법을 활용했으리란 점이다. 필자의 판단으로는 어느 하나만 떼어놓고 볼 수 없을 만큼 이 두 가지가 복합적으로 작용했을 것으로 보인다.

2. 전기소설사의 구도와 변심 테마

변심 테마는 전기소설사의 시작인 나말여초 때부터 존재해왔다. 그러나 처음부터 변심 테마가 조선 후기와 같은 모습이었던 것은 아니다. 변심 테마는 유교·불교와 같이 각 시기를 지배했던 담론들에 의해 영향을 받아왔다. 이러한 지배 담론들과 변심 테마는 대립적 관계에 있다. 지배 담론들이 배포하고자 하는 덕목들과 변심 테마는 상치되는 관계에 있었기 때문에 왜곡되거나 축소되는 경우가 비일비재했다. 변심 테마는 전기소설사 속에서 형성·쇠퇴·성장·발전의 네 시기를 거치고 있는데, 이러한 전개 양상은 당대 지배 담론과의 관계에 의해서 설명될 수 있다.

변심 테마의 형성기에 해당하는 제1기는 나말여초이다. 나말여초는 종교적으로는 불교가, 정치 이데올로기로는 유교가 중심에 있었던 거대 담론의 지배기로, 삼국시대에 발생했던 변심 테마의 작품들이 문헌에 정착되는 과정에서 유교·불교의 교화적 이념에 의해 왜곡되고 변형되는 자체 검열이 행해졌다. 이 시기 변심 테마를 형상화하고 있는 작품은 「조신(調信)」, 「천관녀(天官女)」, 「최치원(崔致遠)」이다. 「조신」의 생활고로 인한 애정상실과 결별, 「천관녀」의 공명 성취와 가문 창달을 위한 배신, 「최치원」의 상층 남성의 계층적 편견 표출과 애정에 대한 회의 등으로 그 양상이 다채롭게 나타난다. 남성의 신분은 육두품으로 고정되어 있으나, 여성의 신분은 진골귀족·중인·기녀 등으로 다양하다.

그러나 이들 변심 테마의 작품들은 양적으로는 다수를 차지하며 적은 숫자가 아니었지만 그 초점이 사랑의 본질, 인간의 욕망과 본능 등 변심 테마가 환기할 수 있는 의미 있는 문제들을 작품 속에서 충분히 서사화해서 드러내고 있다고 보기는 어렵다.

첫째, 변심 테마의 제1기 작품들은 애정 자체에 초점을 맞추지 않음으로써 변심으로 인한 갈등을 미봉 또는 왜곡하고 있다. 대신 변심 테마는 불교적 깨달음과 교화(「조신」), 남성의 영웅성·비범성(「천관녀」)과 같은 다른 주제를 강조하기 위한 수단으로 활용되고 있다. 변심 테마는 수록서의 편찬자 의도에 따라 충(忠)·열(烈)·절(節) 관념, 공(空) 사상 등 다른 거대 담론들을 이끌어내기 위한 일종의 통과의례로 변형되고 있는 것이다.

둘째, 변심 테마의 제1기 작품들에서는 남녀 주인공 상호 간의 문제로 발전되지 못하고 어느 한 쪽의 일방적인 회의나 불신의 표출로 축소되는 경우(「최치원」)가 있다. 「최치원」에서 상층 남성의 계층적 편견과 애정에 대한 회의[8]는 인귀교환에 의한 환상적인 사랑이 종결되고 홀로 남은 시점에서 표출되고 있다. 변심 테마가 남녀 상호 간의 애정 갈등과 결렬 과정을 형성하며 확대되지 못하고 결구 부분에 가서야 겨우 남성의 인생 반성의 일환으로 드러나는 데 그치고 있는 것이다.

변심 테마의 쇠퇴기에 해당하는 제2기는 조선 초기인 15-16세기 무렵이다. 이 시기는 변심 테마의 전기소설은 한 편도 존재하지 않을 정도로

8) 임형택은 요망한 여우 운운하는 대목을 작가의 합리성의 발로(임형택, 전게논문, 102쪽)로 보았으나, 곧바로 서사 외적인 요인과 환치시켰다는 점에서 문제가 있다. 김현양은 이 대목이 이질적이고 당혹스럽게 표출되고 있으며, 최치원에 대한 작품의 모호한 성격화에 그 원인이 있다(김현양, 「최치원의 장르성격 논의에 대한 비판적 검토」, 『민족문학사연구』10, 1997)고 했으나, 「최치원」은 서사적 비약과 결락에 의해 의미의 단속이 잦고 인물의 내면화가 한시를 통해 상징적으로 암시되고 있는 작품이기 때문에 최치원의 인물 성격은 비약과 결락 속에 숨겨진 의미를 유추하고, 한시나 발화 내용에 인용되어 있는 전고를 적극적으로 해석해 내는 과정에 의해 충분히 재구성될 수 있다. 따라서 여우 운운하는 대목은 환상적 만남과 결연 과정에 인용된 전고를 통해 최치원이 끊임없이 표출하고 있었던 계급적 편견이 함축적으로 드러난 부분이라고 할 수 있을 것이다.

극심한 쇠퇴의 양상을 보여준다. 다만 문헌설화 가운데 전기소설적 성취를 보이는 작품으로 「안생전(安生傳)」만을 들 수 있다. 그나마 3종의 각편 가운데 『용재총화(慵齋叢話)』 이본에만 변심 테마에 해당하는 사족 남성의 계층적 편견과 하층 여성의 항의 삽화가 들어있다. 그러나 『용재총화』 소재 「안생전」에서도 역시 변심이 갈등과 결렬의 과정을 통어하는 핵심적 테마가 되지 못하고 있으며, 전반적으로 초점화되고 있는 갈등 요인은 '노주(奴主) 갈등'이라는 외부적 시련이다.

이처럼 15-16세기가 변심 테마의 쇠퇴기로 자리 매김 되는 원인은 다음과 같은 두 가지로 정리된다.

첫째, 전기소설사적으로 조선 초기는 애정불변 테마가 확립되면서 발전한 시기였다는 점이다. 이 시기에는 「이생규장전」, 「만복사저포기」, 「하생기우전」 등 전란과 유명의 간극과 같은 외부적 시련에도 변치 않는 영원한 사랑의 테마가 완성되었으며, 이로 인해 인귀교환 모티프로 상징되는 애정불변 테마의 작품이 전기소설의 주류로 자리를 잡았다. 따라서 변심 테마가 나말여초의 성과를 계승·발전시킬 수 있는 전기소설사적 여건이 성숙되지 못했을 것으로 볼 수 있다.

둘째, 성리학이 국가의 통치 이데올로기로서의 지배적 위치를 획득했다는 사실이다. 조선은 건국 이후 국가 체제를 정비하기 위해 의도적으로 절의·열행 등 유교적 덕목을 선양했다. 『삼강행실도(三綱行實圖)』 편찬을 통한 절의 관념의 배포와 충신·열녀·효자의 표창, 고려를 배신하고 조선 왕조 개창에 공헌한 정도전 대신 멸망한 고려에 끝까지 충절을 바쳤던 정몽주 계열을 중심으로 한 성리학의 도통 정립 등을 통해 변심·배신을 부정적으로 보고 변치 않는 절의를 숭앙하는 분위기가 이 시기를 지배했다. 이전 시기인 고려조의 전란 와중에 도덕 붕괴로 인해 생겨나 전해졌거나, 당대 정도전의 고려 배신과 관련하여 생겨났을 변심 소재의 이야기들은 이러한 성리학 중심의 담론 정비 과정에서 소거되었을 것으로 생각된다.

변심 테마의 성장기에 해당하는 제3기는 17세기이다. 이 시기는 양란(兩亂) 이후의 도덕 붕괴, 계층 질서의 재편, 새로운 경제 집단의 등장 등 성리학의 지배 담론적 위상이 흔들린 시기였다. 이러한 시대적 변화상을 배경으로 변심 테마의 작품들은 이 시기 전기소설사에서 양적으로 나말 여초의 수준으로 다시 확대되었다. 양란 이후 성리학의 권위가 심각한 도전을 받았던 실제 현실 속에서 변화된 인간상, 욕망과 사랑에 대한 새로운 관념이 변심 테마의 전기소설사적 확대로 나타난 것이다. 「주생전(周生傳)」의 계층적 이기심과 배신, 「최랑전(崔娘專)」의 공무(公務) 우선주의로 인한 약속 파기와 하층 여성의 비극적 죽음, 「상사동기(想思洞記)」의 입신양명으로 인한 정수사변(情隨事變) 등 변심의 양상 또한 다시 다채로운 면모를 회복하고 있다. 또한, 남성의 신분이 사족으로 고정되고 여성의 신분이 기녀·비녀·궁녀 등으로 다양화되고 있다는 점도 성과로 지적할 수 있다.

그러나 이 시기에는 비록 현상적으로는 성리학의 지배적 위치가 동요되고 절의 관념들에 위배되는 징후들이 광범위하게 나타났으나, 지배층을 중심으로 한 담론에서는 국가를 재통합하고자 하는 목적에 따라 예론의 복구와 보수적 관념화가 더욱 심화되었다. 이로 인해 제3기 변심 테마의 성장은 다음과 같은 한계를 내포하고 하고 있다.

첫째, 변심 테마는 제3기에 와서 양적으로는 재성장의 기회를 맞고 있지만 전기소설사의 주도권은 확보하지 못했다는 점이다. 변심 테마의 작품은 「최척전」, 「운영전」, 「동선기」, 「왕경룡전」 등 애정불변 테마의 작품들과 공존하는 데 그치고 있으며, 양적인 측면에서도 아직까지 애정불변 테마의 비중이 높다. 애정불변 테마의 작품들 역시 영원한 사랑의 환상과 신분 상승 가능성에 대한 희망을 제시하면서 향유층의 요구에 부응하는 길을 모색해 나갔기 때문에 상대적으로 변심 테마의 확대에는 한계가 있을 수밖에 없었다.

둘째, 제3기 변심 테마의 작품 중에는 나말여초나 15세기와 마찬가지로 삽화적인 양상에 머무르는 경우(「상사동기」)가 존재한다는 사실이다. 「상사동기」에서 남성의 변심으로 인해 여성이 고통을 받는 변심 테마의 전형적인 양상이 나타나기는 하지만, 남녀 주인공은 궁극적으로 다시 사랑을 회복한다. 여기서 변심 테마는 남녀 주인공이 영원한 사랑을 성취하기 위한 일시적 시련으로 그치고 있으며, 작품의 결구까지 통어하는 갈등과 결렬의 계기로 심화되지 못하고 있다. 제3기는 여전히 변심 테마가 인간성과 사랑의 본질을 탐구하기 위한 진지한 주제로 본격화되지 못한 작품이 존재하고 있는 것이다.

3. 변심 테마의 연원과 성립 배경

1) 문헌설화에 나타난 변심 테마의 전개 양상

믿음, 신의(信義)란 다분히 당위(當爲)를 내포한다. 본질적으로 인간이란 자신만을 위하는 이기적인 존재인 바, 신의는 마땅히 지켜야 하는 어떤 것이 되는 것이다. 신(信)은 바꿔 말하면 절(節)과도 통한다. 임금에 대한 절의는 충(忠)이며, 어버이에 대한 절의는 효(孝)가 되고, 친구나 주변 사람에 대한 절의는 신의가 된다. 그런데 선비, 사대부, 문사 등 유교 문화권의 문인들은 아무에게나 절의를 다하지 않았다. 마치 새가 깃들 나무를 택하듯이 자신의 절의를 다할 상대를 가려서 선택했다. 이렇게 문인 지식인들의 간택을 받은 존재가 바로 '나를 알아주는' 지기지음(知己知音)이다.

유교 문화권에서는 남녀 간의 애정에도 이러한 절의의 개념을 반영해 왔다. 절의의 인간이 충, 효, 신을 지키듯이 사랑하는 남녀가 애정의 맹세를 지켜내는 것도 절의의 일부로 보았다. 마찬가지로 남녀가 자신의 사랑을 받을 만한 존재로 택한 상대에게는 지기지음이란 표현을 썼다. 문인 지식인이 혹은 선비가 자신의 절의를 바칠 존재를 찾듯이 나를 알아주는 상대를 찾아 자신의 사랑을 바친다는 것이다.

당연히 지기지음으로서의 사랑에도 마땅히 지켜야 한다는 식의 당위의 개념이 포함된다. 당위 혹은 절의의 관념을 포함한 사랑이란 영원히 변치 않아야 할 어떤 것이란 의미다. 그런데 인간이란 본질적으로 자기를 우선시 하는 존재다. 특별히 태생적으로 이타적인 인간이 아니라면 남보다는 내가, 타인의 이익보다는 나의 이익이 더 중요한 문제가 되는 것이다. 어쩌면 절의니 신의니 당위니 하는 것이 필요해지는 것도 인간의 본질이 이처럼 이기적이기 때문인지도 모른다. 저마다 자신의 이익을 앞세우게 되면 체제가 존속할 수 없기 때문이다. 절의는 다수의 인간이 모여 구성한 사회를 존속시키기 위해 고안된 관념인 셈이다.

그렇다면 인간이 마음 가는 대로 자신의 본능을 놓아둔다면? 다시 말해서 관념에 의한 규제에 따르지 않고 자기 하고 싶은 대로 한다면? 아마도 인간의 마음은 상황에 따라 쉽게 변할 것이다. 사랑도 마찬가지다. 한번 맹세한 사랑을 영원히 지키지 않아도 된다고 한다면? 아니 다른 사람을 사랑하거나 자신의 이익을 위해 사랑을 버리거나, 무시하거나 해도 주변의 비난을 받지 않는다면? 혹은 소위 대업(大業)을 위해 사랑을 버려도 된다고 허락을 받는다면? 두말할 것도 없이 사랑은 다른 곳으로 옮겨갈 것이다. 사랑이 변한다는 말이다. 이 점에서 변심(變心)은 인간의 본능에 따라 마음 가는 대로 놓아둔 결과다.

주목할 점은 변심이 이렇게 인간의 본능적인 영역임에도 불구하고 대부분의 인간은 변심이란 다분히 부정적인 것이라고 인식한다. 그런데 이러한 인식은 공식적인 차원이다. 실제로는 말없이 변심을 끊임없이 행하면서 공적인 자리에서 이야기할 때는 절의란 반드시 지켜야 하는 어떤 것이고 사랑은 변해선 안 된다고 한다. 하나의 사회적 체제가 존속하고 인간이 그 속에서 살아가야 하는 한 그 사회가 장려하는 규범을 지켜야 하기 때문이다.

끝없이 속이고 변심하는 것이 인간의 현실이라면 관념의 영역에서 반드시 이러이러 해야 한다고 인간의 현실을 규정하는 것은 이상(理想)이다. 말하자면 현실의 너머에 있는 환타지다. 이 점에서 영원한 사랑의 믿음 역시 환타지다. 어쩌면 현실을 살아가는 대부분의 인간이 변심하기 때문에 이러한 사랑의 환타지가 장려되는 것일지도 모른다. 일상을 살아가는 보통의 인간이라면 쉽게 지켜낼 수 없는 것이기 때문이다.

변심이 이처럼 공적인 차원에서 장려되는 것이 아니기 때문에 변심한 인간의 이야기 역시 양적으로 그다지 많지가 않다. 변심한 인간이 등장하는 텍스트 역시 다른 관념을 장려하는 이야기로 변개되어 있다. 사회 체제의 존속을 위해 필요한 관념을 부각시키면서 변심을 은폐하는 식이다.

나말여초(羅末麗初)부터 조선 후기까지 향유된 문헌설화 속에는 이러한 변심 테마의 흔적이 지속적으로 드러난다. 관념의 덮개를 치우고 나면 변심하는 인간의 본모습이 더욱 뚜렷해진다.

관념의 규제를 뚫고 스멀스멀 흘러나온 변심 테마는 현실적, 일상적 존재인 인간의 본능적인 모습을 보여준다. 동시에 변심 테마를 통해 이기적인 인간의 본질을 관념이 어떻게 변형하는지, 그리고 그 의도는 무엇인지 하는 관념과 인간의 본능 간의 관계를 살펴볼 수도 있다. 여기서는 문헌설화의 역사적 전개 양상 속에서 이러한 문제를 짚어보기로 한다.

(1) 변심 테마의 다양한 모습 : 나말여초-고려조

① 관념의 체계적 질서화 이전 : 변심 테마의 다양한 흔적

문헌설화는 한 세기 앞의 구전 전승을 문자로 기록한다. 삼국시대의 이야기가 나말여초에 기록되고, 고려조의 이야기가 조선 초기에 와서 본격적으로 기록되는 식이다. 물론 삼국시대의 설화를 당대에 기록한 『수이전(殊異傳)』 같은 경우도 있지만 현재 남아있는 문헌설화는 대체로 한 세기 전의 기록을 담고 있다. 삼국시대의 구전설화가 고려조의 『삼국유사(三國遺事)』, 『삼국사기(三國史記)』에 남아있고, 고려조의 구전설화가 조선 초의 『용재총화(慵齋叢話)』에 기록되어 있는 식이다.

삼국시대는 변심을 담은 이야기가 다수 발견된다. 「최치원(崔致遠)」, 「김현감호(金俔感虎)」, 「조신(調信)」, 「천관녀(天官女)」가 바로 그 예다. 「최치원」은 신라시대의 실존 인물인 최치원(崔致遠)이 중국에서 두 명의 여귀(女鬼)를 만나 하룻밤 사랑을 나눈 이야기다. 이 중국 여귀들은 지기지음과 혼인하지 못할 바엔 죽음을 택한 처자들이다. 주목할 점은 여귀들은 뛰어난 문사(文士)인 최치원과 만나 사랑을 나눈 결과 욕망을 충족했지만 최치원의 경우에는 그렇지 않았다는 사실이다. 최치원은 여귀들이 충족함을 품고 저승으로 돌아간 후 그녀들을 가리켜 요물(妖物) 운운한다. 그의 사랑의 진정성을 의심하기에 충분한 대목이다. 진심으로 사랑한 상대에게라면 요물 운운할 수 없기 때문이다. 여귀들과는 달리 하룻밤 사랑으로부터 충족함을 구할 수 없었다는 증거다. 변심을 짐작케 한다.

「김현감호」는 육두품 지식인인 김현이 탑돌이를 하다가 호녀(虎女)와 사랑한 이야기다. 호녀는 인간에게 해를 끼친 오라비들의 죄를 대속(代贖)하여 죽으려 하면서 김현에게 출세의 기회를 주겠다고 한다. 자기가 도성에 들어가 야료를 부리면 나라에서는 틀림없이 벼슬을 내걸고 자신을 죽일 사람을 구할 테니 자신을 팔아서 출세의 기회를 잡으라는 것이다. 우리는 김현이 진정으로 호녀를 사랑했다면 마땅히 호녀의 제안을 거절할 것이라고 기대한다. 진정한 사랑이란 마땅히 그러해야 하는 당위의 영역이라는 인식이 우리의 뇌리에 박혀있기 때문이다. 그러나 김현은 하다못해 내가 어찌 당신을 팔아 영화를 구할 수 있겠느냐는 식의 말 한 마디 없이 묵묵히 그녀를 팔아 출세를 구함으로써 우리의 기대를 배반한다.

마땅히 그러하리란 우리의 기대를 벗어난 김현의 행동은 의심할 여지없이 변심의 영역 속에 위치한다.

「조신」은 승려인 조신이 남몰래 사모하던 문벌 귀족의 딸 김씨녀(金氏女)와 사랑의 도피를 했다가 생활고에 시달리다 못해 헤어졌더니 모두 일장춘몽(一場春夢)이었다는 이야기다. 인생무상이라는 불교의 교리를 설파하는 액자 밖의 이야기를 제거하고 나면 액자 속 「조신」 이야기는 명백한 사랑 이야기다. 그런데 이 액자 속 이야기는 현실에 따라 변하는 사람의 마음을 여과 없이 보여준다. 조신은 김씨녀가 각자도생(各自圖生)하잔 말을 꺼내자마자 기다렸다는 듯 동의한다. 그 역시 같은 마음이었던 것이다. 치마 자락이라도 잡고 매달리던지, 눈물을 뿌리며 한탄하는 신파를 연출하지도 않는다. 사랑이 남아있기는 하겠지만 조신과 김씨녀 어느 한 쪽도 그것 때문에 더 이상 현실의 삶을 망치려 들지 않는다. 신분의 장벽을 뛰어넘어 야반도주를 할 만큼 열렬했던 사랑도 삶의 고단함 앞에서는 변할 수 있다는 것을 보여주는 것이다.[9)]

「최치원」, 「김현감호」, 「조신」은 하나같이 삼국시대에 만들어져서 고려조의 문헌 기록으로 전해지는 이야기다. 이러한 텍스트의 존재 조건은 보다 세심하게 고려될 필요가 있다. 삼국시대는 부족 단위를 넘어 국가의 틀을 본격적으로 형성해간 시기다. 국가의 시스템을 원활하게 운용하기 위해서는 특정한 이념을 중심으로 한 관념화가 필요하다. 삼국의 정립기에 이 역할을 떠맡은 것이 바로 불교였다. 불교는 개개인에게 불성(佛性)

9) 물론 「조신」의 주인공 부부가 헤어지는 마지막 장면은 사실적 수법에 의한 것으로 볼 수도 있을 것이다. 그러나 어떠한 외부의 고난에도 불구하고 주인공들 간의 애정이 퇴색되지 않는 영원불멸한 애정 테마의 작품들과 비교해 본다면 「조신」의 이질성이 두드러진다. 「조신」에서는 생활고에 의해 사랑이 퇴색되고 그로 인해 결별이 발생된다. 서로가 상대에게 누만 될 뿐이며, 생활을 유지할 수 없는 상황에서 사랑은 부질없는 것임을 인정하는 김씨녀의 고백에 이르면 전란의 참혹상이나 삶의 고난에도 불구하고 애정을 변치 않는 영원불멸한 애정 테마와의 뚜렷한 차이가 드러난다. 「조신」의 주인공들은 현실적인 이유로 사랑을 포기할 수 있는 인물들인 것이다.

이 있다고 하며 얼핏 개인적, 상대적 관점을 견지하는 것 같지만 기실 삼국의 국가 이데올로기로 선양된 불교는 국가라는 집체를 우선시 하는 호국불교였다. 개인은 국가주의, 민족주의의 일부분으로 존재하며, 여성은 남성의 뒤로 밀려난다.

고려조에 들어서면 국가 통합 이념으로서의 불교의 역할은 더욱 강화되며 이러한 국가, 민족 우선주의는 충, 효, 열의 당위적 관념과 결합하기까지 한다. 고려 중・후반이 되면 불교는 사적인 정신적 영역으로 넘어가고 유교가 공적인 영역 전반으로 부각되면서 유・불교의 이념이 관념의 영역에서 마치 쌍두마차와도 같이 고려 사회 전반을 이끌고 가는 양상을 보여준다. 삼국시대부터 고려조에 이르기까지 변심 텍스트가 국가 체계, 남성 중심주의, 종교 교리라는 거대 담론의 그늘에 가려 은폐될 가능성이 바로 여기에 존재한다. 「최치원」 전승에서 요물 운운하는 최치원의 변심이 부각되지 못하거나, 「김현감호」가 호녀의 살신성인(殺身成仁)의 미덕을 찬양하는 이야기로 받아들여지거나, 「조신」이 인생무상이라는 불교적 교화를 설파하는 이야기로 전해진 것도 다 이런 이유 때문이다.

그나마 삼국시대는 이제 막 불교가 토속신앙과 전통을 대체하기 시작한 시기라 집체적인 이념으로서의 기능이 상대적으로 약한 시기였다고 할 수 있다. 토속신앙과 생활 방식 하에서 탄생된 이야기들이 여기저기 구전되면서 불교적 관념과 습합될만한 지점을 모색하는 시기였다. 이렇게 거대 담론이 본격적으로 체계화하기 이전에 여기저기에서 발견되는 성긴 그물망은 당위적 관념의 서례 속에서도 변심의 흔적을 간직한 텍스트가 존재할 수 있게 하는 배경이 된다.

② 남성 변심에 관한 두 가지 서술시각 : 「천관녀」 전승

「천관녀(天官女)」는 화랑 시절 김유신(金有信)의 사랑과 배신을 담은 이야기로 나말여초부터 조선조까지 폭넓은 시대적 전승을 보인다. 기녀인 천관을 만나 사랑했으나 모친의 반대를 받아들여 천관을 버렸다는 내용이다. 「천관녀」는 널리 전해지면서 다양한 각편을 산생했다. 대덕(大德)과 관산(冠山)의 중앙에 위치한 천관산(天官山)의 지명 전설로 전해지기도 하고 이인로(李仁老)(1152-1220)의 『파한집(破閑集)』에 천관사(天官寺) 연기설화의 형태로 채록되어 있기도 하다. 한편 「천관녀」 전승은 고려조 이공승(李公升)(1099-1183)에 의해 「천관원사(天官怨詞)」[10]라는 문학 작품으로 재창작되기도 하였다. 「천관녀」 이야기가 다양한 계층의 향유층 속에서 오랜 기간 유전될 만큼 강렬한 인상을 주었다는 증거다.

「천관녀」 전승의 오랜 생명력은 아무래도 남성의 배신과 여성의 죽음이 야기하는 드라마틱함에 있을 것이다. 게다가 여기에는 귀족 남성과 천기의 사랑이라는 신분의 차이와 남성 집안의 반대라는 강렬한 장애 요소까지 개입되어 있다. 뿐만 아니라 주인공 남성은 훗날 삼국통일의 위업을 이루어낸 민족적 영웅인 김유신이다. 남성 입장에서는 가문의 영광과 민족적 숙원이냐 사랑이냐 사이에서 씨름하는 고뇌를 읽을 수 있고 여성 편에서는 신분의 장벽을 넘지 못해 버림받은 한 서린 원망이 묻어난다. 어느 편에서 보느냐에 따라서 이야기는 전혀 달라진다. 다양한 계층에서 두루 이야기 거리가 될 수 있었던 이유가 바로 여기에 있다.

「천관녀」 전승은 서술시각에 따라 천관녀 중심적인 텍스트와 김유신 중심적인 텍스트로 나뉜다. 전자에는 천관산 지명 전설과 이공승의 원사(怨詞)가 속하고 후자에는 『파한집』을 비롯한 『동국여지승람(東國與地勝覽)』, 『동경잡기(東京雜記)』 소재의 각편들이 속한다. 이러한 서술시각의 차이는 전기 양식의 변심 테마에서도 확인된다.

천관산 지명 설화는 김유신의 배신과 천관녀의 죽음 그 이후를 다룬다.

10) 『동국여지승람』과 『동경잡기』에도 『파한집』의 내용이 그대로 전재되어 있다.

일종의 후일담이라고 할 수 있다. 그런데 주목할 것은 남녀 주인공들의 위치가 기존에 익숙한 전승과는 달리 정반대로 전도되어 있다는 점이다. 천관녀는 단순히 천기가 아니라 삼국통일의 위업을 달성할 인물을 시험하기 위해 기생으로 위장하여 접근한 천관보살(天官菩薩)로 격상되어 있다. 반면 김유신은 삼국통일 이후에도 천관녀를 잊지 못해 사랑을 구걸하지만 거절당하는 모습으로 왜소화되어 있다. 이러한 인물의 전도는 천관산 설화의 향유의식이 어디에 있는가를 명확히 보여준다. 배신한 김유신이 아니라 그에게서 버림받은 천관녀의 입장에서 원래의 이야기를 뒤집어 보고자 한 것이다.

이 이야기에서 천관녀는 더 이상 배신당한 비극적 인물이 아니다. 아울러 김유신도 자신의 과업을 위해 여자쯤은 얼마든지 버릴 수 있는 의지적인 인물이 아니다. 천관녀는 김유신을 시험하고자 인간계로 내려온 천상의 고귀한 존재고 김유신은 그녀에게 연연해하는 왜소한 인간일 뿐이다. 원래의 이야기에서 신분 질서와 남성의 이기심 때문에 일방적으로 패배 당했던 천관녀가 이 텍스트에서는 세계의 주도권을 쥔 인물로 바뀐 것이다. 여기에는 천관녀의 비극적 패배를 보상해주고 싶은 향유층의 의도가 담겨있다. 이 텍스트가 후일담의 형식을 취하고 있는 것도 이런 이유에서다. 원래의 이야기에서는 이렇게 패배했지만 알고 봤더니 사실은 이런 내막이 숨어있었더라는 식의 후일담 형식은 원텍스트의 결말을 뒤집기에 딱 알맞다. 천상계의 논리를 끌어들인 것도 같은 맥락이다.

이공승의 원사는 천관녀 중심의 시각을 취한 점에서는 천관산 설화와 같지만 문학적 구현 방식에 있어서 전혀 다른 길을 택했다. 직접적인 문학적 보상보다는 천관녀의 내면에 존재했을 비원과 정한을 부각시켜서 보여준다.

이공승의 원사는 상대에게 배신당한 천관녀의 내면을 절절히 그려낸다. 여기서 한시는 독자의 공감을 유도하기 위한 적절한 형식이 되고 있다. 버림받은 고통 자체를 부각시킴으로써 남성의 변심으로 인한 비극을 여성의 입장에서 되짚어 보게 한다. 천관산 설화의 문학적 보상 논리가 패배한 기층민인 인물에 대한 동일시에 의해서 이루어진 것이라면 이공승의 원사는 지식인의 비판적 인식의 소산이다. 천관녀의 내면을 드러내는 보여주기의 형식은 단순히 패배한 인물의 입장만을 보여주는 데 그치지 않는다. 패배한 천관녀의 비한(悲恨)을 그려냄으로써 그녀를 죽음으로 몰아넣은 세계의 질서와 부심한(負心漢)인 김유신에 대한 비판을 은유적으로 드러내고 있는 것이다.

반면 『파한집』을 비롯한 문헌설화는 김유신의 과단성과 자기 극복 의지를 부각시키는 데 중점을 둔다. 이 각편은 김유신이 삼국통일을 주도할 수 있었던 영웅성을 찾아볼 수 있는 일화의 하나로 천관녀와의 이야기를 인용한다. 이 때문에 배신당한 천관녀의 비극적 운명은 서술자가 주목할 대상이 되지 못한다. 천관녀의 죽음은 영웅이 과업을 성취하기 위해 거쳐야 할 통과의례 혹은 희생 정도로 치부된다. 남성의 대의를 위해 여성과의 사랑은 저버리는 것이 당연한 것이다란 논리다. 이러한 서술시각 하에서 김유신의 배신은 위대한 남성이 택해야 할 숭고한 행위로 격상된다. 「천관녀」의 문헌설화 전승은 철저히 남성 중심적 시각에 의해 형성된 텍스트인 것이다.

③ 남성 중심적 서술시각과 변심의 은폐 :「충선왕(忠宣王) 이야기」와 「조반(趙胖) 이야기」

「충선왕(忠宣王) 이야기」[11]와 「조반(趙胖) 이야기」[12]는 고려조의 이야기인데 조선 초기 문헌에 기록되어 있다. 먼저 「충선왕 이야기」를 살펴보

---

11) 『용재총화』, 권3, 『국역 대동야승』, 권1, 민족문화추진위원회, 71쪽, 1973
12) 『용재총화』, 권3, 『국역 대동야승』, 권1, 민족문화추진위원회, 70쪽-71쪽, 1973

자. 「충선왕 이야기」는 충선왕(忠宣王)이 원(元) 나라에 정인(情人)을 두고 귀국했다가 그 여자를 잊지 못하고 이제현(李齊賢)에게 원나라에 가서 보고 오라고 했다. 이에 이제현은 그 여자가 다른 남성들과 놀아났다고 거짓말하여 충선왕의 마음을 다잡게 했다는 이야기다. 일단 충선왕은 국가의 경영이냐 사랑이냐의 갈림길에 놓였을 때 공적인 사명을 우선시하여 정인을 저버린 인물이다. 그러나 한편으론 「천관녀」의 김유신처럼 사랑을 초개같이 저버릴 의지를 지니지도 못한 사람이어서 그리움을 참지 못하기도 한다. 공무와 사랑 사이에서 무게추가 공무 쪽으로 기울긴 하되 후자를 끊어버리지도 못하는 왜소한 인간의 형상을 보여주는 것이다. 이제현은 이러한 충선왕의 딜레마에 개입하여 무게 중심을 공무 쪽으로 완전히 기울게 하는 인물이다. 다시 말해서 정인에 대한 충선왕의 미련을 끊어놓는 역할을 하는 것이다.

여기서 주목해야 할 점은 이제현의 거짓말에 대한 충선왕의 반응이다. 충선왕은 확인 절차도 거치지 않은 채 이제현의 말을 덜컥 믿어버린다. 뿐만 아니라 땅에 침을 뱉어가며 여인에게 연연해한 자신을 반성한다.[13] 충선왕의 사랑이란 제삼자가 꾸며낸 한 마디에 식을 수 있는 딱 그 정도인 것이다. 여기에는 남성은 여성을 버릴 수 있어도 여성은 자신을 버린 남성에 대한 지조를 지켜야 한다는 자기 중심적인 논리가 내재해 있다. 반대로 말한다면 사랑의 지속은 남성의 변심에도 불구하고 변치 않는 여성의 정절에 의해서 성립된다는 인식이 드러난다.

「충선왕 이야기」의 서술자는 "보내주신 연꽃 한 송이 처음엔 분명하게도 붉더니 가지 떠난 지 이제 며칠 사람과 함께 시들었네."[14]라는 여인의

---

13) "王大懊唾地", 『용재총화』, 권3, 『국역 대동야승』, 권1, 민족문화추진위원회, 71쪽, 1973

14) "贈送蓮花片, 初來的的紅, 辭枝今幾日, 憔悴與人同", 『용재총화』, 권3, 『국역 대동야승』, 권1, 민족문화추진위원회, 71쪽, 1973

한 서린 정한에는 전혀 주목하지 않는다. 일화가 전하는 변심의 사실이 파편적으로 서사화되어 있기는 해도 이는 어디까지나 서술자의 서술의도 밖이라는 말이다. 「충선왕 이야기」의 서술자는 충선왕의 변심과 이제현의 남성 중심적 논리에 의해 희생된 여성의 비극에 초점을 맞추는 대신 이제현의 충성심을 부각시킨다. 그리하여 충언의 논리 속에 자기 중심적인 남성의 이기심과 버려진 여성의 정한은 은폐되고 이제현은 당대의 이념이 선양하는 충신으로 각인된다.

「조반 이야기」는 고려조의 재상 조반(趙胖)이 원나라에 있으면서 여종을 사랑하여 비첩(婢妾)으로 삼았는데 병란의 와중에 홀로 도망치고 버려진 비첩은 자살했다는 이야기다. 얼핏 보면 전란이란 운명 앞에서 갈갈이 찢긴 남녀의 사랑을 다룬 것 같지만 자세히 보면 의외의 면이 보인다. 바로 자신의 목숨과 관련된다면 아무리 사랑하는 사람이라도 저버릴 수 있는 인간의 자기 중심성이다.

조반은 "이렇게 병란으로 시끄러울 적에 이런 요물(妖物)을 끼고 있다가 도적을 만나면 살아날 길이 없으니, 원하건대 주인은 정을 끊고서 이 여자를 버리십시오."[15]라고 하는 노복의 말에 잠시 주저하다가 마침내 비첩을 버리고 달아난다. 여성을 가리켜 요물 운운하는 것은 계층적 편견과 남성 중심적 시각을 견지하는 텍스트에서 흔히 나타나는 표현이다. 여기에는 인귀(人鬼) 혹은 인수(人獸)에 대한 인식이 분화되지 않았던 시대에 미지의 존재나 자신이 속하지 않은 계층의 인간을 동물이나 귀신으로 그리는 의식과 유사한 차원의 것이 내재해 있다. 자신과 동등하지 않은 존재이며 축(逐)의 대상이라는 의미가 들어있다고 할 수 있다. 대체적으로 설화에서 요물로 묘사되는 존재의 성별은 여성이다. 이 점에서 요물이란 표현은 여성에 대한 비하적인 뉘앙스도 포함한다.

---

15) "如此兵戈騷屑之際, 挾此妖物, 若遇寇盜, 則必無可生之理, 願君割恩棄之", 『용재총화』, 권3, 『국역 대동야승』, 권1, 민족문화추진위원회, 71쪽, 1973

인간과 자연이 혼재된 시대의 요물이란 표현이 비현실적인 존재에 대한 인간의 편견을 드러낸다면 본격적인 역사 시대의 서사물에서 나타나는 요물이란 표현은 계층적인 편견으로 상대적인 비중이 옮아간다. 「조반 이야기」 역시 하층 여성에 대한 상층 남성의 계층적 편견과 이기심을 여지없이 드러낸다. 비록 노복의 부추김을 받은 것으로 되어 있기는 하지만 노복의 말은 조반의 내면을 간접적으로 드러낸 것에 다름 아니다. 결국 조반은 노복의 말을 따랐기 때문이다. 병란의 와중에 연약한 여자를 내버리고 가는 것은 누가 뭐래도 비인간적인 일이다. "두 발이 해어져 걸을 수 없게 되었는데도"[16] 온 힘을 다해 자신을 버린 남편을 뒤쫓고자 한 비첩의 모습은 참혹하기 이를 데 없다.

「조반 이야기」의 서술자는 남성 등장 인물들이 노출하고 있는 이러한 계층적 편견과 남성 중심적 시각을 정당화하고자 한다. 앞서 주목한 요물이라는 말은 이러한 비인간적인 상황을 정당화시키는 구실을 하는 대표적인 표현이다. 사나이 대장부의 앞길을 가로막는 부정적인 존재는 당연히 내버려도 된다는 논리를 제공하기 때문이다. 이뿐만 아니라 서술자는 조반과 비첩의 관계를 진실한 사랑으로 채색하여 조반의 이기심을 은폐하고자 하는 의도를 드러내기도 한다.

「조반 이야기」의 서술자는 조반과 비첩을 '부부(夫婦)'라고 기술하며, 이들의 정을 비익조(比翼鳥)와 연리지(連理枝)에 비유한다.[17] 잘 알려져 있다시피 비익조와 연리지는 당명황과 양귀비의 고사에서 유래하는 것으로 염정 고사에서 남녀의 사랑을 비유하는 단골 메뉴다. 특히 전기 양식에서 즐겨 인용하는 전고이기도 하다. 「조반 이야기」의 서술자가 주인공

16) "兩足瘃裂不能步", 『용재총화』, 권3 『국역 대동야승』, 권1, 민족문화추진위원회, 71쪽, 1973

17) "伉儷繾綣之情, 雖比翼連枝, 未足擬其彷彿也", 『용재총화』, 권3, 『국역 대동야승』, 권1, 민족문화추진위원회, 70쪽, 1973

들의 관계를 단순히 주인과 비첩의 그것으로 보지 않고 생사를 초월하여 사랑하는 인물들의 관계로 보고 있음이 여기서 드러난다.

이런 서술시각은 조반을 따라오던 중 연못에 투신 자살한 비첩의 절개를 운운하는 대목에도 그대로 이어진다. 비첩은 조반에게 지조를 지키기 위해서 자살한 게 아니다. 3주야나 쉬지 않고 달아나는 조반을 따라가던 비첩이 연약한 몸으로 더 이상은 뒤쫓을 엄두가 나지 않아 마침내 연못에 투신했다는 것이 진실이다. 자신을 버린 남편을 쫓아갈 힘조차 남지 않은 상황에서 절망 끝에 선택한 행위인 것이다. 비첩에게 있어서 '버려짐'이란 죽음보다 더한 공포라는 사실을 알 수 있다. 「조반 이야기」의 서술자는 이러한 비첩의 절망적 선택을 열녀 이데올로기로 포장한다. 비첩이 죽음에 이르기까지의 현실적 맥락이 거세된 것이다.

열녀로 포장된 비첩은 이제 죽음으로써 절개를 지켜낸 숭고한 여성상으로 이상화된다. "전에는 재주와 외양을 사랑했으나 이제 와서는 그 절개에 더욱 탄복"[18]하여 본국에 돌아와 늙어서도 "비통(悲痛)"해 했다는 조반의 후일담은 남성의 편의에 따라 버려진 여성이 자신의 가치를 인정받기란 죽음을 통해서일 수밖에 없는 것임을 보여준다. 살아서는 현실적 논리에 따라 버려졌지만 죽어서는 그 현실적 맥락과는 관계없이 이상적인 여성으로서 존재를 인정받게 된 것이다.

물론 버려진 남편을 끝까지 뒤쫓는 비첩의 모습은 일부종사의 미덕을 극한 상황에서도 지켜낸 당대의 바람직한 여성상을 구현한 것이기는 하다. 그러나 비첩이 처한 극한 상황이란 게 순전히 어찌할 수 없는 운명에 의해 형성된 게 아니라 남성의 편의에 의해 조성된 것이라는 점에서 문제의 소지가 있는 것이다.

여기서 「조반 이야기」의 서술자는 서술시각 상의 모순을 노출한다. 앞

---

18) "公嘗愛才色, 至是尤服其節", 『용재총화』, 권3, 『국역 대동야승』, 권1, 민족문화추진위원회, 71쪽, 1973

서 지적했던 대로 외부적 시련에도 변치 않는 사랑의 상징인 비익조와 연리지의 전고를 인용하여 조반과 비첩의 사랑을 묘사한 대로라면 조반은 노복의 요물 운운에도 불구하고 비첩을 내버리지 않았어야 했다. 아무리 비첩 때문에 말의 걸음이 느려졌다 해도 그녀를 끝까지 챙겼어야 비익조와 연리지의 고사에 부끄럽지 않은 행동이다. 그런데 조반은 노복의 충동질을 듣고 비첩을 버려둠으로써 비익조와 연리지가 상징하는 암수 한 몸의 신화를 스스로 깨버렸다. 이미 버려진 비첩만이 홀로 깨어진 비익조·연리지의 신화를 잇기 위해 아등바등하다가 좌절 끝에 죽음을 택한 것이다. 「조반 이야기」의 남성 변심은 이렇게 여성의 희생을 딛고 선 열녀담 형식 속에 교묘하게 은폐되어 있다.

(2) 국가 통합 이념의 수립과 변심의 자취 : 조선 초기

① 관념 중심으로서의 유교와 변심 테마의 파편적 흔적

고려 후기 신진 사류에 의해 이념적 대안으로 제시되었던 유교는 당시에는 이념의 중심이 아닌 변두리에 위치하고 있었다. 국가 구성원의 정신과 일상사 전반을 지배한 이념의 중심은 여전히 불교였고 유교는 실무적인 정치 이념으로 활용된 정도였다. 그러나 신진 사류가 조선 창업 세력으로 나섬에 따라 주변적 존재였던 유교 역시 이념의 중심으로 진입하게 되었다.

새로운 왕조의 창업은 단순히 지배 계층의 교체만으로 끝나는 문제가 아니다. 기존 왕조의 지배는 이념에 의해 정당화되기 때문이다. 기존의 지배 이념은 피지배층의 일상사 세부까지 컨트롤하기 때문에 새로운 왕조의 개창은 이러한 지배 이념의 교체를 수반할 때 비로소 완성된다고 할 수 있다. 조선 왕조가 개국 이후 바로 착수한 작업이 『경국대전(經國大典)』, 『삼강행실도(三綱行實圖)』의 간행이었던 것도 이 때문이다. 『경국대전』이 조선의 창업 세력인 사족(士族)의 지배 이념인 유교를 공적으로 법제화하고자 한 의도의 산물이라면 『삼강행실도』는 사적인 생활의 영역 속에 유교를 침투시키기 위한 목적을 드러낸다.

한 가지 주목되는 점은 불교든 유교든 일단 일반적인 의미로 볼 때, 그 공적인 기능에는 별 차이가 없다는 것이다. 무슨 말인고 하니 조선의 개창 이후로 지배 계층 자체는 문벌귀족에서 사대부로 이동했고 지배 이념 역시 불교에서 유교로 교체되었지만 각각의 지배 계층이 불교나 유교에 요구하는 역할 자체는 결국 동일하다는 것이다. 비단 불교나 유교만도 아니다. 한 국가의 지배 이념이라면 어느 경우에든 체제를 유지하고 구성원을 통제해야 할 대사회적 기능을 하기 마련이다. 이런 이유로 지배 이념은 대체로 충·효·열·절을 강조하게 된다.

각 지배 이념의 보편적인 기능은 이처럼 동일하다. 그럼에도 불구하고 새로운 왕조의 개창이란 기존 질서에 대한 충·효·열·절의 부정과 새로운 체제에 대한 충·효·열·절의 교육 및 학습 과정을 다시금 반복한다. 지배 계층의 구성원과 그들의 세부적인 이념적 색깔 및 지향점이 달라졌기 때문이다.

조선 왕조의 개창과 지배 계층의 확립, 유교 이념의 고착화 과정을 보면 이러한 양상을 뚜렷이 확인할 수 있다. 잘 알려져 있다시피 고려 왕조에 사망 선고를 내리고 조선 왕조의 창업에 결정적인 기반을 제공한 사람은 바로 정도전이다. 고려 왕조에 대한 절의를 다짐하며 조선의 창업을 돕는 것을 거부했던 정몽주(鄭夢周)는 죽임을 당했다. 그러나 일단 창업이 성공적으로 이루어지고 새로운 체제를 확립해 나가는 과정에서 이념의 중심에 선 것은 정도전이 아니라 오히려 정몽주였다. 성리학의 학통은 정몽주의 계보를 중심으로 짜여졌고 그의 학문적 위상은 다시금 복권되었다. 또한 정몽주는 절의의 상징적인 존재가 되었다. 기존 질서를 무너뜨리고 새로운 체제를 개창한 순간만큼은 구체제에 대한 절의가 부담이 되지만, 일단 새로운 집단이 신질서의 중심이 되고 난 후에는 역시나 절의 관념이 요구될 수밖에 없는 것이다.

조선 전기는 지배층을 중심으로 해서 이제 막 의욕적으로 체제 질서를 확립해간 시기다. 국가의 중앙에서 공적으로 이념을 법제화하고 생활 규범서까지 발간하며 구성원을 통합해가는 도정이었던 것이다. 이처럼 권력의 중심이 명확할 경우에는 시스템이 탄탄하게 유지된다. 지배층의 의도에 위배되는 이야기는 아예 사전에 차단되거나 거세되는 것이다. 조선 전기의 문헌설화에서 변심 이야기가 거의 발견되지 않는 이유도 이러한 배경에서 찾을 수 있지 않을까 생각된다. 그나마 변심 테마의 흔적이 발견되는 경우가 「안생(安生) 이야기」이다.

② 열녀담과 변심 테마, 「안생(安生) 이야기」의 두 얼굴

「안생 이야기」는 성현(成俔)의 『용재총화(慵齋叢話)』, 이육(李陸)의 『청파극담(靑坡劇談)』, 서거정(徐居正)의 『태평한화골계전(太平閑話滑稽傳)』에 세 편의 이본이 실려있다. 에피소드의 가감과 인물 묘사의 세부적인 차이가 있기는 하지만 세 이본을 종합해보면 「안생 이야기」 선본(善本)의 줄거리는 다음과 같이 재구될 수 있다. 평양부원군(平壤府院君) 조대림(趙大臨)의 외손주 사위인 안륜(安倫)은 하성부원군(河成府院君) 정현조(鄭顯祖)의 여종 종가(從佳)와 사랑했는데, 이 사실이 들통나자 정현조는 종가를 자신의 노복에게 시집 보내려 하고, 종가는 이에 저항해 자살한다는 것이 기본 뼈대이다.

그런데 「안생 이야기」의 세 이본이 원래의 이야기를 전하는 방식은 각기 다르다. 이육의 이본은 종가를 정절녀로 찬양하는 입장을 취하고 있으며, 이를 직접적인 언술로 설파한다. 서거정의 이본에는 「안생 이야기」를 노골적인 열녀담으로 만드는 언술이 존재하지 않고 이육의 이본에 비해

보다 해학적인 분위기가 덧칠되어 있으나 궁극적인 기술의식은 동일하다. 가장 주목되는 각편은 성현의 이본이다. 성현의 이본에는 이육과 서거정의 그것에는 존재하지 않는 두 개의 에피소드가 병렬되어 있다. 각각 신발과 옷을 매개로 안륜이 종가의 사랑과 정절을 의심하는 에피소드다. 종가가 집에서 보내준 화려한 신발과 옷을 가지고 놀고 있었더니 그걸 본 안륜이 불쑥 한다는 소리가 화려하게 차리고 딴 데 시집가려고 하는 거냐고 비꼬는 식이다. 안륜의 입장에서는 이미 종가에 대한 순수한 신뢰가 깨진 상황임을 보여준다. 상대에 대한 의혹이 개입된 순간 이미 그 사랑은 지기지음으로서의 절의를 상실한 어떤 것이 된다. 종가 역시 자신의 정절을 의심하는 안륜의 말을 듣는 순간 신발과 옷을 찢어버리며 믿음이 깨어졌다고 말한다. 두 사람의 사랑은 지기지음적 사랑의 순수성과 그 절대성을 잃고 변심의 영역으로 들어선 것이다.

「안생 이야기」는 실제로 있었던 이야기로 추정된다. 성현, 이육, 서거정은 비슷한 시기에 환로(宦路)를 밟으면서 함께 일을 했을 뿐더러, 당대의 상층 귀족층으로서 학문적, 문예적으로 상당한 친교를 쌓았다. 게다가 이육이 자신의 동년 친구이자 안륜의 중표형제로서 자신에게 안륜의 이야기를 전해줬다고 한 김뉴(金紐)는 실제로 안륜과 내종 관계다. 김뉴의 고모가 안씨가에 시집가서 낳은 아들이 안륜이고, 다시 김뉴는 조대림의 외손주며, 안륜은 조대림의 외손주 사위다. 상층 귀족의 얽히고 설킨 혼인과 혈연 관계를 엿볼 수 있는데 「안생 이야기」는 이렇게 상층인 귀족간에 벌어진 귀족 간의 재산권 다툼을 배경으로 한다. 김뉴, 안륜은 전대(前代)인 세종조(世宗祖)의 핵심 권세가인 조대림 일문이고, 종가의 주인인 정현조는 당대(當代)의 최고 실세였다. 조선조는 노비, 특히 여종은 그가 낳은 자식이 어엿한 재산으로 취급되는 종모법(從母法)이 적용되었기 때문에 여종의 혼인과 그 자식의 귀속 여부는 민감한 사안이었다. 안륜과 종가의 사랑이 맞은 비극은 이러한 역사적 사항을 배경으로 한 실재담(實

在談)이었던 것이다.

중요한 점은 이육과 서거정은 안륜의 실재담을 재산권 다툼을 둘러싼 비극과 여성의 열행으로 파악했다는 점이고 성현은 여기에 안륜의 변심을 담은 또 다른 에피소드를 끼워 넣었다는 것이다. 성현의 이본에서 안륜은 귀신이 되어 나타난 종가를 보고 공포심에 놀라 달아나다가 며칠 후 죽기까지 한다. 귀신인 종가를 대틋한 마음으로 대하는 다른 이본과는 서술시각 자체가 틀린 것이다. 이처럼 새로운 에피소드와 달라진 결말이 성현의 순수한 창작인지 아니면 다른 경로로 들은 것을 단순히 전재한 것인지는 확언한 방법이 없다.[19]

그러나 여기서 중요한 점은 변심 테마의 창작 여부가 아니다. 안륜과 종가의 실재 사랑 이야기를 종가의 일방적인 열녀담으로 해석하는 시각이 대세를 이루는 가운데 안륜의 변심과 종가의 반발, 그리고 못다 한 사랑을 이루는 인귀교환(人鬼交驩) 모티프의 전형에서 벗어난 결말 등 변심 테마의 흔적을 일부 노출해놓은 이본이 존재하고 있다는 사실 자체에 보다 주목할 필요가 있다. 창업 이후 국가의 기틀을 다잡아가기 위해 지배층이 총력을 기울이고 있던 조선 초기, 절의를 중심으로 꽉 짜여져 나가던 시스템의 강박으로부터 변심 테마의 존재를 이 「안생 이야기」에서 확인할 수 있는 것이다.

(3) 욕망의 해빙과 변심에 대한 자각 : 18, 19세기

① 유교의 이념적 중심성 해체와 변심의 존립 근거

조선 초기 꽉 짜여져 있던 시스템은 조선 후기에 들어 해체되는 징후가 드러나기 시작한다. 인간에 대한 유교의 획일적인 관점에 반발하여 존

---

19) 「안생 이야기」의 창작 경위와 이본 관계, 변심 테마와 서술 시각에 관한 더 자세한 내용에 관해서는 권도경, 「<안생전>의 창작경위와 이본의 성격」, 『고전문학연구』22, 한국고전문학회, 2002를 참조하기 바람.

재의 상대성을 외치는 시각이 터져 나왔고, 이념 우선주의 아래 무시되기 일쑤였던 인간성을 긍정하자는 움직임이 일기 시작했다. 사단(四端)에 의해 칠정(七情)을 다스리는 것을 모토로 온유돈후(溫柔敦厚)하고 근엄한 군자상을 이상적으로 보았던 종래의 인간관에 반발하여 남녀지정(男女之情)의 긍정 혹은 정욕론(情慾論)이 일부 지식인을 중심으로 쏟아져 나왔다. 중인, 하층민 등 소수 특권층을 위한 신분 제도에서 소외되었던 계층들이 자신의 존재 근거를 주장하는 목소리가 터져 나왔으며, 지배층의 허위의식에 대한 문제제기가 비판적 지식인 및 하층 문예인들을 중심으로 이루어지기도 했다. 바야흐로 유교의 이념적 중심성이 해체되고 그 권력에 대한 비판이 다각도로 시도되었던 것이다.

이러한 정신사적, 사회사적 흐름은 문학에도 그대로 드러나서 이 시기 창작된 전(傳), 야담, 소설 등에는 상대주의와 인간성 긍정 의식이 곳곳에서 표방되고 있다. 열녀전의 외피를 쓰고 궁극적으로는 열녀 권하는 사회를 비판한 이옥(李鈺)의 전이나 과부의 재가담(再嫁談), 유교의 금욕형 인간에 대한 풍자담, 계층 질서에 저항한 신분 갈등형 애정담 등의 야담은 조선 후기 유교의 이념적 중심성 해체를 여실히 보여주는 작품이다.

특히 열녀 권하는 사회에 대한 비판과 재가의 옹호는 유교적 절의에 대한 정면적 도전이다. 열녀 혹은 수절 과부는 일종에 유교적 절의 관념의 상징적 존재다. 사회적 소수인 여성이 정절을 지키는 것을 보여줌으로써 절의 관념의 준수를 홍보하는 효과가 있다. 유교 질서는 열녀 혹은 수절 과부를 희생양으로 하여 그 존속을 위한 자양분의 한 축을 얻었다고 해도 과언이 아니다. 이 점에서 열녀 관념의 비인간성을 고발하고 수절 과부를 재가시키는 이야기의 배경에는 유교적 절의 관념에 대한 회의가 내재해 있다고 볼 수 있는 것이다.

관념의 강박이 해체되는 한 켠에는 어떤 풍조가 형성될까? 태어날 때부터 마땅히 지켜야 할 어떤 것이라고 학습 받아온 관념이 그 당위성을 의심받게 될 때 인간이 취할 수 있는 모든 행동의 경우의 수는 다양해진다. 단 하나의 정답이 없으니, 혹은 그것을 강요할 만한 관념의 중심이 없으니 이렇게도 저렇게도 내키는 대로 할 수 있는 상대성에 노출된다는 말이다. 처한 상황에 따라 혹은 현실적 여건에 따라 처음의 마음이 변해가는 변심은 이러한 상대주의를 모태로 한다.

조선 후기 야담에서는 비로소 변심에 대한 뚜렷한 자각이 드러난다. 그렇다면 이 쯤에서 질문 하나를 던져보자. 조선 후기는 유교가 그 이념적 중심성에 대한 회의가 다방면에서 제기되고 있었음에도 불구하고 여전히 중심 이념으로서의 명맥을 유지하고 있던 시절이었다. 야담에서 서서히 그 뚜렷한 얼굴을 드러내기 시작한 변심 테마는 과연 어떻게 인식되었을까?

② 인간성 긍정과 기득층의 관용의 사이 : 「이정(離情)」, 「방맹(芳盟)」

「이정」과 「방맹」은 18세기 야담으로 각각 『파수록(罷睡錄)』과 『청구야담(靑邱野談)』에 실려 있다. 이 두 작품에서 사족인 남주인공들은 하나 같이 신분의 차이 때문에 고민하다가 중인의 딸인 여주인공들을 배신한다. 부와 미모, 재능을 겸비한 중인의 딸들은 자신에게 걸맞는 상대와 혼인하기 위해 사족 남성을 택하지만 신분의 장벽 앞에서 주저하는 남성의 무신(無信) 때문에 좌절한다. 「방맹」, 「이정」은 신분을 초월하여 지기지음을 찾고자 한 중인 여성의 욕망과 사랑 따로 현실 따로 생각하는 사족 남성의 소극성 혹은 작은 이기심이 충돌한 변심의 비극을 그리고 있는 것이다.

먼저 「방맹」을 살펴보자. 「방맹」의 여주인공인 지전상인(紙廛商人)의 딸은 남주인공인 최창대를 혼인 상대로 점찍고 과거 급제가 예견된 시지(試紙)를 제공한다. 최창대는 이 시지 덕분에 과거에 급제하지만 지전상인의 딸을 맞아들이겠다는 약속은 지키지 않는다. 주목할 점은 지전상인의 딸이 최창대의 이런 신의 없는 행동을 변심으로 명확히 인식하고 있다는 사실이다.

> 만약 언약이 심중에 새겨 있다면 아무리 분주한들 잊어먹나요? 그리고 만약 애정이 있다면, 비록 총망중이라도 교자를 보내 데려가기야 불과 한 번이면 될 일인데, 어찌 그럴 겨를도 없나요? 서방님 심중에 이미 제가 없기 때문에 여태 소식이 없는 거예요. (중략) 방맹(芳盟)이 식기도 전에 이처럼 변심했는데 후일에 무엇을 기대하겠어요?[20]

지전상인의 딸은 최창대가 약속한 기한을 넘긴 것이 바빠서 어쩔 수 없이 그런 것이 아니라 마음이 없어서 그러한 것이며, 이것이 명백한 변심을 의미하는 것이라는 사실을 인지하고 있다. 「방맹」에 와서 남성의 변심에 대한 자각을 드러낸 여주인공이 비로소 출현한 것이다.

「이정」의 남주인공인 선비는 진사시에 합격한 후에 우연히 만난 부농(富農)의 딸에게 반하여 사랑을 나누지만 서울로 귀향한 후에는 그녀를 데려가겠다는 약속을 지키지 않는다. 부농의 딸은 문예적 소양을 지닌 여성으로 선비와 한시를 창화하며 공감을 확인하지만 사랑에 대한 두 사람의 입장은 평행선을 그릴 뿐이다. 부농의 딸은 문예적 교감만 있다면 신분은 문제될 것이 없다고 생각했던 반면 선비는 과거에 합격한 희열이 미모의 교양녀에 대한 충동적 사랑으로 이어졌을 뿐 이를 진지하게 생각하지는 않았던 것이다. 선비의 변심 앞에서 부농의 딸이 품었던 지기지음적 사랑은 일방적인 환상이었음이 여실히 드러난다.

---

20) "如或心中藏之, 則寧有因撓忘却之理, 如有深情, 則雖甚忽忙, 備轎率去, 不過一分村間事, 豈無其暇乎, 其書房主心中, 已無小女故, 尙無消息 (中略) 而芳盟未寒, 有此渝變, 更又何望於他日乎", 「방맹」, 이우성 · 임형택 편, 『이조한문단편집』상, 일조각, 1973, 431쪽.

「방맹」과 다른 점은 선비의 변심에 대한 자각이 드러나지 않는다는 점인데 부농의 딸이 보여주는 침묵은 여러 각도에서 해석될 여지가 있다. 사족 남성의 변심에 대해 일언반구도 할 수 없을 정도로 신분 질서의 강박이 여전히 위력적이라는 사실이다. 「방맹」의 최창대나 「이정」의 선비가 행하는 변심은 지배 이념을 뒷배로 하고 있다. 유교적 계층 질서가 공고히 유지되는 한 사족 남성이 중·하층 여성과의 사랑을 나몰라라 해도 누구 하나 나서서 대놓고 비난할 사람이 없다. 계층적 권력을 바탕으로 한 변심이란 것이 지배 이념의 또 다른 부산물일 수 있음을 보여주는 것이다. 「방맹」은 지전상인의 딸의 비난을 통해 기득권을 배경으로 한 변심에 대한 중인의 목소리를 드러낸 반면 「이정」은 철저히 침묵하게 함으로써 기득권의 강고함을 역설적으로 강조한 것이다. 기실 서사문학이란 하나의 문제 혹은 사건에 대해 여러 계층, 성별, 연령, 직업의 사람들을 목소리를 들려줌으로써 다양한 욕망이 충돌하게 한다. 이에 대한 해석은 독자의 몫이라고 할 수 있는 바, 사족 남성에 대한 중인 여성의 입장에 한해서만큼은 「방맹」과 「이정」이 다른 방향을 택했다고 볼 수 있다.

그렇다면 지배 이념의 자장 안에 놓여 있는 사족 남성의 변심이란 문제에 대해서 「방맹」과 「이정」은 궁극적으로 무엇을 말하고자 한 것일까. 「방맹」과 「이정」은 인간성 긍정이란 입장에서 사족 남성의 변심을 비판적으로 바라본다. 「방맹」에서 최창대의 부친은 여주인공의 요절 사실을 접하자마자 아들을 불러 호되게 꾸짖고 있으며, 장례 절차를 맡기면서 잘못을 사죄하게 한다. "네가 저와 더불어 언약을 하고서도 이렇듯 배신했으니, 세상에 너 같이 풍류도 없고 신의도 없는 사내가 있겠느냐? 박정(薄情)하기 짝이 없고…"[21]라는 말에서 드러나듯이 최창대의 부친은 자기 아들의 행동을 명백한 배신으로 인식한다. 「이정」에서 선비의 삼촌 역시 자

21) "此是何等之大事, 而汝旣與彼相約, 有此背湍, 世豈有如此沒風流無信義之人乎, 薄情甚矣", 이우성·임형택 편, 『이조한문단편집』상, 일조각, 1973, 432쪽

신이 나서서 주선했다면 충분히 성사될 수 있는 일을 잘못 처리하여 원한을 지었다고 책망하고 있다. 청춘 남녀의 사랑을 비극으로 몰고 간 계층 질서의 강고함을 살짝 흔들면서 관념에 대한 인정(人情)의 우위를 설파하는 것이다.

여기서 주목할 점은 변심과 인간성 긍정에 대한 「방맹」과 「이정」 향유층의 인식이다. 결국에는 둘 다 유교 이념의 강박을 해체하는 의식적 흐름이다. 그러나 「방맹」과 「이정」은 인간성 긍정의 입장에서 변심을 비판하는 입장을 보여준다. 똑같이 지배 이념을 해체하는 의식의 소산이라면 한 쪽만 비판하는 태도는 선뜻 납득하기 어려울 지도 모르겠다. 그러나 사족 남성의 변심이란 것은 지배 이념의 권력을 뒷배로 한 것이라는 점에서 궁극적으로는 지배 이념의 부산물이다. 이 점을 고려해보면 「방맹」과 「이정」의 향유층이 보여주는 인간성 긍정의 입장이 유교 이념의 해체라는 흐름의 순방향에 위치해 있음을 알 수 있다.

그런데 이렇게 「방맹」과 「이정」이 표방하고 있는 인간성 긍정이란 어디까지나 기득층의 포용을 전제로 한다. 또한 다분히 결과론적이다. 남성의 변심에 절망하여 죽음을 맞고, 신분의 차이 때문에 고민하다 변심할 수밖에 없었던 청춘 남녀의 고민과 이에 따라 유지되던 긴장은 이 부분에 와서 그 심각성이 상실되는 감이 있다. 만약 최창대의 부친이 관용있는 인물이 아니라 계층 질서에 고지식하게 강박된 인물이었다면? 혹은 선비의 삼촌이 자칫 가문의 수치가 될 수 있는 일에 나설 정도로 포용력 있는 인물이 아니라면? 유교 질서가 여전히 지배적인 위치를 고수하고 있는 조선 후기의 현실에서 신분을 초월한 사랑이란 쉽사리 성립될 수 있는 문제가 아니다. 이 점에서 「방맹」과 「이정」의 인간성 긍정의 목소리는 다분히 문학적 환타지의 영역에 머문다. 「방맹」과 「이정」은 변심에 대한 뚜렷한 자각과 이에 내재한 지배 이념의 그늘을 비판하고 허구적 대안을 제시한 작품인 것이다.

2) 중국 전기소설의 부심한(負心漢) 전통과 변심 테마

(1) 중국의 부심한 전통과 국내 전기소설사의 수용 양상

논의의 편의상 여기서 잠깐 남성의 박행(薄行)을 형상화한 중국 전기소설의 부심한 전통을 살펴보고 넘어갈 필요가 있다. 중국 전기소설사에서는 당나라 때부터 변심의 문제가 다양한 형태로 다루어져 왔다. 「신도징(申都澄)」 같은 작품에서는 여성의 변심이 나타나며 「이혼기(離魂記)」, 「이무장전(李章武傳)」, 「유씨전(柳氏傳)」 등에서는 남주인공이 여주인공을 의심하거나 결연에 소극적인 자세로 일관하거나 방관함으로써 여주인공을 죽음으로 내모는 비극적인 양상이 형상화되어 있다. 이들 남성들은 언제나 여성보다 사회적으로 한층 더 높은 계층에 있으며 이러한 신분의 차이가 변심을 낳는 기반이 된다.[22] 여성을 배신하는 남성이라는 부심한의 모티프가 보다 뚜렷하게 나타난 경우는 「앵앵전(鶯鶯傳)」, 「곽소옥전(霍小玉傳)」에서 찾아볼 수 있다. 「앵앵전」, 「곽소옥전」은 더 좋은 조건의 여성을 찾아 상대를 배신하는 남성의 이기심을 그렸다는 점에서 유사한 패턴을 보여준다.

그런데 부심한 전통을 비롯하여 변심 테마를 형상화한 이들 전기소설은 우리 전기소설사와 일정한 영향 관계에 있다.[23] 「신도징」은 『삼국유

---

22) 남성 주인공들은 언제나 여주인공보다 사회적으로 한층 더 높은 계층에 있으며, 여주인공들은 창기이거나 그렇지 않으면 그것과 관계가 있는 수가 많은 반면, 남성 주인공들은 서생·수재·문동 등 상층 신분으로 고정되어 있다. 당대 전기소설의 변심 테마에 대해서는 박일용, 「전기계 소설의 양식적 특징과 그 소설사적 변모 양상」, 『민족문화연구』28, 고려대학교 민족문화연구소, 1995 : 정범진, 「당대전기연구」, 성균관대학교 박사학위논문, 1998 참조

23) 사실 한국 전기소설 연구사에서 애정의 신의가 해체되어 가는 새로운 양상이 조명받지 못했던 것에 비해서 중국 쪽에서는 일찍부터 이 문제가 주목되어 왔다. 한국 전기소설 연구사에서는 이 문제를 논외로 하고 있기 때문에 당대(唐代) 전기소설에 나타나는 이러한 애정의 양상이 한국 전기소설사에서 드물게 나타난다는 점을 한국 전기소설의 독특한 특징으로 규정해왔다. 그 결과 동일하게 남성의 배신이 애정 비극의

사』 속에 나말여초의 전기 작품인 「김현감호」와 함께 전재되어 있는데 편저자 일연은 두 작품을 여성의 미덕을 중심으로 비교 분석해 놓았다. 「심생전」, 「절화기담」 창작에는 「앵앵전」이 전범과도 같은 역할을 했고, 「정생전」에는 「곽소옥전」과 유사한 모티프가 들어 있다. 바로 이 점에서 중국 전기소설의 부심한 전통과 국내 전기소설의 수용 및 향유 양상을 살펴볼 필요성이 제기된다.

「신도징」은 남녀가 상호 간의 변심을 합의하고 결별하며, 생활에 따라 애정이 퇴색되고 있다는 점 등에서 나말여초의 「조신」과 유사한 변심 테마의 패턴을 보여준다. 신도징은 호녀에 대한 자신의 태도가 시종일관 무심(無心)했었다고 시인하며, 호녀 역시 시절의 변화에 따라 자신의 마음이 변하고, 그나마 형식으로 유지되던 부부 관계가 깨질 수도 있다는 불안감을 지니고 하루하루를 살았음을 고백한다. 한편, 이물(異物)과의 교혼(交婚)에서 변심이 발생한다는 점에서는 「김현감호」와 유사한 패턴을 확인할 수 있다.

그러나 확실하게 변심 테마가 초점화된 「신도징」과는 달리 「김현감호」는 편저자 일연의 관념적 의도에 의해서 변개되었다. 여성의 죽음 이후 표면화된 남성의 돌연한 변심의 조짐이 불교적인 살신성인의 미덕으로 미봉된 것이다. 일연은 「신도징」과 「김현감호」의 소재적 유사성에만 주목할 뿐, 변심 테마에 대해서는 주목하지 않았다. 특히, 일연의 관심은 오로지 하층 여성의 헌신이라는 관념적 미덕에 집중되어 있기 때문에, 「김현감호」의 결미에서 드러나는 김현의 이기심 역시 초점화되지 못했다. 나말여초는 아직까지 변심 테마를 부정적으로 보는 관념이 지배적인 시

원인이 되고 있는 「곽소옥전」은 전기소설로 분류하면서도 이 같은 양상이 나타나는 우리나라 작품에 대해서는 전기소설의 장르 규범에서 이탈한 경우로 보는 모순적 시각(박희병, 「전기소설의 문제」, 『한국 전기소설의 미학』, 1997, 돌베개, 24쪽)을 보인 바 있다.

기였기 때문에 변심 테마를 형상화한 중국 전기소설에 대한 인식이 뚜렷이 나타나지 않은 것이다.

「앵앵전」을 원작으로 한 화본소설(話本小說)인 「서상기(西廂記)」는 조선 초기부터 수입 유통되었지만 두 작품은 변심과 절의를 바라보는 관점 자체가 상이하다. 「서상기」는 「앵앵전」의 변심 테마에 대한 향유층의 불만을 반영하여 해피엔딩으로 개작된 작품이기 때문이다. 조선조에는 대체로 「앵앵전」과 「서상기」를 통칭하여 「서상기」라고 한 경우가 많기 때문에 「앵앵전」의 정확한 수입 시기는 알 수 없으나, 「앵앵전」이 편재되어 있는 『정사』에 관한 독서 기록이 여기저기에 남아있는 것으로 미루어 조선 후기에는 이 작품이 널리 읽혔던 것으로 보인다. 「앵앵전」은 『정사(情史)』 14권 '정구류(情仇類)' '박행(薄倖)'조에 들어있는데 '박행'이라는 분류명부터가 「앵앵전」과 변심 테마와의 관련성을 확실히 드러낸다. 주목할 점은 「앵앵전」의 변심 테마가 조선조 문인들 사이에서 논란거리를 제공했다는 사실이다. 「광한루기(廣寒樓記)」에서는 「앵앵전」의 변심 테마에 대한 비판론을 전개하고 있으며 「절화기담」의 작가는 남성이 변심하는 「앵앵전」과 여성이 변심하는 「절화기담」이 표리 관계에 있다고 규정해 놓았다.[24] 「앵앵전」이 환기하는 변심 테마에 대한 뚜렷한 인식을 보여준 셈이다.

「곽소옥전」은 「주생전」의 변심 테마에서 복선의 구실을 한다. 「주생전」에서는 배도가 주생과 인연을 맺는 장면에서 그의 변심을 염려하며 맹세를 요구하는데 여기서 「곽소옥전」의 이익이 곽소옥을 배신한 일이 전고로서 인용된다.[25] 「주생전」의 작가 권필이 「곽소옥전」의 변심 테마를 변별적으로 인식하고 있었음이 드러난다. 또한 「곽소옥전」은 남성의 변심

24) "然事甚切, 至與西廂說表裏", 「折花奇談」, 南華散人, 「追序」

25) "郎君不見李益霍小玉之事乎, 郎君若不我遐棄, 願立盟辭", 「周生傳」, 『花史・周生傳・鼠犬州傳』, 문선규 역 통문관, 1961, 152쪽

과 원귀 복수담이 결합되고 있다는 점에서 18세기 작품인 김기의 「정생전」과 유사한 패턴을 보여주기도 한다.

(2) 「앵앵전」, 「곽소옥전」의 변심 테마에 대한 인식과 대응적 창작

「앵앵전」의 연변본인 「서상기」는 15·6세기부터 조선조에 유입되어 널리 유통되었다.[26] 화본인 「서상기」는 「앵앵전」을 원전으로 하였음에도 불구하고, 남성의 변심에 의한 애정의 파국에 대한 향유층의 불만을 수용하여 관념적 절의가 당위적으로 지속되어 해피엔딩으로 결구되는 양상으로 개작된 작품이다. 조선 초기부터 원전인 「앵앵전」 대신에 개작본인 「서상기」가 인기를 얻었다는 사실은 이 시기의 향유층들이 「앵앵전」보다는 「서상기」 같은 애정의 형태를 요구하고 있었다는 것을 의미한다.

「앵앵전」에 대한 불만은 조선 후기까지 지속되어 「광한루기」 같은 작품을 낳았다. 「광한루기」는 화본 전기의 형태로 연변된 「서상기」를 전범으로 삼아 「춘향전」을 개작한 작품이다. 그러나 「광한루기」 평비자는 「서상기」의 원작인 「앵앵전」의 변심 테마에 대해서는 부정적인 시각을 표출하고 있다.[27] 「광한루기」 작가는 「앵앵전」을 비판하며 의도적으로 남녀간, 특히 여성 쪽의 당위적 절의가 준수되는 국문소설인 「춘향전」을 한문소설로 개작하였다. 「광한루기」 평비자의 「앵앵전」에 대한 불만은 주로 장생(張生)이 배신하자마자 다른 곳에 시집가버린 앵앵(鶯鶯)의 냉정한 현실 인식에 관련되어 있다.

> 앵앵은 소식이 끊어지기도 전에 정절을 잃었고, 춘향은 곤궁하고 고초를 당하여 죽게된 가운데서도 절개를 지켰으니[28]

---

26) 유탁일, 「15·6세기 중국소설의 한국전입과 수용」, 『어문교육학논집』10, 1988

27) 「廣寒樓記」의 비판대상이 「西廂記」가 아니라 「鶯鶯傳」이라는 것은 성현경, 『광한루기 역주』, 박이정, 1999, 157쪽 참조

약속을 배반한 장생을 소인(小人)으로 지칭[29]하며 비판적으로 바라보고 있음에도 불구하고, 「광한루기」 평비자의 시각은 사족 남성의 무책임한 태도에 대해서는 어디까지나 관대한 입장을 보이고 있다. "「서상기(西廂記)」의 앵앵(鶯鶯)이 되기는 쉽지만 「광한루기(廣寒樓記)」의 춘향(春香)이 되기는 어렵다"는 「광한루기」 평비자의 지적은 전통적인 윤리 의식에 입각한 비평태도를 보여준다. 사족 남성의 무책임한 태도나 계층적 편견을 변심으로 받아들인 중·하층 여성의 의식 세계를 부각시키고 있는 「앵앵전」과는 달리 「광한루기」는 계층적 차별에 대한 옹호와 상층의 윤리에 대한 추수를 창작 의식적 배경으로 하고 있음을 확인할 수 있다.

이처럼 「광한루기」 평비자는 「앵앵전」의 변심 테마를 비판할 정도로 전기소설의 장르 관습이나 서사에 대한 변별적 인식을 지니고 있음을 보여준다. 그러나 「광한루기」는 창작층이 재자가인소설에서 주로 보이는 전통 윤리와 계층 질서에 대한 옹호 의식을 표출하고 있다는 점에서 전기소설과는 상반되는 창작 배경 하에서 탄생된 작품이라고 할 수 있다. 「광한루기」가 작품의 디테일한 부분에서는 전기소설 향유 경험을 활용하면서도 주제 의식에 있어서는 「춘향전」 식의 전통적인 윤리를 재확인하는 방향으로 나아간 배경 역시 이러한 창작 의식의 차이를 들 수 있을 것이다.

「앵앵전」의 변심 테마 비판이 「광한루기」 창작으로 이어진 배경으로 조선 후기 소설사 전반에 걸쳐 변치 않는 절의를 형상화한 작품들이 주류를 차지하고 있었던 실정을 들 수 있다. 조선 후기에 폭발적인 인기를 끈 「춘향전」을 비롯하여 영웅소설, 가정소설, 가문소설 등 다양한 유형의 소설군에서 여전히 사랑은 당위적으로 지켜져야 한다는 명제가 추호도 의심의 대상이 되지 않고 있다.

---

28) "鶯鶯則失身於音書未絶之時, 春香則保節於困苦將死之際"(「廣寒樓記」, 敍二)

29) "西廂記之君瑞則小" "君瑞則背之"(「廣寒樓記」, 敍二)

그러나 이러한 경향에도 불구하고 조선 후기에는 「앵앵전」에 대한 향유층의 수요가 생겨났음이 확인된다. 통원(通園) 유만주(兪晩柱)(1755-1788)의 독서일기 격인 『흠영(欽英)』의 독서목록에는 「앵앵전」을 편집한 작품집인 『정사(情史)』 24권이 포함되어 있다.[30] 『정사』는 명나라 문인 빙몽룡(憑夢龍)(1574-1645)이 편찬한 소설집으로 「앵앵전」은 이 중에서도 14권 '정구류(情仇類)' '박행(薄倖)'조에 들어 있는데,[31] 박행이라는 분류명부터가 「앵앵전」에 구현된 애정의 성격과의 관련성이 심상치 않다. 유만주는 국내외와 소재를 불문하고 소설의 열렬한 독자였는데, 조선 후기에는 유만주처럼 일정한 유형에만 편중되지 않고 다양한 테마의 작품을 탐독하는 독자가 두터운 층을 형성함에 따라 「앵앵전」 같은 작품도 수입되어 읽힐 수 있었던 것으로 보인다.[32]

이옥(李鈺)은 본문과 보유(補遺)로 구성된 『정사』의 구성 방식을 모방하여 자신이 창작한 「심생전」을 『정사』의 보유편으로 삼기를 바랄 만큼 『정사』를 애독한 독자였다.[33] 「심생전」은 관념적 절의에 고착되지 않은 다양한 애정소설을 편집한 『정사』의 향유 경험 속에서 창작될 수 있었던 것이다.

30) 그의 독서일기 격인 『欽英』의 기록에는 唐代 전기소설집 『太平廣記』, 明代 전기소설집으로 憑夢龍(1574-1646)이 편찬한 『情史』 24권과 『剪燈新話』 『國色天香』 10권, 唐代 전기소설 「枕中記」, 唐代 전기소설 「鶯鶯傳」을 王實甫가 개작한 元代 話本傳記 「西廂記」, 역시 唐代 전기소설 「柳氏傳」, 「虯髥客傳」을 각각 梅鼎柞과 張鳳翼이 개작한 明代 화본전기 「玉閤記」, 「紅拂記」, 張潮(1650-?)가 편찬한 淸代 전기소설집 『虞初新志』 등의 방대한 전기소설 독서 기록이 남아있다.

31) 정하영, 「<심생전>의 제재적 맥락과 서사방식」, 『고전문학연구』18, 한국고전문학연구회, 2000

32) 유만주는 이러한 전기소설 독서에만 그치지 않고 실재 작품을 기획하거나 습작을 하기도 했는데, 『太平廣記』의 영향을 표명하면서 기획했다고 하는 『通園說部』 중에 특히 「情艶部」는 애정전기에 해당하는 부분일 것으로 생각된다. 또한, 「隨淸娛小傳」은 『情史』, 권1, '貞情類'에 들어있는 「隨淸娛」를 개작하기도 했다.

33) "余輩, 其時聽之, 爲新說也, 後讀情史, 多如此類, 於是追記, 爲情史補遺"(李鈺, 「沈生傳」)

그러나 실제 「심생전」에서 확인되는 애정의 구체적인 양상은 「앵앵전」과는 다르다. 「앵앵전」은 사족인 장생(張生)이 중서층인 앵앵(鶯鶯)을 책임지지 아니하고 다른 여자와 혼인해 버리자 앵앵 역시 딴 곳으로 시집가 버림으로써 비극적인 결말을 맺는다. 앵앵은 장생이 다른 곳에 혼처를 정하기 전부터 그가 자신과 혼인할 생각이 전혀 없다는 사실을 알아채고 있으면서도 결코 장생에게 직설적으로 자신의 생각을 전하지는 못한다. 다만 장안(長安)과 자신이 있는 포(蒲) 땅을 오가는 장생에게 냉랭한 태도를 보이거나, 시(詩)나 금(琴)을 타 달라는 장생의 요구를 거절함으로써 간접적으로 자신의 불만을 암시할 뿐이다.

그러나 장생은 앵앵이 냉정한 태도를 보이는 진정한 이유가 자신의 무책임에 대한 실망의 표현이라는 것을 결코 눈치채지 못하고 오히려 "최앵앵(崔鶯鶯) 같은 여자는 요물(妖物)이라 무엇으로 둔갑할지 모른다.", "나의 덕으로는 요물을 이기지 못할 터이니 정(情)을 누르고 참아야겠다."라며, 모든 책임을 앵앵의 변덕에 미루고 있다. 이러한 장생의 태도에서는 신의를 지키지 못한 자신의 책임을 계층적 편견을 앞세워 변명하고자 하는 의식을 엿볼 수 있다. 한편, 각자가 새로운 인연을 찾아 혼인한 이후에도 장생은 앵앵에 대한 마음을 완전히 접지 못하고 앵앵의 고향으로 올 기회가 생기자 다시 한번 만남을 요청한다. 그러나 앵앵은 미적거리는 장생과는 달리 "싫다고 내버려두더니, 이제 와서 무슨 할 말 있으리. 지난날엔 오히려 내 스스로 좋아했지만 이젠 옛날 그때 그 마음으로 현재의 부인이나 사랑하소서."[34]라며 결별을 선언한다.

「앵앵전」은 남성 주인공 장생이 시종일관 계층적 우월감에 사로잡혀 있으며, 작가 원진(元稹) 역시 이러한 남성의 태도를 적극적으로 옹호하는 입장을 보이고 있다. 반면, 「심생전」은 궐녀(厥女)의 죽음 이후 심생(沈

34) "棄置今何道, 當時且自親, 還將舊來意, 憐取眼前人", 元稹, 「鶯鶯傳」, 張友鶴, 『唐宋傳奇選』, 臺北明文書局, 1982

生)이 철저히 자기 반성을 하고 있으며, 심생의 요절로 마무리되고 있다는 점에서 계층 갈등에 대한 작가 이옥의 비판적 시각이 구현되고 있음을 확인할 수 있다. 이러한 상층 남성의 자기 반성은 유사한 소재를 택하고 있는 다른 중국 전기소설에서도 거의 확인되지 않는 양상이다. 이 점에서 「심생전」은 단순히 중국 전기소설에 영향을 받아 창작된 작품이 아니라 보다 의도적으로 새로운 결말 형태를 창안함으로써 보다 진전된 작가 의식을 구현한 작품임을 알 수 있다.

「절화기담」의 원작자인 석천주인(石泉主人)과 개작자 남화산인(南華散人)은 「앵앵전(鶯鶯傳)」, 「규염객전(虬髥客傳)」, 「배항(裵航)」, 「금병매(金甁梅)」 등의 중국소설 애호 취미를 공유한 문학 동호 그룹을 형성했던 것으로 보인다.[35] 특히, 「앵앵전」은 「절화기담」의 창작과 개작에 있어서 일종의 전범과도 같은 영향을 미친 작품으로, 남화산인은 사족 남성과 하층 여성 간의 사랑 이야기라는 소재[36]와 비극적 결말의 유사성[37]을 두 작품의 공통점으로 지적하고 있다.

「절화기담」의 개작자 남화산인은 「서상기」를 주된 비교 대상으로 삼아 「절화기담」의 문학적 의의를 강조하고 하고 있으나, 여기서 그가 지적하고 있는 것은 「서상기」의 다양한 이본 중에서도 원작인 「앵앵전」에 적확히 대응되는 내용이다. 남화산인이 지적한 바와 같이 앵앵이 장군서를 먼저 찾아가는 내용은 「앵앵전」을 비롯한 모든 「서상기」 작품들에게서 공통적인 사항이나, 앵앵과 장군서의 사랑이 끝내 이루어지지 않는 비극적 결말은 「앵앵전」에만 해당된다.

---

35) "使梅作執拂之妓, 則吾友果有楊素之風流" "如蕭史之玉簫, 裵航之雲英, 相如之文君, 韓壽之賈女, 足爲風流場題目", 「折花奇談」, 일본 동양문고본

36) "然事甚切, 至與西廂說表裏"(南華散人, 「追序」, 「折花奇談」)

37) "旨意則大略, 與元稹之遇鶯娘, 恰相彷彿, 其曰, 一期二約, 三會四遇, 竟莫能遂, 其曰"(「南華散人識」, 「折花奇談」)

「앵앵전」에 나타난 남성의 변심과 비극적 결말은 중국 내에서 앵앵에 대한 연민과 장생에 대한 비판이라는 향유층들의 불만을 초래했으며, 이 때문에 「앵앵전」은 시대에 따라 다른 양상으로 변개되어 갔다. 송대(宋代) 조영치(趙令畤)의 「상조접련화(商調蝶戀花)」는 장생에 대한 원작자 원진(元稹)의 옹호 주장을 삭제함으로써 변심 테마에 따른 비극적인 의미를 오히려 강화하였다. 반면, 금대(金代) 동해원(董解元)의 「동서상(董西相)」은 해피엔딩에 대한 향유층의 강한 열망을 받아들여서 장생을 변심하지 않는 주인공으로 변모시켜 놓았으며, 앵앵의 죽음으로 인한 비극적 죽음을 행복한 결말로 바꾸어 놓았다. 이처럼 장생이 변심하지 않는 주인공으로 탈바꿈함에 따라 「동서상」 이후 원대(元代) 왕실보(王實甫)의 「잡극서상(雜劇西廂)」, 명말청초(明末淸初) 김성탄의 「제육재자서(第六才子序)」까지 애정 갈등은 정항(鄭恒)이라는 방해꾼에 의해 철저히 남녀 주인공 외부에 존재하는 것으로 형상화되게 되었다.[38] 이 점에서 「절화기담」은 애정의 절대성이 유지되며, 주인공들의 행복한 결말로 결구되는 「동서상」, 「잡극서상」 등의 「서상기」 이본이 아니라 원작인 「앵앵전」의 영향을 받은 작품임이 확인된다.

김기(金琦)는 후기에서 삼청동 낭자(三淸洞 娘子)를 배신한 정생(丁生)이 업보를 받는 것이 당연하다고 생각하는 독자들의 입장을 거론하면서 「정생전」의 애정 갈등이 남성의 변심을 다루고 있음을 분명히 밝히고 있는데[39], 「정생전」은 남성의 변심과 원귀 복수담이 결합되고 있다는 점에서 「곽소옥전」과 유사한 양상을 보여준다.[40]

---

38) 이에 대해서는 김학주, 「앵앵전으로부터 서상기에 이르기까지」, 『동아문화』7, 서울대학교 동아문화연구소, 1969 참조

39) "論者以爲, 生自是薄情男子, 無義丈夫, 失信兒女, 竟到其死", 「丁生專」, 송준호 소장본

40) 「곽소옥전」의 남성 변심에 대한 변별적 인식은 「주생전」에서 처음으로 확인된다.

「곽소옥전」은 서생인 이익(李益)이 기녀인 곽소옥(霍小玉)을 배신하고 부유한 명문가 여성과 혼인했다가 곽소옥의 원귀에 홀려 불행한 말로를 맞는 내용이다. 「앵앵전」의 작가 원진이 장생의 입장에서 그의 계층적 편견을 옹호하고 있다면, 「곽소옥전」의 작가 장방(蔣防)은 곽소옥의 입장에서 이익의 배신을 비판하고 있다. "협객들은 모두 이생의 박정(薄情)에 분노하고 있었다."라는 서술과 "자네는 끝내 그 여자를 버리려 하다니 정말 잔인한 사람이야."라는 위하경(韋夏卿), 일협객(一俠客) 등 주변 인물들의 발화 내용, "내가 죽은 후에는 반드시 원귀가 되어서 당신의 부인과 첩들을 한 시도 편안히 두지 않을 거예요!"라며 죽은 뒤 곽소옥이 사후세계의 초월적 힘을 빌어 이익에게 복수하는 원귀 복수담 등에서 이익에 대한 이러한 작가 장방의 비판적 시각이 드러난다.

「곽소옥전」의 원귀 복수담은 남성의 변심에 의한 비극적 결말로 결구되는 작품이 다수 존재하는 당대(唐代) 전기소설에서도 드물게 나타나는 경우라는 점에서 특히 주목된다. 곽소옥의 복수는 이익을 의처증 환자로 만들어 어떤 여자와도 단란한 가정을 꾸릴 수 없도록 만드는 방법을 쓰고 있다는 점에서 독특한데, 곽소옥의 복수는 이익으로 하여금 정실 부인만 세 번이나 갈아치우고 그 중에 몇몇을 때려죽이게 만들도록 할 만큼 집요한 양상을 보여준다. 상대 남성의 배신에 대한 여성의 책임추궁과 집착이 이러한 집요하고도 끔찍한 양상으로 나타났다고 할 수 있을 것이다.

「정생전」의 원귀 복수 역시 압도적인 초월적 힘을 이용하여 배신당한 여성이 상대 남성을 패가망신시켜 유랑민으로 전락시키고, 부인과 아들 셋마저 기아와 고생에 찌들어 죽게 만들 만큼 철저하게 이루어진다는 점에서 「곽소옥전」과 상당히 유사하다. 그러나 「곽소옥전」에서는 작가의 시각이 철저히 곽소옥을 중심으로 이익을 부정적으로 형상화하는 데 집중되고 있는 데 반해 「정생전」에서는 정생에 대한 작가 김기의 시각이 상당히 동정적이라는 점에서 차이를 보여준다. 「곽소옥전」은 이익을 반

미치광이로 만들어 배신의 책임을 톡톡히 치르도록 하고 있지만 「정생전」에서는 버렸던 아들을 통해 정신적 자족감과 함께 배신의 책임을 합리화할 계기를 마련해 주고 있을 뿐 아니라 삼청동 낭자의 복수 때문에 멸문하다시피한 가문까지 회복하고 유지할 기반을 획득할 수 있도록 해주고 있다는 점에서 신의를 배신한 남성에게 면죄부를 주고 있다.

(3) 두목(杜牧)의 염정고사 수용 : 「빙허자방화록」, 「백운선완춘결연록」

「빙허자방화록」, 「백운선완춘결연록」은 '부심한' 전통을 이은 중국 만당 시인 두목(杜牧)에 관한 전고를 수용하고 있다. 두목의 염정고사(艶情故事)는 중국 전기소설의 단골소재로 등장했다. 고언휴(高言休)가 찬한 잡사소설집(雜事小說集)인 『궐사(厥史)』, 권상(卷上) 「두목(杜牧)」조에 처음으로 실렸으며, 『태평광기(太平廣記)』 권 273에도 같은 제명으로 실려있다. 명대(明代) 소설집인 「합해삼지(合刻三志)」, 「오조소설(五朝小說)」, 「당인설음(唐人說薈)」, 「용위비서(龍威秘書)」 등에는 제목이 「양주몽기(揚州夢記)」로 바뀌어 있으며, 빙몽룡(馮夢龍)(1574-1645)의 『정사(情史)』에도 수록되어 있다.[41] 「두목」이나 「양주몽기」 모두 두목의 십 년에 걸친 여색 편람과 박행을 다룬 내용은 대동소이하다.

「빙허자방화록」, 「백운선완춘결연록」의 작가들이 두목의 염정고사만을 인용한 것인지 아니면 소설화된 작품을 직접 접한 것인지의 여부는 쉽사리 확언할 수 없다. 그러나 고려 중엽부터 「태평광기」가 수입되어서 널리 유통되었으며, 통원 유만주(1755-1788)의 독서목록에 『정사』가 포함되어 있는 것을 비롯하여 이옥(1760-1812) 역시 『정사』의 독서기록을 남기고 있는 것으로 미루어 이 두 작품집에 실려 있는 「두목」, 「양주몽기」 역시 조

41) 李淑章 等編, 『中國古典文學人物形象大辭典』, 內蒙古人民出版社, 1998, 430쪽 ; 『中國古代小說百科全書』, 中國大百科全書出版社, 1998, 419-420쪽, 668쪽

선조의 문사들에게 익숙한 작품이었을 가능성이 크다. 간단히 내용을 소개하면 다음과 같다.

두목은 십년간 양주(揚州) 절도사(節度使) 서기로 재직하고 뒤이어 낙양(洛陽)의 어사분사(御史分司)로 있으면서 기생들과 숱한 염문을 뿌렸으며 사방을 두루 유람하며 미색을 열람하고 다니는 것을 즐겼다. 호주(湖州)에서는 한 미인을 만나 십 년 후 결혼을 약속했다. 그러나 기약을 어기고 십사 년이 지나서야 돌아오니 그녀는 이미 출가를 하고 자식을 세 명이나 낳았더라는 이야기이다. 공무에 따라 옮겨 다니면서 사랑의 맹세를 저버렸다는 점에서 두목의 염정고사는 중국의 '부심한'의 전통을 이어받았으며, 「빙허자방화록」의 변심이나 「백운선완춘결연록」의 "정리사다(情移事多)" 문제와 통하는 맥락이 있다.

「빙허자방화록」에서는 두목이 여주인공 매영의 이상형으로 설정되어 있고 "번천(樊川 : 杜牧의 號)이 취하여 양주(揚州)를 지나가자 교목(橋木)의 향기가 수레에 가득했고, 낙양(洛陽)의 봄바람이 주렴(珠簾)을 모두 걷었습니다."[42]라며 두목의 염정고사를 상세히 인용하고 있다. 무엇보다 매영이 여성에게 박정한 두목을 이상적 남성상으로 꼽았다가 두목과 진배없는 빙허자 때문에 비극적인 죽음을 맞는다는 점에서 「빙허자방화록」의 작가가 두목의 염정고사를 의도적으로 활용하고 있음이 확인된다. 매영과 빙허자에게 겹쳐지는 두목의 박정은 매영의 비극을 아이러니하게 고조시키는 측면이 있다.

「백운선완춘결연록」에서는 백운선의 시재를 비유하는 전고로 두목이 인용되는데 「빙허자방화록」처럼 본명이 아니라 번천이라는 호로써만 지칭한다는 공통점이 있다. 또 백운선이 이옥련을 만나는 동네의 지명이 "홍귤촌(紅橘村)"으로 되어 있는 부분에서는 「빙허자방화록」의 "지나간 곳

42) "樊川醉過楊州, 橋香滿車, 洛陽春風, 捲盡珠簾", 「憑虛子訪花錄」, 김기동 · 이종은 공편, 『고전한문소설선』, 교학연구사, 1984, 339쪽

이 양주뿐만이 아닌데 홀로 수레에 귤이 가득했다고 하는 것은 어찌 여자가 있은 연후에 귤을 던진 것이 아니겠느냐"[43]에서 인용한 두목의 염정고사를 관련시키지 않을래야 않을 수 없다. 주제의 측면에서 아이러니의 수법으로 전고를 활용한 「빙허자방화록」보다는 인물 묘사와 지명으로만 고사를 인용한 「백운선완춘결연록」 쪽이 뒤에 창작되었을 가능성을 조심스럽게 점칠 수 있는 대목들이다. 물론 두목의 염정고사를 활용한 두 작품이 비슷한 시기에 나왔을 가능성도 없지 않다. 두 작품의 관련성을 세심히 따져본 것은 단지 이런 전고의 유사성과 선후 관계를 유추해 보기 위함은 아니다. 두 작품은 변심 테마에 대한 상이한 접근 방식을 보여주고 있는 바 이러한 차이가 두목의 염정고사를 활용하는 방식에서도 드러난다는 점만 우선 지적해두자.

---

43) "所經不啻楊州, 獨稱橘滿車者, 豈不以有是女然後投是橘也", 「憑虛子訪花錄」, 김기동 · 이종은 공편, 『고전한문소설선』, 교학연구사, 1984, 339쪽

Ⅲ. 조선 후기 전기소설사의 전변과 변심 테마의 성립

1. 조선 후기 전기소설에 나타난 양식적 전변의 지점들

1) 전란 모티프의 간접화와 매너리즘화

(1) 전란 모티프의 전통과 병자호란

전기 양식의 전통 속에서 전란 소재가 자연스러운 인간의 욕망 실현을 방해하는 장애 요인이 된다는 사실은 더 이상 재론의 여지가 없다. 다만 인간의 본능적인 정염과 그것을 억압하는 질곡, 그리고 그 사이에 존재하는 인간의 저항 의지와 질곡의 강고함을 엮어가는 방식에 있어서 세세한 두 가지 패턴을 찾을 수 있다. 하나는 우리에게 너무나 익숙하다시피 결혼 또는 약혼한, 혹은 사랑을 맹세한 청춘남녀를 갈라놓는 불가해한 횡포다. 「온달」이나 「이생규장전」 이래로 「최척전」, 「주생전」, 「위경천전」까지 주류로 자리잡았으며, 「백운선완춘결연록」과 합철되어 있는 「빙허자방화록」에도 예외는 아니다. 「만복사저포기」의 전란이 여주인공을 여귀로 만들고 결과적으로 남주인공과의 만남을 추동하고 있다면, 「이생규장전」, 「주생전」 등은 명백히 이별과 관련되어 있고, 「최척전」은 만남과 이별의 과정 전편에 걸쳐있다는 점이 다르다. 굳이 나누자면 「빙허자방화록」은 전란이 만남과 이별 전편에 걸쳐있는 「최척전」의 전례를 따랐다.

다른 하나는 주인공의 정염 추구를 좌절시킨 질곡으로서 작품 서두에 제시되는 패턴이다. 이 경우 세계와 단절된 주인공의 고독감이 강조된다. 뒤집어 말하면 주인공이 사랑에 그토록 목말라하는 필연성을 부여한다. 「만복사저포기」가 여기에 해당된다. 전란 소재의 전변 과정을 놓고 보면 「온달」, 「이생규장전」의 그것에 비해서 상대적으로 향유층의 지지를 덜 받았던 듯싶다. 원인이야 다각도로 조명될 수 있겠지만 혼사장애와 맞물리면서 현실 세계와의 대립을 긴장감 있게 유지한 「온달」, 「이생규장전」의 전란 패턴과 비교할 때 자아의 고립과 폐쇄성이 너무 강한 점을 그 일례로 들 수 있겠다. 주지하다시피 자아와 세계가 현실 속에서 갈등을 진행시켜 나가는 방향으로 소설사의 주된 관심이 옮겨간 것은 부인할 수 없는 사실이다. 「백운선완춘결연록」은 표면상 「만복사저포기」에 보였던 전란 소재의 패턴을 이어받은 것으로 보인다.

16-7세기에 전성기를 맞은 전기소설은 임진왜란의 경험을 반영하면서 '서사 편폭의 확장'과 현실적 '체험 공간'의 확보를 이루어냈다. 「최척전」, 「주생전」, 「위경천전」과 같은 이 시기 작품들에서는 15세기 작품들에서 보여졌던 인귀교환 모티프와 전란의 결합이 지양되고, 대신 남녀 주인공의 '이합(離合)'이 현실 세계에서 펼쳐지는 식으로 변모했다.[1] 또한 이 시

1) 16-7세기에 애정 전기소설이 초기의 비현실성을 지양하고 사실적인 방향으로 나아갔다는 데는 이견이 없을 듯하다. 그러나 이 시기의 작품들에도 역시 비현실적이고 환상적인 삽화가 부분적으로 나타나고 있다는 점 역시 부인할 수 없다. 「최척전」의 '부처의 현시'와 수많은 '우연'들, 「동선기」에서 보이는 여주인공의 '환생' 등의 비현실적인 모티프들이 그러하다. 특히 「동선기」에서는 여주인공의 잘려진 팔이 적대자의 이마에 박혀 빠지지 않는다든가, 그 잘려진 팔이 시체더미 속에서 남자 주인공을 찾아내고 다시 여주인공에게 가서 붙는다든가 하는 등 현실 세계의 논리로는 이해할 수 없는 사건들이 많이 등장하고 있다. 16-7세기 작품들의 '사실성'과 '비현실성' 논의는 일단 작품의 맥락이 어디에 놓여져 있는가 하는 점에서 가닥을 잡아야 할 듯하다. 이 시기 작품들은 현실계와 비현실계가 구분되어 현실적 논리에 의해서 전개되고 있으며, 작품에 '인과성'을 부여하기 위한 장치로서 '우연적 사건'과 '환상적 사건'을 부분적으로 삽입하고 있는 것으로 보아야 할 것으로 생각된다.

기 작품들에서 전란은 「이성규장전」과 같이 작품의 서사 구조에 긴밀히 결합하는 형식으로 굳어져서 남녀 주인공의 이별을 빚어내는 애정 장애의 하나로 확실하게 유형화되었다. 다시 말해서 이 시기에 창작된 소설에 임병양난(壬丙兩亂)의 체험이 투사됨으로써 작품의 길이가 확장됨과 동시해 구조적 틀이 변모되었던 것이다.

18세기에 오면서 전기소설은 병자호란(丙子胡亂)의 경험을 작품에 반영한다. 동시대에 발생했던 임진왜란이 바로 17세기의 전기소설에 반영되었던 것에 비한다면 병자호란은 발생한 지 한 세기가 지나서야 작품에 등장한 것이라고 할 수 있다.[2] 그러나 병자호란의 경험은 임진왜란과는 달리 17세기에서부터 18세기에 이르기까지 실기류(實記類), 실전(實傳), 전계소설(傳係小說) 등에서 지속적으로 반영되어 왔다.[3]

임진왜란과는 달리 병자호란의 문학화가 당대에 그치지 않고 지속적인 관심의 대상이 되었던 이유는 무엇인가. 임진왜란과 병자호란 모두 조선에 막대한 피해를 입혔다는 점에서는 동일하지만 임진왜란이 승리한 싸

2) 다만 「최척전」에는 임진왜란, 정유재란과 함께 1618년에 있었던 후금(後金)의 명(明)나라 침입이 작품 후반부에 반영되어 있다.

3) 17세기에 창작되었거나 시기가 추정되고 있는 실기류로는 인조(仁祖) 때 궁인(宮人)이 창작했다는 『산성일기(山城日記)』, 남평조씨(南平曺氏)(1574-1645)의 『병자일기(丙子日記)』, 『삼학사전(三學士傳)』, 나만갑(羅萬甲)의 『병자록(丙子錄)』, 정양(鄭瀁)(1600-1688)의 『강도피화사(江都被禍記事)』, 어한명(魚漢明)(1592-1648)의 『강도일기(江都日記)』, 이선(李選)의 「임장군전」(1688), 송시열(宋時烈)의 「임장군경업전(林將軍慶業傳」(1689) 등이 있다. 18세기 이후의 실기류로는 김창협(金昌協)의 『강도충렬록(江都忠烈錄)』, 김광환(金光煥)의 『선원강도록(仙源江都錄)』, 윤선거(尹宣擧)의 『기강도사(記江都事)』, 조익(趙翼)의 『병정기사(丙丁記事)』, 홍량호(洪良浩)의 「임경업전」, 임창택(林昌澤)(1682-1723)의 「임장군전」, 황경원(黃景源)(1709-1787)의 「임경업전」 등이 있고, 17세기 말 - 18세기 초에 창작된 전계소설로서 홍세태(1653-1725)의 「김영철전(金英哲傳)」이 창작되었다. 이밖에도 국문소설인 「임경업전」, 「박씨전」과 몽유록인 「강도몽유록(江都夢遊錄)」 「하생몽유록(何生夢遊錄)」 등 17-8세기에 성립된 것으로 추정되는 작품들에 병자호란이 직간접적으로 반영되어 있으며, 「유충렬전」, 「곽해룡전」, 「임호은전」과 같은 군담소설까지 포함하면 그 외연은 더욱 확대된다.

움이었던 것에 비해서 병자호란은 패배한 싸움이었다. 오랑캐로 멸시했던 호족에게 패배했다는 인식은 명나라 다음 가는 동아시아의 문화국으로 자부했던 조선의 자존심에 큰 상처를 입혔던 것이다. 따라서 17세기에서 18세기에 이르는 전환기에 조선에서는 시대착오적인 '숭명배청(崇明背淸) 의식'이 만연해 있었으며, 효종과 송시열이 중심이 되어 북벌정책(北伐政策)이 진행되기에 이르렀던 것이다. 북벌(北伐)은 효종의 갑작스런 죽음으로 유야무야되었지만 배청(背淸)의 의식만큼은 쉽게 사그라들지 않았으며, 이러한 '배청의식'은 18세기부터 청나라의 문물을 배우자는 북학파(北學派)의 주장과 대립되게 되었다.[4)]

---

4) 명의 멸망과 청의 건국으로 17세기 초 동아시아 삼국 사이에는 새로운 국제질서가 편성되게 되었다. 그러나 효종은 반청척화파의 인물을 등용하여 국제질서에 거스르는 북벌을 준비하였다. 먼저, 남한산성의 방비를 강화하기 위해, 수어청(守御廳)의 군사력을 정비하였고, 이완(李浣)을 대장으로 하여 어영청군(御營廳軍)을 크게 증가시켰다. 서울에 있는 어영청군은 종래 약 7,000명의 3개월 근무 비상비군으로 구성되어 있던 것을 이때 2만 1,000명이 항상 서울에 상주하게 한 것이다. 또한, 북벌정책의 일환으로 국왕의 친명인 금군(禁軍)을 전부 기병화(騎兵化)하는 한편, 훈련도감군 · 어영청군의 기병도 강화하였으며, 어영청군에는 대포부대인 별파군(別破陣)을 만들기도 했다. 효종은 또한 송시열(宋時烈), 송준길(宋浚吉) 등 재야의 인재들을 등용하여 국정을 쇄신하고 전력 증강에 힘쓰는 한편, 의주부윤 임경업(林慶業)을 시켜 명나라와 대청전선(對淸戰線)을 구축하고 있었다. 그러나 송시열은 효종의 북벌의지에 영합하여 권력을 추구함으로써 자신의 정치 목적, 즉, 주자(朱子)와 기호사림(畿湖士林)의 전통적 정치 이념을 실현하고자 하였다. 이러한 북벌계획은 당시 중원세력의 불안과 청정(淸廷)의 내부사정의 악화 등 대외적 요인으로 말미암아 효종에게 북벌의식을 고취시켰다. 그러나 북벌이 추진되는 과정에서 적지 않은 부작용이 발생하였고, 현실적인 이질감과 맞부딪히면서 북벌의식도 시들어갔다. 농민들은 농번기에는 축성군기수조(築城 · 軍器修造) 등의 역사(役事)로, 농한기에는 군사훈련 · 점호 등으로 고달프게 생활하였다. 지방의 수령들도 북벌계획의 실적에 의해 상벌이 정해졌기 때문에 일반 행정은 제쳐두고 오직 북벌계획에만 매달리는 형편이 되었다. 이러한 북벌정책은 명이 청나라에게 멸망당하고 나자 효종 재위 10년 만에 좌절되었다. 북벌계획은 병자호란 이후의 청나라에 대한 철저한 적개심과 존명주의(尊明主義)가 바탕이 된 명분적 사대주의의 연장이라 할 수 있다. 또 북벌계획이 성공할 수 없는 상황이었음에도 불구하고 지배 계층의 지속된 북벌의식은 중국을 지배하고 있는 청나라 문화를 선진문화로 인정하지 않아 중국문화 수입을 거의 봉쇄하다시피 하여 정치적 폐쇄주의의 폐단을 낳기도 했다.(강만길, 『한국근대사』, 창비, 1984 ; 이이화, 「북벌론의 사상사적 검토」,

요컨대 병자호란의 경험은 단순히 전란을 참상을 기록하거나 작품의 배경으로 수용되는 데 그치지 않고, 숭명배청 의식에 의한 장수나 정책 입안자에 대한 '비판과 영웅화', 북벌정책에 대한 '찬반양론'이라는 극단으로 대립되는 당대인의 인식을 문학에 반영하는 기저로서 작용하였던 것이다. 「강로전」이 숭명배청 의식에 입각하여 후금에 투항했던 강홍립(姜弘立)을 부정적으로 그리는 데 주안점을 두었다면 실전(實傳)과 소설(小說)로 창작된 「임경업전(林慶業傳)」 작품군은 임경업(林慶業)을 만고의 충신이요 영웅으로 높이는 데 중점을 두고 있다. 또한, 북벌론의 허위는 박지원의 「허생전」에 와서 통렬한 비판의 대상이 된 바 있다.

「빙허자방화록」은 1635년(仁祖13년)의 조선의 복잡한 대내외적 사정과 정치적 역학 관계를 역사적 배경으로 깔고 있다. 이 무렵은 동북아 질서의 측면에서나 국내 정치지도의 측면에서나 양쪽으로 공히 패러다임의 변화가 배태된 격동기였다. 붕당과 정쟁이 격화된 결과 왕권이 교체되는 전대미문의 반정이 발생했으며, 반정 이후에는 공신계와 비공신계 간에 권력다툼이 첨예화되었다. 특권층이 일거에 교체되었을 뿐만 아니라 획득된 권력을 두고 그 내부의 분열이 심화된 결과 급변하는 국제 정치 질서에도 유연하게 대처하지 못하는 상황이 발생했던 것이다. 병자호란 중에도 기득층은 무사안일주의와 자기 보신에 급급하여 전란기의 혼란과 민심을 효과적으로 수습하지 못하는 무능력을 드러냈다. 이러한 상황 하에서 병자호란이란 역사적 사건은 「빙허자방화록」의 혼사장애 모티프와 결합된다.

박매영(朴梅英)이 피난온 지역이 공교롭게도 빙허자(憑虛子)가 우거하는 곳이었기에 만남이 가능했을 뿐더러, 전쟁 종결 후 박매영이 본가로 귀환하면서 별회가 이루어지고 있기 때문이다. 한편 「빙허자방화록」은

『창작과비평』38, 1975 참조)

병자호란을 전란 소재로 택한 본격적인 작품이라는 점에서 전란 소재의 시대적 배열상 「최척전」의 뒤를 바로 잇는다. 「최척전」이 임진왜란으로부터 강홍립의 명·후금전 파병을 둘러싼 동아시아 삼국의 민감한 대립 상황까지를 다루고 있다면 「빙허자방화록」은 병자호란이 한창 진행되는 시기를 시대적 배경으로 삼았다. 그런데 작가는 남녀 주인공의 이합을 엮으면서 전란을 바라보는 지식인으로서의 자신의 시각을 살짝 밝혀놓기도 한다. "어느 때라고 어지러움이 없었겠냐마는 우리나라와 같은 때는 없었네… 백성들이 실로 고단하게 되었고, 우리들은 천지간을 떠돌게 되었네."[5]라는 빙허자(憑虛子)의 한탄에서는 평민들에게 미치는 전란의 고통을 염려하는 지식인의 고뇌가 묻어나고, "경성은 온통 함락되었고, 강도(江都)는 모두 전몰했다. 근래에 들으니 명문거족 집안의 며느리나 딸들도 혹 몸을 빼앗긴 사람도 있고…"[6]라는 이춘무(李春茂)의 대사에서는 병자호란을 여성의 입장에서 비판한 「강도몽유록」의 분위기가 배어나기도 한다. 정치계의 헤게모니 다툼을 부정적으로 바라보았던 작가의 시각이 병자호란의 상흔을 언급하면서 고스란히 이어지고 있는 것이다.

「백운선완춘결연록」의 작품 배경이 되는 1641년 전후의 중국 이빨 빠진 호랑이 명나라가 멸망을 얼마 앞둔 상황에서 마지막 숨을 고르고, 신생 강국 청나라 천하의 주도권을 거의 장악한 시기였다. 그럼에도 청나라가 아니라 명나라 연호인 숭정(崇禎)을 썼다는 사실은 「백운선완춘결연록」의 작가가 지닌 세계관이 다분히 복고주의적임을 짐작케 한다. 실상이야 어찌됐든 작가의 세계관에 따르자면 「백운선완춘결연록」에서 천하의 중심은 여전히 명나라이다. "숭정 14년 천하에 큰 난리가 일어나 백성들이

5) "何代無亂, 莫我國若也 (中略) 萬姓爲實孑遺, 吾生淪落天涯", 「憑虛子訪花錄」, 김기동·이종은 공편, 『고전한문소설선』, 교학연구사, 1984, 335쪽

6) "江都全沒, 近聞名公巨卿之家, 少婦愛女之輩, 或身跨柴駝者有之(下略)", 「憑虛子訪花錄」, 김기동·이종은 공편, 『고전한문소설선』, 교학연구사, 1984, 337쪽

피난하니 민심이 어지럽고 마을과 집집마다 집에 남아있는 자가 없었다."[7] 란 설명에 나오는 난리는 바로 이처럼 작가가 원하는 대로 앵글을 맞춘, 명나라가 여전히 천하의 중심인 세계 속에서 존재한다. 이 부분은 「백운선완춘결연록」이 연의적 기법[8]을 활용하는 미의식과도 관련되어 있으므로 여기서는 전란 소재를 통해 작가의 의고적 의식을 읽을 수 있다는 정도만 언급하고 넘어가기로 하자.

그렇다면 명나라를 중심에 두고 봤을 때 그 당시 체제를 뒤흔든 치명적인 난리란? 이자성(李自成), 장헌충(張獻忠)으로 대표되는 농민 반란을 들 수 있을 것이다. 당시는 민변이 속출하고 환관의 전제와 동림당(東林黨)의 항쟁이 격심해져 왕조 권력의 중추부까지 균열이 확대되어 갔던 시기였다. 명 왕조는 청의 공격에 대처하기 위해 대대적인 군사비를 증징했지만 각지에서 농민의 도망과 반란이 발생했다. 특히 화북에서는 군량의 조달과 운송 등 과대한 부담이 지워져 거듭되는 천재와 함께 농민의 유망과 병사의 폭동이 확대되었다. 특히 1625년부터 1628년에 걸친 가뭄은 매우 극심하여 1627년 섬서성 징성현에서 농민봉기가 일어나자 반란은 광범한 기민, 병사들을 포함하면서 감숙성 동부로 확대되었다. 그러나 1632년부터는 명군이 반격태세를 강화하여 반란군의 괴수 고영상(高迎祥)을 주살했고, 이자성과 장헌충도 도망하거나 항복했다.

1939년부터 1940년에 걸쳐 하남을 중심으로 화북을 강타한 가뭄이 재차 일어나자 반란군은 명나라 정부에 치명적인 위협을 가할만한 존재로

---

7) "崇禎十四年, 秋九月, 天下大亂, 百姓逃亂, 人心擾擾, 村村戶戶, 無一在家者矣", 「白雲仙翫春結緣錄」, 김기동 · 이종은 공편, 『고전한문소설선』, 교학연구사, 1984, 348쪽

8) 여기서 말하는 연의적 기법이란 역사적 사실을 허구적 현실 속에 녹여내는 연의소설의 창작방식을 의미한다. 뒤에 사용한 연의적 현실성이란 용어 역시 이런 맥락이다. 굳이 설명하자면 역사적 사건을 얼마나 현실감 있게, 즉 사실적으로 서사적 현실 속에 구현해 놓았는가 하는 정도로 해석하면 될 것이다. 작가가 역사적 사실을 서사 속에 끌어들이는 방식은 다양할 터인데 필자는 여기에 작가의 특정한 의도가 관련되어 있다고 보았다.

성장했다. 이자성은 명군의 포위를 뚫고 하남에 들어가 3개월만에 수십만의 세력으로 팽창했고, 이때부터 명조를 대신할 새로운 정권의 수립을 꾀하기 시작했다. 일부의 사인층을 휘하에 거느리고 토지의 평등분배, 조세의 면제 등의 정책을 내걸고 농민층을 결집시켰다. 「백운선완춘결연록」에서 천하의 큰 난리가 일어난 해로 지칭한 1941년이 되면 드디어 이자성이 낙양을 공격하여 만력제(萬曆帝)의 아들 복왕(福王)을 주살하고 그 세력이 하남으로부터 호북, 호남에 미치게 된다. 1643년에는 호북성의 양양을 양경으로 고치고 친순왕(新順王)이라 칭왕(稱王)하며, 이어 서안을 점령하여 서경으로 고친 후에 국호를 대순(大順)이라 하였다. 나아가 대학사 이하의 관제를 정하고 과거제를 시행하여 신왕조 수립의 포석으로 삼았다. 그리고 같은 해 북경을 함락시키고 황제라 칭하게 된다. 이에 마지막 황제 숭정제(崇禎帝)가 자금성 북쪽에 있는 경산에서 목매달아 자결함으로써 명조는 막을 내렸다.[9)]

이처럼 이자성의 난은 「백운선완춘결연록」의 작가가 지향하는 천하의 중심, 명나라를 전복시킨 결정적 사건이다. 17세기 동북아 질서를 좌지우지할 패권국, 중국의 운명에 심중한 영향을 미친 전란이었던 셈이다. 이자성의 난이 이러한 성격을 가진다는 것은 심상하게 보아넘길 문제가 아니다. 이자성의 난과 병자호란이 비슷한 시기에 국제적 역학 관계가 긴밀히 얽혀있는 한중(韓中) 양국에서 발생한 전란이라는 사실로 미루어 볼 때 더욱 그러하다. 「백운선완춘결연록」의 작가 및 독자는 작중에 묘사된 이자성의 난을 보면서 국내의 병자호란을 떠올리지 않았을까 싶다. 전기양식의 규범에 익숙한 독자라면 전란 모티프와 관련된 양식적 관습 속에서 독서가 이루어질 것이기 때문이다. 「백운선완춘결연록」에 설정된 이자성의 난은 병자호란으로 치환되어 읽힐 여지가 다분한 셈이다.

---

9) 이상은 松丸道雄, 永田英正, 尾形勇小山正明, 加藤祐三 지음, 『중국사개설』, 한울아카데미, 1994, 292-293쪽을 참조하기 바람.

(2) 전란 모티프의 간접화와 일상화

조선 후기 전기소설사 속에서 전란 모티프는 전대의 '동시대적(同時代的) 체험성(體驗性)'을 상실하고 간접화되는 양상을 보여준다. 먼저 「빙허자방화록」을 보자. 「빙허자방화록」의 인물들은 종군하거나 전란의 한 가운데에서 이를 몸으로 직접 체험하지 않는다. 어디까지나 전화가 미치지 않는 피난지에서 이를 간접적으로 보고 전해 듣는다. 인물들이 대화를 통해 상기시키지 않으면 잊어버릴 만큼 주인공들의 사랑이 엮어져 나가는 공간인 영동은 평화롭고 안락하다. 종군 병사가 귀환하여 참상을 알린다든가 아니면 이탈병이 난입해 들어온다든가 하는 사건이 벌어지면서 전란을 좀더 사실적으로 끌어올 법도 하건만 전혀 그런 기미조차 비치지 않는다. 마치 빙허자와 매영이 사랑을 나누는 곳만 현실과 동떨어져 있는 것처럼도 보인다. 남녀 주인공의 별리 계기를 전란의 와중에 실제로 있었던 사건과 연결시킴으로써 연의적 기법을 활용하고 있는 것과는 대조적이다. 작가는 매영의 부친을 청과의 외교 실무를 담당한 역관으로 설정함으로써 남한산성의 화약으로부터 심양관의 막후 외교로 이어지는 실재 역사와 허구를 연결시킨 바 있다.

이러한 전란 모티프의 간접화는 「빙허자방화록」의 애정 갈등을 특별한 방향으로 엮어가고자 하는 작가의 의도와 관련되어 있는 것으로 보여진다. 「이생규장전」 이래로 유일무이한 운명적 장애로 기능해왔던 전란 소재는 이제 더 이상 그러한 위상을 확보하지 못한다. 전란은 어디까지나 이별의 계기를 제공하는 외부 요인이 되는 데 그칠 뿐 결정적인 애정의 좌절은 남성의 변심에 의해 발생한다. 전란 소재의 서사적 비중이 약화되는 대신 사랑의 문제를 인간의 현실적 욕망과 이기심과 결부시켜서 새로운 방향으로 조명해 나가게 된 것이다.

대신 「빙허자방화록」에서 전란은 주인공과 보조 인물들의 결연을 실현하기 위한 공모 성사 과정에 개입됨으로써 새로운 서사적 기능을 부여받고 있다. 빙허자의 공모자인 이춘무가 매영이 빙허자와 결연해야만 하는 필연적인 이유로 거론하고 있는 것이 바로 전란으로 인한 여성의 실절(失節) 문제인데, 이러한 이춘무의 논리에 설득되어 매영의 오빠까지 공모에 동참하는 상황이 형성되게 된다. 이춘무의 주장처럼 당시가 여성들의 정절을 보장할 수 없을 정도로 혼란한 상황임을 나타내는 정황 묘사가 17세기 각종 실기류나 「강도몽유록」의 내용과 유사한 양상으로 「빙허자방화록」에 서술되고 있다. 이춘무가 전란의 상황에 집안 여성의 정절을 관리해야 할 가부장적 책임 문제를 논리화하여 공모를 성사시킬 수 있었던 배경에는 실지 역사적 상황과의 관련성이 반영되어 있다. 「빙허자방화록」에서 전란 모티프는 운명적 애정 장애로서의 전통적인 기능을 상실하고 남녀의 결연 절차에 관련되는 양상으로 새롭게 변용되고 있는 것이다.[10)]

「백운선완춘결연록」의 주인공 백운선(白雲仙) 역시 종군하거나 전란의 한 가운데에서 이를 몸으로 직접 체험하지 않는다. 어디까지나 전화가 미치지 않는 피난지에서 고상하게 자연을 완상하고 풍류를 즐기는 생활을 영위한다. 마치 전란중이 아닌 것처럼 피난지는 평화롭고 안락하다. 종군 병사가 귀환하여 참상을 알린다든가 아니면 이탈병이 난입해 들어온다든가 하는 사건이 벌어지면서 전란을 좀더 사실적으로 끌어올 법도 하건만

---

10) 「정생전」의 작품 후반부에서도 병자호란에 관련된 삽화가가 등장하는데, 정생의 아들인 묘원대사의 이인성(異人性)을 강조하는 기능을 하고 있다. 전란 모티프의 이인담적 변용이라고 할 수 있다. 「빙허자방화록」과 합철되어 있는 「백운선완춘결연록」에서도 전란 모티프가 등장하고 있는데, 기존 연구(정환국, 전게논문, 51쪽)에서는 이를 병자호란으로 잘못 파악하고 있어서 바로 잡는다. 「백운선완춘결연록」의 전란은 작중에서 '숭정(崇禎) 14년'으로 발생시기가 명기되어 있는데, 이 시기는 1641년 즉, 명나라 의종(毅宗) 14년이다. 이때는 이미 병자호란은 끝난 시기로, 작중에서 묘사하고 있듯이 중국 대륙과 명나라 국민들의 삶에 막대한 영향을 미칠 수 있는 전란으로는 명나라를 결국 망국의 길로 이끈 '이자성(李自成)의 난(亂)'을 들 수 있다. 이자성의 난은 1641년에 이르러 낙양(洛陽)을 몰락시키고 복왕(福王)을 죽음으로 몰아넣을 정도로 극성하였으며, 이 충격으로 의종의 자결과 함께 명나라는 막을 내렸다.

전혀 그런 기미조차 비치지 않는다. 마치 백운선이 머무는 곳만 현실과 동떨어져 있는 것처럼도 보인다.

이러한 전란 소재의 간접화는 명을 천하의 중심으로 보는 작가의 의고적(擬古的) 세계관과 관련지어 설명할 수 있다. 단순히 복고의 차원에 그치는 게 아니라 그의 세계관은 다분히 실제 현실을 외면한 비현실성을 띤다. 17세기 전기 양식이 적극적으로 받아들였던 전란 소재의 연의적 현실성이 「백운선완춘결연록」에 와서는 다분히 역사의 실상에서 조금씩 비껴간 지점에서 구축되고 있는 것이다. "환란이 이미 안정되고 국가에 큰 경사가 있었다(時憂已定, 國家大以爲慶)"고 서술한 "이듬해 봄 삼월(明年春三月)" 즉 1642년은 명사(明史)상 결코 환란의 안정기가 아니다. 오히려 이자성을 중심으로 한 반란군이 체계화 되면서 1643년에 칭왕할 기틀을 닦은 시기였다. 잇달아 명군을 대패시키면서 하남의 모든 성을 점령했으며, 남쪽으로는 호광을 공격하고 양양과 호북의 수많은 주현을 복속시켰다.[11] 반란군의 세력이 걷잡을 수 없이 확대되는 시기였던 것이다. 「백운선완춘결연록」에서 말하는 1642년의 안정은 완연히 역사적 진실을 외면한, 작가에 의해 설정된 허구적 현실이다. 명나라 1641년의 역사적 사건인 농민 반란을 끌어오면서 채용된 연의 기법은 애초부터 실제 역사로부터 조금씩 어긋나 있었으며, 이 지점에 와서는 완전히 가공의 현실로 넘어간 것이다.

연의 기법의 탈각은 작가 의식의 측면에서는 그의 세계관에 입각해 있으며, 다른 한편으로 작중 서사의 필연성에 의거한다. 앞서 지적했듯 「백운선완춘결연록」에서 전란 소재를 활용하는 패턴은 「이생규장전」보다는 「만복사저포기」 쪽에 가깝다. 그리하여 「만복사저포기」의 전란이 귀녀를 정염의 결핍 상태로 몰아넣은 운명적 질곡이 되었듯 「백운선완춘결연록」

11) 『中國全史』, 翦伯贊 편, 이진복 · 김진옥 옮김, 학민사, 1990, 225쪽

에서도 전란은 혈연과 사랑에 대한 욕망을 채우려는 주인공의 지향을 가로막는 장애로 설정되어 있다. 그러나 여기서 주목해둘 점은 전란이 주인공의 결핍을 초래한 「만복사저포기」와 단지 원래의 고독감을 지속시키는데 불과한 「백운선완춘결연록」의 세계관 사이에는 명백한 미의식적 차이가 내재한다는 사실이다.

결핍을 산생하고 주인공을 부조리한 상황으로 몰아넣은 「만복사저포기」의 전란은 자아로 하여금 세계와 화합할 수 없게 한다. 반면 「백운선완춘결연록」의 전란은 기왕의 고독을 지속시키고 욕망의 충족을 지연시키는 정도일 따름이다. 고독감이 절망으로 이어질 만큼 치명적이지도 않다. 닫혀진 세계에서의 사랑을 그리고자 했다면 전란의 참상이 좀더 핍진하게 묘사되었을 법도 하고 혹은 환란이 계속되면서 만남이 엮여져 가는 방식으로 서사를 끌어갈 수도 있을 것이다. 백운선이 세계와 단절되지 않은 인간이기에 피난지에서의 생활이 치명적 고독감으로 점철되지 않았던 것으로 보인다. 혈연과 사랑에 대한 결핍은 느끼되 「만복사저포기」의 양생만큼 고독의 나락에 빠져 허우적대지 않는 인간인 백운선이기에 인연은 현실에서 직접 구해야 하는 것이고 또 그러기 위해서 전란은 반드시 종결되어야만 한다. 전란 소재의 간접화와 연의 기법의 허구적 비틀림, 역사적 현실성의 탈각은 이렇게 작가의 독특한 세계관과 미의식에 기반을 두고 있다.

「백운선완춘결연록」과 「정생전」에서는 병자호란의 경험이 혼사장애 혹은 이합구조와 같이 전기 양식에서 전형적인 서사적 스토리 라인과는 상관없이 수용되고 있다는 점에서 공통적이다. 전대의 「만복사저포기」처럼 「백운선완춘결연록」에서는 병자호란의 발생과 결말이 요약적으로 작품 서두에 서술되어 있다. 이 작품에서 병자호란은 다른 전란으로 대치되어도 상관 없을 정도로 개별성을 띠고 있지 못하며 서사 전개에 영향을 미치지 못하고 있다. 다만 남자 주인공이 전란을 피해 홀로 타향의 산중에서 피난살이 하는 상황은 전기소설에서 전형적으로 나타나는 것인 바, 남자 주인공이 현달하지 못하고 결핍 상태에 놓여있는 상황을 묘사하는 단락 다음에 위치시킴으로써 남자 주인공의 소외와 결핍 상태를 더욱 강조하는 효과를 보고 있는 것은 사실이다.

「정생전」에서는 주요 등장 인물인 묘원대사(妙圓大使)의 '이인(異人)적 면모'를 부각시키 위해서 병자호란을 예언하는 장면이 삽입되고 있다. 이 장면은 소정생(小丁生)이 묘원대사(妙圓大使)를 요승(妖僧)으로 간주하고 정생을 데리러 왔다가 오히려 묘원대사의 논리와 학식에 감복하고 돌아가는 서사 단락 중에 등장한다. 그러나 이 대목들은 단순히 등장 인물의 성격을 부각시키기 위한 기능만을 하고 있지는 않다. 이 장면들은 「정생전」에 반영된 작가 김기의 의식과도 연결되는 것으로 그의 문집에서도 유사한 의식이 투영된 작품을 찾아볼 수 있으며 전란 후에 편집된 야담에서 흔히 찾아볼 수 있는 전란(戰亂) 예언담(豫言談)과 유사하게 서술되어 있다.

전란 예언담은 입전(立傳) 대상자의 신이한 능력을 강조하기 위한 '이인담(異人談)'의 일종이다. 전란 예언담의 이인은 하나같이 사람들에게 전란을 피할 장소나 방도는 알려주면서도 전쟁에서 이길 수 있는 방법은 알려주지 않는다. 역사에서 이미 패한 싸움을 문학에서는 승리한 것으로 역전시키는 『임진록』과는 달리 이러한 예엄담들은 '운명은 피할 수 없다'는 운명론적(運命論的)인 시각으르 전란의 패배를 기지의 사실로 문학화 하는 특징을 보여주고 있다. 전자가 민중적인 의식을 반영한 것이라면 후자는 사대부들의 의식을 반영하고 있다고 할 수 있는 바, 「정생전」에 반영된 의식 역시 후자의 운명론적 시각과 통하는 것이다.

2) 시정 공간의 출현과 도시적 현실성 축조

조선 후기 전기소설에서 남녀의 만남은 도시 시정에서 이루어진다는 점이 특징이다. 전기소설의 만남은 남성이 여성의 생활 공간으로 이입해 들어가면서 이루어지는데, 조선 후기 전기소설의 여주인공들은 대부분 중·하층 출신이기 때문에 그들의 생활 권역인 시정에서 만남이 이루어지고 있는 것이다.[12] 「이생규장전」에서 이생이 평소 교류가 없던 권문세족가를 엿보게 되는 사건이나, 「주생전」, 「동선기」에서 주생과 서문적이 유람 도중에 기녀인 배도와 동선의 생활 권역으로 들어가게 되는 사건 등은 신분에 따라 생활 반경이 엄연히 구분되어 있는 남녀의 만남을 가능하게 만들기 위한 특별한 계기인 것이다. 생활 방식의 차이나 실질적인 계층 차가 클수록 주인공의 이동 폭도 커진다. 「주생전」, 「동선기」에서 주인공의 유람이라는 설정이 필요한 이유도 사족 남성과 기녀 간에 「이생규장전」 식의 만남을 구현하는 것이 그만큼 비일상적이라는 것을 반증한다고 할 수 있다.

남성 주인공들이 사족으로서의 생활 방식을 고수하고 있는 「정생전」, 「심생전」에서는 남녀의 만남에 여전히 '주인공의 이동'이라는 우연한 사건이 개입된다. 「정생전」의 삼청동(三淸洞)은 조선조의 대표적 유흥지이면서 상촌(上村) 중인들의 집단 거주 지역이며, 「심생전」의 운종가(雲從街)·광통교(廣通橋)·소공주동(小公主洞) 등은 당대 최대의 상업 지구이자 문화권으로 상층의 고급 문화와 도시 시정인의 오락 문화가 공존하던 지역이다.[13] 「정생전」, 「심생전」의 주인공들은 각각 유흥과 어가 관람이라는

12) 일상적 생활 공간을 떠나 우연히 익숙지 않은 공간으로 이동하게 되고, 그 속에서 특별한 만남이 이루어진다는 설정은 「남염부주지」, 「용궁부연록」 같은 비애정류 작품에서 나타나는 비현실적 만남과 방불한 애정의 비일상성을 담보해 주는 중요한 요건이다.

13) 광통교는 경화세족의 고동서화 감상 취미에 부응하기 위한 상층의 예술품 공급지였던 동시에 하층민을 대상으로한 투전·투계판이나 중촌 부호들의 야회가 벌어지던 도

우연한 계기에 의해 자신들의 거주공간을 떠나 중인층의 주거공간과 생활 권역으로 들어가게 되면서부터 사족 남성과 중인 여성 간의 특별한 사랑을 엮어가게 되는 것이다.

반면에 사족 남성인 주인공의 실질적 생활이 이미 시정민의 그것과 구분이 모호하게 되어버린 「절화기담」, 「포의교집」에서는 주인공의 이동 편폭이 축소된다. 「절화기담」의 이생(李生)은 오늘날의 종로 3가 지역인 모동(帽洞)에서 하층민과 나란히 이웃하여 살고 있으며, 「포의교집」의 이생(李生)은 역시 오늘날 종로 일대인 죽동(竹洞)의 한 다세대 주택 내부에서 하층민 세입자의 구역인 행랑채와 나란히 있는 서헌(西軒)에 거주한다.[14)]

> 이 집은 역시 한 구역의 큰 집이었는데, 행랑이 십여칸에 대문과 중문이 높아서 마치 재상가 같았다. 일찍이 이판서의 댁이었는데, 중간에 중인이 살다가 중인이 유지할 수 없게 되자, 장진사가 사들인 것이었다. 안팎의 사랑채가 있는데, 장진사는 안 사랑채에 거하였고, 바깥 사랑채는 이미 전 주인이 당파라고 부르는 한 노파에게 세를 내주었다.[15)]

시민의 도시문화 향유지이기도 했다.(강명관, 「조선 후기경화세족과 고동서화 취미」, 『조선시대 문학예술의 생성공간』, 소명출판사, 1996 참조)

14) 조선 후기의 임대주택에 관한 기록은 남아있지 않지만 일제시대 때의 상황으로 미루어 짐작할 수 있다. 일제시대에 들어 도시의 인구 팽창으로 주택이 부족하게 되자 전문적인 집장사들이 등장하였고, 이들은 도시 내의 큰 주택을 사들여 그 안에 여러 채의 작은 주택을 지어 팔게 되었는데, 이러한 '개량 한옥'은 그 발생과정상 조선 후기에 중류계층이 사용했던 '도시주택'과 유사한 점이 많기 때문에 그 특징들을 이어받고 있다. 개량 한옥은 기본적으로 '집중형 주거'의 특성을 가지고 있다. 집장사들은 작은 택지 안에 여러 채의 주택을 지어야 했기 때문에 주택들이 서로 밀집하게 되었다. 작은 택지 안에 집을 지으려면 주거공간을 여러 채의 건물로 분산할 여유가 없어 하나의 살림채 안에 모든 주거공간을 집중시키게 된 것이다. 이러한 밀집형 주거는 하나의 큰 집 안에 각각 안방과 부엌, 대청, 건넌방, 문간방, 광, 중정, 대문간, 변소 등을 갖춘 여러 가구를 병렬시키는 형태였다.(강영환, 『한국주거문화의 역사』, 기문당, 1991, 151-153쪽) 오늘날로 치면 다가구 주택의 형태에 해당된다고 볼 수 있다.

15) "此家亦一區之大宅, 而行廊十餘戶, 大門中門, 巍巍然, 若宰相家焉, 曾是李判書宅, 而中間浮爲中人所居, 中人不能容爲, 張進士所賣也, 有內外私廊, 張進士處, 內私

「포의교집」에서는 서헌과 행랑채라는 형식상의 주거의 구분이 있을 뿐, 이미 사족 남성과 하층 여성이 실질적으로는 공동 생활 권역에 속해 있음을 확인할 수 있다.[16)]

「절화기담」, 「포의교집」처럼 사족 남성과 하층 여성의 생활 권역이 도시 시정으로 일치하는 경우에는 주인공들의 애정이 도시 하층민의 생활 풍속과 보다 밀착하여 전개된다. 「절화기담」에서 이생이 순매(舜梅)를 발견하는 공간은 도시 하층민의 생활 권역 내부에 있는 공동 식수원인 우물이며, 두 사람의 만남은 도시민들의 세시 풍속과 일상사의 자잘한 사건들 속에서 이루어진다. 한편, 「포의교집」에서 이생이 양파(楊婆)를 발견하는 공간은 다가구 주택의 주인, 관리인, 세입자가 한낮의 일상을 함께 보내는 대청이다.

> 때는 마침 6월, 이생이 (중략) 바깥 사랑채 서쪽에 집을 지어서 거처했으니, 곧 당파의 거처와 몇 칸 벽을 사이에 두고 있었다. 때때로 당파와 함께 풍속과 행랑채에서의 삶에 대해 물었다. 장진사는 반드시 낮이면 서로 모여서 담소를 나누었는데, 매번 아침이 지나서 뜨거운 기운이 사람을 찔 듯이 하게 되면, 행랑의 모든 여자들이 노소를 막론하고 모두 중문 안 빈 대청에 모였다. 혹은 바느질하고, 혹은 솜을 타고, 혹은 다듬이질을 하였는데, 빈 대청이 서헌(西軒)과 매우 가까워서 이생이 매번 겸연쩍어 했으나, 여자들은 조금도 거리낌이 없었다. 그러므로 날이 갈수록 서로 상대하는 데 전혀 어렵지가 않았다. 왜냐 하면 서울과 시골이 다른 점이 있으니, 일마다 신경쓰지 않기 때문이었다.[17)]

廊, 而外私廊, 則自前主人已許僦, 於一老婆號堂婆", 「布衣交集」, 서울대학교 규장각본

16) 「포의교집」의 중요한 공간적 배경이 되고 있는 이 다세대 주택은 원래 양반의 주거였던 것인데 중인의 손에 넘어갔다가 다시 전문 집장사인 장진사(張進士)에게 넘겨져 임대주택으로 꾸며진 집으로서, 경제력을 상실한 양반이 살던 집까지 팔 정도로 몰락한 상황과 사족으로서의 체신을 던져버린 양반이 집장사를 할 정도로 변화된 도시 풍속도를 잘 보여주고 있다.

한편, 둘 사이에 교감이 확대되어 가는 과정은 이러한 다세대 주택의 거주인들에게 풍문으로 전하지고 공개되기도 한다.

> 이때, 이생이 막 책을 베끼고 있었는데, 행랑채에서 말이 돌기를,
> "솜을 타던 양씨의 어린 마누라는 이틀 동안 손바닥만한 솜도 만들지 못했고, 책을 베끼던 이서방님은 아침이 다 지나도록 한 장도 끝마치지 못했네. 두 사람이 서로 바라보니, 생각이 하고 있는 일에 미치지 못하네."[18]

이처럼 주인공들의 생활 공간 간에 격차가 축소되면서 「절화기담」, 「포의교집」의 만남은 아침저녁으로 하층민의 일상 속에서 일어나는 특별한 사건이라는 의미를 지니게 되었다. 「절화기담」처럼 부엌에서 발생하는 일상적인 실화(失火) 사건 하나조차 주인공들의 만남에 결정적인 영향을 미칠 정도로 중요한 사건으로 인식되고, 「포의교집」처럼 공동 주거지의 사람들이 함께 모여 일상의 소일거리를 처리하면서 이웃의 스캔들을 가십거리로 삼는 등, 항상 똑같은 일상 속에서 벌어지는 일탈이라는 점에서 애정 모티프가 여전히 비일상성을 내포하고 있음을 확인할 수 있다.[19]

---

17) "時値六月, 李生 (中略) 梓外私廊之西軒而處. 卽與堂婆之居, 隔數壁, 時時與堂婆, 問其風俗, 及廊底生涯焉, 張進二必書, 則相會談笑, 而每朝日晏, 薰氣蒸人, 行廊之諸女, 無論老少, 盡會於中門內虛廳, 或針線, 或彈錦, 或搗砧, 而那虛廳, 壓近西軒, 李生每有慊然, 而其女輩, 小無嫌焉, 故日復日, 無難相對矣, 大抵京師與鄕谷有異, 事事疎脫故也", 「布衣交集」, 서울대학교 규장각본

18) "時生方抄冊書, 廊中語曰, 彈綿楊少婦, 二日不成一掌絮, 謄冊李郞君, 終朝難卒單張書, 兩兩相看, 念不及於所工也", 「布衣交集」, 서울대학교 규장각본

19) 특히, 「포의교집」의 행랑채 거주민들은 전통적인 농경 사회의 지역 공동체가 해체되면서 도시로 유입된 뜨내기들이 형성한 도시 시정의 변두리 하층민의 생활 방식을 잘 보여준다. 이들은 씨족이나 지역에 대한 어떤 연고로 규합되지도 않고 그렇다고 근대적 노동이 형성하는 뚜렷한 계급적 연대의식을 가지고 있지도 않다. 또한 이들은 전통적인 봉건적 공동체적 삶의 방식에 정확하게 대응되지도 않으면서도 근대적인 삶의 방식을 확실히 체현하지도 못한 집단이다. 새롭게 변화해 가는 시정의 세태 속에서 유교적 구습의 잔재를 끌어안고 살아가는 도시 하층민이라는 표현이 이들에게 적합할 것이다.

시정 공간의 출현으로 인해 조선 후기 전기소설에서 남녀의 만남과 결연은 사실성을 강화하게 되었으며, 일상성과 비일상성을 공존시키게 되었다. 그러나 사실성이 애정 갈등과 파탄의 단계에까지 시종일관 유지되는 작품은 「심생전」, 「포의교집」, 「절화기담」에만 한정된다. 「정생전」, 「빙허자방화록」은 비현실적 모티프를 동원하여 애정의 비극을 초월하고자 하는 지향을 보여준다.

3) 결연 절차의 확대 : 일상적 사랑의 서사적 구축

조선 후기 전기소설 작품들은 중편화의 뚜렷한 성취를 이룬 17세기 전기소설사를 바로 이어받은 시기에 창작되었지만 중편화의 경향을 일률적으로 계승하고 있지 않다. 17세기 「주생전」, 「최척전」, 「운영전」이 약 8,000-12,000여 자 내외인 데 반해, 18세기 「심생전」, 「정생전」(전반부 애정담 부분만), 「빙허자방화록」은 약 1,800-6,500여 자 내외이며, 19세기 「절화기담」, 「포의교집」은 약 12,000-18,000여 자 내외이다.

18세기 작품들은 상대적으로 단편적 경향이 두드러진다. 두말할 나위 없이 단편 양식인 「심생전」을 비롯하여 「정생전」 역시 비애정류 서사전통의 이계 탐방담을 결합시킨 후반부를 제외한 순수 애정담 부분은 「심생전」 두 배 가량의 단편 분량이다. 「빙허자방화록」도 17세기 작품과 비교해 볼 때, 중편이라는 명함을 당당하게 내밀기에는 상대적으로 분량이 적다. 반면, 19세기 「포의교집」, 「절화기담」은 오히려 17세기 작품 수준의 중편 분량을 보여준다. 조선 후기 전기소설 작품들이 일률적인 중편화의 경향으로 설명될 수 없으며, 단편 양식의 부활과 중편화로의 재전환이라는 상대적 편차를 보여주고 있음을 알 수 있다.

그러나 이러한 단편·중편 양식적 차이에도 불구하고 조선 후기 작품들은 대체로 각기 독특한 플롯을 고안하여, 결연 과정의 서사적 흥미 제고와 긴장 유지에 고심하고 있다는 공통점이 있다. 「심생전」의 '호기심 유발 : 해소'의 플롯은 단편의 분량상 한계를 극복하고 서사적 흥미유지와 긴장 극대화에 기여하며, 「빙허자방화록」의 '공모 플롯'은 중인 계층 내부에 존재하는 상층 윤리 모방 의식과 실리추구 의식 간의 충돌과 대립을 결연 과정 속에 효과적으로 풀어놓는 데 기여한다. 「포의교집」의 투화(投花), 투시(投詩)를 매개로 한 '밀고 당기기'를 통해 결연 과정의 흥미 제고와 절차의 확대를 낳으며, 「절화기담」은 불륜적 애정의 급작스런 파국이 여주인공의 수동적 태도를 통해 미리 예측되는 가운데, 서사적 긴장을 유지하는 데 기여한다.

이들 작품에서 공통적으로 확인되는 플롯에 대한 관심과 결연 절차의 확대 양상은 서사적 흥미 제고나 긴장 유지뿐만 아니라 사족 남성과 중·하층 여성의 결연이 갖는 비일상성과도 관련되어 있다. 비일상적인 사랑과 신분 차이 혹은 불륜 문제가 중·하층 여성들의 신중한 태도를 낳는다고 할 수 있다. 「이생규장전」, 「하생기우전」, 「위경천전」 등의 상층 여성들처럼 구애받은 그 날로 사랑을 허락하는 것이 아니라, 이후 닥쳐올 현실적 문제들을 미리부터 심각하게 고민하고 이로 인해 남성의 구애를 쉽사리 허락하지 않음을 보여준다. 「심생전」, 「포의교집」의 여주인공들은 사족 남성의 애정에 대한 진지함과 자신과의 교감 가능성을 탐색하려는 시험 과정을 갖고 있으며,[20] 「절화기담」에서는 불륜에 대한 염려로 주위의 시선을 의식한 나머지 결연을 미룬다.

이러한 중·하층 여성들의 태도는 사족 남성들의 태도와 상반된다. 남성들은 일단 처음에는 충동적으로 여성에게 접근하려고 노력했다가 결연이 이루어진 이후에야 현실적인 문제를 고려하기 시작한다. 남성들은 어

20) 「심생전」의 궐녀의 태도에서 특히 신중함이 부각되고 있다는 점은 기존 연구에서도 지적된 바 있다.(이상구, 「<심생전>의 인물형상과 작가의식」, 『한국고소설사의 시각』, 국학자료원, 1996, 757쪽)

떻게 해서든 일단 결연을 성사시키기 위해서 노력하는 반면 여성들은 그들의 충동성을 저지하고 애정에 대한 진중함을 확인하거나 앞날에 대한 고민으로 주저하는 것이다. 이처럼 사랑과 결연에 대한 남녀 간의 일치하지 않는 태도는 결연 절차의 확대 문제뿐만 아니라 변심의 문제와도 관련되게 된다.

(1) 단편 양식과 결연 절차의 확대

「심생전」의 결연 절차 확대는 단편 양식에서 서사적 흥미를 최대한 끌어내고자 하는 작가의 의도와 결합되어 있다는 점에서 독특한 의미를 지니고 있다. 단편 양식은 구비문학이나 기록문학의 발생 당시부터 전해져 온 유산의 일부로, 이 양식에는 문학의 역사적 단계에 있어서 일화, 우화, 단편소설 등 여러 가지 하위 양식이 있어왔다. 전기소설사에서 단편 양식은 초기 전기소설사에서 주도적인 양식으로 활용되었으나, 17세기에는 중편화가 진행되면서 단편 양식은 그 주도성을 상실했다. 그러나 애정 서사만 놓고 볼 때, 「정생전」 역시 「심생전」과 같은 단편 분량이며, 「빙허자방화록」은 중편이기는 하나 17세기 작품들보다는 분명 분량이 상대적으로 축소되어 있다. 이 점에서 17세기 이후의 전기소설사를 일률적으로 중편화 경향으로 보는 시각은 신중을 기해야 할 것으로 보이며, 오히려 18세기에 와서 야담적 소재를 활용하는 과정에서 단편 양식이 주목되지 않았나 조심스레 추정해 본다.

동일한 단편이라 할지라도 「심생전」은 「이생규장전」 같은 조선 전기의 작품들에 비해서도 분량이 훨씬 적다. 이 때문에 「심생전」에서는 종종 필요한 만큼의 상황과 인물 내면에 대한 묘사와 정보가 부족하다는 사실을 발견할 수 있다.[21] 만남의 순간적 교감 장면, 심생이 궐녀의 이웃집 노파

21) 이러한 이유로 논자(윤채근, 전게서, 443쪽)에 따라 「심생전」의 서사적 인과성이 부

로부터 정보를 얻는 장면, 심생이 궐녀에게 접근하기 위해 노력하는 열흘간의 장면들의 연쇄 등에서는 「이생규장전」에 못지않게 밀도 있는 묘사와 허구적 창작성이 드러난다. 그러나 「이생규장전」과 비교해 볼 때, 상대적으로 장면과 인물 묘사의 풍성함이 결여되어 있으며, 사건에 대한 서술은 객관적 보고와 외적인 행동 묘사를 통해 지나치게 간략화되어 있음은 부정할 수 없다.[22]

이러한 분량상의 한계에도 불구하고 「심생전」이 비극적 애정을 긴장감 있게 형상화하기에 전혀 부족함이 없다는 사실 역시 부정할 수는 없다. 「심생전」이 서사적 흥미를 제고하기 위해 활용하고 있는 방식이 바로 야담에서 주로 발견되는 '생략과 배제'[23]에 의한 호기심 유발의 원리이다.[24]

정되기도 한다.

22) 「이생규장전」의 경우, 남녀 상호 간의 정서적 교감은 대화와 한시창화(漢詩唱和) 등의 진술방식을 통해 다각도로 조명되고 있으며, 인물의 의식과 내면 또한 객관적인 행동 묘사나 서술자의 관찰에만 의존하지 않고 서술자의 보고와 등장 인물 자신의 즉각적인 발화에 의해 동시에 이루어지고 있다. 반면, 「심생전」에서는 주인공들의 속내가 속시원히 드러나지 않는다.

23) 단편 양식과 생략·배제의 원리가 특히 관련이 깊다는 사실은 영웅소설이나 장편국문소설과 같은 중편 이상의 소설 양식에서는 주인공과 주변 인물을 망라한 다양한 인물들에 대한 서술자의 조명이 각설, 차설 등의 고유한 장면 전환 용어들을 통해 자유자재로 이동하고 있다는 사실에서도 확인할 수 있다.

24) 야담과 같은 단편 양식에서는 분량상의 한계 속에서 서사적 흥미를 제고하기 위한 다양한 서사 원리를 발견할 수 있는데, 그 대표적인 예가 바로 생략과 배제에 의해서 호기심을 유발하는 원리이다.(단편 양식이 생략과 배제의 원리와 주로 관련되어 있다는 점은 찰즈 E. 메이, 『단편소설 이론』, 정음사, 1983 참조) 「봉기연빈사득이랑(逢奇緣貧士得二娘)」, 「유상사선빈후부(柳上舍先貧後富)」 같은 야담 작품은 이러한 수법을 활용하고 있는 대표적인 예에 해당한다. 두 작품은 몰락 양반이 도무지 영문을 알 수 없는 계기로 느닷없이 생면부지의 여인을 만나 일생을 해로함은 물론 부유하게 되고, 나중에 가서야 부인으로부터 저간의 사정을 전해 듣게 되는 이야기들이다. 서사의 도중에 계속적으로 여인의 정체나 행동의 원인들에 대해 침묵함으로써 궁금증을 배가시켜 나가다가, 막판에 가서 여주인공들의 자기 진술을 통해 생략된 정보들을 제공함으로써 의혹을 풀어주고 있다. 이 부븐에서 서술자는 거의 개입하지 않으며, 모든 설명이 등장 인물의 직접 발화를 통해 이루어진다. 이처럼 배제된 서사를 등장 인물의 자기 경험으로 수렴해서 풀어놓는 방식을 통해 인물 자체가 극적으로 부각됨은 물론

「심생전」의 결연 대목은 이러한 작자의 의도와 중인 여성의 사족 남성 시험이라는 서사적 특징이 결합되어 단편의 분량 중에서도 가장 확대되어있다.

「심생전」의 결연 대목은 궐녀가 심생을 속이거나, 방문에 자물쇠를 닫아걸고 분명한 거절을 표시하는 등 애정에 대한 심생의 진정성을 시험하는 절차가 확대되고 있다. 그런데 이 시험 과정에서 흥미를 유발하는 요인은 바로 '드러난' 심생의 목적과 '숨겨진' 궐녀의 의도를 병치하는 서사 방식이다. 궐녀의 이웃노파에게 그녀에 대한 정보를 얻고, 열흘간 굴하지 않고 궐녀의 방문 앞을 지키는 심생의 행동이 궐녀의 마음을 얻기 위한 노력이라는 것은 누가 보아도 분명하다. 그러나 광통교에서 심생과 마주칠 때만 해도 부끄러워하며 심생에게 마음이 있음을 나타냈던 궐녀가 심생 앞에서 방문을 닫아거는 태도라든가, 심생이 지키고 있는 가운데 방안에서 잠 못 이루고 뒤척대거나 그가 웅크리고 있는 모퉁이로 불쑥 찾아든 행동 등은 그 의도를 쉽사리 짐작하기가 어렵다.

대신 심생의 20일간의 방문 기간 동안 궐녀가 보여주는 행동의 변화를 객관적으로 묘사만 함으로써 독자로 하여금 그 행동의 이유에 대해 '의문'을 가지게 하고, 나름대로 '추측'해 보도록 하고 있다. 궐녀의 복잡 미묘한 심리를 제거한 채 서술되는 행동 묘사는 독자에게 돌출적이고도 갑작스럽게 느껴지게 마련인데, 여기서 독자의 궁금증이 유발된다. 어떠한 단서도 전혀 제시되지 않은 채 궐녀의 행동이 제시됨에 따라 축적되어 가는 궁금증은 궐녀가 결연을 결심하고 심생과 부모 앞에서 지금까지 발설하지 않았던 자신의 속내를 드러내는 순간에 가서야 비로소 해결된다. 이러

그의 욕망과 의식 세계에 대한 인상이 독자의 뇌리에 강렬하게 남게 된다. 「심생전」에 나타나는 생략과 배제의 원리는 야담의 그것과 특히 친연성이 높다는 점이 여러 측면에서 확인되는데, 실재담이 작가에게 전달되는 전문의 과정이라든가, 조선 후기 시정에서 배태된 애정담이라는 소재적 성격 등에서 이러한 사실이 확인된다.

한 궁금증 유발과 비약적 해소의 방식은 「심생전」의 결연 절차에서 서사적 긴장을 창출하고 유지하는 기능을 하고 있다.

결연 대목에서 생략·배제에 의해 호기심을 유발하는 서사는 두 부분으로 나누어진다. 첫 번째 부분에서는 궐녀의 '번민의 정체'에 대한 독자의 의문을 유도한다.

> 삼경쯤에, 계집애는 벌써 깊이 잠들었고, 궐녀는 그제야 등불을 끄고 취침하였다. 그러나 오래도록 잠을 이루지 못하고 뒤척뒤척 무언가 고민하는 모양이었다.[25]

> 궐녀는 초저녁에는 소설책을 읽기도 하고 바느질을 하기도 하다가 밤중에 이르러 불이 꺼지는데, 이내 잠이 들기도 하고 더러 번민으로 잠을 못 이루기도 하는 것이었다. 6, 7일이 지나자 문득 '몸이 편치 못하다'고 겨우 초경부터 베개에 엎드려 자주 손으로 벽을 두드리며 긴 한숨, 짧은 탄식을 내쉬어 숨결이 창밖까지 들렸다. 하루 저녁 갈수록 더해만 갔다.[26]

작자는 심생의 시선이나 전지적 시점에서 궐녀의 외적인 행동만을 묘사할 뿐 그녀의 내면 속으로 들어가 고민의 정체를 보여주지는 않는다. 독자로 하여금 과연 궐녀의 번민은 심생 때문에 초래된 것인가, 궐녀는 심생의 행동을 알고 있기는 한 것인가 하는 의문이 들게 하는 것이다. 이러한 궁금증은 궐녀가 느닷없이 심생이 웅크리고 있는 방문 앞으로 나서는 장면에 와서 절정에 이른다. 궐녀가 무언가 고민에 빠져 있으며, 어렴풋이 그 고민이 심생과 관련된 것임을 알고 있는 독자는 이러한 궐녀의 행동이 어떤 '의도성'을 품고 있는 것임을 눈치 채게 되는 것이다. 독자의

25) "至三鼓許, 亞鬟已熟寐, 女始吹燈就寢, 而猶不寐者久, 若輾轉有所思者", 李鈺, 「沈生專」, 『梅花外史』, 『潭庭叢書』

26) "女始則或讀小說或針指, 至半夜燈滅 則或寢或煩不寐矣, 過六七日, 則輒稱身不佳, 纔初更, 便伏枕, 陟擲手于壁, 長吁短歎, 聲息聞窓外, 一夕甚於一夕", 李鈺, 「沈生專」, 『梅花外史』, 『潭庭叢書』

궁금증이 절정에 이를 무렵 작자는 처음부터 궐녀가 심생의 방문 사실을 알고 있었다는 궐녀의 발화를 통해 그녀의 행동이 바로 심생의 존재를 의식한 결과로 이루어진 것임을 알려준다.

이로써 독자가 처음에 가졌던 의문은 상당 부분 풀린 셈이지만 아직도 여전히 궐녀가 지닌 번민의 정체에 대한 궁금증은 전혀 풀리지 않고 있다. 작자는 이 문제의 해답을 들려주는 대신 슬그머니 두 번째로 호기심을 유발하는 플롯을 반복한다. 궐녀가 심생을 방에 들여 비로소 낭만적인 결연이 이루어질 것을 예상했던 독자는 궐녀의 예기치 않은 '의외의 행동' 때문에 또다시 서사적 진행의 방향을 도무지 예측할 수 없게 되는 당혹감에 빠지게 된다.

> 궐녀는 홱 돌아서서 들어가 버렸다. 방에 들어가서는 계집애를 부르더니,
> "너 어머니한테 가서 큰 주석 자물쇠를 주시라고 하여 갖고 오너라. 밤이 깜깜해서 사람이 겁이 나는구나."
> 하여, 계집애가 윗방 마루로 건너가서 금방 자물쇠를 들고 왔다. 궐녀는 열어 주기로 약속한 뒷문에다 아귀진 쇠꼬챙이를 분명히 꽂고 다시 손으로 자물쇠를 채웠다. 일부러 쇠를 채우는 소리를 찰카닥 내었다. 그리고 곧 등불을 끄고 고요히 잠이 깊이 든 듯하였으나, 실은 잠을 이루지 못하였다.[27]

이러한 궐녀의 행동은 두 가지 궁금증을 불러일으킨다. 하나는 '속임수'의 이유이고 다른 하나는 다시 되풀이되고 있는 번민의 정체이다. 궐녀가 마치 심생을 방에 들일 것처럼 하여 속이고는 눈앞에서 자물쇠를 채웠다는 것은 명백한 거절의 표시로 생각될 수 있다. 그럼에도 불구하고 궐녀는 여전히 내적 갈등을 계속한다. 이처럼 상반되는 행동의 묘사는 갈등의

---

27) "女復逶遅而入, 旣到其室, 呼婭鬟曰, 汝媽媽許, 請朱錫大屈戌來, 夜甚黑, 令人生怕, 婭鬟向上堂去, 未久以屈戌來, 女遂於所約後戶, 拴上釵甚分明, 以手安屈戌籥, 故琅琅作不鎖聲, 隨卽吹燈, 寂然若睡熟者, 而實未嘗睡也", 李鈺, 「沈生專」, 『梅花外史』, 『潭庭叢書』

정체가 명약관화하게 밝혀지지 않는 한, 의혹을 자꾸만 증폭시켜 간다.

그런데 작자는 의혹을 명쾌하게 풀어주지 않고 다시 한번 더 궐녀의 정체를 알 수 없는 행동을 제시한다. 궐녀의 속임수를 기억하는 독자에게 있어서 스스로 방문을 열고 심생을 맞아들이는 궐녀의 저의는 또 다른 속임수의 시작이 아닐까 하는 의그심을 불러일으키기에 충분하다.

작자는 이처럼 독자의 의혹이 최대한으로 증폭된 순간, 궐녀의 발화를 제시함으로써 지금껏 생략해왔던 저간의 상황을 돌연 설명해준다. 서사적 긴장의 끈을 최대한으로 팽팽하게 만든 후에 갑작스럽게 그 줄을 놓아버림으로써 순간적으로 해소시키는 극적 제시의 기법을 사용하고 있는 것이다. 「심생전」의 결연 대목은 이렇게 사전에 치밀하게 계산된 기법에 의해서 중인 여성이 사족 남성의 구애를 받아들이기까지 그녀의 내면에서 치열하게 전개된 심리적 갈등의 추이를 긴장감 있게 서사화하는 데 성공하고 있다.

(2) 중편 양식과 결연 절차의 흥미 제고

「빙허자방화록」은 주동 인물과 보조 인물들 사이에 공모(共謀)라는 플롯을 설정함으로써 결연 절차의 흥미를 제고한다. 공모는 남녀 주인공 간의 내밀한 경험이었던 만남과 결연을 외부의 인물에게 공개되도록 하며, 복수의 보조 인물들과 함께 추구하는 공동 목표가 되게 한다. 이러한 공모 플롯에 의해 「빙허자방화록」에서 결연 절차는 그 자체로도 충분히 흥미 있는 서사를 이루게 되었으며, 분량 면에서도 작품의 절반 정도를 차지할 정도로 확대되어 있다.

「빙허자방화록」의 공모 플롯은 1. 공모의 성립 2. 일차 시도와 실패(설득과 거부) 3. 이차 시도와 성공(속임수와 유인계) 4. 공모의 성취와 애정 획득과 같은 네 단계로 전개된다. 남성들간의 공모는 「정생전」, 「심생전」처럼 독자적 결연을 추진할 적극성이 부재한 빙허자의 소극성에서 비롯된다. 빙허자는 결연을 주도할 용기가 부족하기 때문에 보조 인물들에게서 도움을 구하는 것이다. 이러한 공모의 절차에서는 공동 전선을 형성한 남성들이 여주인공을 어떻게 설득해 나가는가 하는 점이 서사적 흥미를 창출해 내는 관건이 된다.

공모의 추진자인 이춘무는 빠른 상황 판단과 이해 득실에 따라서 적극적으로 움직인다. 이춘무에 의한 공모 수행은 상층 윤리의 모방 의식을 지닌 박시대를 끌어들이는 작업으로부터 시작된다. 매영의 친오빠인 박시대는 자신의 가문에 대한 높은 자부심을 지닌 인물로서 빙허자의 바람에 쉽게 응하지 않는다. 박시대에 의해 소개되는 매영의 가치는 한 마디로 사대부가 여성과 등가라는 것으로 요약된다. 규중처자(閨中處子), 단정지품성(端整之稟性), 정절(貞節), 시사운율지재(詩詞韻律之才) 등 박시대가 매영을 묘사하는 수식어들은 사대부가 여성들에게나 쓰일 법한 말들이다. 이 때문에 이춘무는 처음에는 박시대를 공모에 끌어들이기 위해 설전을 벌이고, 다시 매영을 설득하는 이중의 노력을 거듭한다.

이춘무는 매영 남매와 마찬가지로 중인 신분이지만 상층 윤리를 모방하고자 하는 의식이 전혀 없다. 그가 공모에 적극적인 이유는 빙허자와의 의리 때문도 아니고, 사족과의 결연에 따라 신분적 열등감을 보상받고자 함도 아니다. 이춘무는 철저히 실리적으로 사고하고 주체적으로 공모를 추진한다. 사족과의 결연이 전시(戰時)의 불투명한 상황에서 여성의 정절을 보전할 수 있다는 현실적 실익을 가져다 줄 수 있기 때문에 공모 추진을 자임하고 나선 것이다.

그렇지 않다. 너는 옛사람의 말을 들어보지도 못했느냐? 딸이 시집감에 모친이 일을 주선함은 오직 평화스러울 때의 예의에만 그러한 것이다. 하물며 지금처럼 어지러운 중에 어찌 권도가 없겠느냐? 진실로 고지식하게 굴어서

> 후회할 일을 만들지 말아라. (중략) 이는 특히 구름을 만나지 못한 용과 안개를 만나지 못한 표범이 혼인을 맺고자 함이니, 이때를 놓칠 자가 누구이겠느냐? (중략) 못난 아녀자의 살핌으로써 이 기회를 소홀히 하지 말아라.[28]

실리적 인간형인 이춘무와 상층 윤리 모방 의식을 지닌 매영의 대립에 의해 일차 공모는 실패로 돌아간다. 이춘무는 매영의 자발적 동의를 더 이상 기대할 수 없게 된 만큼 이제, 속임수를 사용하여 매영을 유인하는 방법을 시도하게 된다.

이차 공모는 이춘무의 유인계와 박시대의 묵인에 의해서 성공을 거둔다. 이차 공모에서도 역시 이춘무가 주도적으로 계획을 제안하고 실행하는 역할을 맡고 있다. 이춘무는 매영의 모친이 집을 비운 날을 선택하여, 빙허자를 약속 장소에 숨겨놓은 후에, 야회를 빌미로 매영을 후원으로 유인한다. 이춘무는 먼저 시를 읊어서 매영의 화답을 유도한 후 빙허자로 하여금 자연스럽게 창화하면서 매영 앞에 나서게 하는 주도면밀성을 보여준다.

이처럼 결연 절차에서 확대되고 있는 매개 인물의 역할 강화와 공모에 의한 남성들의 연대는 결연에 있어서 여주인공의 주도성을 현저하게 약화시킨다. 남성들이 집단 연대에 의해서 여주인공을 꾐에 빠뜨리는 형태를 띠고 있기 때문에 여주인공은 주체적인 입장에서 남성을 선택하는 것이 아니라 남성 집단의 속임수에 의해서 결연을 요구받는 수동적인 입장에 놓이는 것이다.

「포의교집」의 결연 절차는 여성의 남성 시험 과정이 탐색과 확인, 암시와 추측, 시험과 오해 등의 다양한 상황을 낳으면서 확대되며, 독자에게

---

28) "不然, 子不聞古人之言乎, 女子之嫁也, 母命之, 惟昇平之日禮, 尙然矣. 況今亂離之中, 權豈無也, 愼勿以膠柱, 以貽後悔 (中略) 此特不雲之龍, 未霧之豹. 欲得絲羅之托, 捨此其誰乎 (中略) 毋以愚婦之諒, 輕比買臣也", 「憑虛子訪花錄」, 김기동·이종은 공편, 『고전한문소설선』, 교학연구사, 1984, 337쪽

흥미를 유발한다. 「포의교집」에서 결연이 지체되는 이유는 이생을 시험해 보고자 하는 양파가 신중한 탐색전을 벌이고 있기 때문이다. 애초 양파를 저돌적으로 유혹하지 못한 이생의 주저함과 이생을 시험해 보려는 양파의 의중이 각자 나름의 이유를 지닌 채 상호 모색의 시간을 갖지만 곧 탐색의 주도권은 양파에게 넘어간다.

양파의 속내를 알길 없는 이생은 시종일관 안절부절못하며 결연을 주도하지 못한다. 이생은 언제, 어느 시점에 이르러 적극적으로 구애해야 하는지를 전혀 짐작조차 하지 못할 뿐 아니라, 양파가 자신을 시험하는 본심이 무엇인지를 감조차 전혀 잡지 못하고 갈팡질팡하기도 한다. 반면 양파는 성급하게 자신의 의중을 털어놓지 않는 신중함을 무기로 결연 과정을 의도적으로 지연시키며, 이를 통해 상대를 탐색할 시간적 여유를 확보한다. 양파의 탐색은 단순히 상대의 의중을 알아보는 데 그치지 않는다. 꽃·한시 등을 매개로 자신의 애정관을 점진적으로 노출시키고, 상대와의 관계를 자신이 원하는 방향으로 이끌어간다. 이처럼 관계의 주도권을 양파 쪽에서 확보함에 따라 「포의교집」의 결연 절차는 의도적인 정보의 노출: 유도의 반복 패턴을 보여주게 된다. 즉, 양파의 정보 노출하기와 이생의 따라가기가 반복되는 것이다.

예컨대 양파가 봉선화 가지를 이생의 거처인 서헌에 던짐으로써 이생에 대한 탐색을 처음으로 시작하는 장면을 보자. 양파는 신분적 한계 때문에 실의한 자신의 뜻을 꽃에 우의하지만 이생은 양파의 의도를 전혀 파악하지 못한다. 오히려 이생은 이를 세월의 흐름을 한탄하는 양파의 마음으로 오해할 뿐만 아니라, 경제적 무능력 때문에 자신을 거부하지 말아 달라는 당부까지 한다. 완전히 헛다리를 짚고 있는 이생에게 양파는 이생이 자신의 시험을 따라올 수 있도록 은근히 정보를 노출한다. 이러한 정보 제공 덕분에 이생은 양파의 다음 번 시험에서 시구의 함의를 알아맞히게 되고, 자신이 양파의 시험에 일단 합격한 것에 감격해하며 꾸준히 따라간다.

이에 마음 속으로 홀로 기뻐하며 자부하기를,
"만약 나의 지극히 깊음을 사랑하지 않았다면, 어찌 능히 이 같은 글을 써 보냈겠는가."
읽고 외기를 그치지 않았다.[29]

양파는 정보의 노출을 통해 이생이 자신이 안배한 시험 과정에서 이탈하지 않고 따라올 수 있도록 관계를 조율해 나가고 있는 것이다. 여기에는 자기보다 지적으로 열등한 남성을 성공시킴으로써 남성을 통해 자신의 능력을 사회적으로 시험해 보고자 하는 의도가 내재해 있다.

이생이 말하기를,
"내 학문이 비록 모자라지 아니한데도, '소씨의 부탁'이라는 말은 알 수가 없소."
(중략)
양파가 말하기를,
"어찌 그렇게 말씀하십니까? 아내는 하등의 존재가 아니라는 것이 그 말입니다. 그 아내는 지아비를 섬김에 지성을 다해야 함을 모르지 않았습니다. 그러나 몇 년이 지난 후에야 비로소 서로 만나, 아내가 하등의 근성을 업신여김이 있었기에 소진이 스스로 상하게 하는 부끄러움이 있었던 것입니다. 이런 까닭으로 발분 독서하여 육국을 아우르는 재상이 되었으니, 이는 그 아내가 시킨 것이 아니겠습니까? 저 역시 이로써 낭군에게 의탁하나니, 낭군으로 하여금 저의 낭군을 향한 정성을 알게 하고자 합니다. 낭군이 공을 이룬 후에 바라건대 오늘을 잊지 마십시오."[30]

---

29) "於是, 心獨喜自負曰, 若非愛我之至深, 那能及此周繆哉, 讀誦不已", 「布衣交集」, 서울대학교 규장각본

30) "生曰, 吾學雖不薄, 莫能曉蘇妻托也 (中略) 楊婆曰, 豈不云乎, 妻不下機者, 是也, 其妻非不知事夫至誠, 然而別來數世, 始得相逢, 有不下機之慢, 則蘇秦豈無自傷之慚乎, 是以發憤讀書, 幷相六國, 此非其妻使之耶, 妾亦以此寄于郎君, 使郎君妾向

기존에 이미 권력과 재력을 소유하고 있는 남성을 통해서는 소진의 아내와 같은 길을 걷고자 하는 양파의 의도가 실현될 수가 없다. 따라서 양파는 상층 사족이면서도 특권적 지위를 아직 확보하지 못한, 그러면서도 자신보다는 지적으로 열등하여 상대적으로 우월한 위치에서 선도할 수 있는 남성을 선택하고자 한 것이다. 결연 대목의 탐색 과정은 이생이 이러한 자신의 기준에 적합한 남성인가를 알아보고자 하는 시험 절차였던 것이다.

「절화기담」은 순매의 소극성, 간난·복련의 감시 등 결연의 지연 요인을 미리 제시한 뒤에 사건 전개 과정에서 이를 확인해 나가는 서사 방식을 사용하고 있다. 노파의 입을 통해 간접적으로 경고되었던 불륜의 위험성을 한명한명 등장하는 순매의 가족 구성원의 존재를 통해 확인하는 것이다.

불륜에 대한 부담감은 순매뿐만 아니라 이생에게까지 미치고 있다는 점에서 「절화기담」의 독특한 '기약 : 파약'의 패턴 반복과 지연의 원리가 성립된다. 하층 여성과 바람을 피우는 것에 대해 심각한 고민을 하지 않았던 이생이 순매 가정 내의 험악한 분위기를 직접적으로 목도하게 되고, 이로 인해 순매 가족의 눈을 의식하게 되면서 만남이 중지되고 약속이 파기되는 양상이 반복되는 것이다.

간난의 등장 이후 이생, 순매, 노파 등 불륜 당사자와 매개자가 보이는 반응은 불륜의 파장이 얼마나 큰가를 보여준다.

> 이생은 마침 좋은 기회를 만난 중간에 무산되어 버리니, 바야흐로 목상과 진흙상처럼 멍하게 앉아 있었다. 그러다가 노파의 말을 듣고는 또 한층 놀라는 빛으로 뜰 앞으로 나갔다. (중략) 잠깐 사이의 일을 생각해 보니, 어렴풋하여 한바탕의 꿈과 같았다. 만나지 못하여 더욱 절실하게 그리워 하다가 이미

郎君之誠也, 郎君功成之後, 幸無忘今日也", 「布衣交集」, 서울대학교 규장각본

> 만나 보니, 기쁨이 극도에 이르렀는데, 갑자기 헤어지게 되니 근심 밖에 또한 두려운 마음이 생겼다. 몸이 호랑이 굴에 놓이게 되어 스스로 야간 통행금지를 어기니, 생각이 이에 이르자 도리어 자기도 모르는 사이에 오싹해졌다.[31]

이생은 비록 양반이지만 기혼의 하층 여성과 결연하는 문제에서 완전히 자유롭지는 못한 것이다. 이는 윤리 문제가 전대 작품의 신분 차이나 전란 못지않게 심중한 애정 장애로 기능할 수 있음을 보여준다. 「절화기담」에 나타난 결연의 지연과 절차의 확대는 이러한 윤리적 장애의 심각성과 결연 당사자, 매개 인물들의 소극적 태도에 의해 빚어지고 있다.

이처럼 윤리 문제로 인해 확대된 결연 절차가 느슨히 늘어진다면 「절화기담」의 서사는 독자의 흥미를 끌 수 없을 것이다. 「절화기담」의 작가는 이 점에 대해 특별한 고심을 하고 있는 바, 「절화기담」은 갖가지 지연 장치들에 의해서 기약 : 파약의 동일한 패턴이 반복되고 있으며, 이를 통해 서사적 흥미 제고를 의도하고 있다. 이러한 기약 : 파약의 반복 패턴은 구체적으로 다음과 같은 두 가지 측면에서 서사적 흥미 제고에 기여한다.

패턴의 반복은 독자에게 기대 : 실망의 반복적 반응을 끌어낸다. 작가는 마치 독자에게 아슬아슬하게 어긋나는 장면의 묘미를 선사하기 위해 작정이라도 한 듯이 갖가지 상황을 연출하고, 독자는 결연 성사의 기대가 또다시 배반된 순간 안타까움을 느끼게 된다. 동일한 패턴을 반복하면서도 구체적 상황의 새로운 연출과 독자의 반응을 조율할 수 있는 절묘한 타이밍을 포착함으로써 「절화기담」의 서사는 서사적 긴장과 이완을 연속시키고 있으며, 이를 통해 반복의 지루함을 상쇄시키고 서사적 흥미를 제고하고 있는 것이다.

---

31) "生正值佳期之中散, 方痴呆半晌坐, 如木偶泥塑, 及聞老嫗之言, 又加一層禍色, 步出庭前 (中略) 念及俄間事端, 怳如一場夢寐, 未及見而思益切, 已之見喜極忽焉散, 而憂愁之外, 又有危怖之情, 身踏虎穴, 自犯夜禁, 思之及此, 還不覺凜然", 「折花奇談」, 일본 동양문고본

또한, 「절화기담」이 기존의 어떤 작품보다도 결연 절차를 지연시키고 있으면서도 서사적 긴장을 유지하고 있는 이유는 절정과 파국을 효과적으로 구성하고 있기 때문이다. 「절화기담」은 독자가 겨우 결연이 성사되었다 싶어 안도감을 느끼는 순간에 난데없이 불륜 장면이 순매의 가족에게 결국 들통나도록 함으로써 급작스러운 파국을 끌어낸다.

윤리적 문제에 의한 갈등의 절정을 늦추다가 결연 성취 바로 후에 터뜨림으로써 「절화기담」의 서사는 지금까지 지속되어온 서사적 긴장을 마지막까지도 유지할 수 있게 된 것이다. 이 점에서 「절화기담」의 작가는 결연 성취 이후에도 앞서 반복되어 온 유사한 사건을 되풀이할 수 없다는 사실을 정확히 인식하고 있음을 보여준다. 결연의 유보에 의한 서사적 지연과 돌연한 파국에 의한 서사의 급하강을 불균형한 대비를 통해 결말 이후에도 서사적 여운을 독자에게 제공할 수 있다는 점을 충분히 고려하였다는 것을 확인할 수 있는 것이다.

그런데 「절화기담」의 서사적 지연은 다른 어떤 작품들보다도 확대되어 있으며, 그러면서도 긴장을 놓치지 않고 있다는 점에서 독특하다. 「심생전」의 작가가 단편 양식이라는 분량상의 한계를 극복하기 위해 호기심 유발 : 해소의 플롯에 의한 서사적 지연과 긴장 유지를 동시에 추구한 것처럼 여기에는 특별한 작가의 의도가 내재해 있는 것으로 보인다.

여기서 잠깐 「절화기담」처럼 여성의 주도로 기약 : 파약의 패턴이 반복되는 17세기 작품인 「상사동기」의 경우를 보자. 「절화기담」만큼은 아니지만 「상사동기」에서도 남녀 주인공들은 만남 기회를 갖기조차 어렵다. 여주인공은 기껏 잡은 약속을 파기하거나, 애써 이룬 만남에서도 주위의 눈치를 보며 전전긍긍하다가 쉽사리 결연에 골인하지 못한다.

그 이유는 바로 여주인공 영영이 이미 다른 남성이 구성하고 있는 처첩의 가장권에 소속되어 있는 존재이기 때문이다. 궁녀라는 신분은 오로지 주인의 성적 요구에만 응해야 한다는 점에서 일반 가정의 첩의 위치와 다를 바 없다. 이 점에서 영영과 김생의 사랑에는 신분 질서뿐만 아니라 불륜에 해당하는 윤리 문제가 개입되어 있는 것이며, 「상사동기」의 기약 : 파약의 반복은 이러한 장애를 의식한 결과이다.

「절화기담」은 이와 같은 윤리적 장애와 결연의 지연 문제를 본격적으로 서사 내에 반영한 경우에 해당한다. 「절화기담」의 확장된 전개, 절정과 갑작스런 파국이라는 삼단구조는 불륜적 사랑을 바라보는 작가의 시각을 드러낸다. 만남을 이루려고 할 때마다 직면하는 일상적 사건들은 기혼자 간의 사랑이 평범한 소시민적 삶과 양립될 수 없는 것이라는 사실을 보여준다. 또한 결연과 파국이 결말부에 결합되어 있는 구도는 불륜적 사랑의 불가능성을 작가가 애초부터 전제하고 있었다는 사실을 보여준다. 요컨대 불륜적 사랑의 예정된 파국에도 불구하고 결연 과정에 대한 독자의 흥미를 유발하고 서사적 긴장을 유지하기 위해서 다채로운 지연 장치와 설정이 요구된 것이다.[32]

이와 같은 불륜적 사랑의 불가능성과 결연 절차의 교묘한 축조는 「절화기담」 소재의 실재 경험자이자 일차 작가인 석천주인이 아니라, 개작자인 남화자에 의해 체제가 잡힌 것이 아닌가 생각된다. 남화자의 개작에 의해 기약 : 파약의 반복 패턴이 공교롭게 부각되게 되었다는 석천주인의 술회[33]나, "기약하고 약속하며 만나고 또 만나지만 끝내 이루어질 수 없다."며 불륜적 애정의 당연한 파국을 기술해 놓고 있는 남화자의 서술에서 이러한 추측이 가능하다.

32) 이러한 측면은 오늘날 다시 유행하고 있는 불륜 드라마에서도 여전히 반복되고 있다.

33) "南華子改敍編次, 又從以潤色之, 雖吾親履之事, 而其腐心相思斷腸難忘之情, 句句活動, 字字耿結, 或有掩卷太息之處, 或有心痒眠酸之句, 一期二違, 二約三失, 如鬼弄揄, 如天指導", 「折花奇談」, 일본 동양문고본

2. 서사 관습의 새로운 창출과 변심 테마

1) 지기지음(知己知音)적 사랑의 균열과 변심

조선 후기 전기소설 작품들은 외부적 요인에 의한 시련 자체보다는 애정 당사자 간의 내부 문제, 즉 남녀 주인공들 간의 애정의 관계성에 보다 초점을 맞추고 있다는 특징을 지적할 수 있다. 「이생규장전」 이래로 남녀 간의 애정은 어떠한 시련에도 불구하고 결코 변하지 않는 불변의 것으로 고정되어 왔다. 당사자들의 애정이 변치 않는다는 사실이 당위적으로 고정되어 있는 상태에서 갈등은 주인공들과 외부에 존재하는 각종 장애 요인에 의해 발생했으며, 이러한 양상 속에서도 굳건히 유지되는 사랑을 재차 확인하는 것으로 서사가 구성되어 왔다.

이처럼 17세기까지 전기소설사는 대체적으로 남녀 간의 절의가 당위적으로 고정되어 있었기 때문에 서사적 흥미를 외적 장애 요인의 새로움 속에서 찾을 수밖에 없었다. 「이생규장전」에서 본격화된 계층 갈등이 「운영전」, 「영영전」에서 특수한 신분 문제로 특화되고, 전란 모티프가 「최척전」, 「주생전」에서 새로운 전란 상황을 추가하면서 동시대성을 확보하고, 「왕경룡전」, 「동선기」에서 훼절 모티프를 개발하여 여성의 절의를 새롭게 확인하는 등 기존의 전기소설사는 외적 장애 요인을 다양화하는 작업에 고심해왔다. 그러나 「위경천전」, 「빙허자방화록」의 전란 모티프의 매너리즘화에서 확인되듯이 외적 갈등 요인을 추가하는 작업은 소재적 한계를 낳을 수밖에 없었다.

조선 후기 전기소설 작품들은 계층 차이와 윤리적 문제라는 외적인 장애 요인이 등장하고 있다는 점에서는 전대 작품들과 별반 다를 바가 없다. 그러나 이러한 외부의 장애 요소들보다는 이에 직면한 주인공들의 정서와 내면, 입장이 보다 중요한 비중을 차지하고 있다는 점에서 애정 갈등을 초점화하는 시각의 차이를 확인할 수 있다.

조선 후기 전기소설에서는 외부의 장애 요인에 직면한 주인공들의 소극성, 무책임, 주저함, 약속 파기가 애정 상대에게 원망과 불신을 낳는 양상에 주목하고 있으며, 이로 인해 상대의 죽음이나 결별 선언이 초래되는 결과에 초점을 맞추고 있다. 조선 후기 전기소설에서는 지기지음(知己知音)으로 상징되는 전기적 애정이 불변하는 것으로 고정되어 있는 것이 아니라, 외부의 상황과 여건에 따라 애정에 대한 절의가 얼마든지 흔들릴 수 있는 변화 가능성을 내포하고 있는 것이다.

「심생전」, 「정생전」의 심생과 정생은 결연 이후 현실적 문제 앞에 그들의 애정이 노출되는 순간 여주인공들과 했던 이전의 약속을 이행할 것인가로 고민한다. 그리고 이로 인해 심각한 내적 갈등에 빠진다.[34] 사실, 결연 전에는 저돌적이었던 남성이 결연 이후에 소극적인 자세를 보이는 것은 「이생규장전」과 같이 상층 여성과 결연하는 남성들에게서도 나타난다. 「이생규장전」에서도 이생이 자신과 최랑의 관계가 드러날 것을 염려한다. 그러나 이생은 신분 문제에 대한 걱정을 최랑과 함께 나누며, 최랑이 모든 문제를 책임지겠다는 굳건한 자세를 보이자, 양가에 자신들의 애정 사실을 숨기지 않고 토설한다.

반면, 「심생전」, 「정생전」의 주인공들은 신분 문제에 대해 걱정하고 있다는 사실을 일체 여주인공들에게 털어놓지 않는다. 자기 속에단 꽁꽁 감추고 고민하는 이유는 자신들이 이러한 걱정을 하고 있다는 사실 자체부터가 여주인공들에게 떳떳하지 못하기 때문이다. 여주인공들과의 신의를

34) 이상구는 상층 여성과 결연하는 주인공들에게서도 소극성과 주저함이 나타난다는 점을 들어 심생의 태도를 변심이 아니라고 보았으나(이상구, 전게논문, 753쪽), 궐녀가 제공한 옷을 입지 않았다는 심생의 행동 서술은 결연 전과 비교하여 분명히 애정이 식었다는 것을 암시한다고 보아야 한다. 「심생전」의 서술방식 자체가 자세한 저간 사정에 대한 정보를 테마 않고 최대한 간결하고 객관적인 묘사로만 일관하거나, 때로는 암시적인 서술을 하고 있기 때문에 「이생규장전」이나 「위경천전」 등 상층 여성과 결연하는 남성들이 보이지 않았던 태도를 심생이 보이고 있다는 것은 변심을 나타내는 것으로 생각된다.

지키고 싶지 않다는 생각을 하고 있기에 이들은 여주인공들 앞에서 속내를 드러내지 못하고 숨기기에 급급한 것이다.

이 때문에 「심생전」, 「정생전」의 궐녀와 삼청동 낭자는 주인공들이 산사나 지방으로 떠나간 행위를 무언의 변심으로 받아들이고 원망하며 죽어간다. 「이생규장전」에서 최랑이 이생의 떠나감을 결코 변심으로 받아들이지 않고 애정 실현을 위해 노력하고 있는 양상과 비교한다면 같은 소극성일지라도 「심생전」, 「정생전」의 주인공들의 행동은 그 속에 신의 파기를 내포하고 있음을 확인할 수 있다.

「빙허자방화록」, 「포의교집」에서는 남녀의 결연 후 제삼자가 개입하여 애정의 삼각 관계가 이루어지고 있는데, 이들의 등장이 남성의 변심을 초래하는 계기가 된다.[35] 삼각 관계는 남녀 주인공들 중의 한 명이 잠시 떠나 있는 순간에 형성되고 있다는 특징을 보여준다. 「빙허자방화록」에서는 매영이 서울로 떠난 직후이고, 「포의교집」에서는 이생이 고향으로 잠시 귀향하는 순간에 각각 영산홍과 중약이라는 인물이 남겨진 이생과 양파에게 다가간다.

이처럼 「빙허자방화록」, 「포의교집」에서는 주인공들이 이별한 순간에 제삼자가 등장하고, 남성이 여성의 지조를 의심하도록 함으로써 변심의 계기와 양상을 다층적으로 엮어낸다. 「심생전」, 「정생전」에 나타난 남성의 변심이 신분 차이나 현실적인 문제를 의식한 주인공 혼자만의 내면 속에서 이루어진다면, 「빙허자방화록」, 「포의교집」은 남성의 계층적 편견과 변심이 다른 인물의 적극적 개입이나 제삼자의 존재로 인해 촉발되는 것이다.

「빙허자방화록」, 「포의교집」에서 애초에 상대에 대한 절대적 신의로써 맺어졌던 주인공들이 제삼자의 등장을 계기로 여주인공들의 지조를 의심

---

35) 애정의 삼각 관계로 인한 변심은 17세기 작품인 「주생전」에서부터 나타난다.

하는 것은 분명한 변심이다. 부모의 명이나 전란이라는 외부의 장애에 의해 서로 떨어져 지내게 되는 순간에도 「이생규장전」의 이생이나 「최척전」의 최척은 여주인공들이 지조를 지키리라는 것을 추호도 의심치 않았다. 이들 작품에서 남성들이 여성들의 지조에 대해 일말의 의심조차 품지 않는 배경에는 남녀 간의 신의뿐만 아니라 상층 여성의 윤리에 대한 믿음이 자리해 있다고 생각된다. 반면, 「빙허자방화록」에서 빙허자는 매영이 서울로 떠나간 직후 제삼자의 충동질에도 쉽사리 그녀의 지조를 의심할 정도로 본질적으로 하층 여성의 지조에 대한 신뢰가 박약하다. 「포의교집」의 이생 역시 돈 많은 한량이 등장하자 양파가 늙고 가난한 자신을 버리고 떠날 것이라고 지레 짐작할 정도로 하층 여성의 지조를 불신하고 있음을 보여준다.

「절화기담」은 다른 작품들과는 달리 독특하게 하층 여성 쪽의 수동성과 결별 선언으로 인해 애정 파탄이 초래되는 경우이다. 의도적인 변심을 노출하고 있지 않다는 점에서는 「심생전」과 유사하지만 신의를 파기하는 당사자가 남성이 아니라 여성이라는 점에서 「심생전」의 애정 갈등 양상을 뒤집어 놓은 형국이다. 순매는 가족으로부터의 불륜에 대한 비난을 극복할 용기가 없을 뿐만 아니라, 시종일관 전통적 윤리를 일탈한다는 사실에 대해 심적 부담을 느낀다.

문제는 순매에게 있어서는 이러한 윤리적 일탈에 수반되는 고통에 대한 걱정이 이생에 대한 사랑보다 더욱 심각한 의미로 다가왔다는 사실이다. 관습을 과감히 일탈할 만큼 이생과의 애정이 순매에게 있어서 삶의 전부로 인식되지 않은 것이다. 「절화기담」의 애정 비극은 윤리적 문제 그 자체 때문이 아니다. 여주인공에게 사랑이 아니라면 차라리 죽음을 선택하겠다는 확신과 의지가 없다는 사실이 비극의 직접적인 원인이 되는 것이다.

2) 가족, 유흥 : 외부적 장애 요인의 새로운 국면들

조선 후기 전기소설은 19세기 「포의교집」, 「절화기담」에 이르러 외부적 장애 요인으로 윤리적 문제가 새롭게 등장한다. 전대 작품에서 윤리적 마찰은 가문 간의 약속이 아닌 당사자 간의 사사로운 결연에 의해 초래되었다. 그 형태로는 가장인 부친 대 주인공 간의 마찰이 주조를 이루었다. 그러나 「포의교집」, 「절화기담」에서는 윤리적 갈등이 부부 간의 불륜 문제, 유흥적 세태의 부정성 등을 다루고 있다. 이러한 윤리적 갈등의 양상은 이 두 작품이 배경으로 하고 있는 근대 이행기 도시성의 두 가지 상반된 부면을 상징한다.

불륜으로 인한 갈등은 여전히 전통적 습속인 가족 윤리를 탈각하지 못한 주변 인물들과 가족 윤리의 불합리성을 자각한 여주인공 간의 갈등을 다룬다. 반면 유흥적 세태와의 갈등은 도시 시정의 부정적 세태를 구성하고 있는 인간 군상들과 윤리적 자율성을 갖춘 여주인공 간의 대립을 형상화한다. 전자가 근대 이행기에도 여전히 남아 있는 가족 윤리의 구습과 여기서 일탈하고자 하는 자아 간의 갈등이라면, 후자는 물질 우선주의나 성적 방종 등 근대 이행기 도시에서 배태된 부정적 측면들과 자율적인 윤리 주체 간의 갈등을 보여주고 있는 것이다.[36]

조선 후기 전기소설에서는 가족 윤리 혹은 유흥적 세태와의 갈등을 등장시켜서 전대 작품의 '윤리적 마찰' 문제를 좀더 새롭게 하고 있다.[37] 「포의교집」, 「절화기담」의 애정은 전통적으로 지켜져 온 관습인 가족 윤

36) 근대 이행기의 이러한 자기 모순성 혹은 양면성에 대해서는 김성기, 「세기말의 모더니티」, 『모더니티란 무엇인가』, 1994, 민음사 참조

37) 전대 작품에서 윤리적 마찰은 가문 간의 약속이 아닌 당사자 간의 사사로운 결연에 의해 초래된 가장인 부친대 주인공들 간의 마찰이 주조를 이룬다. 그러나 「포의교집」, 「절화기담」은 윤리적 갈등이 부부 간의 불륜 문제, 유흥적 남성과 윤리적 자율성을 갖춘 여성 간의 문제로 나타난다.

리와 당대에 급속도로 퍼져나간 풍조인 유흥적 세태와 마찰을 빚고 있다. 그러나 구체적인 갈등의 양상은 각기 다르게 나타난다.

가족 윤리는 사회를 유지하는 규범으로 지켜져 온 만큼 기혼자 간의 애정은 전통적 권위에 대한 도전일 수밖에 없다. 당사자가 아닌 주변 인물들의 입장에서는 명백히 비윤리적이라고 비난할 만한 불륜으로 인식된다. 그러나 「포의교집」, 「절화기담」의 애정은 남들이 볼 때 비난받아 마땅한 불륜이지만 당사자들은 각기 나름의 존재론적 이유와 필연성을 지니고 있다. 이 때문에 주인공들은 결코 보편적으로는 인정받을 수 없는 개인적인 논리로 주변 인물과의 마찰에 대응해 간다. 이러한 논리는 「포의교집」에서와 같이 독자적인 윤리관으로 성립되어 주변 인물들에게 설파되기도 한다.

남성 주인공 역시 불륜적 애정에 대한 부담감을 지니고 있다. 이러한 남성들의 태도가 「포의교집」, 「절화기담」의 서사에서 결연 성취를 지연시키는 한 요인이 되기도 한다. 그러나 남성 주인공들은 사족이기 때문에 여주인공 가족 구성원들의 비난에 직접적으로 노출되지 않는다. 양파 남편의 비난은 이생이 없는 곳에서 이루어질 뿐이고, 순매의 이모인 간난의 질책 역시 제풀에 꺾여서 위력을 상실한다.

이러한 설정은 당대가 유부녀의 정조만을 문제 삼는 시대였으며, 아직까지 남성의 불륜 여부는 윤리적 심판대에 오를 만한 상황이 아니었다는 것을 말해준다. 여성의 간통은 종법적 가족 제도가 보장하는 가장권에 의해서 즉결 처리되었으며, 부(夫)가 기처(棄妻)할 수 있는 명분이 되었다.[38] 또한, 남녀 주인공의 신분 차이 역시 불륜 문제의 차별적 적용의 요인이 되었을 것으로 생각된다. 상층 사대부인 남성 주인공이 비녀(婢女)인 여주인공과 관계를 갖는다는 사실은 상하 질서상 여주인공의 시집 쪽에서

38) 『한국근대여성연구』, 아세아여성문제연구소, 1987, 14쪽

그 부당성을 심각하게 제기할 수 없는 문제였을 것이다.

그러나 일단 한 가족 집단의 구성원인 여주인공은 남편의 가장권에 종속되어 있기 때문에 그 가족 집단의 가족 윤리와 마찰을 빚을 수밖에 없다. 여성 주인공들은 가족 구성원들의 감시와 질책에 노출되어 있기 때문에 이들과 직접적인 대립과 마찰을 빚는다. 양파와 순매가 불륜을 감행하는 의식적 배경에는 가족의 통제로부터의 일탈 욕구와 가족 구성 계기의 불합리성에 대한 자각이 내재하고 있다는 공통점이 있다.

첫 번째로 양파와 순매는 자신의 가족 구성이 개인적 선택에 의해 이루어진 것이 아니라는 점을 인식하고 있었다. 두 사람은 모두 기혼의 상태에서 진정한 애정 상대를 만난 것을 안타까워한다. 특히, 양파의 경우는 혼인에 물질적인 계기가 개입되어 있다는 점에서 불합리성이 더욱 부각되고 있다. 양파는 남녕위(南寧尉) 궁의 궁비로 있다가 시댁이 면천 대금을 대신 지급한 덕분에 속량되었다. 양파가 양씨 집의 며느리가 된 이유는 이처럼 순전히 면천의 몸값을 대신하기 위함이었다. 이 점에서 양파와 시댁 사이에는 일종의 계약 관계도 개입되어 있다.

두 번째는 양파와 순매의 부부 관계가 본질적인 의사소통의 불가능성을 내포하고 있었다는 점이다. 양파는 비록 천비 출신의 평민이지만 상전의 특별한 배려로 문학적 소양을 쌓을 수 있었다. 그러나 남편은 전형적인 무식한 장사치로서 두 사람은 극복 불가능한 수준 차이를 지니고 있다. 양파가 불륜에 대한 비난도 감수하게 되는 배경에는 이처럼 남편으로부터 지적인 욕구를 만족할 수 없다는 사실이 중요한 요인이다.

순매는 양파만큼의 교양은 없지만 몸가짐을 조심할 줄 알고 다정다감한 성격인 반면 남편은 술만 마시면 행패를 부리고 폭력을 남편의 당연한 권위 확인쯤으로 아는 인물이다.

> 제 팔자가 기박하여 남편이 어질지 못합니다. 명색이 부부이나 정으로는 실

> 로 남남입니다. 이야기를 하다보면 서로 어긋나고 행동을 할 때면 서로 헐뜯으니, 사랑하는 마음이 중요하고 정성이 반드시 돈독해야 함을 모르는 바가 아니나, 마침 이때에 낭군께서 따르시며 이러한 일을 꾀하셨습니다.[39]

결코 화합할 수 없는 폭력적인 남편과의 부부 관계 속에서 순매는 낭만적 사랑에 대한 결핍과 욕망을 동시에 느끼고 있으며, 이생은 이러한 순매의 열망에 부합되는 존재로 인식된 것이다.

그러나 불륜적 애정으로 인한 윤리적 마찰에 대응하는 방식에 있어서 양파와 순매는 상반된 양상을 보여준다. 순매는 가정과 사랑 사이에서 양자택일해야만 하는 순간에 가정을 버리고 사랑을 선택할 만큼 전통적 삶의 방식으로부터 자유롭지 못하다. 이 때문에 과감하게 사랑의 도피를 감행하거나 가족 구성원들에게 정면으로 대들지 못한다. 시종일관 남편, 간난, 복련, 순덕 등으로 이루어진 가족의 감시 체제로부터 일시적으로 틈을 엿보아 밀회의 기회를 갖는 이상의 일탈은 감히 생각조차 못하고 있는 것이다.

이러한 순매와 달리 양파는 남편의 가장권에 정면으로 대립한다. 양파의 남편은 폭력을 통해 상대의 신체를 통제하고자 하는데,[40] 이에 대한 양파의 대응 방식은 두 가지이다. 첫 번째 방식은 이생과의 관계를 아예 노골적으로 가족 앞에 공개해 버리는 것이다. 양파는 이생에 대한 그리움을 주위 사람들에게 표출한다든가, 시아버지가 보는 앞에서 당당하게 이생을 불러들여 만난다든가 하는 공개적 행동을 통해서 보편적인 윤리에 구애되지 않고자 하는 태도를 보여준다. 그러나 이러한 양파의 태도는 남편의 폭력을 더욱 부채질 할 뿐만 아니라 주위의 공동 생활권에 속한 구

39) "妾賦命奇險, 所天無良, 名雖夫婦, 情實吳越, 言必矛盾, 動輒訾謷, 非不知恩義之爲重, 情愛之必篤, 而適於此時, 郎君又從以圖之", 「折花奇談」, 일본 동양문고본

40) 유교 이데올로기가 여성의 신체 통제를 의도하고 있다는 사실에 대해서는, 사중명, 김기현 역, 『유학과 현대세계』, 서광사, 1998 참조

성원들의 도덕적 비난까지도 초래함으로써 그녀의 고립을 심화시키는 결과를 낳기도 한다.

> 서방님이 출타하신 후로 양파는 방황하며 안정하지 못했고, 또 음식을 먹지도 않았습니다. 그리고 서헌과 몰래 통했다는 말이 전부터 행랑채에 은연중에 퍼져 있어 그 남편의 의심함이 매우 심했으나, 양파는 오히려 거리끼지 않고 말이나 얼굴에 드러냈습니다. 또, 벼루를 열어 시를 지어 읊고, 읊은 후에는 멀리 청산을 바라보며 상심해서 마음을 다스리지 못했습니다. (중략)
>
> 그러나 양파는 조금도 후회하거나 뉘우치며 자책하는 마음이 없어 오히려 이서방님을 잊지 못하는 뜻을 울면서 동료들에게 말했습니다. (중략) 오늘 저녁에 서방님이 오신다는 말을 듣고 양파가 연일 화장도 하지 않고 있다가 문득 경대를 열고 분이 든 종지를 꺼내서 막 머리 빗고 세수하니, 그 남편이 또 분노하여 그 분이 든 종지를 발로 차니, 분 종지가 벽에 맞아서 산산이 깨졌습니다. 세상에 어찌 이처럼 거리끼지 않는 사람이 있단 말입니까.[41]

당파(堂婆)를 비롯한 행랑채 주민들은 생득적으로 자신들에게 습속화(習俗化) 된 유교 도덕을 잣대로 자기 주변의 상황들을 판단하는 범속한 도시 주변의 일상인일 뿐이다. 시정에서 하루 벌어 하루를 연명해 가는 이들은 유교적 구습을 회의 없이 일상의 한 부분으로 여기고 살아갈 따름이다. 그러기에 양파의 행동은 결코 이해되지 못할 돌출적인 일탈에 불과한 것이다.[42]

---

41) "自郎君之出, 楊婆彷徨不定, 又不飮食, 而潛通西軒之說, 自前暗遍於廊中, 其夫疑之太甚, 楊婆有猶無忌憚, 辭色現露, 又開硯吟題, 題後遙望青山, 失心不和 (中略) 然而楊婆少無悔恨, 引咎之心, 猶以難忘李郎之意, 泣說於同僚也 (中略) 今夕聞書房主之來, 楊婆連日棄粧, 忽開鏡奩, 出置粉鐘子, 方梳洗理粧矣, 其夫又忿怒, 蹴其粉鐘子, 粉鐘子觸壁而散散, 世豈有如此無忌者", 「布衣交集」, 서울대학교 규장각본

42) 양파의 가족 구성원들이나 행랑채 거주민들은 가족 존속과 유지라는 유교의 전통적 유습에서 결코 자유롭지 못하다는 점에서 근대 이행기 도시 주변인 집단의 내면을 보여주고 있다고 생각된다. 이러한 점에서 「포의교집」에 형상화된 양파와 이들 집단과의 갈등은 근대적 자아와 봉건적 구습이 공존하면서 내부에서 진통을 겪으며 갈등하

양파의 두 번째 저항방식은 신체 훼손이다. 양파는 남편의 폭력에 대해 스스로 목을 찌르거나 목을 매거나 우물에 빠지는 등 갖가지 방법으로 자신의 신체를 직접 학대한다. 이러한 신체 훼손은 단순히 자포자기한다든가 자신의 생명을 포기하는 행위가 아니다. 여성의 신체는 가족 집단의 혈통 계승과 관계성 유지에 봉사할 의무를 지니고 있다. 이 점에서 여성의 신체는 개인의 것이 아니라 가족 집단, 더 나아가서는 유교적 질서 유지에 종속된 타율적인 것이다.[43] 이러한 의미에서 양파의 신체 훼손은 유교적 습속 유지에 일조해야 할 자신의 의무를 방기하는 행위이다. 다시 말해서 타자에 의한 신체의 통제를 거부하고 자신의 의지 관철을 위해 신체를 훼손하는 적극적인 행위인 것이다.

> 양파가 천천히 일어나 칼을 들고 스스로 찔렀으나 손이 빗나갔습니다. 다시 찌를 때에 양씨 노인이 놀라서 칼을 빼앗았습니다. 양파가 또 옆에 있던 작은 칼을 들자 늙은 양씨가 또 빼앗았습니다. 그 날 신시(申時) 쯤에 양파가 방안을 보니 사람이 없기로, 시렁 아래서 스스로 목매려다 동서인 희자의 어미에게 구함을 당했습니다. 이로부터 방에 있으면서 지켰습니다.
>
> 그 날 저녁 새벽에 양파가 밖으로 나가 우물에 몸을 던졌습니다. 우물이 비록 깊었으나 다행히 표주박이 물에 떠 있었는데, 몸이 아직 빠지지 못해서 사람들에게 구출되었습니다. 이때, 걸음이 우물을 막고, 돌이 많아 몸이 스치니, 상처 입은 곳이 많았습니다.
>
> 그 날 새벽에 또 우물에 빠지니, 물긷던 사람들이 힘을 다해 구출했습니다. 물이 코와 입으로부터 나와 반식경이 지나자 죽지 않았습니다.
>
> 그 날 저녁에 또 목을 매었다가 시아버지에게 구출되었습니다.
>
> 오늘 새벽에 또 목을 매었다가 역시 남에게 구출되었은즉, 그 뜻이 반드시 죽으려 하니, 이에 그 남편이 애걸해도 듣지 않고, 그 시아버지와 친정 어미

는 양상을 상징하는 것으로 보인다.

43) 신옥희, 「한국여성의 삶의 맥락에서 본 여성주의 윤리학」, 여성학회, 1993년도 자료집, 4쪽

가 역시 와서 꾸짖고 달래어도 소용이 없었습니다. 본성이 지독하여 마음을 풀어줄 수 있는 자가 없었습니다.[44]

양파는 이처럼 지독한 신체 훼손을 통해 결국에는 이생과의 관계를 공인 받는다. 신체 훼손은 본래 유교의 정절 이념에 복무하기 위해 열녀들이 수행했던 열 수행의 한 방식이다.[45] 그러나 「포의교집」에서는 이러한 신체 훼손이 정절 관념을 거부하기 위한 방식으로 사용된다는 점에서 전통적 열 수행 방식을 이용한 정절 관념의 뒤집기라고 할 수 있을 것이다.

이로써 양파의 가족 집단은 이생과 양파의 불륜을 공공연히 묵인해야 할 처지가 된다. 가족 집단의 테두리는 유지하고 있으면서도 불륜 당사자들이 공공연히 그 경계를 넘나듦으로써 그 자체로 이미 해체의 징후를 드러내는 것이다. 또한, 양파의 가족은 불륜을 묵인함으로써 사실상 전근대적인 가족 구성 방식의 불합리성을 인정한 셈이라고 볼 수 있다. 반대로 양파는 유교적 습속을 내면화한 가족 집단과의 대결에서 자신의 의지를 관철시킴으로써 근대적 도덕 주체로 거듭나는 데 성공하고 있다는 점에서 이러한 양파의 대결의지는 중요한 의미가 있다고 할 수 있다.

가족 윤리와 함께 주인공들과 윤리적 마찰을 일으키고 있는 유흥적 세태는 조선 후기에 집중적으로 발생한 특수한 현상이다. 그러나 당시 중·하층 도시민을 중심으로 널리 퍼진 일상적 분위기를 형성했다는 점에서

---

44) "楊婆緩緩而起, 引劒自刎, 手遊虛過, 再刎之際, 老楊驚奪之, 楊婆又引在傍小刀, 老楊又奪之, 其申時量, 楊婆瞰房內無人, 暗自經其頸於架下, 被同婿喜母之救, 自(此)居房守之, 其夕初昏楊婆出外投井, 井雖深而幸雙瓢浮水, 身未及沒而爲諸人救出, 時值氷塞井石多觸, 身多所傷, 其曉又投井汲水, 諸人盡力救出, 水從鼻口而出, 半晌不死, 其夕又結項, 爲媤父所救, 今曉又結項, 亦爲人所救, 則其忘必死, 乃已其夫懇乞不聽, 其媤父及其親母, 亦來責之誘之, 無可奈何, 本性至毒, 莫有解之者", 「布衣交集」, 서울대학교 규장각본

45) 17세기 「동선기」에서도 여성의 신체 훼손이 열 수행 방식으로 이용되는 양상이 나타난다.

특이하다. 「포의교집」, 「절화기담」에 등장하는 중·하층 출신의 주변 인물들 역시 이러한 유흥적 분위기를 당연한 풍속도로 받아들이고 있으며, 재력가가 미모의 여인을 유혹하는 사건도 일상적으로 대화에 올리고 있다. 「절화기담」에서 순매는 항상 방진사(方進士), 이상공(李相公)과 같은 재력가나 풍류객으로부터 유혹을 받아온 것으로 나타난다.

> 동곡(東谷)의 방진사(方進士)는 막대한 재산을 배경으로, 묘동(廟洞)의 이상공(李相公)은 풍류를 빌어 순매와 맺어지기를 바란 것이 벌써 여러 차례였습니다.[46]

「포의교집」의 사선(士先), 달금(達今) 같은 주변 인물들도 양파가 중약이라는 재력가로부터 유혹당하는 상황을 지켜보면서, 양파가 중약에게 넘어갈 것인가의 여부를 가십거리로 삼으며 즐기는 모습을 보여준다.

> 중약(中約)이 웃으며 행랑채 사내들이 하던 말을 하였다. 달금(達今)이 또 술을 내와서 웃으며 말하기를,
> "양파가 고대하고 있습니다."
> 사선이 말하기를,
> "양파는 이미 중약에게 붙었는데, 어찌 고대한다는 말로써 속이는가?"
> 달금이 또 웃으며 말하지 않았다. (중략) 조금 있다가 아리따운 목소리가 안에서부터 나오니, 중약이 듣고는 들어갔다. 사선이 말하기를,
> "아주 혹했군."
> 달금이 말하기를,
> "양파는 절대로 안채로 들어오지 않습니다. 오늘 문득 왔으니, 필시 이서방님 때문에 그러한 것입니다."
> 사선이 말하기를,
> "양파의 마음은 이미 형에게서 떠났는데, 형은 어떻게 생각하시오?"[47]

---

46) "以東谷方進士之豪富, 以廟洞李相公之風流, 願媒梅婢者, 屢矣", 「布衣交集」, 서울대학교 규장각본

「포의교집」, 「절화기담」에서 간난, 중약, 사선 등의 유흥적 인간형들은 여성 주인공들의 애정 실현을 방해하는 인물들이다. 간난은 순매를 감시하는 가족 구성원이자 성적 욕구 때문에 이생을 유혹하는 이중성을 보여주고 있으며, 중약과 사선은 양파와 적대적인 대립의 관계를 맺고 있다. 이 점에서 양파와 순매가 이들 인물들과 빚고 있는 마찰은 비윤리적인 세태와 대비되고 있다는 점에서 '윤리적' 문제를 내포한다고 볼 수 있다.

중약은 행랑채 구성원들의 삶을 통제할 수 있는 권력과 재력을 소유한 인물로 양파가 중약의 유혹을 거부한다는 것은 행랑채를 근거로 한 삶으로부터 축출된다는 것을 의미한다. 그럼에도 불구하고 양파는 한겨울에 가족들을 이끌고 거리로 나가는 극단적인 시위를 감행하면서까지 굽히지 않으며, 가족들의 목숨을 담보로 하여 끝까지 버틴 결과 역시 자신의 의지를 관철하는 데 성공한다.

이러한 양파의 저항은 일반적인 풍속이나 삶의 방식에 굴복하지 않고 독자적인 애정관을 실현하기 위한 의지의 발로라는 점에서 특히 의미가 있다. 중약의 유혹을 받아들이라는 사선의 윽박에 반발하면서 "저를 기생으로 보셔서 그리하시는 것입니까?"라고 대드는 양파의 말 속에는 하층 여성이라면 당연히 물질을 대가로 향락을 제공하기 마련이라는 남성들의 일반적인 인식을 정면으로 거부하고자 하는 의지가 드러나 있다. 양파는 중약의 유혹을 끝까지 거부하고 볼품없는 이생에 대한 신의를 지킴으로써 하층 여성에게도 권력이나 물질적 조건에 구애되지 않고 애정을 주체적으로 선택할 수 있음을 공인받고자 한 것이다.

---

47) "中約笑道, 廊漢之語, 達今又進酒, 而笑曰, 楊婆苦待矣, 士先曰, 楊婆已付於中約, 汝何以苦待之說, 欺之乎, 達今又笑無言 (中略) 已而其玉音, 自內而出, 中約聽之而入, 士先曰, 惑之甚矣, 達今曰, 楊婆一不入內矣, 今忽來到, 必因李書房主, 而然也, 士先曰, 楊婆之心, 已分於兄, 兄何以爲意耶", 「布衣交集」, 서울대학교 규장각본

3) 환상의 비균질적 틈입 : 변심 테마 정착의 과도기적 양상

17세기 전기소설사와 바로 접맥되고 있는 18세기 일부 작품은 애정 갈등의 결구 방식에 있어서 비현실성을 부활시키고 있다. 이 점에서 조선 후기 전기소설이 현실성과 사실성의 강화라는 17세기의 흐름을 일률적으로 따르지 않고 있다는 사실을 보여준다. 이러한 비현실적 결구 방식을 드러내고 있는 작품은 「정생전」, 「빙허자방화록」이다. 사족 남성과 중인 여성 간의 애정 파탄을 「정생전」에서는 원귀 복수담, 이계 탐방담, 적강 모티프, 「빙허자방화록」에서는 인귀교환 모티프로 결구하고 있다. 특히, 「정생전」의 이계 탐방담은 16세기 『기재기이』 이후 명맥이 끊어진 비애정류적 서사 전통을 변용하고 있다는 점에서 비현실성이 특히 확대되어 있다.[48] 다음 예문은 주인공이 이계 인물들보다 상석에 앉는 비애정류 전통의 전형적인 좌정 모티프이다.[49]

> 서왕모가 듣고는 급히 달려나와 맞이하며 말하기를,
> "대사께서 선관(仙官)을 모시고 누추한 곳에 와 주셨으니 어인 행차십니까?"
> 읍하며 감사하고 들어갔다.
> 백옥 교자상을 차려 동쪽 · 서쪽 · 북쪽의 세 벽 밑에 기대 놓았다. 노인이 먼저 북쪽에 앉고 대사가 서쪽의 아래쪽에 앉았다. 서왕모가 대사를 보고 자기 옆자리를 양보하고는 역시 동쪽으로 내려앉았다. 노인이 서왕모가 겸양해서 앉는 것을 보고 자기 옆자리를 양보하고는 역시 내려와서 앉았다. (중략)
> 잔치가 끝나자 대사가 일어나 아뢰기를,
> "떠날 길이 매우 바쁘니, 오래 머물 수 없겠습니다."
> 노인도 역시 일어나 감사 드리기를,

48) 이 점에 대해서는 졸고, 「정생전의 서사 구조적 특징과 18세기 전기소설적 의미」, 『민족문학사연구』18, 민족문학사학회, 2001 참조

49) 주인공이 상석에 앉는 좌정 절차가 전기소설의 비애정류 전통에서 전형적이라는 사실은 신재홍, 「몽유양식의 소설사적 전개에 관한 연구」, 서울대 박사학위논문, 1992 참조

"넘치는 아끼심과 대우를 마음에 새겨 놓겠습니다."

서왕모가 겸양하며 말하기를,

"저번에 주나라 목왕이 돌아가신 이후로 귀한 손님을 뵙지 못한 지가 이미 천 팔백여 년이 지났습니다. 다행히 멀리하지 않으심을 입어 신선과 불자가 함께 오시니 매우 영광스럽습니다. 감히 중히 대접하지 않을 수 있겠습니까?"[50]

이 두 작품은 결구 방식뿐만 아니라 만남 계기에서도 몽조 모티프를 삽입함으로써 작품 전 후반 양쪽에서 비현실적인 계기들이 상호 호응하는 양상을 보여주고 있다.

밤에 꿈에 돌아가신 모친이 제게 일러 말하기를,

"내일 너의 천정배필(天定配匹)이 반드시 문 밖을 지나갈 것이니, 너는 모름지기 문에 나가 기다리고 있거라."

몽조가 매우 이상한 고로 문틈에 몸을 기대고 기다렸습니다. 정말로 낭군께서 표연히 오시는데, 천상의 신선이 인간 세상에 내려오는 것 같아서 제 마음을 안정할 수 없었습니다.[51]

생이 집으로 돌아와 몸과 마음이 피곤하여 자고자 하였다. 아직 잠들지 못해서 비몽사몽간에 한 사람이 분재한 매화 한 그루를 들고 생 옆에 두고 말하기를,

"이 물건으로써 외로운 사람의 짝을 삼기를 바라오."

말이 끝나지 않아서 세찬 바람이 문득 일어나더니, 꽃이 싸라기눈처럼 떨어졌다. 감탄하다가 놀라 깨어나 스스로 해석하기를,

"일찍이 옛사람이 쓴 글을 보니 이르기를, 무릇 꽃의 아름다움을 글로 짓고

50) "王母聞之, 顚倒出迎曰, 大師倍仙官, 枉臨陋地, 何幸如之, 揖讓而入, 設白玉校, 倚於東西北三壁之下, 老人先坐北倚, 大師坐於西倚之下, 王母見大師, 以親側讓坐, 亦夏坐東倚之前, (中略) 老人亦起而致謝曰, 過蒙寵遇, 銘感在心, 王母辭謝曰, 一自周穆王之歸, 不見貴客, 已至天八百有餘年矣, 幸蒙不暇仙佛同臨, 榮光大矣, 敢不重耶", 金琦, 「丁生專」, 송준호 소장본

51) "夜夢亡母謂妾曰, 明日, 汝之天定佳耦, 月老繼繩之人, 必過門外, 汝須出門候之, 夢兆甚異, 故憑身門隙, 以俟之矣, 果見郎君飄然而來, 恍若天上仙人, 降臨人世, 妾心不能自定", 金琦, 「丁生專」, 송준호 소장본

노래로 부를 때는 여자에게 비유하고, 여자의 아름다움을 글과 노래로 나타낼 때는 꽃에 비유하니, 꽃은 여자라. 분재한 매화를 얻음은 진실로 좋은 징조이니, 낙화의 몽조는 어디에서 나타날 것인가."[52]

전기소설에서 비현실적 모티프가 현실계의 질곡을 극복할 수 있는 전망을 현실적인 차원에서 획득해 내지 못한 경우, 우회적으로 그것을 극복하고자 하는 지향을 드러낸다[53]고 할 때, 「정생전」, 「빙허자방화록」에서 드러나는 비현실성은 사족 남성과 중인 여성 간의 애정 갈등과 남성의 변심이라는 새로운 문제에 대한 서술자의 현실적 전망 부재를 노출하고 있다. 몽조 모티프는 사족 남성과 중인 여성 간의 만남이 내포하고 있는 비일상성을 현실적으로 풀어내고 합리화하기 위한 장치이며, 인귀교환 모티프나 원귀 복수담은 중인 여성의 좌절된 욕망을 비현실적 차원에서 충족시키고자 하는 지향을 보여준다. 적강 모티프[54]나 이계 탐방담은 사족 남성의 좌절된 욕망을 이계 인물의 인정(認定)과 선도(仙道) 추구라는 전

52) "生歸來其家, 身憊氣惱, 欲睡未睡, 似夢非夢之間, 若有一人持盆梅一株, 置於生側曰, 願以此物, 爲幽人之伴, 言未已, 狂風忽起, 花落如霰, 感歎驚覺, 私自解之曰, 嘗觀古人傳記云, 曁夫文章歌詠, 花之美者, 則比之於女, 女之美者, 則比之於花, 花是女也, 盆梅之得, 誠是好徵, 而落花之兆, 其應何居", 「憑虛子訪花錄」, 김기동・이종은 공편, 『고전한문소설선』, 교학연구사, 1995, 335쪽

53) 박일용, 「전기계 소설의 양식적 특징과 그 소설사적 변모 양상」, 『민족문화 연구』28, 고려대학교 민족문화연구소, 1995, 83쪽 참조

54) 「정생전」의 적강 모티프는 작품의 거의 결말부에 삽입되어 있다. 그 형태는 영웅소설처럼 적강과 승천이 작품 전후반부에서 호응하고 있지 않다는 점에서 「동선기」나 「운영전」의 경우와 동일하다. 「동선기」의 적강 모티프에 대해서는 '후대의 통속적 영웅소설의 적강 모티프의 모태적 형상에 해당'(박일용, 「가문소설과 영웅소설의 소설사적 관련 양상」, 『고전문학연구』20, 한국고전문학연구회, 183쪽)한다는 지적이 있다. 그러나 17세기 「동선기」와 동일한 삽화적 형태로 축소된 적강 모티프가 18세기 「정생전」 후반에도 나타나고 있다는 사실은 이와 같은 전기소설 내부의 적강담 수용에 대해 다른 추정도 가능하게 한다. 즉, 17세기 소설사에서 적강 모티프가 등장하기 시작했는데, 한 갈래는 「동선기」, 「운영전」처럼 작품 전반부나 혹은 후반부에 삽화적 형태로 삽입되는 흐름을 형성하여 「정생전」으로 계승되었고, 다른 한 갈래는 영웅소설에서처럼 순환론적 이계관을 형성하는 형태로 발달했던 것이 아닌가 생각된다.

형적인 비애정류 전기소설의 욕망 충족 구도를 통해 충족시키고자 하는 의도를 보여준다.

18세기에는 이처럼 비현실적 모티프가 부활되고 있는 「정생전」, 「빙허자방화록」과 지극히 사실적 문체로 갈등을 비극적으로 결구하는 「심생전」과 같은 작품이 공존하고 있다. 이러한 비현실성과 사실성의 공존 양상은 18세기가 새롭게 등장한 사족 남성과 중인 여성 간의 신분 갈등과 변심 문제에 대해 뚜렷한 개인적 가치 평가 기준을 지닌 작가와 그렇지 못한 작가가 공존하던 시기였음을 보여준다. 변화하는 시대상과 거기서 배태된 인간 욕망의 충돌 등을 전기소설 양식에 담아냄에 있어서 18세기는 새로운 사실적 성취를 보여주는 작품과 그렇지 못하고 이전 시기의 비현실적 모티프를 빌어 작중 서사 세계를 설명하고자 하는 작품의 상반된 경우를 보여주고 있는 것이다.

18세기 장편소설사에서도 전반적으로 환상성이 강화되는 양상이 나타난다는 사실과 함께 놓고 본다면, 이러한 비현실성 부활과 확대는 18세기 소설사 전반적인 경향이 아니었나 생각된다. 오히려 「심생전」에서 나타나는 바, 사실성의 지극한 구현은 문학 세계 전반적으로 객관적 사실성을 유지했던 작가 이옥의 개인적 성향에 기인한 것으로 생각된다.

그러나 19세기 「포의교집」, 「절화기담」으로 오면 갈등 구조와 결말 방식 등 전체적으로 지극히 사실성이 강화되어 있으며, 문체 역시 사실적 묘사가 강화되어 있다. 「포의교집」, 「절화기담」에서는 단순히 당대 풍속 묘사의 세태 반영성뿐만 아니라 좌절된 애정의 양상을 그 자체로 객관적으로 드러내고 있다는 점에서 애정의 비극을 굳이 비현실적으로 해소하고자 하는 18세기 작품과는 완전히 달라진 양상을 보여준다. 사족 남성과 시정의 하층 여성 간의 사랑과 변심의 양상이 더 이상 향유층에게 이해되지 못하거나 굳이 합리적 설명을 가해야만 하는 낯선 것이 아니라, 객관적으로 그 파탄과 결렬의 양상을 형상화할 수 있게 된 변화를 엿볼 수 있다.

Ⅳ. 조선 후기 전기소설에 나타난 변심 테마의 구현 양상과 서술시각

1. 변심 테마의 양상과 애정 갈등

1) 소통 부재적 사랑과 변심의 계기

(1) 소통의 어긋남과 자기 본위의 사랑

조선 후기 전기소설에서 남녀 주인공들의 관계는 신분의 차이만큼이나 애정에 대한 생각이 다르다는 점에서 본질적으로 소통이 불가능하다. 남성 주인공들은 본질적으로 진실한 감정이 결여되어 있으며, 경탁함, 화언교색(譁言驕色)함을 드러낸다. 이들 사족 남성들이 여주인공들에게서 우선시하고 있는 것이 무엇보다도 외모라는 점은 부인할 수 없다. 「정생전」, 「빙허방화록」, 「심생전」의 남성 주인공들은 문틈으로 비치거나 가려진 옷사이로 어림짐작되는 미색에 반해 접근하며, 「빙허자방화록」의 '방화(訪花)'나 「절화기담」의 '절화(折花)'라는 제명은 사족 남성들의 이러한 측면을 상징한다. 또한, 「포의교집」에서는 양파에 대한 자신의 마음을 '화간(花奸)'이라고 표현함으로써 이생 자신도 모르는 본심을 은연중에 내비친다.

반면 여주인공들은 남성들의 성실성, 문예적 소통 가능성, 낭만적 열정 등을 진정한 사랑으로 간주하며, 대체적으로 이러한 믿음을 변치 않는다. 변심하는 쪽인 남성은 갈등을 정면으로 타개하려 하지 않고 오로지 임시방편으로 벗어나고자 하는 비겁함을 드러내며, 허위적인 맹세로 상황을 모면하기에 급급하다. 남성의 본심도 모르고 믿음을 변치 않던 여성들이 당하는 비극은 나중에 드러나는 남성들의 변심과 대비되어 더욱 가중된다.

이와 같은 주인공들 간의 입장 차이는 애정 파탄 이전부터 대화 양상에서 빚어지는 소통의 어긋남 속에 이미 예고되고 있다. 주인공들의 대화는 일치점을 찾지 못하고 자신의 입장만을 주장하거나, 자기 본위에 따라 상대의 말을 해석함으로써 대화가 묘하게 어긋나는 상황이 연출된다. 한쪽은 상대방으로부터 애정을 확인 받거나 결연에 대한 확답을 받고자 하고, 다른 한쪽은 순간을 모면하기에 급급한 상황, 혹은 한쪽은 약속을 지킬 마음이 없는 상대의 본심도 모르고 자신의 일방적 믿음만을 언급하는 상황 속에서 상호 소통의 어긋남이 확인된다.

「심생전」에서는 심생의 과묵한 침묵에 의해 심생과 궐녀 간의 입장 차이가 대화를 통해 구체화되지는 않지만, 침묵 속에 변심을 내포하고 있는 심생의 태도와 심생의 신의를 철석같이 믿고 있는 두 사람의 입장 차이가 충분히 짐작 가능하다.

「정생전」, 「빙허자방화록」에서는 결연 후에 주인공들 간의 입장 차이가 본격적으로 드러난다. 「정생전」에서는 정생의 변심을 모르고 그를 믿어 의심치 않는 삼청동 낭자의 신뢰와 겉으로만 동의하는 정생의 얼버무림이 대비되고 있으며, 「빙허자방화록」에서는 결연 후에 남성의 변심이 본격화되면서 두 사람의 입장 차이가 형상화된다.

> (매영이) 말하기를,
> "저는 비록 천질이나, 심규에서 자라나, 항상 여분의 정조를 사모하고, 매양 음행을 미워했습니다. 이 몸을 지키지 못하고 마침내 죽을 자리에 빠졌으니, 소문이 하루아침에 사방으로 퍼질 것입니다.(하략)
> 생이 말하기를,
> "이미 깨진 기와는 다시 붙이기 어렵고, 이미 물든 실은 다시 희게 할 수

없으니, 말해서 무슨 소용이 있으며, 후회한들 무슨 소용이리요. 지금 힘쓸 것은 오직 서로 사랑하는 일일 뿐이오."

매영이 말하기를,

"이 어찌 잘못을 덮어 버리려는 것이 아닙니까? (중략) 사람이 사랑하면 서로 보기를 원하고, 서로 보기를 원한즉 꺼리지 않게 되고, 꺼리지 않은즉 남들이 알기 쉽게 됩니다. (중략) 『시경』에 남들이 말을 많이 함은 역시 두려워할 만한 것이다라고 한 것은 진실로 이를 비유한 것입니다.

생이 말하기를, "이 역시 웃고 욕하는 것을 막을 수 있겠소?"1)

빙허자는 결연 전에는 정식 혼인을 약속하여 매영의 허락을 얻어내더니, 막상 관계를 가진 후에는 언제 그랬냐는 듯 발뺌한다. 여자에게는 순결이 무엇보다 중요한 덕목인 만큼 이미 실절한 매영이 결연 이전의 고고한 태도를 버리고 자신에게 매달릴 수밖에는 다른 도리가 없음을 너무나 잘 알고 있는 것이다. 여기서 결연 전에 빙허자가 했던 약속이 다만 매영에게 환심을 사기 위한 것에 불과했음이 드러난다. 빙허자는 매영의 계속적인 요구에 마지못해 그러마하는 식의 답을 하고 있기는 하지만 빙허자가 이 약속을 지키지 않으리라는 것은 자명하다.

또한 이러한 대화는 빙허자와 매영 간의 생각이 얼마나 평행선을 그리고 있는지를 보여준다. 빙허자는 임시방편적인 태도로 일관하고 있고, 매영은 빙허자로부터 확답을 받으려 한다. 두 사람의 대화는 상이한 입장을 대화의 무의미한 반복 형식을 통해 그 의식적 불일치성을 드러낸다. 관계맺음에 대한 두 사람의 의식적 차이를 상징하고 있는 것이다. 이러한 반복적 대화는 결국 빙허자의 변심을 암시하는 복선의 구실을 하기도 한다.

1) "曰, 妾雖賤質, 養在深閨, 常慕汝墳之貞操, 每惡河間之淫行, 不謹此身, 竟陷死地聲迹一朝, 彰聞四隣, (中略) 生曰, 已破之甑, 難以再完, 旣染之絲, 不可復素, 言之何益, 悔之何及, 方今之務, 唯在相愛而已矣, 英曰, 是豈盖愆之道乎, (中略) 詩所謂人之多言, 亦可畏者, 良以此也, 生曰, 此亦可關笑罵", 「憑虛子訪花錄」, 김기동·이종은 공편, 『고전한문소설선』, 교학연구사, 1995, 335쪽

「포의교집」에서는 애초 아전인수격으로 상대의 마음을 해석하는 소통의 어긋남이 어떻게 오해를 축적해 가고, 궁극적으로 나중의 애정 파탄에 어떤 식으로 작용하게 되는지를 잘 보여준다. 이생은 양파의 눈치만 보다가 결연의 좋은 기회를 놓치고 난 뒤 양파가 자기의 소심함을 비웃을 것이라고 후회하고, 양파는 이생의 태도를 하층 여성을 존중해 주는 마음이라고 오해한다.

> 생이 마침내 잠자리에 들어서 오늘밤에 만난 일을 생각하기를,
> '응당 좋은 기회를 마련했다가 헛되이 보내버렸구나. 이에 나의 졸렬함으로 낭자가 어찌 화난 기색이 없을쏘냐.'
> 날이 밝자 막 일어나 머리 빗고 세수하는데, 당파가 와서 편지 한 통을 전해 주었다. 곧 양파의 필적이었다. 봉한 것을 열어보니, 편지에 하였으되,
> '시경에 이르기를 남녀 간에 애정을 나누는 것은 신분에 차이가 없다 했으니, 진실로 낭군을 가리키는 말입니다. (중략) 늦은 밤에 손만 잡고 서로 마주하고 있었을 줄 모르고 (남들은) 장차 옥에 티가 있고, 구슬에 흠이 생겼다고 말할 것입니다. 어찌 꽃다운 정절을 보전했을 줄을 생각이나 하겠습니까? (하략)'[2)]

이와 같은 오해는 양파로 하여금 이생의 구애를 받아들이게 하는 결정적인 계기가 되고 있다. 양파는 이생에게서 하층 여성을 마땅히 사족 남성의 애욕에 봉사할 의무가 있는 존재로 보지 않는, 자신의 이상적인 남성상을 발견했다고 생각하며 감격해하고 있는 것이다. 그러나 이처럼 동상이몽(同床異夢)으로부터 출발한 결연은 오해가 표면화되는 순간, 파국이 이미 예견되어 있는 것이나 다름이 없다. 중약의 출현 이후 표출되는 이생의 질투와 편견, 이로 인한 애정 파탄은 결연 이전부터 축적되어온

---

2) "生遂就席, 念今夜相對, 應有修好, 而卽虛送, 乃吾之拙, 而娘能無懷慍之色耶, 日晏, 方起梳洗矣, 忽堂婆來傳一書, 卽楊婆之筆也, 折封視之書, 曰, 詩云, 採葑採菲, 無以下體, 眞卽郎君之謂也 (中略) 暮夜無知執手相對, 將謂玉瑕, 而珠玷矣, 豈期全而花貞也", 「布衣交集」, 일본 동양문고본

소통의 어긋남에서 비롯되고 있는 것이다.

다른 작품들과는 달리 애정 실현을 간절히 원하는 쪽이 사족 남성인 「절화기담」에서는 대화의 양상이 반대로 나타난다.[3)] 이생은 시종일관 두 사람의 애정을 확인하려 하는 발화의 양상을 보여주며, 순매가 약속을 지키지 않는 것에 대한 원망과 상대의 애정이 자신과 같은지를 확인 받고 싶어 하는 의식이 드러난다. 반면, 순매의 발화는 애정 확인보다는 외부의 상황에 촉각이 곤두서 있고, 상대의 지나친 애정 중심적 태도를 부담스러워하는 태도가 드러난다. 순매의 발화 내용은 상대의 애정확인 요구에는 대충 얼버무리면서 무마하는 동시에 상황을 확실히 하기보다는 시종 외부의 눈치를 보며 관계를 유지하는 것에만 집중되어 있다. 「절화기담」에서 이처럼 일치점을 찾지 못하는 대화의 형태는 결연 전후에 관계없이 시종일관 계속되면서 애정 실현에 대한 두 사람의 입장 차이를 지속적으로 상기시켜 준다. 궁극적으로는 순매의 결별 선언과 이생의 원망이라는 결말 방식을 통해 이를 확인시켜주고 있다.

이처럼 남녀 주인공들 상호 간에 소통이 어긋나는 이유는 당사자 간의 의사소통이 지극히 주관적이기 때문이다. 주인공들은 상대에게서 자기가 보고 싶은 면만을 보고, 상대의 행동 중에서 자기가 원하는 면만을 사랑한다. 주인공들은 오고 가는 대화 속에서 자기 입장을 합리적으로 전달하

3) 이러한 차이의 배경 중의 하나로 「절화기담」에서 이들이 애정 성취를 반대하는 사람들이 이생 집안이 아니라 순매 쪽이라는 점을 지적할 수 있을 것이다. 심생과 정생은 아직 혼인하지 않은 총각인 데다 과거 급제를 목표로 한창 학문에 매진해야 할 처지에 있는 사람들로서, 부모가 알지 못하는 여성과 사사로이 결연했다는 사실은 결코 집안으로부터 인정받을 수 없는 것이라는 상황의 어려움에 직면하고 있다. 그러나 「절화기담」의 이생은 사십대의 기혼자인 데다가 어느 정도 경제적 여력을 갖춘 처지이기 때문에 사사로운 결연을 함에 있어서 부모의 눈치를 볼 처지가 아니다. 이생은 이미 자기 집안 사람들의 반대를 신경쓸 단계를 지나 있는 것이다. 남은 문제는 순매가 유부녀라는 사실인데, 아마 순매가 상층 출신의 유부녀였다면 상황은 심각했겠지만, 남의 집 종살이를 하고 있는 하층 여성이라는 점이 이생으로 하여금 변심할 만큼 심각한 부담을 안겼던 것으로 생각된다.

고 있으며, 충분히 이해 받고 있다고 확신한다. 그러나 상대의 무책임, 약속 파기, 배신, 결별 선언 등을 통해서 이러한 믿음이 지극히 자기 본위의 일방적인 생각에 불과하다는 사실이 확인된다.

(2) 남성 주인공의 태도와 그 현실적 의미

① 계층적 정체성과 애정관

조선 후기 전기소설에 나타난 소통 부재적 사랑은 남성의 계층 의식과 자기 본위적 태도에 의해 발생한다. 즉, 사족인 남성이 하층 여성으로부터 완벽한 욕망의 충족감을 구하지 못했기 때문에 발생한다고 볼 수 있다.[4] 이들은 자신의 집안이나 사회로부터 용인될 수 없는 하층 여성과의 결연 때문에 사족으로서의 삶을 상실할까봐 두려워한다. 사랑에 대한 신의와 현실적인 생활을 양손에 들고 끊임없이 저울질하며 고민하기도 한다. 아니면 하층 여성의 지조를 의심하거나 전혀 거리낌 없이 그녀를 배신하고 다른 여성과 사랑을 나눔으로써 하층 여성을 진정한 애정의 상대로 인정하지 않는 상층 남성의 계층적 편견을 은연중에 표출하기도 한다. 어느 경우에든 조선 후기 전기소설에 나타난 남성의 변심은 자신의 결핍된 욕망에 대한 완벽한 충족감을 하층 여성으로부터 구하지 못하거나, 신

---

4) 「이생규장전」처럼 상층 여성과 결연한 경우에 남성은 신분 차이로 인해 다소 주저한다 할지라도 결코 여주인공을 배반하거나 그녀의 지조를 의심하지 않는다. 자신보다 신분적으로 우위에 있는 상층 여성으로부터 전망이 부재한 자신의 현실에 대해 대리 충족감을 맛볼 수 있기 때문이다. 한편, 「운영전」, 「동선기」처럼 하층 여성과 결연한 경우에 남성의 변심이 발생하지 않는 이유는 주인공이 여주인공으로부터 얻을 수 있는 결핍에 대한 동질감만으로도 충분히 만족하고 있기 때문이다. 다시 말해서 「운영전」의 김생이나 「동선기」의 서문적은 자신이 현재 소유하지 못한 특권이라든가, 같은 사족 여성과 결연했을 때 영위할 수 있는 사족다운 일상적인 삶에 굳이 연연해하고 있지 않으며, 하층 여성에게 상층 남성의 계층적 우월감을 표출함으로써 신분적 우위를 확인하거나 전형적인 사족 남성다운 계층성을 확인하고자 하지 않고 있다는 것이다.

의로 맺어진 애정 상대에게서조차 끊임없이 자신의 계층적 정체성을 재확인하려고 하는 계층 의식에 기인하고 있다.

조선 후기 전기소설의 남성 주인공들은 당대의 지배적 특권층인 벌열(閥閱)로부터 소외된 한족(寒族)이라는 역사적 전형성을 보여준다. 벌열의 기본 단위는 가문이며, 벌열이 되기 위한 조건은 거주지가 서울인 가문으로서 당상관(堂上官) 이상의 관인(官人)을 다수 배출하는 것이었다. 가문의 사회적 지위를 기준으로 하여 분류된 용어인 벌열은 번성한 가문 즉 집단 개념으로 사용되었으며, 한족의 상대 개념으로 사용되었다. 반대로 한족은 지방의 재지사족(在地士族) 출신으로 과거를 통해 중앙 정계에 진출하는 것을 목표로 하되 아직까지 서울에서 특권적 가문을 형성하지 못한 집단을 지칭한다.[5)]

조선 시대 벌열의 형태는 후기부터 본격적으로 나타나지만 집권세력의 벌열화 경향은 조선 전기부터 이미 나타나기 시작하였다. 조선 전기의 집권세력들은 족보를 편찬하거나 지지류(地誌類)에 인물조(人物條)를 설정하는 등 인물 또는 씨성(氏姓)의 계보적 정리를 함으로써 그들의 명족(名族) 의식을 표출했다.[6)] 가문의 정치적·사회적 지위가 아직까지는 출사(出士)의 절대적인 조건이 되지 않았으며, 집권세력이 하나의 계층으로까지는 발전하지 못했던 조선 전기에는 그나마 한족의 특권 획득과 가문 회복이 전혀 불가능한 문제가 아니었다. 국왕의 문벌에 대한 억제책, 과거의 엄격하고 공정한 운영과 과거 출신자를 위주로 하는 관리 임용, 지방에 기반을 둔 사림파의 중앙 정계 진출 등으로 인해 특권층과 한족은 교체될 수 있는 통로를 열어두고 있었던 것이다.[7)]

---

5) 차장섭, 『조선 후기벌열 연구』, 일조각, 1997, 16-22쪽

6) 성현(成俔)의 『용재총화(慵齋叢話)』에서도 '아국거족(我國鉅族)'이라는 가문에 대한 자부심이 확인된다.

7) 차장섭, 전게서, 20-21쪽

조선 전기 전기소설에서는 신진사류(新進士類) 출신의 남성과 권문세족(權門勢族) 출신의 여성, 재지사족(在地士族)인 남성과 경화벌족(京華閥族)인 여성 간의 통혼(通婚)이 가능한 것으로 형상화되었다. 그 이면에는 이처럼 아직까지는 고착화되지 않은 조선 전기 사족층 내부의 유동성이 반영되어있는 것으로 보인다. 혹은 조선 후기처럼 특권 교체가 전혀 불가능하지는 않았던 조선 전기의 상황 속에서, 통혼을 통해 특권층으로 편입되고자 하는 한족들의 은근한 바람이 이러한 결연의 형태를 창출한 한 배경이 되지 않았을까 생각해 볼 수도 있다. 「이생규장전」, 「만복사저포기」, 「하생기우전」은 고려조 신진사류와 권문세족간의 계층 갈등을 배경으로 하고 있는데, 이 시기 신진사류와 권문세족은 절대적으로 고정된 계층은 아니었다. 권문세족의 구성원 중에는 이미 보수화된 신진 관인세력이 속해 있었다는 점이 큰 특징이다. 신흥층인 신진사류 역시 일률적으로 특권층의 외부에 존재했던 것이 아니라 세대를 지날수록 일부에서 권문세족화하는 양상을 보였음을 알 수 있다.[8]

조선 후기의 벌열은 인조반정(仁祖反正) 이후로 본격적으로 형성되기 시작하여, 숙종(肅宗) 대의 경신대출척(庚申大黜陟)은 사족층의 분화를 더욱 심화하였다. 영정조대(英正祖代)는 경화벌열(京華閥閱)을 중심으로 극성기를 맞았으며, 고종(高宗)·순종(純宗) 대에는 몇몇 집권자의 가문만이 정권을 독점하는 세도정권이 형성되면서 고착기를 맞았다. 숙종대 이후부터 산림의 정치적 입지가 약화되면서 조선 후기 붕당형성에서 학연이 갖는 역할이 축소되었으며, 한 번 당쟁에서 패한 가문은 연좌제에 따라 완전히 멸문되었기 때문에 상대적으로 혈연이 강화되었다. 또한 영·정조대 이후로 경향(京鄕)의 분리가 가속되면서 학통은 경화벌열 상호 간의 혈연 관계에 의해 전승되었다. 이러한 역사적 상황에 의해 붕당과 벌열

8) 권문세족은 무신세력, 신진관인세력의 보수층, 전기의 문벌귀족, 친원세력으로 구성되어 있었다. 박용운, 전게서 527쪽 참조

형성 과정은 혈연과 가문을 중심으로 상호 연계되면서 특정한 벌족 가문을 성립시켜 나갔다. 이처럼 조선 후기에는 당쟁과 연좌제, 혈연적 요인의 강화, 과거의 부정, 산림의 정치적 기능약화, 경·향 분리의 가속화 등의 여러 요인에 따라 한족이 자기 대에서 과거 급제를 통해 특권을 획득하는 일은 거의 불가능하게 되었다.[9)]

중앙 정계의 특권층으로부터 분리된 재지사족들 중에서 경제력을 보유한 일부는 과거 응시와 출사, 유림(儒林)으로서의 자수(自修)의 길, 향품(鄕品)의 지위 고착 등의 세 가지 대응 방식을 모색했다.[10)] 경화벌족들의 과거 부정에 의해 출사 기회가 원천적으로 봉쇄된 상황 속에서 재지사족들이 택할 수 있는 방안은 향촌 사회에서 지배적 지위를 유지하거나 향리에서 유림으로 자수(自修)하며 자족감을 추구하는 길뿐이었다. 이러한 재지사족의 부류는 여전히 명목상일 뿐이지만 사족의 명분을 인정받기 위해서 전통적인 신분 질서와 전형적인 사족의 삶에 집착하는 보수적 성향을 보였다.[11)] 이러한 재지사족 부류에서 확인되는 또 한 가지 특징은 향촌에서의 특권신분을 확보하기 위해 상대적으로 낮은 신분과 서로 교통을 허락하지 않았다는 점이다. 이들은 비슷한 집안끼리 일정한 통혼권을 유지했으며, 심지어는 같은 향촌사족 내에서도 신분적으로 열등한 '향(鄕)'과도 통혼하지 않았다.[12)]

조선 후기 전기소설에 등장하는 남성 주인공들은 특권층으로부터 분화된 한족으로서 과거를 통한 출사의 꿈을 버리지 않고 있으며, 자신보다 열등한 계층에게 신분적 우월성을 확인 받거나 강요하고자 하는 보수적

---

9) 차장섭, 전게서, 172-173쪽

10) 김인걸, 「조선 후기향촌사회 권력구조 변동에 관한 시론」, 『한국사론』19, 1988

11) 조선 후기 양반 신분을 유지하기 위한 요건으로는 혈연, 지식, 경제력, 관직, 유교 이데올로기 등이 꼽힌다.(이옥경, 「조선시대 정절이데올로기의 형성 기반과 정착방식에 대한 연구」, 이화여대 석사학위논문, 1985, 71-74쪽)

12) 김인걸, 「17, 8세기 향촌사회 신분구조 변동과 儒, 鄕」, 『한국문화』11, 1990

계층 의식을 소유한 인물로 나타난다. 18세기 작품에서는 서울이나 지방에서 아직까지 경제적 기반을 유지함으로써 중·하층으로부터 자발적인 대우를 받고 있는 것으로 형상화되고 있다. 그러나 19세기 작품에서는 물적 기반의 상실이 심화된 상황에서도 벌열층에 기생하는 형태로 계층적 우월감을 과시하려고 하는 부정적 형상을 노출하고 있다. 조선 후기 전기소설에 등장하는 사족 남성들이 중·하층 여성들과 변치 않는 사랑을 지속할 수 없는 본질적인 이유를 여기서 찾을 수 있다.

「정생전」에서 1592년(宣祖 20년) 무렵으로부터 광해·인조년간까지를 작품의 배경으로 하여 정생을 이미 경기도(京畿道)로 떨려난 집안 출신으로 설정하고 있는 것이라든가, 「빙허자방화록」의 서두에서 인조조(仁祖朝) 공신계와 비공신계 간에 당쟁이 첨예화되던 시기를 배경으로 하여 과거 급제를 통한 가문 회복이 전혀 불가능하다고 단정짓고 있는 영동(嶺東) 지방의 재지사족을 주인공을 등장시키고 있는 것 등은 이처럼 조선 후기 벌열 형성 과정에 따라 특권층으로부터 분화된 한족들의 현실적 상황과 부정적인 전망 등을 나타내고 있는 것으로 보인다.

「절화기담」, 「포의교집」의 주인공에 이르면, 「정생전」, 「빙허자방화록」처럼 단순히 가문이 몰락한 데 그치지 않고, 벌열가에 기식하거나, 호서(湖西) 지방에서 서울로 상경하여 벌열가의 문객(門客) 노릇을 하는 양상으로 나타난다. 「절화기담」, 「포의교집」이 작품 배경으로 삼고 있는 시기는 1792년(정조 16년)과 1866년(고종 3년) 무렵으로 각각 벌열 가문이 일정하게 고정되고 극성하게 번성하는 시기에 해당된다.

이제, 「절화기담」, 「포의교집」에서는 주인공들이 특권을 상실한 한족으로서 벌열과 공존하고 있는 단계를 지나, 특권 상실을 기지의 사실로 인정하고, 어떻게 해서든 벌열가에 줄을 대어 생존해 가려고 하려는 단계에 이른 것이다. 특히, 「절화기담」, 「포의교집」의 남성 주인공들은 학문과 문식을 통해 재지사족으로서의 일정한 지위를 확보하려 하거나, 아직까지 향리로 낙향하지 않고 서울에 거하면서 과거를 통한 출사를 준비하고 있는 것으로 나타난다. 19세기 작품에서 남성 주인공들은 재지 기반을 상실하고 과거에 응시할 꿈을 안고 상경했다가 현실을 깨닫고 세도가에 연줄을 대보고자 노력하거나, 세도가에 기생하여 사치한 수입품과 유흥을 즐기는 모습을 보이고 있는 것이다.

이러한 조선 후기 전기소설 주인공들의 의식 세계 속에서 확인되는 것은 「정생전」처럼 자기 대에서 일가를 이루어 해체된 가문을 회복하고 과거에 급제하여 관직을 획득함으로써 사족다운 삶을 영위하고자 하는 강한 열망, 「빙허자방화록」처럼 적극적으로 영달 획득을 의도하고 있는 것은 아니라 할지라도 과거에 응시함으로써 사족다운 행동 방식을 상실하지 않는 태도, 「심생전」처럼 특권 부재에 대한 현실 인식과 결핍감을 심각하게 토로하지 않은 가운데 과거 급제를 통해 가문을 빛내라는 부모의 기대를 저버리지 못하는 모습, 「절화기담」, 「포의교집」처럼 여항인·하층인들과 공동 생활 권역에서 살아가고 있으면서도 여전히 상실하지 않고 있는 계층적 우월감과 「포의교집」에서 특히 부각되고 있는 권력 획득 욕망 등이다.

「심생전」의 심생은 그 자신이 과거 급제나 부귀공명의 욕망을 뚜렷이 지니고 있지 않은 반면, 그의 부모가 이러한 기대를 아들인 심생에게 걸고 있다. 심생의 부모에게 있어서 과거 급제하여 문호를 일으켜야 할 아들이 신분이 낮은 계층의 여성과 사사로운 관계를 가졌다는 것은 결코 용납되지 못할 일이다. 만약 심생이 「이생규장전」처럼 신분상 상대적으로 우위에 있는 여성과 관계를 가졌다면 그의 부모는 과거 공부가 우선이라는 핑계를 대지 않고 결국에는 혼인을 허락했을 것이다. 심생은 전형적인 사족인 자신의 집안에서 중인과 혼사를 치른다는 것은 절대로 허락될 수 없는 일이라는 것을 알고 있기 때문에 쉽사리 부모에게 말조차 꺼내지 못했던 것이다. 이러한 심생의 태도 속에는 역시 제도와 관습, 사족으로서의 전형적 삶의 방식 등을 내면화하고 그에 순응하는 자세가 확인된다. 심생이 자신이 속한 계층의 일반적인 관념과 생활 방식에서 일탈할 수 있는 과단성을 지니고 있었다면 부모의 명에 제대로 저항 한 번 하지 않고 순순히 순응하지는 않았을 것이기 때문이다.

「정생전」에서 정생이 삼청동 낭자를 배신하고 나서 얻은 집, 재산, 아내, 자식, 문명(文名), 과거 급제의 기약 등은 가문이 해체된 사족 남성이 집안을 일으킬 수 있는 최소한의 기반들이다. 삼청동 낭자와 도망쳐서 산다면 그녀의 재산으로 생계 걱정은 면할 수 있을 것이지만, 사족으로서의 신분과 생활 방식은 결코 회복할 수 없다.[13] 정생은 사족 남성으로서의 미래를 설계하기 위해 현재 자신에게 결핍된 요소들을 획득하기 위해서는 삼청동 낭자를 배신할 수밖에 없다는 것을 잘 알고 있었기에 그토록 고민을 했던 것이며, 결국에는 현실적 욕망이 사랑을 이긴 결과 그녀를 배신한 것이다.

> 얼마 되지 않아 권공이 정생을 위하여 아내를 얻어주고, 약간의 생계수단을 마련해 주었으며, 대묘동에 집을 마련하여 살게 하였다. 정생이 이미 어진 아내를 얻고 오래지 않아 아들을 낳았다. 한해 두해 갈수록 집안의 일이 점점 이루어지고 문장은 날마다 나아져, 명성이 낙양을 움직이고, 과거에 급제하는 것은 따 놓은 당상이었다. 해가 갈수록 바쁘게 지내는 동안에 자못 인간세상의 재미가 있었다.[14]

정생이 삼청동 낭자를 배신하고 얻은 아내 역시 그의 계층적 정체성을

---

13) 삼청동 낭자가 정생에게 자신이 지니고 있던 패물과 같은 물건들을 내어주며 도망가 살 집을 마련하라고 하고 있는 것으로 보아, 부친 몰래 자금을 별도로 동원할 수 있을 만큼 재력을 소유한 것으로 나타난다.

14) "未幾, 權公爲生娶婦, 略具産業, 占宅於大廟洞, 以居之, 生旣得賢配, 不久生男, 一年二年, 家事稍成, 文章日進, 名動洛陽, 探蓮折桂, 唾乎可期, 積年棲遑之餘, 頗有人間滋味", 金琦, 「丁生專」, 송준호 소장본

입증한다. 사대부 문인으로서 명성을 날리고 과거 급제를 기약할 정도였다는 것으로 보아, 그 상대인 아내는 분명히 사족출신이다. 집안의 경제권을 정생이 아니라 아내가 전담하고 있고, 삼청동 낭자와의 과거가 들통날까봐 전전긍긍하고 있으며, 아내의 눈치 때문에 자신의 혈육조차도 맡을 수 없을 정도인 것으로 미루어, 그녀는 신분상으로나 경제력으로나 정생보다 상대적으로 우월한 집안 출신일 가능성이 많다. 이러한 아내의 형상은 정생이 현실적 욕망을 성취하기 위해서 요구했던 여성의 조건을 보여준다. 정생은 가문을 회복하고 일가를 유지하기 위해 보조해 줄 수 있는 여성, 사족 남성의 아내로서 신분적으로 아무 문제가 없는 여성을 필요로 했던 것이다.

「빙허자방화록」의 경우는 「심생전」, 「정생전」의 남성들과는 달리 애초에 영달에 대한 욕망을 포기했음에도 불구하고, 계층적 편견 때문에 여성을 배신하는 양상을 보여준다. 이 점에서 특권 획득에 대한 열망의 소유 여부에 관계없이 신분 차이 문제는 결코 극복될 수 없는 것이라는 사실을 극명하게 드러난다. 작품 서두에 1635년(인조 13년)에 실제 있었던 특별과[15]를 계기로 이루어지고 있는 빙허자와 친구간의 대화는 붕당으로 얼룩진 정세에 대한 비판적 태도와 출사에 대한 부정적 인식을 보여준다.

> 첩첩한 북망산에 누군들 현인과 어리석은 사람의 무덤이 다를 것이 있겠으며, 아득한 구천에 누가 귀인과 천인의 혼을 알아주겠는가. 한편, 푸른 산의 양쪽 언덕과 황량한 땅에 옛 백이, 숙제와 도척이 함께 묻혀 있는 것일세. (중략) 하물며 사람 마음이 바뀌고 세상이 길이 험난하여 벼슬길은 속세의 때를 요구하니, 고난이 그처럼 많으며 충신과 어진 신하 중에 목숨을 보전한 자가

15) 仁祖 13년에 실재로 세 차례에 걸쳐서 특별과(特別科)가 열렸다. 2월 4일에 왕세자 책봉을 기념하는 별시(別試)가 있었고, 9월 27일에는 증광별시(增廣別試)를 열어 생원과 진사 각 백명씩을 선발했으며, 10월 21일에는 역시 증광별시를 열어 문과와 무과 각 4·50명씩을 선발했다.

> 적은 것일세. 전단강에는 말가죽으로 싼 시신의 원혼이 서려있고, 멱라수 물밑에는 빠져 죽은 넋들이 슬프네. 필적할 바 없는 나라의 선비들 중에 많은 이들이 변론을 더욱 잘하여 공이 한 세상을 덮으나 화가 미치어 삼족을 도륙당하며, 뼈를 깎아 표문을 써 글자마다 굳은 뜻을 표하여 아침에 임금께 올리면 저녁에 천리로 내침을 당하네. 손가락을 구부려 옛시절을 헤아리니, 어찌 이러한 유들에게 제한되어 있으리요.16)

빙허자가 보기에 당세 현실은 살아서는 백이, 숙제처럼 나라를 위해 간언을 올려봤자 멸문을 당하기 일쑤이고, 죽어서도 도척 같은 간신과 함께 취급되며 인정받지 못하는 난세이다. 당금의 정세를 자신과 같이 인의롭고 올곧은 선비가 발을 디딜 바가 못 된다고 보는 빙허자의 태도는 산림에서 고고한 자세로 현실 정치를 바라보는 비판적 재야 지식인의 모습이다.17)

그러나 빙허자는 이처럼 현실 정치에 대해서는 날카로운 비판적 태도

---

16) "累累北邙, 孰別賢愚之塚, 溟溟九原, 誰知貴賤之魂, 一片青山, 兩邱荒土, 故夷齊盜跖俱亡 (中略) 況人心飜覆, 世路險峻, 宦海要塵, 風波幾驚, 忠臣碩輔, 保全者鮮, 絶江潮頭, 馬革之尸冤矣, 汨羅水底, 漁腹之魂悲矣, 無雙國士, 多多益辨, 功蓋一世, 而禍慘三族, 佛骨一表, 字字鐵鉞, 而朝奏九重, 夕貶千里, 屈指令古, 此類何限", 「憑虛子訪花錄」, 김기동 · 이종은 공편, 전게서, 334-335쪽

17) 이러한 빙허자의 현실 인식에는 인조반정을 계기로 붕당이 서인과 남인의 두 정파에 의한 체제로 확립되고, 이후로 폐해가 심화되어 갔던 인조조의 정치적 상황에 대한 작가의 시각이 일부 반영되어 있다고 생각된다. 당시 무엇보다도 정국을 어려운 국면으로 끌어갔던 사안은 공신계와 비공신계 간에 정치 권력을 둘러싼 대립관계였다. 공신들 대부분이 붕당 타파를 목적으로 한 인조의 인사에 전면적으로 반발하여 1625년(인조 3)에는 소북(小北)의 지도자였던 김신국(金藎國), 1629년(인조 7)에는 김세렴(金世濂)과 이경직(李景稷)의 등용 문제를 둘러싸고 큰 논란이 벌어졌다. 공신들은 그 세력을 이용하여 많은 경제적 이권을 장악했으므로 거기에 대한 비판이 비공신사류에 의해서 빈번히 행해졌다. 인조 2년 이윤우(李潤雨)가 공신들이 전토와 백성을 불법적으로 침탈하고 있음을 밝히고 시정을 요구한 이래 같은 내용의 비판이 계속되었으며, 인조 7년에는 공신들이 적몰을 빙자하여 남의 전택을 빼앗는 것을 금지하자고 최명길이 상소하는 일이 있기도 했다.(이기순, 『인조 · 효종대 정치사 연구』, 국학자료원, 1998, 77-80쪽)

를 취하면서도 애정 상대와의 관계에 개입되어 있는 계층적 문제에 대해서는 전형적인 사족의 보수적 입장을 취하는 이중성을 보여준다. 더 정확하게는 비판적 지식인의 현실 인식이 미치지 못할 정도로 전통적인 계층 질서에 고착된 의식은 그만큼 변화될 수 없는 강고함을 내포하고 있다는 것이 보다 합당한 해석이 될 것이다. 빙허자는 자신의 의식 속에 생래적으로 내면화되어 온 계층 의식을 한 번도 회의해볼 생각조차 하지 못했으며, 중인 여성과 결연하게 된 시점에서도 이러한 태도는 전혀 변하지 않고 있는 것이다. 중인 여성의 절의에 대한 편견으로 상대를 배신하는 빙허자의 행동은 이러한 계층 의식의 보수성과 고착성으로 설명될 수 있다.

「포의교집」의 이생 역시 하층 여성에 대한 절대적 신의가 퇴색한 순간 자신의 현실적 특권 부재와 결핍을 인식하게 된다는 점에서 「정생전」의 정생과 다를 바 없다. 비록 정생처럼 하층 여성을 완전히 저버리거나 빙허자처럼 다른 상대를 찾는 것은 아닐지라도 그의 태도 변화를 인식한 양파가 절교를 선언한 순간부터 이생은 하층 여성과 계층을 초월한 대등한 사랑을 나눌 수 있다는 환상을 완전히 벗어버리고 있다. 대신 중약이 등장하여 그의 열등감을 자극할 때부터 자각하게 된 권력에 대한 욕망을 적극적으로 찾아 나서게 된 것이다. 이생은 양파와 비일상적인 애정 관계를 유지하고 있을 때, 이미 과거에 응시했으나 합격하지 못한 경험을 가지고 있다. 이 때문에 이생이 택한 방법은 고종조의 벌족인 여흥(驪興) 민씨(閔氏) 집안의 인물과 교유를 트는 것이다. 벌열들의 과거 부정 때문에 출사길이 요원한 현실을 그대로 인정하고, 대신 벌열의 일원과 친분을 쌓는 현실적인 방식을 택한 것이다.[18)]

18) 조선 후기 벌열은 문과에 급제하기 위해 과거를 치르는 과정에서 여러 가지 부정을 자행하기도 하고, 문과 운영 방식 자체를 그들 위주로 변경시켰다. 즉 식년시보다는 서울 거주 벌열 자제를 주대상으로 하는 비정기적인 별시의 횟수를 늘리는 한편 직부전시(直赴殿試) 등 여러 가지 방법으로 전시(殿試)에 바로 나아가는 특권을 새롭게 만들었다. 이를 통해 조선 후기벌열은 과거 급제자를 자기 가문 출신자들로 채우고 관직

이생은 여흥 민씨의 일족인 민참봉과 친교를 튼 후, 명성황후의 본댁에서 거주하게 되는데, 이때 이생의 실질적 처지는 세도가에 상주하는 문객 정도로 보면 될 것이다. 이생은 한량인 민참봉과 함께 유흥을 즐기고, 세도가의 문객인 권세를 이용해 관기를 집안으로 불러들이기도 한다.[19] 행랑채의 관리인 노릇을 할 때보다는 어느 정도는 상승된 자신의 지위에 맞게 하층 여성을 유흥의 대상으로만 보는 상층 남성의 전형적인 계층적 의식에 따라 행동하고 있는 것이다. 양파와 계층을 초월하여 대등한 사랑을 나누었던 때와 비교한다면 이생이 상층 사족다운 자신감을 회복하고 있음을 확인할 수 있으며, 여기에는 세도가의 문객이라는 지위 획득이 배경이 되었음을 알 수 있다. 이생은 이러한 계층적 자신감 회복, 신분적 우월감 획득을 바탕으로 하여 양파와의 관계 회복을 다시금 시도하는데, 이때 이생이 양파에게 과시하는 것 역시 세도가에 줄을 댄 자신의 지위이다.

> 이생이 금으로 글자를 쓴 현판을 가리키고는 말하기를, "이것이 임금께서 내린 필적이오." 곧 옛날 민중전이 앉았던 당이었다. (중략) 또, 동산의 정자에 이르러 보니, 기이한 동물과 기화요초가 좌우에 둘러있고 위아래로 날고 달렸다. 이생이 이에 영산홍 한 가지를 꺾어서 양파에게 주며 말하기를, (중략) "낭자와 내가 이 꽃처럼 영화를 함께 함이 어떠하오?"[20]

이생이 양파에게 민궁(閔宮)을 보여주는 장면에서 확인되는 것은 세도가의 끄트머리에서 자신이 누리고 있는 영화를 조건으로 애정을 얻겠다

독점을 유지해 나갔다.(한국역사연구회, 『조선정치사 1800-1863(상)』, 청년사, 39쪽)

19) 그러나 민참봉의 위치는 여흥 민씨 가문에서 그리 대단치 않은 것으로 보인다. 관기를 보내라는 민참봉 일당들의 요구에 관아에서 인물이 좀 떨어지는 기생들만 보내고 있는 것으로 보아 관료들이 어느 정도 대접은 해줄 지언정 그 권세에 벌벌 떠는 정도는 아닌 것으로 나타난다.

20) "生指金字懸板曰, 此乃御筆也, 卽昔日, 閔中殿坐定之堂也 (中略) 又至山亭, 見奇禽異獸, 奇花異草, 暎帶左右, 飛走上下, 李生乃折一枝暎山紅, 以給楊婆曰 (中略) 娘子與我, 同此花而榮則何若", 「布衣交集」, 서울대학교 규장각본

는 생각이다. 이생이 자신의 무능력을 부끄러워하면서 양파의 사랑을 의심하고, 그녀를 노류장화로 지칭하는 순간부터 이처럼 조건적 사랑을 제시하는 이생의 모습은 이미 예견된 것이었다. 특권 부재에 대한 인식이 하층 여성에 대한 계층적 편견과 특권 획득 욕망을 불러일으키고, 다시 획득된 권력과 부귀를 조건으로 하층 여성을 유혹하는 이생의 의식 세계와 태도의 추이는 신의로써 하층 여성과 맺어지는 사랑이라는 것이 현실적인 삶의 방식을 택한 사족 남성에게는 불가능한 것임을 보여주고 있는 것이다.

② 중・하층민에 대한 태도

조선 후기 전기소설에 나타난 남성 주인공들이 사랑에 자기 본위적일 수밖에 없는 또 다른 원인은 새롭게 대두된 중・하층민에 대한 대응 방식을 소유하지 못했다는 점에 있다. 조선 후기 경제・사회 여건의 변화에 따라 중・하층에서도 경제력을 소유하고 그에 따라 의식적 성장을 이룬 도시인들이 출현하고 있음에도 불구하고 남성 주인공들은 여전히 전통적인 계층 의식을 벗어나지 못하고 있다.[21] 이들은 중・하층 출신의 시정인들이 드러내고 있는 고급 문화에 대한 모방 욕구, 신분적 열등감을 본질

---

21) 18세기 이후부터 주로 경제적인 문제를 중심으로 하여 상언(上言)・격쟁(擊錚)이 활발하게 이루어졌는데, 특히 서울과 같은 대도시 지역에서는 하층민의 비율이 전국 평균치의 두 배를 넘는 결과를 보임으로써 단순히 경제적인 문제에서 계층적인 문제를 내포한 양상으로 전개되었다. 하층민의 상언과 격쟁 비율의 증가는 서울과 같은 도시 지역을 중심으로 하층민의 의식적 성장이 급격히 이루어지고 있었다는 것을 보여준다. 도시 서울은 평민층에게 자유로운 활동공간을 제공하고 있었으며, 이를 배경으로 평민층의 권리의식이 날로 신장하였던 것이다. 뿐만 아니라 하층민의 상승과 더불어 여성의 활동 또한 두드러졌다. 상언・격쟁인 중 하층 여성의 활동 또한 두드러졌다. 상언・격쟁 중 평민 여자임을 나타내는 '조이(召史)'와 천민인 '비(婢)'로 표기되어 있는 경우인데, 조이의 비율은 전체 300여 건 중 87건으로 28%에 달한다.(한상권, 「서울 시민의 삶과 사회문제」, 『조선 후기서울의 사회와 생활』, 서울학연구소, 1998, 19-20쪽 참조)

적으로 이해하지 못하고 있으며, 중·하층인들이 노골적으로 드러내는 물질에 대한 집착이나 부도덕한 행태들에 직면했을 때는 대처 방법을 몰라 당황하기도 한다.

「정생전」의 정생처럼 삼청동 낭자의 야반도주 제의를 받고 고민하거나, 「심생전」의 심생처럼 궐녀 부모에게서 의복을 제공받고 당황하고, 「빙허자방화록」의 빙허자처럼 혼인을 추진하라는 매영의 다그침을 애써 얼버무리거나, 「포의교집」의 이생처럼 고급 문화에 대한 동등한 소양을 바탕으로 교감을 나누자는 양파의 요구를 끝까지 지켜내지 못하는 모습들은 모두 자신보다 신분적으로 열등한 계층과 지속적으로 접촉하며 그들의 요구와 욕망에 직면했을 때 대처 방안을 전혀 지니지 못하고 있다는 사실을 보여준다.

이들 사족 남성들은 평소에는 계층 질서를 넘어서서 중·하층민과 접할 기회가 전혀 없다가 정말로 우연한 계기로 시정으로 이입되거나, 일상의 특별한 계기에 의해 중·하층 여성과 사랑을 나누는 특별한 경험을 하는 공통점을 지니고 있다. 이 때문에 충동적인 열정과 일시적인 교감이 일단락된 후 직면한 여성들의 요구에 적절히 부응하기는커녕, 그들의 요구를 부담스러워하거나, 자신이 저지른 행동의 현실적 의미를 알고는 당황하는 것이다.

남성 주인공들의 중·하층민에 대한 계층적 우위는 「심생전」, 「빙허자방화록」에서는 어느 정도 유지가 되다가 「정생전」의 원귀 복수담에 이르면 비록 비현실적 장치이기는 하지만 상당히 약화되는 양상을 보여준다. 그러다가 「절화기담」, 「포의교집」에 이르면 계층 질서에 대한 하층민의 반감과 하층민의 물질적·비도덕적 욕망에 대한 사족 남성의 대응력 부재가 표면화된다. 또한, 「절화기담」의 이생은 간난이나 노파의 물질적·비윤리적 요구에 대책 없이 휘둘리고, 「포의교집」의 이생 역시 오입쟁이들에게 집단으로 구타당할 위기에 놓일 만큼 이미 상층사족으로서 생득적인 계층적 우위는 점점 약화되고 있음이 드러난다.

> 이때, 오입쟁이들 사오 명이 생소한 사람에게 여령이 잡혀 있는 것을 보고는 화난 말을 하고는 바로 앞으로 와서 사나운 목소리로 말하기를,
> "어떤 사람이기에 감히 당돌하냐?"
> 삽시간에 무뢰배가 구름같이 모여서 둘러섰다. 주먹을 날리는 바람이 장차 눈앞에서 일어나려 하였다.[22]

「절화기담」, 「포의교집」에서 사족 남성과 하층민의 관계를 형상화하는 방식에 대해 한 가지 지적해 두고 싶은 점은 하층민의 시선에 의해 사족 남성이 희화화되는 데 그치지 않고 양쪽 모두에 대해 서술자의 객관적 거리가 구현되고 있다는 점이다. 두 작품에서는 종종 인물들이 상대방에 대한 빈정거림이나 경박한 말놀음을 벌이는 장면이 나타난다. 이것은 일견 상대방의 발화에 대한 무시나 비판으로 보이기도 하지만 오히려 자신의 경박함을 스스로 드러내는 효과를 거두기도 한다. 「절화기담」에서는 노파가 자신의 물질적 욕망에 이성을 이용하기 위해 순매를 놓고 큰매 작은 매 타령을 하는 장면에서 말놀음의 양상이 나타나고, 「포의교집」에서는 이생이 양파를 가리켜 길가의 우물에 비유하거나, 행랑인들인 모여 이생의 허위에 대해 쑥덕거리는 장면 등에서 빈정거림의 양상이 나타난다.[23]

> 행랑채의 사내들이 큰문의 한 집에 모였다.
> 한 사람이 말하기를, "또 올라왔구나." 하니,
> 한 사람이 말하기를, "이서방님이냐?" 했다.

---

22) "時誤入豪漢四五, 見生疎人, 爲女伶所執, 而諸怒, 而直前厲聲曰, 何許人, 斯敢唐突乎, 霎時間, 無賴輩, 雲聚環立, 拳近之風, 將起於目前", 「布衣交集」, 서울대학교 규장각본

23) 말놀음이 희화화, 풍자 등과 관련되어 있는 측면에 대해서는 C.H. Holman, W. Harmon, 『A Handdook to Literature』, Macmillan Publishing, 1982 참조

말하기를, "그렇네." 하니,
한 사람이 말하기를, "우리들은 곤장 맞을 여유가 없네." 했다.
한 사람이 말하기를, "죄가 없이 그럴 수 있는가?" 하니,
한 사람이 말하기를, "누가 모르나?" 했다.
한 사람이 말하기를, "양파 때문에 그랬지." 했다.[24)]

이처럼 사족 남성과 하층민이 상호 간에 말놀음과 빈정거림의 대상이 되는 양상은 「절화기담」, 「포의교집」에 와서 전통적인 계층적 권위의 약화가 그만큼 심각해졌다는 사실을 나타낸다. 「정생전」, 「심생전」, 「빙허자방화록」과는 달리 「절화기담」, 「포의교집」의 여주인공들이 먼저 결별을 선언할 수 있게 된 배경 역시 이러한 사족 남성의 계층적 권위 약화를 들 수 있을 것이다.

「절화기담」, 「포의교집」에서 하층민의 의식적 성장과 현실적 표현이 보다 담대해졌기는 하지만, 여전히 사족 남성은 형식적인 계층적 우월감을 방패막이처럼 내세우고 있으며, 결정적인 순간 하층민은 이에 순응하는 태도를 보여주고 있다는 점에서는 변함이 없다. 두 작품에서 여주인공의 남편들은 사족 남성에게 아내를 뺏기고도 어떠한 직접적인 대응을 하지 못하고 있으며, 주인공들은 결코 이 문제로 인해 심각하게 고심하거나 결정적인 타격을 입지는 않는다. 남편들의 폭력이나 가족들의 감시는 오직 여주인공들을 향해 있을 뿐, 주인공들은 불륜에 대한 추궁으로부터 어느 정도 자유롭다.

「절화기담」의 이생이 순매에게 가족을 떠나 함께 살자고 제의하는 이면에는 현실적 장애를 극복해 보고자 하는 적극성이 내포되어 있기도 하지만, 한편으로는 하층민으로부터 오는 윤리적 비난쯤은 계층적 우위로

---

24) "廊漢相聚, 於大門傍一舍, 而一人曰, 又上來也, 一人曰, 李書房主耶, 曰然, 一人曰, 吾輩受杖不暇, 一人曰, 無罪而然耶, 一人曰, 誰不知之, 一人曰, 以楊婆而然也", 「布衣交集」, 서울대학교 규장각본

무마할 수 있으리라는 의식이 내재해 있다. 「포의교집」의 양파 남편 역시 기껏 주변사람들에게는 "양반에게는 다만 법도 없는가. 어찌 유부녀와 간통했는데도 아무 일이 없는가. 이서방님이 만약 온다면, 나는 필시 한 번에 사생을 결단할 것이다."[25]라며, 이생의 불륜적 행위를 비난하면서도 정작 이생을 직접 대면할 기회가 닥쳐서는 아무 말도 못한다. 이 또한 여전히 계층 질서에 정면으로 대응하지 못하는 하층민의 한계를 보여준다.

사실, 「절화기담」에서 이생은 "상공은 덕이 높은 군자이신데 어찌 이런 옳지 못한 일을 저지르십니까?"라는 간난의 도덕적 비난에 의해 창피를 당할 위태로운 순간에 직면하기도 한다. 「절화기담」에서 이생이 윤리적인 책임 추궁을 당하는 유일무이한 장면이라고 할 수 있다. 이 순간 이생은 안면을 싹 바꾸고 계층적 권위를 무조건적으로 내세우며 위기를 모면한다. 또한, 이때는 노파와 간난의 욕망 때문에 시종일관 농락당하기만 하던 이생이 처음이자 마지막으로 위엄을 회복하는 순간이기도 하다.[26]

> "이것이 무슨 말이냐? 이것이 도대체 무슨 말이냐? 너는 그 일의 한두 가지도 모르고 있구나. 내가 순매와 가까이 지낸 것은 햇수로 이미 여러 해다. 전일에 같은 잔을 주고 받은 것은 마침 너로 하여금 입을 막고 눈을 가리려는 계략이었는데, 너는 어느 쪽이 동쪽이고 어느 쪽이 서쪽이며 무엇이 진짜고 무엇이 가짜인지도 모르는구나. 지금 그것을 책망하나 마땅히 책망할 곳이 아니니, 진실로 심히 가소롭다. 이것을 계획한 것도 할미이고 너를 속인 것도 역시 할미이니 첫째도 할미 죄요, 둘째도 할미 죄이다. 너와 또한 어찌 함께 할 수가 있겠는가? 지금 이후 나는 저의 조카사위가 되는 것을 사양하지 않겠으니, 여러 곳에 두루 다니다가 나를 위하여 틈을 내주면 얼마나 다행한 일인가?"

---

25) "兩班獨無法乎, 豈有有夫女通奸而無事也, 李書房主若來, 吾必決一死生矣", 「布衣交集」, 서울대학교 규장각본

26) 정길수는 이러한 이생의 권위적 발화를 작품의 통속성과 진지성의 이중성이 드러나는 증거로 보았으나(정길수, 전게논문, 168쪽) 이는 하층 여성과 결연하는 사족 남성의 본질적 계층 의식의 발로로 보아야 한다.

> 이에 한 잔의 큰 주발로 술을 따라 마시고 마음을 진정시켰다. 간난이는 이 말을 듣고 마음 가득히 부끄러워하며 유구무언이었다.[27]

「절화기담」에서는 이러한 이생의 권위적 태도가 남성의 변심으로 표명되지는 않는다. 그럼에도 불구하고, 다른 작품에서와 마찬가지로 하층민에 대한 사족 남성의 일반적 인식과 동궤에 있다. 이 점에서 오히려 사족 남성의 계층 의식과 남성의 변심 간에 뿌리 깊은 관련성을 짐작케 한다. 만약 순매가 먼저 결별을 선언하지 않고 두 사람이 사랑의 도피를 하거나 순매가 사랑에 목매달았다면 필시 이생 쪽에서 먼저 변심했을 것이다.

「절화기담」과는 달리 「포의교집」의 이생은 하층민들이 마음속으로 승복을 하건 말건 끊임없이 계층적 권위를 주장하고 이를 확인받고자 한다. 이생은 행랑채의 우물을 공동 식수원을 쓰는 지역구 하층민들이 시끄럽게 떠들면 행랑채 세입자들을 시켜 걸핏하면 매질을 하기도 하고, 자신의 거처인 서헌과 세입자들의 주거를 엄격히 구분하여 출입을 금하기도 한다. 이러한 모습은 이생 편에서 먼저 복종을 요구하지 않으면 결코 하층민 편에서 자발적인 순종이 이루어지지 않는다는 사실을 보여준다. 하층민과 공동 생활권을 이루고 있는 현실에서 자신의 독점적 권역을 주장하지 않으면 계층적 권위를 인정받을 수 없게 된 것이다.

> 다음날 아침에 생이 일어나 변소에 갔다가 돌아오는 길에 중문 밖을 보니, 한 사내가 담배를 피면서 쳐다보고 있었다. 생이 매우 노하여 행랑채의 사내들을 호령해서 잡아들이게 했더니, 그 사내가 이에 달아났다. 행랑채의 사내

27) "生曰, 是何言, 是何言耶, 爾且不知其一二也, 吾之親乎梅者, 歲已屢矣, 向日之同盃相酬, 適欲使汝, 爲滅口掩目之計, 而汝及不知, 是東是西, 是眞是假, 今乃責之, 而不當責之地, 誠甚可笑, 劃是計者, 卽老嫗也, 瞞過爾者, 亦老嫗也, 一則老嫗之罪, 二則老嫗之罪也, 於汝亦有何與哉, 自今之後, 吾當不讓, 爲爾之姪姪壻, 到處周章, 爲我乘便, 則何幸幸, 仍將一大碗, 奉酒壓驚, 干鸞聞言, 滿心慚恧, 有口無言", 「折花奇談」, 일본 동양문고본

들이 좇아가다가 보이지 않자 돌아와서 고하기를,

"저 사내가 이미 도망쳐 버렸는데, 그 사는 곳을 알 수 없는 고로 잡지 못했습니다."

생이 말하기를,

"다른 사람이 들어오는 것은 양반 댁에서는 무례한 일인데, 너희들이 넘겨다보기만 하는 것이 잘 하는 것이냐?"[28]

한편, 「포의교집」에서는 주인공의 계층적 권위 약화가 문예적·경제적 측면으로까지 확대된다. 이생은 문예적 소양에서는 양파에게, 경제력에서는 중약에게 열등감을 지니고 있다. 특히, 양파와의 대화에서는 한 번도 주도권이나 우위를 점한 적이 없을 정도로 이생은 일방적으로 양파의 고백적, 독백적 발화를 수용하는 위치에 있다. 그런데 이러한 대화의 방식은 이생이 양파에게 계층적 편견을 품지 않는 순간까지만 지속된다. 두 사람 사이의 담론은 이생이 양파와 중약의 관계를 의심하고 주변 사람들에게 양파에 대한 계층적 편견을 표출하게 되면서부터 끊어진다. 심지어 양파에 대한 이생의 의심이 절정에 다다른 순간 두 사람 간의 담론적 우위는 전도되는 양상을 보여준다.

낭자가 죽고자 하는 것은 어째서요? 낭자가 이미 지식이 있으니, 청컨대 옛말로 달래 보겠소. 사람은 살기를 탐하되 죽기를 미워하지 않음이 없소. 죽는 것은 태산 보다 무거울 수도 있고, 혹 기러기 깃털보다 가벼울 수 있으니, 비유하는 데 따라 달라지는 것이오. (중략) 그러나 자결함에는 필시 그 명분이 있으니, 옛날 백이는 청렴함으로써 죽었고, 비간은 충성으로써 죽었으며, 애경은 절개로써 죽었고, 도척은 이익으로써 죽었소. 지금 낭자가 일삼고 있는 것은 청렴, 충성, 절개, 이익의 명분과는 상관이 없소. 죽은 후에 사람들이 필

28) "翌日朝, 生起向厠, 回路見中門外, 有一漢, 吸竹而望, 生大怒號令, 廊漢捉入之, 厥漢乃走, 廊漢逐之不見, 還入告曰, 彼漢已逃去, 而不知其居止, 故未捉, 生曰, 他人之入, 兩班宅無禮, 而汝等越視之, 可乎", 「布衣交集」, 서울대학교 규장각본

> 시 비방하기를, 몰래 간통하다가 본 남편에게 들키자 부끄러움을 이기지 못해 죽었다고 할 것이니, 낭자의 정절로써 이러한 불측한 오명을 받고 죽을 거요? (중략) 어찌 헤아리지 못함이 심하오? 가만히 몸을 구하여 스스로 오명을 씻을 날이 있은 연후에 대로에서 큰 소리를 내어 죽는 것이 좋을 것이오.[29)]

이생과의 불륜 때문에 가족을 위시하여 주변사람들로부터 고립된 양파는 곡기를 끊고 죽으려고 작정하고 있는데, 이러한 양파에게 이생은 갖가지 전고를 열거하면서 명분 없는 죽음이 의미가 없음을 설파하고 있다. 이생으로서는 양파와의 대화에서 처음으로 교조적·교화적인 위치를 확보하고 있는 것이다. 이러한 담화의 우위 확보는 애정에 대한 신의 상실을 담보로 한 것이라는 점에서 「절화기담」의 그것보다 심각하다.[30)]

조선 후기 전기소설의 주인공들은 중·하층민들의 욕망과 의식 세계를 이해하지 못할 뿐더러, 더 나아가 쓸데없이 그들에게 계층적 권위를 주장하거나 인정받고자 한다. 무엇보다 계층적 권위에 대한 집착이 자신의 애정 상대인 중·하층 여성에게까지 향하고 있다는 점에 특징적이다. 이처럼 조선 후기 전기소설에서는 전통적 계층 질서, 생활 방식에 집착하는 보수적 태도와 중·하층민의 의식적 성장에 대한 인식부재가 중·하층 여성

---

29) "娘之欲死者, 何歟, 娘其有識, 請以古語誘之, 人莫不貪生而惡死, 死有有重於泰山, 或輕於鴻毛, 用之所推移也 (중략) 然至於自處, 則必有其名, 昔伯夷死以廉, 比干死以忠, 愛卿死以節, 盜跖死以利, 今娘之所事, 不關於廉忠節利之名也, 死去之後, 人必譏之曰, 讚奸而爲本夫所擧, 不勝其羞而致殞, 以娘之貞行, 受此不測汚名, 而沒世乎", 「布衣交集」, 서울대학교 규장각본

30) 사족 남성이 하층민의 의식 세계와 욕망에 대한 인식 부재를 노출하는 예는 「운영전」, 「왕경룡전」에서도 확인된다. 「운영전」, 「왕경룡전」의 서술자는 하층민에 의해 주인공이 농락당하는 장면들에서 주인공의 오활함을 지적함으로써 객관적인 거리를 구현해 놓고 있기도 하다. 그러나 「운영전」, 「왕경룡전」에서는 하층민의 물질적 욕망에 대한 사족 남성의 대응 방식 부재를 객관적으로 형상화하고 있을 뿐, 하층민들에 대한 사족 남성의 계층적 우월감이나 편견을 부각시키고 있지는 않다. 이 때문에 「운영전」, 「왕경룡전」은 하층 여성에 대한 사족 남성의 애정이 영원 불멸한 양상으로 지속되고 있는 것이다.

에 대한 사족 남성의 계층적 편견이나 이기심의 본질적 배경이 되고 있다.

(3) 여성 주인공의 태도와 그 현실적 의미

조선 후기 전기소설에서 남녀간의 사랑이 소통 불능일 수밖에 없는 또 다른 한 축에는 상층문화 모방 의식과 현실 감각의 중간에서 갈피를 잡지 못하는 중인 여성의 계층 의식이 놓여있다. 조선 후기 전기소설의 여주인공들은 자신과 동일한 계층의 남성이 아니라 신분적으로 우월한 사족 남성들과 결연한다. 신분 차이는 단순히 사회적 지위의 차이만을 의미하는 것이 아니라 문화와 교양, 도덕과 관습 등 전반적인 생활 방식과 의식, 윤리 관념상의 차이를 나타낸다. 이처럼 상이한 생활과 의식 기반을 지니고 있는 남녀가 만나서 정신적 교감과 문예적 공감을 교환한다는 것은 쉽사리 납득될 수 있는 문제가 아니다.[31]

그러나 중·하층 출신 여성들은 계층 차이를 넘어설 수 있는 교감과 동질감을 사족 남성으로부터 발견할 수 있다고 믿어 의심치 않는다. 이처럼 사족 남성으로부터 발견하고 있는 정신적 일치감이야말로 중·하층 여성들을 자신과 동일한 계층의 남성과 결연할 수 없게 하는 이유인 것이다. 중·하층 여성들이 「정생전」처럼 외부의 장애에도 불구하고 현실적 타개책을 모색하거나, 「빙허자방화록」, 「심생전」처럼 현실적 강고함 때문에 현실적 타개책을 마련하지 못할 경우에도 결코 애정을 변치 않고 죽음을 맞는다거나, 「포의교집」처럼 자신의 가족과 주변의 유혹자들과 적극적으로 맞서서 결국 현실적 장애를 제거하면서까지 사족 남성에게 집착하는 이유 역시 이러한 교감이 그녀들에게 심중한 의미를 지니고 있음을 보여준다.

---

31) 「이생규장전」 이래로 상층 문벌 혹은 벌족 여성이 한족 남성을 선택하는 배경에는 정신적·문예적 공감의 여부가 양반층 내부의 계층 차를 극복할 만큼 중요한 의미를 지니고 있음을 보여준다.

조선 후기 전기소설에 등장하는 여주인공들은 주로 역관(譯官), 경아전(京衙前), 호조계사(戶曹計士)와 같은 중인 집안 출신이거나 비녀, 평민과 같은 하층 천민이다. 조선 후기 전기소설은 이러한 중·하층 여성들을 사족 남성의 애정 상대로 출현시킴으로써 남성 상위, 여성 하위의 새로운 남녀 관계에서 빚어지는 갈등을 엮어나갈 수 있게 되었다. 당대의 신분 질서 속에서 사족 남성과 중·하층 여성 간의 애정은 공식적으로 불가능했는데, 그럼에도 불구하고 조선 후기 전기소설에서 이러한 애정 형태가 등장할 수 있었던 배경에는 중·하층의 의식적 성장이 자리하고 있다.

중인층은 경화거족 중심의 권력 집중과 왕권 약화라는 조선 후기 정치·제도적 상황 속에서 부정축재·역관무역으로 경제력을 획득하고, 전문관료로서 경화사족과 공생 관계를 이루고 있었다. 중인층은 이러한 정치·경제적 힘을 바탕으로 "하대부일등지인(下大夫一等之人)"이라는 자부심을 갖추게 되었는데, 여기에 그치지 않고 문화·예술·학문, 더 나아가 생활 방식에 이르기까지 사족층을 모방함으로써 의식적 동화의 양상을 보였다. 양반 사족들이 지배 세력으로 군림할 때, 경제력만으로 그 지배자의 위상을 구축한 것은 아니었다. 경제적 우위와 함께 문화적·이념적 차원에서 헤게모니를 장악하고 있었는데, 그것은 한편으로는 문학과 학문 활동으로, 혹은 교양과 가례를 통한 정신적·사상적 차원의 주도권 장악으로, 다른 한편으로는 사치 풍조와 같은 생활 방식 등으로 나타났다.[32)]

반면 중인층은 몰락 양반에 대해서는 은근히 우월감을 표출하고 있었

32) 기술직 중인과 행정직 중인이 주축을 이루었던 여항문학은 종래 사대부에게 독점되어 있었던 학문·문학·예술의 향유층을 확대함으로써 그 주도적 위치를 약화시킨 예에 해당한다. 이념적인 측면에 있어서도 양반보다 더 철저하게 고전에 의거한 의례를 따르거나, 『사례편람(四禮便覽)』을 철저하게 숙지했으며, 이를 통해서 양반 사회에 편입된 자신을 확인하려고 했다. 중인층과 여항인들 사이에 유행했던 사치·유흥 풍조는 이상의 고급 문화의 모방에 의한 사족층과의 동일시를 생활 양식의 차원으로 확대하는 맥락에서 이루어진 것이었다. 이상에 대해서는 조성윤, 「조선 후기사회변동과 행정직 중인」, 『한국 근대 이행기 중인 연구』, 연세대 국학연구원, 신서원, 1999 참조

는데, 이는 상층 귀족 문화를 모방하는 과정에서 축적된 자신감에서 비롯된 것이었다. 중인층은 이미 사대봉사(四代奉祀)도 제대로 치르기 힘들어진 몰락 양반들보다도 오히려 더 철저하게 제례를 실행에 옮김으로써 지배집단의 구성원이 되었음을 과시했던 것이다.[33] 노비와 같은 하층민은 주인의 특별한 배려나 필요에 따라 학문과 문학적 소양을 습득할 기회를 획득할 수 있었는데, 이들 천민들 역시 상층 윤리를 모방하고 철저히 실행함으로써 양반 사족들로부터 인정을 받는 경우가 존재했다는 점에서 중인층과 유사한 양상을 보여준다.

「정생전」의 삼청동 낭자(三淸洞 娘子)는 이조서리(吏曹書吏)의 딸로서 행정직(行政職) 중인(中人) 집안이고, 「빙허자방화록」의 매영(梅英)과 「심생전」의 궐녀(厥女)는 각각 역관(譯官)과 호조계사(戶曹計士)의 딸로서 기술직(技術職) 중인 출신이다. 그녀들의 집안은 모두 상당한 경제적 부를 소유하고 있는 것으로 나타난다. 「정생전」에서는 누각·난간·정원이 화려한 집안 풍경이, 「심생전」에서는 높은 대문에 담장이 겹겹한 가옥의 모습과 복색·기물 등의 화려함이 묘사되고 있다. 특히 「빙허자방화록」의 매영의 부친은 인조를 곁에서 시어하는 역관으로 그려지고 있는 것으로 보아 중앙 정계에서 상당한 위치를 차지하고 있는 집안인 것으로 보인다. 이러한 경제력과 정계의 지위를 배경으로 삼청동 낭자나 매영은 남성 주인공들과 한시를 수창할 수 있을 정도로 고급한 한문학적 소양을 갖추고 있으며, 궐녀는 언문으로 된 소설책을 탐독할 수 있는 여유를 가지고 있다. 「포의교집」의 양파(楊婆)는 남녕위(南寧尉) 궁의 궁비로 있을 때 별가(別駕)의 배려로 『통사(通史)』, 『시경(詩經)』, 『효경(孝經)』, 『고문진보(古文眞寶)』, 『난설헌집(蘭雪軒集)』 등을 학습하여 뛰어난 학문적, 문학적 성취를 자랑하고 있다.

---

33) 조성윤, 전게논문 참조

이러한 중·하층 출신 여주인공들이 선택한 상대가 사족 중에서도 몰락 양반이라는 사실은 그녀들 나름의 현실 감각을 보여준다. 「정생전」의 정생은 스스로 생활 자체를 꾸려나갈 수 없을 정도로 경제적으로 참담한 상황이라 삼청동 낭자가 도주자금을 댈 정도이고, 「빙허자방화록」의 빙허자는 현재 정계와의 연줄이 모두 끊긴 상태이지만 매영의 부친은 중앙의 관료로 활동하고 있으며, 「심생전」은 심생의 시선에서 궐녀 집안의 화려한 모습을 묘사하고 있는 것으로 보아 심생 집안은 적어도 경제적 수준에 있어서는 열등한 것으로 보인다. 「포의교집」의 이생은 나이 마흔에 이르기까지 과거 공부를 하고 있지만 문학적으로나 학문적으로나 양파보다 능력이 모자라는 것으로 나타난다. 신분적 한계를 경제력, 생활 수준, 문학적 능력 등의 측면에서 메우고자 하는 중·하층 출신 여주인공들에게 있어서 정치적, 문화적 헤게모니를 이미 상실한 몰락 양반은 사족층 중에서도 결연 상대로 가장 현실성을 갖춘 상대인 것이다.

조선 후기 전기소설의 여주인공들은 스스로 남성과의 만남을 예감하거나 준비하고 있었건, 아니면 남성의 계획적 행동이나 충동적 행동에 의해 그러한 상황에 놓이건, 어느 경우에든 상대가 양반 사족이라 하여 주눅 들거나 할 말도 제대로 못한 채 수동적으로 끌려가기만 하지는 않는다. 그녀들의 내면 속에 문예적 취향을 함께 나눌 수 있는 사족 남성을 열망하는 마음이 있었다 하더라도 상대에게 요구할 것은 숨기지 않고 떳떳이 밝히고 있는 것이다. 이러한 여주인공들의 태도 속에는 전혀 불가능한 상대를 구하지 아니하고 나름대로 이모저모 상황을 따져보는 타산이 내재해 있다. 이러한 현실적 고려야말로 여주인공들로 하여금 신분적 한계에 대한 자각과 열등감, 상층 모방 의식과 상층 지향성에 무조건 편향되지 않도록 균형을 잡아주고 있는 것이다.

「심생전」의 궐녀나 「정생전」의 삼청동 낭자는 현실 감각이 상대적으로 부각되는 경우에 해당한다. 궐녀는 나머지 두 여성과는 달리 꼭 사족 남성과 혼인해야겠다는 생각이 없다. 그녀는 데릴사위로 자기 집안에 들어와 줄 남성이라면 계층을 가리지 않겠다는 생각을 지니고 있었다. 궐녀 역시 문예적 소양을 소유한 여성인 만큼 삼청동 낭자나 매영처럼 사족 남성과 혼인하고 싶은 마음이 전혀 없는 것은 아니겠지만, 무남독녀인 자신의 처지나 사족 남성과 결연할 경우 발생할 수 있는 제반 문제들을 고려할 때, 굳이 복잡한 길을 택하지 않겠다는 현실적 고려가 앞서고 있는 것이다. 이처럼 궐녀는 맹목적으로 신분적 결핍감을 충족하고자 하지 않기 때문에, 심생이 다가왔을 때 쉽게 응하지 않고 되도록 거절하고자 애썼던 것이다.

삼청동 낭자는 잠자리부터 서두르는 정생을 저지하고, 결연 후의 자신의 위치부터 보장받고자 한다. 정식 혼인을 고집하지 않고 소실이라도 만족하겠다는 말은 정생과의 신분 차이를 인정하고 현실적으로 대처하겠다는 뜻이다.

> 제가 지금 비록 몸을 허락하나 잠시 낭군께서 아내를 얻으시길 기다린 후에 마땅히 치마를 걷어 따를 것이니, 이불을 개고 펴주는 수고를 사양하지 마십시오.[34]

삼청동 낭자는 만남의 횟수가 잦아짐에 따라 정생의 학업에 방해가 될까 염려하여 자기 쪽에서 그의 출입을 금하고 한동안 학문에만 전념할 것을 요구하기도 한다. 그녀는 자신의 존재를 정생의 집안에 알릴 시기를 그가 정실 아내를 얻어 일가를 이루고 입신하여 가문을 떨칠 미래로 잡는다. 삼청동 낭자로서는, 사랑보다는 학업에 충실하여 최대한 정생의 성공을 앞당기는 것만이 불안한 현상황을 해결할 수 있는 현실적인 방안임을 알고 있는 것이다.

---

34) "妾今雖許身, 姑俟郎君定有室家, 然後當蹇裳以從", 金琦, 「丁生專」, 송준호 소장본

반면, 매영은 궐녀나 삼청동 낭자와 비교할 때, 상층 윤리의 내면화와 모방 의식이 지나치게 강화되어 있는 경우에 해당한다. 매영은 빙허자가 칠언시를 보내어 은근히 사랑을 구할 때, 그의 시적 재능이 조선의 관동 지방에 떨칠 만큼은 되지만 자신이 평소 배필의 조건으로 바라던 만큼은 되지 못한다고 말한다. 상대에 대한 기대 수준이 높다는 것은 그만큼 자기 자신에 대한 자신감과 자부심이 대단하다는 것을 반증한다. 웬만한 사족 남성은 눈에 차지도 않을 정도로 매영의 자존심은 지나친 데가 있다.

게다가 매영은 이춘무가 한번 빙허자를 만나 시를 논해보라고 권하자 음란한 생각에 응할 수 없다며 단칼에 거절해 버린다. 또한, 매영은 빙허자의 사랑을 물리친 후에도 그로 인해 그다지 고통 받거나 괴로워하지 않는다. 이춘무가 매영을 유인하기 위해 마련한 시회에서 '정을 품고 근심스럽게 홀로 서 있네.'라고 그녀가 읊은 시구의 내용을 보면 빙허자에게 전혀 마음이 없지 않다는 것이 드러나지만 그로 인해 드높은 윤리 의식을 굽힐 정도는 아니다. 빙허자가 갑자기 앞에 나타나 사랑을 호소하는 순간에도 매영은 자신을 음란한 여자로 만들었다며 참을 수 없는 분노를 표출하고, 그의 무례함을 꾸짖기를 그치지 않는다.

> 그대의 의관은 보니 유생의 모습 같습니다. 제가 듣기로 유생의 도는 예가 아니면 보지도 말고, 예가 아니면 움직이지도 않는다 하는데, 깊은 밤에 담장을 넘어와서 남의 처녀를 만나는 것이 또한 예입니까? 이미 예라고 자처할 수도 없고, 또 예로 남을 대할 수도 없으니, 유자의 도가 진실로 이와 같습니까? 아아, 슬프군요. 선비로서 이 세상에 태어나 포부가 매우 클 것인데, 하루아침의 욕정을 이기지 못해 천금 같은 몸을 상하니, 저 같은 천한 몸은 진실로 애석할 것이 없으나, 그대가 불의에 빠지는 것이 애석합니다. 그대가 저를 버리지 않겠다면 돌아가 좋은 매파를 구하십시오. 대장부가 되어서 한 여자를 취하지 못하겠습니까?[35]

---

35) "見子衣冠, 若是儒者之儀乎, 妾聞儒子之道, 非禮勿視, 非禮勿動, 昏夜踰墻, 接人處

그러나 도저히 빙허자를 물리칠 수 없음을 확인하고 그를 받아들인 이후에는 현재의 상황을 타개하기 위한 최선의 해결책을 강구할 것을 빙허자에게 요구함으로써 궐녀나 삼청동 낭자와 마찬가지로 현실적 문제 해결을 우선시하는 태도를 보여준다. 일단 욕정을 채우고 난 뒤라 어물쩡 상황을 모면하고 보자는 식으로 나오는 빙허자를 다잡아서 남들이 먼저 알기 전에 빙허자와 자신의 집안에 둘의 관계를 알리는 문제를 반드시 해결할 것을 요구하고 있는 것이다.

「포의교집」의 양파는 일부터 자신의 문예적 취미를 함께 나눌 수 있는 사족 문인이면서도 하층민의 공동 생활 권역 속에서 섞여 살아가고 있기 때문에 생활 수준에서 그리 차이가 나지 않는 이생을 선택하고 있다. 이생이 몰락 양반이기 때문에 재력과 권력보다는 자신이 원하는 정신적 교감을 우선시 하리라는 기대, 어느 정도 나이가 지긋하기 때문에 미인의 꽁무니나 쫓아다니는 젊은 혈기로 자신과 사귀지는 않으리라는 예상이 바로 양파가 이생을 고른 이유이다. 신분적 차이를 최소화하면서도 문화적 일치감을 공유할 수 있는 상대를 구하고자 하는 것, 바로 정신적 만족과 현실적 문제간의 간극 속에서 나름대로 최대의 접점을 찾고자 하는 현실 감각의 소산이다.[36]

이 때문에 양파는 이생의 사랑을 받아들이기에 앞서 사전에 미리 주변 인물들로부터 이생이 정말로 사족이라는 것을 확인하고 있다.[37] 이생이

子, 此亦禮乎, 旣不能以禮自處, 又不能以禮處人, 儒者之道, 固如是乎, 噫吁悲哉, 士生天地, 抱負至大, 而不勝一朝之慾, 乃損千金之軀, 賤妾陋質, 固不足惜也, 惜子之陷於不義也, 子如不棄, 歸求良媒, 曾爲大丈夫, 不能取一女子乎", 「憑虛子訪花錄」, 김기동 · 이종은 공편, 전게서, 340쪽

36) 기존 연구에서는 양파의 이러한 선택에서 관념성을 추출한 바 있다. 그러나 양파가 사선에게 이생을 선택한 이유를 밝힌 대목을 보면 나름의 계산과 고려가 있었음이 드러난다. 양파의 선택이 실패로 돌아간 이유는 다른 작품들처럼 이생의 변심을 예상치 못한 데 있는 것이지 양파의 주체적 애정 선택 의지 자체를 부정적으로 볼 수는 없다.

37) 양파는 이생 이전에도 수많은 남성들로부터 구애를 받은 경험이 있는데, 특히 남녕

구애를 해왔을 때에도 무조건적으로 그의 애정을 받아들이지 않고, 이생이 신분적 한계로 인한 자신의 좌절감을 잘 이해해 주는지, 자신과 문예적 취향을 공유하고 교감할 수 있는지를 신중히 검토한다. 그가 단지 욕정에 들떠서 하층 여성을 유혹하는 남성이 아니라는 것을 확인한 후에야 자기편에서 이생을 청하여 결연을 이룬다. 여기서도 사족 남성과의 사랑을 조심스럽게 진행시켜 가려는 양파의 신중함이 확인된다.

그러나 양파는 궐녀나 매영, 삼청동 낭자와는 달리 이생의 집안으로부터 인정받는 문제에 전혀 집착하지 않고 있으며, 결연 후의 대책을 마련하라고 이생에게 요구하지도 않는다. 양파가 남편의 폭력, 중약의 위협 등 힘든 시련을 경험하면서도 이생에게 전혀 내색하지 않는 이유는 이생 쪽에 현실적 문제 해결을 미루지 않고 자기편에서 얼마든지 극복해 낼 수 있다는 강한 의지를 소유하고 있기 때문이다.

「절화기담」의 순매는 남편과 불화하며 가정 생활에 만족하지 못한 상황에서 낭만적 사랑에 대한 욕구 때문에 이생을 선택한다. 순매에게 진실한 사랑의 열정이 절실했던 이유는 방진사나 이상공 같은 기존의 유혹자들을 제껴 놓고 굳이 이생의 사랑을 받아들인 사실로부터 어느 정도 짐작이 가능하다. 순매는 노골적으로 물질과 유흥을 미끼로 하층 여성에게 접근하는 남성이 아니라 자신을 진지한 애정의 상대로 대해주는 남성이 필요했던 것이다. 이 점은 방진사 등과 비교하여 이생을 "진지한 군자"라고 지칭하며 매개자 역을 수락하는 노파의 지적에서도 확인된다.

그러나 순매는 미래에 대한 계획이 없이 구애를 선뜻 수락하고 있다는 점에서 삼청동 낭자나 매영, 양파 등과는 다른 태도를 보여준다. 순매에게는 기혼자 간의 사랑에 자연히 수반될 문제들을 해결할 방안이나 의지

위 궁에서 궁비로 있을 때 동료였던 노복의 사랑을 거절하여 결국 그를 죽게 만들었던 과거는 그녀가 자신과 동일한 계층의 남성으로부터는 결코 만족감을 얻을 수 없었다는 것을 의미한다.

가 전혀 보이지 않는다. 순매는 이생과 약속하여 처음 만난 날 자신의 선택이나 의지를 강조하기보다는 "낭군의 은근한 뜻을 저버릴 수 없어서"라는 식으로 상대의 핑계를 대기에 급급하다. 혹은 "일찍 집으로 돌아가 다시 만날 기회를 도모"하자고 하면서 남의 눈을 의식하기에 여념이 없다. 다른 여주인공들이 계층상의 문제로 애정 실현이 극히 힘들다는 사실을 알면서도 나름대로 현실적 타협점을 찾아 몰락한 사족 남성을 결연 상대로 삼거나, 결연을 기정 사실로 만들기 위해 지속적으로 노력하면서까지 상대에 대한 신의를 지키고 있는 모습과 비교할 때, 순매의 경우는 외부의 장애 요인 때문에 소극적인 태도로 일관하다가 결국에는 상대를 저버릴 수 있는 여성 형상이 있을 수도 있다는 사실을 보여준다.

순매는 남편이나 간난이 불륜을 눈치 챘다 싶으면 번번이 이생과 만나기로 한 약속을 깨고 있으며, 겨우 식구들의 눈을 피해 만남을 이루고 난 뒤에도 후일로 미루고 급히 집으로 돌아간다. 가족으로부터 과감한 일탈을 꾀할 용기가 없는 것이다. 게다가 이생과 만나는 횟수가 반복될수록 순매의 마음속에는 불륜에 대한 죄의식이 증대된다. 이 때문에 순매는 자신에게 구애하여 힘든 상황을 만들었다며 도리어 이생을 원망하거나, 걸핏하면 현실에서의 사랑은 포기하고 내세에서나 만나자며 책임감 없이 결별을 암시하기도 한다.

> 몸이 초췌해지고 옷이 헐거워지니, 낭군의 하루의 사랑이 제게는 평생의 근심이 되었습니다. 사랑은 원망과 짝이 되고 정은 도리어 원수가 되었습니다.[38)]

내세를 기약하는 순매의 의식 속에는 윤리 도덕에 대한 원천적 패배감이 내포되어 있으며, 애정의 실현 가능성을 본질적으로 포기하고 있다는

---

38) "憔悴衣帶日緩, 以郎君一日之愛, 成賤妾終身之憂, 恩與怨, 仇情反爲讐", 「折花奇談」, 일본 동양문고본

숙명적 태도가 드러난다. 현실을 지나치게 의식하는 나약한 태도와 의지 박약이 순매를 사랑에 수동적으로 만들었고, 나아가서는 사랑을 포기하도록 하는 원인이 되고 있음을 알 수 있다.

2) 변심의 다양한 국면들

(1) 소극성과 무책임한 태도

「심생전」, 「절화기담」에서는 의도적으로 상대를 배신하는 극단적인 이기심은 나타나지 않는다. 그러나 심생이나 순매는 사회적 관습을 극복할 의지나 용기도 없으면서 상대의 사랑을 받아들이고, 사랑을 지켜줄 것을 의심치 않고 있는 상대의 믿음에 어긋나는 선택을 함으로써 애정 파탄을 초래하는 당사자가 되고 있다. 심생은 궐녀에게 신의를 지키지 않으리라는 것을 알리지 않고 있다가 결국에는 가족으로 상징되는 전통적 관습으로 복귀하며, 순매는 약속 파기에 대한 이생의 원망과 의심에 대해 구차한 변명을 늘어놓으면서까지 자신의 사랑을 강조하며 관계를 유지하기에 급급하다가 그녀 또한 결별을 선언하고 유부녀인 본래의 삶으로 돌아간다.

심생은 젊은 혈기에 욕정에 들떠서 궐녀에 구애한 것일 뿐, 애초부터 예상되는 주위의 압력이나 사회적 관습 문제들을 헤쳐 나갈 고민도 의지도 보여 주지 못하며, 심생의 신의를 철석같이 믿고 있는 궐녀나 그 부모에게 이러한 자신의 속내를 숨기고 드러내지 않는다. 그가 신의를 지킬 마음이 없다는 것은 궐녀의 집에서 믿음의 징표로 준 의복을 거절하고 입지 않았다는 사실에서 확인된다.

> 궐녀의 부모는 더욱 어안이 벙벙했으나 달리 할 말이 없었고, 심생도 또한 아무 말도 못했다. 궐녀의 집은 본래 부유했다. 그로부터 심생을 위하여 산뜻한 의복을 정성껏 마련해 주었으나, 그는 집에서 이상하게 여길까봐 감히 입

지 못하였다.[39]

심생이 집안의 반대를 무릅쓰고라도 사랑을 지킬 의지가 있었다면 궐녀 부모가 준 의복을 거절하지 않았을 것이다. 심생은 궐녀를 의도적으로 배신할 마음은 없었다 하더라도 이처럼 신의를 지킬 생각은 본래 없었던 것이다. 이러한 심생의 태도는 사랑의 실현 불가능성을 미리 알고도 일체 속내를 드러내지 않는 '침묵'에서 더욱 강조된다. 신의를 지킴으로써 자기 집안에서 생길 분란을 헤쳐 나갈 용기도 없지만 그렇다고 궐녀에게 자기 생각을 털어놓았을 경우 초래될 것이 뻔한 책임추궁으로부터도 몸을 빼내고 싶은 비겁성이 침묵으로 표현된 것이다. 이 점에서 심생의 침묵은 자기가 만들어 놓은 상황으로부터 책임을 회피하기 위해 다분히 '의도된' 것일 가능성도 있다.

「절화기담」의 순매는 임시방편적으로 가족들의 눈을 피해 안전한 기회만을 고집하고, 조금만 위태롭다 싶으면 이생의 심정은 고려치도 않고 순전히 자기 본위대로 약속을 파기하거나 만남을 연기한다. 약속을 잡거나 만남을 갖는 문제에 있어서 이생은 전혀 자신의 생각을 피력하거나 주도권을 잡지 못하며, 순매는 자신의 입장만을 내세우는 일방적인 태도를 보여준다. 이생 쪽에서는 가정이 있는 유부녀를 사랑한다는 사실과 그 유부녀의 가족들이 자신의 존재를 알고 있다는 사실이 상당한 부담으로 작용했음을 알 수 있다. 이생은 순매가 자꾸 약속을 미루는 불성실함을 문제삼다가도 그녀가 가족 핑계를 대면 결국 본전도 못 찾고 꿀 먹은 벙어리처럼 입을 다물고 만다.

그러나 순매의 변명이 자꾸 되풀이됨에 따라 차츰 이생 편에서도 순매의 말을 의심하며 그녀의 약속을 신뢰하지 못하게 된다. 순매가 불성실한

---

39) "女家素富, 於是爲生, 具華衣服甚盛, 而生恐見異於家, 不敢服", 李鈺, 「沈生傳」, 「梅花外史」, 『潭庭叢書』

태도로 일관하자 여태껏 지켜지지 않는 약속에도 불구하고 순매의 신의를 회의하지 않았던 이생도 일말의 불안감을 갖게 된 것이다.

> 이생이 말하기를,
> "지난 번 약속을 어긴 것은 어찌 된 일이냐? 만나기로 약조하고 마음속에 거듭 다짐을 했건만 중도에 이르러 두세 번 끊어지니, 어찌 차마 할 짓이며, 홀로 나의 마음은 생각지도 않았느냐?" (중략)
> 순매가 말하기를,
> "(상략) 새벽에는 반드시 몰래 올 것이니, 상공께서는 조금도 근심하지 마시고 여기에 와서 기다리고 계십시오."
> 이생이 이야기를 듣고 반신반의했다.40)

이생의 의심이 계속되자, 순매는 갖은 곡절 끝에 마침내 이생과 결연을 이루고 난 후에도 혹여 이생이 자신에 대한 불만을 아직도 품고 있을까 염려한다. 그리하여 지금까지 어정쩡했던 자신의 태도에 대한 변명을 늘어놓는다. "제가 행동을 이랬다저랬다 하여 낭군께서는 반드시 욕하실 이유가 없습니다."라는 변명에는 여전히 불륜의 책임을 상대에게 전가하려는 회피성 태도가 드러나며, "염탐하고 막으며 담장을 지키는 사람이 있으니 진실로 제 마음으로는 막을 수가 없습니다."라는 핑계에는 사랑에 대한 확신 부족을 가족들의 감시를 핑계로 무마하려는 임시방편적인 태도가 드러난다.

이처럼 순매가 어떻게든 당면한 상황만 모면해 보자는 식으로 일관하는 이유는 가정에서 경험하지 못한 정신적 만족을 주는 이생과의 관계를 끊을 수도 없고, 그렇다고 과감하게 가족의 울타리로부터 뛰쳐나와 이생을 따를 수도 없다는 딜레마 때문이다. 가족과 사랑 양자 간에 결코 택일

---

40) "生曰, 前日約何也, 面約心會, 丁丁寧寧, 而及其中道, 二三其德, 是可忍爲, 而獨不念我之情境乎 (中略) 梅曰, (上略) 曉必偸來, 相公少勿疑, 來此企待也, 生聞言, 將信將疑", 「折花奇談」, 일본 동양문고본

할 수 없는 순매로서는 가족의 눈을 피해 이생과의 만남을 지속하는 것이 최선이기에 순매는 변명을 계속하며 이생의 변명을 임시로 무마하는 데 최선을 다할 수밖에 없는 것이다.

그러나 가족 앞에 자신의 불륜이 들통 난 순간 이생이 아니라 가족을 택하고 있는 순매의 선택에서는 결국 순매가 우선시한 것이 사랑이 아니라 일상적 삶의 지속이라는 것이 확인된다. 가족을 버리고 자기와 살자는 이생의 제안을 거절해 버렸던 순매가 가족의 강압에는 순순히 복종하고 있는 것만 보아도 전통적 윤리를 저버릴 만큼 애정에 자신의 전부를 걸지 않았다는 사실을 알 수 있다.

> 잠시 전 순매를 만났는데, 간난이의 감시가 날로 더욱 심해져서 비록 눈이 세 개고 입이 네 개며 몸이 두 개고 팔이 여덟이라도 한시도 떨어져 있을 겨를이 없으니, 지금 이후로는 백년가약이 이미 뜬구름이며 흐르는 물이 되었으니, 간절히 바라건대 상공께서는 몸을 귀하게 여기시라고 했습니다.41)

애초부터 순매는 가족을 버릴 수 있다는 개념 자체가 없었다고 할 수 있다. 순매는 가족 내의 일상적 삶으로부터의 일시적 일탈로서 이생의 사랑을 받아들인 것이고, 만약 이생의 구애가 없었다면 본인 혼자서는 불륜이 가능하다는 생각조차 할 수 없는 여성인 것이다. 이러한 순매에게 있어서 유부녀의 일상으로부터 과감히 벗어나 선택할 수 있는 사랑이란 존재할 수 없으며, 본질적으로 순매에게는 가족과 사랑이 택일의 대상이 될 수조차 없는 것이다.

41) "俄逢梅女, 鸞婢之窺伺, 日以益甚, 雖有三目四口, 兩身八翼, 無一刻離離之暇, 從今以往, 百年佳約, 已成浮雲流水, 萬望相公, 珍重云矣", 「折花奇談」, 일본 동양문고본

(2) 배신(背信)과 삼각 관계

「정생전」에서는 정생이 신분 차이 때문에 무책임한 태도로 여주인공을 죽음으로 내모는 데서 더 나아가 전형적인 사족다운 삶과 애정 사이에서 갈등하다가 여주인공을 배신한다. 더구나 정생의 변심이 두 번에 걸쳐 반복되고 있으며, 임신한 상대를 배신하여 죽음에 이르게 하고 있다는 점에서 변심으로 인한 결과가 「심생전」보다 훨씬 참혹하다. 정생은 결연 후 하루 이틀이 지남에 따라 "내가 아직 성취하지 못한 사람으로서 여색에 마음이 미혹하여 인생을 잘못 마침은 매우 불가한 일이다."[42]라며, 삼청동 낭자와의 결연을 후회한다. 그리고 그녀에 생각을 단칼에 잘라 버리고 학문에만 힘쓰기로 맹세하며, 삼청동 낭자가 만남을 청하자 두 사람 간의 관계를 끝내려는 마음을 먹기까지 한다.

그러나 정생은 삼청동 낭자가 임신하여 자기 집안에 볼 면목이 없으니 차라리 도망가자고 청하자, 인간의 도리로 자신의 아이를 가진 여자를 배반할 수 없다는 생각과 자기 대에 다시 일가를 회복해야 할 처지에 중인 여성과 인연을 맺었다는 사실을 차마 고모에게 알리지 못하겠다는 마음속에서 심각한 고민을 하게 된다.

> 정생이 본디 성품이 용렬하여 일에 있어 결단을 내리지 못하였다. 스스로 외로운 신세를 생각하니, 가산도 없고 또 노복도 없었으며, 나이가 많도록 장가들지 못하여, 이미 매우 번민할 만하였다. 그러나 먼저 여자를 정하여 마음대로 살림 차리면 정혼에 크게 방해가 되니, 고모가 들으면 반드시 크게 꾸짖을 것이었다. 하물며 심복이나 가까운 친구도 없는데, 누가 나를 위해 주선해 주려 하겠는가. 생각해 보고, 또 생각해도 어찌할 방도가 없었다. 머뭇거리다가 또 한 달이 지나자 문득 스스로 깨달아 말하기를, "내가 만약 작은 예절에 구속되어 저에게 신의를 잃는다면 저는 반드시 나로 인하여 죽을 것이니 이는 차마 못할 일이다."[43]

42) "吾以未成之人, 蠱心於女色, 誤了平生, 不可之大者也", 金琦, 「丁生專」, 송준호 소장본

이처럼 정생이 갈등하고 있는 이유는 중인 여성과의 사사로운 결연이 결코 사족 집안에 받아들여질 수 없는 성질의 것이기 때문이다. 뿐만 아니라 부모가 구몰하여 가문이 해체된 상태에서 집안을 다시 일으켜야 할 소임을 지니고 있는 정생이 삼청동 낭자와 도망친다면 가문 회복의 꿈은 영영 물거품이 되기 때문이다.

정생은 일단 삼청등 낭자와 도망가서 살 집을 마련하려고 하는데, 이때, 고모부가 외직으르 부임하게 되어 일가가 충청도로 이주해야 할 상황이 발생한다. 표면적으로 정생은 집안 사정 때문에 어쩔 수 없이 삼청동 낭자의 곁을 떠나는 것처럼 보이지만, 실은 그 이면에는 이 기회에 자연스럽게 약속을 이행치 않으려는 생각이 숨어있다. 사실 정생이 삼청동 낭자와의 약속을 이행하고자 작정했다면 일가의 이주는 실질적인 장애가 되지 못한다. 어차피 삼청동 낭자와 도망치기로 결심했다면 일가가 이주하는 소란스러운 상황은 야반도주를 위한 더욱 손쉬운 기회가 될 것이기 때문이다. 결국 정생이 고모부를 따라 지방으로 떠났다는 것은 집안 사정을 핑계로 무책임하게 약속을 저버린 행위라고 할 수 있는 것이다.

이러한 정생의 이기심과 무책임한 행동 때문에 삼청동 낭자는 처녀로서 아이를 가진 현실을 홀로 감당해야만 하는 힘겨운 상황에 놓이고 있다. 삼청동 낭자는 도저히 이 상황에 대한 극복 방안을 찾지 못하고, 아들을 낳아 유모에게 맡긴 뒤 자살하는 방법을 택한다. 삼청동 낭자가 혼자 아이를 낳고 자결하는 장면은 정생의 변심과 대비되어 참혹함을 더한다.

정생은 여기에 그치지 않고 귀신이 되어 나타난 삼청동 낭자가 자신의 아들을 찾아 양육해 달라는 부탁을 저버림으로써 또 한 번 신의를 배신하

---

43) "生本性拙多心, 臨事不斷, 自念孤了之身, 旣無產業, 又奴僕, 年長無娶, 已極可悶, 而先占立女, 大妨正婚, 姑母聞之, 必加誚責, 況旣無腹心親知, 孰肯爲我周旋, 思之又思, 計無奈何, 趑趄不發, 又過一朔, 忽自醒悟曰, 余若拘於彼, 則彼必由我致死, 是可忍乎", 金琦, 「丁生專」, 송준호 소장본

는 모습을 보여준다. 처음에는 유모가 지방에서 남의 집을 전전하며 아들을 길렀다는 이야기를 듣고는 일시적으로 연민의 마음과 혈육의 정을 느끼기도 하지만, 이 아들로 인해 겨우 손에 넣은 생활의 안정을 놓치게 될까봐 걱정하여 금새 마음이 변하고 만다. 결국 정생은 아들을 내버려두고 광통교의 사람들이 붐비는 속으로 몸을 숨기며 달아나 버린다.

> 돌아서 몇 걸음을 걷자마자 마음이 문득 처음에서 변하여 말하기를,
> '내가 불행하게 삶을 보내다가 간신히 아내와 자식을 얻고 장차 일을 이루어 나가려 하고 있다. 아내의 성품이 편협하여 이 아이를 용납키 어려울 것이며, 내가 이미 스스로 결정할 수 없고, 집안의 온갖 일을 아내에게 모두 맡기고 있으니, 이러한 중요치 않은 입을 더한다면, 아내의 마음에 어찌 즐겨 받아들이겠는가. 또한 내가 평소에 삼가지 않은 행동을 이에 숨기기 어려우니, 다툼의 발단이 한번 일어나면 집안의 법도는 다스리기가 어려워질 것이다. 이는 내 한 몸의 성공하고 실패하는 기회이니 살피지 않을 수 없다.'
> 의심과 두려움이 가슴을 짓누르니, 자애로운 정이 갑자기 끊어졌다. 사람들의 어깨가 서로 부딪히는 중에 몸을 돌이켜 물러나 피하고, 샛길을 따라 힘껏 달려 집으로 돌아왔다.[44]

이러한 정생의 모습에서는 삼청동 낭자와의 약속을 저버릴 때와는 달리 뻔뻔스럽고도 무책임한 태도를 노골적으로 드러내고 있다는 점에서 배신의 양상이 더욱 강화되고 있다. 삼청동 낭자를 배신할 때에는 눈물을 흘리기도 하고 삼청동 낭자의 신세에 대해 걱정도 하였지만, 배신의 횟수가 증가함에 따라 가차 없고도 냉정하게 돌아서는 모습을 보여주고 있는 것이다. 약속을 배신함에 있어서 이처럼 망설임이 사라지고 있는 이유는

---

44) "至數步, 心忽變初曰, 吾以險釁餘生, 艱幸成立, 有室有子, 長期進就, 而室人性狹, 難容此兒, 吾旣不能自斷, 家事凡百, 專委於內, 而添此不緊之口, 則室人之心, 豈肯受之乎, 且吾平日不勤之行, 於斯難諱, 而爭端一起, 家道難正, 此吾一身成敗之機也, 不可不審, 疑懼塡胸, 慈情遽絶, 人肩相磨之中, 翻身引避, 從邪路, 亟走還家矣", 金琦, 「丁生專」, 송준호 소장본

삼청동 낭자를 배신한 이후에 획득한 안정적인 삶 속에서 일단 한번 안락감과 만족감을 맛보았기 때문이다.

정생은 삼청동 낭자를 저버린 후, 고모가 정해준 적당한 상대와 혼인하여 그토록 소원하던 일가(一家)를 이루는 데 성공했다. 애정을 배신한 결과 현실적인 삶의 안정과 욕망의 충족을 획득한 것이다. 「정생전」의 서술자는 이러한 정생의 모습을 "새로운 기쁨이 바야흐로 흡족하니, 옛정을 잊고 다시는 생각지 않았다(新歡方洽, 舊情都忘)."고 지적한다. 단호히 자신의 아들을 저버리는 행위는 이제 겨우 맛본 삶의 행복감을 놓치지 않겠다는 집착의 발로이며, 현실적 안정을 유지하기 위해서는 혈육도 필요 없다는 극단적 이기심의 표출인 것이다.

「빙허자방화록」에서 빙허자는 자신을 유혹하기 위해 접근한 영산홍(映山紅)에게 넘어가 매영을 배신한다. 매영과 이별 후 빙허자는 그녀를 향한 그리움에 방황했으나, 매영이 이미 변심했을 것이니 그녀를 믿는 것은 어리석은 짓이라고 충동질하는 영산홍의 말에 따라 너무나 쉽사리 매영을 배신하고 있다.[45] 빙허자는 영산홍과 사랑을 나누게 되면서 매영을 전혀 잊어버리고 인생을 즐기고 있는데, 「빙허자방화록」에서는 이러한 빙허자의 모습을 "상황의 변화에 따라 사랑도 변했다(情隨事變)"고 지적한다. 새롭게 자신에게 찾아든 생활에 만족하며, 자신의 배신으로 인해 옛사랑이 받았을 상처에 대해서는 전혀 고려하지 않는 것이다.

「정생전」의 정생이 일단 삼청동 낭자를 배신한 후, 한동안은 자책감을

---

45) 「빙허자방화록」의 삼각 관계는 한 남성을 사이에 두고 두 여성이 관련되어 있다는 점에서 「주생전」의 그것과 상당히 유사하다. 두 작품은 모두 남성의 변심으로 인해 첫 번째 애정의 상대자였던 여성이 죽음에 이른다는 설정에 있어서도 공통적이다. 그러나 두 작품은 남성의 변심을 형상화하는 정도에 따라서 차이를 보여준다. 「주생전」은 주생이 선화 때문에 배도를 버리고 있으며, 한 번 변심한 후에는 다시는 배도와 관계를 맺지 않는 것으로 되어 있다. 그러나 「빙허자방화록」에서는 빙허자가 어디까지나 영산홍의 모해에 의해서 매영을 배신하도록 설정함으로써 남성의 계층적 편견을 가급적 비판적으로 형상화하지 않으려는 작자의 의도가 엿보인다.

느끼고 있는 모습과 비교할 때, 빙허자의 태도는 더욱더 무심하고 이기적이다. 여성과 맺었던 신의보다는 새로운 상대를 찾아 자신의 마음을 위로하는 일을 무엇보다도 우선시하고 있음을 알 수 있다. 이와 같은 빙허자의 태도는 상대와 헤어진 후, 오직 이별을 극복하고 재회하는 것을 최우선 과제로 삼을 뿐, 다른 상대를 찾는 일은 전혀 생각조차 못하는 전대 작품들의 주인공들과 너무나 다르다. 「빙허자방화록」은 빙허자가 새로운 사랑을 추구하고 있는 모습과 빙허자의 약속을 기다리다 서서히 병들어 죽어 가는 매영의 모습을 대비함으로써 빙허자의 무책임과 이기심을 강조한다.

> 마침내 영산홍과 함께 시를 짓고 술 마시며 근심을 풀고, 거문고를 뜯고 노래하며 스스로 즐겼다. 정이 일의 변화에 따르니, 그리운 마음이 점점 사라졌다. 하루 이틀이 지나자 병도 치료되었고, 즐거운 담소를 나누며 서로 즐겼다.
> 각설, 매영이 복숭아꽃 오얏꽃 피는 달이면 상심하고, 오동나무에 내리는 비에 간장이 끊어질 듯 했다. 근심과 원망에 꽃 같은 용모가 초췌해지고, 침식을 모두 폐하며 생을 기다리며 지낸 것이 이미 일년이 넘었다. 부모가 근심하고 불쌍히 여겼으나, 병의 근원이 무엇이지는 알지 못했다.[46]

그런데 영산홍이라는 존재는 작품 내적인 서사에 지속적으로 간여하지 않고, 인과적 필연성 없이 작가에 의해 급조되어 삽입된 인물이다. 영산홍은 빙허자와 매영의 이별 이후 갑작스럽게 서사에 등장하고 있으며, 빙허자로 하여금 매영을 배신하도록 만듦으로써 애정 전선에 이상을 초래하는 결정적인 역할을 맡고 있다. 영산홍의 역할은 빙허자가 애초에 자처해서 매영을 배신한 것이 아니라는 점을 부각시켜주고 있으며, 이러한 영

46) "遂與紅詩酒消憂, 琴歌自娛, 情隨事變, 念懷稍弛, 一日二日, 闕疾乃瘳, 好好談話, 相與爲娛, 却說, 梅英傷心於桃李之月, 斷腸於梧桐之雨, 珠愁玉怨, 柳憔花悴, 寢食俱廢, 起居須人者, 已逾年矣, 父母憂憫, 莫知病根", 「憑虛子訪花錄」, 김기동・이종은 공편, 전게서, 343쪽

산홍의 존재 때문에 빙허자는 변심과 매영의 죽음에 대한 직접적인 책임을 일정 정도 면할 수 있는 책임 회피의 여지를 부여받게 된다.

> 본디 생의 명성을 사모하여 생의 병이 위독해지자 고생스럽게 위문하여 비가 오나 눈이 오나 그치지 않았다. 누운 침상을 오래도록 지키며 매우 친밀하게 지낸 지가 십여 일쯤 되었다. 생이 그 정성에 감동하여 그 까닭을 모두 말하니, 영산홍이 손바닥을 치고 크게 웃으며 말하기를,
>
> "누가 공자를 풍류남자라고 말했습니까. 화류계를 왕래한 지가 지금 거의 몇 달인데도 아직도 여자의 마음을 모르십니까? 저가 깊은 규중의 여자로 정절을 지키다가 한번 남자를 만나 곧 그 몸을 허락했으니, 이로 보건대, 그 사람됨을 알 수 있습니다.(중략) 어찌 홀로 그리워하며 이처럼 괴로워하십니까? 살아서는 세상의 웃음거리가 되고, 죽어서는 어리석은 귀신을 면치 못할 것이니, 모두 공자가 취할 바가 아닙니다.(하략)"[47]

영산홍이 매영을 배신한 빙허자의 책임을 나누어 가지기 위해 급조된 존재라는 사실은 그녀의 등장과 퇴장이 작품 내적인 서사의 인과적인 맥락에 따라 이루어지지 않고 있다는 점에서 드러난다. 영산홍의 등장은 예고도 없이 불쑥 이루어지고 있으며, 매영의 죽음 이후에는 그녀의 존재에 대한 어떤 흔적도 찾을 수 없다. 마치 존재하지 않았던 인물인 것처럼 영산홍과 관계를 맺었던 빙허자조차도 전혀 그녀를 기억하지 않는다. 영산홍이란 인물은 그 등장만큼이나 갑작스럽게 서사의 문면에서 사라지고 있는 것이다. 이러한 점에서 영산홍은 변심이라는 갈등적 상황을 형성하

47) "素慕生之名聲, 及疾篤, 辛苦爲問, 不廢風雨, 長守臥床, 極爲親昵者, 十餘日矣 生感其盛款, 備陳厥曲, 紅撫掌大笑曰, 誰謂公子風流客耶, 往來花柳墻, 今幾日月 而尙不知女人情態乎, 彼以深閨處子, 貞靜自空守, 一遇子, 便許其身, 推此觀之, 則 其爲人盡知也 (中略) 獨自留念, 如是戚戚乎, 生又爲世笑, 死不免愚鬼, 切爲公子不取也 (中略) 生豁然覺悟, 如夢如醒, 似醉方覺曰, 誠若娘子之言, 恭承至論, 勉自寬抑, 若非藥石之言, 幾爲泉壤之人, 遂與紅詩酒消憂, 琴歌自娛, 情隨事變, 念懷稍弛 一日二日, 闕疾乃瘳, 好好談話, 相與爲娛", 「憑虛子訪花錄」, 김기동·이종은 공편 전게서, 343쪽

기 위한 기능적인 인물로서 삽입된 존재라고 할 수 있다.

(3) 계층적 편견과 불신(不信)

「포의교집」에서 이생은 중약이 자신과 양파 사이를 이간질하지 않고 양파에게 직접 다가가 유혹하고 있음에도 불구하고, 신분은 자신보다 낮지만 경제력의 측면에서 자신보다 우월한 인물인 중약이라는 존재 때문에 스스로 열등감에 빠져 변심한다. 중약은 이생과 대면한 자리에서 양파를 뺏고 말겠다고 호언장담하는데, 이러한 중약의 당당한 요구에 오히려 자괴감에 빠지는 쪽은 이생이다.

중약의 말을 들은 이생의 마음속에는 두 가지 생각이 충돌하는데, 하나는 양파가 늙고 돈 없는 자신을 버리고 중약에게로 갈지도 모른다는 의심이고, 다른 하나는 사족인 자신이 양파 같은 하층 여성과 특별한 관계에 있다는 사실이 초면의 인물에게 알려져 있다는 사실에 대한 부끄러움과 당혹감이다. 이 두 가지 생각이 뒤범벅되어 이생은 중약에게 양파를 "입낭지물(入廊之物)", 즉 남성에 대한 지조 관념이 전혀 없는 여성으로 지칭하고, 자신은 중약이 양파를 유혹하든 말든 전혀 상관하지 않겠다고 말한다. 이생은 일단 중약 같은 상인 앞에서 마치 자신이 무수한 여성을 후리고 다니는 풍류남아인 것처럼 가장함으로써 불안함과 당혹감을 감추고 있는 것이다.

중약의 등장은 이생이 행랑채 관리인이라는 위치에서 떨려나는 것을 의미하는 바, 애정뿐만 아니라 생활 수단의 상실이라는 면에서 이생에게 불안감을 던져주는 사건이다. 비록 문면에 서술되고 있지는 않지만 중약이 등장하기 직전에 이생이 고향으로 내려갔던 이면에는 이러한 사정이 개입되어 있을 가능성도 있다.[48] 기존의 지위를 상실한 이생은 친구의 집

---

48) 중약이 행랑채에 등장한 이후로 당파나 다른 행랑채 식구들 또한 그곳을 떠나고 있

을 전전하면서 가끔씩 행랑채를 방문하고 있는데, 이미 양파가 중약에게 넘어갔다고 지레짐작한 이생은 그녀에게 직접 확인할 생각조차 하지 않으며, 양파의 부름에도 응하지 않는다. 작자는 다음과 같은 단정적인 서술을 통해 이생의 태도 변화를 묘사하고 있다.

> 오히려 양파가 중약과 사사로운 정이 있는가 의심하여 양파를 생각함이 줄어서 평상시의 열 번 생각할 것을 여덟, 아홉 번밖에 하지 않았다.49)

> 그 날 밤 비록 죽동에 가서 잤지만 날 밝기 전에 방문하지 않았으니, 중약을 의심했기 때문이었다. 만약 칠월처럼 마음이 미친 듯 하였다면 어찌 양파의 소망을 기다릴 틈이 있었겠는가.50)

더구나 이생은 일단 양파의 배신을 의심하게 된 이후로는 그녀를 하층의 노류장화로 취급하는 발언을 노골적으로 주변 인물들에게 표출한다. 이생이 주변 인물들에게 양파를 지조 없는 여성으로 몰아가는 순간은 항상 주변 인물들로부터 자신이 놀림감이 되거나, 양파와 간통했다는 혐의를 받을까 하는 두려움을 느끼는 순간이다. 중약이 양파를 유혹하는 데 중매쟁이 역할을 하고 있는 사선이 중약에게 양파를 뺏겼다며 이생을 놀리자 이생은 "길가에 있는 우물을 어찌 혼자만 마시겠소?"51)라고 하며, 자신이 양파를 뺏긴 것이 아니라 양파 스스로 지조 없이 이 남자 저 남자를 떠돌기 때문이라고 변명한다.

또, 양파가 남편으로부터 폭행을 당한 후 그녀의 시아버지가 사람을 시

음을 볼 수 있는데, 중약의 등장이 이생뿐만 아니라 기존의 공동체 구성원들의 생활에도 변화를 몰고 왔음을 알 수 있다.

49) "猶疑以楊婆與重藥有私, 減思楊婆, 十常八九焉", 「布衣交集」, 서울대학교 규장각본

50) "其夕, 雖向竹洞而宿, 未昧曉訪, 盖致疑中約故也, 若如七月之狂, 則何暇待楊婆之望乎", 「布衣交集」, 서울대학교 규장각본

51) "路邊井甃, 豈可獨飮", 「布衣交集」, 서울대학교 규장각본

켜 이생을 부를 때도 그는 양파와 간통한 것은 자기뿐만이 아니라 중약도 혐의가 있다며 발뺌하기에 급급하다. 양파를 핑계로 자신의 자존심을 챙기고, 폭력적인 양파의 본남편으로부터 받을지도 모르는 위협으로부터 도망갈 길을 찾고자 하는 것이다. 이러한 이생의 파렴치하고 이기적인 행동들은 애초에 계층을 초월하여 양파를 진정한 애정의 상대자로 대우하던 태도와 비교할 때, 이미 절대적인 신뢰가 상실되고 있음을 보여준다. 대신 이처럼 신의가 깨어진 자리에는 양파를 전형적인 하층 여성으로 치부함으로써 사족 남성으로서의 체통을 유지하고자 하는 계층적 편견이 모습을 드러내고 있는 것이다.

3) 변심에 대한 대응과 입장

(1) 변심에 대한 반응

① 비극적 죽음과 원망

「빙허자방화록」의 매영, 「심생전」의 궐녀, 「정생전」의 삼청동 낭자는 남성의 변심 때문에 좌절하여 비극적 죽음을 맞는다. 세 사람은 신의를 지키지 않은 상대를 원망하고 있다는 점에서 동일한 반응을 보여준다. 그러나 죽음 이후에 공개되는 유서나 유언, 사후의 반응을 통해볼 때, 이들의 현실 인식은 상당한 차이를 드러낸다. 매영이 결렬의 책임과 남성의 변심을 인식하지 못하고 단순한 정한과 원망에 그치고 있다면, 궐녀와 삼청동 낭자는 사족 남성들의 배신이 무책임과 이기심에 입각해 있다는 사실을 명확히 인식하고 있다. 매영이 순종과 절제가 여성의 미덕이라는 당위적 관념을 따르고 있는 데 반해, 궐녀와 삼청동 낭자는 사후의 유서와 초월계의 힘 등 어떠한 형태로든 직접적 비난을 표출함으로써 상대의 책임을 추궁하고자 한 것이다.

매영은 남성과의 관계가 단절된 이후 자신이 경험한 정한을 편지로 써서 남기고 있으며, 이는 사후에 공개되고 있다는 점에서 유서의 기능을 하고 있다. 여기에는 남성으로부터 버림받다시피 하게 연락이 끊기고, 부친의 가부장적 통제 하에서 현 상황을 직접 타개하기 위해 나설 용기도 없는 상태에서 겪었던 고통이 절절히 서술되어 있다. 또한, 사랑을 지키고는 싶으나 소식이 끊긴 빙허자의 존재를 부친에게 알릴 수도 없고, 그렇다고 다른 곳에 시집가라는 부친의 명을 거역할 수도 없는 딜레마가 나타나기도 한다.

> 이미 진실한 뜻이 은근하고, 또 굳은 맹세가 낭랑하여 스스로 해로하며 함께 지낸들 어떠하랴라고 생각했습니다. 문득 만났다가 영원히 헤어짐에 세월이 빨리 가지 않음을 통탄했습니다. 해가 일년 이년 감에 높은 언덕에 올라 멀리 바라보기도 했습니다. 흰 구름은 천리에 펼쳐있고, 만리에 찬비가 내리면 슬픈 눈물을 흘렸습니다. 멀리서 다듬이 소리가 들리면 타향에 있는 마음인 듯 했습니다. 간장이 끊어지고 발꿈치는 다 닳으니 아름다운 얼굴에 근심이 생겨나고, 형체는 마르고 모습은 쇠해지니 치마허리가 한 둘레나 줄었습니다. 외로운 베개 머리에 나비의 꿈이 맴도니, 여덟 날개를 버릴 수 없고, 빈 산 속에 두견이 소리가 슬프게 퍼지니, 이미 흩어진 혼입니다.[52]

유서 속에는 표면적으로는 유순한 어조를 유지하면서도 행간에서는 빙허자에 대한 원망이 묻어 있다. 굳은 맹세만 믿고 있었더니, 뜻하지 않게 이별을 만나게 되었고, 자신은 하염없이 기다림의 세월만을 보내게 되었다는 표현 속에는 맹세를 지키지 않고 자신을 다시 찾아주지 않은 빙허자에 대한 원망이 드러난다.

---

52) "旣誠意之懇懇, 又信盟之琅琅, 自謂偕老之同緣奈何, 乍逢而永訣, 痛光陰之易邁, 芳草一年二年, 陟崔崗而遠望, 白雲千里萬里, 寒漏則濺哀淚, 遙砧搗破, 覇心腸斷, 跟穿撥愁, 眉於八字, 形枯體鑠, 減裳腰於一團, 孤枕上蝴蝶之夢先回, 莫捨八翼, 空山裡杜鵑之聲, 偏苦已散之魂", 「憑虛子訪花錄」, 김기동 · 이종은 공편, 전게서, 345쪽

그러나 매영의 유서는 이러한 행간에 숨어있는 원망을 표면적으로 드러내지 않고 시종일관 유순한 어조를 유지한다.[53] 매영은 모든 어려움을 오직 자기 안으로 삭히고, 이로 인해 상사지정(相思之情)이 심화되어 죽음을 맞은 것이다.

궐녀와 삼청동 낭자는 매영과는 달리 결별 계기를 제공한 상대에 대한 원한이 직설적 비난으로 나타나거나 복수라는 공격성으로 표출되는 경우이다. 이러한 여성상은 조선 후기 전기소설이 관념적 절의를 당위적으로 형상화하는 데서 탈피하여, 애정 비극의 원인을 당사자 간의 문제로 다각화했기 때문에 가능하다. 남성이 애정의 신의를 준수하지 않는 배경에 현실적 태도가 내재해 있는 것처럼, 여성 역시 애정 파탄의 계기를 명확히 파악할 만큼 현실을 보는 안목이 성장해 있음을 보여주고 있는 것이다. 이 점에서 궐녀와 삼청동 낭자는 상층 남성에 의해 규범화된 전통적 여성상[54]으로부터 탈피해 있으며, 사회와 타인에게 자기를 알리고 각인시키고자 하는 새로운 여성상을 보여준다고 할 수 있다.

궐녀는 임종 후에야 유서를 통해 자신의 입장을 밝히고 있다는 점에서 현실 인식에 어느 정도 한계를 보여준다. 궐녀는 살아서는 결코 남성들의 변심에 대해 제대로 항변조차 하지 못했고, 임종 후에야 유서를 통해 그들에 대한 원망을 표출한다. 결연 전에는 남성들을 당당한 태도로 대하면서 할 말을 다 하였던 궐녀도 남성들의 배신과 무책임한 태도를 겪으면서 새삼 신분 질서의 높은 벽을 실감하였던 것이다. 이처럼 죽음 직후, 유서

53) 표면적으로는 유순한 어조를 유지하면서도 그 행간에 다른 이야기를 숨기고 있는 이중적 어법은 여성들의 한시에서 일반적으로 찾아볼 수 있다. 이에 대해서는, 박무영, 「여성 한시의 어법」, 『한국고전 여성작가 연구』, 태학사, 1999, 255-257쪽 참조

54) 「이생규장전」의 최랑이나 「동선기」, 「왕경룡전」의 동선, 옥단 등이 관념화된 열녀 이데올로기나 유교 이념을 회의 없이 수용하고 있다는 사실은, 권도경, 「17세기 애정 전기소설에 나타난 정절 관념의 강화와 그 의미」, 『한국고전여성문학연구』2, 2001, 한국고전여성문학회 참조

라는 문자의 형태로 남성에게 원한을 전달하는 것은 남성의 변심에 대한 여성들의 가장 소극적인 대응 방식이다. 생전에 차마 직접 하지 못한 속내를 문자를 빌어 나타내고 있는 것이다.

그러나 애정 파탄의 원인이 심생의 어정쩡한 태도와 무책임에 있음을 명확히 인식하고 있다는 점에서는 냉정한 현실 인식을 보여준다. 궐녀는 대부분의 표현에서는 공손한 어조를 유지하고 남성의 장래를 염려하는 태도를 견지함으로써 신분 질서를 일탈할 만큼의 심각한 공격성은 억제하고 있다.

그런데 궐녀의 어법에서 주목되는 점은 "사기(詐欺)" "악연(惡緣)" 등 명백한 비난의 표현을 일부 노출함으로써 이를 통해 자신의 분노를 직접적으로 표출하고 있다는 사실이다. 심생의 행동을 단순히 소극적인 것으로 바라보는 것이 아니라 신의에 대한 배신으로 인식하고 있는 것이다.

> "… 뜻 밖에 좋은 일에 마귀가 엿보고 악연이 서로 얽혀서 …"[55]
>
> "… 남에게 속임을 당한 지 벌써 몇 달 …"[56]

이와 같이 궐녀는 심생의 무책임을 신의에 대한 배신으로 분명히 인식하고 있기 때문에, 그녀가 자신의 세 가지 한을 밝힌 대목도 단순히 요절에 대한 원한으로 읽혀지지 않는다. 세 가지 중에 특히 이생의 집안으로부터 며느리로 인정받지 못했다는 대목과 이생에게 아내로서 대우받지 못했다는 대목은 궐녀의 존재가 자기 집안에 알려질까봐 노심초사했던 심생의 태도와 궐녀의 부모가 지어준 의복을 입지도 않았던 심생의 행동에 그대로 대응된다. 궐녀의 세 가지 한 중에 적어도 두 가지는 심생의 소극적이고 무책임한 태도에 그 직접적인 원인이 있는 것이다.

---

55) "… 不意好事多魔, 惡緣相絆 …", 李鈺, 「沈生專」, 「梅花外史」, 『潭庭叢書』
56) "被人欺匿 伊來數月", 李鈺, 「沈生專」, 「梅花外史」, 『潭庭叢書』

이러한 궐녀의 모습에서는 상대의 신의 파기에도 불구하고 관념적인 부덕(婦德)을 묵수하며 무조건적으로 침묵하는 것이 아니라, 자신의 억울한 심경과 상대에 대한 비난을 숨기지 않고 발화하고 있다는 점에서 속으로 자신의 원한을 삭히기만 하는 전통적인 여성상과는 전혀 다른 태도가 확인된다. 비극적 경험을 어찌할 수 없는 운명이나 자신의 팔자소관으로 돌리지 않고 책임 소재를 명확히 인식하고 있음을 드러내고 있는 것이다.

삼청동 낭자는 임종 후 원귀의 모습으로 정생 앞에 나타나고 있다. 원한을 현실 세계에서 남성에게 직접적으로 표출하지 못하고 사후에 귀신으로 나타나고 있다는 점에서는 전대 작품의 인귀교환 모티프와 유사한 점이 있다. 이는 삼청동 낭자가 현실 세계에서 자신의 욕망을 표출하고 실현할 의지와 전망을 지니지 못했다는 것을 의미한다. 대신 비현실적인 모티프를 빌어서라도 좌절된 욕망과 애정을 충족시키고자 하는 의식을 보여주고 있다.

그러나 삼청동 낭자의 원한 표출은 비록 비현실적으로 이루어짐에도 불구하고, 직설적인 비난을 표현하며, 명계(冥界)의 힘을 빌어서 현실계의 남성에게 복수한다. 이처럼 남성의 변심에 대한 명확한 인식과 공격성을 보여주고 있다는 결정적인 차이를 보여준다.

우선 원귀로 나타난 모습부터가 전대 작품의 인귀교환의 양상과는 다르다. 전대 작품의 인귀교환 모티프에서 여귀들의 모습은 말이 원귀이지 임종시의 참담했던 모습은 전혀 온데간데없이 생시의 가장 아름다운 모습으로 나타난다. 그러나 삼청동 낭자의 모습은 자결하던 때 그대로 수건으로 목 졸리고 핏자국이 낭자하며 피골이 상접한 모습이다. 원귀가 등장할 때의 분위기 역시 전혀 다른데, 전대 작품의 여귀들이 처연하면서도 아름다운 분위기를 배경으로 향기를 진동하며 바람을 타고 사뿐히 나타나고 있는 것과는 반대로, 삼청동 낭자는 음습한 바람이 불고 흐릿한 연기와 한기가 시선을 가린 가운데 오싹한 울음소리를 내며 나타난다.[57] 이러한 삼청동 낭자의 모습은 전대 작품에서는 결코 찾아볼 수 없는 전형적인 귀신의 형상을 보여주며, 남성의 변심에 대한 여귀의 복수와 징계라는 설정을 잘 나타내 준다.

"낭군께서는 이 어찌 사람을 속이십니까? 어찌 낭군의 박덕함이 이처럼 심하실 줄 생각이나 했겠습니까? 제가 구천에 가니, 천고의 원혼 무리들이 많았는데, 저의 모습을 보더니, 눈을 부릅뜨고 미워하지 않음이 없었습니다. 낭군은 모면할 수 있겠습니까?"[58]

여기서 삼청동 낭자 역시 「심생전」의 궐녀와 마찬가지로 자신의 죽음의 원인이 남성의 속임에 있다고 인식하고 있음이 드러난다. 그러나 삼청동 낭자가 궐녀와 다른 점은 공손한 표현과 온화한 어조로 비난을 포장하지 않고, 직설적으로 정생의 잘못을 따진다는 사실이다. 게다가 비난하는데 그치지 않고 자기가 당한 고통을 복수할 거라는 위협도 빼놓지 않는다. 원래 삼청동 낭자는 정생이 자신의 아들을 거두면 지난 잘못을 용서해 주려고 나타났다. 처음부터 복수를 결심했던 것은 아니었던 것이다. 그렇지만 삼청동 낭자는 정생의 몰염치함을 다시금 확인하게 되자 단호한 어조로 복수를 선언한다.

그 날 밤, 잠자리에 들기 전에 슬프게 부르는 소리가 집의 기둥에서부터 나왔다. 한편으로는 곡하고 한편으로는 욕하기를,

"정 아무개 너는 사람이냐? 짐승이냐? 네가 네 몸을 숨기니, 다시 누가 원망하지 않겠느냐? 옛 사람이 전화위복이라 하였으나, 너는 도리어 전복위화

57) 「빙허자방화록」의 매영은 이러한 전대 작품의 여귀들의 모습과 방불하다. 매영의 모습은 「이생규장전」, 「만복사저포기」 이래로 명혼 모티프에 등장하는 여귀의 아름다운 형상을 그대로 본뜬 모습으로, 이러한 양상은 이승과 저승의 경계를 넘은 영원 불멸한 애정을 상징적으로 드러낸다.

58) "郎君此何人欺, 豈意郎君之薄德, 至於此極, 妾歸泉臺, 則千古冤魂朋儔寔繁, 見妾之狀, 莫不瞋目張膽毒射, 郎君其可免乎", 金琦, 「丁生事」, 송준호 소장본

(轉福爲禍) 하는구나. 내가 다시는 말하지 않을 것이나, 다만 장래를 지켜보겠다."

울부짖는 소리가 희미해지는 것 같더니, 음습한 바람이 세차게 불었다. 곡성이 동북쪽으로 나가 먼 데 이르러 그쳤다.[59]

삼청동 낭자의 복수는 정생의 아들 넷 중에 셋이 요절하고, 정생이 과거에 열 두 번이나 낙방하며, 아내마저 죽고 패가망신하여 고향으로 돌아가 빌어먹고 사는 지경에 이르러서야 그친다. 비록 정생의 죽음과 같은 극단적인 양상으로까지는 나아가지 않지만 삼청동 낭자의 원한이 현실세계를 살고 있는 정생에게 미칠 정도로 심각한 것임을 나타내고 있다. 게다가 삼청동 낭자의 복수에 의해 현실계의 신분 질서가 비현실계의 논리로 전복되고 있음을 보여준다. 삼청동 낭자는 현실계에서는 신분 질서의 약자로서 정생에게 배신당했지만, 원귀가 되어서는 비현실계의 힘을 바탕으로 오히려 신의를 저버린 정생을 징계하고 있는 것이다.

삼청동 낭자의 원혼은 거부된 자신의 욕구와 행위가 정당했음을 인정받기 위해 출현한 것으로 볼 수 있다. 그녀가 정생으로부터 거부당한 것에는 사랑의 신의는 물론 인간적 존엄성까지 포함된다. 삼청동 낭자는 인간의 가치를 신분이라는 기준에 의해 재단 당한 것이며, 자신의 존재 자체를 거부당한 것이다. 이 점에서 삼청동 낭자의 원귀 출현은 유교적 계층 질서와 인간적 신의 간의 대립이 극한의 상황에까지 이르렀음을 보여준다.

그런데 삼청동 낭자는 현실 세계를 지배하고 있는 계층 질서에 배치되는 사랑을 추구하다가 패배하여 죽었기 때문에 자신의 억울함과 존재성을 공식적인 차원에서 제기할 수 없다. 이 때문에 삼청동 낭자가 자신의

59) "其夜, 未及就枕, 哀號之聲, 出自屋樑, 且哭且罵曰, 丁某, 汝人耶獸耶, 汝藏汝身, 復讎怨尤, 古人轉禍爲福, 汝則轉福爲禍, 吾不復言, 第觀將來", 金琦, 「丁生專」, 송준호 소장본

정당성을 인정받기 위해서는 개인적인 해결방식을 찾을 수밖에 없다. 원귀로의 출현과 복수는 비현실적인 방법을 동원해서라도 자신이 주장하는 바를 적극적으로 드러내고, 이를 통해 상대로부터 자기 반성과 굴복을 받아내고자 하는 욕구의 발로이다. 이처럼 초월적 힘을 동원한 복수를 통해 삼청동 낭자는 현실계에서 경험했던 패배감과 좌절을 보상받고 있는 것이다.60)

한편, 삼청동 낭자의 복수는 죽어서까지 결코 남성을 놓아줄 수 없다는 여성의 집착을 반증하기도 한다. 인귀교환 모티프가 현실에서 못 다한 사랑을 비현실적으로 성취하기 위한 여성의 집착을 표현한 것이라면, 원귀 복수담은 남성이 자신을 배신한 대가로 획득한 것들을 철저히 파괴함으로써 자신을 배신하기 이전 상태로 남성을 되돌려 놓으려는 집착을 표현하고 있다. 여기에는 다시 말해서 초월계의 우월한 힘을 동원해서라도 자신 이외에 상대 남성이 소유하기를 원하는 대상을 파괴하고자 하는 마음 즉, 자신보다 상대 남성이 더 우선시하는 가치가 존재한다는 현실을 인정할 수 없는 집착이 드러나 있는 것이다.

② 현실계에서의 결별과 현실 생활의 선택

「포의교집」의 양파, 「절화기담」의 이생은 결별 이후에도 심각한 좌절 없이 현실계에서 결별을 선언할 뿐만 아니라 현실 생활을 지속적으로 선택 혹은 영위한다. 결별이 주인공들의 죽음이나 현실 초월을 초래하지 않

60) 이 점에서 삼청동 낭자의 원귀 복수는 구애를 거부당한 여성의 원혼이 상대인물을 굴복시키고 자기 존재를 확인 받는 내용으로 구성되어 있는 '욕구형'의 원혼 전설(강진옥, 전게논문 참조)과 유사한 지향을 보인다. 그러나 원혼전설의 경우는 상대 남성의 경직된 유가적 윤리관과 계층 의식에 의해 결연조차 허락받지 못한 채 죽음을 맞고 있다는 인간성 존중의 문제를 제기하고 있는 반면 「정생전」에서 나타나는 원귀 복수는 사랑을 맹세하고 결연한 이후에 배신한 남성을 징치하고자 한다는 점에서 신의 준수의 문제로 구체화되고 있으며 대결의 양상도 보다 극단적이다.

고 현실적 생의 지속으로 이어지고 있다는 점에서 이들 주인공들의 모습은 특별한 의미가 있다.

양파는 궐녀나 삼청동 낭자와 비교할 때, 남성의 변심에 대한 자신의 반응을 죽고 난 이후에 표출하는 것이 아니라 현실 세계에서 바로 표현하고 있다는 점에서 다른 양상을 보여준다. 양파 역시 이생의 변심을 확인한 순간 좌절감과 고통을 경험하고 있다. 그러나 양파는 궐녀나 매영, 삼청동 낭자처럼 상심과 절망으로 고통 받다가 죽지도 않고, 정작 살아서는 아무 말도 못하다가 겨우 유서나 원혼의 힘을 빌어 원한을 표출하지도 않는다. 양파가 택한 방식은 지금껏 이생이 자신의 지조를 의심해왔다는 것을 인지한 순간 바로 결별을 선언하는 것이다.

> "제가 낭군을 진정한 선비라고 하였으나, 오늘 보니 아닙니다."
> 이에 오랫동안 낯빛이 변한 채로 있다가, 머리를 숙이고 눈물을 잠시 흘리더니 말하기를,
> "낭군에게 저는 비록 정식 아내는 아니나, 통한 정은 정식 아내보다 낫습니다. 그 마음으로써 오늘 어찌 말이 망령되게 변할 수 있단 말입니까? 오늘 이후로는 더불어 은근하게 지내지 않을 것입니다. 구산의 정은 눈같이 녹고 구름같이 흩어졌으며, 금석 같은 약속은 바람같이 날아가고 우박처럼 떨어져 버렸으니, 다시 합치기 어렵습니다."61)

이처럼 양파가 애정 좌절로 인해 죽음을 맞지 않으며, 남성의 변심에 대한 대응을 사후로 미루지 않을 수 있는 이유는 전망이 부재한 현실에 대한 극복 의지를 지니고 있기 때문이다. 양파와 달리 궐녀나 매영, 삼청동 낭자는 현실 세계의 불합리한 질서를 납득할 수 없음에도 불구하고,

---

61) "吾以郎君, 謂眞士也, 今也則非也, 於是, 變乎色者 良久, 低頭垂淚者, 移時曰, 吾於郎君, 雖非結髮, 所以交情, 勝於結髮者, 以其心也, 今何語之妄變耶, 自此以後, 不與慇勤, 邱山之情, 雪消雲散, 金石之約, 風飛雹零, 難可復合", 「布衣交集」, 서울대학교 규장각본

뚜렷한 극복 의지를 지니지 못했기 때문에 죽음을 맞을 수밖에 없었다. 그러나 양파는 이미 남편, 중약 등 이생과의 사랑을 반대하거나 훼방 놓는 인물들과 수차례에 걸쳐 대립하여 자신의 의지를 관철시킨 바 있다. 남편과 중약은 각각 불륜을 용납하지 않는 유교적 가족질서와 돈을 배경으로 유흥을 즐기는 향락적 세태를 상징하며, 둘 다 양파 개인의 힘으로는 감당하기 어려운 사상적, 물질적 힘을 배경에 두고 있는 인물들이다. 그럼에도 불구하고 양파는 결코 자신의 애정을 숨기거나 도망치지 않고, 적극적으로 공개하고 직접적으로 맞서서 이생과의 애정을 공인 받았던 것이다.[62] 양파가 이생의 계층적 편견에 대해 명확히 자신의 목소리를 내고, 결별을 선언할 수 있었던 배경에는 이와 같이 조선 후기 전기소설의 다른 여주인공들에게서는 찾아보기 드문 의지적 형상이 있었다고 할 수 있다.[63]

상대의 면전에다 대고 결별을 선언하는 양파의 태도에서는 사랑과 이별에 대한 냉정한 인식과 태도가 엿보인다. 일단 상대가 자신의 절대적 믿음과 사랑을 받을 만한 위인이 못된다는 사실이 확인된 바로 상대에 대한 미련과 회의는 순식간에 접어버릴 정도로 자신의 입장을 명확히 정리할 수 있는 확고함을 드러내고 있는 것이다. 심지어 아직까지 자신에게 미련이 남아있는 이생을 자신의 위기 상황을 타개하기 위해 이용하고도 전혀 갈등이 없을 정도이다.

62) 중약에 대한 저항은 한겨울에 온가족을 이끌고 거리에 나가 한데 잠을 자는 등, 자신의 목숨뿐만 아니라 식구들의 목숨까지 담보로 할 정도로 지독하다.

63) 조선 후기 전기소설에서 남성의 변심에 대해 현실적인 대응을 하는 여주인공은 양파 이외에는 찾아볼 수가 없다. 결연 이후 맞이한 신분 갈등과 남성의 변심이란 장애에 대해 여타의 여주인공들은 하나같이 속수무책으로 감내하기만 하는 모습을 보여주고 있다. 「절화기담」은 이러한 여주인공들의 소극적 대응 방식이 여성의 변심이라는 형태로 나타난 예가 될 것이다. 반면에 전대의 전기소설에서는 「최척전」, 「동선기」, 「왕경룡전」 등 여주인공의 현실 대응과 극복 의지가 애정 실현을 이끌어낸 작품들이 다수 존재했다.

이러한 양상은 뒷돈이 없어 기녀로 끌려온 양파가 이생에게 구함을 받아 풀려나는 대목에서도 확인된다. 양파는 아직도 자신에게 연연함을 감추지 않는 이생에게 친근한 태도로 대함으로써 관계 회복의 가능성에 대한 희망을 심어주고, 이 덕분에 기적에서 제외될 기회를 얻는다. 그러나 재회의 희망에 들떠 있는 이생에게 양파는 다시금 사랑의 불가함을 설명하고 있다.

> 이생이 말하기를,
> "낭자와 내가 이 꽃처럼 영화를 함께 함이 어떠하오?"
> 양파가 말하기를,
> "낭군은 오래지 않아 필시 이 꽃과 함께 영화를 누릴 것이나, 저는 이번 생이 끝났습니다."[64)]

거절의 직접적인 이유를 대지 않는 양파의 태도는 분명 먼저 번의 결별 선언 때, 직접 상대를 겨냥하던 어조와는 다르다. 그러나 이러한 완곡한 거절은 상대에게 쓸데없는 희망을 주며 면천의 기회를 잡은 데 대한 미안함을 드러내며, 여태까지의 친밀감이 어디까지나 의도적으로 가장된 것이었음을 보여준다.

이처럼 양파는 상대의 사랑에 대한 믿음이 깨어진 순간 냉정하게 자기 입장과 관계를 정리할 정도로 현실적 대응력에 있어서 냉철함을 보여준다.[65)] 이 점에서 양파는 자신의 자아를 애정 상대인 남성과의 관계 속에서만 인식하고, 이별의 상황에서도 현실을 직시하지 못하여 수동적인 원망에만 그치는 전형적 여성상과도 분명한 거리를 보여주고 있는 것이다.

---

64) "生曰, 娘與我, 同此花而榮, 則何若, 楊婆曰, 郎君不久, 必與此花同華, 妾則此生已矣", 「布衣交集」, 서울대학교 규장각본

65) 이러한 양상은 애정 파탄의 원인이 상대에게 있음을 직시하지 못하고, 오히려 운명적 장애로 돌리며 사랑을 변치 않는 「빙허자방화록」의 매영과는 전혀 다른 여성상을 보여주고 있다.

양파는 생활 대신에 사랑을, 사랑의 실패로 인한 죽음 대신에 독자적 삶의 지속을 선택했다고 할 수 있다. 사랑의 실패를 삶의 패배로 인정하지 않고 자신의 애정관을 현실 속에서 지속적으로 추구하고자 하는 자신감과 의식적 성장을 보여주고 있는 것이다. 이러한 양파의 모습은 조선 후기의 전기소설이 상대의 변심에 직면한 주인공의 비통함과 침통함을 부각시킴으로써 단순히 생에 대한 패배감과 비극적 정서를 고양시키는 데 그치지 않고 있다는 사실을 드러내 준다.

「절화기담」의 이생 역시 이별 이후에도 끊을 수 없는 그리움의 정서를 표출하고 있으나, 이러한 좌절이 현실 삶의 포기로 이어지지 않는다. 이 점에서 이생 역시 애정의 좌절을 생의 단절로 받아들였던 전대의 주인공들과 다른 양상을 보여준다. 부지소종하거나 죽음을 맞은 전대의 주인공들은 사랑 이외에는 현실의 생을 지속할 이유를 지니지 못한 인간들이다. 현실로부터의 단절이 그만큼 심화되어 있었기 때문에 사랑에 자신의 전부를 걸 수밖에 없었던 것이다.

반면 이생이 애정의 파탄 이후에도 현실의 생을 지속한다는 사실은 세계에 대한 그의 단절감과 고독감이 상대적으로 약화되어 있다는 것을 반증한다. 이생에게 있어서 사랑은 삶과 바꿀 만큼의 심중한 의미를 지니지 못한 것이다.

> 억지로 그리워하는 마음을 잊기 어려워 후에 만날 인연이 없음을 슬퍼하는구나. 어찌 어긋난 한 번의 기회를 짧은 시간에 장황히 이야기할 수 있겠는가. 거울을 어느 때 다시 합할 수 있으며, 줄을 어느 날 다시 이을 수 있겠는가. 아! 좋은 일에는 마가 끼기 쉽다더니, 밝은 달은 이미 이지러져서 높은 거울 속의 얼굴을 보는 것처럼 은근한 꿈 속의 넋은 되돌리기가 어렵게 되었도다.66)

66) "儘相思之難忘, 悵後會之無緣夫, 何蹉跎之一期, 乃成欻然之長辭. 鏡何時而再合. 絃何日而復續, 嗚呼好事多魔, 明月之缺, 如見崔嵬鏡裡之容, 難回殷勤夢中之魂". 「折花奇談」, 일본 동양문고본

또한, "한스러운 것은 운명의 기구함이니, 배필이 되고자 하는 이가 미천한 평민이로다."[67]라는 표현 속에는 평민여성, 그것도 유부녀와 운명적 사랑을 했고, 그녀가 자신이 아닌 가정을 선택했기에 이별할 수밖에 없었다는 원망이 행간에 들어있다.

그러나 순매의 결별 선언으로 인해 결렬된 실재 상황을 "스스로 인연을 끊어 헤어지게 됨에(自絶而永訣)"라며 마치 이생 자신이 사랑을 끊은 것처럼 강조하고 있는 자위 의식이 표출되고 있다는 점에 주목할 필요가 있다. 여기에는 하층 여성에게 결별을 당한 것이 아니라 자기가 주도적으로 이별을 선언했다고 함으로써 사족 남성으로서의 자존심을 지키고 싶은 마음이 내재되어 있다. 이는 이생에게 있어서 사랑이란 계층적 편견이나 자부심에 의해서 충분히 위로 받을 수 있는 성질의 것임을 보여준다.

이처럼 자신의 사랑을 하층 여성과에 대한 일시적 색욕 정도로 치부할 수 있는 계층적 편견이야말로 이생으로 하여금 현실의 삶을 지속할 수 있는 원동력이다. 사랑의 의미를 계층적 시각에서 평가 절하할 수 있다는 것은 현실 세계의 질서를 유지하는 관습으로부터 단절되어 있지 않다는 것을 뜻한다. 이생은 상대로부터 결별을 선언 당한 좌절감을 계층적 편견을 통해 자위함으로써 현실적 삶을 지속하게 된 것이다.

(2) 변심에 대한 인식 양상

애정 결렬의 책임에 대해 「심생전」의 심생과 「정생전」의 정생은 수긍하고 받아들이는 모습을 보이는 반면, 「빙허자방화록」의 빙허자와 「절화기담」의 순매, 「포의교집」의 이생은 이에 대한 자각이 전혀 부재한 모습을 보여준다.

심생은 유서가 된 궐녀의 편지를 받고 나서 "울음과 눈물을 쏟으며" 진

---

67) "歎賦命之崎嶇, 配伹噲之下村", 「折花奇談」, 일본 동양문고본

심으로 그녀의 죽음을 애도한다. 자신의 책임을 통감하는 심생의 진실성은 과거를 통한 출세의 길을 버림으로써 부모의 압력에 대해 무언의 저항을 하고, 사족 남성에게 걸맞지 않는 무관(武官)의 길을 선택한 것에서 입증된다.

반면 정생은 사랑을 배신한 대가로 얻었던 재산·가족·입신양명의 꿈 등을 삼청동 낭자에 의해서 철저히 파괴당한 후에야 비로소 자신의 과거 잘못을 수긍한다. 심생의 자각이 주체적으로 이루어지고 있는 데 반해, 정생의 경우는 피해자인 삼청동 낭자의 적극적 노력에 의해 비로소 이루어지고 있는 차이를 보여준다.

삼청동 낭자의 복수 때문에 패가망신하여, 오히려 삼청동 낭자를 배신하기 이전보다 더 참혹한 몰락과 고통을 경험한 정생의 몰락상은 어떤 유랑민이나 부랑자의 생활 모습 못지않게 참담하다. 이러한 시련의 결과 정생은 비로소 삼청동 낭자를 배신한 자신의 잘못을 뉘우치며, 자신의 모든 고난을 인과응보와 업보로 수긍하고 담담하게 받아들이는 모습을 보여준다.

> 세월이 빨리 흘러 쇠약해지고 병이 들었다. 몸을 어루만지며 스스로 슬퍼하니, (중략) 때때로 꿈에 잠꼬대를 하며 스스로 부르짖고 스스로 책망하여 말하기를
> "그때 무슨 마음으로 그랬던가. 사람이 할 바가 아니었다. 신(神)을 속이고 마음을 저버리며, 베풀어야 할 은혜를 끊어버리고 의를 저버렸으니, 죽음이 반드시 몸에 미칠 것이라. 누구를 원망하고 누구를 미워하겠는가."68)

정생이 반성하게 된 계기와 과정은 그 실상이 타의에 의해서 제공되고 있다는 점에서 「심생전」의 자발적인 반성과는 전혀 다른 양상을 보여준

68) "流光疾馳, 衰病且尋, 撫躬自悼, (中略) 時時夢譫, 自呼自責曰, 是誠何心, 非人所爲, 欺神負心, 絶恩棄義, 殃必及身, 誰怨誰咎", 金琦, 「丁生傳」, 송준호 소장본

다. 정생은 삼청동 낭자가 원귀의 모습으로 나타나 배신을 질타하고 다시금 신의 준수를 요구하기 전까지만 해도 상대에 대한 미안한 감정 이상의 책임은 통감하지 못했다. 정생의 반성은 본인의 자발적 의지에 의한 것이 아니라 오직 원귀로 나타난 삼청동 낭자의 초월적 힘에 의해 강요된 결과라는 점에서 현실부정으로 인한 죽음과 같은 절실한 양상에까지는 이르지 못하고 있다. 이처럼 자기 반성에 있어서 비주체적인 정생의 모습은 주체적 반성을 이루고 있는 심생과 결렬 책임에 대한 자각이 전혀 부재한 빙허자나 순매, 이생의 중간에 위치한다고 볼 수 있다.

빙허자는 매영의 유서와 죽음을 확인한 후, 정신을 잃을 정도로 슬픔을 내보이고는 있지만, 이는 한 때 사랑했던 상대가 죽었다는 사실 때문에 충격을 받은 것에 불과하다. 상대를 돌아보지 않은 자신의 책임을 자각하고 이를 반성하는 태도는 일체 드러나지 않는다. 이러한 양상은 바로 제문(祭文)에서 확인되는데, 남성의 제문은 애정 파탄에 대한 주인공의 태도를 드러내어 보여준다는 점에서 중요한 의미가 있다.[69]

전기소설에서 남성의 제문은 「만복사저포기」에서 처음으로 등장하며, 이후 여성의 비극적 죽음에 대한 남성의 애도를 나타내는 삽입문(揷入文)의 형식으로 확립되어 17세기 「주생전」, 「최랑전」으로 계승되어 왔다. 「만복사저포기」처럼 애정 파탄이 순전히 전란과 같은 외부 장애에 의해 발생하는 작품에서 남성의 제문은 죽음에도 불구하고 변치 않는 남녀의 사랑과 지기지음의 완벽한 일치감, 이승과 저승의 간극으로도 갈라놓을 수 없는 사랑의 깊이를 상징한다. 이러한 점에서 「만복사저포기」의 남성 제문은 인귀교환 모티프와 결합되어 영원불멸한 사랑을 표현하는 수단이 되고 있다.[70]

69) 이러한 남성 제문이 전기소설에서 중요한 의미를 차지하고 있다는 사실은 전기소설을 패러디한 「오유란전(烏有蘭傳)」 같은 작품에서 남성 주인공의 풍자를 위해 삽입 제문을 활용하고 있다는 사실에서도 드러난다.

그러나 남성의 변심으로 인해 사랑이 결렬되는 「주생전」, 「최랑전」에 오면 그 의미가 달라진다. 「주생전」에서 제문은 남성의 배신으로 인한 여성의 죽음을 반성하는 계기로서 거듭나지 못하고 오직 「만복사저포기」에서 등장했던 제문의 구조를 형식적으로 답습하는 데 그치고 있다. 반면 「최랑전」에서는 제문과 유사한 부조(訃告)에서 "늙은 것이 적악을 하여 낭자가 잘 살지 못하였다"[71]거나, "죄가 내게 있으니, 다시 무슨 말을 할 수 있겠는가."[72]라며 남성 주인공인 이여택(李汝澤)이 자기 책임을 인정하는 계기로서 기능하고 있다.

「빙허자방화록」의 남성 제문은 「주생전」 쪽에 가깝다. 빙허자의 제문은 여성의 덕성 칭송, 사랑의 술회, 죽음의 애도로 전개되는 구도를 충실히 따르고 있으면서도 상대를 버리고 다른 여성과 관계를 맺은 잘못과 상대를 죽게 만든 책임에 대해서는 한 마디도 언급하지 않는다.

> 아리따운 모습을 어찌 다시 볼거나. 영원히 삶과 죽음이 갈렸구나. 기쁨의 뜻은 구름 같이 흩어지고, 은정은 비 같이 모이네. 의상은 색이 바래고, 옥패는 소리가 없구나. (중략) 그대가 나를 위해 죽었으니, 내 어찌 홀로 살리요. 하늘은 높고 땅은 깊어 정성스런 읍소는 아니나, 바라건대 고통스런 말들이 아름다운 성을 뚫기를 바라네. 한강이 세차게 흐르고 남산은 높은데, 그 산은 무너지고 그 강은 말라도 이 한을 어찌 풀리요. 아아, 그대는 오셔서 내 술잔을 들어 마셔 주시오.[73]

---

70) 「만복사저포기」의 남성 제문의 형식은
ㄱ. 여성의 덕성 칭송
ㄴ. 사랑의 과정 회고
ㄷ. 여성의 죽음 애도
의 구조로 이루어져 있다.

71) "老物積惡, 娘子不淑", 「崔娘專」, 박용식, 『한국고전문학전집』6, 민족문화연구원, 1995

72) "罪在吾身, 更何言哉", 「崔娘專」, 박용식, 『한국고전문학전집』6, 민족문화연구원, 1995

73) "玉容何許, 永隔幽明, 雲散歡意, 雨收恩情, 衣裳變色, 環佩無聲 (中略) 君爲我死, 我何獨生, 天高地厚, 莫訴悃誠, 庶幾苦語, 徹于佳城, 漢水汪洋, 南山崢嶸, 山崩川

빙허자의 제문은 오히려 자기 정한의 해소라는 목적을 보다 뚜렷이 보여준다. “그대가 나를 위해 죽었으니, 내 어찌 홀로 살리요.”라는 표현과 제사 후, “원컨대 한 번만 보게 해 주어 쌓인 한을 풀게 해주오.”[74]라는 발화 속에는 상대가 겪었을 고통 자체보다는 상대의 비극적 죽음으로 인해 자신이 겪어야 하는 자책의 감정으로부터 해방되고 싶은 마음이 드러나 있다. 「빙허자방화록」의 삽입제문(揷入祭文)은 남성의 반성이 아니라 자책감 해소를 위해 감정을 풀어놓는 계기가 되고 있는 것이다.

순매 역시 사랑이 결렬될 수밖에 없는 운명을 안타까워 하면서도 자신의 수동적이고 숙명적 태도가 결렬의 원인이 되고 있음은 전혀 자각하지 못한다.

> 이모의 감시가 날로 심해져서 눈이 세 개고, 입이 네 개며, 두 몸뚱이에 수족이 여덟이나 있다 하더라도 잠시도 떨어져 있을 겨를이 없어요. 지금 이후로는 백년가약은 이미 뜬구름, 흐르는 물이 되었으니, 간절히 바라건대 상공께서는 몸을 귀하게 여기세요.[75]

이러한 순매의 자각 부재는 이생과의 사랑을 계속 지연시키고, 가정을 과감히 버리지 못하는 소극적 태도에서 이미 예고된 것이었다. 순매는 사랑 없는 결혼 생활에서 경험하고 있는 불행을 토로하면서도 그저 감정적인 차원의 정감 표출에 그칠 뿐 이를 통해 자신의 삶을 반추하는 자각에는 이르지 못하고 있는 것이다. 따라서 애정 파탄에 대한 순매의 인식은 오로지 운명적 장애를 향하고 있을 뿐, 자신의 소극성이 바로 문제임을 깨닫지 못하고 있음을 보여준다.

渴, 此恨未平, 嗚呼, 花月來, 擧我觥, 尙饗”, 「憑虛子訪花錄」, 김기동 · 이종은 공편, 전게서 345쪽

74) “願惠一見, 小擠積蓄”, 「憑虛子訪花錄」, 김기동 · 이종은 공편, 전게서 345쪽

75) “鸞婢之窺伺, 日以益甚, 雖有三目四口兩身八翼, 無一刻離捨之暇, 從今以往, 百年佳約, 已成浮雲流水, 萬望相公珍重云矣”, 「折花奇談」, 일본 동양문고본

순매의 경우는 비일상적인 사랑을 버리는 대신에 현실적 삶의 지속을 선택하고 있다는 점에서 사랑을 통해 하나의 당당한 개체로 인정받기보다는 평범한 다수의 일상 속에 안주하고자 하는 지향을 드러낸다. 일탈을 통해 비난과 고통을 감내하는 대신 다수가 영위하고 있는 삶의 방식 속에 일부로 존재하기를 선택한 것이다. 순매의 현실적 삶의 지속은 삶의 주체로서가 아니라 익명의 존재가 되기를 선택한 결과 이루어진 것이라는 점에서 양파의 경우와는 정반대의 의미를 보여준다고 할 수 있다. 전통적인 여성의 삶에 내재된 모순을 적극적으로 회의하고 자각하기를 거부하고 일상으로 복귀함으로써 규범화된 일상이 제공하는 익숙함에 안주한 것이다.

「포의교집」의 이생은 애정 결렬의 책임을 반성하지도 않을 뿐더러, 이로 인해 생에 대한 심중한 영향을 받지도 않는다. 이생은 결별 후 양파와 재회한 순간에 권력을 동원하여 다시금 구애를 하고 있는데, 양파로부터 또 다시 거절당하고 있음에도 불구하고 전혀 상실감이나 좌절감을 표출하지 않는다. 양파가 떠나기를 요청하자 이생은 쉽사리 그녀를 보내주고 있으며, 사랑은 거절당하였지만 이후에도 별다른 거리낌 없이 양파의 집을 방문하고 있다. 이생은 자기 부정이나 반성이라는 고통의 시간을 감내하지 않고 있는 것이다.

이러한 점에서 전란으로 인해 이생과 양파 간에 영원히 소식이 끊기게 되었으며, 이생의 종적 역시 알 수 없게 되었다는 결구는 새삼스럽다. 이미 이생에게 결별 자체가 더 이상 심각한 의미를 지니지 않고 있다는 사실이 확인된 마당에 「주생전」 식의 전란 모티프로 인한 이별, 「이생규장전」 식의 종적 감추기는 비극의 심중한 의미를 환기하지 못하는 것이다. 이생이 이별로 인해 생에 대한 단절을 경험할 만큼의 자기 반성에 이르고 있지 않을 뿐 아니라, 현실을 초월할 만큼 절망감을 느끼고 있지 않기 때문에 이러한 이생의 후일담 서술은 기존 관습의 답습 이상의 의미를 지니지 못한다.[76]

2. 변심 테마에 대한 작가의 서술시각

1) 여성 중심적 서술시각과 변심의 반성

「심생전」, 「포의교집」에서는 여주인공에 대한 서술자의 거리가 최소화되어 있으며, 이는 작가의 가치관이 이들과 비슷하다는 사실을 드러낸다. 또한, 여주인공들의 내부 심리를 거리낌 없이 보여줌으로써 이들의 인생행로에 연민을 느끼게 한다. 무엇보다도 여성 중심적 서술시각의 경우는 근대적 가치를 중심으로 한 측면에서 볼 때, 전통 관습의 희생자인 여성인물들에게 우월한 가치를 부여하고 있다는 점에서 의의를 지니고 있다.

(1) 여성 주인공에 대한 서술자의 태도

「심생전」은 여주인공에게 일방적인 절의를 요구하지 않고 있다는 점에서 전통적인 절의 관념을 탈피하고 있다. 「심생전」의 궐녀는 심생의 무책임한 태도에도 불구하고 변치 않는 절의를 바치는 관념적 여성이 아니라 그 속에 내포되어 있는 의미를 적확하게 깨닫고 있는 여성으로 형상화되고 있는 것이다.

「포의교집」의 작가는 자기를 알아주는 타인을 찾기 위해 독자적인 가치관에 따라 보편적인 윤리를 거부하는 데 서슴지 않는 양파의 자세를 긍정적으로 평가함으로써, 여성의 절의에 대해 정형화되지 않은 시각을 보여준다. 이 점에서 「포의교집」은 여성의 욕망 주체성 획득이라는 측면에서 「심생전」보다 한 걸음 더 진전된 양상을 보여준다.

「포의교집」에서 기존의 계층 질서나 전통적 윤리를 탈피하여 새로운 애정의 양상을 추구하고자 하는 양파의 시도는 관습의 강고함 앞에 결국

76) 이러한 「포의교집」의 후일담은 전란 모티프와 부지소종(不知所終) 유형의 결구 방식의 매너리즘화를 보여주는 것이 아닐까 생각된다.

실패하고 있다. 양파는 자신의 정체성을 매몰시키는 가정으로부터의 일탈을 꿈꾸며 남편을 배반하고 사랑에 빠질 새로운 남자를 찾아 나서지만 그러한 모험적 시도를 통해 도달한 것은 역시 전통 윤리의 모순을 체현하고 있는 남성일 뿐이다. 이러한 양파의 지향은 아직도 현모양처의 이데올로기와 정절 관념이 그대로 유지되고 있는 사회적 현실에서 무모하리 만치 과감한 도전이다.

이러한 양파의 모습은 「포의교집」 속에 등장하고 있는 다른 하층 여성들의 그것과도 전혀 다르다. 「포의교집」의 작가는 양파와 기녀인 화옥의 담화를 통해 두 여성의 의식 세계의 차이를 드러내 보여주고 있는데, 화옥과 유비(類比)되어 나타나는 양파의 애정관은 상대적으로 비현실성이 두드러진다.[77] 양파와 화옥 간의 담화는 유교적 계층 질서에 대한 타협과 거부라는 대조적인 가치관을 형상화해 보여주고 있다. 그럼에도 불구하고 두 사람의 대조적 가치관은 극단적인 대립이나 갈등으로까지는 치닫지 않는다. 서로의 가치관과 행동 방식을 하나의 선택으로서 존중하는 양상으로 형상화되고 있다는 점이 특징이다.

화옥은 양파와는 달리 자신의 신분적 한계를 인정하고, 그 한계성 내에서 최대한 인생을 즐긴다는 인생관을 지니고 있다. 화옥은 당대 사회가 자신의 귀속신분에 요구하는 바를 일탈하려 하지 않는 인물이기 때문에 양파의 힘든 고투를 결코 이해할 수 없다.

---

77) 유비(類比)(analogy)란 인물 구성 강화의 한 방식으로 동일하거나 유사한 계층·신분·집단에 속한 다른 인물과의 비교 또는 대조를 통해 각 인물의 특성을 강화시키는 방법이다.(리몬-케넌, 최상규역, 『소설의 시학』, 1985, 문학과 지성사, 102-108쪽) 즉, 동일한 환경에 놓여있는 두 인물을 등장시켜 놓고, 그들의 의식과 행동 상의 유사성이나 차별성을 통해 양쪽 모두의 특성을 두드러지게 하는 방식인 것이다. 또한, 양파와 화옥의 담화는 담화 주체와 상대 모두가 담화 주체의 직접적 당사자라는 점이 특징이다. 이들은 그들 스스로가 담화 주체가 되는 문제의 대상이며, 담화 내용은 자신들이 직접 경험한 내용들이다. 당사자가 직접 자신들을 대상으로 한 논쟁에 참여하여 스스로를 대상화, 객관화함을 통해서 하나의 담화를 형성하고 있는 것이다.

> 내가 양낭자(楊娘子)의 명성을 들은 지 오랩니다. 항상 한번 보기를 원하다가 오늘 문득 보게 되니, 진실로 이름 아래 헛된 선비가 없다 하겠습니다. 이미 하늘이 내린 아름다움이 있고, 또 뛰어난 재주가 있는데도 알아주는 이 없는 집에 보내졌으니, 진흙 속에 묻힌 옥과 같다고 할 수 있습니다. 진실로 안타깝습니다. 그런데도 현달치 못한 한 썩은 유생과 친하여 스스로 정절을 지킨다 하니 옳은 일입니까?
>
> 분에 넘치는 행실을 하지 말고, 우리를 따라 세상을 벗어나 초나라 절벽에서 대나무를 구하고, 남전에서 옥을 캐는 것이 좋을 것입니다. 영웅호걸이 가까이 오지 않음이 없을 것이요, 기이한 보화가 손에 들어오지 않음이 없을 것입니다. (중략) 한 세상에 노닐고 일생 동안 즐거움을 누리고 음악을 연주하며 세상을 희롱하고 춤추고 노래하며 뜻을 펴면, 죽어도 한이 없을 것이요, 살아서도 빛남이 있을 것입니다. 어찌 구구하게 구속되어 정절을 구하며 도리어 다른 사람의 웃음거리가 될 것입니까?[78]

화옥은 자신의 미모와 재능이 신분과 상합하지 못한다는 사실을 자각하고 있다는 점에서는 양파와 동일하되, 그러한 자각을 표출하는 행동 방식에 있어서는 차이를 보여준다. 화옥은 무의식적으로 유흥적 삶에 매몰되어 있는 것이 아니라 하층 여성이라는 자신의 신분에 어울리지 않는 재능을 발휘할 공간으로 유흥 공간을 선택한 여성이다. 화옥은 사족 남성을 위한 풍류 공간에 필수 불가결한 존재로서 기여하고 있다는 당당한 자신감을 지니고 있다. 일종의 직업 의식이라 할 수 있는 이러한 자부심은 타고난 계층적 한계를 일탈하지 않는 범위 내에서 자신의 삶에 긍정적인 의미를 부여하려는 태도를 보여주고 있다.[79] 이 점에서 화옥은 계층적 한계

---

78) "吾聞楊娘子之聲華久矣, 恒願一造, 而今忽相對, 眞名下無虛士也, 旣稟天生之麗質, 又有拔萃之妙才, 坐送無知之家, 猶塵土之埋玉, 誠爲可惜, 然而潛交外鄕之一腐儒, 自以爲貞行, 可乎, 若欲爲非分之行, 則可以隨俺等, 罷脫身世, 求竹於楚崖, 采玉於藍田, 英雄豪傑, 無不接席 (中略) 逍遙於一世之上, 行樂於百年之間, 絲竹以弄世, 歌舞以暢意, 死可無恨, 生可有光, 豈可區區拘束, 欲求貞靜, 反爲人笑耶", 「布衣交集」, 서울대학교 규장각본

79) 이러한 화옥의 태도는 「삼선기(三仙記)」 여주인공들의 직업 의식과 상당히 유사한

를 인식하고 있음에도 불구하고, 어디까지나 자신의 귀속집단에 요구되는 삶의 방식을 본질적으로 일탈하지 않는 인물이라고 할 수 있다.

반면 양파는 자신이 속한 계층에게 요구되는 전형적인 행동 방식을 거부하는 인물이다. 관습에 따라 상대적으로 자신의 존재성을 규정하기보다는 독자적으로 절대적 가치를 세우고 이를 실천하기 위해 타인과 전혀 타협하지 않으려는 의지가 두드러진다.

> 국화의 빼어남은 반드시 서리 속에서 나타나고, 매화의 향기는 반드시 눈 속에서 나타나니, 비록 그 열매는 없더라도 역시 그 절개는 잃지 않는 것입니다. (중략) 공자가 『춘추(春秋)』를 지어 가로되,
> '나를 죄 줄 수 있는 것은 오직 『춘추』요, 나를 알아주는 것도 오직 『춘추』이다.'라고 했습니다.
> 지금 내가 행한 바를 죄 줄 수 있는 자가 없을 수 없으며, 나를 알아주는 자도 없을 수 없습니다.[80]

양파는 사회 규범에 매몰되지 않는 자신만의 절대적 가치관을 내세우고 있다. 그녀가 내세우는 절개란 하층 여성에게는 요구되지 않는 것이라는 점에서 윤리적 통념을 벗어난 것이다. 또한, 상대가 자신의 절개를 인정치 않는다면 즉시 결별을 선언할 수 있다는 점에서 일부종사라는 일반적 절개의 형태와 일치하지 않는 것이다.

이러한 태도와 행동 방식은 유교적 이념에 의해 규정되고 유지되는 가치 체계 속에서 결코 이해될 수 없는 것이다. 그럼에도 불구하고 양파는 본질적으로 타인에게 자신을 이해시킬 필요조차 느끼지 않고 있다. 일반적 통념으로부터 스스로를 단절시키고도 충분히 현실적 삶을 영위해 나

측면이 있다.

80) "菊花之英, 必於霜, 梅花之馨, 必於雪, 雖無其實, 亦不失於其節也 (中略) 聖人作春秋曰, 罪我者, 其唯春秋, 知我者, 其惟春秋乎, 今吾之所行, 罪之者, 不可無也, 知之者, 不可無也", 「布衣交集」, 서울대학교 규장각본

갈 수 있을 만큼 자신의 가치관에 대한 양파의 신념은 확고하다. 그렇기 때문에 양파는 타인이 자신을 알아주기를 기대하지도 않으며, 일반적 관념에 의해 단죄되는 것도 거부하고 있는 것이다.

다수가 똑같이 믿고 따르는 일반적 가치로부터 자신을 떼어놓고, 자기만의 독자적인 가치 체계와 행위방식의 틀을 규정해 나갈 수 있는 양파의 독자성은 다른 전통적인 여성상으로부터는 결코 찾을 수 없다.[81] 양파의 모습에서는 다름 아니라 집단적 가치를 내면화한 관습적 자아로부터 개인의 존재성을 분리시킬 수 있는 근대적 자아의 모습이 발견되고 있는 것이다.

이처럼 「포의교집」의 작가는 끝까지 패배를 인정하거나 좌절하지 않는 양파의 모습을 통해 공동체적인 관습에 얽매이지 않고 개인적 주체성을 실현하고자 하는 하층 여성의 의지에 대한 긍정적 전망을 지속적으로 열어두고 있다.[82] 여기에서는 하층에서부터 성장해 나온 개인의 자율적 의지에 대한 「포의교집」 작가의 신뢰가 확인된다.

(2) 남성 주인공에 대한 서술자의 태도

「심생전」에서 주목되는 것은 '반성하는 남성상'이다. 심생은 궐녀가 죽고 나자 신분 질서와 주위의 눈앞에서 자신의 맹세와 사랑을 지켜내지 못하고 상대의 죽음을 방치한 자신을 반성한다.

---

81) 유교 윤리는 공동체적 윤리로서 개체주의적이고 주체적인 자율성과는 대극적인 위치에 있다. 따라서 인간 보편적 주체성을 강조함으로써 진정한 실존적 결단이나 개체성은 부정시된다. 근대적 자아는 이러한 전통적인 공동체적 윤리로부터 자신을 분리시키려는 자율적 지향으로부터 성립된다.(이동희, 「전통윤리와 현대의 가족 윤리 문제」, 『철학연구』54, 1995 참조)

82) 패배를 인정하지 않는 여주인공의 태도를 통해 전통적 가치관과의 대결이 계속될 것임을 암시하고 있는 것이다.

> 그 후 심생은 붓을 던지고 무변이 되어 벼슬이 금오랑에 이르렀으나 역시 일찍 죽고 말았다.[83]

전형적인 사족의 삶을 영위해왔던 심생의 집안에서 심생의 일탈을 반기지 않았으리라는 것은 당연하다. 그러나 심생은 궐녀와의 결연 사실을 자기 집안에 알리지 못하고 전전긍긍했을 때와는 달리 이번에는 주위의 시선을 전혀 의식하지 않고 자기 혼자만의 결단에 의해 인생 행로를 수정하고 있다. 궐녀의 죽음이 심생으로 하여금 생득적으로 답습해온 삶의 방식으로부터 일탈할 만큼 심중한 영향을 미친 것이다. 심생의 죽음은 의식적 전향을 경험했음에도 불구하고 현실 세계의 삶을 지속할 수 없을 만큼 그의 반성이 심화되었음을 나타낸다.[84]

「심생전」의 결구에 나타나는 남성의 자기 반성과 요절에서는 계층 질서에 대한 작가 이옥의 비판 의식이 드러난다. 이 점에서 「심생전」은 동일하게 남성의 변심을 소재로 한 「앵앵전」과는 정반대의 작가 의식을 보여준다. 「앵앵전」의 장생(張生)은 자신의 변심에 대해서는 당연하다는 태도를 취하고 있으며, 오히려 냉정한 태도로 현실을 수습하는 앵앵을 요물(妖物) 취급한다. 작가 원진(元稹)은 작품 말미에 당시 사람들이 장생을 "허물을 잘 수습한 사람(善補過者)"이라며 칭찬했다고 덧붙임으로써 상층 남성의 계층적 편견이나 변심을 옹호하는 입장을 보여준다. 「앵앵전」은 당위적 절의가 퇴색되어 가는 애정의 양상을 생생하게 보여준다는 점에서 의의가 있을 뿐, 작가 의식의 측면에서는 남성 중심적이고 보수적인

83) "後生投筆從武學, 官至金吾郎, 亦早殀而死", 李鈺, 「沈生傳」, 「梅花外史」, 『潭庭叢書』

84) 남성의 요절이라는 결구는 「이생규장전」 이후로 처음으로 보이는 것이다. 그러나 「심생전」의 이러한 결구는 「이생규장전」처럼 세계에 대한 단절과 전망 상실에 국한되는 것이 아니라 반성과 회의의 대상이 남성 주인공 자신이 되고 있다는 점에서 그 의미가 다르다고 할 수 있다.

시각을 드러내고 있는 것이다.[85] 이처럼 「심생전」은 「앵앵전」과는 달리 절대적 신의가 해체되는 애정의 새로운 양상을 형상화하는 데 그치지 않고, 반성하는 남성상을 통해 일반적인 계층적 시각을 비판하는 양상으로 나아간 작품임을 알 수 있다.[86]

「포의교집」은 이생을 반성하는 남성상이나, 애정 좌절로 인해 생에 대한 심중한 영향을 받는 인물로 형상화하고 있지 않다. 그러나 「포의교집」의 작가는 작품 곳곳에서 이생에 대한 부정적인 시선을 표출함으로써 이생의 입장에 동조하지 않는다는 것을 드러낸다. 이생이 양파에게 잘 보이기 위해 행랑채 구성원들을 닦달하는 모습에 대해 비꼬거나, 이생의 문학적 능력이 양파에게 미치지 못한 점을 은근히 강조하기도 한다.

> 생이 양파에게 사랑 받았던 것은 이 호령 때문이었다. 포부가 단지 이것뿐 넉넉하지 않았기 때문에 행랑채의 사내들이 종종 곤장을 맞았다.[87]
>
> 몰래 화답하고자 했으나, 시 짓는 재주가 만 분의 일에도 미칠 수 없는 고로 시행치 못하였다.[88]

이처럼 이생에 대한 서술자의 부정적 인물 평가에 의해 이생 나름으로는 진지했던 애정 실현 노력을 의심하는 시각을 표출하고 있다. 서술자에 의한 직접적인 인물 평가와 설명은 이생에 대한 자신의 입장을 독자에게 노출시키고, 독서의 진행 방향을 특정한 방향으로 유도하고자 하는 의도

85) 「앵앵전」의 이러한 측면은 작가 원진이 자신의 자전적 경험을 작품화했기 때문에 더욱 두드러진 것으로 생각된다. 역시 작가 석천주인(石泉主人)의 실재 경험담을 작품화한 「절화기담」 역시 이와 같은 양상이 확인된다.

86) 이 점에서 「앵앵전」은 「심생전」 창작 배경이 되었음에도 불구하고, 작가 이옥의 비판적 시각으로 인해 오히려 「심생전」은 「앵앵전」보다 진전된 세계관과 의식을 보여주는 작품이 되었음을 알 수 있다.

87) "盖生之得愛於楊婆者, 以其號令也, 抱負只此不贍, 故廊漢鍾受杖", 「布衣交集」, 서울대학교 규장각본

88) "詩則才不敢唱和, 只以薄略數種表情", 「布衣交集」, 서울대학교 규장각본

를 노출하고 있는 것이다.

(3) 서술자의 목소리와 여성 중심적 서술시각

「심생전」, 「포의교집」 작가들은 여성 중심적 가치 평가가 전통적인 규범으로부터 일탈한 것이며, 논란을 불러일으킬 만하다는 것을 충분히 인식하고 있다. 「심생전」, 「포의교집」의 작가들은 보수적 독자층이 제기할 비판에 대한 염려 때문에 자신의 여성 중심적 관점에 대해 변명할 필요를 느끼고 있다. 이는 유교 관념을 묵수하고 있는 독자층의 비난을 무마하기 위한 것이다.[89)]

「심생전」의 작가 후기에서 다소 엉뚱하게 서당 훈장이 말했다는 권학적 메시를 인용한 것도 두 말할 나위 없이 교화적 메시지를 통해 규범 일탈적 시각이 야기할 수 있는 충격을 완화시키기 위한 것이다. 「포의교집」의 작가 후기에 나타나는 열절을 초월한 열절론은 여기서 더 나아가 관념적 가치관의 틀 속에 진보적 메시지를 담음으로써 제기될 비난을 미연에 무마하고자 하는 의도를 드러내고 있다. 이는 서사 상황에 대한 분명한 인식과 전망을 지닌 작가에 의해 의도적으로 설정된 전략이라고 할 수 있다.

「포의교집」의 작가는 모든 사람들에게 일률적으로 적용되는 단 하나의 절의가 아니라, 자기 혼자에게만 의미가 있는 특별한 절의를 실천한 역사적인 인물로 예양(豫讓)과 형경(荊卿)의 고사를 제시한다. 그리고 이들과 양파를 동일한 관점에서 파악하고 있다. 일률적으로 정형화되지 않은 충(忠), 신(信)과 당위적으로 보편화된 틀을 초월한 열(烈)을 주체적인 절의의 세 측면으로 동일시하고 있는 것이다.

89) 이 점에서 남성 합리화와 남성 중심적 시각을 변명하기 위한 「정생전」, 「절화기담」의 전지적 논평과 상반된 의도를 내포하고 있다.

> 그러므로 예양(豫讓)이 본래 지백(智伯)의 신하가 아니었으나 조(趙)나라에서 충성을 다했고, 형경(荊卿)은 본래 연단(燕丹)의 친구가 아니었으나 진나라에서 의를 다하여, 몸을 버리고 죽으면서 후회가 없었던 것이 어찌 충성과 의를 떨쳐서 명성을 이룸이 아니겠는가.[90]

「광한루기」 같은 작품에서 예양 고사는 「앵앵전」처럼 변심의 징후가 포착되는 작품을 비판하기 위한 근거로 인용되는 전고이다. 동일한 예양 고사를 두고 「광한루기」와 「포의교집」 작가의 관점이 정확히 대립됨을 확인할 수 있는 대목이다. 「광한루기」 작가가 관념적 절의를 옹호하기 위한 반면교사로 예양 고사를 인용하고 있다면, 「포의교집」 작가는 동일한 전고를 활용하여 전통적 관념을 일탈한 양파의 행위를 오히려 주체적 절의를 실현한 경우로서 적극적으로 옹호하고 있는 것이다.

양파의 인물 형상화와 관련하여 「포의교집」 작가의 의식은 무운, 수급비, 일타홍 등의 의지적인 여성형상을 창조해낸 조선 후기 야담의 성취와도 연맥이 닿는다. 특히, 작중에서 양파를 의도적으로 포의한사(布衣寒士)를 선택하여 성공시킴으로써 사회적 능력 발휘를 대신 실현하고자 희망하는 여성으로 형상화하는 것이라든가, 후기에서 이러한 양파의 선택과 의기를 칭찬하는 의식에서 이러한 측면이 확인된다.

> 옛날에 천자로서 필부를 벗함이 있었고, 대장군으로서 손님에게 공손하게 대함이 있었으나, 미모의 젊은 여인이 포의한사와 사귀었다는 것은 듣지 못했다. 양파는 과연 젊은 미모의 여자 중에서도 의기를 칭찬할 만한 사람이었다.[91]

그러나 '수급비 이야기' 유형은 비록 하층 여성이 주체적으로 절의를

---

90) "故豫讓, 本非智伯之臣, 而效忠於趙, 荊卿本非燕丹之友, 而慕義於秦, 皆喪身殞命, 而無悔者, 豈非奮發忠義, 而成名耶", 「布衣交集」, 서울대학교 규장각본

91) "古有以天子, 而友匹夫, 以大將軍, 而有揖客, 未聞以紅顔, 而友布衣也, 楊少婦, 果紅粉中義氣, 稱*者也", 「布衣交集」, 서울대학교 규장각본

선택하고 있는 측면이 있기는 하나, 결국은 가난한 사족 남성을 위해서는 수절한 수급비의 행동이 상층 남성들의 구미에 맞는 측면이 있기 때문에 널리 연변될 수 있었다.[92] 반면, 양파는 상대방 남성의 변심에 직면하여 냉정하게 관계를 청산하고 있다는 점에서 수급비 유형의 향유의식과 「포의교집」의 그것은 일치되지 않는다고 할 수 있다. 양파라는 하층 여성 인물은 주체성의 기준을 지극히 독자적으로 설정하여 수행하고 있다는 점에서 그 인물 창조의 기저에는 무운 이야기의 향유의식과 유사한 지점들이 발견된다.[93]

뿐만 아니라 양파에 대한 「포의교집」 작가의 시각은 비녀 열녀담류를 입전한 작가들의 시각과도 상반되는 입장을 취하고 있다. 상전의 요구와 남편과의 의리 사이에서 고민하다가 결국 현실적 타개책을 찾지 못하고 자결한 여성들을 열녀로 규정하고 있는 「향랑전(香娘傳)」, 「열녀계월전(烈女桂月傳)」 같은 비녀 열녀담은 관념적인 절의를 선양하는 데 그친다. 불륜이라는 개인적인 윤리의 문제와 계층적 종속성이라는 신분 관계 사이에서 절망한 천민여성의 절망감 자체를 부각시키지 못한다는 점에서 한계를 보여주는 것이다.[94] 이러한 비녀 열녀담류는 권력과 개인 간의 갈등 속에서 개인의 의지가 억압되는 현실적 문제보다는 하층민에게서 상층으로부터 전파된 전통적 윤리를 추출해 내고자 하는 작가의 의식에 의해서

92) 이 점에 대해서는 이인경, 「구비 열설화 연구」, 서울대 박사학위논문, 2000 참조

93) 강진옥(「열녀전승의 역사적 전거를 통해본 여성적 대응양상과 그 의미」, 『여성학논집』12, 이화여자대학교 한국여성연구소, 1995, 94-95쪽)은 무운의 수절을 '인간적 각성에서 비롯된 자의식'의 표현이며, '개인의 존재론적 결단에 의한 주체적 선택'으로 해석한 바 있고, 조광국(전게서, 147-148쪽)은 기녀의 애정은 믿을 수가 없다는 '양반 일반의 통념에 대한 반발'이라고 지적한 바 있다.

94) 정출헌(「<향랑전>을 통해본 열녀탄생의 메카니즘」, 『한국고전여성문학연구』3, 한국고전여성문학회, 2001, 139쪽)은 향랑의 죽음 자체는 오갈 데 없는 가련한 여인의 '원가(怨歌)'였음에도 불구하고 향랑전 작가들은 이를 배제하고 의연한 열녀로서의 절의를 찾아내고자 향랑의 삶과 죽음을 왜곡했다고 지적하고 있다.

창출되고 있는 것이다. 반면에 「포의교집」의 작가는 한 천민여성과 그녀를 둘러싸고 있는 제도 사이의 관계에 주목한다. 개인적 의지가 집단의 전통적 가치관을 초월하고자 하는 양상 자체를 초점화하고 있다는 점에서 서술시각의 여성 중심성과 근대성을 확인할 수 있다.

2) 남성 중심적 서술시각과 변심의 합리화

「정생전」, 「절화기담」, 「빙허자방화록」은 남성 중심적 시각의 개입에 따라 전통적 가치관이나 절의 관념을 재확인하는 방향으로 결구되고 있다. 이에 따라 작중 서사와 궁극적 초점 시각 혹은 대상 사이에 이원화 양상이 확인된다. 남성 중심적 서술시각은 서술자가 동일 계층 출신이자 동성인 남성 주인공에 대한 감정적 일치감을 버리지 못하거나, 자전적 경험이 투사되어 있는 경우로 가치 평가의 측면에서는 근대적인 의의를 부여받을 수 없다. 그러나 근대적인 자각의 문제를 야기하는 사건과 전통적·관념적 가치관 간의 혼재는 그 자체로 근대 이행기성을 드러낸다. 이 점에서 남성 중심적 서술시각으로의 전환과 이원적 서술태도는 이전 시기의 작품에서는 찾아보기 어려운 새로운 서술 양상을 보여주고 있다고 할 수 있다.

(1) 남성인물에 대한 서술자의 태도

「정생전」, 「빙허자방화록」, 「절화기담」에서는 남성 주인공에 대한 서술자의 심리적 일치감과 감정적 투사가 두드러지며, 남성인물의 배신을 합리화하거나 애정 파탄을 남성 중심적으로 편중된 시각에서 해석하려는 태도를 보여준다.

「정생전」은 삼청동 낭자의 비극적 죽음 이후 책임을 통감한 정생의 자기 반성이 이루어지고 있다는 점에서 일견 「심생전」과 같은 작가 의식적 성취에 도달하고 있는 것처럼 보인다. 그러나 「정생전」은 계층 갈등에 대한 자기 반성보다는 중인 여성의 복수로 인한 몰락 양반의 부귀공명에 대한 욕망 좌절과 그로 인한 현실적 절망감에 초점을 맞추고 있다는 점에서 본질적인 의미의 반성하는 남성상을 제시하지 못하고 있다. 대신 「정생전」은 애정 욕망의 종결과 동시에 초월적인 세계에 대한 탐색 과정을 서사화함으로써 현실 세계에서 좌절된 정생의 욕망을 비현실적 세계에서나마 충족시키고자 하는 의도를 보여준다.

「정생전」은 계층의 차이로 인한 애정 갈등의 의미보다는 남성 주인공인 정생의 욕망 충족 여부에 궁극적인 초점을 맞추고 있다. 이 때문에 애정 비극에 대한 사족 남성의 자기 반성은 한계를 내포할 수밖에 없다. 심지어 「정생전」은 적강화소, 순환론적(循環論的) 이계관 등 다양한 비현실적 장치들을 통해 정생의 배신을 합리화하고 있다. 뿐만 아니라 유·불·도가 혼재된 비현실적 공간에서 '효(孝)' 윤리를 중심으로 한 일가 화합의 모습을 형상화함으로써 가문 회복과 유지라는 유교적 이념에 대한 정생의 끈질긴 미련이 결국에는 충족되는 양상을 보여주고 있다. 「정생전」은 계층 갈등에 대한 사족 남성의 자기 반성과 초월적 지향 등, 다양한 측면에서 유교 관념이 규정하는 전통적 질서로부터 일탈하는 징후들을 형상화하고 있음에도 불구하고 이러한 일탈의 양상 속에 여전히 중세적 사고관이 잔존하고 있음을 보여주고 있는 것이다.

본질적인 자기 반성의 부재는 정생의 또 다른 욕망 충족을 위한 탐색을 낳고 있는 바, 삼청동 낭자로 인해 현실 세계에서는 다시금 회복할 여지조차 남아있지 않게 된 정생은 이번에는 비현실계에서 욕망 충족을 시도하고 있다. 정생이 경험했던 현실적 좌절감과 절망감은 비현실계에서 치유되고 있으며, 비극으로 끝난 애정의 경험과 그로 인한 시련 역시 천상적인 질서와 초월적 논리에 의해 자족적인 충족감으로 전환될 여지를 시사하고 있다.

「정생전」 작가는 우연적 계기들을 연속시킴으로써 정생으로 하여금 큰 아들 묘원대사와 재회하고, 유사(類似) 이계(異界)적 공간인 이화동(梨花洞)[95]에서 사상에 대한 담론을 나눔으로써 현실 세계에서 좌절되었던 욕망을 충족해 나갈 수 있도록 안배한다.[96] 여기에 더하여 요지(瑤池) 탐방담을 삽입시킴으로써 정생이 선도를 궁극적으로 완수하는 동시에 과거의 배신으로 인한 자책으로부터 벗어날 수 있도록 하는 일종의 통과의례로 삼고 있다.[97] 담론과 이계 탐방의 결과인 선도 완성은 정신적 충족감을 제공할 뿐만 아니라 정생으로 하여금 전생사를 깨닫게 한다. 애정 좌절의 경험이 천상 질서에 의해 운명적으로 내정된 일이었음을 알게 함으로써 배신으로 인한 자책감으로부터 벗어날 수 있는 계기로 삼고 있는 것이다.

> 노인이 말하기를, "내가 속세의 잡념을 끊어버린 지 이미 오래 되었다. 그러나 오히려 약간의 번뇌가 있는 것은 당시에 네 어미에게 신의를 잃은 일이다. 돌이켜 구하려 해도 마음이 안정되지 못해 왔다 갔다 하며 떨쳐 버리지 못하였다. 비로소 관법을 써서 잠시 천상에서 놀며 가만히 전생의 일을 살폈다. 사실은 나는 옥황상제의 향로를 받치는 상 앞의 심부름꾼이었고, 네 어미는 태상노군의 약탕화로를 지키는 여종이었다. 내가 옥황상제의 명으로 약을

95) 이계로의 유입과 이계 인물과의 만남은 비애정류 전통의 장르적 지표가 될 만큼 중요하다고 볼 수 있는데, 정생이 비현실적 계기에 의해 묘원대사와의 만남이 이루어지는 속리산으로 이입되는 과정과 이화동에서의 선도 수련에서는 이계로의 이입이라는 비애정류 전통의 장르 지표가 변형되어 수용되고 있음을 발견할 수 있다.

96) "生出自宮門之北, 踰數三峻嶺, 行至十里許, 則望見俗離諸山, 縹緲於雲宵之間, 金蓮削出, 玉筍挺立, 隱隱若有物於其中, (中略) 口占一律曰, 浪跡尋眞入洞天 (中略) 從今願棄人間事, 長往桃園不復旋", 金琦, 「丁生專」, 송준호 소장본

97) "王母聞之, 顚倒出迎曰, 大師倍仙官, 枉臨陋地, 何幸如之, 揖讓而入, 設白玉校, 倚於東西北三壁之下, 老人先坐北倚, 大師坐於西倚之下, 王母見大師, 以親側讓坐, 亦夏坐東倚之前, (中略) 老人亦起而致謝曰, 過蒙寵遇, 銘感在心, 王母辭謝曰, 一自周穆王之歸, 不見貴客, 已至天八百有餘年矣, 幸蒙不暇仙佛同臨, 榮光大矣, 敢不重耶", 金琦, 「丁生專」, 송준호 소장본

가지러 왔다가 화로 가에서 주고받을 때, 마침 네 어미와 두 눈이 마주쳐 깨닫지 못한 사이에 미소를 지었다. 태상노군이 보고는 노하여 우리 두 사람의 죄를 나열하여 상제에게 고하고 지장왕부로 압송하라 명하여 법에 맞는지 의논하였다.98)

「정생전」의 작가는 현실 세계의 애정 비극이 사실은 천상계에서 선관과 선녀였던 정생과 삼청동 낭자가 죄를 지은 결과 지상계의 곤액으로 나정된 일이었다고 은근슬쩍 합리화한 것이다. 이로써 정생이 불우했던 인생을 자위할 기회를 주고 있는 동시에 삼청동 낭자를 죽음으로 몰아넣은 책임으로부터도 자유로워질 수 있는 운명적 정당성을 제공한다.99)

「정생전」의 후반부에서 끈질기게 탈각되지 않고 남아있는 것은 중세의 유교적 가치관 하에서 사족 남성들이 추구했던 가문 회복과 일가 창달의 욕망이다. 「정생전」의 후반부에서는 비현실적인 힘을 동원해서라도 타인으로부터 인정을 받는 동시에 가장으로서 한 가문을 이루고 유지함으로써 부모 구몰 이후로 해체되었던 가문을 일으키고자 했던 정생의 욕망과

98) "吾斷絶俗念, 已久矣, 然猶有一分煩惱者, 當初失信, 汝母之事, 反以求之不得, 五心憧憧往來, 除却不得矣, 始用觀法, 暫遊天上, 微探前生事, 實則余乃玉皇香案前吏也, 汝母則太上老君, 藥爐守婢也, 余以帝命, 往老君所, 取藥以來, 爐邊授受之際, 適與汝母, 兩眼相値, 不覺微哂, 老君見而怒之, 臚列吾兩人之罪, 報于上帝, 命押付地藏府, 以議當律", 金琦, 「丁生傳」, 송준호 소장본

99) 이러한 정생의 내면에서 확인되는 정조는 비애정류의 전통에서 비현실계의 종결과 현실계 복귀 과정에서 확인되는 흥진비래(興盡悲來)의 미감과는 거리가 멀다. 정생의 발화에서 확인되는 적강 사실은 부분적으로 천상계와 현실계가 순환론적 회귀의 관계를 맺고 있음을 암시한다. 일반적으로 전기소설의 공간 역시 이계와 현실계로 이루어진 이원론적 세계관을 바탕으로 하고 있으나, 이계는 현실계와 연결되는 저 너머 어디쯤 위치하고 있되, 순환론적 공간을 구성하고 있지 아니하다. 이러한 적강 모티프는 영웅소설과 같은 국문소설에서 주로 확인되는 것으로, 주인공의 천상계 복귀는 현실계의 고난을 감내하고 난 뒤에 고진감래(苦盡甘來)의 미적 원리에 의해서 이루어진다. 「정생전」은 결말에 적강 모티프를 축소 삽입함으로써 비애정류의 결구에서 일반적으로 환기되는 흥진비래의 비극적 정조 대신에 행복감의 지속이라는 독특한 양상을 구현하고 있음을 알 수 있다.

이에 대한 미련을 보여주고 있는 것이다. 정생 자신은 비록 유교에서 이단으로 취급된 신선술을 궁구하고 있음에도 불구하고, 정생을 중심으로 한 두 아들이 구성하고 있는 유·불·도의 삼교화합(三教化合)의 양상은 시종일관 유교 이념의 핵심인 '효'의 논리에 의해 이루어지고 있다. 명망 높은 고승인 묘원대사가 정생을 봉양하기 위해 환속의 정당성을 제자들에게 설득하는 논리 역시 천륜으로 합리화된 효의 논리이며, 부친을 사도(邪道)로 오도한다는 소정생의 비난에 대해 삼교화합을 설파하는 중심 논리 역시 효의 이념이다.[100)]

부친은 도교를, 서자인 큰아들은 불교를, 적자인 작은 아들은 유교를 신봉함으로써 정생의 집안은 조선조 사대부 이념에서 결코 용납될 수 없는 사상적 일탈을 보이고 있다. 그러나 삼교회통(三教回通)의 이면에는 여전히 유교 이념을 중심으로 이단을 수용하고자 하는 의식이 내재해 있다. 도교적 이념의 추구는 현실 세계에서 패가망신함으로써 재기할 기반을 완전히 상실한 정생이 자신의 실의(失義)를 자위할 수 있는 유일한 세계이다. 그럼에도 불구하고 정생은 여전히 소정생(小丁生)이라는 자기 아들의 존재를 통해 가문을 회복하고 일가를 유지하고자 하는 희망을 버리지 않고 있다. 소정생은 이화동에서 이단을 추구하는 묘원대사와의 만남을 계기로 사족으로서의 지위를 보전할 만한 경제적 기반을 획득하고 있으며, 정생은 유교의 효 논리 덕분에 헤어져 있던 아들들의 봉양을 받으며 가장으로서 존중을 받는 위치를 회복하고 있다. 삼교회통론(三教回通論)은 현실적 실의를 위무하기 위해 도교로 방향을 선회한 정생의 이념적 일탈을 합리화하면서도 여전히 현실 세계에서 자신의 가문이 유지되기를

100) 이러한 작가 의식이 극명하게 드러난 한 예가 바로 효자 보은담 삽화인 것이다. 묘원대사가 정생의 치병을 위해 동분서주하다가 산신령의 몽조 덕분에 동자삼을 얻었다는 이 삽화는 『삼강행실도』 이후로 끊임없이 재생산된 효자상을 보여준다. 문제는 삼청동 낭자를 배신한 정생이 이러한 효를 받을 만한 인물인가 하는 가치 평가가 될 것인데, 이에 대한 작가의 변명은 뒤에서 자세히 다루기로 한다.

바라는 정생의 욕망을 현실 세계와 비현실 세계 양쪽에서 성취하기 위한 사상적 논리인 것이다.

> 아버님께서 이미 계획을 정함이 있고 미천한 형이 이미 불가에 들어왔으니, 동생의 책임에 이르러는 오직 마땅히 선대의 업을 근실히 지키고 독실히 배우고 힘써 행하며 유가의 법도를 잃지 아니하여서 집안에 세 종교를 함께 세운다면 역시 좋지 않겠는가. 오직 원컨대 동생은 늙으신 아버님을 걱정하지 말고 미천한 형을 생각지 말게나. 각자 자기 일을 오로지 한다면 역시 효의 한 도리일 것이네.101)

일가 화해와 화합으로 인해 정생의 집안 인물 중에는 어느 누구 하나 욕망의 결핍으로 끝나는 인물이 없다. 정생으로 인해 불가를 떠났던 묘원대사는 윤회 뒤에 찾아올 행복한 내세를 기약 받으며, 둘째 아들 소정생은 비록 과거 급제는 못했지만 일정한 경제적 기반 위에서 일가를 유지하며 살 수 있는 예정된 미래를 약속 받는다.

> 다만 큰아들이 나 때문에 오래도록 불가를 떠나 있으면서 업보를 많이 쌓았으니, 한번 윤회함을 면하지 못할 것 같다. 그리하여 도솔천에서 반 겁을 기다리게 될 것이니, 이것이 매우 애석하구나. 그러나 맑은 거울에 조그만 티끌은 닦으면 남은 흔적이 없고 밝은 해에 한 점 구름은 지나가는 데 별로 시간이 걸리지 않으니 역시 무엇이 가슴 아프겠는가. 둘째의 기질은 본래 뛰어나지 않으니, 앞으로 과거 급제를 너무 바랄 필요 없이 삼가 학문에 힘써 집안의 명성을 떨어뜨리지 않으면 역시 다행이라 할 것이다. 내가 남은 한이 없으니 이로부터 죽을 것이다.102)

---

101) "大人旣有定計, 賤兄已入禪門, 至於嫡弟之責, 惟當謹守先業, 篤學力行, 不失儒家法門, 家庭之間, 三宗俱立, 則不亦善乎, 惟願嫡弟, 不憂老親, 不念賤兄, 各傳己事, 亦孝之一道", 金玿, 「丁生專」, 송준호 소장본

102) "雖以汝母言之, 厄會交至, 生死倏忽, 自常情觀之, 可謂哀憐, 而余之負心, 亦似可愢, 然苟無前後曲折之多端, 安得生子, 寧謦竟歸大法, 其所成就如是之盛乎, 此莫非氣數之所致, 造物之所使者也, 汝母之靈, 今必大覺, 無所遺憾, 余歸九天, 當與

이처럼 「정생전」 후반부에서 확인되고 있는 유교적 세계관과 계층 의식의 잔존 양상은 남성 주인공인 정생의 인물 형상에 자전적 경험을 강하게 투사함으로써 자신의 현실적 불우를 문학을 통해 자위하고자 하는 김기의 작가 의식에 기인한다. 「정생전」은 후반부로 갈수록 작가 김기의 자전적 경험과 작중 서사간의 관련성이 더욱 강화되고 있는 바, 김기는 정생에 대한 정서적 밀착을 오히려 후반부로 갈수록 확대하고 있음을 알 수 있다. 이로 인해 작품 전반부 정생의 반성에서 확인되는 계층 갈등에 대한 비판적 안목은 의미를 잃고, 사족 남성의 변심에 대한 해명과 합리화가 작품 후반부를 지배하고 있는 것이다.

「빙허자방화록」은 관념적 절의를 탈피하지 못한 작자의 의식이 작중 서사에까지 침투하여 「심생전」과는 정반대로 계층 갈등과 변심의 심각한 의미가 반성되지 못하고 있으며, 관념적 절의를 재확인함으로써 갈등이 미봉되는 양상으로 결구되고 있다. 「빙허자방화록」의 결말 방식에서 확인되는 이러한 한계는 작가 스스로가 계층 갈등의 본질을 직시할 비판적 안목을 갖추지 못한 개인적 성향에 기인한다. 작가 의식의 관념적 성향 때문에 「빙허자방화록」에서 남성의 변심으로 인한 애정 갈등은 오히려 사족 남성의 계층적 편견과 우월감을 재확인시키는 방향으로 기울어지고 있는 것이다.

「빙허자방화록」의 작가 의식적 한계는 우선 남성 주인공인 빙허자를 자기 반성이 부재한 인물로 형상화하고 있는 양상에서 구체적으로 확인된다. 빙허자는 매영과의 인귀교환을 뜻하지 않은 운명의 결과인 분리를 극복한 재화합으로 인식한다. 인귀교환이 종결되고 영원한 이별을 해야

汝母, 笑說前塵, 翺翔於無窮之門, 不亦樂乎, 但長兒, 以余之故, 久辭法門, 多作緣業, 一番輪回, 有似不免, 而兜率前朔, 遲了半劫, 是甚可惜, 然明鏡微塵, 拭無留痕, 白日点雲, 過不逾時, 何傷哉, 季兒氣質, 本自不高, 前頭成立, 不必過望, 而勤愼力學, 不墜家聲, 亦云幸矣, 余無餘憾, 從此永訣矣", 金琦, 「丁生專」, 송준호 소장본

하는 순간 표출되고 있는 빙허자의 정서적 반응 역시 비현실적인 재화합의 한시성에 대한 한탄과 현실계에 혼자 남겨진 외로움, 상실감, 애상감 등이다. 빙허자는 「이생규장전」의 주인공들이 명혼 모티프를 통해 보여주고 있는 정서적 반응과 유사한 양상을 보여주고 있는 것이다.

> 죽음을 헤아릴 수는 없고 다만 삶만 헤아릴 수 있어,
> 칠일 동안의 행로에 채찍질을 가하여 길을 재촉하네.
> 그대는 어찌 먼저 죽어 꽃다운 맹세를 저버렸나.
> 꽃은 지고 비 오는 밤에 자취는 아득하고,
> 이슬이 방울지고 봄바람 부는데 눈물만 소리 내어 떨어지네.
> 만약 구천에 가서 한번이라도 볼 수 있다면,
> 바로 돌아가서 깊은 정을 말 할 텐데.[103)]

그러나 이러한 빙허자의 정서적 반응은 「이생규장전」과는 달리 죽음이나 현실 초월로 이행되지 않는다. "이후로 다시는 서로 보지 못하고 영원히 이별했으니, 아아 슬프도다"라고만 서술되어 있는 「빙허자방화록」의 결구는 인귀교환 이후에도 현실 세계 속에서 빙허자의 삶이 여전히 지속된다는 것을 암시한다. 여기서 확인되는 것은 매영의 죽음으로 인해 빙허자가 자기 반성에 이르지 못했던 바와 마찬가지로, 인귀교환 역시 빙허자의 삶의 방식에 심중한 영향을 미치지 못했다는 사실이다.

이러한 결말 방식 때문에 「빙허자방화록」은 변심으로 인한 새로운 계층 갈등과 「이생규장전」식의 당위적 애정 형태가 결합됨으로써 갈등 계기의 심각한 의미가 비판적으로 부각되지 못하고 있다. 관념적 절의의 재확인이라는 전통적 주제로 환원되고 마는 결과를 빚고 있는 것이다. 이처럼

---

103) "不能料死但料生, 抽捉行鞭七日程, 我忍獨存尋宿約, 君何先逝罷芳盟, 花殘夜雨杳無迹, 露滴春風淚有聲, 如到九原應一見, 定將歸去道深情", 「憑虛子訪花錄」, 김기동・이종은 공편, 전게서, 346쪽

애정 비극을 초래한 자신의 책임을 반추하지 못하고, 인귀교환을 현실에 대한 재인식 기회로 승화시키지 못하는 빙허자의 자기 반성 부재야말로 「빙허자방화록」에서 남성의 변심으로 인한 애정 갈등이 심중한 비극성을 획득하지 못하고 어정쩡한 형태로 미봉되는 이유라 할 수 있을 것이다.

「절화기담」은 하층 여성 쪽이 먼저 사랑을 포기하기 때문에 사족 남성의 계층 의식이 갈등을 야기하는 직접적인 요인이 되지는 않는다. 그러나 사족 남성이 하층민들에게 우월감을 표출함으로써 자신이 처한 민망한 상황을 모면하려고 한다는 점에서 역시 남성 중심적 시각이 개입되고 있다.

> 대장부가 어찌 한갓 여자 때문에 연연해서야 되겠습니까? 지금 이후로 내가 맹세컨대 '매'라는 한 자도 말하지 않겠습니다.[104]

남의 유부녀를 유혹하려다 뜻을 이루지 못하자, 이생은 이를 통해 사랑의 문제를 진지하게 고민하기보다는 사족으로서 일개 하층 여성 하나 유혹하지 못했다는 사실 때문에 민망해 한다. 심지어 이를 사족 남성으로서의 체면이 손상된 일로 받아들인다.

이러한 이생의 자기 본위적 사고는 순매의 돌연한 결별 선언에 직면한 태도에서도 드러난다. 이생은 결코 결별에 내포된 본질적인 의미를 직시하지 못하며, 자신들의 사랑이 직면하고 있는 현실적 문제에 대한 진지한 회의에 도달하지도 못한다. 이생에게서는 그저 전통 사회에서 묵인되어 온 사족 남성과 하층 여성 간의 불륜이 다소 마찰은 있겠지만, 별다른 어려움 없이 성취될 수 있으리라는 막연한 생각으로 순매에게 구애했던 그 이상의 현실적 고민은 발견할 수가 없다. 뿐만 아니라 이별의 순간에도 역시 사회 현실에 대한 새로운 전망이나 삶에 대한 인식의 전환 등은 전

---

104) "大丈夫, 寧以一女子, 眷眷爲哉, 今而後吾誓, 不言梅之一字", 「折花奇談」, 일본 동양문고본

혀 나타나지 않는다.

(2) 여성 주인공에 대한 서술자의 태도

남성 중심적 서술시각의 개입은 하층의 소외나 희생을 정당화시키는 전통적 관념이 완전히 탈각되지 못하고 여전히 잔존하면서 서사의 이원화를 초래한다. 「정생전」에서는 정생의 일가뿐만 아니라 계층 갈등의 비극적 희생양이 되었던 삼청동 낭자까지도 초월적 논리에 의해 결국에는 천상에서 충족을 획득한 것으로 합리화되고 있다.

> 비록 네 어미의 일로 말한다면 액운이 교대로 이르러 생사가 눈 깜짝할 사이였으니, 정리로 본다면 불쌍하다고 할 만하고, 나의 배신한 마음 역시 부끄럽다 할 만하다. 그러나 전후 사정의 복잡함이 없었다면 어찌 아들을 얻었겠으며, 어찌 마침내 큰 법으로 돌아가 그 성취한 바가 이처럼 성대했으리요. 이것은 운수가 이른 것이요, 조물주가 시킨 것이 아님이 없다. 내 어미의 혼령이 지금 필시 크게 깨달아 남은 한이 없을 것이니, 내가 저승으로 돌아가 마땅히 네 어미와 함께 전의 속세의 일을 웃으며 이야기하고 끝없는 세계에서 춤추고 노닒이 또한 즐겁지 아니하겠느냐.105)

삼청동 낭자가 초월계에서 천상적 존재로서의 자족감을 회복했다는 식의 설정은 초월적 세계를 지향하면서도 여전히 유교의 효 논리에 입각하여 가문 회복에 대한 희망을 포기하지 않는 정생의 욕망과 연장선상에 있다. 초월적 세계를 경험하고 난 뒤에도 끈질기게 정생의 의식 기저에서 사라지지 않고 있는 유교적 계층 의식이 이처럼 자기 본위로 계층 갈등에 대한 책임을 합리화하려는 양상으로 나타나고 있는 것이다.

---

105) "雖以汝母言之, 厄會交至, 生死倏忽, 自常情觀之, 可謂哀憐, 而余之負心, 亦似可愧, 然苟無前後曲折之多端, 安得生子, 寧馨竟歸大法, 其所成就如是之盛乎, 此莫非氣數之所致, 造物之所使者也, 汝母之靈, 今必大覺, 無所遺憾, 余歸九天, 當與汝母, 笑說前塵, 翱翔於無窮之門, 不亦樂乎", 金琦, 「丁生傳」, 송준호 소장본

「절화기담」의 작가는 전통적 윤리를 일탈할 만큼의 의식적 각성과 지적인 회의를 갖추지 못한 하층 여성이 결국 관습에 굴복하여 애정의 신의를 지키지 못한 작중 서사 세계를 비판적으로 평가할 만한 안목을 보여주지 못하고 있다. 「절화기담」에서는 순매를 가정 밖에서 낭만적 사랑을 추구하고자 하는 욕구는 지니고 있으나, 그녀의 의식수준이나 행위방식은 가부장제 사회의 강고함에 도전할 만큼 의지도 용기도 없는 여성으로 그리고 있다. 순매의 모습은 모순의 진정한 실체를 직시하지 못하고 단지 자기 처지의 고단함을 푸념하다 결과적으로는 가정으로 복귀하는 무의지적인 여성의 형상을 보여주고 있는 것이다.

「빙허자방화록」의 작가는 매영의 인물 형상에서도 자신의 관념적 성향을 유감 없이 드러내고 있다. 애초에 작가는 빙허자에게 결연 이후의 현실적 대책을 집요하게 요구할 정도로 매영을 어느 정도 현실 감각을 소유한 인물로 형상화한 바 있다. 그러나 빙허자의 배신 이후, 작가는 매영에게 비극의 원인을 직시할 안목을 전혀 부여하지 않고, 「이생규장전」 식으로 운명에 모든 것을 돌리는 수동적인 모습을 부각시키고 있다. 매영은 빙허자의 배신을 추궁하는 것은 상상조차 할 수 없음은 물론 빙허자가 자신을 배신했다는 사실조차 인지하지 못하는 모습으로 나타난다.

「빙허자방화록」의 매영이 남긴 유서는 이별에 대한 절절한 슬픔과 자신의 비극적 죽음에 대한 원망의 정서로 가득차 있다. 이러한 매영의 원망 속에는 신의를 지키지 않은 빙허자의 태도를 변심으로 인식조차 하지 못하는 자각의 부재가 내포되어 있다. 빙허자의 변심을 문제 삼지 못하고 오직 다른 집안과의 혼사를 권유하는 부모의 뜻만을 운명적 횡포로 인식하는 것이다.

원귀가 되어 다시 빙허자 앞에 나타난 매영의 모습에서도 이와 같은 자각 부재가 드러난다. 매영은 자신의 죽음을 운명에 의한 뜻하지 않은 이별로 인식하는데, 이와 같은 태도는 만남과 이별의 교체[106]를 운명적으로 받아들이는 「이생규장전」의 여주인공과 다를 바 없다. 죽음이라는 영원한 이별이 초래된 원인이 달라지고 있음에도 불구하고 매영은 그 본질적 변화를 전혀 간파하지 못하는 것이다.

> "인간의 삶에 살고 죽는 것은 아침과 저녁이나 같은 것이라. 모든 사람들이 면하기 어렵습니다. 어찌 과도하게 슬퍼하십니까? 다만 한스러운 것은 살아서도 서로 따르지 못했는데, 죽어서도 또 영원히 이별하는 것입니다. 지금까지 공자가 이렇게 슬퍼하시니, 비록 눈을 감으려 해도 그리할 수 있겠습니까?"
> 인하여 서로 만났던 처음의 일과 미흡했던 정, 서로 이별한 후의 일, 병들었던 까닭을 말하니, 눈물이 흘러 말을 못하고 슬픔을 이길 수 없었다.[107]

게다가 매영은 자신이 귀신이 되어 빙허자와 재회할 수 있게 된 원인을 죽기 전까지 빙허자에 대한 사랑과 믿음을 변치 않았던 지조에 두고 있다. 만약 빙허자가 매영을 배신하지 않았더라면 매영의 지조는 영원불변한 애정 테마를 형성한 한 요인으로 해석될 수도 있을 것이다. 그러나 빙허자의 배신이 일단 이루어진 이상 이러한 매영의 태도는 애정 비극의 현실적 원인에 대한 자각 부재로 해석될 수밖에 없다. 여기서 명혼 모티프와 변심 테마의 괴리가 확인된다. 「빙허자방화록」은 애정 갈등의 측면에서는 남성의 변심에 의한 여성의 비극적 죽음을 형상화했으면서도, 결말에 이르러서는 명혼 모티프를 통해 영원한 사랑을 재확인하는 「이생규장전」의 양상과 분위기를 모방하는 방향으로 나아간 것이다.[108]

---

106) 박희병, 「전기소설의 장르관습과 『금오신화』」, 전게서, 208쪽, 210쪽

107) "人生生滅, 有同朝暮, 衆所難免, 何用過度, 但所恨者, 生不相從, 死又永別, 至今公子, 如是悲傷, 雖欲瞑目, 其得乎, 因叙相逢之初, 未洽之情, 相別之後, 致病之由, 涕隨言零, 悲不勝", 「憑虛子訪花錄」, 김기동 · 이종은 공편, 전게서, 346쪽

108) 이 외에도 『금오신화』식의 영원 불멸한 애정의 분위기가 나타나는 대목이 있다. 바로 매영의 죽음에 대하여 빙허자가 제문을 짓는 대목이다. 이 부분에 오면 앞서 빙허자의 배신과 매영의 죽음을 대비적으로 묘사함으로써 남성의 변심으로 인한 비극적 의미를 고조시켰던 관점과 분위기는 오간 데 없어지고, 「만복사저포기」처럼 오직 매영의

이러한 매영에게서는 「심생전」의 궐녀처럼 간략하지만 날카로운 비난을 기대할 수 없다. 오히려 매영은 인귀교환 대목에서 오히려 열을 지키다 죽어간 열녀로 공인 받기를 원하는 관념적 절의의 화신과도 같은 모습을 보여준다.

> 제가 죽은 것은 저승에서 한 것입니다. 그러나 또한 저의 정조를 높이 사서 예의로 대함이 자못 넉넉했으므로 하룻밤의 반만큼의 말미를 청할 수 있었던 것뿐입니다. 그렇지 않았다면 어찌 여기에 왔겠습니까? 바라건대 공자께서는 천한 저 때문에 삶을 잊고 근심을 하지 마시고, 잠을 잘 자고, 음식을 잘 드십시오. 동방에 어찌 미인 한 사람이 없겠습니까?(중략)
>
> 훗날 입신양명하시거든 잊지 마시고, 어떤 산에 있는 땅을 골라 비석을 세우게 하여 천만년 후에라도 가리키며 일컫기를,
>
> '이는 곧 어떤 벼슬을 한 누구 아내의 무덤이라고 한다.'
>
> 고 해 주시면 다른 소원은 없겠습니다.[109)]

매영은 자신의 죽음을 사족 남성의 계층적 편견에 의한 희생으로 인식하지 않는다. 남성에 대한 절의를 완수한 일종의 열행으로 받아들이고 있음을 알 수 있다. 이러한 매영의 발화에서 확인되는 것은 본인의 절의 준수에 대한 자부심이며, 열행의 대가로 사족 남성의 가문으로부터 며느리로 인정받을 수 있으리라는 바람이다. 여기에는 아내로 기록될 수 있다면 젊은 나이에 요절한 자신의 죽음쯤은 전혀 아깝지 않다는 식의 열행을 통한 신분 상승 의식이 표출되고 있다.

「빙허자방화록」의 작가가 이처럼 매영을 중·하층 열녀담의 주인공과

죽음을 운명적 장애에 의한 애정의 좌절로만 치부하는 빙허자의 태도가 드러난다.

109) "妾之死也, 冥司以爲無非, 而且又嘉我貞操, 禮待頗優, 故爲請半夜之暇耳, 不然, 何以至此, 幸望公子, 無以賤妾之故, 忘生思慮, 保嗇眠食, 東方曾無一美人乎, (中略) 他日立身揚名, 如有不忘, 命於一坏之土, , 立以三人之碣, 使千萬世, 多少指點稱之曰, 此乃某官某之墓云爾, 則志願畢矣", 「憑虛子訪花錄」, 김기동·이종은 공편, 전게서, 346쪽

같은 모습으로 고착시키고 있는 이유는 남성의 배신에도 불구하고 여성은 절의를 지켜야만 한다는 작자 자신의 관념 때문이다. 또한, 여기에는 사족의 잘못을 전통적 관념으로 무마시키려는 작가의 의식이 내재해 있다고도 볼 수 있다.

(3) 서술자의 목소리와 남성 중심적 서술시각

「정생전」, 「절화기담」에서는 서술자가 직접 나서서 설명하는 전지적 논평을 통해 남성 중심적 시각의 개입을 해명하거나 정당화한다. 이들 작품의 전지적 논평[110]에서 정당화의 준거로 삼고 있는 것은 두말할 나위도 없이 전통적인 남성 중심적 가치관이다.

「정생전」의 작가 김기는 작품 후반부에 노출되고 있는 현실 초월의식이 작품 전반부에서 드러난 계층 갈등에 대한 안목과 조화될 수 없음을 인식하고 있다. 이러한 의식이 작가 후기에서 드러난다. 여기서 김기는 삼청동 낭자를 배신한 정생이 어떻게 청복(淸福)을 누릴 수 있겠느냐고 자문한 뒤, 정생과 삼청동 낭자의 전생담을 끌어와서 천상계의 논리로 정생의 변심을 정당화한다. 정생의 배신은 그가 의도한 것이 아니라 천상에서 내정된 곤액의 일부일 뿐이라는 것이다. 뿐만 아니라 묘원대사와의 전생 인연까지 설명하면서 부처의 제자인 묘원대사의 전신이 인간의 모습으로 화할 수 있었던 공로가 정생에게 있다는 논리를 제시함으로써 작품 후반부의 낭만적 초월 지향을 정당화하고 있다.

외사씨(外史氏)가 말하기를,

110) 논평적 전지는 서술자가 특정 인물에 특별한 비중과 의미를 부여하고자 할 경우, 이에 대해 해명하고자 하는 시각이다. 서술자는 이러한 정당화를 보편적으로 일반화되어 있는 전통적 관념에 기대어 당연한 것으로 취급한다. 그러나 이러한 논평은 전통적 관념에 의거한 것인 만큼 새로운 가치관을 소유한 독자에 의해 얼마든지 뒤집어질 수 있는 소지를 내포하고 있다.

"기이하구나, 정생의 일이여!

논자는 '정생이 본래 박정한 남자이고, 의리 없는 장부로 여자를 배신하여 끝내 죽음에 이르게 하였으며, 자기가 낳은 바를 자식으로 키우지 않고 떠돌아다니게 했으니, 그가 죽을 때까지 불우한 것이 이치에 반드시 맞을 것인데, 늙어서 온 청복은 무엇을 닦아 이른 것인가. 이로써 천도를 믿기 어려울까 의심한다.'고 여긴다.

그러나 내가 말하기를, '그렇지 아니하다. 이는 정생이 스스로 한 것이 아니라, 조물주가 시킨 것이다. 어째서 그런가 하면 대개 삼청동의 일은 신령스런 승려가 먼저 안 일이다. 마침 그 기회를 만났으나, 누가 그 인연을 감당할 것인가. 여자에게 민첩하고 총명한 성질이 있고, 모친의 영혼이 꿈에 알려주고, 정생 역시 재주 있는 선비였으니, 문덕이 모인 것이다. 두 아름다운 사람이 필시 합하여졌으니, 어찌 향기를 지어낼 수 없겠는가. (중략)

비록 보통 사람이 말할 때도 장차 큰 일을 함에 작은 예절에 구속되지 않는다 하였으니, 하물며 신이 정하신 운명임에랴. 생불이 세상에 내려와 인과응보를 지을 때, 한 여자의 불우한 운명과 학문 닦는 선비의 배신은 그 길이 말미암은 바를 지남에 스스로 그러하지 않을 수 없는 바의 것이 있는 것이다. 운수가 다다른 바이니, 어찌할 수 없다. 또한 정생이 비범한 품성으로 이인을 낳아 그 공이 적지 않은데도, 말년에 봉양을 지극히 받음을 두고 불가하다 하는구나. 아아, 이는 다만 정생이 한 것이 아니라, 천하의 일과 길흉화복이 서로 말미암음이 모두 그러하지 않음이 없는 것이다.(하략)'111)

김기가 「정생전」을 기획할 단계부터 이미 이러한 구도를 의도했음이

111) "外史氏曰, 異哉, 丁生之事也, 論者以爲, 生自是薄情男子, 無義丈夫, 失信兒女, 竟到其死, 佛子所生, 遊離失所, 其終身坎軻, 理所必至, 晩來淸福, 何修而致, 以此疑天道之亂諶, 然愚則曰, 不然, 此非生之自爲也, 乃造物者之所使也, 何以其然, 盖三淸毓靈, 神僧之先知也, 適會其期, 誰當其緣, 女有慧性, 母靈造兆, 生亦才子, 文明所鍾, 兩美必合, 寧馨可做 (中略) 雖以常人之言之, 將擧大事, 不拘小節, 而況神人定命, 生佛降世, 因果緣業之際, 一女子之非命, 小學究之失信, 其路徑所由, 自有所不得不然者也, 氣數所迫, 無可奈何, 且生自非凡品篤, 生異人, 其功不細, 晩年食報, 孰云不可, 嗚呼, 此非但丁生爲然, 天下之事, 吉凶禍福之相因, 莫不皆然 (下略)", 金琦, 「丁生專」, 송준호 소장본

작품 서두의 해설에서 확인된다. 김기는 정생을 자족적 충족의 세계로 안내할 인물인 묘원대사의 존재를 애초부터 면밀한 의도에 의해 작품 초반부에서부터 암시하고 있다.

> 삼청동은 곧 성으로 둘러싸인 시가지의 특별한 구역이다. 북한산 아래에 있었는데, 성 뒤에는 도봉산과 삼각산이 빼어나게 솟아 우뚝 서 있었다. 근엄하여 덕이 있으니, 장륙불상이 연화탑 위에 마주보고 서 있는 것 같았다. 두 산의 신령하고 맑은 기운은 삼청동에 왕성하게 모여 있었고, 산수의 빼어남은 동방의 제일이었다. 국초에 신승 무학이 한양을 나라의 도읍으로 점지하여 삼청동을 가리켜 이르기를, "이로부터 이 백년 후 이 마을에 뛰어난 인물이 날 것이다."라고 하였다.112)

이처럼 김기가 후기에서 논리적 합리화를 시도하고 있다는 것은 작품 후반부에 나타나는 정생 본위의 욕망 충족의 양상이 작품 전반부의 애정 비극과 비교할 때, 그 결합 양상이 지나치게 비약적이고 비논리적이라는 사실을 스스로 시인하고 있다는 것을 나타낸다. 그럼에도 불구하고 김기는 계층 갈등에 대한 비판적 조망보다는 자신이 속한 계층 출신의 남성 주인공에게 자전적 경험을 투탁함으로써 개인적으로 경험한 현실적 불우감을 문학을 통해 자위하는 방향을 택하고 있음을 보여준다.

「절화기담」의 서사 세계와 작가 의식 간의 불일치는 작가의 자전적 경험담이 허구적으로 작품화되는 창작 과정의 특성에 있다고 생각된다. 「절화기담」의 작중 서사적 상황을 조망하는 작가의 입장 역시 사족 남성의 전통적인 계층적 시각과 동일 선상에 놓여 있다. 「절화기담」 작가의 시각은 애정을 좌절시킨 진정한 원인을 직시하지 못하고 있으며, 작중 서사를

112) "時當仲春, 諸生乘閒, 遊於三淸洞, 三淸洞者, 乃城市中別區也, 在於北山下, 城後道峰三角之山秀出特立, 儼然有德, 如丈六金身, 對立於蓮花塔上, 兩山靈淑之氣, 丁蓄於三淸水石之勝, 甲於東方, 國初神僧無學, 占漢陽國都, 指三淸洞曰, 自此二百年後, 有異人於此洞云", 金琦, 「丁生專」, 송준호 소장본

상층 남성의 색욕에 대한 경계라는 관념적인 방향에서 해석함으로써 본질을 회피하고 있다. 작중 서사 세계에서 환기되는 개인과 사회 간의 갈등 속에서 좌절된 개인의 의지에 초점을 맞추지 못하고, 오히려 전통적 집단 속에서 규범화되어 온 가치관을 재확인함으로써 작가로서는 도저히 이해할 수 없는 새로운 갈등의 양상과 의미를 해석하고자 하는 의도를 드러내고 있는 것이다.

> 술과 여색과 재물과 호기는 곧 사군자도 감당하기 어려운 것이다. (중략) 그 몸을 죽이고도 후회하지 않는 사람도 있고, 그 집을 망하게 하고도 돌아보지 않는 자도 있는데, 일시에 욕심을 드러내어 일이 도리어 들리는 것이 없게 되는 것이다. (중략) 애석하도다! 차라리 서로 정이 들기 전에 고통스럽게 끊어버리는 것만 같지 못하다.[113]

> 그러므로 술을 많이 마시고 취하여 나라를 잃게 되고 미색에 홀리어 제 몸을 불사른다. (중략) 마침내 소위 점점 빠져드는 경지에 들어간 후에야 그치게 되니 어찌 두려워하지 않겠는가? (중략) 이제는 진정 여색에 사람이 미혹되기 쉬움을 알겠다.[114]

「절화기담」 작가의 관점은 비녀들을 당연히 사족 남성의 애욕대상으로 보는 전통적 계층 의식을 탈피하지 못하고 있다는 점에서 조선조에 성행한 비첩 획득담류에 투영된 상층 향유층의 의식수준을 탈피하지 못하고 있음을 보여준다. 사실 전통 사회에서 비녀들은 비록 유부녀라 할지라도 상전의 애욕에 봉사할 의무를 지니고 있다는 통념이 있었으며, 이러한 관

113) "酒色財氣, 卽士君子之所難也 (中略) 有殺其身不悔者, 有亡其家不顧者, 以逞一時之慾, 事反無聞焉, 惜乎, 莫如痛斷, 於未遇之前, 然猶幸, 自絶於一見之後也", 南華散人識, 「折花奇談」, 일본 동양문고본

114) "因牛飮之醉, 而失邦, 因狐媚之色, 而焚身 (中略) 須入於向, 所謂浸浸之境, 而後已, 可不懼哉 (中略) 今以後方知, 色之所媚, 人之易惑也", 石泉主人 自序, 「折花奇談」, 일본 동양문고본

계는 사족 남성의 비첩 획득담류의 야담에서 단골 소재가 되어왔다.[115]

이 점에서 「절화기담」 작가는 기혼자 간의 불륜적 사랑에 내포된 윤리적 문제를 통해 주인공들을 새로운 인식에 이르게 할 만큼 작가 스스로 당대 사회 현실과 구성원인 개인 간의 마찰에 대해 비판적 안목을 갖추지 못하고 있음을 드러낸다. 「절화기담」 작가는 이처럼 본질적 문제를 집중적으로 조명하기를 회피하고 오히려 전통적 계층 질서와 윤리로 복귀함으로써 기존 질서 속에서 안주하고자 하는 지향을 드러내고 있다고 할 수 있을 것이다.

이상에서 확인한 바와 같이 조선 후기 전기소설에 나타난 남성 중심적인 서술자의 전지적 논평이나 설명은 서술태도의 이원화와 아이러니[116]를 유발한다. 작중 서사에서 환기되는 애정의 문제적 의미가 이를 전도시키는 서술자의 발언을 통해 아이러니를 불러일으키는 것이다. 이러한 아이러니는 가치관이 혼재된 당대의 시대적 상황 속에서 전통적 가치관으로는 설명이 불가능한 새로운 서사적 상황과 이에 대한 전망을 갖추지 못한 서술자 간의 의식적 불일치를 드러낸다. 그 자체로 전통적 관념과 근대적 변화상이 혼재되어 있는 근대 이행기성을 단적으로 보여주는 것이다.

3) 다층적 서술 시각과 개별적 욕망의 조망

(1) 인간 개별 욕망의 다층적 초점화

조선 후기 전기소설의 주인공들은 자기 본위의 욕망에만 집중하고 있기 때문에 대화 과정에서 의사소통의 어긋남이 확인되었다. 애정 파탄 역

---

115) 비녀담에 대해서는 정병설·다크 피터슨, 「조선조 문학과 노비」, 『진단학보』87, 1998 참조

116) 채트먼은 서술자의 시각이 혼재되어 있는 경우, 이러한 서술자를 아이러니한 서술자로 명명한 바 있다. 채트먼, 김경수 역, 『영화와 소설의 서사구조』, 1990, 민음사, 278쪽 참조

시 이와 같은 자기 본위적 욕망과 그로 인한 욕망의 상충에 기인했다. 그런데 주인공들의 애정에 개입하는 주변 인물들에게서도 이러한 욕망의 자기 본위성이 확인된다. 주인공들과 주변 인물들의 관계 속에서 현실적 욕망의 다양한 형태가 드러나고 있다. 개별 인물들의 욕망을 다층적으로 드러내는 것이다.[117)]

이처럼 주인공들의 관계에 개입하는 인물들은 자신의 욕망에 충실한 인물들로서 정형화된 악인형으로 형상화되지 않고 있다는 점이 특징이다.[118)] 외적인 억압을 상징하는 주인공들의 부모나 가족 구성원들은 나름

117) 조선 후기 전기소설의 서술시각은 서사 전개에 따라 가변적인 양상을 보여준다. 만남 · 결연 · 갈등에 이르는 전반적인 전개과정에서는 남녀 주인공 · 주변 인물들의 개별적 욕망이 다양하게 조망되는 다층적 초점화 양상이 나타난다. 그러나 애정 파탄 이후로는 갈등을 종결하고 작중서사를 해석, 논평함으로써 한쪽으로 평가가 고정되는 방향으로 나아간다. 제라르 즈네뜨가 규정한 이른바 다중양식(polymodality)적 특징이다.(제라르 즈네뜨, 권택영 역, 『서사담론』, 교보문고, 1972, 177-189쪽) 서사의 전개과정에서는 개별적 인물들 각각의 욕망을 다양하게 부각시키다가, 결구부분으로 갈수록 특정 인물을 중심으로 시각이 고정되는 양상이 나타나는 것이다. 이러한 점에서 조선 후기 전기소설은 서술시각이 가변적이라고 할 수 있는데, 이러한 측면은 주로 장편소설에서 나타나는 장르적 특질이다.(스탄젤, 김정신 역, 『소설의 이론』, 1991, 문학과지성사, 194-195쪽) 조선 후기 전기소설은 대체적으로 중편소설의 분량으로 되어 있으므로 이러한 장편소설적 서술시각이 나타나고 있는 것이다. 단, 「심생전」은 분량상으로 보면 명백히 단편이기 때문에 다른 작품들에 비해 상대적으로 시점의 가변성과 다중성이 현저히 약화되어 있는 것이 사실이다. 그러나 등장 인물들의 개별 욕망 조망으로부터 서술자의 가치 평가에 따른 고정된 초점화로 나아가는 가변적 초점화의 기본적 특징은 공유하고 있다. 이와 같은 가변적 초점화 방식을 통해 조선 후기 전기소설 서술자는 작중 서사가 환기하는 문제에 대한 자신의 입장을 드러내게 된다. 그런데 이러한 양상 속에서는 궁극적인 초점을 누구에게 맞추고 있느냐 하는 점이 중요한 문제이다. 서술자에게 호의를 받고 있는 인물이 궁극적인 초점 대상이 되기 마련이며, 이는 작가의 심층 의식 속에 들어있는 가치에 대한 결론을 드러내기 때문이다. 서술시각의 편차는 특히, 특정 인물에 대한 정보의 양과 질, 초점화 양상, 심리적 거리와 태도, 평가 등에서 차이를 가져온다. 이러한 관점에서 볼 때, 조선 후기 전기소설에서는 궁극적 초점 대상이 남성 주인공이냐, 여성주인공이냐의 편차를 보여준다.

118) 17세기 전기소설에서 주인공들의 애정에 개입하는 인물들은 명백한 악인형으로 고착되고 있으며, 권선징악적 원리에 의해서 징치되고 있다. 물신적 욕망에 의해 주인공들을 사지로 몰아넣고 있는 「운영전」의 특이나, 성적 욕망으로 인해 주인공들에게 온

대로 자신들이 평생을 통해 내면화해 온 규범에 충실하고자 한다. 남녀 주인공 사이에 끼어들어 애정의 삼각 관계를 이루는 「빙허자방화록」의 영산홍이나 「포의교집」의 중약 같은 인물들도 상대를 유혹하고자 하는 정욕에 따라 움직일 뿐 권선징악(勸善懲惡)적 시선에 의해 징치되지 않는다. 「정생전」의 은세공장이는 치부를 위해 부정축재를 한 부도덕한 인물임에도 불구하고 오히려 묘원대사를 궁지에서 구하는 보조적 기능을 하고 있으며, 「절화기담」의 노파·간난, 「포의교집」의 사선 등의 인물들 역시도 자신의 물질적, 성적 욕망을 추구하는 인물들로 나타날 뿐 징치되어야 할 악인으로 형상화되지 않는 것이다.

권선징악적 인물구도는 인물 형상화에 있어서 작가의 서술 기법이 정형화되어 있고 평면적이며, 예측 가능성의 한계를 내포하고 있다.[119] 그러나 조선 후기 전기소설은 심지어 부정적 인물일지라도 이분법적으로 고정된 악인으로 고착시키지 않고 있는 것이다. 이 점은 조선 후기 전기소설이 성취하고 있는 인물 형상화의 근대성이라고 할 수 있다.

조선 후기 전기소설은 등장 인물들의 다양한 욕망을 효과적으로 부각시키기 위해 극적 장면화, 의사소통의 와해 등의 기법을 활용하고 있다. 이러한 인물 형상화 기법들은 서술자가 직접적으로 설명하는 인물 평가적 언술 대신에 상황의 충실한 재현과 보여주기에 의해 간접 제시하는 방식이다. 근대 이행기와 같이 권위적 규범이 해체되는 시기에는 서술자에 의한 직접제시보다는 이러한 간접적인 방식을 활용할 때, 개별 인물들이 품고 있는 다양한 욕망들을 다층적으로 드러내는 데 더욱 효과적이다.[120]

갖 음모를 가하는 「동선기」의 호손달희·안기, 물질 추구를 위해 주인공들에게 위해를 가하는 「왕경룡전」의 창모·조가·무부 등의 인물들은 단순히 부정적 욕망의 좌절로 끝나지 않고 앙화를 받는 것으로 죄값을 치르고 있다.

119) Bal Mieke, 『Narratology』, trans. by christine van Boheemen, Toronto Univ. Press. 82쪽

120) 리몬, 케넌, 최상규 역, 『소설의 시학』, 문학과 지성사, 1983, 84쪽

극적 장면화는 작중 인물의 재현에 관한 문제로서 작중 인물들의 행동과 대화를 있는 그대로 녹음하듯이 보여주는 기법이다.[121] 「절화기담」에서 이생이 순매와 만나는 순간 장면이 전환되고 그 다음 장면에서 그 인물의 정체를 확인하도록 하는 기법이라든가, 이생이 순매를 기다리다가 간난에게 들킬 위험에 처하자 병풍 밑으로 숨는 장면 등에서 이러한 양상이 확인된다.[122]

「포의교집」에서 극적 제시의 특성이 가장 확연하게 드러나는 장면은 바로 여령(女伶) 모집 장면이다. 특히, 여령 장면은 특정 공간 내부에 군집해 있는 인물들을 병렬적으로 묘사하고 있으며, 각각의 인물들에게 시선을 들이대는 다각적 초점화의 양상이 두드러진다.

> 상진이 말하기를,
> "여기에 뽑혀온 자 중에는 집안이 부유하여 시비와 남편이 지키고 있는 자도 있으니, 따로 자리를 마련하여 머무른 즉 비록 바깥에서 들어오는 자라도 감히 가까이 할 수 없습니다. 의복과 장식을 모두 스스로 준비하는 고로 내외가 엄숙합니다. 만약 집안이 가난하여 스스로 준비할 수 없는 자는 오입하는 자들이 준비해 주기를 자청하니, 이에 가례를 올리기 전에 그 사람의 아내가 됩니다. 비록 가례가 끝난 뒤에도 영원히 그 사람의 아내가 되니, 본 남편도 감히 말할 수 없습니다." (중략)
> 생이 이에 가서 여령의 인물을 보니, 장내에 출입하며 모습을 드러내던 여자들이었다. 뜰 밖의 가마 안에는 아직 나와 서 있지 않고 새로 들어오는 자들이 있었다. 각 가마의 앞에는 포교가 지키고 있고, 가마 뒤에서는 시집과 친정의 친척들이 뒤따라 서 있었다. 오입쟁이, 모리배들이 연달아 이르러 가마마다 살피고 다니면서 혹은 주렴을 걷고 그 예쁨을 논하면서 아무 거리낌

---

121) 나병철 · 조정래, 『소설이란 무엇인가』, 평민사, 1991, 144-145쪽

122) 「절화기담」의 극적 장면화의 잦은 활용은 「서상기」의 영향에 기인한 것으로 보인다. 「절화기담」이 중편 정도의 작품 분량임에도 불구하고 사건 중심으로 각회의 장면 전환을 극적으로 구성하고 있다는 점, 서술자의 직접 설명보다는 인물들의 행동을 중심으로 한 간접 제시를 우선적으로 채택하고 있다는 점에서 이러한 관련성이 발견된다.

이 없었다.[123]

이 장면은 마치 한 편의 단편을 보는 듯한 착각을 불러일으킬 정도로 한 장면 속에 수많은 인물들이 등장하고 있으며, 이들 군상들 또한 제각각 다른 사연과 욕망을 지니고 있는 인물들로 설정되어 있다. 하나의 장면 묘사를 통해 개별 인물들의 심리, 가치관의 갈등 등 다양한 욕망이 총체적으로 드러나 있는 것이다.[124] 또한, 여령 장면은 화폐와 육체를 교환가치로 생각하는 물신추구의 비윤리성과 물질을 위해 가족을 팔 수도 있는 가족 윤리의 해체 징후를 객관적으로 보여주기 위해 이생·상진과 같은 등장 인물의 매개적 시선을 활용하고 있다. 이생과 상진은 일종의 보고자형, 반영자[125]적 역할을 하고 있다고 할 수 있으며, 서술자의 권한을 위임받아 장면의 객관성에 기여하고 있는 것이다.

한편, 「절화기담」에서는 인물들이 각자의 욕망에만 집착하다 보니 상대방의 의도를 잘못 이해하여 웃지 못할 상황이 벌어지기도 한다. 순매와 만날 기회를 만들기 위해 간난이를 달래려는 이생의 의도와 돈을 뜯어내기 위해 이생을 꼬여보려는 간난의 의도, 이 가운데에서 순매에 대한 이생의 마음을 일시적으로 돌리려는 동시에 간난의 욕망도 충족시켜주면서 자신의 욕심도 채우려는 노파의 의도가 복잡하게 얽혀 상호 의사소통이

---

123) "眞曰, 選入此者, 家饒者, 有侍婢及其夫守之, 別爲下處而留, 則雖外入者, 不敢近之, 衣服首飾, 皆自備, 故內外嚴肅, 若家貧而不能自備者, 則誤入者, 誰某請自當, 乃嘉禮前, 爲其人之妻, 雖家禮後, 永願爲其人之妻, 本夫不敢言 (中略) 生乃往觀, 女伶之人物, 而場內出立, 卽現身之女也, 場外步轎中, 未出立者, 新捉來者, 每轎之前, 捕校押領, 而轎後媤親間族人, 隨立焉-誤入無賴之漢, 連翩而到. 轎轎詳考, 而或捲珠簾, 論其姸媸無忌焉", 「折花奇談」, 일본 동양문고본

124) 서술자가 '여령(女伶)'의 의미를 풀이하는 대목에서는 '비초점화'(제라르 즈네뜨, 권택영 역, 전게서, 177쪽)의 양상이 확인된다. 비초점화란 서술대상이 되는 서사적 사건에 대해 서술자가 모두 알고 있을 때, 그 의미를 설명·해석하거나 주석을 첨가하여 서술 사건의 총체적 인식에 도움을 주고자 하는 것이다.

125) 스탄젤, 김정신 역, 『소설의 이론』, 문학과 비평사, 1991, 215쪽

와해되는 상황이 나타난다. 상이한 욕망을 지닌 인물들이 상황을 자신이 추구하는 욕망에만 맞도록 곡해하거나 아전인수 격으로 해석하려는 과정에서 의사소통 와해 현상이 발생하는 것이다. 이들 중 누구도 상대방의 욕망을 규제할 만한 도덕적 우위를 점하지 못하고 있기 때문에 실타래처럼 얽힌 욕망의 엇갈림 속에서 세 사람 모두 상호 간의 부도덕함을 본격적으로 제기하지 못한다. 이처럼 인물들 간의 욕망이 어긋나고 모순 되는 양상 그 자체에서 자기 모순성이 드러나게 된다.

조선 후기 전기소설에 등장하는 부정적 인물 군상들은 사실 근대 이행기에 집중적으로 출현된 인간형이다. 부정축재니 향락이니 물신이니 하는 이들의 부도덕한 욕망 추구는 전통적 윤리가 이념적 견고성을 확보하고 있는 시기에는 확대될 수 없다. 그러나 전통적 윤리가 자체 내적인 해체의 징후를 보이고, 집단 성원에 대한 통제력의 부재를 드러내게 되는 근대 이행기의 속성상 향락, 물신 등은 전통 윤리를 일탈하는 욕망 분출의 형태로서 하나의 세태를 형성하게 된다. 이러한 점에서 조선 후기 전기소설에 출현한 부도덕한 인물들의 부정적 욕망 추구와 그 다양한 형태는 그 자체로 작품의 배경이 되는 근대 이행기성을 상징한다는 의미가 있다.

이상에서 확인한 바와 같이 조선 후기 전기소설의 등장 인물들은 자기 욕망에 충실한 인물들이다. 심지어 비윤리성과 부도덕성이라는 부정성을 드러내고 있는 인물들조차도 하나의 욕망 주체로 나타나고 있음을 알 수 있다. 부정적 욕망에 충실한 인물이나 이들이 형성하고 있는 물신적·향락적 분위기에 휩쓸려 가지 않으려고 하는 여주인공들이나 양쪽이 각기 반대의 극단에 존재하는 욕망 주체로 그려지고 있는 것이다.

(2) 중·하층 여성의 소외된 욕망 표현

조선 후기 전기소설은 소외된 중·하층 여성들의 욕망에 특별한 관심을 기울이고 있다. 중·하층 여성들이 어떠한 욕망을 지니고 있었는가, 당대 현실 속에서 그녀들의 욕망이 무엇 때문에 좌절될 수밖에 없었던가 하는 문제를 부각시켜서 보여주고 있는 것이다. 조선조 여성들에게 본능은 억제되는 것이 부덕으로 장려되었으며, 욕망 표출은 유교 관념의 금기체제 속에서 부도덕한 것으로 여겨졌다. 조선 후기 전기소설 여주인공들의 욕망 표출에는 계층적 문제까지 개입되어 있다. 중·하층 출신인 여주인공들의 애정 상대가 모두 사족 남성이라는 점에서 그녀들의 욕망 실현은 관념적 질서에서 볼 때, 더욱 부정적인 것일 수밖에 없다. 이들 중·하층 여성들의 욕구 좌절은 유교적 계층 질서와 가족 윤리에 기인한다. 특히, 남성의 변심이나 소극성으로 인한 좌절은 남성의 규범적이고 일상적인 사고에 의해 초래되고 있다.

조선 후기 전기소설의 여주인공들은 이러한 제반 상황에도 불구하고 여성에게 일반적으로 요구되는 관념적 미덕이나 중·하층민이 준수해야 할 계층 질서에 따르기를 거부하고, 자신의 내면에 존재하고 있는 본능적 욕망에 따르기로 결심하고 있다. 이에 따라 사족 남성인 애정 상대에게 당위적 규범 속에서 억제되어 온 자신의 내면과 욕구를 전달하거나 이해받기 위해 노력하며, 상대가 애정에 대한 신의를 준수하도록 요구하고 있는 것이다. 궐녀와 매영이 일상적 규범을 일탈하는 애정을 선택하기까지의 고민, 삼청동 낭자가 정생에게 제안한 야반도주, 양파가 애정을 지켜내기 위해 주변 인물, 가족들로부터 감내하고 있는 비난과 폭력 등은 중·하층 여성의 본능적 욕망 드러내기가 쉽지 않은 '결단'을 요구하는 것이라는 점을 나타낸다.

특히, 좌절된 여주인공들의 욕망은 남성의 변심과 대비될 경우 마땅히 인정받아야 할 정당성과 존재성이 더욱 부각된다. 중·하층 여성이 처해 있는 계층적 열등성과 제약으로 인해 상대적으로 더욱 심중한 문제의 소지를 제기하기 때문이다.[126] 그런데 이들이 애정 욕구가 좌절된 시점에서 보이는 반응은 각기 다르다. 일단 남성의 변심을 비난하거나 신의 파기를 추궁하고 있다는 점에서는 궐녀나 삼청동 낭자, 매영, 양파가 동일하지만, 삼청동 낭자는 비일상적 힘을 동원해서라도 자신의 정당성과 존재성을 확인 받고자 한다. 반면 궐녀, 매영은 그 정도의 집착을 보이지는 않는다.

한편, 양파는 자신의 상대를 고르는 안목이 잘못 되었다는 사실을 확인한 순간, 완전히 그 상대에 대한 마음을 접고 있으며, 이 세상에 오직 남자가 이생 하나뿐이라는 식의 맹목적인 집착은 보이지 않는다. 자기 욕구의 정당성을 고수하면서도 선택의 잘못을 인식한 순간, 소모적인 집착은 보이지 않고 있는 것이다. 순매의 경우는 기존 관습을 극복하기가 불가능하다는 사실을 인정한 후, 애정을 포기하고 있다는 점에서 가장 현실적인 모습을 보여준다. 애정에 대한 욕망 표출, 관습적 삶으로의 회귀라는 순매의 행로에서 확인되는 소극성은 바로 목숨을 버리는 극복 의지보다는 규범과 타협함으로써 일상적 안온함에 안주하고자 하는 현실적 태도의 소산인 것이다.

---

126) 여기에는 소외된 중·하층 여성의 욕망에 대한 관심에서 더 나아가 이들을 대신해서 작품을 통해 대사회적으로 발화한다는 남성 작가의 대리 의식이 부분적으로 투영되어 있는 것으로 생각된다. 한편, 독자의 입장에서 한정해 본다면 여성 욕망에 대한 묘사의 확대는 여성 독자의 공감을 확보하는 효과를 거두기도 했으리라는 점을 지적해 두고 있다. 이 부분을 읽는 여성 독자는 마치 여성 작가에 의해 쓰여진 1인칭의 자탄가류 내방가사를 읽는 듯한 느낌을 받기도 했을 것이다. 17세기의 예이지만 「운영전」이 국문으로 번역되어 유통되었으며, 특히 이 국문본에 여성 인물들의 '집단발화'가 확대 부연되어 있는 점도 여성들에 의해서 이 작품이 번역되고 향유되었을 가능성을 보여준다. 또한, 개화기까지 한글 활자본, 현토본, 신작구소설의 형태로 대중적으로 향유되었던 점도 여성 독자의 공감을 배경으로 했을 것으로 생각된다.

V. 변심, 그 불확정성과 일상성의 미학 : 또 하나의 전기성

1. 중심 관념의 해체와 일상성 : 근대 이행기의 불확정성

조선 후기 전기소설사에서 부각된 변심의 미학, 그 이면에는 성리학 원론주의가 보수적인 재지사족층(在地士族層)의 시대착오적인 경향으로 물러나고, 사상, 이념, 문예 전반에서 진보적인 성향이 전면적으로 부상하는 변화의 물결이 자리하고 있다. 실지로 조선 후기는 인정물태(人情物態) 혹은 정(情) 담론이 성행하고, 상언과 격쟁의 형태로 개인의 욕망이 폭발적으로 분출된 시기였다. 성리학적 원론주의가 이념적, 윤리적 차원에서 인간의 삶을 지배하는 거대 담론으로서의 지위를 상실하게 됨에 따라, 인간의 본능 혹은 욕망과 평범한 일상, 자연적인 정감 등이 이념의 족쇄를 풀고 분출될 수 있게 된 것이다.

성리학이란 중심 관념이 해체되면서 이념의 획일성 대신에 개체의 다양성이 자리하게 되었다는 것인데, 이러한 상대주의의 이면에는 '불확정성(不確定性)'이 내재해 있다. 중심 관념을 중심으로 체제가 일사분란하게 돌아가는 동안에는 미래의 전망에 대한 불확정성은 최소화된다. 해당 사회가 요구하는 규범을 준수하는 대신 그에 해당하는 보상이 내정되어 있기 때문이다. 대신 체제 질서가 요구하는 선험적 관념에 위배되거나 혹은 일탈하는 행동은 철저히 차단된다. 개별적인 감정이나 정감, 욕망까지도 획일적으로 조직화되고 일반화된 관념의 바운더리 내부에서만 그 실현이 용납되는 것이다.

요컨대 특정 관념이 체제 유지의 이데올로기로서의 중심성을 확보하고 있는 동안에는 불확정성은 상대적으로 축소된다. 반면 중심 관념이 해체되는 과정에서 욕망의 개별성 혹은 상대주의는 확대되지만 불확정성은 커진다는 것이다. 개별 욕망의 다양성과 불확정성이 커질수록 이에 비례하여 '일상성(日常性)'에 대한 관심도 증대된다. 일상의 하찮고도 자잘한 부면에 관심을 기울이는 것이 일상성이라고 규정한다면 관념이 부여하는 일반화의 해체야말로 일상성의 확대를 보장하는 토대가 되기 때문이다.

조선 후기 전기소설사에서 유독 변심의 문제가 부각되는 이유 또한 이처럼 유교 중심의 관념이 해체되고 '상대주의(相對主義)'가 부각되는 시대적 배경과 관련이 있다. 일반적인 관습을 따른다 해도 나의 현실적인 문제는 해결되지 않고 미래에 관해 아무런 보장된 것이 없다면, 제로 베이스에 가까운 불확정성 속에서 사랑을 영원히 지킨다는 것은 정말로 어려운 일이 될 것이다. 이러한 불확정성 속에서 사랑도 관념의 틀을 벗고 일상의 본모습을 찾게 되는 것이고, 바로 이것이 변심의 형태로 나타나는 것이다.

그런데 중심 관념의 해체와 개체성의 부각이란 중세가 막을 내리고 근대로 나아가는 이행기의 속성이기도 하다. 이 점에서 불확정성과 일상성의 미학에 기반한 변심 테마는 개성이 집단의 통제로부터 독립해 나가는 근대 이행기의 속성을 사랑의 새로운 모습을 통해 보여준다는 의미가 있다. 바로 상대방의 '개성'을 통해 사랑의 의미를 발견하고 그것에 감정적으로 이끌리는 사랑의 형태이다. 조선 후기 전기소설에서는 종래 선남선녀만이 할 수 있었던 사랑이 평범한 주인공들 간의 감정 교류로 변모한 것을 보여준다. 여성 주인공으로 17세기 기녀, 18세기 중인 여성을 거쳐

19세기 비녀에서는 미인이기는 하나 이미 한 남자의 아내인 유부녀가 등장하고 있다. 남성 주인공들 역시 몰락 양반을 거쳐 사십대의 유부남으로 지위나 능력 면에서 모두 볼품없는 남성들이 출현하게 된 것도 이러한 측면에서 이해될 수 있다.

그러나 생득적 지위·신분 외에 개인의 인간적 매력과 능력을 드러내거나, 혹은 인정받는 기회가 점차 증대되고는 있었지만, 여전히 당대의 사회적 헤게모니를 장악하고 있는 것은 생득적인 계층 질서라는 사실은 부정될 수 없다. 변심 테마는 사회적 변화의 징후가 출현하고는 있으면서도 전통적인 사고와 질서가 기득권을 유지하고 있는 근대 이행기적 속성을, 근대적 사랑의 형태들이 궁극적으로 배반당하는 결구를 통해 드러내고 있는 것이다. 관습과 전통에 구속받기 마련인 인간의 이기심과 소극성이 이를 극복하고자 하는 의지를 좌절하게 만드는 비극을 형상화하고 있다는 점에서 변심 테마의 근대 이행기적 의의를 찾아볼 수 있다.

2. 인간의 왜소성, 그 일상성의 조명

조선 후기 전기소설은 소극적이거나 무책임하고, 변심하는 주인공들을 통해 현실에 직면한 인간의 나약함과 왜소함을 부각시키고 있다. 정생·심생의 갈등이나, 빙허자의 계층적 편견, 순매의 수동적 태도 등은 어쩌면 기존 관습의 강고함에 부딪힌 나약한 인간이 내보일 수 있는 자연스러운 본능이다. 애정의 신의를 지켜내지 못하거나 배신하고서도 한동안 자책하거나 상대에게 연연해하는 주인공들의 모습에서 이러한 양상이 확인된다.

특히, 남성 주인공들의 소극성, 무책임한 태도와 변심은 그들의 귀속신분인 전통적인 계층 의식에 기인하는 것이다. 중·하층 여성을 만나기까지 그들의 생을 지배해왔던 일반적 삶의 방식과 생활 태도를 따른 것이라는 점에서 일견 자연스럽고도 당위적인 것일 수도 있다.

그럼에도 불구하고 주인공들의 소극적 정서와 태도, 배신이 문제가 되는 이유는 애정이라는 욕망을 매개로 이질적인, 그러나 근대 이행기 가치관의 동요 속에서 도시 시정을 배경으로 의식적 성장을 이룬 상승계층의 의지와 맞닥뜨리게 되었다는 점에 있다. 전통적인 가치관, 계층 질서 등 전대의 관습이 회의되는 상황 속에서 관습과 계층을 초월한 주체성과 인간성을 확인받기를 원하는 중·하층 여성을 애정 상대로 맞았다는 사실 때문에 그들의 현실적인 태도는 부정적인 가치 평가를 벗어날 수가 없는 것이다.

관습에 굴복하는 수동적 태도 때문에 애정을 포기한 순매의 경우도 별반 다르지 않다. 순매는 교육을 통해 의식적 성장을 이루지 못한 평범한 하층 아낙으로, 자신에게 찾아온 낭만적 사랑의 열정을 생의 전환 기회로 인식할 만한 지적인 수준을 갖추지 못한 여성이다. 이러한 순매가 오직 주위의 시선이나 가족의 감시에 전전긍긍하면서도 정신적 만족과 행복을 느끼지 못하는 가족으로부터 과감히 탈출하여 애정욕구를 충족할 생각조차 못한다는 것은 그녀로서는 당연한 일일 수 있다. 범박하게 말해서 순매에게 상층의 교양과 교육을 획득할 기회를 가졌던 양파와 동일한 수준의 의식적 각성과 의지를 요구한다는 것은 지나치게 무리한 일이 될 수도 있는 것이다.

이처럼 순매의 애정에 대한 태도가 지극히 현실적임에도 불구하고 역시 양파와 비교하여 그녀의 수동성과 의지 박약의 한계를 지적하지 않을 수 없는 이유는 시대적 상황에 있다. 근대 이행기, 전통적 가치관이 붕괴되고 근대적 가치관이 싹트는 시점에서 집단 속의 개인이 보여주고 있는 정체성과 개체성은 가치 평가의 대상이 되기 때문이다.

그러나 이러한 가치 평가를 떠나서 인물 형상 자체만을 놓고 볼 때, 조선 후기 전기소설은 현실적 문제, 즉 계층 의식과 가치관의 상충 속에서 애정의 신의를 밀고 나갈 의지를 갖추지 못한 인간의 모습을 포착해 내었다는 점에서 의의를 부여할 수 있다. 조선 후기 전기소설이 압도적인 현실적 장벽 앞에 상대적으로 왜소해진 인간의 모습을 사실적으로 드러내고 있는 점에서 의의를 지적할 수가 있는 것이다.

3. 감상적 센티멘탈리즘 : 전기적 비극성의 일상화

「정생전」, 「빙허자방화록」, 「절화기담」 같은 작품에서는 남성 중심적 욕망의 유로를 합리화하기 위해 일상성의 미학과 비현실적인 낭만성 혹은 센티멘탈리즘이 적절히 활용된다. 여성 중심적 서술 시각을 표출하는 「심생전」, 「포의교집」의 경우도 별반 다르지 않다. 「빙허자방화록」과 「포의교집」을 예로 들어 설명해 보자.

'사랑이란 영원할 수 없으며 때로는 변심하고 그러다가도 때로는 다시 만나는 것이 현실의 실제 삶이다'라고 하는 것이 지극히 일상적인 미감의 소산이라면, 배신의 잘잘못을 떠나 지나간 옛사랑의 그림자에 상심하고 서글퍼하는 감정의 분출은 낭만적 센티멘탈리즘이다. 이 두 가지 미감의 교직에 의해 「빙허자방화록」에서 매영의 비극적 죽음에 대한 빙허자의 책임은 교묘히 은폐된다.

이 지점에서 인간 관계의 이면에 존재하는 남성 중심적인 가부장제적 전통을 비판적으로 반성하지 못했다는 한계가 제기될 수도 있을 것이다. 남녀 관계에 개입된 권력 혹은 헤게모니의 역학 관계를 진지하게 반추하지 못했다는 점은 분명히 지적되어야 할 점이다. 이러한 시각에서 보면 「빙허자방화록」의 작가가 추구하는 일상성과 낭만성은 어쩌면 상대적으로 가볍다고 느껴질 수도 있을 것이다.

그러나 뒤집어서 생각하면 현실에 대해 진지한 혹은 비판적 시각이란 다분히 이상적인 것이며 또 다른 고정 관념을 야기할 수도 있다. 즉 현실은 반드시 이러이러 해야 한다는 식의 비판적 시각을 일관성 있게 적용할 정도로 단순하지 않다는 것이다. 복잡다단한 인간들의 욕망이 공존 혹은 상충하는 현실에서는 항상 당위적인 상황만이 펼쳐지지는 않는다. 오히려 생각지 못했던 우연적이고 가변적인 사건이 연속되는 것이 우리가 살아가는 현실의 참모습일 터이다. 그러므로 일상성의 미감에서 바라보면 현실의 진지한 반추란 오히려 하나의 당위가 될 수도 있으며, 그 고정 관념 때문에 제외된 어쩌면 변덕스럽기까지 한 인간들의 욕망의 유로가 건져 올려질 수 있다.

「포의교집」의 대단원에서도 이러한 일상성과 센티멘탈리즘의 묘한 동거 혹은 교합을 추구하는 조선 후기 전기소설사의 미의식적 층위가 확인된다. 양파의 결별 선언 후에도 이생은 상황을 직시하지 못하고 여전히 재회의 기회를 엿본다. 전쟁 때문에 고향으로 피난가야 할 사태가 발생하고 나서야 비로소 양파의 언저리를 맴도는 이생의 행동이 멈춘다. 아마도 전란 같이 불가항력적인 사건이 일어나지 않았다면 이생은 영원히 양파와의 사랑이 파탄났다는 사실을 받아들이지 않았을지도 모른다.

이러한 결말을 통해 「포의교집」이 드러내고 있는 것은 무엇일까. 실재 현실에서는 애정의 파탄이 인간으로 하여금 생의 반성에 이르게 할 만큼 운명적인 의미를 지니고 있지 않다는 사실이 아닐까 싶다. 대신 현실 속의 인간이 하는 사랑은 생활 속에서 변질될 수도 있다는 것이 결말의 여운 속에서 새삼 강조된다.

이는 양파의 경우에도 역시 마찬가지이다. 양파도 자신이 택한 삶의 방식을 근본적으로 반성하지 않는다. 사랑의 실패가 그녀의 죽음으로 이어지지도 않을 뿐더러, 이생의 이기심에 대한 항변은 철저히 현실 속에서 이루어진다. 양파의 현실성이 가장 돋보이는 대목은 결별 후의 이생과 중약에 대한 처신이다. 양파는 비록 애인으로서의 관계는 끝났지만 그와의 인간적인 관계까지 거부하지는 않는다. 무조건적으로 그를 피하고 보는 것이 아니라 그로부터 가능한 도움은 받아낸다. 마찬가지로 한때 적대적인 관계였던 중약에 대해서도 남녀의 관계는 거절하면서도 친교는 허락한다. 남성과의 관계 속에서만 자신의 존재를 확인하는 전통적인 여성상에서는 결코 기대할 수 없는 현실적인 행동 방식이다.

이처럼 「포의교집」의 미의식은 사랑의 파탄이 꼭 주인공의 요절이나 둔세(遁世)와 같은 극적인 사건으로 마무리되지 않을 수 있다는 철저히 현실적인 선상에 놓여있다. 결별 후에도 삶이 지속되는 것이 오히려 일상적인 사랑의 종말이라는 것이다. 그렇다고 「포의교집」의 결말이 비극적 여운을 남겨주지 않는다는 말은 아니다. 평행선을 그리다 결국 사랑의 파탄을 부른 남녀의 자기 본위적 욕망이 결별 후에도 여전히 지속된다는 사실을 확인해 주는 결말은 사랑의 허망함을 새삼 일깨워준다. 요컨대 운명적으로 극화되었느냐 아니냐의 문제일 뿐, 그것이 비극적 정조를 환기시키고 있다는 점에는 하등의 차이가 없다. 오히려 일상으로 걸어 들어온 사랑의 허무한 종말을 담담하게 그림으로써 일상적 공감과 함께 현실적인 여운을 남기는 것이다.

Ⅵ. 소설사적 맥락과 변심 테마

1. 작가층의 새로운 현실 인식

1) 현실에 대한 비판적 관심

조선 후기 전기소설의 작가층은 전대의 작가층과 마찬가지로 지배적 특권층으로부터 소외되어 있었으며, 결정적인 정치적 실의를 경험했다는 점에서 공통점을 보여준다. 조선 전기의 전기소설 작가층은 계유정란(癸酉靖難)(金時習), 기묘사화(己卯士禍)(申光漢), 계축옥사(癸丑獄事)(趙緯韓) 등 사족 양반층 내부의 특권 쟁탈전과 같은 정쟁을 경험했다. 「이생규장전」, 「하생기우전」, 「최척전」의 애정 갈등이 집권층과 한족(寒族) 간의 신분 갈등의 형태를 보이고 있는 배경에는 이처럼 작가층 자신들이 속해 있는 사족 양반층 내부의 계층 갈등을 부각시키고자 하는 의도가 내재해 있다는 점을 부인할 수 없을 것이다.

조선 후기 작가층 중에 실명이 알려진 인물은 「심생전」의 이옥(李鈺)(1760-1812), 「정생전」의 김기(金琦)(1722-1794) 둘뿐이다.[1] 「빙허자방화

1) 김기는 안동(安東) 김문(金門) 사렴공파(使廉公派) 10대손이며, 경기도・충청도・전라도를 옮겨가며 살았던 재지사족(在地士族)이다. 문집 『기헌유고(寄軒遺稿)』는 집안에 전해지던 시문과 산문, 소설 「황생전(黃生傳)」등을 모아 사후에 후손에 의해 간행되었다. 「정생전」은 「황생전」과 함께 후손가에 전해오던 것을 남녀의 애정을 다룬

록」은 작가를 추정할 단서가 전혀 없고, 「포의교집」과 「절화기담」은 후기와 서문에 정공보(鄭公輔), 석천주인(石泉主人), 남화산인(南華散人) 등의 인명과 자호가 드러나 있으나 작자로 확정할 만한 뚜렷한 증거는 밝혀지지 않은 상태이다. 그러나 이들 조선 후기 전기소설 작가들은 문집이나 작품 내적인 정보들을 종합해 볼 때, 대체적으로 몰락사족 출신으로 나타난다. 이들은 비록 환로에 진출하여 영달하지는 못했으나 문학적 재능만큼은 벌열층으로부터 인정을 받았던 것으로 보인다.[2)]

잘 알려져 있다시피 이옥은 패관소품체적 문체 때문에 충군되는 등 고초를 겪었으며, 고향 남양에서 은거하며 작품 창작에만 몰두했다. 이러한 연속적인 정치적 좌절에도 불구하고 이옥은 김조순(金祖淳), 김려(金鑢) 등과 담정(潭庭) 그룹을 형성하여 문학 활동을 했다.

김기는 18세 때 과거 응시 차 상경했다가 과장의 부조리와 모순을 경험하고는 낙향하여 일찌감치 환로의 꿈을 포기했다.

> 유학장행(幼學壯行)은 진실로 선비의 일인즉 나 역시 벼슬할 만하다. 그러나 벼슬길에 나가는 것은 도를 실천하기 위한 것인데 그 도를 실천할 수 없는 바에야 구차하게 벼슬자리만 지키고 앉았으면 그것은 봉록과 헛된 명예만 탐내는 일이 아니겠는가.[3)]

소설이라 하여 문집 간행시 함께 수록되지 않았다.

2) 조선 후기 노론계 경화사족 중에는 전기소설에 대한 특별한 관심을 보인 이들이 많았다. 조문명(趙文明)(1680-1732)은 비록 소론의 일원이었으나 김창업(金昌業)의 사위로서 당대 노론 가문의 야담과 소설 애호 취미를 공유하고 있었다. 그는 「심청전」을 패러디한 「최척전」의 한 이본이 들어있는 『낙가잡기(各家雜記)』의 서문을 남겼다. 도곡(陶谷) 이의현(李宜顯)(1669-1768)은 김창협(金昌協)의 문인으로, 연경 사행에서 돌아오는 길에 명대(明代) 전기소설집을 대거 수입해왔다. 전기소설의 독서 기록과 습작·기획 기록을 남긴 통원(通園) 유만주(兪晩柱)(1755-1788)는 노론 명문인 기계(杞溪) 유씨(兪氏) 출신으로 족조(族祖)인 유최기(兪最基)(1689-1768), 유언호(兪彦鎬)(1730-1796)가 김창집(金昌集), 김종수(金鍾秀), 심환지(沈煥之) 등 노론 거두들과 정치적 동지 관계에 있었고, 박지원(朴趾源) 집안과도 절친한 교유가 있었다.

3) "幼學壯行, 固是士君子之事, 則吾亦可仕, 然仕者, 欲以行道也, 苟道之不行, 而徒

그러나 노론 학통의 두 거두, 송능상(宋能相)과 송명흠(宋明欽)으로부터 학문을 사사하고, 당대 집권층인 영의정 김익(金熤)(1723-1790), 연안이문(延安李門) 출신으로 판서를 역임한 이정보(李鼎輔)(1693-1766), 이익보(李益輔)(1710-1758) 형제와 이조원(李肇源)(1758-1832) 등으로부터 출사를 권유받을 정도로 능력을 인정받았다.[4)]

작가의 자전적 경험을 작품화하고 있는 「절화기담」은 주인공 이생(李生)으로부터 어느 정도는 작가에 대한 정보를 유추해 낼 수 있다. 이생이 벌열층에 문객으로 기식하는 인물로 설정된 것으로 보아 「절화기담」 작가의 실재 신분 역시 이러한 범위 내에서 이해될 수 있을 것으로 보인다. 「포의교집」의 경우는 「절화기담」처럼 작가의 자전적 경험과 작품 간의 관계가 대응될 수는 없다. 그러나 전기소설이라는 장르가 본질적으로 문인층 지식인인 작가의 욕망을 특히 남성 주인공에게 투사하는 장르라는 사실[5)]을 고려해 볼 때, 작가의 신분 역시 몰락하여 서울로 상경한 재지사족인 주인공 이생의 신분과 유사하지 않을까 추측된다.

본고가 대상으로 하고 있는 조선 후기 전기소설은 조선조의 신분 질서상 전통적 기득 계층인 사족 남성과 도시 시정의 신흥 계층인 중·하층 여성 간의 사랑을 소재로 하고 있다. 중·하층 여성들의 내면과 욕망이 사족 남성의 이기심이나 계층적 편견과 상충되고 있으며, 이로부터 애정 갈등이 형성되고 있다는 점에서 조선 후기 전기소설은 전대 작품에 나타난 작가의 현실 인식과는 달라진 측면을 보여준다. 사족 남성과 특권층 여성의 사랑을 그린 「이생규장전」, 「최척전」 등에 나타난 작가 의식과의 차별성은 말할 것도 없거니와 동일하게 사족 남성과 하층 여성의 사랑을 소재로 한 「운영전」, 「동선기」 등과도 변별적인 현실 인식을 드러내고 있

貪爵祿, 隨衆進退而已, 則是君子事君之道乎"(「行狀」, 『寄軒遺稿』, 卷之五)

4) "諸公相欲汲引, 公一向不肯", 「行狀」, 『寄軒遺稿』, 卷之五

5) 윤재민, 전게논문, 13-16쪽

다. 「운영전」, 「동선기」 같은 17세기 작품들에서 하층 여성의 내면과 욕망이 관심의 대상으로 떠오른 데 그쳤다면 조선 후기 작품들에서는 사족 남성과 중·하층 여성 간의 사랑이 지속되지 못하고 결렬되게 되는 계기와 양상 등에 관심을 집중하고 있는 것이다.

요컨대 조선 후기 전기소설 작품들에 나타난 변심, 배신, 결별 선언 등의 특징은 사족 양반층 내부의 갈등이 아닌, 기득 계층인 몰락 양반과 새로운 상승 혹은 소외 계층인 중·하층간의 계층 갈등에 주목하고 있는 작가층의 현실 인식과 관련이 있다.[6] 조선 후기 전기소설의 작자층은 변심이라는 갈등 계기를 설정함으로써 이기심, 욕망 좌절, 원한 등 상·하층의 계층 문제를 둘러싸고 벌어지는 남녀간의 애정 문제를 형상화하고 있는 것이다.

그렇다면 조선 후기 전기소설 작품들 속에 이와 같은 사랑의 형태가 형상화되게 된 작가 의식적 배경은 무엇일까. 전기소설의 작가가 밝혀져 있는 예가 드물다는 점에서 실명 작가인 이옥과 김기의 경우를 중심으로 무기명 작가들도 함께 거론하는 방식으로 생각해 보기로 하자. 여기에 대해서는 대략 두 가지로 정리해 볼 수 있다.

첫째, 조선 후기 작가층이 자신이 속한 계층의 인물뿐만 아니라 중·하층 인물들의 의식 세계에까지 관심의 폭을 확대할 수 있었던 배경에는 현실 세계의 모순에 대한 비판적 안목뿐만 아니라 중·하층민의 생활을 관찰하거나 그들과 직접 대면하고 교유한 경험이 있었다. 「심생전」의 이옥은 한시·산문 할 것 없이 시정 세태, 시정인의 정서와 생활에 관심을 표명하고 이를 작품화했다. 이처럼 시정을 소재로 한 문학은 그가 패관 소

6) 17세기로 갈수록 전기소설 작가층은 하층민, 특히 하층 여성의 욕망으로 관심을 확대(박일용, 「전기계 소설의 양식적 특징과 그 소설사적 변모양상」, 『민족문화연구』28, 민족문학사학회, 1995)하고 있으며, 하층 여성과의 애정 갈등의 양상 속에서만큼은 자신과 같은 계층 출신의 주인공에게까지 비판적 시선을 들이댐으로써 대상화·객관화시키는 변모를 보여준다.

품체 때문에 쫓겨나 군적에 입격되거나 남양 은둔기 여행 중 중·하층민, 시정민과 부딪혔던 실재 경험에서 산출되었다. 더 말할 것도 없이 「심생전」 역시 시정에서 일어난 실재 소재를 전문하여 작품화한 경우이다.

김기는 전라도 설천(雪天) 은거기에 신돈항(愼敦恒)[7], 박치원(朴致遠), 김근추(金謹樞) 등의 평민(平民) 제자[8]들을 직접 가르쳤다. 김기의 제자로 언급되는 인물들이 예외 없이 평민층으로 기록되고 있는 것으로 보면, 그의 생활이 중·하층민과 담을 쌓고 살아가는 모습이 아니라 이들 계층과 자연스럽게 어울리며 영위되는 형태였던 것으로 생각된다. 이를 통해 볼 때, 김기는 자연스럽게 중·하층민 중에서도 능력 있는 인물이 있을 수 있다는 사실을 인정하게 되었을 것이고, 이러한 인식이 「정생전」의 삼청동 낭자와 같은 문학적 소양을 지닌 중인 여성의 모습으로 형상화될 수 있었던 것으로 생각된다.

작가의 자전적 경험을 반영한 「절화기담」은 남성 주인공이 도시 시정민의 생활 권역에서 함께 살고 있으며 일상적으로 이들과 부대끼며 삶을 영위하고 있다는 점에서 「절화기담」의 작가 역시 하층민과 함께 돌아가는 일상의 경험을 배경으로 작품을 창작한 것으로 보인다.

둘째, 이옥이나 김기와 같은 작가들의 경우 정치적 실의와 좌절로 인해 비판적인 현실 인식과 문학 세계를 보여주고 있으며, 이러한 작가 의식 상의 특징이 조선 후기 전기소설에서 중·하층 여성을 계층 갈등의 일방적인 희생자로 형상화하지 않고 있는 양상과 관련이 있을 것이라는 점이다.

이옥과 김기는 각각 사후의 유서와 원혼담의 형태로 중인 여성의 강력

---

7) 「열녀함양박씨전(烈女咸陽朴氏傳)」에서 연암이 "입언지사(立言之士)"로 칭송했던 바로 그 인물이다.

8) 이들 제자들과의 관계는 「답신천능(答申天能)」, 「여신돈항(與愼敦恒)」, 「문생김근추제문(門生金謹樞祭文)」, 「문생정동박제문(門生鄭東泊祭文)」 등에서 확인된다.

한 애정 실현 욕망을 형상화하였으며, 이를 통해 남성의 반성을 이끌어냈다는 점에서 계층 갈등에 대한 비판적 시각을 보여준다. 이처럼 「심생전」, 「정생전」에서 드러나는 비판적 현실 인식은 이들의 전반적 문학 세계에서도 확인되는 특징이다. 이옥은 「야인양군자설(野人養君子說)」, 「지주부(蜘蛛賦)」, 「반촌사정려기(泮村四旌閭記)」 등의 작품들에서 사족층의 부도덕성과 우월감을 비판하고 있으며, 김기는 「죽하김상공익(竹下金相公熤)」[9], 「황생전(黃生傳)」[10], 「송명치란론(宋明治亂論)」[11] 등에서 각각 집권층의 사치와 가렴주구 비판[12], 제도 개혁론과 북벌비판 및 인재 등용책[13], 사림(士林) 정치의 한계[14]와 급진적 제도 개선[15] 등을 주장하고 있다. 이처럼 기득 계층의 부도덕 고발, 급진적 제도 개혁, 민(民)에 대한 관심 등 비판적 현실 인식이야말로 작중의 사족 남성과 하층 여성의 계층 갈등을 일방적

9) 『寄軒遺稿』, 卷之, 二

10) 『寄軒遺稿』, 卷之, 四

11) 『寄軒遺稿』, 卷之, 三

12) "近聞士大夫家, 若婚嫁, 則新婦笄具, 郎家當之, 而髢長必滿二尺六寸許, 然後用之, 此乃至貴之物, 難得之貨也, 一笄之入至於千金, 千金乃中人數家之產也, 一女子頭上, 戴數家之產, 古人見帶牛佩犢以爲非, 況見戴人之家, 則將復謂何 (中略) 今以如此薄俸, 備如此用度, 則其勢不得, 不受賂於列邑, 而邑宰之黜陟, 專出於賄賂之多少, 爲邑宰者, 其勢不得不聚斂於民而後, 乃辨其賂物也, 推此而觀, 則奢侈之弊, 常患財乏, 財乏之弊, 不顧廉防, 不廉之弊, 至於受賂, 受賂之弊, 至於聚斂, 聚斂之弊, 至於使斯民, 不得安業, 民不安業, 國受其禍, 此必然之勢也", 「上竹下金相國熤」, 『寄軒遺稿』, 卷之二

13) "必欲有爲, 先罷我國所謂兩班之名, 自宰相之仲子, 以下擇人, 年十五以上, 形體壯健者, 錄於軍案, 才學可取者, 錄於儒籍, 其餘則歸之於農, 而有身戶庸調, 以供軍需, 入於儒籍軍案者, 復其信使之, 傳習所業, (中略) 不入儒籍軍案者, 不許文武科赴擧, 文武用人不問地閥, 隨才任官, 又別設一府, 名曰治事廳, 使大臣掌之搜訪, 格外人士, 才學出類者, 聚於府中, 養以厚祿, 日夜講習兵事, 至有一藝一能, 有所可用者, 亦皆抄選, 生聚教訓, 各極其方, 如是十年, 則庶可兵精用足, 而人才可得也", 「黃生傳」, 『寄軒遺稿』, 卷之四

14) "世俗所謂, 賢者之無補於世之說, 適中其見"(「上竹下金相國熤」, 『寄軒遺稿』, 卷之二)

15) "其急先之務, 孰有切於治兵講武蓄財實邊"(「宋明治亂論」, 『寄軒遺稿』, 卷之三)

인 사족 옹호와 하층의 희생으로 결구되지 않게 한 배경이 되었을 것이다.

「포의교집」의 작가는 여기서 더 나아가 남성의 변심에 대한 하층 여성의 결별 선언이 현실계에서 이루어지도록 하고 있으며, 하층 여성에게 사족 남성보다 지적·도덕적으로 우월한 위치를 부여하고 있다는 점에서 근대적 성취를 보여준다. 특히, 「포의교집」은 하층 여성이 비극적 죽음을 맞지 않는다는 점, 애정 좌절로 인한 실의를 이겨낼 정도로 현실을 감당해낼 의지를 소유하고 있다는 점, 비현실계의 힘을 빌리지 않고 현실계에서 직접 남성에게 변심에 대한 원한을 표출한다는 점 등에서 작가가 하층 여성의 의식적 각성과 현실 문제 해결 의지에 대해 다른 어떤 작가들보다도 상대적인 낙관을 피력하고 있음을 알 수 있다.

그러나 조선 후기 전기소설 작가들은 작중 세계와 남성 주인공에 대한 거리 구현 양상에 있어서 상반되는 차이를 보여준다. 「심생전」, 「포의교집」은 작가가 작중 현실과 남성 주인공에 대해 객관적 거리를 유지하고 있는 경우에 해당한다. 이처럼 작가가 자전적 경험과 현실적 좌절을 남성 주인공에게 투사하지 않는 작품들에서는 시종일관 사실적 문체가 투철하게 구현된다. 이옥의 경우를 보면 사족 남성과 중인 여성 간의 계층 문제에 대한 현실적 전망 부재를 중인 여성의 비극적 죽음으로 결구함으로써 객관적 관찰 태도를 유지하고 있다. 특히, 주인공에 대한 감정적 투사를 하지 않음으로써 사족 남성과 중인 여성 간의 애정 갈등이 내포하고 있는 계층 갈등적 의미를 사실적으로 구현했으며, 비판 의식을 끝까지 유지하고 있다.[16]

---

16) 이옥도 한시나 산문 작품들에서는 좌절된 욕망을 자위하는 문학 세계가 드러난다. 「후와명부(後蛙鳴賦)」, 「용부(龍賦)」, 「소부(蚤賦)」, 「저학사(詛瘧辭)」 등에서는 희학적 수법을 통해 세계로부터 소외된 자신을 자위하고자 하는 지향을 드러내며, 「부목한전(浮穆漢傳)」에서는 평결 부분에서 초월적 세계와 신선 희구의식을 표출하고 있다. 이옥의 문학 세계 전반에서는 이러한 허구적 위무감 획득과 현실 비판 의식이 공존하고 있다고 할 수 있을 것이나, 「심생전」에서는 전자로 빠지지 않고 시종일관

반면 「정생전」, 「빙허자방화록」, 「절화기담」의 작가는 개인적인 경험이나 계층 의식을 남성 주인공에게 투사함으로써 감정적 거리를 유지하지 못한다. 특히, 「절화기담」 작가와 김기는 자전적 경험을 재구성해서 작품을 창작했다는 공통점이 있으며, 이로 인하여 서문이나 후기에서 노골적으로 남성 주인공의 편을 들고 있다.

김기의 경우는 문집에 나타난 작품 세계와 비교하여 이러한 경향을 구체적으로 확인할 수 있다. 김기는 부친의 병구완을 위한 숱한 이사의 과정에서 가산이 탕패함으로 인해 극심한 경제적 어려움을 겪게 되고, 가족이 이산하고 죽어나가는 개인적 불운과 스승인 송능상의 죽음, 부친의 기세가 연속적으로 겹치면서 도학(道學)·천문지리(天文地理)·병법(兵法) 등 청년기의 잡학적 관심으로 다시 옮아간 것으로 보인다. 이러한 문학적 자위의식은 「병중몽작(病中夢作)」[17], 「독와견동추희정(獨臥見童椎戱庭)」[18], 「자조(自嘲)」[19], 「기몽(記夢)」[20], 「자만(自挽)」[21]과 같은 한시 작품들에서 신선(神仙)·천상희구(天上希求), 적선의식(謫仙意識) 등으로 나타나며, 「황생전」에서는 숙명적 패배감과 현실과의 단절의식[22] 등으로 나타난다.

객관적인 비판 의식을 유지하고 있다.

17) 『寄軒遺稿』, 卷之一

18) 『寄軒遺稿』, 卷之一

19) 「自嘲」, 『寄軒遺稿』, 卷之一

20) 백옥루 높은 곳에 옥황상제의 자리가 열렸는데, 白玉樓高帝座開
신선 무리가 나를 인도하니 오색 구름이 감도누나. 群仙人我五雲廻
정녕 명하여 구름 종이를 내려주시며, 丁寧命下雲文箋
상량문 짓는 것을 도우라 하시나 재주 없음을 들어 사양했네. 助擧脩樑謝不才
(「記夢」, 『寄軒遺稿』, 卷之一)

21) 묻나니, 『황정경』을 잘못 읽은 지가 얼마나 되었는가, 黃庭誤讀問何長
칠십년 세월이 고해의 바다였구나. 七十光陰苦海濱
운기와 바람이 다투어 서로 얽히며, 雲氣風馬爭相御
천상계가 옛 동료를 부르고 부르네. 上界招招舊伴人
(「自挽」, 『寄軒遺稿』, 卷之一)

「정생전」의 주인공 정생(丁生)의 삶에는 김기의 인생 행로가 고스란히 녹아들어 있다. 청년기의 불우한 생활에서 만년기의 안정된 생활로 이행되는 과정, 특권 부재로 인한 과거 응시의 원천 봉쇄와 좌절, 경제기반 부재로 인한 생활고와 가족 해체, 만년기의 가족 회복과 현실 초월 지향 등의 구체적인 설정에서 김기와 정생 간의 유사성이 확인된다. 몰락한 가문 출신인 정생의 모습에는 재지사족으로서 현달의 길이 막혀버린 김기의 처지가 반영되어 있으며, 삼청동 낭자의 복수 때문에 패가망신한 정생의 형상[23]에는 전라도 무주(茂州) 은거기에 김기가 직접 경험했던 급격한 가세 몰락과 가족 해체 경험이 반영되어 있다.[24] 김기는 이 시기에 가세가 완전히 기울어 거친 밥으로 근근이 끼니를 이었으며, 설상가상으로 전염병을 만나 가족을 여덟이나 잃었는데, 「정생전」에서 옛날 자신이 거느렸던 노비에게 집을 빌고 이웃에 양식을 구걸하는 정생의 패가망신한 상황에는 실지로 지독한 경제적 궁핍을 경험해 보지 못한 사람은 형상화하기 힘든 묘사의 핍진함을 획득하고 있으며, 아들 넷의 잇단 요절과 아내의 병사 등 가족사적 고통이 중첩되는 정생의 모습은 김기의 실지 경험과 일치한다.

또한, 「정생전」 전반부에서 주인공 정생이 이동하는 공간적 경로나 작품의 배경은 실지로 정생이 만년에 충청도 영동(永同)에 정착하기까지 떠돌아 다녔던 공간의 경로와 일치하고 있다. 정생의 출생지인 경기도 양근

22) "明師在吾方寸, 且千舌聖賢, 俱列於黃券之中, 何必遠求師友, 但患不能力學耳, 求師往來之際, 虛費日子, 寧不可惜, 而況世無聖師乎", 「黃生專」, 『寄軒遺稿』, 卷之四

23) "自是之後, 蓮生四子, 三者見失, 有所營爲, 輒生魔障, 十二入格, 終屈會圍, 家事零替, 簞瓢累空, 權尙書年老, 內外俱沒, 依歸失所, 生道益窮, 携妻挈子, 還向陽根二水頭舊居, 借古奴數間屋, 以居焉, 蕭條零落, 無與爲比, 東貸西乞, 苟度時日, 未幾生之內子, 以病不起, 生鰥蟄窮廬, 酸苦益甚, 流光疾駟, 衰病且尋", 金琦, 「丁生專」, 송준호 소장본

24) 이때, 김기가 경험한 경제적 몰락상은 「題小窩」(『寄軒遺稿』, 卷之, 一)이란 시에 드러나 있다.

현(楊根縣)은 실지로 김기의 출생지이며, 작중 공간을 시적 대상이나 배경으로 하여 김기가 지은 시편들이 『기헌유고』 속에 여러 편 실려 있다.[25)]

이러한 이유로 김기는 「정생전」 후반부에 비애정류(非愛情類) 전기소설적 서사를 결합시킴으로써 주인공의 욕망을 충족시켜주고자 한 것이다. 이처럼 김기는 「정생전」의 남성 주인공에게 불우했던 자전적 경험을 강하게 투사함으로써 감정적 거리를 유지하지 못했으며, 작품 후반부에 가서는 비애정류 전기소설의 서사 전통을 결합시키면서까지 주인공의 욕망 충족으로 결말을 맺고 있다. 김기는 이옥이나 「포의교집」의 작가와는 달리 낭만적 초월 지향에 의한 허구적으로 욕망을 충족하고자 하는 충동을 이겨내지 못했기 때문에 사족 남성과 중인 여성 간의 계층 갈등을 포착한 비판적 시각을 끝까지 유지하지 못한 것이다.

2) 관념에 대한 인식 변화와 개인적 욕망의 주목

관습, 절의 등 다분히 사회적이고 집체적인 담론이 서서히 해체되면서 개인의 욕망에 대한 관심이 고개를 쳐드는 시기가 바로 조선 후기의 특징이다. 인정물태(人情物態), 남녀지정(男女之情)이라는 용어가 관용어로 정착되다시피 하면서 인간의 개인적 욕망을 다룬 문인 지식인들의 담론이 홍수를 이루었다. 본고가 다룬 조선 후기 전기소설 작가군 역시 이러한 욕망 담론에 동참했음은 물론이다. 인간의 욕망과 그 조건에 대한 조선 후기 전기소설 작가군의 이러한 작가들의 관심은 작품의 서문과 후기, 문집 내의 한시·산문 등 다양한 문학 양식 속에서 드러나고 있으며 일종의

25) 정생이 삼청동 낭자와 이별 후에 머물렀던 공간인 충청도 清風 寒碧樓를 대상으로 한 시가 「清風寒碧樓拈韻」(『寄軒遺稿』, 卷之一)이란 제목으로, 묘원대사가 테마로 있었던 절인 隱寂菴을 배경으로 한 시가 「雨中次三淵集韻」(『寄軒遺稿』, 卷之一)이란 제목으로 문집에 실려있다. 이 외에 청풍을 여행하며 지은 「到清風與使君聖循上舍汝翊和閣梅韻」(『寄軒遺稿』, 卷之一)이란 오언율시가 문집에 실려 있다.

'정(情)'이란 캐치프레이드성 용어를 내세운 욕망 담론을 형성하고 있다. 특히 조선 후기 전기소설 작가들은 남녀지정의 범위를 좁혀서 중·하층 여성들의 사랑과 정한(情恨)을 설명하는 데 상당한 비중을 할애하고 있다.

이러한 남녀지정과 중·하층 여성의 정한에 대한 작가층의 관심이 조선 후기 전기소설의 중·하층 여성의 등장, 사족 남성과 중·하층 여성 간의 애정 갈등 등과 긴밀히 연관되어 있음은 물론이다. 이옥, 「절화기담」·「포의교집」 작가의 서문과 후기에서 이와 같은 정 담론과 중·하층 여성들의 정한에 대한 특별한 관심을 읽어낼 수 있다.

이옥은 「이언인(俚言引)」에서 "무릇 천지 만물을 보는 것은 사람을 보는 것보다 큰 것이 없고, 사람을 보는 것은 정(情)보다 묘한 것이 없으며, 정을 보는 것은 남녀의 정을 보는 것보다 진실한 것이 없다."[26]라고 하며, 남녀지정의 중요성을 역설하고 있다. 이옥은 비단 중·하층 여성들뿐 아니라 다양한 계층의 여성 주인공들을 그의 문집 소재 작품들 속에 등장시키고 있으나, 교화적 관심에서가 아니라 그들 나름의 진실한 정욕을 긍정하고 객관적으로 드러내고 있다는 점에서 중·하층 여성들의 정한에 대한 관심은 특별한 의미가 있다.

「이언(俚言)」에서는 중인·평민 부녀, 기녀 등의 중·하층 여성들의 정감과 내면을 묘파해 내고 있으며, 「칠석부(七夕賦)」에 나타난 직녀의 원사(怨詞)는 일반 여성들의 정한을 애절하게 노래하고 있다. 「상랑전(尙娘傳)」에서는 열녀 이데올로기에 희생된 민녀의 비극을 그려내었고, 「포호처전(捕虎妻傳)」에서는 민녀의 지혜를 높이 평가하고 있다.

「필영장사(必英狀辭)」는 중인 여성의 계층을 초월한 애정 실현 의지와 갈등을 형상화 한 작품이라는 점에서 주목된다. 「필영장사」는 사족 남성과 중인 여성 간의 실재 애정담을 소재로 하고 있어서 여러모로 이옥의

26) "夫天地萬物之觀, 莫大乎觀於人, 人之觀, 莫妙乎情, 情之觀, 莫眞乎觀於男女之情", 李鈺, 「俚言引」, 二難, 『藝林雜佩』

「심생전」 창작 의식과 대비해 볼 만한 작품이다.[27] 「필영장사」의 전체 형식은 필영(必英)이 일인칭 화자가 되어 사건의 발단이 된 최생과의 사랑과 부모와의 갈등을 술회하고, 자신의 원정(冤情)을 호소하는 형식으로 되어 있으며, 이러한 필영의 과거 술회와 원정 설화가 끝나는 부분에 작가의 창작 의도를 밝히는 후기가 붙어 있는 구성으로 되어 있다.[28]

「필영장사」는 등장 인물이나 소재적 측면에서는 「심생전」과 유사하지만 갈등의 원인과 양상은 다르다. 「심생전」의 애정 갈등은 사족 남성의 소극성과 남성 집안의 반대로 인해 빚어지고 있으며, 사족 남성과의 혼인을 원하는 중인 여성과 여성집안의 소망은 이로 인해 좌절되고 있다. 사족 남성과 중인 여성 간의 사랑을 좌절시키는 요인이 중인 여성과 그녀의 집안 쪽에 있는 것이 아니라 철저히 사족 남성 쪽에 있는 것이다.

반면, 「필영장사」의 애정 갈등은 중인 여성 집안 쪽의 반대로 인해 빚어지며, 반대의 원인 또한 신분 갈등이 아니라 보편적인 윤리 도덕에 기인한다. 「필영장사」의 애정 갈등은 사족 남성과 중인 여성 간의 신분 차이를 배경으로 하고 있으면서도, 본질적인 애정 비극의 원인은 신분 갈등이 아니라 부녀 갈등에 있는 것이다. 필영과 부모 간의 부녀 갈등은 유교

---

27) 작중에서 필영의 신분은 양가집 딸이라고만 되어 있으나, 일정한 문예적 소양을 지니고 있는 것으로 보아 어느 정도 경제력을 지니고 있는 농촌의 부호나 상인의 딸인 것으로 생각된다.

28) 「필영장사(必英狀辭)」에서 수식과 묘사의 묘미가 가장 부각되어 있는 부분은 필영과 최생의 만남 장면이다. 「필영장사」의 대부분의 서사는 사실만을 간략하게 전달하는 사실담의 골격을 유지하고 있는 데 반해, 이 대목은 각종 전고와 대구의 문체를 화려하게 활용하여 문학적 성취가 가장 빼어나다. 사실담의 원정발화 형식이 대체로 유지되고 있는 「필영장사」에서 이옥의 개작이 확인되는 부분이다. 【"紅顔薄命, 青春易老, 三五之艶陽已過, 九十之盛儀未睹, 秋月春風之虛度, 夏月冬夜之誰與, 空深有家之願, 每切無媒之嘆, 羨樑燕之雙栖, 怨鏡鸞之孤泣, 適京居崔郎, 以弱冠之年, 來隔離之地, 清新削玉之儀, 溫籍偸香之韻, 一見而心動, 再見而情生, 才子之遇佳人, 愛女之懷情郎, 幽思則一曲琵琶, 浪興則三春蜂蝶, 始同窺墻之宋玉, 終似桃琴之文君, 三生冤業, 一夜佳緣, 曰, 黃昏以爲期, 解親佩而相贈, 桃花之春灼灼, 蔓竹之露瀼瀼, 雖無六禮之備, 儀亦可一生之偕老"(李鈺, 「必英狀辭」, 『鳳城文餘』)】

윤리에 대한 상반되는 의식에 기반하고 있다. 필영은 사족 남성과의 계층을 초월한 애정을 실현하기 위한 의지를 지니고 있는 데 반해, 필영의 부모는 전통적인 유교 윤리를 맹목적으로 내면화하고 있는 인물들로서 자신들의 상층 모방적인 윤리 이념을 딸인 필영에게도 강요한다. 필영의 부모는 집안간의 정식 중매와 혼인이 아닌 당사자 간의 사사로운 만남과 결연을 결코 용납하지 못하는 것이다.

> 부모의 노여움이 관아에 상고함에 이르러 규중처녀의 타행(惰行)을 말하여, 저로 하여금 기적에 이름을 떨어지게 할 줄을 어찌 알았겠습니까? 정원의 꽃을 장차 길가의 버들로 만들 줄을 누가 생각이나 했으리요. 비록 춘심을 억제키 어려워 수성(水性)이 잘못 흐름에 이르렀으나, 남녀간의 정회에 지나지 않는 일입니다. 오히려 이 남자, 저 남자를 오간 것도 아닌데, 어찌 아름다운 자질을 영영 더럽혀 지금 꽃다운 인연을 막음에 이를 수 있단 말입니까? 하물며 저의 몸은 아직 한번도 노래하는 부채와 춤추는 적삼에 관여한 바 없고, 손은 화려한 가야금이나 구슬픈 거문고에 닿은 적이 없습니다. 창가의 붉은 치마(기생)의 모임이나 객관의 푸른 덮개의 행차는 저의 일이 아닌데, 어찌 저것들을 쓸 수 있겠습니까? 바라건대, 주렴을 걷어 앵무새를 놓아주시고, 목형(牧荊)을 부수어 원앙새를 보호해 주십시오. 구멍에 숨고 담장을 넘은 죄를 용서해 주시어, 손잡고 옷깃을 스치는 소원을 이루어 주십시오.[29]

필영의 부모는 필영의 사랑을 실절(失節)로 받아들이고 비난하며, 그녀를 기적에 올려버리는 극단적인 행동까지도 서슴지 않는다. 이처럼 필영의 욕망 좌절은 상층 윤리에 걸맞는 행동 방식을 강요하는 부모와 전통 윤리에 구애받지 않는 필영의 의식 차이에 의해 발생한다. 「필영장사」는

29) "自顧羞慚, 實切哀傷, 雖緣春心之難抑, 以致水性之吳流, 不過朝爲雲暮爲雨, 猶非東家食西家宿, 豈可非質之永淪, 至今芳緣之相阻乎, 況女身跡, 未慣於歌扇舞衫, 手未諳於豪絲哀竹, 郡樓紅裙之會, 客館翠蓋之行, 非其人矣, 焉用彼哉, 幸伏望, 開簾而放鸚鵡, 折荎而護鴛鴦, 恕鑽穴逾墻之罪, 遂執手摻裾之願"(李鈺, 「必英狀辭」, 『鳳城文餘』)

이러한 필영과 부모 간의 윤리갈등을 통해 신진 상승계층 내부에 존재하고 있는 두 가지 의식의 양상과 갈등을 형상화하고 있다.

이옥은 양자 간의 갈등을 필영의 내면속으로 수렴하고 재구성하는 방식을 취함으로써 필영의 입장을 지지하고 있음을 보여준다. 이옥은 필영에 의해 사건 전말이 보고되는 형식으로 서술자의 시각을 초점화함으로써 중인 계층에 내면화되어 있는 전통적 윤리를 대상화하는 동시에 중인 여성의 계층과 윤리를 초월한 애정 실현 의지를 부각시키고 있는 것이다.

「절화기담」의 작가는 비록 공식적으로는 교화적(教化的)인 입장에서 '정(情)'의 지나침을 경계하고 있지만, 이러한 태도는 반대로 그만큼 남녀지정과 애욕이 인간에게 얼마나 절실한 영향을 미치는 것인가 하는 점을 드러낸다.

> "정(情)은 알 수 없는 것이 있고, 일에도 헤아릴 수 없는 것이 있다. 알 수 없으나 잊지 못하거나 끝내지 못하는 것이 있고, 헤아릴 수 없으나 파고 들 수 없거나 그만 두지 못하는 것도 있다. 이러한 까닭으로 정은 연분(緣分)에서 나오고 일은 기미에서 나온다. 연분이 없으면 정이 어디로부터 나올 것이며 기미가 없으면 일은 무엇으로부터 일어나겠는가. 기미가 조금이라도 있은 후에야 일이 이루어지며 연분이 싹튼 후에야 정이 일어난다. 기미에서 일어나고 연분에서 이루어지는 것은 사람에게서 연유된 것이 아니면 생겨나지 않는다."[30)]

「절화기담」의 작가는 여기서 더 나아가 하층 여성인 주인공이 "아름답지만 천하다는 것은 옷이 누더기인 데다 머리가 헝클어지고 기름을 펴 바르지 않고 분칠도 하지 않았으며 애완물이 걸맞지 않고 옷이 빛나지 않는데 불과한 것이다."[31)]라고 말하며, 그렇지만 그녀의 "뜻이 지극하고 정이

---

30) "情有不可知者, 事有不可測者, 不可知而有不可忘, 不可終者, 不可測而有不可究, 不可盡者, 是故情出乎緣, 事出乎機, 無緣情可由生, 無機事何從起乎, 機有微而後事作, 緣有萌而後情動, 其動於機, 作於緣者, 莫非人之所由生也", 「折花奇談」, 일본 동양문고본

독실(意極而情篤)"하므로 작품의 의의가 있다고 말하고 있다. 즉, 천한 하층 여성이 주인공으로 등장하고 있다는 사실과 그녀의 사랑과 정한을 절절하게 형상화했다는 사실이 곧 「절화기담」의 의의임을 강조하고 있는 것이다.

「포의교집」 작가는 문인 지식인층의 전형적인 사귐의 형식인 '지기지우(知己之友)'를 추구하는 하층 여성의 태도를 긍정적으로 옹호한다. "뜻이 한번 합해지면 비록 소진과 장의가 다시 살아난다 해도 그 사이에 끼여들 수 없고, 우포가 다시 일어난다 해도 그 절개를 뺏을 수 없으니 어찌 이익과 재물로써 움직일 수 있으리요."[32]라는 작가 후기에서 드러나듯, 전통 윤리나 관념에 부합되지 아니하는 하층 여성의 독자적인 애정관에 대한 「포의교집」 작가의 신뢰는 확고한 것으로 나타난다. 이로써 「포의교집」 작가는 단순한 정욕 긍정을 넘어서 일상적 삶의 방식을 일탈한 하층 출신 여주인공을 통해 애정의 평등성을 주장하고 있는 것으로 보인다.

2. 변심 테마에 대한 향유층의 불만과 비틀기

1) 조선 후기 전기소설사적 맥락과 「백운선완춘결연록」

조선 후기 전기소설사에서 변심 테마는 패러디 작품을 양산할 정도로 확고한 위치를 차지하게 된다. 패러디 작품의 존재는 그 대상이 일정한 흐름을 형성하면서 다수의 작품을 양산할 정도로 확대되었다는 것을 뜻하며, 특정한 향유층을 확보하고 있었다는 것을 의미한다. 패러디의 목적

31) "雖美且踐, 不過衣縷而頭蓬, 不施膏, 不染粉, 玩好無見稱, 巾裳絶烜然", 石泉主人 追序, 「折花奇談」, 일본 동양문고본

32) "志意一合, 則雖蘇張更生, 不能間其間, 羽布更起, 不能奪其節, 豈可以利祿動哉". 「布衣交集」 序文, 서울대학교 규장각본

이 비판(「광한루기」), 다른 장르의 풍자 목적 강화(「오유란전」)[33], 변심 테마 자체의 본격적 패러디(「백운선완춘결연록」)[34] 등으로 다양하다는 사실 역시 이 시기에 변심 테마가 향유층의 반응을 여러 각도로 끌어낼 수 있을 정도로 위상을 확보하고 있었다는 사실을 보여준다.

특히, 「백운선완춘결연록」은 변심 테마 자체를 부인할 목적이 아니라 변심 테마를 본격적으로 패러디하고자 한 작품이라는 점에서 의미가 있다. 패러디 대상은 '남성의 공무 우선주의로 인한 기약 파기와 정수사변'이라는 변심 테마의 한 패턴을 택하고 있으며, 패러디 방향은 여성의 적극적 노력으로 인한 갈등 해결과 해피엔딩이다. 사족 남성의 무책임과 중·하층 여성의 좌절로 인한 비극성을 뒤집고자 한 통속적인 패러디의 의도가 엿보인다. 「백운선완춘결연록」은 변심으로 인한 갈등이 여주인공의 비극적 죽음을 초래하지 않고 행복하게 결구되기를 바라는 조선 후기 전기소설 향유층들의 바람에 부응할 목적으로 창작된 작품인 것이다.

---

33) 「오유란전」에는 상층 남성과 이별한 하층 여성이 소식을 기다리다 죽음을 맞는 변심 테마의 전형적 설정을 패러디한 대목이 있다. 여기서 「오유란전」은 하층인 주변 인물을 동원하여 애정 상대인 하층 여성이 죽는지도 모르고 가문의 명에 순응함으로써 사랑을 지켜내지 못하는 상층 남성의 태도를 비판하는 목소리를 부각시키고 있다. 이 대목이 변심 테마의 패러디라는 사실은 「오유란전」 본연의 작중 상황에서 이생으로서는 오유란을 배신할 의도가 없었다는 것이 명백하다는 사실이다. 이 대목의 숨겨진 의미는 조선 후기 전기소설의 변심 테마와의 대비 하에서 충분히 드러날 수 있다. 전기소설의 변심 테마에 익숙한 독자라면 패러디를 통한 남성 중심적 시각에 대한 비판으로 읽혀질 수 있는 소지가 내포되어 있다.

34) 「백운선완춘결연록」은 「빙허자방화록」과 합철되어 전하는 작품으로 박노춘(「빙허자방화록·백운선완춘결연록 략고」, 전게논문 참조)에 의해 소개된 이래, 소인호(전게서, 238-239쪽)에서 영웅소설적 영향을 받은 17세기 전기소설로, 윤재민(전게논문, 28-29쪽)에서 전기소설을 패러디한 조선 후기 작품으로 언급된 바 있으나, 아직까지 본격적인 연구는 이루어지지 못하였다. 본고에서는 「백운선완춘결연록」이 "纖蟾月, 狄驚鴻 雖聞也 何能當此"라 하여 17세기 작품인 「구운몽」을 인용하고 있다는 점, '情移事多'와 같이 남성의 변심을 지칭하기 위해 「상사동기」 이래로 계승되어온 용어가 쓰여지고 있다는 점, 중인 여성을 여주인공의 하나로 등장시키고 있다는 점 등에서 함께 합철된 「빙허자방화록」과 같은 18세기에 창작된 작품으로 본다.

이처럼 조선 후기에 변심 테마를 통속적 결말로 패러디한 작품이 나올 수 있다는 것은 이러한 전통이 하나의 전형으로 인식되었다는 것을 의미한다. 패러디는 일정한 작자층과 독자층을 이미 확보한 대상에만 한정되는 특성이 있기 때문이다. 그만큼 조선 후기 전기소설사에서 변심 테마는 다채로운 작품 세계를 구현하면서 전성기를 맞았으며, 그 성행의 부산물로서 통속적 패러디 작품을 산출할 정도로 전기소설사적 위상이 확고해진 것이다.

이상에서 확인한 바와 같이 변심 테마는 나말여초부터 면면히 이어진 전통을 계승했으며, 조선 후기에 와서 한 단계 성숙되는 발전기를 맞았다. 조선 후기 변심 테마는 개체성, 욕망, 정욕 등 인간의 본능적 정감들이 성리학적 원리주의의 강고함을 비집고 나오는 이념적 해체기를 배경으로 하여 사랑과 인간의 본질적 속성을 진지하게 탐구하였다. 변심 테마는 비록 대중적은 아니었으나 비판적 지식인들에게 주목을 받았다. 자체 내적으로 18세기에서 19세기로 전개되는 이행과 변모의 과정도 보여주고 있으며, 패러디 작품들을 양산하면서 한문 식자층 가운데 특정한 향유층까지 확보하기도 했다.

이처럼 조선 후기 변심 테마가 모색한 인간과 사랑의 본질은 다음 시대의 상황에 맞게 변용되면서 당대적 의미를 획득해가게 된다. 조선 후기 변심 테마는 다음 시대에도 역시 인간상의 전환과 사랑의 근대적 의미 탐구에 기여했다는 점에서 소설사적 의의가 있는 것이다.

2) 변심 테마의 비틀기와 중간적 지식인의 낭만적 꿈의 투영 :「백운선완춘결연록」

(1) 전기 양식과「백운선완춘결연록」

「백운선완춘결연록」은 1641년 전후의 중국 남양을 배경으로 백운선(白雲仙)이라는 남성과 이옥련(李玉蓮), 지월련(池月蓮)이라는 세 청춘남녀의 사랑을 그렸다. 백운선은 전쟁이 끝난 기념으로 열린 과거에 응시하러 상경하는 길에 여인들과 만나 사랑을 나눈다. 이후 나랏일에 바빠 소식이 끊긴 데다 엎친 데 덮친 격으로 여인들도 부친들의 임소에 따라가게 되면서 재회는 요원해진다. 그러던 어느 날 여인들이 자신들의 존재를 알리는 편지를 보내오고 이로써 다시 옛사랑은 이어져 세 사람이 혼인하게 된다는 게 대략적인 내용이다.

세 남녀의 인물 형상과 만남의 방식에는 전기 양식의 전통이 농후하게 배어있다. 요컨대 여기서 지적해 두려는 점은 전기 양식과 관련하여「백운선완춘결연록」에서 발견되는 익숙함이다. 일단 전체적으로 볼 때「백운선완춘결연록」은 문인층 남성의 사랑과 욕망의 유로라는 형식을 이어받았다. 백운선은 뛰어난 문예적 능력과 풍류를 즐길 줄 아는 여유를 지녔으며 출세에 얽매이지도 않는 호방한 남성이다. 한 마디로 풍류재자다. 비록 아직 출사하지는 못했지만 본인이 이에 연연해하지 않으니 스스로 치명적 결핍을 인지하고 있는 것도 아니다. 주변에서 독보적인 능력도 인정받고 있으며 여유로운 생활을 누릴 수 있을 만큼 가산도 요족하다.

한 가지 백운선 자신이 결핍을 강렬하게 인식하는 부분이 있다면 바로 혈연과 부부의 정 혹은 사랑에 관련된 부분이다. 부모는 일찍 죽었고 그 덕분인지 22살이라는 적지 않은 나이가 되도록 혼인도 이루지 못하였다. "다만 일찍 부모를 잃고 (자신의) 한 몸이 의탁할 곳 없음을 한탄하였다. 아직 일가를 이루지 못하고 홀로 있는 모습이 매우 외로웠는데, 이미 모친이 돌아가셨으니 혼정신성하는 정이 가련하였다. 또한 아내가 없어 부부 간에 금슬의 즐거움을 나눌 기약이 막연하였다."[35]라고 하는 서술자의 설명은 백운선의 고독이 무엇과 관련되어 있는지를 정확하게 드러내준다. 비록 정도의 차이는 있을지라도 이러한 백운선의 형상에서 「만복사저포기」의 양생이 느꼈던 고독감을 떠올리기란 어렵지 않다.

그런데 결핍을 채워가는 구체적인 방식에 있어서 둘은 확실히 다르다. 이 차이야말로 「백운선완춘결연록」의 전기소설사적 위상과 관련된 중요한 부분이다. 혈연과 애정의 결핍을 오직 귀녀와의 사랑을 통해 해소하고자 하는 양생은 결핍의 충족에 있어서도 여전히 세계와 절연된 고독한 방식을 택했다. 사랑의 대상 역시 귀녀 한 사람뿐이다. 반면 백운선은 과거에 응시하려 상경함으로써 자기 쪽에서 세상에 다가선다. 만남과 사랑은 이 과정에서 이루어진다. 사랑 때문에 과거 응시를 포기하지도 그렇다고 사랑이 한 사람에 집중된 것도 아니다. 상경길에 이옥련과 사랑을 나누었음에도 삼일유가 중에 우연히 만난 지월련과도 사랑을 맹세한다. 또 그녀들 때문에 나랏일을 포기하지도 미뤄두지도 않는다.

서술자는 이러한 백운선의 태도를 가리켜 "정리사다(情移事多)"하였다고 간명하게 표현한다. 일의 많음에 따라 정이 변하였다는 뜻을 내포하고 있는 이 말을 곰곰이 들여다보다 보면 비슷한 표현이 쓰인 예가 드물지 않다는 사실을 발견하게 된다. 17세기의 작품인 「상사동기」와 같은 필사본 소설집에 합철된 「빙허자방화록」에 나온 "정수사변(情隨事變)"이란 말과 일맥상통하는 점이 있다. 「백운선완춘결연록」의 작가가 이 두 작품을 의식하고 썼거나 적어도 변심의 문제가 당시 전기 양식의 향유층들에게 최소한의 공감대를 형성하고 있었다고 생각된다.

35) "只恨早失天地, 而一身無依, 未作雁行, 隻影甚孤, 旣無萱堂昏省之誠, 可哀, 且無荊妻, 琴瑟之樂, 邈然", 「白雲仙翫春結緣錄」, 김기동・이종은, 전게서, 348쪽

(2) 변심 테마의 형상화 양상과 기존 작품과의 차이

전기 양식에 등장하는 사랑에는 항상 장애 요소가 있다. 깊이 생각할 것도 없이 문벌 혹은 신분의 차이, 전란 등이 떠오른다. 그런데 「백운선완춘결연록」은 좀 다르다. 물론 「백운선완춘결연록」에도 신분의 차이라는 익숙한 소재가 나오기는 한다. 다만 기존 작품들에서 패턴화된 대로 흘러가지 않는다. 「백운선완춘결연록」의 애정 갈등이 전작들과 어떻게 같고도 또 다른지, 이를 통해 작가가 노렸던 바는 무엇인지를 살펴보자.

백운선은 과거에 응시하러 상경하는 길에 완춘하다가 끓어오르는 춘정을 주체하지 못한다. 그러다 우연히 대가집의 한 누각에 이르게 되고 거기서 이상서의 딸 이옥련을 만난다. 두 사람은 첫눈에 반해서 서로가 평생 얻기 힘든 배필임을 직감한다. 그런데 이들의 앞에는 문벌의 차이가 가로놓여 있다. 마침 이옥련의 유모였던 객점 노파의 입을 빌어 이옥련의 신분이 밝혀지고 노파는 두 사람이 맺어질 수 없는 사이임을 강조한다. 백운선 역시 괴롭지만 이를 수긍한다. 그런데 이옥련이 백운선을 청하는 편지를 보내옴으로써 상황은 반전될 기회를 맞는다. 백운선은 둘의 문벌 차이를 끊임없이 인식하면서도 이옥련에게 구애하고 이옥련은 그의 뛰어난 필법을 보고 평생을 의탁할 사람으로 인정한다. 이렇게 놓고 보니 어디선가 상당히 친숙하게 보아온 결연의 절차다. 주지하다시피 문벌의 차이가 장애로 부각되면서도 여성 쪽의 적극적인 구애로 사사로이 연을 맺을 기회를 맞는 이런 패턴은 「이생규장전」 이래로 반복되어 왔다. 신분의 차이란 사랑의 감정만으로는 쉽사리 극복할 수 없는 현실이다. 그런데 이 현실에 대한 주인공들의 반응 혹은 대처방식에 있어서 「이생규장전」 이하의 기존 작품들과 「백운선완춘결연록」은 미세한 차이를 보여준다. 이는 작가의 세계관 혹은 작가 의식과도 관련된 문제이기도 하다.

「백운선완춘결연록」의 백운선과 이옥련은 둘 다 최랑 같은 이상적인 캐릭터가 아니다. 다시 말해서 현실 앞에서 주저하는 이생의 유형에 가깝다. 백운선과 이옥련은 둘 다 현실을 너무나 잘 알고 있어서 이를 극복할 수 있으리라는 희망조차 애초에 품지 않는다. 그렇다고 냉정하게 현실을 받아들이는 것도 아니다. 이별의 애상과 처연함이 부각되어 있다는 점에서 두 사람의 사랑과 헤어짐은 전기 양식의 권역 안에 있다. "후일의 만남을 기약할 수 없는"[36] 현실을 가슴 아프게 받아들인다는 식이다. 이옥련은 이옥련대로 백운선과 다시 만날 수 없을지도 모른다는 각오를 하고 있고 백운선은 백운선대로 몸조심하며 다시 볼 날을 기다리고 있으라고는 하지만 정확한 기약을 하지 않는다. 현실의 사정에 따라 어찌해 볼 수 없이 속수무책으로 자신들의 사랑을 내맡겨 버리는 것, 이것이 바로 「이생규장전」의 애정 테마와는 다른 중요한 전변의 지점이다. 또 다른 여인 지월련과의 사랑 역시도 마찬가지다. 지월련과의 만남은 백운선이 과거에 급제하고 삼일유가를 하는 득의한 와중에서 이루어진다. 역관 출신의 거부인 지만춘이 초대한 연회에서 백운선은 그의 딸 지월련에게 한눈에 반한다. 두 사람 사이에는 이옥련과의 만남에서와 형태는 다르지만 역시 마찬가지의 신분 차이가 전재되어 있다. 지월련은 뛰어난 남성에게 일생을 맡기고자 하는 소망을 전하며 자신이 절개 있는 여인임을 강조한다. 이러한 만남의 형태 역시 남성보다 신분이 열등한 여성들이 등장하는 기존 작품에서 익히 보아온 것이다.

그런데 익숙함은 여기까지다. 대부분의 기존 작품에서 기녀 혹은 중인층 처녀들이 운우지정을 허락하는 것은 남성의 다짐을 받아내고 난 이후이다. 그녀들의 목소리는 다분히 엄숙하며 절절하다. 「백운선완춘결연록」에서 지월련의 태도는 이와 다르다. 다시 돌아와 자신을 거둬달라고 부탁하기는 하지만 어디까지나 부탁일 뿐 여기에는 확신이 없다. 서로 악수하

36) "後逢無期", 「白雲仙翫春結緣錄」, 김기동 · 이종은, 전게서, 351쪽

고 헤어지면서 "어느 때 다시 서로 만날지 모르겠습니다."[37]라고 하는 데서 드러나듯이 재회를 기약할 수 없는 것이 두 사람 앞에 놓인 현실임을 잘 인식하고 있다. 이옥련에게 그랬던 것과 마찬가지로 백운선은 확실한 약속을 하지 않는다. 다만 사람이 헤어지고 만나는 것은 돌아오는 때에 따르는 것이라고 할 뿐이다. 출세 가도를 달릴 것이 확실시 되는 한림학사가 하룻밤이라면 모를까 한갓 중인 처자와의 사랑에 신경쓸 겨를이 없다는 것은 누구나 인정하는 현실일 터다. 이별의 애상에 젖은 채로 백운선도 지월련도 이 점을 당연하게 받아들인다.

또 하나 주목되는 점은 사랑과 입신출세에 대한 백운선의 태도이다. 백운선은 이 둘을 동시에 추구하며 어느 하나 때문에 다른 것을 포기하려 하지 않는다. 마치 양손에 떡을 쥐고 놓지 않으려 하는 것처럼 과거에 응시하러 가는 길이라 하여 다가온 사랑의 기회를 지나치지도 않고, 또 사랑하는 사람이 생겼다고 해서 과거 응시를 포기하거나 출세의 길을 지체하지도 않는다.

> 벼슬살이가 일이 많고 맡은 일이 한가하지가 않아서 정을 잊고 일을 많이 하여 세월을 보내니 세월이 얼마나 지났는지도 알지 못하였다.[38]

이런 백운선의 캐릭터가 전기 양식의 범주에서 봤을 때 다소 낯설게 보일 수도 있겠다. 그러나 여기서 지적해 두고 싶은 것은 백운선의 사랑이 아무리 현실적이라 하더라도 그 나름으로는 진정성을 지니고 있다는 점이다.

> 나랏일에 골몰하여서 두 낭자에 대한 정이 비록 마음속에는 있었으나 바쁜

---

37) "不知何時, 更獲相接", 「白雲仙翫春結緣錄」, 김기동 · 이종은, 전게서, 352쪽

38) "宦海要津, 生涯不閑, 情移事多, 日月流邁, 不知光陰蹉跎矣", 「白雲仙翫春結緣錄」, 김기동 · 이종은, 전게서, 352쪽

중에 사사로운 정을 펼 겨를이 없었으니 두 낭자가 촉 땅에 들어간 일은 알지 못하였다.39)

마치 산화할 것을 알면서도 불속으로 뛰어드는 부나방 같은 사랑은 아니라 하더라도 끊임없이 현실을 의식하며 살아갈 수밖에 없는 범상한 인간의, 그 자신만은 진정하다고 믿는 사랑이기 때문이다. 유명의 간극을 뛰어넘고 현실을 의식하지 않는 철저히 순수한 사랑은 기실 실제 현실에는 없다. 우리 대부분은 백운선과 이옥련의 모습을 하고 있는 것이다. 이들의 사랑이 범속하냐 아니냐 혹은 현실적이냐 아니냐 하는 이분법적인 구분은 무의미하다. 현실을 고려하지 않은 사랑이란 우리가 그러할 수 없기에 바라는 이상일 뿐이고 대부분의 인간은 백운선과 이옥련과 같은 사랑을 한다. 다만 다른 사람이 보기에는 범속할지 몰라도 그 당사자는 세상 어느 누구보다도 진실하고 슬픈 사랑이다. 「백운선완춘결연록」의 애정 테마가 전기 양식의 권역과 중첩될 수 있는 지점이기도 하다.

우리에게 친숙한 전대 작품들의 애정 테마와 비교했을 때 「백운선완춘결연록」이 이처럼 같고도 다른 점을 지니고 있다는 사실, 특히 유사성의 기반 위에서 차이점이 두드러진다는 사실은 작가가 이 작품을 창작하면서 특별히 이 지점이 부각되도록 신경을 썼다는 것을 의미한다. 그리하여 이생이 드러내는 일상적 인간의 왜소성을 확대해 본다면? 아니 최랑에게서 관념성을 제거해 본다면? 하는 의문을 제기해 보았을 것이고 이러한 문제 의식이 「백운선완춘결연록」의 캐릭터를 낳았을 것이다.

「백운선완춘결연록」보다 앞서 나온 「주생전」과 「상사동기」는 변심의 구체적 양상이 다르다. 「주생전」은 새로운 여성의 등장과 함께 삼각 관계가 형성되고 남성이 과거의 여인을 배신하는 양상으로 전개된다. 반면

39) "汨於紅塵, 兩娘之恩情, 雖在於心, 而紛紜之中, 不暇私情, 而且兩家入蜀之事, 邈然不知也", 김기동 · 이종은, 전게서, 353쪽

「상사동기」는 현실의 장애를 절감하고 애초부터 이루어질 수 없는 사랑임을 받아들인 주인공들이 이별을 했다가 다시 우연한 기회에 사랑을 회복하는 양상으로 진행된다. 재미있는 사실은 함께 합철되어 전하는 「빙허자방화록」과 「백운선완춘결연록」에서도 이런 차이가 발견된다는 점이다. 새로운 여인의 등장과 남성의 배신으로 삼각구도가 형성되고 이로 인해 처음의 여인이 비극적 죽음을 맞는 「빙허자방화록」은 「주생전」의 패턴에 가깝다. 「백운선완춘결연록」의 경우는 좀 복잡하다. 잊혀졌던 사랑을 회복하고 사랑의 결실을 맺는다는 점에서는 「상사동기」의 노선을 이은 듯이 보인다. 한편 한 여성과 전일한 사랑을 나누지 못하고 새로운 여성이 등장한다는 점에서는 「주생전」과 비교할 측면도 있다.

그러나 정작 중요한 점은 전작과의 비교에서 발견되는 부분적 설정의 유사성이 아니다. 전작과 공유하는 설정들이 「백운선완춘결연록」에서는 어떻게 변용되어 있는가, 유사한 갈등의 계기들이 세부적인 부분에서까지 비슷한 양상으로 해소되어 나가는가, 만약 아니라면 그것은 작가의 어떤 세계관에 근거하는가, 특정한 작가의 의도가 반영되어 있는 것은 아닌가 하는 점들이 「백운선완춘결연록」의 작품 세계를 이해하는 데 보다 의미 있는 주안점이 될 터이다.

(3) 기존작에 대한 불만과 새로운 미의식 추구

앞서 언급했듯 백운선은 이옥련과 헤어진 후에 지월련과 새로운 사랑을 나눈다. 전기소설의 애독자라면 지월련의 등장과 함께 의례 한 번쯤 「주생전」을 떠올릴 수 있을 것이다. 함께 합철된 「빙허자방화록」이 새로운 여인의 등장이 남성의 배신과 여주인공의 죽음이라는 비극적 파국을 초래하는 작품이라는 점에서 더욱더 그런 기대를 할 법도 하다. 그런데 「백운선완춘결연록」은 이런 예상을 완전히 뒤집는다. 두 여인의 부친, 즉 이상서와 지월련은 원래 서로 아는 처진 데다 이상서의 귀양지인 촉땅의 역관으로 부임하게 된 지만춘은 이상서의 부탁으로 이옥련을 데려다 준다. 이옥련은 백운선의 소식을 알아보기 위해 지역관의 임소로 시비를 보내는 과정에서 지월련이 백운선과 정을 나눈 사이라는 사실을 알게 되는데 두 사람 사이에는 애정 갈등 상황이 연출되기는커녕 진한 동병상련의 기류가 형성된다. 분명히 「주생전」이나 「빙허자방화록」과는 다른 방향이다.

「백운선완춘결연록」이 전작들과 갈라지는 또 다른 중요한 지점은 갈등 상황의 해소 방식과 이에 내재된 작가의 세계관이다. 이미 언급했던 대로 「백운선완춘결연록」은 백운선이 여인들에 대한 사랑을 회복한다는 점에서 「상사동기」와 방사하다. 기존 연구에서 지적한 대로 한다면 행복한 결말로 결국하는 「상사동기」와 비교할 때 「백운선완춘결연록」의 대단원이 지향하는 바는 무엇인가, 이 점을 따져보자. 이를 위해서는 「상사동기」와 관련한 해피엔딩 논의부터 다시 점검하고 넘어갈 필요가 있다.

「상사동기」는 배신이나 죽음이라는 파국의 상황이 연출되지 않는다는 점에서 비극적 결말은 분명 아니다. 그렇다고 이를 두고 해피엔딩이라고 딱히 지칭할 수 있을까? 행복한 결말이라 함은 통속소설에서 흔히 그러하듯 자아와 세계 사이에 부조화의 소지가 전혀 남아있지 않은 화해의 대단원을 지칭한다. 이런 결말에는 뭔가 속 시원히 말을 다 하지 못한 듯한 여운이 남지 않기 마련이다. 그런데 「상사동기」의 결말은 그렇지 않다. “이로부터 김생은 공명을 영원히 사양하고 마침내 다른 여자를 취하지 아니하고 영영(英英)으로 더불어 살았다 한다.”란 식으로 끝나는 결말은 간결하기는 하되 그 속에 무수한 여백이 보인다. 문면화 되어 있지는 않지만 애정이냐 공명이냐를 양자택일해야만 하는 주인공의 고뇌가 묻어난다.

만약 김생(金生)이 영영과 입신양명을 양손에 쥐고 어느 한쪽도 포기하지 못한다고 했다면 어땠을까? 전도양양한 과거 장원 김생이 고관의 지위에 올랐을 때 가문이 상합하는 정실 부인을 맞지 않을 수도 없는 노릇이고 그렇다고 영영을 정부인으로 삼을 수는 더더욱 없는 일이다. 사랑을 포기하지 않은 채 입신의 길을 따라가다 보면 애써 되찾은 진정한 사랑을 유지할 수 없는 딜레마에 빠지게 될 것이 자명하다. 이런 점에서 김생이 공명을 버리고 영영을 택했다는 결말은 세계와 화합할 수 없는 자아의 심각한 고민을 함축하고 있는 것으로 보여진다. 입신의 길로 나아갔을 때 세계로부터 받아야 하는 간섭을 사양하고 세계와 맺어야 하는 관계를 단절하겠다는 의미다. 여기에서 환기되는 고립감은 『금오신화』의 주인공들이 선택한 '부지소종'에서 확인되는 울림과도 연결된다.[40)]

반면 「백운선완춘결연록」에서는 사랑과 공명이 양자택일할 수 있는 문제가 아니다. 이 두 가지는 상호 보완적으로 교묘하게 교직되어 있다. 예컨대 백운선이 여인들을 찾고자 한다면 공무 수행 중에도 얼마든지 사람을 보내어 불러올 수 있다. 그러나 백운선에게는 그렇게 할 만큼의 마음의 여유는 없다. 재회와 사랑의 회복은 여인들이 일부러 사람을 보내서 소식을 통하는 노력에 의해 이루어진다. 여기서 「백운선완춘결연록」이 과연 남성의 입신양명을 최종적인 지향 가치로 둔 작품인가 하는 의문이 생길 수도 있겠다. 영웅소설류와 비교해 보면 「백운선완춘결연록」이 지향하는 바가 무엇인지가 보다 분명해질 수 있다. 영웅소설 유형은 가문의 회복을 최종적으로 지향하며 애정이란 어디까지나 부차적인 문제로 따라온

40) 이러한 점에서 「상사동기」의 행복한 결말을 단순히 통속적이라고만 볼 수는 없다. 박희병은 상사동기의 작가가 작품을 해피엔딩으로 만들기 위해 이정자와 회산군 부인을 친척간으로 만드는 우연성을 삽입하고 있으며, 이로 인해 작품의 문제 의식이나 긴장이 떨어지고 있다고 했다.(박희병, 「전기적 인간의 미적 특질」, 『전기소설의 미학』, 돌베개, 1997, 41쪽) 이정자와 같은 보조 인물은 결연 단계에서 매개적 역할을 하는 것이 보통인데, 이러한 유형의 인물이 작품의 결말에까지 관여하고 있다는 점에서 안이한 결구라고 볼 수도 있을 것이다. 그러나 이정자의 서사적 기능은 「최척전」의 결말에 간여하고 있는 부처의 역할에 비견된다는 점에서 이렇게만 보고 말 것은 아니다. 지금까지 「상사동기」를 통속적 작품으로 보아온 이면에는 끊임없이 운영전과의 비교 속에서만 이 작품을 평가하려는 선입견이 작용해왔기 때문이다.

다. 이에 비해 「백운선완춘결연록」에서는 어느 것이 우위에 있다고 말할 수 없다. 출세의 가도를 달리느라 사랑이 잊혀졌다면 또 그렇게 얻은 지위 덕분에 여인들을 수월하게 불러 모아 혼인한다. 「백운선완춘결연록」의 세계에서는 사랑도 입신양명도 모두 중요한 문제다. 「상사동기」의 결말에서 저 김생이 보여준 결단에 비한다면 상대적으로 백운선의 진심이란 게 과연 무엇일까 하는 의문을 가질만하다. 그러나 「백운선완춘결연록」에서 사랑의 진정성 혹은 그 절대적 가치를 따지는 것은 무의미해 보인다. 적어도 작가의 세계관 혹은 창작 의식의 측면에서 볼 때 그렇단 말이다.

「백운선완춘결연록」의 작가가 최종적으로 지향하는 바는 사랑과 현실의 조화이다. 「상사동기」가 사랑과 현실이 조화될 수 없는 단절감을 재확인함으로써 깊은 울림을 남기고자 했다면 「백운선완춘결연록」에는 「상사동기」의 이런 결말에 대한 향유층의 불만이 반영되어 있다. 예컨대 왜 주인공들이 현실 세계와 절연하지 않고는 사랑을 이룰 수 없는가, 등장 인물들이 모두 현실적으로 행복해지는 화합은 불가능한가와 같은 불만들이다. 말하자면 「상사동기」에서는 유보되었던 진정한 해피엔딩의 추구이다. 그리하여 이옥련과 백운선의 재회에 걸림돌이 되는 이상서의 유배가 황제의 조서 하나로 풀리기도 하고, 백운선의 장인이라는 이유로 역관인 지만춘이 예조판돈이라는 고관을 얻거나 그 딸 지월련이 백운선의 정식 아내가 되는 비현실적인 일이 벌어지기도 한다. 서사 내부의 현실적 질서란 황제를 정점으로 하고 있는 만큼 그의 아량에 의해서 모든 불가능한 일들이 단숨에 해결되는 양상으로 허구적 세계가 짜여져 있는 것이다. 이를 위해 모든 실제 현실에서 제기될 수 있는 갈등의 소지는 제거된다. 대신 조화의 논리에 의해 화합의 상황이 구축된다. 지월련의 존재가 대표적인 예가 된다.

앞서 지월련의 등장으로 인해 갈등 상황이 조성되지 않는다는 점을 지적했다. 지월련과 백운선의 관계를 알고서도 삼각 관계랄 수 있는 상황이 벌어지지 않는 것은 지월련에게서 질투가 아니라 동병상련의 측은함을 느끼는 이옥련의 포용적 태도 때문이다. 이옥련에게서는 시종일관 배타적인 태도를 찾아볼 수 없다. 오히려 두 여인은 백운선을 향한 감정과 행동이 마치 쌍생아인양 동일한 것으로 나타난다. 이옥련의 부친 이상서도 마찬가지다. 지만춘이 지월련과 백운선의 혼인를 청하자 자신이 나서서 혼사를 주관한다. 이상서를 해배시키고 고관을 제수한 황제의 아량과 시혜가 고스란히 이상서와 지만춘 혹은 이옥련과 지월련의 관계 속에 대입된다. 「백운선완춘결연록」의 사랑은 이처럼 철저히 체제 내적인 조화의 논리에 기대어 있다. 그리고 그 질서는 지극히 남성 중심적이다. 남성 중심적 환타지 속에 사랑은 일부다처의 형태로 완수되며 여성들은 여기서 신분을 초월한 비현실적 평등성을 허락받는다. 전기 양식의 전통 속에서 드물게 보여지는 해피엔딩이 「백운선완춘결연록」의 대단원을 장식하게 되는 이면에는 이러한 남성적 환타지의 개입이 내재되어 있다. 이는 「백운선완춘결연록」이 전기 양식을 계승한 여타의 작품들과 미의식적으로 분지되는 지점이기도 하다.

(4) 작가의 세계관과 전기소설사적 맥락

「백운선완춘결연록」이 「주생전」이나 「상사동기」와 같이 전대에 창작된 변심 테마의 전기소설 작품들과 달리 체제 내적인 조화와 해피엔딩의 노선을 지향한다면 그것은 구체적으로 작가의 어떤 세계관에 입각해 있는 것이며 소설사적인 맥락을 어떻게 잡아야 할 것인가. 「백운선완춘결연록」이 창작되었을 것으로 여겨지는 17세기 말에서 18세기 초중 무렵은 기실 전기소설사에서도 주목된 바가 없는 시기다. 「백운선완춘결연록」이 16세기 말에서 17세기 중반에 이르는 시기에 대거 쏟아져온 작품들과 다른 미의식을 표출하고 있다면 이는 달라진 소설사적인 요구를 반영한 결과일터다. 여기에는 「백운선완춘결연록」 작가의 세계관이라는 필터가 중간 단계로서 개입되어 있음은 물론이다.

17세기 전기소설은 그간 한 데 뭉뚱그려서 그 동향이 분석되었지만 각 작품들이 소설사와 조응하는 양상은 한 가지 흐름으로 통합할 수 없다. 다시 말해서 몇 개의 흐름이 간취된다는 말이다. 17세기라는 소설 외적 환경은 잘 알려져 있다시피 양란 이후의 도덕 붕괴, 계층 질서의 재편, 새로운 경제 집단의 등장 등 성리학의 지배 담론적 위상이 흔들린 시기였다. 기존의 주류 이념이 심각한 회의에 직면하게 될 때 사회 현상 및 이와 맞물리는 사람들의 의식은 극단적으로 상반된 방향으로 양분되게 마련이다. 한 층위는 유교 관념들에 위배되는 해체의 징후들이다. 이런 객관적인 현상과 더불어 성리학의 지배 이념들에 도전하거나 이를 근본적으로 회의하는 비판적 인식이 존재한다. 이러한 의식적 흐름은 주로 지배 질서 하부의 계층이나 드물게는 기득권의 핵심으로부터 소외된 상층에서 주로 형성되었을 것으로 보여진다. 왜냐하면 전후 사회 질서를 재통합하고자 하는 목적으로 예론의 복구를 위해 동분서주한 상부의 계층에서 기득층이 재구성되었기 때문이다. 사림으로 대표되는 이들 계층이 성리학 이데올로기를 현실의 정치에 끌어들여 국내적으로는 예치, 대외적으로는 화이론에 입각한 북벌론을 내세우면서 체제를 재정비해 나갔던 것은 잘 알려진 사실이다.[41]

그렇다면 여기서 질문 한 가지를 던져보자. 양란 이후 과거의 기득층이 권력 창출과 유지를 위해 배포했던 이념 체계가 그 뿌리부터 흔들렸던 저간의 혼돈은 상기의 각종 조치에 의해 효과적으로 아니 일거에 수습되었을까. 『예기(禮記)』, 『의례(儀禮)』, 『가례집람(家禮輯覽)』, 『상례비요(喪禮備要)』, 『의례문해(儀禮問解)』과 같은 예서들이 끊임없이 편찬되고 『동

41) 이에 대해서는 정옥자, 「17세기 사상계의 재편과 예론」, 『한국문화』10, 서울대 한국문화연구소, 1989, 212쪽을 참조하기 바람.

국신속삼강행실도(東國新屬三綱行實圖)』가 국가적 사업으로 편찬된 것을 보면 유교 질서의 재확립은 지속적으로 홍보해 나가야만 하는 성질의 것이었음을 알 수 있다. 바꿔 말하면 단 한 번의 공포로 체제를 다잡기에는 그리 녹녹치 않은 문제였다는 말이다. 예서의 편찬은 조선의 개국초 국가의 기틀을 잡기 위해 시행된 사업이었다. 당시의 사항이 국초의 체제 정립과 유사한 과정을 보여주고 있지 않았나 생각된다. 특히 효자, 열녀, 충신을 가려뽑은 『동국신속삼강행실도』의 편찬은 새삼 국가적으로 교육할 정도로 유교적 절의 관념이 흔들리고 있었음을 보여준다.

왕위 계승과 왕실의 복제를 둘러싼 예송 논쟁이 집권층의 교체를 낳을 정도의 파워를 지니게 된 이면의 사정도 같은 맥락의 해석이 가능하다. 예송은 인조반정 이후 정권을 획득한 서인과 이에 공조했던 남인 혹은 서인 내부의 권력 다툼으로만 보여지지는 않는다. 핵심 집권층이 거상 기간이나 상복의 복제와 같은 일견 사소한 의례의 문제로 하루아침에 바뀔 정도라면 이것만큼 예론의 힘을 일반 백성에게 각인시킬 만한 이벤트는 없지 않았나 생각된다. 체제의 정점에 있는 왕실을 대상으로 벌어지는 사건인 만큼 성리학적 의례 절차를 사회 곳곳의 일상에 뿌리내리게 하는 극적인 효과를 거두었을 것으로 짐작된다. 예송은 집권층의 사활을 걸고 몸소 시행해 보여줘야만 하는 일종의 체제적 강박이 된 것이다. 이처럼 주도적 이념에 대한 회의와 예론에 대한 의도적인 담론화는 한동안 공존하는 상태였지 않을까 보여진다.

전기소설들의 세계관은 장르적 특성상 권력의 최상부층의 그것과는 생래적으로 거리가 있다고 생각된다.[42] 전기소설의 작가는 전통적으로 상

42) 이는 전기소설이 자신의 문장 실력을 과시하고 상사의 비위를 맞춰 출세의 수단으로 삼기 위해 당대 문인들이 만들었던 온권(溫券)을 통해 확립되어 나갔다는 사실에서도 입증된다. 전기소설은 태생적으로 권력의 최상부에 있는 집권층의 세계관을 그려낸 것이 아니라 그 변두리에 있는 문인들의 세계관 속에서 배태된 장르인 것이다.

하의 신분 질서 속에서 상부 출신이지만 권력의 정점에 있는 핵심 집권층은 아니었다고 할 수 있다. 성리학적 이데올로기를 통해 사회를 재통합하고 자신들의 기득권을 재생산하고자 했던 지배 계층의 구미에 맞는 소설은 전기소설과는 다른 방향에서 요구되었다고 할 수 있는데 「구운몽」, 「사씨남정기」, 「창선감의록」 같은 작품이 여기에 해당된다. 이들 작품은 하나같이 권력의 중심부에 있는 집권 가문을 대상으로 하여 그 내부의 갈등사를 다루거나 결국에는 집권층의 최심장부로 들어가 가문을 형성하는데 성공한 주인공의 여유로움과 화락함을 그려냈다. 최상층의 가문이 갈등을 해결하고 재화합한다든지 아니면 온유돈후(溫柔敦厚)와 열행(烈行)이란 이상적 미덕을 실행한 여성이 마침내 보상을 받는다든지, 혹은 상하의 수직 질서와 유교 이념 하의 조화로운 사회를 가정 내에 실행해 보인다든가 하는 것은 지배 계층의 욕망과 그들이 이상적으로 그리는 세계관이 그대로 투영된 것이다. 이런 의미에서 이들 소설이 유학자들에게 환영을 받으면서 그 독서가 권장되는 과정은 지배 계층이 자신들의 이러한 세계관을 확대 재생산하는 과정이랄 수 있다. 지배층 내부에서는 이들 소설의 향유를 통해 그들의 동질감과 결속력을 새삼 확인해갔을 것이다. 한편 한글 번역을 통해 이들 작품이 다양한 계층에 유통되는 시점이 되면 지배층이 옹호하는 세계의 질서가 독서를 통해 두루 유포되고 학습되는 효과를 거두었을 것으로 생각된다.

여기서 「백운선완춘결연록」의 작가가 자신의 「구운몽」 독서 경험을 여주인공 캐릭터를 묘사하면서 살짝 노출해놓았다는 사실은 새삼 주목할 필요가 있는 사항이 된다. 「구운몽」, 「사씨남정기」, 「창선감의록」류의 작품에서 그리는 세계관이 일반화되면서 「구운몽」 같은 작품의 경우 남성들이 욕망하는 환타지의 원형으로 인식되었을 가능성이 농후해 보인다. 「구운몽」이 보유하고 있는 이본수와 이 작품이 확보하고 있는 인지도를 생각하면 무리한 추정만도 아니다. 「구운몽」은 영웅적인 남성 캐릭터가 공명의 정점에 서는 동시에 애정 행각을 통해 일부다처의 꿈을 완성하는 이야기다. 자그마치 여덟이나 되는 여성들은 남성을 중심으로 결코 질투하지 않는 자매애로 결합되어 있다. 심지어 그녀들은 남성들이 한번씩 꿈꾸기 마련인 다양한 여성상을 한 가지씩 구현해내고 있지 않은가. 게다가 이 여성들은 남성과 분리되거나 그가 찾아주지 않는 때라도 결코 부심한 이라고 원망하지 않는다. 변심 테마를 형상화한 전기소설의 유형군과는 세계관 자체가 다른 것이다. 이런 점에서 「백운선완춘결연록」의 작가가 변심 테마의 전통을 계승한 작품군에서 불만을 느끼는 지점, 즉 남성이 복수의 여성과 사귀거나 공사다망하여 약속을 어긴다거나 할 경우에 예외 없이 변심했다는 비난을 받기 마련이며 그리하여 비극적인 결말을 맞을 수밖에 없는 설정을 남성 중심적으로 뒤집어놓은 바로 그 지점에 「구운몽」이 놓인다.[43)]

「백운선완춘결연록」은 전기소설의 기존 작품에서 나타나는 남성의 변심의 전통을 「상사동기」식의 '정수사변'으로 합리화하고 「구운몽」식의 일부다처의 조화와 해피엔딩으로 새롭게 비틀어낸 작품이라고 할 수 있다. 변심 테마를 형상화한 전기소설의 전작들과 정반대의 세계관을 형상화한 「구운몽」을 노골적으로 인용함으로써 전기소설적 세계관에 불만을 제기한 것이다. 「백운선완춘결연록」의 작가가 제기하는 의문은 아마도 왜 전기소설의 남주인공은 항상 최상부 지배층의 변두리에 있어야만 하는가, 체제 내부로 들어가려는 그들의 현실적 욕망과 사랑은 왜 반드시 접점을 찾을 수 없는가 하는 점들이 아닌가 생각된다.

결론적으로 말해서 「백운선완춘결연록」 작가의 세계관은 전기소설 작

---

43) 「구운몽」이 전기소설의 관습을 대거 차용하면서도 그 세계관과 미의식적 측면에 있어서는 다른 차원을 지향하는 작품이 된 이유도 여기서 찾을 수 있다. 「구운몽」과 전기소설의 유사점과 차이점에 대해서는 김대현, 『조선시대 소설사 연구-17세기 소설의 이행과정을 중심으로』(국학자료원, 1996, 178-193쪽)에서 자세히 다루어진 바 있다.

가들의 전통적인 그것으로부터 살짝 비껴나 있다고 볼 수 있다. 현실적인 처지는 전기소설의 전통적인 향유층과 겹치면서도 문학적인 지향점은 「구운몽」식의 그것을 꿈꾸는 형태다. 이는 「구운몽」이 애초에 배태되어 나왔던 계층을 벗어나 향유층을 확대해나간 세계관적 재생산의 부산물이랄 수 있다. 이 과정에서 「주생전」에서 환기되는 남성의 이기심과 배신으로 인한 파국의 비극적 정조, 「상사동기」에서 사랑은 이루었지만 결코 그 사랑이 체제 내부에서는 인정받을 수 없는 반푼짜리 해피엔딩과 그 진한 여운 등은 거세된다. 아울러 전기소설과 지배적 기득권 사이에 존재하는 관습적 거리와 그에 따른 독특한 장르적 미감도 희석된다.

3. 개화기 소설사의 전개와 전후 맥락

1) 애국계몽기 전기소설사적 양상

변심 테마가 1910년대 신소설과 근대소설에서 의미 있는 성과를 거두기까지는 어느 정도 공백이 있다. 바로 1900-1910 사이의 시기이다. 조선후기 새로운 갈등과 인물을 창작하면서 변화와 발전을 거듭해왔던 변심 테마의 전통은 이 시기에 와서 더 이상 의미 있는 작품을 탄생시키지 못하고 급격히 쇠퇴했다. 전기소설은 시대가 요구하는 문제를 수용한 새로운 작품을 창출하지 못하고, 기존 작품을 번안 또는 단순 개작하거나, 기존 작품에서 흥미를 끈 화소를 재조합하는 방식으로 대중의 통속적 기호에 맞는 작품을 창작하는 데 그쳤다. 이러한 통속적 창작 과정 속에서 전기소설은 고유한 장르적 특징을 일관되게 유지하지 못하고 삽화의 흥미만을 표피적인 형태로 재생산함으로써 자연적으로 해체되는 양상을 보여준다. 20세기 초엽, 전기소설은 본연의 양식적 추동력을 상실하고 기존 작품을 재생산하는 단계에 들어선 것이다.

이러한 전기소설사적 배경 속에서 변심 테마 역시 새로운 작품을 내놓지 못하고 전대 작품을 통속적으로 패러디한 「잠상태(岑上苔)」, 「홍랑전(紅娘傳)」 같은 작품이 출현했다. 「잠상태」는 「상사동기」를 한문식자층의 구미에 맞추어 번안한 신문연재소설이고, 「홍랑전」은 1906년 12월 23일(大韓 光武 10년, 丙午 臘月)에 용암의 과객 우천에 의해 창작된 작품이다. 이처럼 변심 테마를 통속적으로 패러디한 작품들은 독자층에게 그다지 흥미를 끌지 못한 것으로 보인다. 「잠상태」는 연재 6회만에 중단되었으며, 「홍랑전」에서 변심 테마를 패러디한 부분은 극히 일부분에 그치고 있다.

그 이유로는 신작구소설의 독자층에게는 조선 후기 전기소설의 변심 테마에서 이룩한 신분 갈등이나 윤리적 마찰, 첨예한 현실 인식보다는 환상적 모티프와 귀신, 재생, 신분 상승 등이 주는 통속적 흥미, 변치 않는 절의를 통해 영원한 사랑에 대한 환상을 충족하고자 하는 욕망이 무엇보다 우선시되었다는 점을 들 수 있을 것이다. 특히, 「홍랑전」이 창작된 1906년은 「일념홍」, 「용함옥」 등 애정불변 테마의 작품이 많이 창작되었으며, 이러한 경향은 1910년대 신작구소설인 「청년회심곡」, 「부용상사곡」, 「유문성전」 등에서도 지속되었다. 이러한 애정불변 테마의 작품들은 영원한 사랑의 환상, 통과 제의적 시련과 여성의 희생·헌신의 강조, 고진감래 미감의 통속적 수용 등을 통해 당대 향유층의 요구에 부응하였다.

2) 개화기 이후의 욕망 담론과 변심 테마의 새로운 전개

개화기 이후, 전통적 계층 질서와 가치체제가 붕괴되면서 사랑에 대한 관념 또한 변화했다. 변심 테마는 인간과 사랑의 본질, 사회의 지배적 가치관 등에 관한 담론과 불가분의 관계를 맺고 있기 때문에 변심 테마의 근대적 의의 역시 일률적으로 고정될 수 없다. 이는 비단 신소설·근대소설뿐만 아니라 현대 소설사에서도 마찬가지의 문제이다. 주도적 사상의 교체와 정치 · 사회적 상황에 따라 인간관과 욕망론은 묶임과 풀림의 양극단을 오갈 수밖에 없으며, 사랑의 본질을 바라보는 시각 역시 변할 수밖에 없는 것이기 때문이다. 따라서 변심 테마가 개화기를 거쳐 근대 · 현대소설로 이행되는 소설사의 흐름 속에서 담보해 내고 있는 의의는 인간론, 욕망담론, 도덕적 가치 평가 기준 등과의 관련 하에서 검토될 필요가 있다.

중세 사회의 인간은 유교라는 사회적 윤리에 의해 통제되었다. 인간은 개별적 자아를 극복하여 하늘이 인간에게 부여한 선험적 · 당위적 질서로 복귀할 것, 즉 "극기복례(克己復禮)"할 것이 요구되었다. 개개인의 본능적 욕망은 인정되지 않고 오직 본체론(本體論)의 측면에서는 천리(天理), 실천 윤리로서는 예(禮), 정치적 이념으로는 충군애민(忠君愛國)해야만 했다. 끊임없이 왕을 중심으로 한 정점을 향해 승화될 것을 요구하는 중세의 유교적 이념 체계에 의해 통제된 것이다.[44]

애정불변 테마의 전기소설에서도 사랑은 역시 이와 같은 충(忠) · 열(烈) · 절(節)과 동일한 체계 속에서 다루어졌다. 변치 않는 사랑은 유교 이데올로기에서 선양되었던 이러한 관념들과 동일한 위상을 부여받으며 긍정되었다. 반면 변심 테마의 전기소설에 나타나는 사랑의 형태는 비판의 대상이 되었다.

그러나 개화기 이후, 중세의 선험적 · 당위적 이념 체계가 무너진 자리에는 대신 인간의 재발견이라는 현상이 도래했다.[45] 개화기 이후에는 이미 주어져 있는 것으로 받아들여졌던 세계가 주체적으로 해석해야 하는 대상이 되었다. 동시에 도덕 역시 개개인의 주체적 선택의 문제가 되었다. 이에 따라 인간론도 전체의 부분으로서가 아니라 고유한 개체성이 중

---

44) 이에 대해서는 모리모도 즌이찌로 저, 김수길 역, 『동양 정치사상사 연구』, 동녘, 1985, 89쪽 참조

45) 박태호, 「서구의 근대적 주거공간에 관한 공간 사회학적 연구-근대적 주체의 생산과 관련하여」, 서울대 박사학위논문, 1998, 1쪽

시되는 전환이 일어났다. 사회적 의무에 의하여 규정되는 인간 대신에 감각적 존재·본능적 욕망의 존재로서의 인간[46]이 중시되기 시작한 것이다.

사랑의 문제 역시 이러한 개체성 확인과 주체성 자각의 일환으로 받아들여졌다. 전통적인 결혼 제도와 개체성을 자각한 인간 간의 갈등을 다룬 '낭만적 사랑' '자유연애' 등이 이 시기 애정 담론을 지배한 화두였다. "원래 연애(戀愛)는 이론(理論)이 아니요 정열(情熱)이며, 객관(客觀)이 아니라 주관(主觀)이라."[47] "연애(戀愛)의 근거(根據)는 남녀(男女) 상호(上戶)의 이해(理解)와 존경(尊敬)과 따라서 상호(相互) 간에 일어나는 숙열(熟烈)한 인력적(引力的) 애정(愛情)에 있다하오."[48]라는 연애 지상주의적 논설이 이 시기 새로운 지식인 계층 사이에서 대거 주장되었다.

집안 대 집안의 혼약에 의한 중매결혼이 부정되면서 지식의 공유, 대화, 영적인 결합 등이 근대적인 사랑의 바람직한 형태로 제시되었다. 1910년대로 넘어가면서 후천적 능력과 의지에 따라 지위가 결정된다는 사고가 확고해지게 됨에 따라 교육이 새로운 계층 질서 형성에 중요한 기능을 담당하게 되었다.[49] 가문이 혼인의 조건이 되었던 전통적 결혼 제도에서는 정식 부인은 자식을 생산하고 가정을 유지하는 존재로, 다른 여성은 욕망 충족의 대상으로 생각되는 이원화된 사고가 지배했다. 그러나 교육에 의해 계층이 결정되는 이 시기에는 교육 수준이 동일한 남녀간의 자유로운 연애와 결혼이 옹호되었다. 이러한 사랑의 논리에 따라 구여성과 중매혼을 했던 유부남과 근대 교육을 받은 신여성간의 자유연애, 사랑 없는 가정으로부터의 일탈과 낭만적 사랑 등이 근대적 사랑의 형태로 받아들

46) 김우창, 「감각, 이성, 정신」, 『한국문학이란 무엇인가』, 민음사, 1995, 18쪽

47) 송진우, 『학지광』(1915.5)

48) 이광수, 『학지광』(1917.4)

49) 최혜실, 「「무정」에 나타난 근대성, 사랑, 성」, 『여성문학연구』 창간호, 한국여성문학학회, 1999, 165쪽

여겼다.

개화기 이후, 이와 같은 욕망 담론의 성행은 '정(情)의 긍정'이라는 측면에서 여러 모로 인정물태론(人情物態論)이 대두했던 조선 후기의 정신사적 상황과 유사한 측면이 있다. 조선 후기의 인정물태론은 인·물, 중심·변두리, 상·하, 남·녀, 반·상의 이원적 질서 속에서 소외되어 있는 존재들에 관심을 기울임으로써 개체성을 주목하려는 시도를 조심스럽게 보여주었다. 조선 후기 전기소설의 변심 테마는 이러한 배경 하에서 특히 남녀지정을 중시하려는 작가 의식에 의해 창작되었다.

그러나 조선 후기의 인정물태론이 여전히 해체되지 않은 중세 질서 속에서 성리학적 성정론(性情論)의 내적 변화에 의거하는 한계를 보여주고 있다면, 개화기 이후의 욕망 담론은 중세 질서의 해체 및 단절과 새로운 인간관 형성을 배경으로 하고 있다. 개화기 이후의 욕망 담론은 일단 해체된 중세적 가치관을 대신할 새로운 가치관을 형성할 필요에 따라 형성·전개의 양상을 보여주고 있는 것이다.

개화기 이후의 소설사 속에 나타나는 변심 테마에 대한 시각 역시 풍자, 옹호, 비판의 고정되지 않은 변화의 양상을 보여준다. 이는 변심 테마를 평가할 중심적 가치 체계가 아직까지 성립되지 않았기 때문이며, 작가 의식에 따라 다양한 형태로 작품화되고 있다는 것을 뜻한다. 이러한 흐름을 짚어가면서 변심 테마가 개화기 이후의 소설사적 요구에 어떻게 부응해 나갔는지를 살펴보기로 하자.

사랑 없는 가정을 탈출하여 낭만적 사랑을 찾아 나섰다가 배신당하는 변심의 한 패턴은 이해조(李海朝)의 신소설 「박정화(薄情花)」[50]에서 뚜렷한 소설적 모습을 갖추고 나타난다. 「박정화」에서 이해조는 변심을 풍자적 시선으로 형상화하고 있는데, 이러한 부정적 시각은 비단 변심 테마에

50) 李海朝, 「薄情花」, 『大韓日報』(1910.3.10-5.31)

만 해당되지 않는다. 이해조는 첩을 빼긴 박참령, 친정을 도와준 늙은 남편의 의리를 저버리고 젊은 남자와 달아난 강릉집, 엽색 행각의 일환으로 강릉집을 유혹했다가 버린 이시종 등 모든 등장 인물들을 세태 풍자적 시선에서 조망하고 있다. 여기서 제목인 '박정화'는 강릉집을 가리킨다고 할 수 있을 것인 바, 사랑 없는 결혼의 부당함을 깨달은 여성의 비참한 말로를 통해 여성의 자각을 부정적으로 바라보고 있음을 알 수 있다.

「박정화」는 호부가들의 호색 풍조를 배경으로 하고 있다는 점, 기혼자의 불륜적 애정이 좌절되는 양상을 다루고 있다는 점, 미모의 하층 여성을 사이에 두고 젊고 돈 많은 남성과 늙고 볼품없는 남성들의 삼각 관계를 다루고 있다는 점 등의 소재적 측면에서 「포의교집」과 여러모로 비교할 만한 지점들이 발견된다. 「박정화」에서 이시종은 「절화기담」, 「포의교집」에서 젊음과 돈을 내세워 순매와 양파를 유혹하려고 하던 호색가들이나 중약과 유사한 인물 형상을 보여준다. 미모의 젊은 여성을 사이에 두고 젊고 부유한 호색가와 늙은 남성 사이에서 벌어지는 갈등관계는 「포의교집」의 애정 관계를 뒤집어 놓은 형상이다. 또한, 물욕 때문에 서슴없이 성을 팔고, 남녀를 짝지어주는 대가로 한몫 단단히 챙기려고 하는 신마마(申媽媽)라는 인물은 「절화기담」의 간난과 노파를 섞어놓은 인물 형상을 하고 있다. 따라서 만약 늙은이의 애첩이 되도록 강요한 부모의 억압에 대한 여주인공의 자각이나 충족되지 않은 애정에 대한 열망 등이 초점화되었다면 「박정화」는 세태풍자소설이 아니라 「절화기담」, 「포의교집」의 성과를 계승한 전기소설 혹은 그와 유사한 분위기의 작품이 될 만한 가능성을 충분히 갖추고 있다고 볼 수 있다.

「박정화」와 같은 신소설에서 전통적 축첩제도의 부당성을 깨달은 여성의 자각은 단지 부정적인 시정 세태의 일부분으로 다루어지고 있음이 확인된다. 이해조는 아직까지 낭만과 욕망의 발로를 보여주는 새로운 사랑의 모습을 긍정적 가치로 볼 만큼 중세적 가치관을 완전히 탈각하지 못한 상태인 것이다. 「자유종(自由鍾)」에서 양반화를 통한 계급 타파를 주장하는 개화 의식의 한계, 「홍도화(紅桃花)」에서 여성의 개가를 우연적 연속에 의해 풀어가고 있는 방식 등에서 이러한 작가 의식의 한계가 확인된다. 이러한 「박정화」에서 변심 테마는 인물들의 열정적 욕망을 풍자하고자 하는 작가의 의도를 강조하는 기능을 하고 있다. 이해조에게 여전히 남아있던 전근대 의식이 「박정화」에서와 같이 변심 테마를 통한 낭만적 사랑의 풍자로 나타난 것이다.

김명순, 나혜석, 김일엽 등 1910년대 여성작가들의 작품에서는 가정을 버리고 사랑을 찾아 나선 여성들의 욕망에 주체성을 부여하고 있다는 점에서 여성들의 자각은 「박정화」의 풍자적 대상으로부터 한 걸음 벗어나고 있다. 이들 여성작가들의 작픔에서도 여성들의 선택은 여전히 상대 남성들의 배신에 의해 좌절을 경험하고 있으며, 그 순간 여성들은 지속적인 저항 의지를 상실하고 자기 학대와 비하를 보여주고 있다는 점에서 주체적 의지의 한계를 보여준다. 이들은 사랑의 열정을 자각하고 이에 귀를 기울였음에도 불구하고 주위의 시선에 흔들리지 않는 신념과 확신이 확고하지 않았기에 자기 자신을 상처 입히는 데 그칠 수밖에 없었던 것이다. 이 점에서 이들 여성작가들이 창조한 여성 형상들은 자기편에서 먼저 사랑을 포기하고 가정으로 복귀한 「절화기담」의 순매와 남성의 변심에도 불구하고 자신의 소신과 의지를 회의하지 않았던 「포의교집」의 양파의 중간에 위치한다고 할 수 있다.

변심 테마는 이광수에 의해서 비로소 긍정적 의의를 획득한다. 이광수는 붕괴된 유교적 가치체제 대신에 근대 시민 계층을 위한 새로운 인간관, 사랑과 결혼관의 체계를 세우고 이를 소설 속에서 구현해 내고자 했다. 이광수는 인간 행동의 원동력을 본능과 개성[51]에서 찾고자 했으며,

---

51) 이광수는 「今日我韓青年과 情育」(1910.2), 「문학의 가치」(1910.3), 「일본에 在한 我韓 留學生을 논함」(1910.4), 「余의 자각한 인생」(1910.8) 등의 일련의 논설에서 이러

이러한 개체적·감각적 인간의 발견은 자유연애와 부부 중심의 결혼관[52], 정신적 사랑과 금욕적 도덕주의와 결합되고 있다.

「무정」은 이광수의 이와 같은 개체적 인간관과 자유연애, 정신적 사랑의 논리를 문학적으로 형상화해서 보여주고 있다. 「무정」에서 남성은 자신의 이기심이라는 허물까지도 용서받을 수 있는 숭고한 존재로 나타나며, 전근대적인 인습을 떨쳐버리고 개체성을 획득한 바람직한 인간상으로 나타난다. 여기서 변심 테마는 전통적인 혼약을 배반하고 이광수가 주장하는 근대적 결혼을 선택하는 남녀 주인공들의 삼각 관계 속에 변용되어 있다.

「무정」에서 남녀 주인공들의 삼각 관계와 변심 테마가 관련되어 있는 양상을 보자. 박영채와 이형식은 가문 간의 약속과 의리라는 중매에 의한 혼약, 즉 전통적인 혼인 약속의 멍에를 쓰고 있는 관계에 있다. 반면 선형과 이형식은 지적인 수준이 걸맞으며 교수 과정에서 정신적 사랑을 조심스럽게 시작해 가는 근대 지식인 계층의 자유연애를 시연하고 있는 관계에 있다. 이형식은 전자의 전통적 혼약을 저버리고 후자의 자유연애를 선택하고 있는데, 이러한 남성 주인공의 모습에서 확인되는 변심 테마의 새로운 의의는 다음과 같은 두 가지로 정리된다.

첫째는 근대적 결혼관 확립이라는 주제에 의해 제목 그대로 남성의 "무정(無情)"함이 작가에 의해 옹호됨으로써 남녀의 삼각 관계 속에 변용된 변심 테마 역시 마땅히 그러해야 할 것으로 긍정되고 있다는 점이다. 선형과 이형식은 정신적 사랑을 가꾸어 가는 과정에 있지만 영채와 이형식의 관계는 엄밀히 말해서 당사자 간의 사랑은 결여되어 있다. 단지 가문 간의 약속에 의해 과거에 혼인이 결정된 관계에 불과하다. 그러나 영

한 논지를 폈다.

52) 『학지광』(1917.9), 「신생활론」(『매일신보』, 1919.9.6-10.9) 등의 논설에서 이러한 연애론과 부부관이 피력되어 있다.

채에 대한 동정과 의리, 끊을 수 없는 관심이 중첩되면서 영채에 대한 이형식의 마음은 애증이라고 할 수 있는 감정이 교차되는 양상을 보인다. 전통적 혼약을 비판하고자 하는 작가의 의도에 의해 영채와 이형식의 사이는 사랑이 전혀 부재한 관계인 것으로 설명되고 있지만 영채, 형식, 선형이 이루고 있는 삼각 관계는 갈등이 심화됨에 따라 사랑하는 세 남녀의 애증 관계에 상당히 근접하는 양상을 보여준다.

"선형과 내가 약혼한다는 말만 들어도 기뻤다. 영채가 마침 죽은 것이 다행이다 하는 생각까지 난다."고 하는 이형식의 고백은 남성의 극단적 이기심을 솔직히 드러낸다. 그러나 상대 여성의 죽음을 기뻐하는 이형식의 잔인한 독백은 선형과의 약혼으로 상징되는 자유연애의 성취를 맞이하기 위해 마땅히 그러해야 하는 것으로 작가에 의해 옹호된다. 상대 여성에 대한 의리를 정신적으로 배신하는 이형식의 이러한 이기적 내면은 근대 지식인 계층의 바람직한 결혼관 확립을 위한 선택으로서 긍정되고 있는 것이다.

이에 따라 남성의 이기심과 배신, 한 여성의 죽음으로 인한 삼각 관계의 파탄 등 전통적인 변심 테마를 변용해 내고 있는 서사적 징표들은 전대의 소설사에서는 한 번도 그러한 적이 없는 긍정적 의의를 부여받고 있다. 조선 후기까지 지배 이데올로기인 유교 이념에 의해 지속적으로 옹호된 것은 애정불변 테마였다. 애정불변 테마는 유교 이념에 의해 마땅히 그러해야 하는 사랑의 모습이라는 긍정적 평가를 받았다. 반면 변심의 징표들은 항상 왜곡의 대상이 되거나 부정의 대상이 되어왔다. 한 차례도 뒤바뀌지 않았던 이러한 가치 평가가 해체된 유교 이념을 대신해 새로운 인간관과 연애·결혼관이 시험되고 형성되어 가는 근대의 초엽에 와서 역전되는 현상이 발생하고 있는 것이다.

둘째, 「무정」에서 변심 테마는 자아의 개체성 자각과 욕망 및 감각의 자각을 위한 계기가 되고 있다. 이형식은 처음부터 전통적 사고로부터 완전히 벗어나 개체성과 욕망을 중시하는 근대적 인간관을 완전히 체현한 존재가 아니다. 그는 두 가지 가치관 사이에서 갈등하는 과정을 통해 전자를 탈피하고 후자를 성취함으로써 변모하는 인간상을 보여준다. 작가는 "자기는 다른 아무러한 사람과도 꼭 같지 아니한지와 의지와 사명과 색채가 있음을 깨달았다."라는 인물 평가적 서술을 통해 이형식의 정신적 환골탈태의 순간을 묘사하고 있다. 여기서 이러한 개체성 자각의 계기를 부여해준 사건이 바로 영채의 자살과 이형식의 정신적인 배신이다.

「무정」에서 변용되고 있는 변심의 징표들은 남성 주인공의 정신적 성숙에 기여하는 계기가 되고 있는 것이다. 이러한 양상은 「정생전」에서 이미 나타난 바 있다. 변심과 여성의 죽음 이후 자기 탐구와 정신적 고민을 통해 새로운 자각의 경지로 나아가고 있다는 점, 남성의 정신적 탐구의 과정 속에서 여성의 희생과 남성의 변심이 합리화되고 있다는 점에서 두 작품은 유사한 측면들을 공유하고 있다. 물론 「정생전」에서는 현실적 이익과 낭만적 사랑이 대립적 관계에서 변심 테마를 형성하고 있는 것과는 대조적으로 「무정」에서는 현실적 이익과 낭만적 사랑이 갈등을 일으키지 않고 근대적인 차원의 것으로 긍정적 가치를 부여받고 있다는 점에서 중대한 차이가 있음을 부정할 수는 없다. 「정생전」에서 변심은 유교 이념에 의거하여 부정적으로 평가될 수 없는 것이라는 사실을 작가 스스로 인정한 상태에서 합리화의 논리를 펴고 있는 반면, 「무정」은 낭만적 사랑과 결혼의 제도화가 부르주아 이데올로기를 정립을 위해 삼각 관계와 남성의 기회주의를 근대적 사랑의 논리로 당당하게 옹호하고 있는 것이다. 그러나 두 작품 사이에서 확인되는 유사성은 비록 옹호의 표면적인 이유는 다르다 할지라도 남성 중심적 시각의 구현 양상 자체는 시대에 관계 없이 비슷할 수 있다는 사실을 보여준다.

변심 테마는 강경애의 작품에 이르러 여성의 주체성과 자기 확신을 회의하게 하는 부정적인 성격을 탈각하고 있다. 강경애는 「어머니와 딸」,

「동정」, 「어둠」 등의 작품들에서 남성의 이기심과 배신이 기녀·윤락녀와 같은 하층 여성들의 인간다운 삶을 가로막는 부정적 요인으로 다루고 있다. 강경애의 작품은 변심 테마를 통해 남성 중심 사회에서의 이기적이고 탐욕스런 남성들의 부정성을 고발하고 있다는 점, 여성들은 강인하고 침착한 성격으로 남성의 배신을 극복하고 있다는 점 등에서 조선 후기 「포의교집」에서 이룩한 여성 인물 형상화의 성과를 계승하고 있다.

신소설이나 1910년대 여성작가의 작품들에서 여주인공들은 사랑 없는 결혼의 무의미함, 개체성과 주체성 각성 등이 관습과 남성의 변심으로 인한 장벽에 가로막히게 될 경우, 저항 의지를 완전히 상실하고 자기 학대와 자포자기의 모습을 보였다. 그러나 강경애의 작품에 와서 여주인공들은 다시금 남성의 이기심과 배신에도 결코 흔들리지 않는 자신감과 자기 확신을 굳건히 유지하는 모습을 보여주고 있는 것이다.

이처럼 강경애의 작품에 와서 하층 여성들이 자기 부정과 멸시를 극복하게 된 배경에는 계급갈등과 빈부격차로 인한 지배와 피지배, 억압과 희생 등의 갈등을 비판적으로 조명하고자 하는 작가의 프로 문학적 경향이 남녀 관계에 개입되고 있기 때문이다. 이러한 강경애의 시각은 여성 중심적이다. 즉, 여성 중심적 시각에서 남녀 관계와 변심의 문제를 바라보고자 하는 작가 의식에 의해 조선 후기 여성 중심적 시각의 작품에서 이룩되었던 여성 형상이 비로소 계승될 수 있었던 것이다. 남성 중심적 시각이 견지된 신소설이나 이광수의 작품, 여성작가에 의해 창작되었으나 여성 중심적 시각에 확신을 갖추지 못했던 김명순, 나혜석 등의 작품들에서는 등장할 수 없었던 주체적 여성의 모습이 강경애의 작품에서 나타날 수 있었던 이유가 바로 여기에 있다.

황순원의 「차라리 내 목을」 역시 이와 같은 여성 중심적 시각에 의해 변심 테마가 새롭게 해석된 경우에 해당한다. 「차라리 내 목을」은 문헌설화에서 남성 중심적 각편이 주류를 이루었던 천관녀 설화를 말의 시각을 빌어 비판적으로 패러디한 작품이다. 여기서 개인적 영달을 위해 사랑을 배신한 김유신의 위선을 부각시키는 방향으로 패러디가 이루어지고 있다. 이처럼 「차라리 내 목을」은 남성의 변심을 옹호하는 원작을 남성작가가 개작했다는 점, 남성의 변심을 비판적으로 패러디하고 있다는 점 등에서 「오유란전」에 삽입되어 있는 하층민의 항변과 연맥이 닿는 측면이 확인된다.[53)]

이상에서 살펴본 바와 같이 조선 후기 전기소설에서 본격적으로 작품화되었던 변심 테마는 근대적 자유연애와 낭만적 사랑, 개성과 욕망의 재발견, 인간의 본능적 욕망과 관습의 대립, 남성 중심적 사회의 부당함 고발 등의 문제로 확대되어 나갔음을 알 수 있다. 변심 테마는 1910년대의 부르주아적 사랑과 결혼 정립, 여성의 개체적 자율성 자각과 가정으로부터의 탈출, 30년대 좌익운동과 식민지 치하의 모순 확대 등 시대적 흐름에 따라 각 시기에 부응하는 의미 있는 문제를 제기하기 위한 소재로써 계승되어 간 것이다. 조선 후기 전기소설은 근대 이행기라는 소설사적 특수성에 민감하게 반응하면서 개인의 욕망, 세계와 자아 간의 갈등 등의 인간의 본질적 문제를 애정 갈등 속에 담아냈으며, 이러한 측면들이 근대소설사에서뿐만 아니라 현대소설사에서도 여전히 유의미하다는 점에서 소설사적 의의를 부여할 수 있다.

53) 그러나 30년대 소설사는 이처럼 변심 테마가 비판적 의미를 획득한 작품만이 존재한 것은 아니었다. 30년대는 순수문학 성행의 반대편에 본격적인 통속소설이 대두하고 발전한 시기로 변심 테마는 통속소설로서 대중적 취향만을 중시하는 경향으로 변모하기도 했다. 김말봉의 작품들이 대표적인 예이다. 김말봉의 소설에서 남성의 배신과 불륜은 여성이 행복을 얻기 위해 반드시 거쳐야 할 통과의례로 형상화되고 있으며, 시련과 역경 속에서도 오로지 인내·헌신한 여성을 옹호함으로써 실제 현실로부터 도피하기를 원하는 여성들에게 대리 만족감을 제공하고자 하는 멜로드라마의 통속적 의도를 드러낸다. 식민치하의 암울한 현실 속에서 이러한 통속적 멜로드라마는 독자층의 열렬한 호응을 얻으며 성공을 거두었다. 이처럼 통속적 멜로드라마화된 1930년대 소설에서는 변심 테마가 같은 여성작가에 의해 오히려 반여성적이고 통속적인 시각으로 고착되는 양상을 보여주기도 했다.

Ⅶ. 결 론

본고는 「정생전」, 「빙허자방화록」, 「심생전」, 「포의교집」, 「절화기담」 등 조선 후기 전기소설에 나타난 변심 테마의 전개 양상과 그 의미에 초점을 두고 논의를 진행함으로써 전기소설사적 의의를 적극적으로 부여하고자 하는 것을 목적으로 삼았다. 이들 작품들은 전기소설사의 각 시기마다 존재해 온 변심의 전통과 구비문학의 변심담, 중국 당대 전기소설의 영향을 받아 현실적 요인에 의해 이상적 애정이 결렬되어 가는 양상을 본격적으로 다루고 있다. 그러므로 이들 작품에 나타난 애정의 성격을 충실히 드러내고 의미를 부여하는 연구는 조선 후기 전기소설사가 전대 작품과는 다른 양상으로 현실적 요구에 부응해 나갈 수 있었던 특징적 측면들을 드러내기 위해 반드시 필요한 작업이라고 할 수 있다.

본고는 이러한 연구의 필요성 하에 기존 연구에서 주목받지 못했던 「정생전」, 「빙허자방화록」과 그동안 개별적으로 논의되어 온 「심생전」, 「포의교집」, 「절화기담」을 조선 후기 전기소설이라는 한 범주에 포함시켜서 공통적인 애정의 성격을 꼼꼼히 따져보고자 하였다. 여기서는 이제까지의 논의를 정리하는 것으로 결론을 대신하고자 한다.

Ⅱ장에서는 전기소설사의 구도와 변심 테마의 성립 배경에 대해서 살펴보았다. 변심은 당위적 관념과 현실의 길항 작용에 의해 성립한다. 변

심이란 선험적으로 규정된 관념을 제거한 실제 현실적 사정에 의해 추동되는 것이다. 전기 양식의 관습적인 애정 테마로 알려져 온 지기지음(知己知音)적 애정이란 바로 당위적 영역에 해당된다. 본 연구는 이러한 애정 테마를 영원한 사랑의 테마로 규정하며, 이 반대편에 위치한 애정 테마를 변심 테마로 규정했다.

변심 테마는 나말여초부터 영원한 사랑의 테마와 함께 공존해왔다. 사회적 패러다임의 교체에 따라 변심 애정 테마를 중심으로 한 전기소설사 역시 전변하는 양상을 보여준다. 변심 테마의 한 연원은 문헌설화 속에서도 확인된다. 나말여초부터 조선조까지 문헌설화의 전개양상 속에서 변심 테마의 형성 배경을 살펴볼 수 있었다. 한편 전기 양식의 형성기부터 수입되어 읽힌 중국 전기소설사의 부심한 전통도 변심 테마의 형성에 중요한 영향을 미쳤다. 중국 전기소설의 부심한 전통에 대한 향유의식이 창작의 직접적인 한 동인으로 작용하기도 했다.

Ⅲ장에서는 조선 후기 전기소설사에 나타난 양식적 전변의 국면을 따져보고 변심 테마가 이러한 전환의 일환으로 성립되고 있는 양상에 대해 살펴보았다. 조선 후기 전기조설사에서는 전대의 유력한 장르 관습이었던 전란 모티프가 간접화되는 현상이 나타난다. 대신 시정공간이 출현하면서 서사 내부에 도시적 현실성이 축조되며, 결연 절차가 확대되면서 일상적 사랑이 서사적으로 구축된다. 전기적 사랑을 운명적으로 채색하는 데 일등 공신이었던 전란 모티프가 매너리즘화하면서 도시적 일상성과 현실성이 전면에 부상하기 시작한 것이다. 변심 테마는 바로 이러한 새로운 미감에 기대고 있다.

지기지음(知己知音)으로 상징되는 영원한 사랑이 균열되면서 변심의 문제가 수면 위로 떠오르고, 전란과 같은 압도적인 운명이 아닌 가족, 유흥 등 일상적인 요소들이 사랑의 장애로 작용한다. 한편 일부 작품에서는 현실성에 기댄 변심의 한 면에 환상이 비균질적으로 틈입하면서 변심 테마

정착의 과도기적 양상을 보여주기도 한다.

Ⅳ장에서는 조선 후기 전기소설에 나타난 변심 테마의 구현 양상과 서술시각에 대해 살펴보았다. 변심은 남녀 주인공 간의 소통 부재와 자기중심성으로부터 발현된다. 바로 변심의 현실적 계기가 된다. 여기서 촉발된 변심은 소극성과 무책임, 배신과 삼각관계, 계층적 편견과 불신의 국면으로 나타난다. 변심은 일상적 현실과 관념적 당위, 계층적 정체성 등이 복합적으로 얽혀있는 문제다. 특히 비극적으로 죽음을 맞는 여주인공들은 현실적으로 무기력하다. 그러나 이들의 원망은 비현실계의 복수를 거쳐 냉정한 결별 선언으로 발전하면서 현실적 대응력을 확대해나간다는 점에서 주목할 만하다.

조선 후기 전기소설은 여성 중심적 서술시각과 남성 중심적 서술시각의 두 가지 유형으로 변심 테마를 조명한다. 여성 중심적 서술시각을 견지한 작품 속에서 여주인공들은 냉정한 현실 인식을 보여주며 남주인공들은 자신의 변심을 반성한다. 반면 남성 중심적 서술시각을 택한 작품 속에서 여주인공들은 남성의 변심을 자각하지 못하며 남주인공들은 자신의 변심을 합리화한다. 독특하게 변심의 주체가 여주인공이면서도 남성 중심적 서술시각을 견지한 경우도 있었다.

서술시각의 이 두 유형은 가치 평가적인 기준에 따른 것이다. 변심의 잘잘못을 따지는 당위적 관념이 여기에도 스며들어가 있다는 말이다. 이러한 가치 평가적인 관념으로부터 벗어나 보면 다양한 인간의 개별 욕망이 다층적으로 드러난다. 조선 후기 전기소설이 본질적으로는 다층적 초점화의 시각을 견지하고 있다는 것이다. 개개의 욕망을 조명하는 다층적 초점화의 시각은 변심이 형상화될 수 있는 한 기반이 된다.

Ⅴ장에서는 변심이 기댄 미학적 기반에 대해서 다루었다. 불확정성과 일상성을 조선 후기 전기소설사가 추구한 또 하나의 전기성으로 보았다. 조선 후기는 체제 통합의 이데올로기인 유교 원론주의가 해체되면서 중

심 관념의 공백기를 맞았다. 사회의 패러다임이 급격히 교체되는 근대 이행기의 필연적 현상이다. 당위가 부재한 근대 이행기를 지배하는 것은 불확정성이다. 거대 관념의 공백을 채우는 것은 개체의 일상적 욕망이다. 당위의 해체가 개별 욕망의 분출을 낳는 반면에 불확정성은 인간을 끝없이 왜소하게 한다. 사회적 변화란 파고에 인간의 욕망은 언제든지 좌초될 수 있다. 바로 불확정성과 일상성이 감상적 센티멘탈리즘과 조우하는 지점이다.

VI장에서는 변심 테마의 소설사적 맥락에 대해 살펴보았다. 조선 후기에는 사회적 패러다임에 대한 변화와 그 속을 부유하는 인간의 욕망에 대해 주목한 작가들이 등장했다. 이러한 작가층의 새로운 현실 인식에 의해 중·하층 인물들의 욕망 및 계층간의 충돌이 관심의 대상으로 떠오르게 되었다. 관습, 절의 등 기존 관념에 대한 작가층의 인식의 변화도 주목할 만한 대목이다. 조선 후기 전기소설사에 나타난 양식적 전변과 새로운 시각은 이러한 작가층의 새로운 현실 인식에 기댄 바 크다.

조선 후기가 기존 관념의 해체의 방향으로 간 것만은 아니다. 과거의 관념에 대한 복고의 움직임도 엄연히 상존하고 있었다. 전통의 유지 및 회귀와 해체의 움직임이 공존하는 것이 근대 이행기 조선 후기 사회의 특징이다. 그러나 주목할 것은 이러한 복고주의가 기존 관념의 해체로 흘러가는 시계추를 되돌릴 만한 것은 되지 못했다는 점이다. 사회적 패러다임의 변화란 대세 속에 이러한 움직임도 존재했다는 것이다. 변심 테마를 낳은 정신사적 흐름과 미의식은 개화기 이후의 소설사로 이행된다.

제2부 개별론

Ⅰ. 「정생전」의 서사 구조적 특징과 18세기 전기소설사적 의미

1. 머리말

「정생전」은 영조대(英祖代)의 향촌(鄉村) 사대부 출신의 문인인 김기(金琦, 1722년 景宗 2~1794년 英祖 18)가 창작한 작품이다. 김기는 안동(安東) 김씨 사렴공파(士廉公派)의 5대손으로서 그의 집안은 1대조인 김사렴(金士廉) 때부터 권문(權門)인 사형공파(士衡公波)와는 분파(分派)되어 향리(鄉里)에 낙향해 있었다.[1] 김기는 송능상(宋能相), 송명흠(宋明欽), 윤봉구(尹鳳九, 1681~1767) 등 당대에 명성을 날린 노론계(老論系) 학자들에게서 수학했으며,[2] 영의정 김익(金熤, 1723~1790), 이조판서 이정보(李鼎輔) 형제 등의 중신들과 교유하기도 했다.[3] 김기는 만년에 충청도(忠淸道) 영동(永同)에 우거하면서 신돈항(愼敦恒) 등과 같은 평민학자(平民學者)를 양성하기도 했고, 향촌의 문사들을 모아 시회(詩會)를 만들어서 문학 활동을 하기도 했다.[4] 「정생전」은 권문인 일족에서 소외되어 향리를 전전했던 결

1) 「行狀」, 『寄軒遺稿』 卷之五.

2) 「上雲坪宋先生」, 『寄軒遺稿』 卷之二 ; 「雲坪宋先生祭文」, 『寄軒遺稿』 卷之四 ; 「行狀」, 『寄軒遺稿』 卷之五.

3) 「上竹下金相國熤」, 『寄軒遺稿』 卷之二 ; 「行狀」, 『寄軒遺稿』 卷之五.

4) 「答愼千能」, 「與愼敦恒」, 「門生金謹樞祭文」, 「門生鄭東泊祭文」, 『寄軒遺稿』 卷之二 ; 「行狀」, 『寄軒遺稿』 卷之五.

핍감, 몰락 양반으로서의 궁핍한 생활 등 실재 삶의 궤적, 정통 노론계 학자에게서 수학했음에도 불구하고 잡학(雜學)에 대한 지식 역시 풍부했던 사상적 경향 등 김기의 의식 세계를 풍부히 반영한 작품이다.[5)]

「정생전」은 서사 구조적으로 작품 전반부와 후반부에 각각 전기 양식의 애정류(愛情類)와 비애정류(非愛情類)의 특성을 결합시켜 놓은 독특한 양상을 보여준다.[6)] 작품의 전반부는 남녀 주인공이 애정을 통해 욕망의 결핍을 대리 충족하고자 하는 애정류 전기소설의 주지를 형상화하고 있으며, 작품 후반부는 주인공의 이계탐방(異界探訪)을 통해 현실계의 결핍을 해소하고 지기지음(知己知音)에 대한 욕망을 충족하고자 하는 비애정류의 주지를 서사화해 놓고 있다.

「정생전」의 전·후반부는 각각 애정류와 비애정류의 특징을 새로운 방식으로 계승하고 있다는 점에서 주목된다. 전반부에서는 중인층 여주인공을 등장시킴으로써 남녀 주인공의 신분 관계를 남성 상위 : 여성 하위의 형태로 전환시켰다. 초기 작품의 여성 상위 : 남성 하위 유형과는 달리 애정이 욕망의 등가물로서 기능하지 못하게 되었으며, 남성의 변심이라는 테마가 부각되게 되었다. 후반부에서는 유사이계(類似異界)가 확대되면서 이계탐방 모티프가 축소 수용되고 있다. 주체의 심리 개제 역시 이계 경험의 충족감이 현실계 복귀 후에도 지속되는 독특한 특징을 보여준다. 또한, 국문소설의 적강화소, 순환적 공간관의 수용을 통해 고진감래(苦盡甘來)의 미감을 형성하고 있다.

본고는 「정생전」의 서사 구조적 특징을 자세히 살펴보고자 한다. 이를 통해 두 하위 유형을 결합시킨 작자의 의도를 규명할 수 있을 것이다. 특

5) 「정생전」은 김기의 문집 『기헌유고』에 수록되지는 못했지만, 문집 소재 작품들과 직접적인 관련을 보여준다. 이에 대해서는 권도경, 「정생전(丁生傳)」 연구」, 『한국고전연구』15, 1999 참조.

6) 전기소설의 하위 유형은 남녀 주인공의 사랑을 다룬 애정류와 이계 인물과의 한시 창화 혹은 담론을 다룬 비애정류로 나누어볼 수 있다.

히 17세기 이후 애정류를 중심으로 형성된 전기소설사적 흐름 속에서 전반부의 사대부 남성 : 중인 여성 갈등담이 갖는 의미에 대해서 주목해 보고자 한다.[7)] 사대부 남성과 중인 여성 간의 신분 갈등이라는 비극적 테마는 「심생전(沈生傳)」, 「빙허자방화록(憑虛子訪花錄)」[8)] 등 18세기 전기소설사에서 유형화되어서 나타나고 있다. 이러한 신분 갈등담이 갖는 의미를 밝힘으로써 18세기 전기소설사 전변의 한 국면을 밝힐 수 있을 것으로 생각된다.

2. 작품 전반부, 애정류적 측면

1) 욕망의 결핍과 만남

「정생전」은 작품 전반부에 남녀 주인공이 애정을 통해 욕망의 결핍을 대리 충족하고자 하는 애정류의 특징이 드러난다. 「정생전」의 전반부는 남녀 주인공의 지기지음에 대한 욕망과 결핍 상태, 만남과 한시창화를 통한 결핍 해소의 과정을 차례로 서사화하고 있다. 그런데 「정생전」은 애정을 욕망 충족의 완벽한 등가물로서 설정하지 않았다는 점에서 초기 작품들과 달라진 양상을 보여준다. 이 작품에서는 애정과 현실적 가치 지향성

---

7) 물론 신괴(神怪), 호협(豪俠)과 같은 여타 비애정류의 전통 역시 간과할 수 없다. 그러나 이러한 전통은 소설의 형태가 아니라 문집 소재 전(傳)의 형태로 장르가 전환되었다고 생각된다. 따라서 소설이라는 관점에서는 역시 애정류 중심의 흐름이 형성되었다고 볼 수밖에 없을 것으로 생각된다.

8) 「빙허자방화록」은 빙허자(憑虛子)와 매영(梅英)의 만남 장면에서 빙허자가 자신들의 만남을 「주생전」의 주생(周生)과 선화(仙花)의 만남에 비기고 있는 대목이 나온다. 이 작품과 합철되어 있는 「백운선완춘결연록(白雲仙翫春結緣錄)」에서는 작가가 옥연(玉燕)의 미모를 묘사하는 장면에서 「구운몽」의 계섬월과 적경홍의 용모에 비유하는 대목이 나온다. 이로 보아 「빙허자방화록」의 창작 시기는 18세기일 것으로 추정된다. 이 두 작품에 대해서는 후고를 준비하고 있다.

사이에서 갈등하는 사대부 남성의 내면, 남성의 변심으로 인한 중인층 여성의 욕망 좌절이 핵심적인 서사적 갈등으로 형상화되어 있다. 사대부 남성 : 중인 여성 사이의 일치할 수 없는 계층적 정체성이 애정 갈등의 핵심적인 요인이 되고 있는 것이다. 이러한 애정 갈등의 형태는 작품 속에서 원혼담의 형태로 상징적으로 형상화되고 있다. 남녀 주인공의 욕망과 의식 세계가 각자의 출신 계층과 어떠한 관계를 맺고 있으며, 이러한 신분의 차이가 애정 갈등을 형성하는 양상에 대해 살펴보기로 하자.

「정생전」의 남주인공 정생은 경기도(京畿道) 양근현(陽根縣)에 사는 몰락 양반의 후예이다. 정생은 어려서 부모를 잃고, 서울에 사는 고모부인 권상서(權尙書)의 집에서 의탁하고 있는 불우한 처지이다. 정생은 동류배보다 재주가 뛰어난 재자(才子)이지만 등과하여 자신의 재주를 공식적으로 인정받지 못한 한미한 유생에 불과하다. 이처럼 「정생전」은 남주인공 정생의 결핍된 상태를 제시하는 것으로 시작되고 있는 바, 이러한 서두는 전기소설의 전형적인 수법이다. 그러나 작품의 서두에 정생이 자신의 결핍 상태를 인식하고 이에 대해 한탄하거나 고독감을 토로하는 것이 서술되어 있지는 않다. 정생이 결핍감을 느끼고 고뇌하는 것은 여주인공과의 결연을 이루고 나서 자신의 처지를 되돌아 보면서부터 비로소 시작된다. 이처럼 남주인공의 고독감이 서두부터 제시되지 않고 애정 갈등과 관련하여 심화되도록 한 수법은 초기 전기소설인 「이생규장전」에서 동일하게 발견할 수 있다.

여주인공인 삼청동(三淸洞) 낭자는 정생과 동일한 계층인 사대부가 출신이 아니라 중인 출신이다. 삼청동 낭자의 부친은 이조서리(吏曹書吏)의 딸로서 당대에 치부에 성공할 수 있었던 계층이다. 삼청동 낭자는 출신 신분의 한계에 대한 분명한 자의식을 지니고 있으며, 시적 재능을 갖춘 지식 교양녀의 형상을 지니고 있다. 신분과 자질의 불일치라는 점에서 삼청동 낭자 역시 정생과 같은 결핍 상태에 있는 것이다. 또한 여주인공은 태어난 지 삼 년 만에 모친을 잃고 계모의 박해로 목숨을 부지하기조차 어려운 상황에 있다는 점에서 문제가 심각하다.

여주인공은 스스로 남성을 선택하여 결연하고자 하는 주체적인 애정 선택의 의지를 보여준다. 나말여초의 「최치원」 이래로 전기소설의 여주인공은 자신의 애정 상대를 스스로 선택하고자 하는 주체적 애정 선택 의지를 지닌 여성으로서 형상화되어 왔다. 이러한 여주인공의 형상은 초기 전기소설의 사대부 남성 : 사대부 여성의 결연 유형에서도 변하지 않고 지속되어 왔다. 그러나 여성의 계층이 사대부냐 아니면 남성보다 더 낮은 계층 출신이냐 하는 결연 형태는 애정 갈등의 양상과 의미를 결정짓는 핵심적인 서사적 요인이 된다.

그러나 남녀 주인공의 만남과 결연 장면에서는 이러한 신분 갈등이 부각되지 않고 낭만적인 결연의 형태로 채색되어 있다. 남녀 주인공의 만남은 지극히 우연한 것으로 묘사되어 있다. 정생은 갑작스런 비를 피하러 어느 집에 들어갔는데, 바로 이 곳이 여주인공의 집이었던 것이다. 정생은 여주인공을 보자마자 정욕을 느끼고 애정을 나누고자 하는 바, 만남과 결연에 있어서 충동적이고 저돌적인 전기소설 남주인공의 전형적인 면모를 보여주고 있다.

「정생전」에서 남녀 주인공의 만남 장면은 봄의 경물(景物)을 완상하며 발한 춘흥(春興)이 여주인공에 대한 정욕으로 연결되기까지의 과정이 시각적으로 간결하게 잘 묘사되어 있다. 비를 피할 곳을 찾는 정생의 시야에 여주인공의 집이 들어오고, 다시 열린 문틈으로 여주인공의 자태가 포착되는 순간이 도드라지게 강조되어 있다. 마치 카메라가 움직이면서 숨겨진 정체가 드러나는 것처럼, 정생의 시선을 따라 문틈으로 비치던 여주인공의 치마에서 전신의 자태로 확대된다. 이러한 점진적인 묘사를 통해 정생이 자신의 시선에 포착된 여주인공에게서 정욕을 느껴가는 과정을 효과적으로 그려내고 있는 것이다. 중간에 매개 역할을 하도록 설정된 폭우는 남녀 주인공의 만남을 보다 기이(奇異)하고도 낭만적으로 수식하기 위해 고심한 흔적을 엿보이게 하는 대목이다.

여기서 잠시 전기 양식의 만남에서 확인되는 기이성의 맥락 안에서 상기 장면을 다시 생각해보자. 애정 전기소설의 만남은 「이생규장전」에서부터 현실적인 삶의 맥락 안에 포섭되기 시작한 바 있다. 그럼에도 불구하고 남녀 주인공과 독자에게 기이(奇異)하다는 미감을 불러일으키는 특징을 갖고 있다. 이때의 기이함은 현실에서 일어날 법 하지 않다는 인식에서 나온 것으로 초월적이고 환상적인 기이함과는 다르다고 할 수 있다. 정생이 여주인공과 결연하고 나서 "스스로 천 년에 한 번 있을까 말까한 기이한 만남으로 여겼다(自以爲千載之奇遇)"라고 생각하는 대목을 통해 볼 때, 여주인공과의 만남을 기우(奇遇), 즉 기이한 만남으로 여기고 있음을 알 수 있다.

이렇게 만난 남녀 주인공들은 대화와 한시 창화 등의 장르 관습을 따라가며 상대를 알아간다. 그러나 사대부 남성 : 중인 여성 간의 신분 갈등이 본격화되는 애정 갈등 단계에서부터는 초기 전기소설과 상당히 달라진 국면들이 확인된다. 『금오신화』 이후, 전기소설에서는 전란과 함께 남녀 주인공의 신분 갈등이 애정 장애의 주요한 원인으로서 확립되었다. 초기 작품에서는 여주인공의 문벌이 남주인공보다 높은 경우에 일시적인 장애 요인이 발생하는 것으로 패턴화되었다. 이 경우 신분의 차이는 남녀 주인공을 둘러싼 외부 사람들에 의해서 제기되는 문제일 뿐이다. 신분 갈등으로 인해 남녀 주인공의 신의(信義)가 흔들린다든가, 어느 한 쪽이 배신한다든가 하는 경우는 나타나지 않는다.

그런데 「정생전」은 남녀 주인공의 신분이 역전됨으로 인해서 전대 작품의 신분 갈등 계기를 뒤집고 있다. 뿐만 아니라 남주인공이 이러한 신분의 차이를 극복하지 못하고 변심한다는 점에서 새로운 국면을 보여준다. 정생은 전기적 인간답게 충동적으로 여주인공과 결연을 하지만 곧 이를 후회하면서 심각한 내적 갈등에 빠진다. 정생은 몰락한 집안을 다시 일으켜 세우기 위해 부귀공명하고자 하는 현실적 욕망을 지닌 인물이다. 이러한 욕망은 삼청동 낭자를 향한 정욕과 정면으로 대치된다. 중인 출신인 삼청동 낭자를 택하자니 출세 길이 막힐 것 같고, 그렇다고 현실을 택하자니 사랑이 우는 격이다. 만약 삼청동 낭자가 문벌 귀족의 딸이라면 문제는 달라진다. 삼청동 낭자의 출신 신분이 정생의 현실적 가치 지향성을 충분히 충족시켜 줄 수 있기 때문이다. 이처럼 남녀 주인공의 신분 관계 역전은 새로운 애정 갈등의 국면을 연출한다.

삼청동 낭자를 배반한 후에 정생은 사대부가 출신의 아내, 유생으로서의 명성, 과거 급제의 가능성 등을 대신 얻는다. 바꿔 말하면 정생이 현실적으로 추구한 욕망의 대상이 구체적으로 바로 이러한 모습을 하고 있다는 뜻이 된다. 이러한 정생의 현실 지향성은 작품 초반의 기이하고도 낭만적인 만남, 결연과는 대립적인 위치에 있다. 다시 말해서 정생은 환경 세계에 영향을 받지 않고 낭만적 애정이라는 지극히 비현실적인 가치를 추구하는 인물이 아니라 현실적 가치에 굴복하는 지극히 일상적인 인물로 그려지고 있는 것이다.

2) 욕망의 좌절과 원혼담

「정생전」은 여주인공이 죽고 나서 귀신이 되어 찾아온다는 점에서 17세기 들어서 사라졌던 명혼담을 계승하고 있는 측면이 있다. 그러나 「정생전」의 여귀(女鬼)는 미진한 인연을 잇기 위해 나타난 것이 아니라, 복수를 위해서 나타난 원귀(寃鬼)라는 점에서 전대의 명혼담과는 본질적으로 다르다고 할 수 있다. 초기 전기소설의 명혼담은 유명(幽明)을 달리하는 두 남녀가 만나서 애정을 나누는 이야기라고 할 수 있으며, 필연적으로 인귀교환(人鬼交驩) 모티프와 연결되어 있다.

그러나 「정생전」의 여귀는 남주인공의 배신 때문에 자결한 여주인공이 자신의 한을 풀기 위해서 남주인공 앞에 나타나고 있다는 점에서 설화나 가정소설 등에서 보이는 원귀의 성격에 보다 가깝다고 할 수 있다. 이러한 차이는 여귀의 형상에서도 나타난다. 초기 전기소설에서 나타나는 여귀는 살아있을 때의 가장 아름다운 모습을 하고 있는 반면에 「정생전」의 여귀는 자결할 때의 참담한 모습을 하고 나타난다. 삼청동 낭자는 머리를 산발하고 핏자국이 선연한 원귀의 전형적인 모습을 하고 나타나 정생을 저주한다. 특히 원귀담적인 성격은 여귀와 정생의 관계에 있다. 정생은 여귀의 징계 대상인 동시에 여귀의 한을 풀어줄 수 있는 열쇠를 손에 쥔 대리자이다. 여귀가 요구하는 것이 바로 자신의 분신인 아들을 친자로 인정해 달라는 것이다. 자신이 정생의 아내로서 인정받지 못하고 죽은 한을 아들을 통해서 대신 충족하고자 한 것이다. 이러한 요구를 통해서 여귀는 정생의 신의를 시험한다. 「정생전」의 원귀담은 결국 전기 양식의 전형적인 관습적 주제인 신의의 문제를 환기하고 있는 것이다.

원귀의 저주대로 패가망신한 정생은 자기 반성을 통해 자신의 변심을 뉘우친다. 현실적 가치를 신의보다 앞세우던 정생의 성격이 변모하는 것이다. 「정생전」이 내적 갈등과 심리적 독백을 통해 정생의 모습을 갈등하는 인간상으로 형상화하고 있음을 앞서 살펴본 바 있다. 「정생전」은 원귀담의 수용을 통해 정생의 성격을 입체적으로 형상화 하는 데 성공하고 있는 것이다. 이러한 정생의 가치관 전환은 작품의 후반부에서 묘원대사와 재회해서 아들로 인정하고, 이계 탐방담을 이끌어 나가기 위해 필연적으로 요구되는 것이기도 하다. 다시 말해서 전반부의 말미에 등장하는 원귀담은 작품의 후반부와 연결되기 위한 인과적인 장치에 해당하는 것이라 할 수 있다.

3. 작품의 후반부, 비애정류적 측면

1) 유사이계의 설정과 욕망 충족

「정생전」의 전반부는 정생의 욕망 좌절로 마무리됨으로써 여주인공과의 만남으로 시작된 주체의 욕망 충족의 행로가 일단락되었다고 할 수 있다. 그러나 후반부에서는 "하루는 지팡이를 짚고 문을 나섰다(一日, 扶杖出門)"는 서술 이후로 정생의 욕망 충족을 위한 새로운 탐색이 시작된다. 이러한 점에서 작품의 전반부가 정생의 불우한 상태로 마무리 된 것은 후반부의 탐색 과정을 위한 동인이 되고 있다고 할 수 있으며, 작품의 전·후반부는 이를 통해 인과적으로 연결되어 있다고 볼 수 있다.

「정생전」의 후반부는 여러모로 비애정류의 관습을 변용해서 수용하고 있는 것으로 생각된다. 비애정류는 주체가 욕망의 결핍 상태에 있다는 점에서는 애정류와 동일하다. 다만 욕망 충족을 위한 탐색의 과정이 이계탐방, 의론을 중심으로 나타나 있다는 점이 다르다. 다분히 우언(寓言)의 전통이 강하게 수용되고 있는 것이다. 또한 대상과의 동일화를 통해 추구하는 것이 선도(仙道), 회고의식(懷古意識), 역사의식(歷史意識) 등이라는 점에서도 애정을 추구하는 애정류와 다른 점이라고 할 수 있다.

「정생전」의 후반부는 이인(異人)과의 만남을 통해 속세와 절연된 공간으로 들어가 그곳에서 선도를 추구하는 동시에 이계를 탐방한다는 점에서 비애정류의 관습을 충실히 활용한다. 여기서 작가가 작품의 전·후반부를 인과적으로 연결하기 위한 고심의 흔적을 다시 한번 발견할 수 있는 바, 정생을 욕망 충족과 존재론적 전환의 길로 안내할 만남의 상대자로서 정생과 여주인공 사이에서 태어났던 아들이 등장한다. 정생에게 버림받은 뒤 불도를 닦아 묘원대사(妙圓大師)라는 고승이 된 이 아들의 존재는 작가의 면밀한 의도에 의해 작품 초반부에 이미 예고되어 있다. 애초부터 작가는 묘원대사라는 인물을 통해 애정류와 비애정류의 관습을 한 작품

안에 결합하려는 의도를 가지고 있었던 것이다.

묘원대사의 존재가 작품 구성을 위한 인과적 필연성을 위해 설정되었다면, 정생과 묘원대사의 만남은 우연적 계기들의 연속으로 짜여져 있다. 수십 년간이나 서로 헤어져 있던 부자의 재봉(再逢)을 위해 작가는 정생의 급병(急病)과 점복(占卜)이라는 우연적 사건을 연속시킨다. "기이지우(奇異之遇)"란 표현에서 드러나듯이 작가는 두 사람의 만남을 정생과 삼청동 낭자의 만남처럼 기이한 사건으로 인식하고 있다는 사실을 알 수 있다. 이러한 비현실적인 만남을 현실에서 가능한 것으로 만들기 위해서 「정생전」은 초기 전기소설인 「하생기우전」에서 이미 설정된 바 있던 점복 모티프를 끌어온다.

묘원대사는 정생과의 문답을 통해서 유(儒)·불(佛)·도(道) 삼교회통론(三教回通論)을 주장하고 이를 근거로 유생이던 정생이 선도를 수련할 근거를 마련해 주고 있다는 점에서 전대 작품인 「남염부주지(南炎浮洲志)」의 염라왕(閻羅王)과 같은 성격을 지니고 있다. 「남염부주지」에서 염왕은 "心之所至, 無不神通"한 사람으로서 儒教와 佛教, '鬼神之說'에 대한 문제 등 박생의 질문에 답을 해준다. 그런데 이 염왕은 유교와 불교의 회통설(回通說)과 일리론(一理論)을 설파하는 인물이다. 즉 염왕은 일종의 '문화적 영웅'이라고 할 수 있는 인물로서 세상 모든 이치에 대한 무불통지한 능력을 바탕으로 「남염부주지」에서 지향하는 이념에 대한 논란을 이끌어 나가는 역할을 맡고 있다. 비록 주인공은 박생이지만 작가의 생각을 대변하고 있는 것은 염왕 쪽이다.

「정생전」의 묘원대사 역시 불승(佛僧)이면서도 유교와 도교에도 달통한 인물이며, 미래를 예언하는 이인적인 면모도 지니고 있다. 특히 묘원대사는 시해선(尸解仙)의 경지에 이른 인물로서 정생을 이계로 안내하는 역할을 맡고 있기도 한 바, 이러한 압도적인 능력의 우위를 바탕으로 작품에서 지향하는 이념과 가치에 대한 논쟁을 주도하는 것이다. 김기가 「남염부주지」의 독서 경험이 있었는지 혹은 이에 영향을 받았는지는 알 수 없다. 그러나 「정생전」의 후반부와 「남염부주지」가 공히 문답을 적극적으로 활용하고 있다는 점에서 적어도 「정생전」 후반부의 창작이 비애정류의 전통을 고려한 가운데 이루어진 것임을 추정할 수 있게 한다.[9)]

한편 묘원대사가 어디까지나 현실 세계의 인물이며, 정생과 묘원대사의 만남이 이계가 아니라 현실계에서 이루어지고 있다는 점에서 「남염부주지」와는 다른 양상을 보여주고 있는 것이 사실이다. 이계로의 유입과 이계 인물과의 만남이 비애정류의 장르적 지표가 될 만큼 중요하다는 점을 생각한다면 여러 가지 공통점에도 불구하고 두 작품의 장르적 유사성을 의심하게 할 수도 있다. 그러나 정생이 묘원대사와의 만남을 이루는 공간으로 이입되고, 다시 묘원대사의 지도 아래 선도를 수련하는 공간으로 이동하는 과정 속에 '이계로의 이입'이라는 비애정류의 장르 지표가 변형되어 수용되고 있음을 발견할 수 있다.

이화동(梨花洞)을 방문한 정생은 이를 선계로 인식한다. 동천(洞天), 무릉도원(武陵桃源)[10)]이라는 표현에서도 확인되듯이 속세와 절연된 별천지와 같은 공간으로 받아들이고 있는 것이다. 이러한 유사이계적(類似異界的) 성격은 단지 산수의 기이함과 탈속적 분위기에서만 비롯되는 것이 아니다. 이화동은 정생, 소정생, 권태수 등 본래 유생이었던 인물들이 담론을 통해 묘원대사로부터 선도의 요체를 전수받는 공간이다. 이러한 담론을 통해 이들 유가적 인물들은 묘원대사의 유·불·도 회통론에 동화되어 간다. 다시 말해서 이화동은 각 인물들이 담론이라는 발화 방식에 의해서 동질감을 획득해 나가는 공간인 것이다.

---

9) 「정생전」에 나타난 담론의 양상과 의미에 대해서는 권도경, 「정생전 연구」, 『한국고전연구』5, 1999를 참조하기 바람.

10) "浪跡尋眞入洞天, (中略), 從今願棄人間事, 長往桃園不復旋", 金琦, 「丁生專」, 송준호 소장본

이처럼 이화동은 현실적 가치의 결핍으로 인해 고립을 경험했던 정생이 선도라는 탈속적 이념에 의해서 동질감을 나누는 집단을 형성하고 이를 통해 결핍감, 고립감을 극복하는 공간으로 기능하고 있다. 이화동의 서사적 기능은 바로 비애정류의 장르 관습인 이계의 기능과 동일한 것이다. 이러한 의미에서 이화동은 주체의 욕망 충족 공간이라는 이계가 지상에 구현된 유사이계의 현실적 발현 공간이라고 할 수 있을 것이다. 이화동의 유사이계의 성격이 지니는 서사적 의미는 주체의 이계 탐방 과정에서 본격적으로 밝혀진다.

2) 순환론적 이계관의 수용

「정생전」은 요지연(瑤池淵), 곤륜산(崑崙山), 약수(弱水) 등 다양한 이계 공간을 등장시킴으로써 비애정류의 이계 탐방담을 수용한다. 「정생전」에서 이계 체험은 『금오신화』의 「남염부주지」나 「용궁부연록(龍宮赴宴錄)」처럼 이계 인물들의 초대를 받아서 이루어지는 것이 아니라, 『기재기이(寄齋奇異)』의 「최생우진기(崔生遇眞記)」처럼 주체의 적극적인 노력에 의해서 탐색되는 형태로 이루어진다.

주인공이 피초대자로서가 아니라 탐색자로서 이계에 진입하는 이들 작품에서는 특별히 탐방 계기와 절차가 확대된다. 탐색자, 이계, 탐방 절차가 특별한 의미 자질로서 계기화되는 것이다. 「최생우진기」에서는 이들 세 요소가 선계 추구라는 의미 자질로서 계기화되어 있다. 「최생우진기」의 이계 공간인 용궁은 전대 작품인 「용궁부연록」에 비해서 선계적 속성을 확실히 하고 있고, 최생은 선계 추구자로서의 의미 자질을 띤다. 최생의 용궁 진입은 용추동(龍湫洞)이라는 지상의 유사선계(類似仙界) 공간에 의해서 매개된다. 최생의 용궁 탐방은 속세－유사선계－선계로 이어지는 공간 이동의 절차에 의해서 실현되는 것이다. 「정생전」의 이계 탐방 역시

「최생우진기」와 동일한 절차로 이루어진다.

「정생전」의 이계 공간들은 『산해경(山海經)』, 『해내(海內)·외경(外經)』, 『신이경(神異經)』 등에서 전하는 중국 선경설화(仙境說話) 상의 선계의 모습과 일치한다.11)

한편 정생의 모습은 선계 추구자의 전형적인 인물 형상을 하고 있다. 정생은 이화동에서 용호법(龍虎法)이라는 내단술(內丹術)을 연마하여 양생(養生)의 기를 기른다. 내단술은 정생이 선계를 탐구할 수 있게 하는 기반이 된다. 말하자면 현실계의 인물이 이계로 진입할 수 있는 자질이 된다는 말이다. 여기서 말하는 내단술은 조선 중기 권극중(權克中)에 의해서 집대성된 신선술(神仙術)의 한 방식이다. 신선술은 금단(金丹)을 만들어 직접 복용함으로써 신선이 될 수 있다는 외단술(外丹術)과 인체 안에 있는 수화(水火)의 이기(二氣)를 단련함으로써 일원기(一元氣)를 체득할 수 있다는 내단술의 두 가지로 나뉘어진다. 내단술은 각종 신선전(神仙傳)에서 자세히 묘사되어 왔는데 「정생전」 역시 용호법에 따른 내단 연마술과 이를 둘러싼 문답을 자세히 기술한다. 「정생전」이 우언의 전통을 적극적으로 활용하고 있음을 드러낸 대목이다.

용호법을 통해 신선술의 최대 경지에 이른 정생은 유체를 이탈시키는 시해법(尸解法)을 사용해서 선계로 진입하는 데 성공한다. 이때, 이화동은 지상의 유사이계로서 속세와 선계를 이어주는 매개 공간이자, 정생이 선계 추구자로서의 자질을 탐색해 나가는 공간이 된다. 선계 추구자: 정생,

---

11) 이들 이계 공간들은 곤륜산을 중심으로 하여 하나의 선계를 구성하고 있다. 선경설화 상에서 곤륜산을 중심으로 한 선계 구역은 성숙해, 요지, 약수 등으로 구성된다. 곤륜산의 정경 묘사를 보면, 그 주위에는 다섯 아름드리나 되는 큰 벼가 우거져 있고, 곤륜산에서 흘러내린 물이 황하(黃河)를 이루기 전에 형성한 성숙해가 주위에 둘러 있다. 곤륜산 정상의 한 쪽에는 새털 하나도 물에 띄울 수 없을 정도로 가볍고 새빨간 불을 내뿜는 높은 산들이 둘러있는 약수가 있다. 다른 한 쪽에는 서왕모(西王母)가 거주하는 요지가 있는데, 이 약수를 건너야 다다를 수 있다. 「정생전」에 묘사된 선계는 이러한 선경설화 상에 나타난 선계 모습과 정확히 일치한다.

유사이계 : 이화동, 이계 : 곤륜산 이라는 선계 추구 절차의 서사적 구성요소가 갖추어지는 것이다.

선계 추구자로서 정생의 최종 목적지는 곤륜산의 정상에 있는 요지이다. 요지는 서왕모가 거주하는 곤륜산의 성지로서 정생의 지우(知遇)에 대한 열망이 충족되는 공간이다. 정생은 이 곳에서 서왕모라는 선계 인물의 각별한 대우(待遇)를 받으면서 현실계에서 경험했던 결핍을 해소한다.

그런데 요지 탐방담에서는 특히 좌정절차(坐定節次)가 부각된다. 비애정류에서는 주체가 이계로부터 받는 대우를 연석(宴席), 좌정(坐定), 한시 창화 등의 관습을 활용함으로써 상징적으로 형상화한다.[12] 좌정 절차에서는 누가 어느 자리에 앉을 것인가를 구체적으로 묘사하고 있는 바, 주인공은 이계 인물들보다 상석에 앉도록 권유받는다. 상석(上席) 좌정(坐定)은 지우(知遇)의 상징인 것이다.

전기소설에서 한시를 비롯한 각종 한문학 장르의 창작은 주체의 역량을 이계에서 시연하고, 이계 인물로부터 이를 인정받는 과정이다. 「정생전」에서는 한시 창화 과정은 생략되고 좌정 절차만 설정되어 있다. 이계 탐방 과정 자체가 작품 전체의 주지가 되지 못하고 축소되어 있기 때문에 비애정류의 서사 관습을 부분적으로만 수용한 것으로 생각된다. 또한 앞서 이화동이라는 유사 이계의 서사적 기능이 확대되어 있는 것도 이계 탐방 과정 축소의 중요한 원인인 것으로 보인다.

그렇다면 작품 내에서 이계는 어떠한 방식으로 존재하고 있는가. 전기소설의 공간관은 이계와 현실계로 이루어진 이원론적 세계관을 바탕으로 한다. 이계는 현실계와 연결되는 저 너머 어디쯤에 설정되어 있되, 순환론적 회귀의 관계를 맺고 있지 아니하다. 이계는 현실계에서 소외를 경험한 주체가 욕망을 충족할 수 있는 이상적인 공간으로 기능한다.

12) 비애정류 전기소설과 좌정절차에 관련된 문제는 신재홍, 「몽유양식의 소설사적 전개에 관한 연구」, 서울대 박사학위논문, 1992를 참조하기 바람

반면에 영웅소설이나 국문소설의 이계와 현실계는 순환론적 회귀의 관계에 있으며 적강 모티프에 의해서 매개된다. 지상계는 천상에서 죄를 지은 남녀 주인공이 적강하는 공간이며, 천상계로의 복귀는 고진감래의 미적 원리에 의해서 이루어진다. 국문소설에서 이계는 욕망 충족의 공간이 아니라 회귀적 공간인 것이다. 천상계로 복귀하기 전에 경험하는 지상 선계 역시 주인공이 영웅적 능력을 획득하거나 고난을 잠시 피하는, 혹은 조력자를 만나는 공간으로 기능한다.

그런데 전기소설사는 17세기 일부 작품으로부터 적강 모티프를 부분적으로 수용함으로써 국문소설적 공간관을 시험하기 시작한다. 「동선기」와 「운영전」이 그 예이다. 이들 작품은 전기소설적 공간관을 유지하면서도 적강 모티프를 축소 수용함으로써 국문소설적 변용을 시도한 것이 특징이다. 「정생전」 역시 이러한 양상을 보여준다. 정생은 이계 탐방의 결과로 선도의 궁극을 깨우치며, 선도 탐색 과정을 완성한다. 비애정류 전기소설에서는 이러한 이계 탐방이 일회적 경험으로 그친다. 부지소종(不知所終)이라는 독특한 결구를 설정함으로써 현실계의 결핍 상태와 이계에서의 욕망 충족 경험을 대비시키는 것이다. 동시에 현실계에서의 결핍감이 영원히 극복될 수 없는 것임을 상징적으로 보여준다. 비애정류의 결말은 이계 체험으로부터 획득했던 주체의 충족감이 현실계의 복귀로 인해 상실된다는 흥진비래(興振悲來)의 미감을 보여주는 것이다.

그런데 「정생전」에서는 이계의 만족감이 현실계로 회귀한 후에도 여전히 지속된다. 오히려 이계의 체험을 계기로 현실계에서도 선도의 완성이라는 충족감을 획득한다. 이러한 주체의 심리 기제는 흥진비래의 전형적인 미감으로부터 벗어난 것이다. 「정생전」은 결말 부분에 적강 모티프를 삽입함으로써 흥진비래 미감의 변용을 보다 구체적으로 형상화한다.

한편 「정생전」에서 정생의 욕망 탐색 과정은 부지소종이 아니라 천상계 복귀로서 결구된다. 이러한 결말의 형태는 정생이 현실계에서 겪었던 결핍을 천상계에서 미리 내정된 곤액에 불과한 것으로 만든다. 현실계에서의 고난이 다하면 본래 소속되어 있던 천상계로 복귀할 수 있다는 고진감래의 미감이다. 이로써 주체의 심리 기제는 충족감의 지속으로서 결구된다. 이계 체험을 통한 충족감이 현실계의 행복한 결말로 연결되는 것이다.

그렇다면 이러한 결말 구조는 작가의 어떠한 의도와 관련되어 있는 것일까. 앞서 지적했듯이 애정류와 비애정류의 결합 결과 작품 전반부의 비극적 결말은 행복한 결말로 전환된다. 작품 후반부에 형상화된 고진감래의 논리에 의해 전반부의 비극적 경험은 내정된 현실계의 고난으로 치부되고 남녀 주인공 모두 천상으로 복귀한다. 해피엔딩이 서사적 인과성을 획득하게 되는 것이다.

그런데 행복한 결말로의 전환은 사대부 남성 : 중인 여성 갈등담의 비극적 주지를 다분히 약화시킨다. 사대부 남성의 배신을 비애정류의 각종 장르적 관습을 통해 합리화시키고 있다는 것이다. 이러한 점에서 「정생전」의 작가는 작품 내에서 중인층 여성의 자의식과 욕망을 초점화시키는데 성공했음에도 불구하고 남성 중심적 시각을 표출하고 있음을 확인할 수 있다.

4. 사족 : 중인 계층 갈등담의 전기소설사적 의미

1) 중인 출신 여주인공의 등장 배경과 그 의식 세계

「정생전」에 설정되어 있는 중인 출신 여주인공의 인물 형상은 실제 중인층 여성들의 작품에서 나타나는 의식과 닮아있다. 또한 「정생전」의 핵심적인 주지인 사대부 남성 : 중인 여성 갈등담은 동일한 인물 관계를 설정하고 있는 야담 작품들과 문제 의식을 공유하고 있는 측면이 있다. 먼저 중인 여성들의 존재 양상 및 의식 세계를 살펴보고 야담에 나타난 사대부 남성 : 중인 여성 갈등담의 문제 해결 방식 및 작가 의식을 살펴보기로 하자.

서얼, 역관, 아전과 같은 중인 집안의 여성들 중에는 시문이나 학문에 뛰어난 사람들이 많다. 특히 서얼이나 아전 가문 출신으로 양반의 소실이 되어 시명(詩名)을 날린 인물도 상당수 된다. 이러한 중인 출신 여성 작가의 등장은 정확히 조선 중기 이후부터 두드러지는 중인 계층의 성립 및 활동상과 일치한다.[13] 중인층 여성 작가들의 의식 세계는 자신들의 학문과 재능에 대한 자부심, 신분적 한계에 대한 자의식 등으로 요약된다. 중인층 여성 작가들은 신분적 한계를 스스로 자각하고 있었기 때문에 문학 속에서 애써 자신의 집안을 높이려 하는 가문 의식을 표출하고 있다. 이는 문학을 통해 자아를 위무하고자 하는 의식의 소산이라고 할 수 있다. 경제적 부를 배경으로 상층 여성들의 전유물이었던 학문과 지식을 획득할 수는 있었지만 신분 질서를 극복할 수는 없었던 한계가 중인층 여성 작가들의 주된 의식 세계를 형성하고 있는 것이다. 학문적, 문학적 소양에 대한 자부심이 높은 여성일수록 신분과 재능 사이에 극복될 수 없는 간극에 대한 좌절감은 커져 갔을 것으로 이러한 괴리가 중인층 여성 작가의 비극적 자의식을 형성하는 배경이 된다.[14]

13) 16세기 후반에서 17세기, 중인층의 대두와 함께 등장한 여성 작가로는 이옥봉(李玉峯), 유씨(柳氏), 운초(雲楚), 남종만의 처, 소설헌(小雪軒) 허경란(許景蘭) 등이 있다. 이옥봉과 유씨는 사대부가의 서녀(庶女)이고, 운초는 아버지가 아전으로 나중에 기녀가 되었으며, 남종만의 처는 중인의 아내이고, 소설헌은 중국에서 출생하고 성장한 역관의 딸이다.

14) 대표적인 예로 이옥봉의 시에서 이러한 양상을 볼 수 있다. 이옥봉은 "이 몸도 왕가의 자손"이라며 종실의 후예임을 자부하거나, 큰댁의 맏아들에게 주는 시에서 "동방의 우리 모자 이름을 날렸네. 내 시 이루어지면 귀신이 흐느끼네"라고 하며 뛰어난 재능에 대한 자부심을 드러냈다. 17세기 중인층 여성 작가들의 의식 세계는 조선 후기에 이르러서도 전혀 극복되지 않고 그대로 이어진다. 19세기 작가인 박죽서(朴竹西)는 아우의 급제를 축하하며 올린 "홍문으로 훌쩍 뛰어오르니 온 가문의 영광이로다"

이러한 중인층 여성 작가들의 의식 형태는 실상 기녀 출신 여성 작가들의 그것과 방불하다. 그러나 기녀들의 자의식이라는 것은 대남성적(對男性的) 유흥 공간에 봉사해야 한다는 목적에 부응하기 위해 문학적 소양을 쌓는 과정에서 생성된 것이었다. 반면에 중인층 여성의 경우는 자발적인 자기 충족 과정에서 생겨난 것이었다는 점에서 명백한 차이를 보여준다.

남성: 중인 여성의 갈등을 다룬 야담으로는 「이정(離情)」[15] 「방맹(芳盟)」[16]이 있다. 18, 9세기 야담집에 실려 있는 것으로 보아 이 유형의 이야기들이 조선 후기에 지속적으로 창작, 향유되었음을 알 수 있다. 이 유형은 인물 형상화 방식, 남성 신분 상위: 여성 신분 하위의 신분 갈등을 비극적 결말로 이끌어 가는 서사 구성 방식, 여주인공의 주체적 애정 선택 의지와 남주인공의 무신(無信)을 대조하는 기법 등 18세기 전기소설의 갈등 구조 및 플롯 상의 특질과 상통하는 면모를 보여준다. 특히 「이정」은 남녀 주인공이 만남을 이루는 장면에서 형상화되어 있는 서정적 문체, 여주인공의 직접적 발화를 통해 표출되고 있는 주체적 애정 선택의 의지, 이별 장면에 들어 있는 삽입시 등의 측면에서 볼 때, 단편문언소설로 이행해 가는 특질을 보여준다.

「이정」은 여주인공의 죽음 이전까지는 18세기 애정 전기소설의 일반적인 플롯과 일치하는 서사 전개를 보여준다. 특히 시를 매개로 한 만남[17]

와 같은 시에서는 가문에 대한 자부심을, 23해 동안 한 일이 반은 바느질, 반은 시를 쓴 일이라고 하며 "상자 안 꽤은 시를 어느 누가 알아주랴?"라고 탄식한 시에서는 자신을 알아줄 지우를 얻을 수 없는 현실에 대한 절망감을 드러내고 있다. 이에 대해서는 『한국고전여성작가연구』, 태학사, 1999, 69쪽을 참조 바람.

15) 이우성, 임형택 편, 『破睡錄』, 『李朝漢文短篇集』, 일조각, 1973.

16) 이우성, 임형택 편, 「崔崑崙 登第背芳盟」, 『青邱野談』2, 『李朝漢文短篇集』, 일조각, 1973.

17) 「이정」에는 7언절구의 한시가 삽입되어 있다. 일반적인 구비 전승 야담과는 다른 양상이다. 이러한 삽입시는 구전으로 향유되는 상황에서는 결코 삽입될 수 없는 것으로서 일부의 문헌설화에서나 볼 수 있는 특질이다. 이 삽입시의 존재를 통해 편찬자가

은 향촌 부민(富民)의 딸로서 재식녀인 여주인공의 계층적 특징을 부각시켜주고 있으며, 중인 출신 여주인공의 주체적 애정 선택을 위한 의지와 욕망이 직접 발화를 통해 초점화된다.

그러나 같은 소재의 이야기 원천을 서사화하는 데 있어서 야담과 전기소설은 다음과 같은 두 가지 점에서 차이를 보여준다. 첫째, 이 유형의 작품들은 여주인공의 의지와 욕망이 작품의 시작과 결말에 이르기까지 수미일관하게 초점화되지 못하다. 「이정」의 경우 작품 서두에서는 향촌 부민의 딸인 여주인공의 주체적 애정 선택 의지와 욕망이 부각되어 있으나 작품 후반부에 가서는 남주인공의 변심을 경험한 여주인공의 욕망 좌절과 절망이 전혀 형상화되어 있지 않다. 비극적 경험에 대한 여주인공의 심리는 다만 여주인공의 부친을 통해 간접적으로 전달될 뿐이며, 그나마도 "집주인이 비로소 자초지종을 말하고, 자기 딸이 죽었음을 고하였다." 라는 압축적인 문장으로 제시될 뿐이다.

「방맹」 역시 서울 지전상인의 딸인 여주인공의 의식 세계가 부친인 지전상인에 의해서 매개된다는 점에서 「이정」보다도 오히려 여주인공의 욕망과 의지의 초점화에 실패하고 있다. 특히 「방맹」은 남녀 주인공이 직접 대면하여 담론하면서 탐색해 나가야 할 만남의 장면이 한두 문장 정도로 축소되어 있다는 점에서 동일한 소재의 18세기 작품인 「이정」보다도 오히려 퇴보한 측면이 있다.

「방맹」은 결연 과정에서 여주인공 대신에 지전 상인이 전면에 부각된다. 만약 이 작품이 전기소설로 발전했다면 남주인공 최창대는 지전상인

「이정」의 원천 이야기를 『파수록』에 전재하면서 원래의 구비 전승적 이야기에 상당한 문식을 가했던 개작 상황을 추정해 볼 수 있다. 즉 「이정」은 여항의 이야기가 편찬자에 의해 그대로 전재된 것이 아니라 편찬자의 의식적 개작과정을 거쳤던 것이다. 물론 원천 이야기의 실상이 어떠했고 편찬자에 의한 변개가 어느 정도까지 이루어진 것인지 단언할 수는 없지만 「이정」의 이런 문체적 특징이 문언단편적 특징에 근접해 있다고 볼 수 있을 것이다.

대신에 여주인공을 직접 만나는 것으로 설정되었을 것이고, 여주인공의 직접 발화나 편지를 통해 그 내면이 형상화되었을 것이다. 「방맹」에서는 시종일관 지전상인의 발화를 통해 여주인공의 심리, 행동, 발화가 간접화된다. 대신 간접 발화 형식 속에 여주인공의 내면은 고스란히 전달된다. 일단 「방맹」의 향유층들은 비극적 결말이 담지하고 있는 갈등의 의미를 인식하고 있었던 것으로 생각된다. 이러한 인용 태도는 구전되던 원천 이야기에서부터 존재하여 왔던 것을 『파수록』의 편찬자가 그대로 옮긴 것이 아닌가 생각된다.

둘째, 두 작품의 말미는 신분 갈등이 환기하는 비극의 의미를 충분히 살리지 못하고 급격히 이념적인 방향으로 기울어 있다. 두 작품에서는 공히 남주인공의 부친이나 삼촌과 같은 주변 인물들이 등장해서 "타인에게 원한을 샀으니 전정(前程)에 누가 될 것이다."라는 교조적인 메시지를 전달한다. 이로써 남주인공의 후회와 요절이라는 비극적 결말이 지니는 심중한 주제가 제 의미를 찾지 못하고 교훈적인 방향으로 매듭지어진다. 이러한 이념적인 시각의 개입은 이 유형의 이야기를 바라보는 야담 편찬자 혹은 작자의 시각을 대변한 것으로 생각된다. 특히 「이정」의 작가는 이러한 주변 인물의 발화를 작가 후기와 연결시킴으로써 작품의 주지를 이념적인 방향으로 고착시킨다. 전기소설이 태생적으로 당대의 체제, 이념과 일정한 거리를 둔 향유층의 의식 속에서 탄생한 장르라는 점을 고려할 때, 같은 소재의 이야기가 어떤 향유층을 만나느냐에 따라 그 장르가 달라질 수 있음을 알 수 있다.

2) 중인 출신 여주인공의 등장과 전기소설사적 의미

전기소설은 남녀 주인공의 신분 관계에 따라서 두 부류로 나뉘어진다. 신분 갈등의 양상에 따라서 플롯 상의 미세한 차이를 보여준다는 것이다.

전기소설의 신분 갈등은 남녀 주인공 모두 양반 가문 출신이지만 여주인공의 문벌이 남주인공보다 더 높은 경우와 남주인공은 상층 양반이지만 여주인공이 기녀나 중인층, 혹은 비녀인 경우에 발생하는 경우로 대별된다. 전자는 여성 신분 상위 : 남성 신분 하의 유형이라 할 수 있고, 후자는 남성 신분 상위 : 여성 신분 하위 유형이라 명명할 수 있다. 여성 신분 상위 : 남성 신분 하위 유형은 초기 전기소설에서 주로 확인된다. 『금오신화』의 「이생규장전」과 『기재기이』의 「하생기우전」에서 이러한 양상을 살펴볼 수 있다.[18] 이 유형에서는 애정 갈등이 신분의 차이와 전란이라는 두 가지 원인에 의해 중층적으로 발생하며, 신분 갈등은 여주인공의 읍소나 상사병에 의해서 비교적 수월하게 해소된다. 신분 갈등이 작품의 마지막까지 관류하는 갈등 요인이 되지 못하는 것이다. 남성 신분 상위 : 여성 신분 하위 유형은 17세기 기녀 출신 여주인공이 설정되어 있는 작품들에서 처음으로 등장했다. 「주생전」, 「동선기」, 「왕경룡전」이 대표적인 예이다. 이들 작품들은 다시 두 하위 유형으로 세분되는 바, 남성의 배신으로 인해 신분 갈등이 첨예화되는 경우와 여주인공이 악인형 적대자와의 투쟁과 정절 고수를 통해 신분의 차이를 극복하는 두 경우로 나뉘어진다.

18세기 「심생전」, 「정생전」, 「빙허자방화록」 같은 작품에서는 중인 출신 여주인공을 등장시킴으로써 비극적인 남성 신분 상위 : 여성 신분 하위 유형을 새로운 방식으로 계승하게 되었다. 이들 작품에서 여주인공 부친의 직업은 이조서리, 호조계사, 역관 등으로 다양하다. 정부의 실무직 혹은 재정을 담당하거나 무역에 종사함으로써 경제력을 소유할 수 있는 직역을 담당하고 있다는 공통점이 있다. 중인층 여주인공의 등장은 17세기 후반 이후로 세습제를 확립하면서 치부에 성공한 중인층의 성장을 반영

18) 「만복사저포기」 역시 여성 신분 상위 : 남성 신분 하위의 인물 구성 유형에 속한다. 그러나 이 작품에서는 신분 갈등이 여주인공의 신물(信物)을 둘러싸고 여주인공의 부모와 남주인공 사이에서 암시적으로 그려지기 때문에 「이생규장전」과는 차이가 있다.

하고 있다.

그렇다면 중인층 여주인공이 등장함으로써 18세기 전기소설사는 어떠한 전변의 국면을 맞고 있는가.

첫째, 18세기 전기소설은 중인층 여주인공이 등장함에 따라 작품 서두의 만남 장면에 애정의 진정성 확인이라는 절차가 패턴화되어 나타나게 되었다. 중인 출신 여주인공들은 자신의 지조와 욕망을 설파하며 상대 남성의 진정성을 확인한다. 이들 여주인공들은 조선 후기에 새롭게 등장한 신흥 계층 출신으로 그 활동의 중심지인 여항에서 사대부 남성과의 만남을 이룬다. 여항은 중인 출신 여주인공의 존재 자체를 상징하는 공간이다. 「정생전」의 삼청동은 중인층의 집단 거주지이며, 「심생전」의 운종가(雲從街)에서 광통교(廣通橋)에 이르는 지역은 도시 서울의 삼대 상업권의 하나로 중인층 부호들의 주요 활동 무대였다. 이들 작품 속에 새로이 설정된 만남의 공간은 신분적 한계를 상층의 라이프 스타일을 모방함으로써 보상받으려고 했던 중인 계층의 정체성을 상징한다. 이러한 점에서 중인 출신 여주인공들의 지조에 대한 강조는 자존 의식의 표출과 상층 지향성을 표출하는 것으로 생각된다.

중인 출신 여주인공들의 정절 강조는 한편으로는 자신이 비록 여항의 아녀자의 신분임에도 불구하고 인격적으로 대우받기를 원하고 있음을 드러내는 일종의 인간 선언이다. 자신보다 신분이 높은 사대부 남성에게 선택을 당하기만 하는 것이 아니라 주체적으로 사대부 남성을 선택하겠다는 태도야말로 중인 출신 여주인공들의 자존 의식을 드러내는 단적인 예이다.

이와 같은 중인 출신 여주인공들의 의식의 기저에는 자신의 시재와 용모에 대한 자부심이 깔려있다. 사대부 남성의 배필이 될 만하다는 자신감이야말로 남성을 주체적으로 선택하며, 자신을 여항의 여성으로 대우하지 말고 상층 사대부가의 여성을 대하듯이 예를 다해 달라고 당당하게 요구할 수 있는 배경이 된다.

둘째, 18세기 전기소설은 "정수사변(情隨事變)", 곧 남주인공의 변심으로 인한 서사적 갈등을 부각시키고 있다는 점에서 공통적인 특징을 보여준다. 일의 변화에 따라 정도 변한다는 뜻의 이 말은 남주인공의 애정이 현실적 상황에 따라 변하는 것이 18세기 작품의 주된 갈등 요인이 되고 있음을 의미한다. 남주인공이 왜 신의를 지키지 않고 변심하는가 하는 점은 주목을 요한다. 작품 전체를 관류하는 비극과 갈등이 남주인공의 변심으로부터 초래되는 만큼 18세기 작가가 사대부 남성 : 중인 여성 결연담으로부터 형상화하고자 한 주제 역시 여기에 있다고 생각된다.

초기 전기소설사에서는 전란과 함께 남녀 주인공의 신분 갈등이 애정 장애의 원인으로서 확립되었다. 비록 1차 애정 장애로서 문벌의 차이가 부각되고는 있지만 이로 인해 남주인공이 신의를 어기는 경우는 발생하지 않는다. 남녀 주인공의 상호 독점적인 애정은 신분의 차이나 전란과 같이 거듭되는 장애에 의해서 이합을 되풀이 하면서도 결코 변하지 않았던 것이다. 심지어 여주인공이 죽고 난 후에도 애정을 지속하고자 하는 남녀 주인공의 간절함은 인귀교환이라는 모티프로 전형화되고 있다는 것이다. 그러나 17세기 「주생전」 이후 남성의 변심은 18세기 작품 속에서 중심적인 갈등 요인으로 자리잡는다. 남주인공의 변심 결과는 여주인공의 비극적 죽음으로 나타난다. 또한 이로 인한 인귀교환 모티프의 의미 역시 달라지게 되었다.

18세기 작품에 와서 사대부 출신 남주인공들의 변심이라는 갈등 요인이 설정되게 된 배경은 향유층의 의식과 관련지어 생각해 볼 수 있다. 전기소설은 문인층 지식인의 욕망을 투영한 장르이다. 비애정류에서는 이계 인물과의 창화, 담론 등이 문인층 지식인인 주인공의 결핍감을 해소할 수 있는 서사적 기능을 한다. 이와 마찬가지로 애정류에서는 여주인공과의 애정이 문인층 지식인인 남주인공의 현실적 결핍감을 대리 충족시켜

줄 수 있는 등가물로 기능하는 것이다.

초기 전기소설의 사대부 남성 : 문벌 여성 결연담은 남주인공의 결핍감을 완벽하게 충족시켜 주는 기능을 한다. 시재, 용모, 자질 등의 면에서 남녀 주인공은 서로의 욕망을 충족시켜 주는 것이다. 현실적 가치의 측면에서도 문벌 여성과의 결연은 사대부 남성에게 지위 상승이라는 만족감을 제공할 수 있다. 즉 문벌 여성과의 결연 성공은 지위가 더 낮거나 몰락한 양반인 남주인공에게 지위 상승이라는 현실적 충족감을 줄 수 있었던 것이다.

그러나 18세기 중인 출신 여성과의 결연은 사대부 남성에게 오히려 현실적인 부담이 된다. 중인 여성과의 결연은 곧 신분 하강을 의미하는 것으로 문벌, 부귀공명이라는 현실적 가치의 측면에서는 만족감을 제공할 수가 없는 것이다. 다시 말해서 사대부 남성인 남주인공에게 있어서 중인 출신 여주인공과의 결연이 완벽한 욕망 충족의 등가물이 될 수 없다는 한계가 바로 남주인공의 변심이라는 새로운 서사적 모티프를 낳게 된 원인이 된다는 것이다.[19)]

셋째, 당대 도시 서울의 시정(市井)의 공간적 수용과 서사적 기능 확대이다. 18세기 작품에 주로 등장하는 공간은 운종가, 광통교와 같은 중심 상업 지구이다. 18세기 도시 서울의 주요 상업 지구는 이현(梨峴), 종루(鐘樓), 칠패(七牌)로 도성 내의 삼대시(三代市)를 이루고 있었다. 이 삼대 시장의 주변은 백공(百工)이 조업하고 만화(萬貨)가 주집(湊集)되는 곳으로

---

19) 18세기 작품에서는 남주인공의 변심을 경험한 중인 출신 여주인공들의 원한이 사후의 편지, 원귀담 등을 통해 드러난다. 중인 출신 여주인공의 내면을 포착한 이러한 발화 형태들은 표면적인 어조의 측면에서는 기다림, 소극적 원망, 유순한 태도 등을 유지한다. 그러나 이면의 행간에서는 직접적인 비난을 표출하기도 한다. 원귀담은 이러한 비난과 고발 의식을 원혼의 복수 형태를 빌어서 우회적으로 형상화한 형태이다. 그러나 은장(隱藏)된 것이든 직접적으로 표면화된 것이든 중인 출신 여주인공의 발화는 기본적으로 원한의 정조를 내포한다.

행상(行商)의 집합소이며 시민의 일상적 구매장(購買場)이었다. 특히 서울 서쪽 거리에 위치한 종루는 가장 중심가를 이루고 있었다. 종루 곧 운종가는 오랫동안 생선전(生鮮廛)으로 불려오다가 1760년(영조 36)에 이르러 이 지역의 홍성과 함께 국초의 옛 이름을 되찾아 운종가라 개명했다. 18세기 운종가 일대에는 종루 양쪽에 길게 장랑(長廊)을 세워서 장사한 여섯 개의 시전이 중심이었다. 시전 상인들은 주로 비단, 종이, 포목 등을 팔았다.[20]

이처럼 장시(場市)와 물화(物貨)의 번쇄한 모습을 당대의 「심생전」의 작가 이옥은 「시간기(市奸記)」라는 글에서 자세하게 묘사해놓고 있다. 운종가에서 남대문 방향으로 가는 길의 중간에 있는 광통교 부근에는 서점, 골통품, 사치품을 파는 가게들이 밀집해 있었다. 운종가에서 광통교로 이르는 지역은 서울의 도심지로서 대로를 통해 이어져 있는 연결상권이었다. 18세기 말경의 자료인 강이천(姜彝天)의 「한경사(漢京詞)」를 보면, "한낮 광통교 기둥에 울긋불긋 걸렸으니, 여러 폭 비단은 병풍을 칠 만하네. 근래 가장 많은 것은 도화서의 솜씨로다. 많이들 좋아하는 속화(俗畵)는 산 듯이 묘하도다."고 되어 있어서, 18세기 후반에는 광통교 일대에 이미 서화(書畵) 시장이 형성되어 있었음을 알 수 있다. 광통교변은 이처럼 경화세족의 고동서화(古董書畵) 감상 취미에 부응하기 위한 상층의 예술품 공급지였던 외에도 도시민의 도시 문화 향유지이기도 했다. 한편 광통교변에서는 하층민들을 대상으로 투전, 투계판이 빈번히 벌어지기도 했으며 중인층의 집단 거주지의 하나로서 중촌(中村)에 살던 중인층 부호들이 야회(夜會)를 즐기기도 했다.[21] 광통교 부근은 상층 사대부의 고급 문화

---

20) 이상의 18세기 서울의 도시적 양상에 대해서는 이우섭, 「18세기 서울의 도시적 양상」, 『한국의 역사상』, 창비, 1982를 참조하기 바람

21) 이에 대한 사항은 강명관, 「조선 후기 경화세족과 고동서화 취미」, 『한국의 경학과 한문학』, 태학사, 1996을 참조하기 바람.

와 도시민, 하층민의 오락 문화가 공존하던 지역으로 유동 인구가 넘쳐나던 지역이었다고 할 수 있다.

이러한 도시 시정 공간은 작품들 속에서 당대적 현실감을 부여하는 기능을 한다. 독자는 작품에서 당대 시정 공간을 발견함으로써 동시대성을 느낄 수 있다. 소설적 공간은 반드시 당대의 공간일 필요는 없다. 17세기 전기소설 중의 하나인 「동선기」를 읽으면서 후금(後金)의 북송(北宋) 침략을 병자호란에 유비(類比)시키거나 북송인인 남녀 주인공을 조선인으로 환치하여 여타의 17세기 전기소설과 다름없는 의미망을 재구할 수도 있다. 그러나 당대 현실을 반영한 작품은 독자에게 내 주위에서 지금 볼 수 있는 공간이 소설화되어 있는 것을 발견하는 즐거움을 제공할 수 있다. 내가 살고 있는 공간과 소설적 공간이 동일하다는 인식, 곧 주인공이 살고 있는 삶의 배경과의 동질감 혹은 일체감을 제공할 수 있다는 것이다.

또한 도시 시정 공간은 작품 속에서 신분이 다른 인물들이 만남을 이룰 수 있는 공간을 제공한다. 조선 사회는 신분 제도가 엄격하게 유지되면서 주거 공간과 행동 반경조차 신분에 따라 차별적으로 나뉘어져 있었다. 따라서 상층 양반과 중인층 여성, 상층 양반과 하층 인물들이 얽혀가는 서사를 짜나가기 위해서는 서로 다른 계층이 공존할 수 있는 공간을 설정할 필요성이 제기된다. 당대의 사회, 경제사적 배경 하에서 도시 시정은 여러 계층이 부닥칠 수도 있는 도시적 아우라의 양상을 지니고 있었다. 이러한 이유로 18세기 도시 시정은 단순히 작품의 공간적 배경으로서만이 아니라 서사적 요구에 의해 작품 속에 수용되게 되었던 것이다.

한편, 도시 시정 공간은 서사 전개에 관여하여 갈등적 상황을 극대화시키는 기능을 하기도 한다. 「정생전」에서 정생이 광통교 위에서 삼청동 낭자의 여종과 그녀가 낳은 아들을 만나는 장면을 보면, 정생은 아들을 버리고 달아난다. 안았던 아들을 여종에게 다시 업혀주고 나서 광통교 위의 인파들 속에서 어깨를 부닥치며 급히 줄행랑치는 모습이 인상적으로 묘사되고 있다. 작자는 이 사건을 보다 극적으로 묘사하기 위해서 유동 인구의 밀집지인 광통교를 선택했던 것이다. 인륜을 저버리고 사람들의 물결 속으로 사라지는 정생의 모습은 광통교라는 당대 시정 공간을 설정했기에 보다 사실적으로 부각될 수 있었던 것이다.

넷째, 도시 시정인이 보조 인물로 등장하여 플롯에 관여하게 되었다는 점이다. 신흥 부호층인 이들 인물들은 주동 인물을 도와주는 긍정적 보조 인물로 기능하며 주동 인물의 행로에 간여하여 서사에 영향을 미치고 있다. 평민으로서 치부에 성공한 모씨(某氏)가 그 대표적인 예이다. 그가 부농(富農)인지 부상(富商)인지는 추측할 단서가 전혀 없지만 경제력을 소유한 신흥 부호임에는 분명하다. 반면에 정생에게 버림받은 묘원대사는 고아로서 이리저리 떠도는 유민(流民)의 신세이다. 묘원대사는 절에 의탁하기 전까지는 경제적 기반이 전혀 없었기 때문에 부호인 모씨의 집에서 임노동으로 더부살이를 한다. 경제력의 분화로 인해 평민 중에서 치부에 성공한 계층과 유민으로서 임노동직으로 떨어진 계층이 극명하게 갈라지는 양상을 보여주는 것이다.

모씨는 어린 아이로서 보호자를 잃고 유락하는 묘원대사에게 의탁지를 제공하는 조력자의 역할을 한다. 당대의 사회, 경제사적 변화상을 배경으로 주동인물 : 조력자의 관계가 경제력 소유자 : 임노동자의 양상으로 나타나 있음을 볼 수 있다. 모씨는 성장한 묘원대사가 신역(身役)에 징역되어 고생을 겪어야 할 상황에도 몸을 빼칠 수 있는 조언을 아끼지 않는다. 여기에는 평민들이 부역(負役)을 피하기 위해 자식들을 절로 보내는 당대 부역 제도의 폐단과 모순이 반영되어 있다. 부역은 양반이나 노비에게는 부과되지 않았고, 오직 양인(良人)들이 감당해야 할 신역이었다. 조선 후기에는 치부에 성공한 양인이 등장함에 따라 돈을 주고 신역을 면제받는 경우가 등장했다. 부역을 담당해야 할 사람의 절대적 숫자가 감소함에 따라 그만큼의 부역이 면피할 수 없는 빈민에게 부과되었고, 이를 감당하지 못한 사람들이 고향을 버리고 스스로 유랑민이 되거나 도망자가 되는 경우가 급증했다.[22] 모씨의 조언에 따라 묘원대사가 부역을 피해 유랑길을 떠난다는 설정은 이러한 당대 상황을 반영한 것이다.

이처럼 묘원대사는 모씨의 도움을 받아 부역을 면피하기 위한 길을 떠남으로써 결과적으로 자신의 운명에 영향을 미치는 다른 조력자를 만나게 된다. 유랑길에서 묘향산 은적암의 고승을 만나게 된 묘원대사는 유, 불, 도의 삼교 회통론을 주창할 수 있는 기반을 닦게 되며, 이로써 부친인 정생을 만날 수 있게 된다. 요컨대 모씨라는 보조 인물로 인해 시작된 묘원대사의 유랑길은 작품 후반부의 서사가 진행될 수 있는 계기를 마련해 주는 기능을 하고 있는 것이다. 반면에 이들 인물들의 경제력 창출 과정은 주동 인물을 위기 상황에 몰아넣는 서사적 기능을 하기도 한다. 「정생전」에 등장하는 또 하나의 조력자인 은장(銀匠)은 어린 묘원대사와 유모에게 의탁처를 제공하는 긍정적 보조 인물이다. 그러나 은장은 관에 예속되어 있는 장인으로 부정한 방법으로 치부한 인물이다. 은장이의 부정 축재가 들통나 구속됨에 따라 묘원대사는 유랑할 수밖에 없는 처지가 된다.[23] 이처럼 도시 시정인은 주동 인물들의 행동에 긍정적, 부정적 영향을 미치는 보조 인물로 기능하고 있는 것이다.

5. 맺음말

지금까지 본고는 「정생전」의 서사 구조적 특징과 장르적 위치를 규명

---

22) 정석종, 『조선 후기 사회 변동 연구』, 일조각, 1983

23) 권력층에 겸인(傔人)으로 구성된 서리, 기술직 중인이 뇌물을 받아 치부했다면 장인들은 이런 부정한 수법으로 치부했다. 이들의 부정에 대해서는 『經國大典』에도 나와 있을 정도로 당대에 이미 일반적인 현상이었다. 이에 대해서는 강명관, 『조선조 여항문학 연구』, 창작과비평사, 1997을 참조하기 바람.

해 보았다. 「정생전」은 애정류와 비애정류의 특성이 작품의 전·후반에 결합되어 있으면서도 서사적으로 긴밀해 연관되어 있는 작품이다.

전반부의 애정담에서 주체가 경험했던 결핍감이 후반부의 선도 추구, 이계 탐방에 의해 충족되고 있으며, 전반부의 비극적 결말은 적강담, 순환론적 공간 구조 등의 장치를 구성한 후반부에 가서 행복한 결달로 끝맺고 있다. 이러한 서사 구조적 특징은 16세기 이후로 전기소설사의 주도성을 상실한 비애정류의 서사 기법을 활용한 것이라는 점에서 중요한 의미를 지닌다. 17세기를 기점으로 비애정류가 몽유록의 형태로 정형화되어 분리됨으로써 전기소설사는 중심으로 재편되었다.[24] 그러나 「정생전」은 유사이계 공간을 확대하고 이계 탐방담을 축소하는 등 비애정류의 서사 구조를 변형하여 활용함으로써 애정류와 비애정류의 전통이 한 작품 속에서 공존할 수 있음을 보여주고 있다.

애정 갈등담의 측면을 중심으로 본다면 「정생전」은 「심생전」, 「빙허자방화록」과 같은 작품들과 함께 사대부 남성 : 중인 여성 갈등담을 서사화한 작품군을 구성하고 있다. 전기소설은 17세기에 기녀 출신 여주인공을 등장시키면서 남성 상위 : 여성 하위의 신분 갈등담을 작품화한 바 있다. 「정생전」을 비롯한 18세기 작품들에서는 중인 출신 여주인공의 출현으로 남성 상위 : 여성 하위의 신분 갈등이 새로운 국면으로 전환된다.

18세기 작품들이 이처럼 중인 여성을 등장시키고 있는 배경에는 중인층 여성 작가의 의식적, 문학적 성장과 사대부 남성 : 중인 여성 관계담의 폭넓은 향유라는 역사적 사실이 깔려있다. 18세기 전기소설은 당대의 사회, 경제적 변화상이 초래한 신분 갈등 문제를 발 빠르게 문학적으로 형상화해낸 것이다. 이러한 18세기 전기소설의 존재 양상과 문학적 의미에 대해서는 앞으로 연구가 진척되어야 하리라고 생각된다.

---

24) 김종철, 「전기소설의 전개 양상과 그 특성」, 『민족문화연구』28, 1995.

Ⅱ. 김기의 문학 세계와 소설 창작 의식

1. 머리말

18세기는 경화사족을 중심으로 한 전통 학문과 사상의 발전적 변용 위에서 새로운 시대의 변화에 부응하는 문학의 모색이 시도된 시기이다. 이 시기, 현실을 바라보는 비판적 안목을 바탕으로 소설사에서 뚜렷한 족적을 남긴 연암, 이옥 같은 작가들 역시 경화사족의 일원으로서 각각의 문예그룹을 주도한 인물들이다. 반면 이러한 분위기에서 소외되어간 재지사족들은 보수적인 색채를 강화하면서 서울 중심의 진보적인 문예 경향과는 대체적으로 상반되는 양상을 보여주었다는 것이 이들의 사상과 문학 전반에 대한 대체적인 평가이다.

그러나 18세기는 중간계층과 도시 시정민 등 새로운 계층이 생겨나고, 기득 계층 역시 다양하게 분화됨으로써 유례없이 상하의 윤리와 사상, 문화가 혼재된 시기였다. 축적된 경제적 기반을 바탕으로 상층문화를 모방함으로써 중간 계층에서 양반 중심의 문예적 헤게모니에 도전하는 현상이 나타나기도 했고,[1] 벌열 가문이 극성기를 맞으면서 근기(近畿)의 기반

1) 이에 대해서는 조성윤, 「조선후기 사회변동과 행정직 중인」, 『한국 근대이행기 중인연구』, 신서원, 1999 참조

을 상실한 몰락 양반 가운데서도 기존의 교유관계나 개인적 취향, 학통 등의 다양한 요인에 의해 경화사족이 주도한 문예적 경향에 끊임없이 관심을 기울임으로써 여타의 재지사족과는 달리 비판적 성향을 보이는 경우도 존재했다.[2)]

명문인 안동(安東) 김문(金門)에서 몰락한 계파 출신으로서 근기지방에서 세거하다가 낙향한 김기(金琦)는 바로 이처럼 재지사족으로서 당대의 개혁적 사상과 문학 세계를 보여준 독특한 소설작가이다. 김기는 경화사족에 의해 주도된 문예에도 꾸준한 관심을 기울이는 한편, 재지문인들과 함께 낙사(洛社)를 모방한 시회를 꾸려나가면서 지방의 문예에서도 활발한 활동을 했다.[3)] 그간 김기에 대해서는 자신의 자전적 경험을 반영한 한문소설의 작가라는 사실과 간략한 생애에 대한 소개 외에는 거의 밝혀진 바가 없다.[4)]

김기가 창작한 두 편의 한문소설은 두 가지 측면에서 소설사적으로 중요한 위치를 차지하고 있다. 「정생전(丁生傳)」은 중·하층의 대두와 함께 초래된 계층 문제를 포착하여 사족 남성과 중인 여성 간의 애정 갈등으로 형상화해냈다는 점에서 조선 후기 전기소설사적으로 이옥의 「심생전」과 비교되어 논의될 필요가 있는 작품이며, 「황생전」은 북벌론의 허위비판과 급진적 정치·사회 개혁책을 주장한 작품이라는 점에서 연암의 「허생전(許生傳)」과 방불한 소설사적 평가를 마땅히 받아야 할 작품이다. 이처

2) 성리학적 이데올로기에 안주하는 대부분의 재지사족과는 달리 중앙권력으로부터 밀려난 비판적 지식인 개혁적 한계층(寒階層)에서 이러한 성향이 나타난다. 개혁적 한계층에 대해서는 진덕규, 「조선후기 정치사회의 권력구조에 관한 정치사적 인식」, 『19세기 한국 전통사회의 변모와 민중의식』, 1982 참조

3) 김기는 근처 향리의 문사들과 시회를 결성하여 활발한 문학활동을 펼쳤다. 聽水翁·三聾窩·無可翁 등의 호를 가진 무명의 문사들과 縣監 金相丁·永同守令 徐有容 등이 시회 회원들이다.

4) 송준호, 「실의의 미학: 미발표 한문소설 정생전고」, 『연세어문학』5, 1974

럼 김기는 지금까지 연구자들의 관심을 받지 못했으나 비판적인 현실안목을 바탕으로 새로운 문제 의식을 작품화 한 작가라는 점에서 그의 문학 세계는 반드시 연구될 필요가 있다.

따라서 본고는 김기의 사상적 경향을 배경으로 하여 그의 문학 세계와 소설 창작 의식을 살펴보는 것을 목적으로 한다. 김기의 사상적 경향은 경화학통을 중심으로 계승된 낙론(洛論)과 상수학(象數學)에 대한 관심, 경제지학(經濟之學)의 측면을 보여주며, 문학 세계는 그의 전생애에서 확인되는 비판적 현실 인식과 만년기에 집중적으로 나타나는 낭만적 현실 초월의식으로 나뉘어진다. 특히, 비판적 경향에서 초월적 경향으로 넘어가는 김기의 문학 세계는 「정생전」, 「황생전」과 같은 소설 작품의 특징을 이루는 중요한 창작 배경이 되고 있다는 점에서 주목할 필요가 있다. 본고는 이러한 김기의 사상과 문학 세계를 규명함으로써 뛰어난 18세기 소설작가의 한 사람인 김기의 위상을 부여하는 것을 목적으로 한다.[5)]

2. 사상적 경향과 문학론

1) 경제지학적 학풍과 교유관계

김기의 사상적 경향은 경제지학, 치도론, 상수학적 지식 등에 집중된 진보적 성향을 보여준다. 김기가 이러한 사상적 경향을 보이게 된 배경은 개인적 관심에 의한 독자적 연구와 성리학의 낙론을 계승한 학통, 경화벌족 출신의 집권층과 중인층으로 대별되는 교유관계의 세 가지 방향에서 설명된다.

---

5) 대상 작품은 문집 『기헌유고(寄軒遺稿)』에 수록된 작품들과 그의 집안에 세전하는 「정생전」이다.

김기는 안동 김문의 계파 가운데서도 조정에 출사하지 않고 사림의 자세를 고수하는 것을 내력으로 하는 사렴공파(使廉公派) 출신이다.[6] 김기 자신도 소시적부터 뛰어난 인재로 칭송받았으나, 1739년(영조 15) 18살의 나이로 참여한 과장에서 과거제도의 비리를 경험한 이후로 평생을 과장에 발을 들여놓지 않았다. 이때의 경험이 김기를 재야사족으로 남게 하는 데 결정적인 영향을 미쳤는 바, 김기는 집권층의 출사권유를 거절하며 자신의 소신을 굽히지 않았다.

> 유학장행(幼學壯行)은 진실로 선비의 일인즉 나 역시 벼슬할 만하다. 그러나 벼슬길에 나가는 것은 도를 실천하기 위한 것인데 그 도를 실천할 수 없는 바에야 구차하게 벼슬자리만 지키고 앉았으면 그것은 봉록과 헛된 명예만 탐내는 일이 아니겠는가.[7]

---

6) 김기의 10대조가 되는 김사렴(金使廉)은 고려가 망한 후 절의를 지켜 태조가 불러도 거절하고 평생을 벼슬하지 않았으며, 자손들 역시 관직을 하지 말 것을 유훈으로 남겼다. 실지로 김기의 직계가계에서는 사후에 추증된 외에는 벼슬한 사람을 찾아볼 수 없다. : 사렴공파 족보와 「행장」 기록이 일치하는 것은 1대인 김사렴뿐이고, 그나마 동일한 인명이 등장하는 것은 金遇周·金公奭(1477-1552) 정도이다. 「행장」에 기록되어 있는 김기의 3대조 이하의 인물들은 사렴공파 족보에 아예 기록되어 있지 않다. 실제 7대까지 사렴공파 계보는,

1대:梧隱公 金使廉-2대:小尹公-3대:知州事公 金遇周-4대:判校公 金丸-5대:參議公 金宗孫-6대:參判公 金城-7대:都正公 金公奭

로 이어진다. 이에 반해 「행장」 기록은,

1대:梧隱公 金使廉-2대:知州事公 金遇周-3대:高祖父 金胵-4대:曾祖父 金堅-5대:祖父 金碾-6대:父親 金嗣慶-7대:本人 金琦

로 계승된다. 두 기록을 대조하여 김기의 직계가계를 재구해 보면 다음과 같다.

1대:梧隱公 金使廉-2대:小尹公-3대:知州事公 金遇周-4대:判校公 金丸-5대:參議公 金宗孫-6대:高祖父 金胵-7대:曾祖父 金堅-8대:祖父 金碾-9대:父親 金嗣慶-10대:本人 金琦

이처럼 재구된 김기의 직계가계도에 의하면 김기는 사렴공파 제10대손임이 확인된다. 졸고, 「정생전의 서사구조적 특징과 18세기 전기소설적 의미」(『민족문학사연구』 18, 2001, 182쪽)에서 김기를 사렴공파 제5대손이라고 했던 것을 여기서 수정한다.

그러나 김기는 정치와 사회에 대한 관심을 완전히 버리지 않고 1768년 이후 개인적으로 치도의 근간이 되는 경세학과 상수학 등을 연구했다. 이후 김기는 낙론의 거유인 이채(李縡)(1680-1746)의 제자 역천(櫟泉) 송명흠(宋明欽)(1710-1758)으로부터 정식으로 사사를 받으면서 경제지학과 상수학에 학문적인 접근을 해나갔다.[8] 이러한 상수학적 관심은 조선 성리학자들의 상수학 연구에 결정적인 영향을 미친 주돈이(周敦頤)의 『태극도설(太極圖說)』, 소옹(邵雍)의 『황극경세서(皇極經世書)』 등을 평가한 「여신돈항(與愼敦恒)」[9], 천체와 우주론에 대한 지식을 서술한 「물리문답(物理問答)」[10] 등에서 확인된다.[11]

김기는 학문적 연맥관계로 보면 연암, 담헌과 더불어 낙론을 계승한 동시대의 인물임이 드러난다. 이단상(李端相)에서 김창협(金昌協)으로 계승된 학맥은 이재와 어유봉(魚有鳳)으로 나누어 계승되는데 김기는 이재로부터 송명흠으로 이어지는 계보를 이었고, 담헌은 이재에서 김원행(金元行)으로 계승되는 학맥을 이었으며, 연암은 어유봉으로부터 이보천(李輔天)으로 이어지는 계보를 받고 있다. 또한, 담헌의 스승 김원행과 김기의 스승 송명흠은 김기와 친분이 있던 이조판서 이정보에 의해 1750년 관직에 나란히 등용된 일례도 있는 것으로 보아 김기와 담헌, 연암 등과는 어떤 형태로든 직간접적으로 면식이 있었을 것으로 생각된다.[12] 특히, 연암

7) "幼學壯行, 固是士君子之事, 則吾亦可仕, 然仕者, 欲以行道也, 苟道之不行, 而徒貪爵祿, 隨衆進退而已, 則是君子事君之道乎"(「行狀」, 『寄軒遺稿』, 卷之五)

8) 송명흠은 士禍를 피하여 낙향하는 부친을 따라 충청도 沃川·宋村 등지로 옮겨다니며 살았다. 1764년 贊善으로 經筵官이 되기까지 충청도에 玉溜閣에 머물면서 학문을 지속했는데, 이때 김기가 송명흠에게 사사받을 기회가 있었던 것으로 생각된다.

9) 『寄軒遺稿』, 卷之二

10) 『기헌유고(寄軒遺稿)』, 권지(卷之) 三

11) 김기 성리학 이외의 다양한 학문과 신선술, 자연학 등에도 관심이 많았는데 이러한 성향이 「황생전」, 「정생전」에서 초월계, 잡학, 신선추구, 술법 등으로 나타나고 있다.

12) 『英祖實錄』, 英祖26, 庚午

은 김기의 제자인 신돈항을 「열녀함양박씨전(烈女咸陽朴氏傳)」에서 "입언지사(立言之士)"로 특별히 높이 평가하고 있기도 하다. 김기가 사상적, 문학적으로 담헌과 연암을 중심으로 한 북학파의 개혁론과 유사한 성향을 보이게 된 배경에는 이와 같은 학통과 학문적 경향이 있었을 것으로 생각된다.

김기의 교유관계에서 주목되는 것은 경화거족 출신의 집권층과의 두터운 교유와 함께 중·하층 인물들을 학자로 길러내면서 친밀한 관계를 유지했다는 점이다. 전자는 김기로 하여금 서울의 최신 문화를 수시로 받아들이면서 현실에 대한 관심을 지속적으로 열어둘 수 있게 하는 요인이 되었을 것으로 보이며, 후자는 새로운 사회세력으로 성장한 중·하층 출신의 인재들을 접함으로써 계층과 사회 문제에 대한 개방적 시각을 갖게 하는 요인이 되었을 것으로 생각된다.

김기는 과거 응시를 거부하고 낙향한 지 16년 만인 1755년(영조31)에 재상경하여 당대 경화벌족들과 친분을 쌓았다. 연안김문(延安金門) 출신으로 영의정을 역임한 죽하(竹下) 김익(金熤)(1723-1790), 연안이문(延安李門) 출신으로 판서를 역임한 이정보(李鼎輔)(1693-1766), 이익보(李益輔)(1710-1758) 형제와 이조원(李肇源)(1758-1832) 등이 이 시기에 친교를 맺은 인물들이다. 이들 중에서 김기는 특히 김익과 상당히 친교가 깊었는데, 두 사람의 교유관계를 그가 김익에게 보낸 「죽하김상공익(上竹下金相國熤)」[13]이라는 편지를 통해 확인할 수 있다. 당시 서른 네 살이던 김기는 그의 친구이자 김익의 조카사위인 이생(李生)의 소개로 김익을 만났다. 김익은 김기를 마치 오래 사귄 사이처럼 대했다고 하며, 얼마 후 이생이 요절한 후에도 친분을 이어가기를 당부했다. 그러나 경향의 거리와 낙척불우한 처지 때문에 떠돌아다니느라 친교는 14년간 끊어진다. 그 후, 김기는 1768

13) 「上竹下金相國熤」, 『寄軒遺稿』, 卷之二, 書

년(영조44) 봄에 다시 상경하여, 흥문관 관직을 역임하고 있던 김익을 다시 찾아보았다. 김익은 지위가 높아져 빈객이 문에 가득했음에도 불구하고, 굳이 김기를 붙잡아두고 온정을 베풀었다고 한다. 이후로는 김기는 다시는 상경하지 않았으나, 23여년이 흐른 이후에도 편지를 보낼 정도로 두 사람의 사이는 각별했다.[14)]

한편, 1759년(영조35) 이후 송능상이 죽고난 후에 김기는 충청도를 떠나 전라도 설천(雪天)으로 이거했다. 이 시기에 김기는 설계(雪溪) 박치원(朴致遠)·김근추(金謹樞)·신돈항(愼敦恒)·정동박(鄭東泊)·신천능(愼千能) 등의 중·하층 제자들을 길러냈다.[15)] 김기의 제자들 중에 일부는 스승 송능상과도 교류가 있었던 것으로 보인다. 김기가 송능상에게 문리를 묻기 위해 보낸 편지에서 박치원에 대해서 언급한 것으로 보아, 박치원만은 송능상이 죽기 전부터 학문적 관계가 있었음이 분명하다.[16)] 이 무주 은거기의 평민제자 양성경험은 「정생전」에서 중인 여성·여항인을 등장시키고 그들의 욕망·의식 세계를 구현하게 되는 동인을 제공했을 것으로 생각된다.

---

14) 김기는 「上竹下金相國熤」 끝부분에 자신의 나이가 일흔이 다 되었다고 밝히고 있다. 따라서 1768년 상봉 이후 23여 년이 지난, 1791년 무렵에 쓴 편지임을 알 수 있다.

15) 이들 제자들과의 관계는 「답신천능(答愼千能)」·「여신돈항(與愼敦恒)」·「문생김근추제문(門生金謹樞祭文)」·「문생정동박제문(門生鄭東泊祭文)」 등을 통해 자세히 확인해 볼 수 있다. 「행장」에서는 이들을 평민학자로 표현하고 있다. 이들이 몰락한 재지사족 출신임을 들어 이렇게 표현한 것인지 아니면 실지로 중서층이었는지는 알 수 없다. 다만 신돈항의 인척 중에 박치원(1680-1764)이라는 동호(同號)·동명(同名)의 인물이 확인된다. 설계(雪溪)라는 호를 가진 이 인물은 밀양(密陽) 박씨(朴氏)로 1709년(肅宗34)에 과거에 급제하여 지중추부사(知中樞府事)까지 지냈다. 신돈항이 편한 그의 문집 『설계수록(雪溪隨錄)』(신돈항 편, 규장각, 27권)에는 신돈항이 그의 문생으로 나타나 있다. 그러나 설계 박치원은 김기가 출생하기도 전에 이미 과거에 급제한 인물이기 때문에 「행장」 기록처럼 김기의 제자일 것으로 생각되지 않는다. 다만 김기와 학문적인 교류를 나누는 사이가 아니었을까 생각되나 더 자세한 상황은 알 수 없다.

16) "前日言及於朴致遠, 則致遠以生疑於章句爲大, 不可其言, 頗近於謹嚴之道, 自謝妄發矣"(「上雲坪宋先生」, 『寄軒遺稿』, 卷之二, 書)

2) 문학론과 소설인식

김기는 문학론에 있어서도 명대(明代) 의고주의를 반대하면서 개인의 노력에 의한 '자발'(自發)론을 주장했다는 점에서 보수적 문장론을 비판하는 경향을 보여주고 있는 한편, 「삼국지연의」 같은 작품을 탐독하면서 소설의 허구적 감응력에 대한 입장을 밝혀 놓기도 하였다. 김기는 이러한 문학적 입장을 바탕으로 「황생전」, 「정생전」 같은 소설작품을 창작하는 방향으로 나아갈 수 있었던 것으로 생각된다.

김기는 '시문팔체(詩文八體)'에 급급한 '사장지문(詞章之文)'이나 '과거지문(科擧之文)'에 비판적인 입장을 지니고 있었다.[17] 이러한 김기의 문학관은 「답신천능(答愼千能)」[18]과 「증정랑치준시서(贈鄭郎致俊詩序)」[19]에서 잘 드러난다. 김기는 명·청의 문학, 특히 그 중에서도 만명(晩明) 전진칠자(前後七子)의 의고주의를 강력하게 비판하고 있다. 김기가 이들 법고파를 부정적으로 보는 이유는 "자구와 성음으로서 형태를 본뜨는 데 급급하다"[20]는 데 있다.[21]

김기가 강조하고 있는 것은 '표절고문(剽竊古文)'이 아니라 '자발(自發)'함이다. 김기가 말하는 스스로 발함이란 '기격(氣格)'으로서는 굴원과 가

17) 그러나 김기의 반의고주의적 문장관은 시체(詩體)와 시법(詩法)의 완전한 부정이나 개성적 문학의 적극적인 표현기법적 탐색으로 연결되지는 못하고 있다. 김기의 문학관은 17세기 이후의 복고주의와 18세기 당대 창신론의 중간적 입장에 있는 것으로 보인다.

18) 「答愼千能」, 『寄軒遺稿』, 卷之二

19) 「贈鄭郎致俊詩序」, 『寄軒遺稿』, 卷之三

20) "以字句聲音, 模像而畵葫之致也", 「答愼千能」, 『寄軒遺稿』, 卷之二

21) "居今之世, 士之進用, 獨有科場一路, 人家子弟, 雖有拔萃之才, 父之所詔, 兄之所勉, 惟科業是務, 所謂科業, 有詩文八體, 而某作述之法, 務尙新奇隋時變幻, 有採摭英華, 粉飾皮面, 有剽竊險怪, 抉句斷章, 而不復存古作者, 模範風雅, 遺響絶已久矣, 况利逕一啓, 粉競成風, 世間許多好丈夫, 莫不埋頭, 於抽黃點白之中, 而不能自發, 可勝惜哉", 「贈鄭郎致俊詩序」, 『寄軒遺稿』, 卷之三, 序

의를 쓰러뜨리고, ‘풍아(風雅)’로서는 이백과 두보를 압도할 수 있는 경지이다.[22] 그런데 김기는 이처럼 스스로 발하는 경지에 이르기 위한 방도로서 ‘학고(學古)’를 주장하고 있다. 김기는 기본적으로 만명의 의고는 비판하면서도 당(唐)·송(宋)의 시문은 긍정적으로 봄으로써 고문(古文)과 시격(詩格)을 완전히 부정하지는 않았다.[23] 김기에게 있어서 학고란 ‘자발문장(自發文章)’에 이르기 위해 반드시 거쳐야 할 중간단계를 의미한다. 김기는 공자의 말을 인용하면서 ‘자발’의 단계에 이르기 전에 ‘자용(自用)’ ‘자전(自專)’에 빠지는 것을 경계하고 있다. 이때, 학고의 대상은 당송의 시문에만 한정되지는 않는다. 김기는 문장과 경학을 함께 닦아야 한다는 ‘도문일치(道文一致)’의 입장에 있었기 때문에, 학고의 범주는 『소학(小學)』, 『사서(四書)』, 『육경(六經)』, 제자백가서(諸子百家書)에 두루 걸쳐 있었다. 이로 미루어 김기는 전통적 유가의 학고와 도문일치론을 통해 의고주의를 비판하는 절충적 입장이었음을 알 수 있다.

김기는 명대 공안파(公安波)에 의해 긍정적 입지를 획득하고, 18세기 조선의 패관소품체 유행에 영향을 미친 연의소설에 대해서도 공식적으로는 비판적 입장에 있으면서도, 소설적 허구성과 심미적 효용성에 대해서는 긍정적인 시각을 표출하고 있다. 「여신돈항」에 「삼국지연의」에 대한 이러한 김기의 입장이 드러나 있다. 이 글에서 김기는 유가적인 실록기술(實錄記述的) 시각에서 「삼국지연의」에 나타난 기(奇)·괴(怪)의 측면을 비판하고 있다.[24] 특히, 김기는 「삼국지연의」를 실재 역사적 사실을 오도한

---

22) “賢能氣靡屈賈 (중략) 壓頭李杜, 而翱翔於風雅之間乎哉”, 「答愼千能」, 『寄軒遺稿』, 卷之二

23) “雖以詩文之體言之, 李杜韓柳, 承六朝之萎靡, 振之以雅正, 六一三蘇, 承五季之卑弱, 矯之以氣力, 其有功於當世, 貽惠於後學者, 自有先輩定論”, 「答愼千能」, 『寄軒遺稿』, 卷之二

24) “三國誌者, 乃隋儒陳壽所著, 而壽與諸葛孔明, 有世怨, 故其說孔明處, 皆陽褒而陰抑, 以眩其實, 先儒辨之祥矣, 而不能取信於史家者也, 至世所行演義三國者, 後之

다는 점을 들어 부정적으로 보고 있다. 김기는 「삼국지연의」에서 주로 묘사하고 있는 금낭의 밀계, 성단의 바람, 주유의 기사 등은 실재 사실이 아니라 고담(古談)에서 따온 것에 불과하며, 「삼국지연의」를 사서로 믿는다면 제갈공명은 일개 술사에 불과할 뿐이라고 보고 있다.

그러나 소설의 허구성을 비판했다고 해서 이 사실이 바로 소설을 읽지 않았다는 사실과 등치될 수는 없다. 도곡(陶谷) 이의현(李宜顯) 같은 인물은 공식적으로는 소설을 배척하는 입장을 취하기는 했지만 자신은 중국 사행길에 중국소설을 구입해 올 정도로 왕성한 소설독자였다.[25] 김기도 「여신돈항」에서 소설적 감응력과 심미적 효용성의 측면에서 『삼국지연의』의 긍정성을 인정해 놓고 있다. 김기는 관우(關羽)의 형주성 패배와 죽음을 두고, 다음과 같이 자신의 독서 경험을 술회한 바 있다.

> 나는 일찍이 책(『삼국지연의』)을 읽음에, 이에 이르러서는 책을 덮고 길게 탄식하지 않음이 없었다.[26]

바로 심미적 효용론적 측면에서 소설의 허구성을 긍정하고 있는 것이다. 이러한 효용론적 소설인식은 실재 작품 창작으로 이행할 때, 자신의 의식 세계를 문학적으로 형상화하고자 하는 목적에 다른 어떤 장르보다도 소설이 부합하는 장르임을 그가 의식하고 있었다는 것을 드러낸다. 김기가 분량이 2,956자에 달하며, 인물 묘사나 서사 전개 등의 측면에서 어

好事者, 托原本而增之, 奇談怪說, 以爲閒人罷睡之資也, 若使後人, 求孔明於三國誌, 則孔明不免, 爲小丈夫, 以三國誌爲信史, 則孫劉與曹, 俱是兒鬪, 而安有長智慮之理乎, 孔明長處, 不在於新奇妙筭, 而在於終始大節", 「與愼敦恒」, 『寄軒遺稿』, 卷之二

25) "所購冊子, 冊府元龜三百一卷, 續文獻通考一百卷, 圖書編七十八卷 (中略) 豔異編十二卷, 國色天香十卷"(李宜顯, 「庚子燕行雜識」, 『陶谷集』, 권30, 『한국문집총간』 181, 502쪽)

26) "愚嘗讀書至此, 未嘗不掩卷長吁", 「與愼敦恒」, 『寄軒遺稿』, 卷之二

느 정도 소설적 진행을 보여주는 작품인 「황생전」이나 중편의 전기소설인 「정생전」을 창작할 수 있었던 배경이 바로 이러한 소설적 감응력에 대한 인정에 있다고 생각된다.

3. 문학 세계와 소설 창작 의식

김기의 현실적 소외와 좌절의 경험은 문학 세계에서 대립되는 두 가지 지향을 성립시켰다. 바로 현실 비판 의식과 낭만적 초월의식이다. 전자가 재야사족으로서 정계에 객관적 거리를 두고 있던 김기가 정치적·사회적 모순을 비판하고 개혁책을 제시하고자 하는 지향에서 나온 것이라면, 후자는 개혁론의 실현 가능성에 대한 부정적 전망과 염세적·비관적 태도 혹은 자신의 개인적 불우를 초월세계를 통해 자위하려는 지향에서 나온 것이라고 할 수 있다. 비판적 현실 인식과 낭만적 초월의식은 현실에서 모순을 통감하고 소외를 경험한 불우한 지식인인 김기의 의식 세계에서 공존하고 있는 것이다. 「황생전」, 「정생전」은 바로 이러한 김기의 비판적 현실 인식과 낭만적 초월 지향의 한계 속에서 탄생된 작품이다. 「황생전」, 「정생전」의 작품 창작 배경과 창작 의식을 김기의 두 가지 문학 세계, 비판적 현실 인식의 한계와 낭만적 초월의식을 통해 살펴보기로 한다.

1) 현실적 비판 의식과 급진적 개혁론

김기는 벌열의 권력독점과 사치에 대한 비판적 인식을 지니고 있었으며, 실질적인 부국강병책을 시행하야 한다는 치도관을 펴고 있다. 김기는 소위 현인(賢人)들에 의해 시행되는 전통적인 치도론으로는 폐단을 근절할 수 없다고 보고 급진적인 법률시행을 주장한다.[27] 「송명치란론(宋明治

亂論)」에서 김기는 북송(北宋) '희풍소성지폐(熙豊紹聖之弊)'의 근원을 제공하였다 하여 비판받아온 신법(新法)을 재평가함으로써 치도에 있어서 '이재지법(理財之法)'의 중요성을 강조하고 있다. 김기가 말하는 치도란 단순히 수동적인 '수성지도'에 있는 것이 아니라 개혁적인 부국강병책의 시행이다. 즉, 치병(治兵), 강무(講武), 축재(蓄財), 실변(實邊) 등의 시무에 걸친 강력한 행정실무법의 시행인 것이다.[28] 김기가 이상으로 삼는 치자상 역시 유가적 현인(賢人)이나 지사(志士)가 아니라 당나라 때에 '이재지재(理財之才)'를 종횡무진으로 발휘한 안연(晏然), '경중구부지법(輕重九府之法)'을 시행한 관중(管仲), '낙관시변지책(樂觀時變之策)'으로 유명한 허연(許然)과 같은 경세가(經世家)이다.

김기는 18세기 조선을 신법의 실패로 인해 대표적인 난세로 평가되는 송나라 신종(神宗) 때보다 폐단이 심각하며, 국세가 어느 때보다 위급한 시기로 규정하고 있다.[29] 김기가 보는 당금의 폐단은 벌열의 권력전병과 사치풍속에 기인한다. 1784년(정조 8) 무렵 김기가 당시 재상의 반열에 있던 김익에게 보낸 편지 「상죽하김상국익」을 보면 이러한 시각이 잘 드러나 있다. 영·정 년간에 왕실과 벌열의 사치한 풍속은 중앙 정계나 재야 할 것 없이 국가의 중요한 폐단으로 인식되고 있었다.[30]

---

27) "世俗所謂, 賢者之無補於世之說, 適中其見"(「上竹下金相國熤」, 『寄軒遺稿』, 卷之二)

28) "其急先之務, 孰有切於治兵講武蓄財實邊"(「宋明治亂論」, 『寄軒遺稿』, 卷之三)

29) "自今奢侈贓汙之害, 有甚於熙豊青苗之弊, 而國勢危急, 莫此時若也"(「上竹下金相國熤」, 『寄軒遺稿』, 卷之二)

30) 영·정 년간에 사치의 폐단은 붕당, 분경, 조세, 재정 등과 더불어 시급한 국가의 문제로 인식되고 있었다. 비판적 지식인과 정치인을 중심으로 궁중, 사대부, 서리를 중심으로 한 사치한 풍속이 여항에까지 급속도로 퍼지고 있음을 경계하는 담론이 지속적으로 제기되고 있었다. 특히, 청나라 사행이 빈번해짐에 따라 능라, 담비가죽 등의 소위 당물(唐物) 유입이 비판의 대상이 되었으며, 가체·진주·자개 등 사대부가 여성들의 사치 또한 문제가 되었다. 이에 영조는 스스로 무명으로 만든 옷을 입음으로써 모범을 보였으며(『영조실록』, 영조 10년 2월 5일, 辛亥), 능라·보석 등의 수입품

> 근자에 들으니, 사대부가에서 만약 혼사를 할 것 같으면, 신부의 머리 장식을 신랑집에서 마련한다 하는데, 머리에 올리는 다리의 길이가 2척 56촌 정도는 되어야 사양한다고 합니다. 이것은 매우 귀한 물건으로 얻기 어려운 것입니다. 한 머리장식에 천금이 들어가는데, 천금은 중인(中人) 몇 집의 자산을 합친 것입니다. (중략)
>
> 지금 이러한 박한 녹봉으로써 이와 같은 용도를 준비하려 한즉, 그 형세가 각 열읍에서 뇌물을 받지 않을 수 없습니다. 그리하여 지방 수령의 벼슬이 오르거나 떨어지는 것이 전부 뇌물의 많고 적음에 달려 있으니, 지방의 수령은 그 형세가 백성들에게서 세금을 가혹하게 징수하지 않을 수 없습니다. 이러한 연후에야 그 뇌물을 준비할 수 있는 것입니다. 이를 통해서 보건데, 사치의 폐단은 재물이 부족함을 근심함을 낳으며, 재물이 적음을 근심하는 폐단은 청렴하게 물리침을 돌아보지 못하게 하며, 청렴하지 못한 폐단은 뇌물을 받는데 이르며, 뇌물을 받는 폐단은 세금을 가혹하게 징수하는 데 이르며, 세금을 가혹하게 징수하는 폐단은 백성으로 하여금 안심하고 생업에 종사할 수 없게 하는 데 이르며, 백성들이 안심하고 생업에 종사할 수 없으면 나라가 화를 받게 되니, 이는 필연적인 형세입니다.31)

김기는 재야산림의 입장에서 이러한 폐단의 구체적인 실상을 적확하게 고발하고 있다. 뿐만 아니라 이러한 폐단이 국가와 백성을 위한 '정도(正

반입과 가체금지, 혼수 간소화를 명하는 교시(『영조실록』, 영조 22년 11월 6일, 丁酉 : 영조 25년 9월 21일, 병인 :영조 32년 1월 16일, 甲申 : 영조 45년 4월 5일, 정묘)를 여러 차례 내렸다. 그러나 이미 사치 풍조는 돌이킬 수 없을 만큼 굳어져서, 신하들이 어전에서 비단옷 위에 무명 겉옷을 겹쳐 입음으로써 임금을 기망하는 사례도 발생했다.(『영조실록』, 영조 10년 2월 5일, 辛亥)

31) "近聞士大夫家, 若婚嫁, 則新婦笄具, 郎家當之, 而髢長必滿二尺六寸許, 然後用之, 此乃至貴之物, 難得之貨也, 一笄之入至於千金, 千金乃中人數家之產也, 一女子頭上, 戴數家之產, 古人見帶牛佩犢以爲非, 況見戴人之家, 則將復謂何 (中略) 今以如此薄俸, 備如此用度, 則其勢不得, 不受賂於列邑, 而邑宰之黜陟, 專出於賄賂之多少, 爲邑宰者, 其勢不得不聚斂於民而後, 乃辨其賂物也, 推此而觀, 則奢侈之弊, 常患財乏, 財乏之弊, 不顧廉防, 不廉之弊, 至於受賂, 受賂之弊, 至於聚斂, 聚斂之弊, 至於使斯民, 不得安業, 民不安業, 國受其禍, 此必然之勢也", 「上竹下金相國熤」, 『寄軒遺稿』, 卷之二

道)'를 위협하는 악습의 연결고리를 초래하는 한 원인이 되고 있음을 지적하고 있다. 권문세족의 사치한 풍속이 지방관의 탐학과 주세과징을 낳고, 이로 인해 백성은 도탄에 빠지게 되며, 결과적으로 국가의 재정이 파탄에 이르게 되는 악습이 되풀이 된다는 것이다.

이처럼 김기는 재정, 군사, 관제 등 행정의 개혁을 중시하고 있다. 이는 김기가 재야산림이면서도 치도를 실질적인 부국강병책과 관련지어 인식하고 있었다는 것을 의미한다. 즉, 김기는 고답적인 유가적 재야지식인으로서 현실 정치에 담쌓고 지냈던 것이 아니라, 개혁적인 정책의 필요성을 인식하고 이를 중앙 정계의 치자에게 환기시키고자 하는 노력까지도 아끼지 않았다는 것을 알 수 있다.

「황생전」에서 김기는 북벌의 성공을 위해 조선이 수행해야 할 개혁책이 무엇인가를 논함으로써 결과적으로는 조선의 당금 현실에 대한 비판적 시각을 제시하고 있다. 김기는 황생(黃生)이라는 이인과 혹자 간의 문답을 통해 이러한 현실 비판 의식을 형상화 하고 있으며, 황생의 입을 빌어 문벌타파, 인재 등용책, 군비개량과 개발책 등의 개혁책을 다각적으로 제시하고 있다. 이 중에서도 가장 주목되는 것은 바로 신분제 혁파론과 능력에 따른 인재 등용책이다.

> 반드시 하고자 하는 바가 있어, 먼저 우리나라의 소위 양반(兩班)이라는 명칭을 혁파하여 재상의 둘째 아들로부터 아래로 사람을 택하되, 나이 15세 이상으로 몸이 건장한 자는 군적(軍籍)에 기록하고, 재능과 학문이 취할 만한 자는 유생(儒生)의 적에 기록하고, 그 나머지는 농토로 돌려보내어 한 사람과 가호당 조세를 내어 군대의 물품을 바치게 한다. 유생의 적과 군적에 든 자는 그 몸으로 사역하는 것을 면제받고 업으로 삼은 바를 오로지 익히게 한다. (중략) 유생의 적과 군적에 들어가지 않은 자는 문과와 무과에 응시하는 것을 허락하지 않는다. 문과와 무과에 사람을 쓸 때에는 지역과 문벌을 묻지 않고 재주에 따라 관직에 임명한다.

> 또, 따로 한 부의 이름을 '치사청(治事廳)'이라 하여, 대신으로 하여금 인재를 찾는 일을 주관케 하여 물외인사 중에 재주와 학문이 뛰어난 자를 부 중에 모아 후한 녹봉으로 기르고, 밤낮으로 병법을 강독하고 익히게 한다. 한 가지 재주와 한 가지 능함에 따라 쓸만한 것이 있는 자는 역시 모두 선발하여 백성을 기르고, 재물을 모으며, 가르치고 훈계하는 일에 각각 그 방법을 다하게 한다. 이같이 한 지 십 년이 지나면 병사가 풍부해지고 인재를 얻을 수 있다.[32]

전통적인 유가정치에서 국가 체제의 핵심적인 관절을 이루어 온 것이 바로 군·신·민의 관계이다. 그러나 김기는 왕을 정점으로 하여 양반과 평민 간의 상하 수직적인 신분차등을 없애자고 주장하고 있는 것이다. 대신 김기는 각자의 능력에 따라 직역을 전업으로 수행하는 새로운 국가 체제를 주장하고 있다. 김기가 제시하고 있는 직역제는 신·민이 오직 후천적인 능력에 따라 직임을 나눠가지며, 선천적인 지배구조로 고정되지 않는 유동적인 체제이다. 이처럼 김기가 주장한 통치체제는 철저한 능력 중심 사회를 지향하고 있다. 신·민이 고정된 신분이 아닌 만큼 한 집안 내에서도 유생과 농민이 공존할 수 있으며, 각 직임 간에 끊임없는 순환이 가능하다. 또한, 혈연에 의해 무능력자가 과거에 급제하거나 관직을 역임하는 길이 원천적으로 봉쇄되어 있으므로 문벌·지벌의 형성 역시 불가능하다. 혈연적·지연적 연고를 배경으로 벌열이 권력을 독식하고 과거제 부정 때문에 인재가 제대로 등용되지 못하는 당대 현실을 개혁할 방법으로 김기는 이처럼 신분제 타파를 꿈꾸고 있었던 것이다.

---

32) "必欲有爲, 先罷我國所謂兩班之名, 自宰相之仲子, 以下擇人, 年十五以上, 形體壯健者, 錄於軍案, 才學可取者, 錄於需籍, 其餘則歸之於農, 而有身戶庸調, 以供軍需, 入於儒籍軍案者, 復其信使之, 傳習所業, (中略) 不入儒籍軍案者, 不許文武科赴擧, 文武用人不問地閥, 隨才任官, 又別設一府, 名曰治事廳, 使大臣掌之搜訪, 格外人士, 才學出類者, 聚於府中, 養以厚祿, 日夜講習兵事, 至有一藝一能, 有所可用者, 亦皆抄選, 生聚敎訓, 各極其方, 如是十年, 則庶可兵精用足, 而人才可得也", 「黃生傳」, 『寄軒遺稿』, 卷之四

2) 현실 초월 지향과 비판적 현실 인식의 한계

김기의 문학 세계 전개과정에서 낭만적 초월 지향성이 뚜렷해지는 시기는 만년기이다. 이러한 초월 지향은 현실 세계에서 경험한 불우감을 탈속적 경지를 통해 자위하고자 하는 의식의 소산이다. 김기가 정치 비판적 논조를 담은 편지를 영의정 김익에게 보낸 시기가 1784년인 데 반해 김기의 한시에서 적선의식과 신선추구가 두드러지게 나타나는 시기는 1794년 임종에 가까운 말년으로 나타난다.

1765년(영조41)에 부친이 돌아가신 지 3년 후, 김기는 다시 충청도 영동(永同)으로 이거했다. 영동 거주기는 일생을 객지를 떠돌며 궁핍한 생활을 이어갔던 김기가 비로소 한 곳에 정착한 시기로 김기는 죽을 때까지 이 곳에 머물며 자신의 인생을 마무리했다. 이 시기 김기는 상처한 동생의 자식들을 손수 거두어 일가를 이루게 하는 등 유랑생활 중에 이산했던 자신의 집안을 돌볼 수 있을 정도로 경제적으로도 안정적인 모습을 보여주고 있다. 또한 김기는 영동 거주기에 관조적 자연관・인생관을 작품 곳곳에서 표출하고 있는데, "나태하거나 오만한 모습이 없이 조용히 책을 대하여 정밀하게 궁구하고 깊이 생각하며, 때로는 자연에 대해 읊으며 그윽한 회포를 폈다."[33]

김기의 초세적 문학 세계는 이때에 완성된 것으로 생각된다. 한시작품에는 물론 현실 개혁론을 주장한 「황생전」이나 계층 질서에 대한 비판적 안목을 드러낸 「정생전」의 곳곳에 비현실적인 모티프들이 삽입되고 있는 것이라든가, 낭만적 현실 초월을 통한 자전적 욕망 충족의식을 투영하거나 염세적인 회의와 현실 부정 의식을 드러내면서 작품들을 결구하고 있는 양상은 이러한 김기의 초월 지향성을 배경으로 하고 있다.

---

33) "無怠惰傲慢之容, 靜對方冊, 硏精覃思, 時或嘯咏石泉, 以舒幽懷", 「行狀」, 『寄軒遺稿』, 卷之五

「병중지작(病中夢作)」에서는 경세지학을 지녔으나 때를 만나지 못한 것으로[34], 「독와견동추희정(獨臥見童椎戲庭)」에서는 뜰에서 노는 아이들을 바라보며 미소나 짓고 있는 백발옹의 모습[35]으로 자신의 신세를 묘사하고 있다. 그러나 이처럼 현실이 곤궁함에도 불구하고 정신세계만은 초연히 세속에 묶인 몸을 떨쳐 풍마를 타고 창궁으로 오르며[36], 천지자연의 원기 속에 자재할 뿐[37]이라 하여, 초탈한 경지에 올라 있음을 강조하고 있다. 「자조(自嘲)」라는 제목의 한시에서 김기는 "무하광막(無何廣莫)"한 경지를 고향으로 삼고, 그 속에서 "방광소요(放曠逍遙)"하는 끝없이 호방한 경지를 보여주고 있다.[38] 이러한 탈속적 경지 속에서 김기의 자아는 자신의 현실적 불우에 구애되지 않는 절대적 자유와 충족감을 맛보고 있음을 드러낸다.

김기의 탈속지향은 「기몽(記夢)」, 「자만(自挽)」이라는 작품 속에서 신선지향으로 구체화된다. 임종 전 2개월 전인 1794년 1월에 꾼 꿈을 묘사한 「기몽」[39]에서 김기는 옥황상제의 부름을 받고 천상 백옥루에 올라 상량문을 지으라는 명을 받았다고 하고 있다. 자신의 재능이 현실에서는 인정받지 못했지만 천상의 부름을 받을 정도로 대단한 것이라는 자부심이 엿보인다.

---

34) "早學皇王略, 時違哭道窮"(『寄軒遺稿』, 卷之一)

35) "吹葱騎竹戲群童, 隱几怡然白髮翁"(『寄軒遺稿』, 卷之一)

36) "超然奪身累, 風馬上蒼穹"(「病中夢作」, 『寄軒遺稿』, 卷之一)

37) "三王五帝吾何識, 自在鴻濛雀躍中"(「獨臥見童椎戲庭」, 『寄軒遺稿』, 卷之一)

38) 끝없이 넓고 넓은 경지가 내 고향이요, 無何廣莫我鄕是
활달하게 구속되지 않고 소요하며 스스로 호방하게 지내네. 放曠逍遙自在豪
눈 앞에는 삼왕의 기업도 크게 여기지 아니하나니, 眼中不大三王業
어떤 인간세상의 일이 내 털끝하나라도 움직이리오. 何事人間動一毛
(「自嘲」, 『寄軒遺稿』, 卷之一)

39) 「記夢」, 『寄軒遺稿』, 卷之一

백옥루 높은 곳에 옥황상제의 자리가 열렸는데, 白玉樓高帝座開
신선 무리가 나를 인도하니 오색 구름이 감도누나. 群仙人我五雲廻
정녕 명하여 구름 종이를 내려주시며, 丁寧命下雲文箋
상량문 짓는 것을 도우라 하시나 재주없음을 들어 사양했네.
助擧脩樑謝不才

일흔살 무렵에 지은 「자만」[40]에서는 자신을 『황정경(黃庭經)』을 잘못 읽은 죄로 적강한 신선에 비유하고 있으며, 자신의 불우한 삶을 적선이 겪어야 할 곤액으로 묘사하고 있다.

묻노니, 『황정경』을 잘못 읽은 지가 얼마나 되었는가,
黃庭誤讀問何長
칠십년 세월이 고해의 바다였구나. 七十光陰苦海濱
운기와 바람이 다투어 서로 얽히며, 雲氣風馬爭相御
천상계가 옛 동료를 부르고 부르네. 上界招招舊伴人

특히, 마지막 3·4구에서는 자신의 노년을 적선이 천상계로 복귀할 시점이 다다른 때에 비의함으로써 자족하고자 하는 의식이 드러난다. 이처럼 현실적 불우를 낭만적으로 초월하고자 하는 김기의 작품 세계는 탈속적 지향에서 도선적 지향으로 구체화 되고 있음을 확인할 수 있다.

「황생전」은 급진적인 개혁책을 제사하고 있으면서도 그 실현가능성에 대해서는 궁극적으로 부정적인 전망으로 귀결되는 양상을 보여준다. 김기는 현실 개혁론을 사실적으로 구현하지 못하고 초월적 요소를 수용함으로써 현실적 전망 부재에 대한 비관적 시각을 드러내고 있다. 「황생전」의 일사전(逸士傳)적인 성격과 작품 후반부에 짙게 드리워져 있는 숙명적 패배감이 바로 그것이다.

---

40) 「自挽」, 『寄軒遺稿』, 卷之一

황생은 부국강병을 위한 확실한 방법을 알고 있음에도 불구하고 과거를 통해 현실 정치에서 이러한 경륜을 실현할 가능성을 애초부터 포기하고 있는 인물이다. 현실을 개혁할 시도를 해보지도 않고 애초부터 실현 불가능성을 단정짓고 그에 따라 초월적 삶의 방식을 선택한 인물인 것이다. 황생은 부정적 현실에 대한 패배감을 술법, 신선술 등의 초월적 세계 속에서 자위하고 있다.

> 나이 열대여섯에 이르자, 보지 않은 책이 없었고, 경세의 뜻을 깊이 연구하고, 제자백가를 두루 통했으며, 주역에도 정통했다. 사람들이 벼슬을 하고 있지 않은 학덕 높은 선비에게 나아가 학문을 배우라고 권하니 생이 웃으며 말하기를,
>
> "밝은 스승이 내 마음에 있고, 먼 옛날 성현이 책 속에 모두 들어있는데, 어찌 멀리서 스승을 구하겠는가. 다만 힘써 학문하는 데 힘쓸 수 없음을 근심할 뿐이다. 스승을 구하러 왔다갔다 하는 때에 날짜를 허비하게 되면 어찌 아깝지 아니하겠는가. 하물며 세상에 훌륭한 스승이 없음에랴."
>
> 병법을 매우 좋아하여 팔진법, 육화, 기습공격과 정면공격, 상생의 이치에서부터 둔갑법을 써서 몸을 감추는 변화, 귀신을 부리고 바람과 비를 부르고, 산을 옮기고 땅을 줄여 먼 곳을 가깝게 하는 술법에 이르기까지 깨닫지 않음이 없었다.[41]

이러한 황생의 초월적 태도는 작품의 결구에서도 마찬가지로 확인된다. 황생은 북벌을 성공시키기 위한 방책을 묻는 혹자에게 제도와 문물 개선책, 군사모집·조련·운용법, 병법, 군비 개선책 등의 실현방안을 알려준다. 그러나 황생은 출사를 통해 이러한 경륜을 실현하라는 혹자의 요

41) "年至十五六, 無書不覽, 深究經旨, 旁通百氏, 尤長於易, 人有勸就學山林, 則生笑曰, 明師在吾方寸, 且千古聖賢, 俱列於黃券之中, 何必遠求師友, 但患不能力學耳, 求師往來之際, 虛費日子, 寧不可惜, 而況世無聖師乎, 酷好兵法, 自八陣六花, 奇正相生, 以至於遁藏變花, 役使鬼神, 呼風喚雨, 移山縮地之術, 無不領會", 金琦, 「丁生傳」, 송준호 소장본

청을 현실적 실현 전망의 부재를 이유로 거절한다. 김기는 작품 결구에서 효종의 죽음 이후로 북벌론이 유야무야된 역사적 상황을 언급함으로써 개혁정책의 실현 가능성에 대한 황생의 부정적 전망을 실재 역사적으로 확인해 주는 방식을 취하고 있다.

「정생전」은 삼청동 낭자의 비극적 죽음 이후 책임을 통감한 정생의 '자기 반성'이 이루어지고 있다는 점에는 일견 전통적 계층 질서에 대한 비판적 성취에 도달하고 있는 것처럼 보인다. 그러나 「정생전」은 후반부에서 계층 갈등에 대한 자기 반성 자체보다는 중인 여성의 복수로 인한 몰락 양반인 정생의 부귀공명에 대한 욕망 좌절과 그로 인한 현실적 절망감에 초점을 맞추는 방향으로 선회하고 있다는 점에서 한계를 보여준다.

「정생전」 후반부에서는 타인으로부터의 능력을 인정받고자 하는 욕망뿐만 아니라 가장으로서 한 가문을 이루고 유지함으로써 부모 구몰 이후로 해체되었던 가문을 일으키고자 했던 정생의 가문 회복 욕망이 충족되는 양상을 보여준다. 정생 자신은 비록 유교에서 이단으로 취급된 신선술을 궁구하고 있음에도 불구하고, 정생을 중심으로 한두 아들이 구성하고 있는 유·불·도의 삼교화합(三敎化合)의 양상은 시종일관 유교 이념의 핵심인 '효(孝)'의 논리에 의해 이루어지고 있다. 명망 높은 고승인 묘원대사가 정생을 봉양하기 위해 환속의 정당성을 제자들에게 설득하는 논리 역시 천륜으로 합리화된 효의 논리이며, 부친을 사도로 오도한다는 동생 소정생의 비난에 대해 삼교화합을 설파하는 중심논리 역시 효의 이념이다.

부친은 도교를, 서자인 큰 아들은 불교를, 적자인 작은 아들은 유교를 신봉함으로써 정생의 집안은 조선조 사대부 이념에서 결코 용납될 수 없는 사상적 일탈을 보이고 있다. 그러나 삼교회통의 이면에는 여전히 유교 이념을 중심으로 이단을 수용하고자 하는 의식이 내재해 있다. 도교적 이념의 추구는 현실 세계에서 패가망신함으로써 재기할 기반을 완전히 상실한 정생이 자신의 실의를 자위할 수 있는 유일한 세계이다. 그럼에도 불구하고 정생은 여전히 소정생이라는 자기 아들의 존재를 통해 가문을 회복하고 일가를 유지하고자 하는 희망을 버리지 않고 있다. 소정생은 이화동에서 이단을 추구하는 묘원대사와의 만남을 계기로 사족으로서의 지위를 보전할 만한 경제적 기반을 획득하고 있으며, 정생은 유교의 효 논리 덕분에 헤어져 있던 아들들의 봉양을 받으며 가장으로서 존중을 받는 위치를 회복하고 있다.[42] 삼교회통론(三教回通論)은 현실적 실의를 위무하기 위해 도교로 방향을 선회한 정생의 이념적 일탈을 합리화하면서도 여전히 현실 세계에서 자신의 가문이 유지되기를 바라는 정생의 욕망을 현실 세계와 비현실 세계 양쪽에서 성취하기 위한 사상적 논리인 것이다.

> 아버님께서 이미 계획을 정함이 있고 미천한 형이 이미 불가에 들어왔으니, 동생의 책임에 이르러는 오직 마땅히 선대의 업을 근실히 지키고 독실히 배우고 힘써 행하며 유가의 법도를 잃지 아니하여서 집안에 세 종교를 함께 세운다면 역시 좋지 않겠는가. 오직 원컨대 동생은 늙으신 아버님을 걱정하지 말고 미천한 형을 생각지 말게나. 각자 자기 일을 오로지 한다면 역시 효의 한 도리일 것이네.[43]

일가화해와 화합으로 인해 정생의 집안 인물 중에는 어느 누구 하나 욕망의 결핍으로 끝나는 인물이 없다. 정생으로 인해 불가를 떠났던 묘원대사는 윤회 뒤에 찾아올 행복한 내세를 기약받고 있으며, 둘째 아들 소정생은 비록 과거 급제는 못했지만 일정한 경제적 기반 위에서 일가를 유지하며 살 수 있는 예정된 미래를 약속받고 있다. 정생의 일가뿐만 아니라 계층 갈등의 비극적 희생양이 되었던 삼청동 낭자까지도 초월적 논리

42) 묘원대사의 지극한 효성에 감동한 도교의 초월적 존재인 산신이 동자삼을 내리는 효자 보은 모티프가 작품에 삽입되어 있는 것도 같은 이유에 의한 것으로 해석된다.

43) "大人旣有定計, 賤兄已入禪門, 至於嫡弟之責, 惟當謹守先業, 篤學力行, 不失儒家法門, 家庭之間, 三宗俱立, 則不亦善乎, 惟願嫡弟, 不憂老親, 不念賤兄, 各傳己事, 亦孝之一道", 金琦, 「丁生傳」, 송준호 소장본

에 의해 결국에는 천상에서 충족을 획득한 것으로 합리화 되고 있다.

> 비록 네 어미의 일로 말한다면 액운이 교대로 이르러 생사가 눈깜짝할 사이였으니, 정리로 본다면 불쌍하다고 할 만하고, 나의 배신한 마음 역시 부끄럽다 할만하다. 그러나 전후 사정의 복잡함이 없었다면 어찌 아들을 얻었겠으며, 어찌 마침내 큰 법으로 돌아가 그 성취한 바가 이처럼 성대했으리오. 이것은 운수가 이르른 것이요, 조물주가 시킨 것이 아님이 없다. 내 어미의 혼령이 지금 필시 크게 깨달아 남은 한이 없을 것이니, 내가 저승으로 돌아가 마땅히 네 어미와 함께 전의 속세의 일을 웃으며 이야기하고 끝업은 세계에서 춤추고 노닒이 또한 즐겁지 아니하겠느냐.
>
> 다만 큰 아들이 나 때문에 오래도록 불가를 떠나 있으면서 업보를 많이 쌓았으니, 한 번 윤회함을 면하지 못할 것 같다. 그리하여 도솔천에서 반겁을 기다리게 될 것이니, 이것이 매우 애석하구나. 그러나 맑은 거울에 조그만 티끌은 닦으면 남은 흔적이 없고 밝은 해에 한 점 구름은 지나가는 데 별로 시간이 걸리지 않으니 역시 무엇이 가슴 아프겠는가. 둘째의 기질은 본래 뛰어나지 않으니, 앞으로 과거 급제를 너무 바랄 필요 없이 삼가 학문에 힘써 집안의 명성을 떨어뜨리지 않으면 역시 다행이라 할 것이다. 내가 남은 한이 없으니 이로부터 죽을 것이다.[44]

삼청동 낭자가 초월계에서 천상적 존재로서의 자족감을 회복했다는 식의 설정은 초월적 세계를 지향하면서도 여전히 유교의 효 논리에 입각하여 가문 회복에 대한 희망을 포기하고 있지 않고 있는 정생의 욕망과 연장선상에 있다. 초월적 세계를 경험하고 난 뒤에도 끈질기게 정생의 의식

---

44) “雖以汝母言之, 厄會交至, 生死倏忽, 自常情觀之, 可謂哀憐, 而余之負心, 亦似可愢, 然苟無前後曲折之多端, 安得生子, 寧馨竟歸大法, 其所成就如是之盛乎, 此莫非氣數之所致, 造物之所使者也, 汝母之靈, 今必大覺, 無所遺憾, 余歸九天, 當與汝母, 笑說前塵, 翺翔於無窮之門, 不亦樂乎, 但長兒, 以余之故, 久辭法門, 多作緣業, 一番輪回, 有似不免, 而兜率前朔, 遲了半劫, 是甚可惜, 然明鏡微塵, 拭無留痕, 白日点雲, 過不逾時, 何傷哉, 季兒氣質, 本自不高, 前頭成立, 不必過望, 而勤愼力學, 不墜家聲, 亦云幸矣, 余無餘憾, 從此永訣矣”, 金琦, 「丁生專」, 송준호 소장본

기저에서 사라지지 않고 있는 유교적 계층 의식이 이처럼 자기 본위로 계층 갈등에 대한 책임을 합리화하려는 양상으로 나타나고 있는 것이다.

이처럼 「정생전」 후반부에서 확인되고 있는 유교적 세계관과 계층 의식의 잔존양상은 남성 주인공인 정생의 인물 형상에 자전적 경험을 강하게 투사함으로써 자신의 현실적 불우를 문학을 통해 자위하고자 하는 김기의 한계에 기인한다. 「정생전」은 후반부로 갈수록 작가 김기의 자전적 경험과 작중 서사 간의 관련성이 더욱 강화되고 있는 바, 김기는 정생에 대한 정서적 밀착을 오히려 후반부로 갈수록 확대하고 있음을 알 수 있다. 이로 인해 작품 전반부 정생의 반성에서 확인되는 계층 갈등에 대한 비판적 안목은 의미를 잃고, 사족 남성의 변심에 대한 해명과 합리화가 작품 후반부를 지배하고 있는 것이다. 이러한 양상은 김기가 「정생전」의 서사 구도를 기획할 단계부터 이미 의도된 것이었음이 작품 서두에서 확인된다. 김기는 정생을 자족적 충족의 세계로 안내할 인물인 묘원대사의 존재를 애초부터 면밀한 의도에 의해 작품 초반부에서부터 암시하고 있다.[45]

뿐만 아니라 김기 자신도 작품 후반부에 노출되고 있는 현실 초월의식이 작품 전반부에서 드러난 계층 갈등에 대한 안목과 조화될 수 없음을 인식하고 있음이 「정생전」의 작자 후기에서 드러난다. 여기서 김기는 삼청동 낭자를 배신한 정생이 어떻게 청복을 누릴 수 있겠느냐고 자문한 뒤, 정생과 삼청동 낭자의 전생담을 끌어와서 천상계의 논리로 정생의 변심을 정당화 한다. 정생의 배신은 그가 의도한 것이 아니라 천상에서 내정된 곤액의 일부일 뿐이라는 것이다. 뿐만 아니라 묘원대사와의 전생 인연까지 설명하면서 부처의 제자인 묘원대사의 전신이 인간의 모습으로

45) "時當仲春, 諸生乘間, 遊於三清洞. 三清洞者, 乃城市中別區也, 在於北山下, 城後道峰三角之山秀出特立, 儼然有德, 如丈六金身, 對立於蓮花塔上, 兩山靈淑之氣, 丁蓄於三清水石之勝, 甲於東方, 國初神僧無學, 占漢陽國都, 指三清洞曰, 自此二百年後, 有異人於此洞云", 金琦, 「丁生專」, 송준호 소장본

화할 수 있었던 공로가 정생에게 있다는 논리를 제시함으로써 작품 후반부의 낭만적 초월 지향을 정당화하고 있다.

> 外史氏가 말하기를,
> "기이하구나, 정생의 일이여!
> 논자는 '정생이 본래 박정한 남자이고, 의리 없는 장부로 여자를 배신하여 끝내 죽음에 이르게 하였으며, 자기가 낳은 바를 자식으로 키우지 않고 떠돌아 다니게 했으니, 그가 죽을 때까지 불우한 것이 이치에 반드시 맞을 것인데, 늙어서 온 청복은 무엇을 닦아 이른 것인가. 이로써 천도를 믿기 어려울까 의심한다.'고 여긴다.
> 그러나 내가 말하기를, '그렇지 아니하다. 이는 정생이 스스로 한 것이 아니라, 조물주가 시킨 것이다. (중략)
> 비록 보통 사람이 말할 때도 장차 큰 일을 함에 작은 예절에 구속되지 않는다 하였으니, 하물며 신이 정하신 운명임에랴. 생불이 세상에 내려와 인과응보를 지을 때, 한 여자의 불우한 운명과 학문 닦는 선비의 배신은 그 길이 말미암은 바를 지남에 스스로 그러하지 않을 수 없는 바의 것이 있는 것이다. 운수가 다다른 바이니, 어찌할 수 없다. 또한 정생이 비범한 품성으로 이인을 낳아 그 공이 적지 않은데도, 말년에 봉양을 지극히 받음을 두고 불가하다 하는구나. 아아, 이는 다만 정생이 한 것이 아니라, 천하의 일과 길흉화복이 서로 말미암음이 모두 그러하지 않음이 없는 것이다.(하략)[46]

이처럼 김기가 후기에서 논리적 합리화를 시도하고 있다는 것은 작품

46) "外史氏曰, 異哉, 丁生之事也, 論者以爲, 生自是薄情男子, 無義丈夫, 失信兒女, 竟到其死, 佛子所生, 遊離失所, 其終身坎軻, 理所必至, 晩來淸福, 何修而致, 以此疑天道之亂諶, 然愚則曰, 不然, 此非生之自爲也, 乃造物者之所使也, 何以其然, 盖三淸毓靈, 神僧之先知也, 適會其期, 誰當其緣, 女有慧性, 母靈造兆, 生亦才子, 文明所鍾, 兩美必合, 寧馨可做 (中略) 雖以常人之言之, 將擧大事, 不拘小節, 而況神人定命, 生佛降世, 因果緣業之際, 一女子之非命, 小學究之失信, 其路徑所由, 自有所不得不然者也, 氣數所迫, 無可奈何, 且生自非凡品篤, 生異人, 其功不細, 晩年食報, 孰云不可, 嗚呼, 此非但丁生爲然, 天下之事, 吉凶禍福之相因, 莫不皆然 (下略)", 金琦, 「丁生專」, 송준호 소장본

후반부에 나타나는 정생 본위의 욕망 충족 양상이 작품 전반부 애정의 비극적 양상과 비교할 때, 그 결합 양상이 지나치게 비약적이고 비논리적이라는 점을 스스로 시인하고 있다는 것을 나타낸다. 그럼에도 불구하고 김기는 계층 갈등에 대한 비판적 조망보다는 자신이 속한 계층 출신의 남성 주인공에게 자전적 경험을 투탁함으로써 개인적으로 경험한 현실적 불우감을 문학을 통해 자위하는 방향을 택하고 있음을 보여준다.

이러한 「정생전」의 작품 세계는 비판적인 현실 안목이 현실 초월과 욕망 충족 등의 방향으로 선회되었던 그의 만년기의 문학적 경향과 추이를 그대로 보여주고 있다. 「정생전」의 후반부에서 확인되는 작가 의식적 한계 역시 실재 만년기에 그의 의식 세계를 지배했던 낭만적 초월 지향, 염세적 경향 속에서 설명될 수 있을 것이다.

4. 맺음말

김기의 소설문학은 급진적인 개혁론과 사회에 대한 비판적 인식을 바탕으로 하고 있다는 점에서 담헌, 연암, 이옥, 김려 등 18세기 서사문학에서 뚜렷한 흐름을 형성한 작가들에 조금도 뒤지지 않은 성취를 보여준다. 「황생전」은 부국강병책, 북벌론 비판, 기득 계층의 허위고발 등의 측면에서 연암의 「허생전」과 유사한 문제 의식과 진보적 성향을 드러내고 있다.[47] 「정생전」은 상층의 기득 계층 내부의 계층 갈등을 포착하는 데 그치고 있는 전대 작품[48]과는 달리 작가 자신이 속한 사족층의 몰염치함이

47) 심지어 일사전적인 분위기와 결구에 드러나는 현실적 전망 부재에 대한 부정적 의식의 측면에서도 유사한 성격을 보여주고 있다.

48) 이전 시기의 전기소설은 정치적 모순과 개인적 실의경험을 배경으로 자신들이 속해 있는 사족 양반층 내부의 계층 갈등 문제에 초점을 맞추고 있다는 공통점을 보여준다. 자신과 같이 특권층으로부터 분리된 사족계층의 시각에서 사족 양반층 내부의 갈등을

나 이기심에까지 비판적 시각을 들이대고 있다는 점에서 전기소설사적으로 중요한 위치를 차지하는 작품인「심생전」과 여러 모로 비교해 볼 만한 문제 의식을 보여준다. 특히,「정생전」과「심생전」에서 드러나는 작가 의식의 공통점과 차이점은 김기의 작가 의식적 특징과 한계를 잘 드러내 줄 수 있다.

김기와 이옥은 기득 계층으로서의 몰락 양반과 새로운 상층계층 혹은 소외계층으로서의 중·하층 간의 계층 갈등에 주목하고 있다는 공통적인 특징을 보여준다. 김기와 이옥은 사족 남성의 배신이나 무책임한 태도를 갈등 계기로 설정함으로써 이기심·욕망 좌절·원한 등 계층 문제를 둘러싸고 벌어지는 남녀간의 내면을 설득력 있게 구현해 내는 데 성공하고 있다. 김기와 이옥은 중·하층 여성을 단지 계층 갈등의 일방적인 희생자로 형상화 하지 않고 있다는 점에서 중·하층 인물 형상화의 측면에서 진전된 의식을 확인할 수 있다.[49] 김기는 비현실적 원혼담의 형태로나마 중인 여성의 강력한 애정 실현 욕망을 형상화 하였으며, 이옥은 간결한 표현 속에 날카로운 비난을 함축한 중인 여성의 발화를 통해 사족 남성의 책임을 추궁하는 모습을 보여주고 있다.

또한, 김기와 이옥은 각각 사족 남성의 죽음과 반성이라는 결구 방식을

들여다보는 관점을 취하고 있다.

49) 이들 두 작가가 자신이 속한 계층의 인물뿐만 아니라 중·하층인물들의 의식 세계에까지 관심의 폭을 확대할 수 있었던 배경에는 현실 세계의 모순에 대한 비판적 안목뿐만 아니라 중·하층민의 생활을 관찰하거나 그들과 직접 대면하고 교유한 경험이 있었다. 이옥은 한시·산문 할 것 없이 시정 세태, 시정인의 정서와 생활에 관심을 표명하고 이를 작품화 했다. 이처럼 시정을 소재로 한 문학은 그가 패관소품체 때문에 쫓겨나 군적에 입격되거나 남양 은둔기 여행 중 겪었던 실재 경험에서 산출되었으며,「심생전」역시 시정에서 일어난 실재 소재를 전문하여 작품화 한 경우이다. 김기는 중·하층 제자들을 직접 가르치면서 자연스럽게 중·하층민 중에서도 능력있는 인물이 있을 수 있다는 사실을 인정하게 되었을 것이고, 이러한 인식이「정생전」의 삼청동 낭자와 같은 문학적 소양을 지닌 중인 여성의 모습으로 형상화 될 수 있었던 것으로 생각된다.

통해 계층 갈등에 대한 명확한 비판 의식을 구현했다는 점에서 공통점을 보여준다. 그러나 이옥과 김기는 전기소설 창작 의식에 있어서 한 가지 중대한 차이를 보여주는데, 바로 사실적 문체를 시종일관 투철히 구현했는가, 아니면 낭만적 초월의식의 개입에 의해 비현실적 분위기로 선회했는가 하는 점이다. 이옥은 사족 남성과 중인 여성 간의 계층 문제에 대한 현실적 전망 부재를 중인 여성의 비극적 죽음으로 결구함으로써 객관적 관찰 태도를 유지하고 있다. 특히, 주인공에 대한 감정적 투사를 하지 않음으로써 사족 남성과 중인 여성 간의 애정 갈등이 내포하고 있는 계층 갈등적 의미를 사실적으로 구현했으며, 비판 의식을 끝까지 유지하고 있다. 반면, 김기는 자신의 불우했던 자전적 경험을 주인공에게 강하게 투사함으로써 감정적 거리를 유지하지 못했으며, 작품 후반부에 비애정류 전기소설의 장르 관습을 결합시키면서까지 주인공이 욕망을 충족하는 결말을 이끌어냄으로써 비판적 현실 인식의 한계를 보여주고 있다.

김기의 18세기 소설작가로서의 위치는 비판적 재야문인으로서 서울 중심으로 주도된 사상과 문풍에 꾸준히 관심을 기울이면서도 독자적인 학문연구와 문학활동을 통해 자신의 영역을 개척해간 작가였다. 정치적으로 소외된 계층이었음에도 불구하고 중앙 정계로부터 학문과 문학적 능력을 인정받거나 성리학의 학맥의 중심에 있는 거유들로부터 학문을 사사받을 수 있었던 배경에는 이러한 개인적 성취와 노력이 있었다. 이 덕분에 김기는 「정생전」, 「황생전」 같이 18세기 조선문예의 중심에 있었던 연암, 이옥 등의 작가들에게 뒤떨어지지 않는 작품을 창작할 수 있었던 것이다. 앞으로 김기의 문학 세계와 「정생전」, 「황생전」은 18세기 소설사에서 좀더 의미있게 다루어져야 할 필요가 있다. 본고를 통해 연구자들이 김기의 문학 세계에 관심을 기울이게 되는 계기가 되었기를 바란다.

Ⅲ. 「빙허자방화록」의 변심 테마와 전기소설사적 의의

1. 문제제기

일찍이 박노춘[1]에 의해 사실적인 염정소설로 학계에 소개된 바 있었던 「빙허자방화록」은 연구자들의 조명을 그다지 받지 못한 작품이다. 전기소설사의 후대적 흐름과 관련하여 연구의 필요성이 제기되었음에도 불구하고 여전히 전란 모티프의 양상에 관한 시론적인 글에서 간략히 언급되는 정도에 그친 바 있다.[2] 게다가 작품 세계의 전모를 확인할 수 있는 연구성과가 축적되지 못한 상황에서 전대 작품의 패러디[3]라든가 문학성의 부족[4]을 거론하고 있어서 본말이 전도된 듯한 인상마저 있다. 우선적으로 문학성을 판단하는 기존의 연구시각에 은연중 상투성이 개입되어 있지는 않은가 하는 점부터 재고해볼 필요가 있다. 필치의 고하나 짜임새의 긴밀성을 판가름하는 잣대에는 다분히 연구자들의 주관성이 개입되어 있

1) 박노춘, 「빙허자방화록 · 백운선완춘결연록 략고」, 『한메 김영기선생 고희기념 논문집』, 1971, 185쪽

2) 전기소설의 후대적 전개양상과 관련하여 「빙허자방화록」에 대한 연구자들의 평가에 대해서는 졸고, 「빙허자방화록 연구」, 『민족문화연구』36, 2002, 215쪽을 참조하기 바람.

3) 윤재민, 「조선후기 전기소설의 향방」, 『민족문학사연구』15, 1999, 28-29쪽

4) 정환국, 「16-7세기 동아시아 전란과 애정전기 」, 『민족문학사연구』15, 1999, 51쪽, 각주 39)

기 마련이다. 해당 양식사의 흐름에서 볼 때 다소 생경한 미감을 표출하고 있다 할지라도 이러한 특징은 연구자의 안목에 따라 하나의 새로운 문학적 성취로 평가될 수 있는 여지가 있다. 또한 구성의 밀도와 같은 측면도 그 자체만 놓고 봤을 때는 다소 미흡한 감이 있더라도 해당 작품이 추구하는 미의식이 무엇이냐에 따라 얼마든지 적극적으로 해석될 수 있다.

마찬가지로 양식의 관습적 범주와 그 일탈의 여부에 대한 규정 역시 신중하게 검토되어야 할 문제이다. 전대 작품들에서 추출된 공통적 특징을 관습적 규범이라는 이름 하에 비교 평가의 기준으로 삼는 연구방식은 그 필요성과 타당성이 인정되는 만큼이나 일반화의 함정이 숨어있다. 설사 전대 작품을 패러디하거나, 여타 양식과 교섭하는 가운데 전대 작품에 비하여 관습적 범주의 귀속 여부가 모호해진 것이 사실이라 하더라도 이는 어디까지나 작품의 충실한 분석과 다각도의 의미부여를 거친 이후에나 내릴 수 있는 결론일 터이다.[5] 그런 만큼 해당 양식사의 흐름에서 볼 때 다소 생경한 미의식을 표출하고 있다 할지라도, 이로 인해 그 작품성의 고하를 단정짓는 것은 다소 선부른 판단이라 아니할 수 없다. 예컨대 비극성의 고양을 통해 인간의 존재와 운명을 반추하게 하는 『금오신화』와 같은 작품이 전기소설사의 초기에 대단한 문학적 성취를 이루어냈다 하더라도, 그것은 『금오신화』만의 개별적 특징일 뿐 전기소설 양식에 귀속될 수 있는 모든 작품을 판가름하는 잣대일 수는 없다. 당연한 얘기를

5) 양식적 전변이라는 관점에서 후대 작품을 평가할 경우 연구자라면 누구나 한 번쯤 이른바 관습적 전통이라는 기준을 다소 경직된 방식으로 적용하는 오류에 빠질 가능성이 없지 않을 것으로 생각된다. 앞선 시기에 창작된 작품이라 해서 비교 연구의 전범이 될 수 없다는 사실은 거론할 여지가 없을 만큼 당연할 것이다. 그러나 이 문제를 새삼 되짚어보지 않을 수 없을 만큼 연구의 주류에서 소외되어 제대로 된 평가를 받지 못하고 있는 작품들이 다수 존재하는 것도 사실이다. 후대적 변모 양상을 점검하는 연구가 연구사적으로 일정한 의의가 있으며 또 현재 제출되는 많은 성과물들이 이런 경향을 띠고 있는 만큼 그 적용방식에 있어서 유연한 시각과 신중한 평가를 유지해야 할 필요성은 아무리 강조해도 지나치지 않을 것이다.

l길게 강조한다 싶겠지만 우리는 우리 앞에 새로 나타난 작품들을 대할 때마다 『금오신화』의 영향권 내에서 빠져나오지 못하고 있는 것은 아닌지, 은연중에 『금오신화』와의 비교 속에서 해당 작품의 소위 작품성을 비교하고 있지나 않은지 한 번쯤 반문해 보아야 할 것이다.

이러한 문제 의식을 바탕으로 필자는 가장 최근에 남성 변심을 애정갈등의 축으로 놓고 서사적 특징 및 서술시각과 전기소설사적 의의를 본격적으로 살펴본 바 있다.[6] 본고는「빙허자방화록」에 관한 필자의 이 선행연구와 연속선상에서 기획되었다. 필자의 판단으로 상기 선행연구는 다음과 같은 세 가지 점에서 후속 연구를 통한 보완이 요구된다고 보여진다. 먼저 전기소설의 양식적 전통 속에서 바라본「빙허자방화록」의 특징과 그 변이 양상이다.「빙허자방화록」이 전기소설의 양식적 범주의 큰 틀 속에서 보여주고 있는 다양하고도 의미있는 변개의 양상들을 고스란히 드러내는 동시에 그 의미를 꼼꼼히 따져볼 필요가 있다. 다음으로「빙허자방화록」이 그려내고 있는 변심 테마의 미의식적인 측면이다. 본고는「빙허자방화록」은 인간의 욕망을 현실적으로 그려내고 있다는 점에서 기존의 도저한 비극적 미의식을 드러낸 작품들과는 차별화 된다는 점을 살펴볼 것이다.「빙허자방화록」은 좌절된 사랑을 다루되 이를 풀어가는 방식에 있어서 이상과 현실, 즉 영원한 사랑과 현실적 욕망 사이에서 한 번쯤은 방황하기 마련인 인간의 본질에 포커스를 맞추고 있다. 변치 않는 사랑을 일말의 의심도 없이 지켜내는 이상적 사랑의 위대성을 확인하는 데 이 작품의 중점이 맞춰져 있지 않다는 뜻이다. 이러한「빙허자방화록」의 특징은 인간 욕망의 본질과 개개 사랑의 다양한 형태를 인정하는 시각에 의해서만 온전히 그 의의를 드러낸 수 있을 것이다.

마지막으로 변심 테마를 현실적 미감으로 그려낸 전기소설사적 맥락

6) 권도경,「빙허자방화록 연구」,『민족문화연구 36』, 2002, 고려대학교 민족문화연구원, 215-250쪽

속에서 「빙허자방화록」의 위치를 되새겨 보는 작업이다. 필자의 선행연구는 거시적인 관점에서 영원불멸한 사랑의 테마를 지향하는 작품과 「빙허자방화록」의 차별성을 부각시키는 차원에서 전기소설사적 의의를 찾은 바 있다. 이를 바탕으로 본고에서는 「빙허자방화록」의 서사내에서 풍부하게 노출하고 있는 변심 테마의 맥락을 재구함으로써 그 영향 관계를 밝혀내고자 한다. 일단 여기서는 필자가 「빙허자방화록」을 「주생전」, 「상사동기」 이후에 창작된 작품으로 본다는 사실을 우선적으로 지적해 둔다. 이는 본고의 논지상 중요한 전제가 되므로 몇 가지 추정 증거를 제시하고 넘어가자.

본문의 내용을 찬찬히 살피면 여주인공을 형상화하는 전고로 선화란 인물을 인용하는데 이는 바로 권필(1569-1612)이 창작한 「주생전」의 여주인공이다. 「주생전」이 16세기 후반에서 17세기 초엽에 창작되었을 것으로 보인다는 점을 고려하면 「빙허자방화록」은 「주생전」이 권필의 손을 떠나 유통되면서 일정의 독자층을 형성한 이후에 창작되었을 것으로 볼 수 있다. 일단 아무리 빨라도 창작 시기가 17세기 중후반을 거슬러 오르지 못하리라는 추정이 가능하다. 「빙허자방화록」과 합철되어 전하는 「백운선완춘결연록」의 정황 증거도 이를 뒷받침 한다. 이 작품에서는 여주인공의 미모를 묘사하면서 적경홍, 계섬월에 빗대고 있는 바, 이 둘은 의심의 여지없이 저 유명한 「구운몽」에 등장하는 인물들이다. 「구운몽」의 수용 및 유통과정 중 「백운선완춘결연록」의 작가 혹은 향유층과 관련있는 부분은 한문 식자층이 될 터인데, 한문 식자층에 의한 「구운몽」의 공식 기록과 한역은 모두 작가 김만중보다 한 세대 밑인 이재(1680-1740), 김춘택(1670-1717)에 의해 이루어졌다. 이로 미루어 「백운선완춘결연록」의 창작 시기 역시 17세기 후반에서 18세기 초중반에 걸쳐있는 것으로 보인다. 물론 「빙허자방화록」과 「백운선완춘결연록」이 합철되어 전한다 하여 창작 시기까지 동일하다고 단언할 수는 없다. 다만 한문식자층을 주된 향유층으로 하는 전기소설. 몽유록의 경우 합철되어 전하는 작품들이 대체적으로 비슷한 시기에 창작된 것끼리 묶여있음으로 보아 이 두 작품 역시 그럴 가능성이 높아 보인다.

게다가 「빙허자방화록」과 「백운선완춘결연록」은 모두 현실적 사정에 따라 애정이 변하는 남주인공을 내세우고 있으며 이로 인해 본질적 갈등이 빚어진다는 점에서 비슷한 문제 의식을 보여준다. 문체 또한 상당히 비슷하다. 단 시기 만큼은 어느 작품이 앞서는지 쉽게 속단할 수 없는 문제이지만 역시 함께 합철되어 있는 「상사동기」까지 함께 고려한다면 이 세 작품이 애정 테마의 유형과 분위기, 미의식 등에서 상당히 유사하다는 점을 강조해두자. 아울러 17세기 작품인 「상사동기」로부터 「빙허자방화록」, 「백운선완춘결연록」까지 친연성 있는 미감의 고리가 연결되어 있다는 사실을 지적해 둔다. 구체적인 사실은 이 글을 전개해 나가면서 차차 언급하게 될 것이다.

2. 전기 양식과 「빙허자방화록」

「빙허자방화록」은 남주인공 빙허자와 여주인공 박매영의 약 5년 여에 걸친 사랑을 그린 작품이다. 17세기 조선의 현실을 시공간적 배경으로 병자호란의 역사적 상황과 서울, 강릉과 같은 지리 공간이 동원된다. 그런데 「빙허자방화록」이 빙허자와 매영의 사랑을 다루는 방식은 지극히 친숙하다. 애정소설의 한 커다란 축을 이루고 있는 전기 양식을 활용하고 있으며 그 양식적 전통과 범주 속에서 만남과 사랑, 이별과 종말을 엮어간다. 「빙허자방화록」의 작가는 곳곳에서 전대 전기소설의 인물과 장면을 인용한다. 기존 작품의 독서 경험 내에서 「빙허자방화록」의 사랑을 만끽하라고 제안하는 것이다.

이렇게 「빙허자방화록」 속에 오버랩되는 전대의 작품에는 우리나라는 물론 중국의 것까지 망라되어 있다. 예컨대 빙허자가 매영을 유혹할 계획을 짜는 대목에서는 "周生於芳卿, 魏郎之於雲華, 皆用此道"라 하여 우리나라의 「주생전」과 중국 명대의 「가운화환혼지기」에 비유하여 상황을 설명한다. 「주생전」의 독서 경험을 바탕으로 하여 「빙허자방화록」을 창작했고, 전기소설의 향유전통 속에서 이 작품을 읽었을 독자들은, 이 대목에서 「주생전」이 인용된 이유를 특별히 되새겨볼 필요도 없이 당연한 비유로 받아들였을 것임은 물론이다.

요컨대 「주생전」에서 영감을 얻어 의도적으로 「빙허자방화록」의 이 대목을 구성하거나 혹은 의도 없이 설정한 이러한 서사 단락이 다시 생각해보니 「주생전」을 닮아있더라는 식의 영향 관계의 고리가 자연스레 순환적으로 연결되었을 것이다. 새삼스레 이러한 전통을 재구해 봐야 할 오늘날의 입장에서는 「빙허자방화록」을 바탕으로 「주생전」을 다시 살펴봐야지만 전기 양식의 전통과 계승의 맥락 속에서는 그 향유의식이 명백히 떠오른다.

「빙허자방화록」이란 프리즘을 거쳐서 본 「주생전」에는 분명히 남주인공 주생이 여주인공 선화를 유혹하기 위해 고심하는 대목이 흥미롭게 묘사되어 있다. 그녀에게 다가가고 싶으나 그럴 수 없는 처지라 애매하게 그녀의 동생을 물고 늘어지는 주생의 모습에서 맘에 든 여성에게 구애하기 위해 전전긍긍하는 남성상이 떠오른다. 주생의 이런 모습은 그동안 별로 주목되지 않았던 부분이지만 「빙허자방화록」을 통해서 보면 전기소설의 향유층이 「주생전」의 이런 측면에 흥미를 느끼고 주목했다는 사실을 알 수 있다. 다시 「빙허자방화록」으로 돌아와서 뒤집어 해석하면 그만큼 이 작품이 우리나라 전기소설의 충분한 향유 경험과 그 토대 위에서 창작되었음을 보여주는 대목이다. 「가운화환혼기」 역시 같은 해석이 가능하다.

작품 간의 비교적 관점이 아니더라도 「빙허자방화록」이 태생적으로 전기 양식의 범주 속에 있다는 사실은 인물 성격, 만남의 방식과 애정 갈등 및 이합의 과정 속에서 구체적으로 확인된다. 우선 빙허자는 제도권으로부터 소외되어 있는 인물로 설정되어 있다. 성도 이름도 모르고 단지 빙허자라는 별명으로만 불렸다는 소개는 그가 기득층과는 거리가 멀다는 것을 알려준다. 빙허자가 성씨와 이름도 알려져 있지 않은 인물이라는 사실은 가문적 토대가 전무하다는, 즉 특권의 결핍을 암시적으로 드러내는 설정에 다름 아니다. 실지로 빙허자는 득의할 기회를 얻지 못한, 몰락한 문인 지식인의 형상을 드러낸다. 과거에 응시해 보라는 주위의 권고를 강하게 거부하는 것이나 시회나 술자리와 같은 풍류의 장에 골몰하는 모습은 좌절을 넘어 유희적 도피로 나아간 심적 상태를 보여준다. 단순한 소외와 결핍을 넘어 현실부정과 전망 부재로 나아간, 다시 말해 제도권으로의 진입 가능성조차 부재함을 이미 인식해 버린 자아의 모습이 드러나는 것이다. 이 점에서 빙허자는 전기적 인물설정의 전통 속에서 배태되어 나온 캐릭터이다. 그런데 이러한 빙허자의 인물 성격은 당대의 역사적 특수성과 밀착되어 있으며, 아울러 17세기 조선의 현실을 바라보는 작가의 세계관과도 관련되어 있다. 빙허자를 소개한 작품의 서두를 좀더 세밀히 살펴보자.

「빙허자방화록」은 1635년(仁祖13년)의 조선의 복잡한 대내외적 사정과 정치적 역학 관계를 역사적 배경으로 깔고 있다. 이 무렵은 동북아 질서의 측면에서나 국내 정치지도의 측면에서나 양쪽으로 공히 패러다임의 변화가 배태된 격동기였다. 붕당과 정쟁이 격화된 결과 왕권이 교체되는 전대미문의 반정이 발생했으며, 반정 이후에는 공신계와 비공신계 간에 권력다툼이 첨예화되었다. 특권층이 일거에 교체되었을 뿐만 아니라 획득된 권력을 두고 그 내부의 분열이 심화된 결과 급변하는 국제 정치 질서에도 유연하게 대처하지 못하는 상황이 발생했던 것이다. 병자호란 중에도 기득층은 무사안일주의와 자기 보신에 급급하여 전란기의 혼란과 민심을 효과적으로 수습하지 못하는 무능력을 드러냈다.

당시 무엇보다도 정국을 어려운 국면으로 끌어갔던 사안은 공신계와 비공신계 간에 정치 권력을 둘러싼 대립관계였다. 인조 2년 이윤우(李潤雨)가 공신들이 전토와 백성을 불법적으로 침탈하고 있음을 밝히고 시정을 요구한 이래 같은 내용의 비판이 계속되었으며, 인조 7년에는 공신들이 적몰(籍沒)을 빙자하여 남의 전택을 뺏는 일을 금지하자는 상소가 올라오기도 했다. 공신들은 그 세력을 이용하여 많은 경제적 이권을 장악했으므로 거기에 대한 비판이 비공신사류에 의해서 빈번히 행해졌던 것이다.[7] 이 점에서 「빙허자방화록」이 조선 인조조, 공신계와 비공신계 간에 당쟁이 첨예화되던 시기를 배경으로, 과거 급제를 통한 가문 회복이 전혀 불가능하다고 단정짓고 있는 영동(嶺東)의 재지사족을 남주인공을 등장시키고 있다는 사실은 의미심장하다.

빙허자의 형상은 조선 후기 벌열 형성 과정에 따라 특권층으로부터 분화된 한족들의 재기가 원천적으로 봉쇄되어가던 현실적 상황과 그에 따른 부정적 전망을 나타내고 있는 것으로 보인다. 이는 작가의 현실 인식과도 무관하지 않을 것이다. 전기 양식에서 남주인공의 형상은 전통적으로 문인층 남성인 작가의 세계관으로부터 자유로울 수 없는 존재였기 때문이다.[8] 작품 서두에 나오는 빙허자와 친구간의 논쟁적 대화를 보자. 그 계기를 제공한 "특별과(特別科)"는 인조 13년인 1635년에 실제로 실시되었던 역사적 사건이었다.[9] 이 논쟁에서 빙허자는 붕당으로 얼룩진 정세에

---

7) 이기순, 『인조 · 효종대 정치사 연구』, 국학자료원, 1998, 77-80쪽

8) 임형택, 「전기소설의 연애주제와 <위경천전>」, 『동양학』22, 단국대 동양학연구소, 1992, 26쪽

9) 당시 실제로 세 차례에 걸쳐서 특별과가 열렸다. 2월 4일에 왕세자 책봉을 기념하는 별시(別試)가 있었고, 9월 27일에는 증광별시(增廣別試)를 열어 생원과 진사 각 백 명씩을 선발했으며, 10월 21일에도 역시 증광별시를 열어 문무 각 4 · 50명씩을 선발

대한 비판적 태도와 출사에 대한 강한 부정적 인식을 보여준다. 당금의 정세를 자신과 같이 인의롭고 올곧은 선비가 발을 디딜 바가 못된다고 보는 빙허자의 태도는 산림에서 고고한 자세로 현실 정치를 바라보는 비판적 재야 지식인의 모습이다. 여기에는 인조반정을 계기로 붕당이 서인과 남인의 두 정파에 의한 체제로 확립되고, 이후로 그 폐해가 심화되어 갔던 인조조의 정치적 현실에 대한 작가의 부정적 태도가 반영되어 있다고 보여진다.

전기 양식과 관련되는 「빙허자방화록」의 서사적 특징은 전란과 혼사장애 모티프에서도 확인된다. 전기 양식에서 전란은 언제나 남녀 주인공의 만남 혹은 이별과 관련하여 운명적 환경을 조성하는 소재로 되풀이 되어왔다. 「만복사저포기」의 전란이 여주인공을 여귀로 만들고 결과적으로 남주인공과의 만남을 추동하고 있다면, 「이생규장전」, 「주생전」 등은 명백히 이별과 관련되어 있고, 「최척전」은 만남과 이별의 과정 전편에 걸쳐 있다. 굳이 분류하자면 「빙허자방화록」은 「최척전」쪽에 가깝다. 박매영이 피난온 지역이 공교롭게도 빙허자가 우거하는 곳이었기에 만남이 가능했을 뿐더러, 전쟁 종결 후 박매영이 본가로 귀환하면서 별회가 이루어지고 있기 때문이다. 한편 「빙허자방화록」은 병자호란을 전란 소재로 택한 본격적인 작품이라는 점에서 전란 소재의 시대적 배열상 「최척전」의 뒤를 바로 잇는다. 「최척전」이 임진왜란으로부터 강홍립의 명·후금전 파병을 둘러싼 동아시아 삼국의 민감한 대립 상황까지를 다루고 있다면 「빙허자방화록」은 병자호란이 한창 진행되는 시기를 시대적 배경으로 삼았다.

그런데 작가는 남녀 주인공의 이합을 엮으면서 전란을 바라보는 지식인으로서의 자신의 시각을 살짝 밝혀놓기도 한다. "어느 때라고 어지러움

했다.(CD롬 『조선왕조실록』, 1635년 2월 4일, 9월 27일, 10월 21일조 참조)

이 없었겠냐마는 우리나라와 같은 때는 없었네… 백성들이 실로 고단하게 되었고, 우리들은 천지간을 떠돌게 되었네."[10]라는 빙허자의 한탄에서는 평민들에게 미치는 전란의 고통을 염려하는 지식인의 고뇌가 묻어나고, "경성은 온통 함락되었고, 江都는 모두 전몰했다. 근래에 들으니 명문거족 집안의 며느리나 딸들도 혹 몸을 빼앗긴 사람도 있고…"[11]라는 이춘무의 대사에서는 병자호란을 여성의 입장에서 비판한 「강도몽유록」의 분위기가 배어나기도 한다. 정치계의 헤게모니 다툼을 부정적으로 바라보았던 작가의 시각이 병자호란의 상흔을 언급하면서 고스란히 이어지고 있는 것이다.

또 한 가지 독특한 점은 「빙허자방화록」이 전란 소재의 간접화 양상을 보여준다는 사실이다. 17세기에 이르러 전란의 와중에서 인물들이 직접적으로 겪는 경험이 서사적 현실성을 담보하는 데 큰 기여를 했음은 기왕의 연구들에서 확인된 바와 같다. 그런데 「빙허자방화록」의 인물들은 종군하거나 전란의 한 가운데에서 이를 몸으로 직접 체험하지 않는다. 어디까지나 전화가 미치지 않는 피난지에서 이를 간접적으로 보고 전해 듣는다. 인물들이 대화를 통해 상기시키지 않으면 잊어버릴 만큼 주인공들의 사랑이 엮어져 나가는 공간인 영동은 평화롭고 안락하다. 종군 병사가 귀환하여 참상을 알린다든가 아니면 이탈병이 난입해 들어온다든가 하는 사건이 벌어지면서 전란을 좀더 사실적으로 끌어올 법도 하건만 전혀 그런 기미조차 비치지 않는다. 마치 빙허자와 매영이 사랑을 나누는 곳만 현실과 동떨어져 있는 것처럼도 보인다. 남녀 주인공의 별리 계기를 전란의 와중에 실제로 있었던 사건과 연결시킴으로써 연의적 기법을 활용하

10) "何代無亂, 莫我國若也 (中略) 萬姓爲實孑遺, 吾生淪落天涯", 「憑虛子訪花錄」, 김기동 · 이종은 공편, 『고전한문소설선』, 교학연구사, 1984, 335쪽

11) "江都全沒, 近聞名公巨卿之家, 少婦愛女之輩, 或身跨柴駝者有之(下略)", 김기동 · 이종은 공편, 『고전한문소설선』, 교학연구사, 1984, 337쪽

고 있는 것과는 대조적이다. 작가는 매영의 부친을 청과의 외교 실무를 담당한 역관으로 설정함으로써 남한산성의 화약으로부터 심양관의 막후 외교로 이어지는 실재 역사와 허구를 연결시킨 바 있다.

이러한 전란 모티프의 간접화는 「빙허자방화록」의 애정 갈등을 특별한 방향으로 엮어가고자 하는 작가의 의도와 관련되어있는 것으로 보여진다. 「이생규장전」 이래로 유일무이한 운명적 장애로 기능해왔던 전란 소재는 이제 더 이상 그러한 위상을 확보하지 못한다. 전란은 어디까지나 이별의 계기를 제공하는 외부 요인이 되는 데 그칠 뿐 결정적인 애정의 좌절은 남성의 변심에 의해 발생한다. 전란 소재의 서사적 비중이 약화되는 대신 사랑의 문제를 인간의 현실적 욕망과 이기심과 결부시켜서 새로운 방향으로 조명해 나가게 된 것이다.

3. 애정 갈등의 구조와 그 의미

1) 혼사장애의 양상과 공모의 서사원리

「빙허자방화록」에서 전란은 주인공과 보조 인물들의 결연을 실현하기 위한 공모의 과정에 개입됨으로써 결연 문제와 보다 밀착되어 나타난다. 초반부에서 빙허자와 매영의 결연은 장애에 봉착한다. 중인계층인 매영의 집안에서 빙허자의 빈한한 가세와 야합의 부도덕성을 들어 사가의 남성을 반대한다는 설정은 중세적 유교 관념과 개인적 욕망 간의 갈등을 즐겨 다뤄온 전기 양식의 관습 속에서도 상당히 낯설다. 그러나 매영 집안이 치부에 성공한 역관 가문이자 국제무역과 외교의 실무자란 사실로 미루어보면 이런 갈등의 이유가 선명히 이해된다. 매영의 가문은 경제적으로나 정치적으로나 중인층에서는 최상부에 있는, 다시 말하자면 조선의 신분 질서상 경화사족층 바로 아래에 있다고 자부할 만한 위치에 있었을 터인 만큼 빈한한 지방의 향족에게 경제력의 유무를 따질 정도가 되지 않았을까 생각된다.

예교에 대한 매영의 집착 역시 관념성의 측면에서 이해하고 말 것이 아니다. 문화적으로나 경제적으로나 당대의 첨단을 달렸지만 신분적으로는 여전히 사족의 아래에 있는 매영 집안의 계층적 특수성과 그로 인해 자신의 존재감을 상층에서 주도하고 베포한 예교의 논리로 입증할 수밖에 없다는 현실적 논리로 설명이 가능할 것이다. 이는 매영의 인물 성격과도 관련된 부분인 만큼 여기서는 이 정도만 언급하고 넘어가자.

주목할 점은 빙허자와 매영이 이미 결연 전부터 이런 장애에 직면하고 있다는 사실이다. 전대의 작품에서는 보통 남녀 주인공이 이미 야합한 후에야 비로소 집안의 반대가 불거진다. 현실적 상황에 의해 침윤되지 않은 상황에서 순수히 남녀 주인공의 열정과 사랑만으로 결연이 이루어지는 것이다. 이에 반해 「빙허자방화록」은 야합의 타당성 자체가 문젯거리가 된다. 비밀한 교합조차 보장 받을 수 없는, 현실에 의해 부단히 간섭당하는 형태가 되어버린 것이다. 비록 매영의 이름을 연상시키는 매화 화분이 등장한 꿈으로 결연의 천정성을 암시하는 설정이 등장하기도 하지만, 이제 이런 비현실적인 모티프만으로는 야합의 필연성을 입증하지 못하게 된 것이 현실임을 보여준다. 이러한 이유로 남녀 주인공만의 비밀한 경험은 현실 속에 얽혀있는 제반 인간 관계 속에 노출되고 공개되었으며 야합의 필연성 역시 이 과정 속에서 찾아져야만 하게 된 것이다. 전란의 상황은 바로 여기서 야합에 대한 주변의 반대를 불식시키고 그 필연성을 제공하는 기능을 한다. 전란의 상황은 여성의 정절을 보장해 줄 수 없는 만큼 오랑캐에게 유린당하느니, 중매를 통한 정식 절차를 거치느라 지체할 시간에 차라리 결연을 추진하는 것이 마땅하다는 논리다. 이제 전란 소재는 현실적 이해관계에 의해 발생한 혼사장애를 극복할 수 있는 계기로서 변용되게 된 것이다.

한편 애정 갈등은 구체적으로 '공모의 성립-속임수와 유인계-공모의 성취와 애욕 해소'라는 공모의 플롯을 통해 형상화된다. 이러한 공모의 성립 지점은 독자적으로 결연을 추진할 만한 과단성이 없는 빙허자와 사촌 누이의 정절을 보장하기 위해 실리적으로 사고하는 이춘무의 이해관계가 맞아떨어지는 접점이다. 「빙허자방화록」의 공모 플롯은 전통적으로 지극히 폐쇄적이었던 전기 양식의 결연과정을 공개와 공유의 장으로 끌어냈다는 점에서 주목할 만하다.

「이생규장전」, 「만복사저포기」에서 보이듯 만남과 결연은 남녀 주인공 간의 내밀한 경험이다. 「이생규장전」의 만남 공간인 규방은 외부인이 결코 들여다볼 수 없는 폐쇄성을 띠고 있으며, 바로 이 때문에 이생의 규장(窺墻)이라는 특별한 행동이 요구되었다. 「만복사저포기」 역시 마찬가지다. 양생과 귀녀의 결합에 부처가 그 결정적인 계기를 마련해 주기는 하지만 부처는 어디까지나 비현실적인 존재이고 타인의 눈에는 결코 드러나지 않는다. 양생과 부처의 저포내기는 이성지합을 두고 벌어진 한 판의 공모라고도 볼 수 있지만 남들의 눈에는 양생 혼자서 무료함을 달래기 위해 하는 놀이로밖에 보이지 않을 것이다. 이 점에서 만복사 부처는 양생의 지극한 원망이 만들어낸 환상적인 욕망의 투사체이며, 저포놀이는 양생의 욕망하는 자아와 이를 바라보는 자아가 빚어낸 내면의 한바탕 욕망풀이라고 할 수 있다. 이러한 결연의 폐쇄성은 전기소설사의 전개과정에서 커다란 변모 없이 계승되어온 관습이랄 수 있다.

이와 비교할 때 「빙허자방화록」에서 남녀 주인공의 결합은 애초부터 다수의 인물들에게 공개되고 공모와 속임수의 과정에 의해 공유되는 개방의 형식을 띤다. 남녀 주인공 간의 내밀한 경험이었던 만남과 결연이 복수의 인물들과 함께 추구해나가는 공동의 목표가 된 것이다. 이러한 특징은 「빙허자방화록」의 서사가 현실적 개연성을 담지하는 데 중요한 역할을 한다. 아울러 이는 변심 테마를 다루는 작가의 미의식 혹은 세계관과 밀접히 관련되어 있는 문제이기도 하다.

2) 남성의 변심과 애정의 파국

전란의 상황이 공모의 성립 근거를 제공하였으며, 그 결과 혼사장애가 극복될 수 있었다는 점은 분명 「빙허자방화록」이 보여주는 갈등 구조의 특이성이다. 그러나 이렇게만 본다면 이는 빙허자를 중심으로 한 일면적 해석에 그친다. 매영의 입장을 중심으로 보면 이러한 남성들의 공모는 영원히 극복할 수 없는 혼사장애의 상황을 창출한다. 이는 야합의 성취 이후 불거지는 빙허자의 자기 중심성과 관련되어 있다. 이 점은 전기소설사를 바라보는 본고의 시각 혹은 「빙허자방화록」의 전기소설사적 의의와 관련될 부분이므로 중요한 의미가 있다. 좀더 섬세하게 고찰해 보도록 한다.

매영이 본가로 귀환하자 이별시까지 한 자락 읊으며 상심하는 빙허자의 모습은 완연히 넘쳐나는 사랑의 감정을 주체하지 못해 괴로워하는 전기 양식의 전형적인 남성상과 진배없다. 그러나 사랑의 진정성 즉, 변치 않는 영원한 사랑의 이상이라는 측면에서 살펴본다면 그의 태도는 우리가 일반적으로 떠올리는 전기 양식의 남성상으로부터 그 반대 극편에 위치한다. 매영에 대한 자신의 애욕을 일단 충족하는 데 성공한 이후로 빙허자는 그 이전과 비교하여 백팔십도 달라진 모습을 보여준다. 그녀의 말에 귀기울이지 않으며 예사로 흘려듣거나 그녀의 요구에 진지하게 반응하지 않는다. 빙허자의 구애를 자기 생애의 문제와 직결시켜서 생각하고 이를 받아들일 것인가 말 것인가를 진지하게 고민하는 매영의 모습과는 판이하게 다르다. 물론 자기 오라비 박시대와 바둑을 두는 빙허자와 문틈으로 두 눈을 마주친 순간, 매영 역시 빙허자에게 마음이 없진 않았을 것으로 보인다.

그러나 매영은 평소 자신의 이상형을 저 유명한 만당시인 두목(杜牧)으로 정해놓고 있을 정도로 자기 자신에게 드높은 자부심을 지니고 있는 여성이다. 그러므로 비록 전혀 마음이 없지 않은 상대라 할지라도 사석에서 외간남자와 만나보라는 권유를 받는다는 것은 자신의 자존심에 중대한 상처를 받는 사건이다. 매영은 자신이 사대부가 여성들에게 결코 뒤지지 않는 재능과 윤리 의식을 지녔다고 자처하며, 바로 이러한 자부심이야말로 그녀 자신의 존재성을 입증하는 원동력에 다름 아니다. 그러므로 현실에서 만남을 가지고 관심을 기울이게 된 남성이 자신의 이상형에 미치지 못할 뿐더러 그가 행하는 구애 방식이 자신의 생을 지탱하는 도덕 관념을 송두리째 부정하는 형태란 사실은 자기 정체성과 존재를 고민하게 하지 않을 수 없다. 매영이 빙허자와 만나보라는 이춘무의 권유를 음란한 생각이라며 단칼에 거절한다거나, 자신을 속이고 기어이 사랑을 고백한 빙허자에게 자신을 음란한 여자로 만들었다며 분노를 표출한다거나 하는 대목이 단순히 윤리 의식을 표출한 것으로 읽혀질 수 없는 이유도 여기에 있다.

지나친 분노는 내면의 갈등이 의적으로 표출된 것에 다름 아니기 때문이다. 만약 빙허자와의 인연이 그녀에게 아무런 의미가 못 된다면 애써 분노할 필요 없이 조용히 무시하면 그만이다. 매영이 빙허자란 존재를 무시하지 못했다는 사실, 약 이십여 년 동안 자신이 유지해온 나름의 일관된 삶의 방식이 흔들린다고 느끼며 화를 삼키지 못했다는 사실은 이미 빙허자와의 관계를 진지하게 자기 생의 일부로 받아들였다는 것을 의미한다. 빙허자의 사랑을 받아들인 이후에도 둘 사이를 정식 혼인관계로 만들자고 줄기차게 요구하는 이유도 같은 맥락이다. 매영에게 있어서 빙허자와의 사랑은 일시적 애욕으로 그치는 일회적 만남이 아니었던 것이다.

빙허자의 변심은 애초부터 이런 두 사람의 애정에 대한 입장 차이에 기인한다.[12] 빙허자는 새롭게 자신에게 찾아든 사랑에 만족하며 자신의 배신으로 인해 매영이 받을 고통에 대해서는 전혀 고려하지 않는다. 이렇게 자신의 배신을 일절 자책하지도 않는 빙허자의 태도는 무심하고 이기적이다. 여성과 맺었던 신의보다는 새로운 상대를 찾아 자신의 마음을 위로하는 일을 무엇보다도 우선시하고 있음을 볼 수 있다. 이와 같은 빙허자의 태도는 이별 후 재회만을 손꼽아 기다리며 오히려 둘 사이의 정신적 유대가 강화되는 기존 작품들의 주인공들과는 너무나 다르다. 「빙허자방화록」에서는 빙허자가 새로운 사랑을 즐기는 모습과 그와의 재회를 소망하다 서서히 병들어 죽어가는 매영의 모습이 대비됨으로써 빙허자의 자기 중심적 사랑이 강조되는 것이다.

여기서 주목할 점은 변심을 기점으로 한 빙허자의 세계관적 전환이다. 매영과 만날 시점의 빙허자가 세계에 대해 비판적인 사림의 의식 세계를 드러내고 있음은 앞서 지적한 바와 같다. 더 섬세하게 보자면 빙허자는 현실 참여적인 여지를 남겨둔 차원이 아니라 좌절과 소외가 현실 방관 혹은 냉소로 나아간 경우에 해당한다. 매영과의 사랑은 바로 현실적 결핍에 대한 일종의 보상 혹은 대리충족의 차원에서 이루어진 것이랄 수 있다. 사족 남성이 중인 여성과 사랑을 나눈다는 발상은 비록 그것이 진지한 현실적 고민을 동반한 것이든 아니든 간에 일반적인 계층 의식에서는 쉽사리 용납될 수 없는 일이기 때문이다. 그런데 이러한 사랑을 배신한 시점으로부터 빙허자는 세계와의 거리를 점점 좁혀가기 시작하여 급기야 과거를 보기까지 한다. 과거에 응시하여 현실 정치에 참여해 보라는 친구의 권유를 물리칠 때 그가 토해냈던 저 도저한 현실 비판과 이상적 정치에 대한 희구, 그 속에 내재해 있던 결벽성 혹은 순수성과는 도저히 일치되지 않는 태도이다. 현실과는 타협하고 싶지 않았던 순수한 열정이 매영과의 사랑을 추구하게 했다면, 이제 서서히 현실에 물들어가는 방향으로 세계관적 전환을 일으켜가는 모습을 보여주고 있는 것이다. 이러한 빙허자

12) 이에 대해서는 졸고, 「빙허자방화록 연구」, 220-222쪽 참조

의 모습을 두고 「빙허자방화록」의 작가는 "실은 매영을 위해서 영달을 구함은 아니었다"[13]라고 못박는다. 과거 응시와 매영이라는 존재가 서로 반대 극편에 위치한 지향가치임을 드러낸 말이다. 일련의 과거 응시가 변심으로 상징되는 세계관적 변화, 즉 현실타협과 같은 맥락에서 이루어진 일임을 알 수 있다.

3) 갈등의 현실적 층위와 작가적 세계관, 그 간극

빙허자의 변심 때문에 매영이 비극적 죽음을 맞게 되는 두 사람의 사랑은 그 자체만으로도 배신하는 남성의 이기심을 비판적으로 바라볼 여지가 충분하다. 문제는 빙허자가 야합의 책임을 회피한 결과 실절로 인해 야기될 사회적 비난을 매영 혼자서 고스란히 떠안게 되었다는 사실로부터 촉발된다. 엎친 데 덮친 격으로 매영의 부모가 다른 남성과의 혼인을 추진함으로써 매영의 고통은 가중된다. 혼담을 거절하려면 빙허자와의 관계를 밝혀야 하는데, 부모 몰래 맺은 사랑을 고하기란 현실적으로 쉽지 않은 문제이다. 남성 쪽에서 정식 혼인을 청해오지도 않을 뿐더러 아예 소식조차 전하지 않는 상황이라면 더욱 그러하다. 하물며 정절을 잃은 여성이란 존재가치조차 없는 것처럼 치부되었던, 저 강고한 유교적 도덕관념이 지배했던 조선시대라면 더 말할 나위도 없을 것이다.

특히 매영의 가문이 사대부보다도 더한 도덕관념을 고수함으로써 신분적 결핍을 메우려고 했던 집안이었기에 매영이 직면한 상황은 더욱 어려웠을 것이다. 원래가 오랫동안 기득권을 유지한 계층에서는 원칙의 실제적 운용에 있어서 유연성을 발휘하는 경우가 많다. 그러나 유교적 규범이 생의 전략으로 선택될 때는 오히려 유연성을 잃고 경직되게 마련이다. 매

13) "實則爲英娥, 非求聞達也", 김기동·이종은 공편, 『고전한문소설선』, 교학연구사, 1984, 344쪽

영의 집안은 의도적으로 기득층의 윤리 의식을 모방하고자 하였기에 전통적 관습과 예교를 더욱 편협하게 실생활에 적용한 경우에 해당한다. 매영은 물론 어느 정도 유연한 사고를 보였던 박시대조차도 그 누이의 야합 사실을 부친께 꺼내지 못할 정도였으니 얼마나 예교에 입각한 규범에 고착된 가풍이었는지 짐작이 가고도 남음이 있다. 매영은 전통적 예교와 사랑, 그리고 상대 남성의 변심 사이에서 진퇴양난의 입장에 있었던 것이다. 이처럼 빙허자와 매영의 사랑이 빚어내는 갈등을 현실적 차원에서 추적해보면 남성의 변심으로 인한 여성의 비극이 그 모습을 드러낸다.

그렇다면 과연 「빙허자방화록」은 이러한 변심 테마의 현실적 층위를 비판적으로 구현하는 쪽으로 축조되어 있는 것인가. 다시 말하자면 이는 작가의 세계관이 변심 테마에서 보여지는 갈등의 현실적 측면과 일치하는가 아니면 둘 사이에 간극이 발견되는가 하는 것으로 작가 의식과 관련된 문제이다. 「빙허자방화록」의 작가는 빙허자의 변심에 대한 자신의 시각을 은근히 드러낸 정보들을 곳곳에서 노출하고 있다.

우선 영산홍이란 인물을 형상화하는 방식을 들 수 있다. 영산홍은 우리나라의 전기 양식에서는 드물게 보는 안티적 캐릭터다. 그녀는 빙허자에 대한 매영의 지조를 모해함으로써 빙허자의 마음 속에서 매영을 몰아내고 그를 적극적으로 유혹한다. 그런데 이러한 영산홍의 캐릭터가 갖는 의미는 그리 단순해 보이지 않는다. 영산홍이 적극적 유혹자의 성격을 강화할수록 변심으로 인해 빙허자가 받아야 마땅할 비난의 강도는 약화되는 감이 있다. 이런 측면은 전대 작품인 「주생전」과 비교해보면 더욱 분명해진다.

「주생전」에는 「빙허자방화록」과 마찬가지로 삼각 관계와 남성의 변심, 그로 인한 여성의 죽음이 형상화되어 있다. 그러나 「주생전」에서 선화는 유혹자적 캐릭터가 아니며 사랑의 경쟁자를 모함하는 부정적 인물도 아니다. 그 결과 「주생전」에서 배도를 저버리고 죽음에 이르게 한 책임은 고스란히 주생에게 지워진다. 「주생전」의 작가 권필이 주생의 변심을 비판적으로 그리고자 했느냐 아니냐는 또 다른 문젯거리[14]이므로 논외로 한다 하더라도, 남성의 변심을 형상화하는 방식에 있어서 「주생전」은 「빙허자방화록」과는 분명 섬세한 차이를 보여줌을 알 수 있다.

「빙허자방화록」에서는 빙허자가 어디까지나 영산홍의 모해에 의해서 매영을 배신하도록 설정함으로써 남성의 변심을 가급적 비판하지 않으려는 작가의 의도가 엿보인다. 영산홍의 역할은 빙허자가 애초에 자처해서 매영을 배신한 것이 아니라는 점을 부각시키며, 이러한 영산홍의 존재 덕분에 빙허자는 변심과 매영의 죽음에 대한 직접적인 책임을 일정 정도 면할 수 있는 책임 회피의 여지를 부여받게 된다. 이를 입증이라도 하듯 영산홍은 작품 서사에 지속적으로 등장하지 않으며 서사 전후의 긴밀한 필연성 없이 갑작스럽게 등장했다가 사라진다. 일단 매영이 죽은 이후로는 그녀의 존재에 대한 어떤 흔적도 찾을 수 없으며 마치 처음부터 존재하지 않았던 인물인 것처럼 빙허자조차도 전혀 그녀를 기억하지 않는다. 빙허자의 유혹과 변심의 야기라는 작가로부터 부여받은 임무를 수행하기 위해 투입되었다가 소리소문 없이 퇴장하는 일회적인 소모품적인 캐릭터인 것이다.

영산홍의 인물 형상에 내재된 작가의 의도는 빙허자의 변심을 바라보

14) 임형택은 「주생전」의 이런 측면에 대하여 “작가는 비판적 시각을 견지하지 못한 나머지 어정쩡한 문인적 취향으로 배도의 비련을 동정하면서 주생의 변심을 긍정하는 모순을 초래하였을 뿐 아니라, 주생을 긍정하면서도 실제 결과는 부정적 인간으로 묘사된 중층적 모순이 일어났다.”고 하며 작가 의식의 일관성 부재를 지적한 바 있다.(임형택, 전게논문, 36쪽) 그러나 한편의 작품은 작가의 일정한 의도의 소산이고 연구자는 최대한 일관된 작가 의식을 읽어내야 한다는 점에서 이러한 지적은 문제가 있다고 보여진다. 배도와 주생에 대한 권필의 태도, 즉 동정과 긍정의 충돌은 궁극적으로 작가 권필의 어떤 작가 의식적 지향을 드러내는 것인가 하는 문제를 종합적으로 따져볼 필요가 있다. 이런 문제는 역시 남성의 변심과 그에 따른 여성의 죽음을 다룬 「빙허자방화록」에서도 되풀이되는 중요한 논점이 된다.

는 시각으로 확대된다. 작가는 매영을 잊어버리고 영산홍과의 새로운 사랑에 심취해서 인생을 즐기는 빙허자의 모습을 "정수사변(情隨事變)", 즉 '상황의 변화에 따라 사랑도 변했다'라고 지적한다. 다시 말하면 여건에 따라 사랑도 옮겨갈 수 있으며, 바로 그것이 현실이다라는 식이다. 기실 영원히 변치 않는 사랑은 다분히 이상적인 것이다. 일상을 살아가는 인간이라면 누구나 꿈꾸는 것이되 일관성 있게 지켜내지 못하는 것이기도 하다. 그러기에 인간은 늘상 이러한 사랑에 대한 채워지지 않는 갈증 혹은 욕망을 품고 살아간다. 이 또한 사랑이라는 불가해한 현상에 대해 인간이 떨쳐내지 못하는 일종의 환상이랄 수 있다. 이러한 사랑의 일상적 측면을 포착해냈다는 점에서 일단 「빙허자방화록」은 충분히 그 독특한 의의를 부여받을 수 있다.

문제는 이러한 일상적 시각이 작품 전체에 일관되는 미의식적 차원으로 형상화된 것이냐 아니냐일 것이다. 「빙허자방화록」은 후자 쪽이다. 정수사변이라는 작가의 언급은 일상적 미학의 차원과 관련된 것이 아니라 빙허자의 변심을 합리화하려는 의도에 의한 것이다. 이 정수사변이라는 용어 자체도 「빙허자방화록」의 작가가 만든 것이 아니라 전작인 「상사동기」에서 그대로 따온 말이다. 「빙허자방화록」의 인물이나 설정 혹은 분위기에 「상사동기」와 혹사한 측면이 많은 것으로 미루어 변심에 대한 빙허자의 책임을 면피하기 위해 의도적으로 이러한 용어를 따온 것으로 보인다.

그 근거로 명혼 모티프를 수용함에 있어서 지극히 남성 중심적인 낭만성 추구 경향을 들 수 있다. 매영이 죽었단 사실을 알게 된 빙허자는 다시금 그녀에 대한 사랑의 감정을 회복하게 되며 이로 인해 심리적 방황을 겪는다. 문면에 구체적으로 나와 있진 않지만 과거 응시도 포기할 정도로 그가 받은 충격은 상당한 것이었던 듯 보인다. 변심을 기점으로 현실 속으로 한 걸음 성큼 다가갔던 빙허자가 이제 매영의 죽음으로 인해 다시 일정한 거리를 두게 된 것이다. 애정 상대의 죽음 혹은 영원한 이별로 인한 정신적 방황과 현실에 대한 거리두기는 전기 양식 속 전작들에서 끊임없이 되풀이 되어온 설정이다. 「이생규장전」, 「만복사저포기」와 같은 작품들 속에서 남주인공들은 애정 상대와의 영별(永別) 이후 생에 대한 반성에 이른다. 명혼 모티프는 이처럼 삶의 방식에 있어서 남주인공이 경험한 존재론적인 전환을 상징한다.

그렇다면 「빙허자방화록」에서는 어떠한가. 빙허자가 매영에게 바친 제문과 인귀교환의 구체적 양상을 통해 살펴보기로 하자. 전기 양식에서 제문이라는 삽입문의 형식은 애정의 파국에 대한 남성의 태도를 상징적으로 드러내어 보여준다는 점에서 중요한 의의가 있다. 이 형식은 「만복사저포기」에서 처음으로 등장하며, 이후 여성의 비극적 죽음에 대한 남성의 애도를 나타내는 삽입문의 형식으로 확립되어 「주생전」으로 계승되어 왔다. 「만복사저포기」처럼 애정 장애가 순전히 전란과 같은 외부로부터 발생하는 작품에서 남성의 제문은 죽음에도 불구하고 변치 않는 남녀의 사랑과 지기지음의 완벽한 일치감, 이승과 저승의 간극으로도 갈라놓을 수 없는 사랑의 깊이를 상징한다. 즉 「만복사저포기」에서 남성의 제문은 인귀교환 모티프와 결합되어 영원 불멸한 사랑을 형상화하는 수단이 된다. 그러나 남성의 변심으로 인해 사랑이 결렬되는 「주생전」에 오면 그 의미가 달라진다. 「주생전」에서 제문은 남성의 배신으로 인한 여성의 죽음을 반성하는 계기로 거듭나지 못하고 오직 「만복사저포기」에서 등장했던 제문의 구조를 형식적으로 답습하는 데 그친다.

「빙허자방화록」의 제문은 바로 이 「주생전」의 패턴을 이어받았다. 매영의 제단에 바쳐진 제문에서도 드러나듯이 빙허자의 태도에서는 상대를 배신한 자신의 책임을 통감하고 이를 반성하는 자세는 일절 드러나지 않는다. 빙허자의 제문은 여성의 덕성 칭송, 사랑의 술회, 죽음의 애도로 전개되는 「만복사저포기」식의 제문 형식을 충실히 따르고 있으면서도 다른 여성과 관계를 맺은 잘못과 상대를 배신하여 죽게 만든 책임에 대해서는 한 마디도 언급하지 않는다. 오히려 빙허자의 제문은 자기 정한의 해소라는 목적을 보다 뚜렷이 보여준다. 상대가 겪었을 고통 자체보다는 그녀의 죽음 때문에 자신이 겪어야 하는 충격과 자책의 감정으로부터 해방되고 싶은 마음이 드러난다. 낭만적 감정의 유로를 통한 자기 합리화 혹은 감정의 해방을 추구하고 있는 것이다. 여기에는 작가의 남성 중심적 의식과 낭만적 지향이 그대로 투영되어 있다.

인귀교환 모티프 역시 마찬가지이다. 매영이 임종 직전에 남긴 유서에는 자신의 비극적 운명에 대한 한탄만이 나타날 뿐 자신이 처한 입장에 대한 뚜렷한 현실 인식은 전혀 드러나지 않는다. 빙허자의 구애를 받아들이기 전, 현실적 파장을 꼼꼼히 따져보던 냉철한 태도나 사족 남성 앞에서도 당당하게 유지하던 이지적인 태도의 흔적은 찾아볼 수조차 없다. 그저 자신이 감당할 수 없는 운명을 한탄하고 팔자 소관으로 돌리는 심상한 여인네의 자탄만이 읽힐 뿐이다. 만약 빙허자의 구애를 받아들이기 전에 보였던 매영의 저 도도한 자부심과 지적인 현실 인식을 기대했던 독자라면 이 시점에서 그 바람은 철저히 배신당한다. 이처럼 자기를 배신한 남성을 비난하지 아니하는 매영의 모습은 남성들이 바라는 일종의 이상형이랄 수 있다. 버려졌음에도 불구하고 오직 자신만을 바라보며 인내하고 기다리는, 그리하여 자신의 마음이 또 한 번 바뀌었을 때 돌아갈 수 있는 여성상이란 남성들의 오래된, 그러나 결코 변치않는 마음의 고향이자 환타지다. 여기에는 빙허자의 변심을 합리화하고자 하는 작가의 의도가 내재해 있다. 앞서 언급했던 바 「가운화환혼기」의 다분히 이상화된 숭고한 환혼 모티프와의 영향 관계도 지적해볼 수 있겠다.[15)]

---

15) 인귀교환의 대목에서 매영은 열을 지키다 죽어간 열녀로 공인받기를 원하는 관념적 절의의 화신과도 같은 모습으로 형상화된다. 이러한 매영의 열녀적 형상은 빙허자의 변심이 없었다면 인귀교환 모티프와 함께 영원한 사랑의 테마의 핵심을 형성했을 것

인귀교환의 상황에 직면한 빙허자의 태도도 같은 맥락이다. 빙허자는 여귀로 나타난 매영과의 재회를 뜻하지 않은 운명의 횡포를 극복한 재화합으로 받아들인다. 인귀교환이 종결되고 영원한 이별을 해야하는 순간 표출되고 있는 빙허자의 정서적 반응 역시 비현실적인 재화합의 한시성에 대한 한탄과 현실 세계에 혼자 남겨진 외로움, 상실감, 애상감 등이다. 이러한 반응은 전기 양식 속 전통적인 명혼 모티프에서 보여지는 남성인물들의 태도와 유사하기는 하지만 현실 초월로 이행되지 않는다는 점에서 결정적으로 세계관적인 차이를 보여준다. 빙허자는 매영과 "이후로 다시는 서로 보지 못하고 영원히 이별"[16]한 것일 뿐 현실 세계 속에서 그의 삶은 여전히 지속되기 때문이다. 매영의 죽음으로 인해 빙허자가 자기 반성에 이르지 못했던 바와 마찬가지로 인귀교환이라는 충격적 사건 이후에도 빙허자의 삶의 방식은 세상을 저버릴 정도의 심중한 영향을 받지 못했다는 것이다. 「빙허자방화록」의 작가가 남성 변심의 비판이 아닌 합리화와 자기위무를 지향하고 있다는 사실이 여기서 다시금 확인된다.

이처럼 「빙허자방화록」에서 활용되고 있는 전기 양식의 전통적인 관습적 요소들과 변심 테마 사이에는 세계관적 간극이 존재한다. 이러한 거리조차도 한 작가의 일정한 창작 의식의 소산인 만큼 그 의도를 심층적으로 살펴보아야 할 것이다. 본고에서는 이러한 간극이 남성 변심의 합리화와 남성의 자기 중심성 재확인을 위해 의도되고 있음을 지적해보았다. 더 섬세하게 따져본다면 기득권으로부터 소외된 사족 남성의 욕망의 유로를 형상화하고자 한 것으로 볼 수 있다. 구체적으로는 현실 정치의 참여라는 현실적인 생의 방식과 이로부터 소외된 결핍감, 자신보다 하위 계층의 여성과의 사랑이라는 다분히 비현실적 열정, 이 세 가지가 부단히 교체되면

이다. 이에 관해서는 졸고, 「빙허자방화록 연구」, 245쪽 참조 바람.

16) "而此後, 終不相見, 忍以永訣", 「憑虛子訪花錄」, 김기동 · 이종은 공편, 『고전한문소설선』, 교학연구사, 1984, 346쪽

서 욕망의 유로를 구성한다. 여기서 현실적 결핍감은 바로 중인 여성과의 사랑에 대응된다. 현실적으로 결핍된 욕망을 사랑을 통해 충족시켜 보고자 하다가 현실적인 상황에 의해 이를 배신하는 동시에 현실 세계와의 화해를 모색하고, 다시금 그 사랑의 충격으로 세계와 일정한 거리를 두게 되는 일련의 지향은 바로 이렇게 빙허자의 욕망을 구성하는 세 요소가 교체되는 과정 속에서 이루어지게 되는 것이다.[17)]

이러한 남성 중심적 욕망의 유로를 합리화하기 위해 작가는 일상성의 미학과 비현실적인 낭만성 혹은 센티멘탈리즘을 적절히 활용한다. '사랑이란 영원할 수 없으며 때로는 변심하고 그러다가도 때로는 다시 만나는 것이 현실의 실제 삶이다'라고 하는 것이 지극히 일상적인 미감의 소산이라면, 배신의 잘잘못을 떠나 지나간 옛사랑의 그림자에 상심하고 서글퍼하는 감정의 분출은 낭만적 센티멘탈리즘이다. 이 두 가지 미감의 교직에 의해 매영의 비극적 죽음에 대한 빙허자의 책임은 교묘히 은폐된다. 이 점에서 인간 관계의 이면에 존재하는 남성 중심적인 가부장제적 전통을 비판적으로 반성하지 못했다는 한계가 제기될 수 있을 것이다. 남녀관계에 개입된 권력 혹은 헤게모니의 역학 관계를 진지하게 반추하지 못했다는 점은 분명히 지적되어야 할 점이다.

이러한 시각에서 보면 「빙허자방화록」의 작가가 추구하는 일상성과 낭만성은 어쩌면 상대적으로 가볍다고 느껴질 수도 있을 것이다. 그러나 뒤집어서 생각하면 현실에 대해 진지한 혹은 비판적 시각이란 다분히 이상

---

17) 박일용은 전기소설사가 17세기에 들어 "신분적 차이 때문에 비극적인 최후를 맞는" 하층민의 삶을 등장"시켰다는 점에서 비판적 지식인인 작가층의 "세계 인식의 폭과 깊이가 심화"되었다고 본 바 있다.(박일용, 「전기계 소설의 양식적 특징과 그 소설사적 변모 양상」, 『민족문화연구』28, 고려대학교 민족문화연구소, 1995, 88-89쪽 참조.) 그러나 「주생전」과 같은 작품에서 작가의 비판적 의식이 얼마나 철저하게 형상화되었는가 하는 점은 다시금 되짚어 봐야만 할 논란거리다. 일단 「주생전」의 세계관과 작가 의식의 문제를 접어둔다 하더라도 「빙허자방화록」에서 드러나는 남성 중심적 합리화와 욕망의 낭만적 유로는 전기소설사의 흐름 속에서 주목되어야만 하는 측면이다.

적인 것이며 또 다른 고정 관념을 야기할 수도 있다. 즉 현실은 반드시 이러이러 해야 한다는 식의 비판적 시각을 일관성 있게 적용할 정도로 단순하지 않다는 것이다. 복잡다단한 인간들의 욕망이 공존 혹은 상충하는 현실에서는 항상 당위적인 상황만이 펼쳐지지는 않는다. 오히려 생각지 못했던 우연적이고 가변적인 사건이 연속되는 것이 우리가 살아가는 현실의 참모습일 터이다. 그러므로 일상성의 미감에서 바라보면 현실의 진지한 반추란 오히려 하나의 당위가 될 수도 있으며, 그 고정 관념 때문에 제외된 어쩌면 변덕스럽기까지 한 인간들의 욕망의 유로가 건져올려질 수 있다. 또한 남성 중심적인 사고가 강고한 이념적 영향력을 행사하고 있었던 당시의 관점에서 볼 때 남성 변심의 합리화란 어쩌면 당연한 귀결일지도 모른다.

여타의 작품들과 「빙허자방화록」을 합철해놓은 필사자를 포함한 이 작품의 독자층은 대부분 이러한 작가의 세계관을 당연하게 받아들였을 것이다. 문인 지식층인 전기소설의 주독자층은 암묵적으로 작가의 세계관에 동의하는 한편으로 사족 남성의 욕망을 일상적으로 풀어놓은 이 작품의 미의식에 새로움을 느꼈을지도 모른다. 또한 비현실적인 낭만성과 센티멘탈리즘에 대해서는 전기 양식의 전통적인 관습의 일부로서 친숙하게 받아들였을 것으로 생각된다. 「빙허자방화록」의 작품 세계에는 일정한 한계가 발견되는 반면에 이렇게 전통의 관습 속에서 새로움을 추구한 의의가 확인되는 것이다.

4. 전기소설사적 맥락과 의의

'전기적 사랑'하면 우리는 의례 영원불멸한 애정의 모습을 떠올린다. 어떠한 시련이 닥쳐와도 오히려 굳건히 유지되는 이상적인 사랑의 형태이다. 그런데 이러한 영원한 사랑의 이상은 그것이 강화되면 될수록 그 자체로 일종의 고정 관념 혹은 이념성을 띠게 된다. 요컨대 남성에게는 현실과 타협하지 않는 고고한 선비정신 혹은 문인 지식인적 교양과 연결된다든가, 여성에게는 차라리 자기 목숨을 버릴지언정 지조를 지켜야 한다는 정조관념 혹은 열녀 이데올로기와 결합된다. 특히 후자의 경우에는 비록 상대 남성과 단 한 번 사랑을 맹세한 것에 불과했다 할지라도 결코 다른 혼처에 시집가서는 안 되며, 피난의 긴박한 와중에 연약한 여자의 몸으로 홀로 버려졌다 해도 죽음으로써 겁탈의 상황만은 모면해야 한다는 논리를 내포한다. 여기서 영원한 사랑의 이상이 당위적인 이념으로 관념화되어 있음을 발견할 수 있다.

그 대표적인 사례가 「이생규장전」이다. 왜적들에게 맹렬히 저항하다가 살이 도려내진 채 참혹하게 살해당한 최랑의 원혼은 원귀가 되어 돌아와 이생과 재회하고, 이 두 사람은 유명을 초월하여 저 유명한 인귀교환의 한 장면을 연출한다. 지금까지 이 장면은 생사의 간극을 극복한 사랑을 추구하는, 다시 말해서 전란이라는 현실적 질곡을 초월하고자 하는 인간의 지향을 드러내는 대목으로 해석되어왔다. 전기적 사랑이 의도하는 주제를 함축적으로 상징하는 장면으로 평가받아 왔다고 해도 과언이 아닐 것이다. 물론 이는 전기 양식의 특성상 타당한 지적이다.

그러나 사랑과 인간의 욕망, 그리고 현실이라는 측면으로 관점을 살짝 비틀어보면 그동안 조명되지 못했던 새로운 양상이 그 모습을 드러낸다. 여기서 질문 하나를 던져보자. 목숨이 경각에 달린 절체절명의 순간에 최랑처럼 강도들에게 욕을 해댈 수 있는 사람이 과연 현실에서는 몇이나 될까. 특히 저쪽은 강포한 남성들이고 이쪽은 연약한 여자라면 최랑처럼 행동할 수 있다고 나설 수 있는 경우의 수는 거의 제로에 가까워질 것이다. 그렇다면 다시 아내조차 내버려두고 오직 자기 목숨만을 구하기 위해 줄행랑을 친 이생의 행동에 대한 찬동 여부를 물어보자. 아마도 인간으로서 마땅히 해야 할 바를 기준으로 할 때 이생에게 찬성표를 던질 사람은 거의 없을 것이다.

하지만 당신이 이러한 현실에 놓여져 있다면 거개가 이생처럼 행동하거나 근처에 숨어서 사태의 추이를 지켜보지 않을까. 비록 비겁하다는 비난을 받을지언정 이런 행동이야말로 실재 현실을 살아가는 사람들의 가감 없는 본연이 아닐까 보여진다. 이생과 같은 행동에 대해 비겁하다거나 인간으로서 차마 못할 짓이다라고 하는 평가에는 이미 마땅히 그러해야 한다는 당위적 가치기준이 개입되어 있다. 이러한 가치 평가에 따른 행동은 그러해야 한다고 머리 속에는 입력되어 있되 보통의 인간들이 복닥대며 살아가는 현실에서는 일상적으로 대면할 수 있는 게 아니다. 다시 말해서 이해 득실 혹은 목숨이 경각에 달린 선택의 상황에 직면했을 때 세속의 범인들이 지켜내기 어려운 다분히 이상적인 관념이라는 뜻이다. 실제 현실 속에 존재할 수 있는 다기한 경우의 수와 비교할 때 이러한 당위적 관념이 얼마나 획일적인 모습으로 고정되어있는지가 상대적으로 부각된다.

「이생규장전」이 전반적으로 지향하는 영원한 사랑의 테마는 이처럼 최랑의 비현실적인 열행과 희생의 기반 위에서 성립한다. 이러한 여성상은 조금씩 그 구체적인 모습을 바꾸어가면서 「최척전」, 「동선기」, 「왕경룡전」 등으로 계승된다. 그러나 「이생규장전」의 전란 삽화에서 드러난 남성의 이기심은 작품이 강조하는 숭고한 사랑의 모습과는 전혀 어울리지 않는다는 사실을 부인할 수 없다. 이 전란에서는 남성의 이기심이 노출되고 있다는 점, 현실의 위기 상황에 직면하여 사랑을 저버릴 수 있는 인간의 나약한 모습이 드러나고 있다는 점, 그럼에도 불구하고 「이생규장전」은 이를 남녀 관계의 결렬 계기로 설정하지 않고 관념적 열행, 인귀교환 모티프, 부지소종의 결구 등을 동원하여 이상적인 사랑의 형태로 승화시키고 있다는 점에 주목할 필요가 있다. 여기서 바로 「이생규장전」의 전란 모티프 속에는 위기 상황에서 사랑을 지킬 수 없는 인간의 왜소함을 당위적 이념을 통해 이상적인 것으로 왜곡하고자 하는 의도가 내포되어 있음을 확인할 수 있다. 저 유명한 「이생규장전」의 영원한 사랑의 신화는 이처럼 다분히 조작된 여성의 열행, 남성의 이기심에 관대한 작가 의식 등이 결합되어 탄생한 것이다. 만약 이생의 모습에서 노출되고 있는 주인공의 현실적 행동, 이기심, 나약함 등이 이를 애정 파탄의 계기로 포착해낼 수 있는 작가의 비판적 안목을 만났더라면 전혀 다른 양상의 작품으로 탄생될 수 있었을 것이다.

본고가 다룬 「빙허자방화록」은 작가에 의해 이상이나 관념 등이 선험적으로 전제되지 않은 사랑의 모습을 형상화하고 있다. 이 점에서 영원한 사랑의 테마를 다룬 작품들과는 세계관적 기반부터 다르다고 할 수 있다. 「빙허자방화록」에서 형상화된 변심 테마는 사랑이 결렬되는 양상을 통해 궁극적으로 영원히 변치않는 사랑이란 현실 세계에선 불가능하다는 사실을 일깨워준다. 비록 여성의 일방적 열행과 지조에 의해 일단 파국을 맞은 사랑이 지속된다는 지극히 남성 중심적 시각을 표출하고 있기는 하나 이미 이러한 양상은 영원한 사랑의 테마의 그것과 일치할 수는 없다. 아무리 인귀교환 모티프를 동원하고 여성의 관념적 열행에 기반한 사랑의 지속을 강조한다 하더라도 변심 테마와 남성 중심적 시각 사이의 간극은 여전히 메꾸어지지 않은 채 상존한다. 오히려 이러한 간극 덕분에 변심 테마에 내포된 일상성의 미학이 더욱 강조된다. 변심했다가 다시 옛사랑을 회복하는 남성의 모습은 도리어 사랑이란 당사자가 현재 놓여진 상황, 가치관의 변화 등에 따라 얼마든지 옮겨가거나 파탄을 맞을 수도 있다는 사실을 부각시켜주는 것이다. 이러한 남성의 모습은 선험적인 관념과 이상에 의해 왜곡되지 아니한 본연의 욕망을 노출한다. 어쨌든지 간에 자기 중심적일 수밖에 없는 인간의 본성과 왜소성, 그리고 결코 영원 불멸할 수 없는 사랑의 본질이 마땅히 그러해야 한다고 믿어지는 숭고한 사랑이 아닌 일상적인 사랑을 통해 그려지고 있는 것이다.

그러나 한편으로 이러한 현실적 욕망은 인간세계를 지탱하는 제도, 질서에 의해 영향을 받는다는 점에서 또 다른 의미의 선험적 규범의 영향으로부터 자유롭지 못하다. 인간은 현실의 제도와 질서를 만들어내는 주체이지만 다시 그것에 의해 정신과 의식, 행동이 지배당하는 모순적 존재이기도 하다. 사랑에 대한 이기심이라는 것이 비록 현실적인 이유로 발현된 것이라고는 하나, 따지고 보면 그 현실적인 원인이라는 것도 결국은 인간세계의 삶을 유지하고 통제하기 위해 규정된 제도와 질서의 영향 속에서 이루어지는 것이다. 「빙허자방화록」의 남주인공 빙허자도 자신이 속한 조선사회의 저 강고한 남성 중심적 가부장제 이데올로기 속에서 내면화되어 온 이기심과 출세욕, 여성에 대한 편견 등에 의해 영향을 받고 이에 따라 상대여성을 배신하는 애정 비극의 주인공이 되고 있는 것이다. 이처럼 변심 테마는 사랑을 지속하지 못하는 인간의 본성 속에 내재된 제도와 질서의 영향, 즉 인간 스스로 파국을 선택하거나 초래한 것 같이 보이는 이면에 내포되어 있는 인간 정신과 제도와의 함수 관계를 사랑의 비극을 통해 보여주고 있다는 의의가 있다.

그렇다면 이쯤에서 한 가지 질문을 던져보자. 이러한 변심 테마는 조선 후기 작품인 「빙허자방화록」에 와서 돌출적으로 나타난 것인가. 이전의 전기소설사에서는 이런 테마를 다룬 작품이 존재하지 않았던 것인가. 이 문제는 전기소설사의 구도와 관련되어 있는 만큼 섬세하게 다루어질 필요가 있다. 지금까지 한국 전기소설 연구사에는 변심 테마가 조명을 받지 못했던 반면 중국쪽에서는 일찍부터 이 문제가 주목되어 왔다. 한 기존 논의에서는 당대(唐代) 전기소설에 나타나는 이러한 애정의 양상이 한국 전기소설에서 드물게 나타난다는 점을 독자적인 특징인 것으로 규정하고, 이런 특징이 나타나는 작품에 대해서는 전기소설의 장르 규범에서 이탈한 경우로 분류[18]한 바 있다. 그러나 모든 연구자들이 동의하듯이 남성의 배신이 나타나는「주생전」을 전기소설의 장르 규범에서 예외적인 경우로 분류하면서도 유사한 패턴으로 애정 비극이 초래되는「곽소옥전」은 전기소설의 본령에 든 작품으로 보는 관점에는 쉽사리 동의하기가 어렵다. 이는 전기소설사를 조선 후기로 확대하지 못한 결과 변심 테마를 전기 양식의 한 주지로 보아 그 의의를 간과한 결과 비롯된 모순으로 보인다.

중국 전기소설사에서는「신도징」,「유씨전」,「이혼기」,「이장무전」,「곽소옥전」,「앵앵전」 등 이른 시기인 당나라 때부터 변심 테마를 조명한 작품들이 존재해왔다. 이러한 작품들은 한국 전기소설사의 발생기인 나말여초부터 영향을 미쳐왔으며 마치 자매편인 것처럼 함께 다루어져왔다. 그런데「빙허자방화록」은 특이하게 변심 테마를 다룬 전대의 한국 전기소설과 긴밀한 영향 관계에 있는 작품이다. 앞서 자세히 고찰하였듯이「주생전」,「상사동기」가 바로 그 예에 해당한다. 이는 조선 후기에 오면서부터 변심 테마가 한국 전기소설사에서 어느덧 자리를 잡게 되었음을 입증한다. 그렇다고 하여「빙허자방화록」의 변심 테마가 중국의 그것과 전혀 관련되어 있지 않은 것이냐 하면 그렇지 않다.

「빙허자방화록」에는 매영의 이상형으로 당나라 제일의 시인인 두목을 예로 들고 있는데, 이 두목이라는 인물은 중국에서 지속적으로 염정고사의 주인공이 된 인물이다. 두목의 염정고사는 전기소설화된 형태로는 고언휴(高言休)가 찬한 잡사소설집(雜事小說集)인『궐사(厥史)』卷上「두목(杜牧)」조에 처음으로 실려 있으며, 당나라 전기소설집인『태평광기』권 273에도 같은 제명으로 실려있다. 명대(明代) 소설집인「합각삼지(合刻三志)」,「오조소설(五朝小說)」,「당인설회(唐人說薈)」,「용위비서(龍威秘書)」 등에는 제목이「양주몽기(揚州夢記)」로 바뀌어 있으며, 빙몽룡의『정사』에도 수

18) 박희병,「전기소설의 문제」,『한국 전기소설의 미학』, 1997, 돌베개, 24쪽

록되어 있다.[19] 그러나 「두목」이나 「양주몽기」 모두 두목의 십 년에 걸친 여색 편람과 박행(薄倖)을 다룬 내용은 대동소이하다. 간단히 줄거리를 소개하자면 두목은 사방을 두루 유람하며 미색을 열람하고 다니는 것을 즐겼는데, 호주(湖州)에서 한 미인을 만나 십 년 후 결혼을 약속했다. 그러나 기약을 어기고 십사 년이 지나서야 돌아오니 그녀는 이미 출가를 하고 자식을 세 명이나 낳았더라는 이야기이다. 남성의 파약과 자기 중심성이라는 변심 테마의 한 패턴이다. 사랑의 맹세를 저버리고 배신했다는 점에서 「빙허자방화록」 역시 이러한 파약의 패턴과 상통하는 측면이 있다.

「빙허자방화록」의 작가가 두목의 염정고사만을 인용한 것인지 아니면 소설화된 작품을 직접 접한 것인지의 여부는 확언할 수 없다. 그러나 고려시대부터 「태평광기」가 수입되어서 널리 유통되었으며, 유만주(1755-1788)의 독서목록을 비롯하여 이옥(1760-1812)의 문집 등 곳곳에 『정사』의 독서기록이 남아있는 것으로 미루어 이 두 작품집에 실려 있는 「두목」, 「양주몽기」 역시 조선조의 문사들에게 익숙한 작품이었을 가능성이 크다. 「빙허자방화록」에서 언급하고 있는 양주와 낙양에서 벌인 두목의 행적은 구체적으로 청루의 기생 편람을 가리킨다. 전기소설 「두목」 혹은 「양주몽기」에서 두목은 십 년간 양주 절도사 서기로 제직하고 뒤이어 낙양의 어사분사(御史分司)로 있으면서 기생들과 숱한 염문을 뿌렸으며, 특히 낙양에서는 명기인 자운(紫雲)과 친밀한 관계에 있었던 것으로 묘사된다. 따라서 「빙허자방화록」의 "번천(樊川, 杜牧의 號)이 취하여 양주를 지나가자 교목의 향기가 수레에 가득했고, 낙양의 봄바람이 주렴을 모두 걷었습니다."[20] 란 본문 내용은 이 두 작품을 보지 않고서는 나올 수 없는 대목이다.

---

19) 李淑章 等編, 『中國古典文學人物形象大辭典』, 內蒙古人民出版社, 1998, 430쪽 ; 『中國古代小說百科全書』, 中國大百科全書出版社, 1998, 419-420쪽, 668쪽

20) "樊川醉過楊州, 橋香滿車, 洛陽春風, 捲盡珠簾", 「憑虛子訪花錄」, 김기동 · 이종은 공편, 『고전한문소설선』, 교학연구사, 1984, 339쪽

여기서 한 가지 강조해 두고 싶은 점은 「빙허자방화록」의 작가가 이 두목의 염정고사를 활용하는 방식이다. 두목은 평소 매영이 배필로 소망해왔던 이상적 남성상으로 나온다. 결국 빙허자의 배신 때문에 비극적 죽음을 맞는 매영이 손꼽았던 이상형이 두목이라는 사실은 읽는 이로 하여금 묘한 아이러니를 느끼게 한다. 매영의 비극은 이 고사를 인용함으로써 더욱 강조되는 측면이 있다. 두목의 염정고사나 그를 주인공으로 한 중국 전기소설의 전통을 모르는 사람이라면 모를까 이에 익숙한 독자라면 작가가 특별한 의도를 가지고 이런 설정을 했음을 짐작할 수 있을 것이다.

이처럼 변심 테마는 한국 전기소설사의 초기부터 중국 전기소설과 긴밀한 영향을 주고 받으면서 애정 테마의 한 부류를 형성해왔다. 위에서는 중국 전기소설과 직접적인 관련이 있는 작품들만 예시했지만 그렇지 않은 작품까지 합한다면 해당 작품수는 보다 많아진다. 뿐만 아니라 조선 후기로 올수록 변심 테마의 범주로 분류될 수 있는 작품이 풍부하게 발견된다. 여기서는 지면 관계상 이러한 변심 테마의 거대한 흐름을 다 제시할 수는 없지만 전기소설사가 영원한 사랑의 테마만을 중심으로 전개된 것이 아니라는 사실만은 분명히 지적해두고자 한다. 변심 테마는 전기 양식의 발생기부터 존재해왔으며, 영원한 사랑의 테마와 함께 전기 양식의 애정 테마를 양분해왔다. 전기소설사의 구도는 변심 테마를 고려함으로써 새롭게 조망될 수 있는 것이다. 본고에서 고찰한 「빙허자방화록」은 바로 이러한 변심 테마가 조선 후기에 와서 확대되어가는 도정에서 창작된 작품으로 보여진다.

Ⅳ. 「백운선완춘결연록」의 작품 세계와 변심 테마의 전기소설사적 맥락

1. 문제 설정의 방향

독창적인 한 작품에 의해서 어느 특정한 주제나 화소, 미의식 혹은 캐릭터가 향유층의 뇌리에 깊은 인상을 남기게 된다면 어떤 형식으로든 이후에 등장하는 작품 속에 그 흔적을 남기기 마련이다. 각기 다른 작품 속에서 비슷한 갈등 구조나 인물배치를 발견할 수도 있다. 이는 새로운 작품의 창작이란 것이 기존 작품의 독서 경험과 부단한 습작에 의해서 이루어진다는 점을 생각해보면 그다지 특별할 것도 없다. 17세기 이래로 소설의 유형이 다기하게 분화되어 가고 필사나 방각·활자출판을 통해 원한다면 어려움 없이 기존 작품을 향유할 수 있는 기반이 조성되었다는 점을 고려하면 더욱 그러하다. 하늘 아래 더 이상 새로울 것이 없다는, 상호모방이란 오늘날의 용어가 전혀 어색하지 않았을 그 시기에, 새로운 작품의 창작이란 기존 작품과 부단히 비교하고 대화하는 차원에서 이루어졌다 할 수 있을 것이다. 이때 향유의 형태는 대량 필사나 출판에 의해 다수에게 환영받는 대중적인 것일 수도 있고 특정한 미의식을 추구하는 소수끼리 베끼거나 빌려주거나 혹은 특별히 구해다 읽는 다소 폐쇄적인 것일 수도 있다.

다만 필자는 소설 창작이 어떤 형태로든 기존 작품에 대한 향유층의 비평 혹은 불만을 반영하는 차원에서 이루어진다는 점을 새삼 강조해두고 싶다. 혼자의 힘으로 소설사를 열거나 패러다임 자체를 바꿀 수 있는 천재가 아니라면 대부분의 작가는 작품을 창작하기에 앞서 열렬한 독자인 경우가 대부분이고 소설의 창작이 이러한 독서 경험 속에서 나오는 것임을 우리는 작가 후기나 서문 혹은 문집 속의 비평자료 속에서 확인할 수 있다. 이 점에서 새로운 작품의 창작이란 언제나 넓은 의미에서 문학적 담론의 일환이랄 수 있다. 그것이 작가 개인의 소감에 더하여 다수 향유층의 요구를 반영하는 형태라면 더욱더 그러하다.

이렇게 볼 때 하나의 장르 문법과 특별한 연관을 맺고 있으면서도 전작들의 미의식과 비교하여 상대적으로 다소 생경한 미감을 표출한 작품이 있다면 이에 대한 평가는 신중하게 내려질 필요가 있다. 필치의 고하나 문학성의 유무를 판가름하기에 앞서 논자의 시각에 일종의 편견이 내재해 있지는 않은가 한 번쯤 반성할 기회를 가져볼 필요가 있는 것이다. 이런 관점에서 신중하게 다뤄져야 할 작품의 한 예가 바로 「백운선완춘결연록」이다. 「백운선완춘결연록」은 아직 한번도 그 작품 세계가 본격적으로 다뤄진 적이 없다. 간략하게 분석된 지면조차 거의 전무[1)]한 상황인데 암묵적으로 전기 양식의 전통과 관련이 있으면서도 필치가 저급한 작품으로 평가되어왔다.[2)]

「백운선완춘결연록」은 박노춘 소장의 한문소설로 7,817자 내외의 중편

1) 박노춘이 처음으로 「백운선완춘결연록」을 소개(박노춘, 「빙허자방화록 · 백운선완춘결연록 략고」, 『한메 김영기선생 고희기념 논문집』, 1971, 185쪽)한 이래, 윤재민이 재자가인소설의 결구 방식을 수용하여 단편으로 축약한 결과 전기소설의 최소 장르 규범의 한계를 벗어난 작품이라고 간략하게 다룬 바 있다.(윤재민, 「조선후기 전기소설의 향방」, 『민족문학사연구 15』, 1999, 29쪽)

2) 정환국, 「16-7세기 동아시아 전란과 애정전기」, 『민족문학사연구』15, 1999, 51쪽, 각주 39번이 대표적인 경우다.

분량이다. 한문으로 필사된 소설집 형태의 필사본 속에 묶여있다. 박노춘이 이 필사본을 발견할 당시 「상사동전객기(相思洞錢客記)」, 「빙허자방화록(憑虛子訪花錄)」, 「증평양기첩간(贈平壤妓妾簡)」, 「루증이소랑서(淚贈李小娘書)」와 같은 작품과 합철되어 있었다[3]고 하나 소장자의 사후 이 필사본의 행방은 묘연한 상태다.[4] 다행히 「빙허자방화록」과 「백운선완춘결연록」 두 작품은 소장자가 해제와 함께 원문을 활자화[5]하여 실어두었기 때문에 내용의 전모를 확인할 수 있다.

필사기와 같은 결정적 증거는 차치하고 원문 자체가 남아있지 않기 때문에 이 작품의 창작 시기 추정은 쉽지 않다. 그렇다고 전혀 추정 근거가 전무한 것은 아니다. 본문의 내용을 찬찬히 살피면 여주인공의 미모를 묘사하면서 적경홍, 계섬월에 빗대고 있는 바, 이 둘은 의심의 여지 없이 저 유명한 「구운몽」에 등장하는 인물들이다. 이로 미루어 일단 「백운선완춘결연록」은 「구운몽」이 독자들에게 폭넓게 수용되던 어느 시점에서 창작되었을 것으로 짐작된다. 「구운몽」의 수용 및 유통과정 중 「백운선완춘결연록」의 작가 혹은 향유층과 관련있는 부분은 한문식자층이 될 터인데, 한문 식자층에 의한 「구운몽」의 공식 기록과 한역은 모두 작가 김만중보다 한 세대 밑인 이재(李縡)(1680-1740), 김춘택(金春澤)(1670-1717)에 의해 이루어졌다. 「백운선완춘결연록」의 창작 시기 역시 17세기 후반에서 18세기 초중반에 걸쳐있는 것으로 추정해 볼 수 있지 않을까 생각된다.[6]

---

3) 박노춘, 전게논문, 185쪽

4) 필자의 확인 결과 박노춘 교수의 사망 후 집을 옮기는 과정에서 대부분의 자료를 잃어버렸다고 한다. 박노춘 교수의 부인이 수고를 아끼지 않았음에도 불구하고 「빙허자방화록」이 들어있는 古寫本은 찾을 수 없었다. 부인의 전언에 의하면 현직 고등학교 교사로 재직중인 박교수의 옛제자가 고서를 대신 처분해 주겠다며 가져가서는 소식이 없다고 하였다.

5) 김기동 · 이종은 공편, 『고전한문소설선』, 교학연구사, 1984, 347-346쪽에도 동일활자본이 실려 있다.

6) 한편 또 함께 합철되어 전하는 「빙허자방화록」에서 「주생전」의 여주인공을 전고로

또 다른 근거는 「백운선완춘결연록」의 애정 테마가 17세기 작품인 「상사동기」, 「주생전」을 의식한 상황에서 구상된 것으로 보인다는 점이다. 「상사동기」(일명 「영영전」)는 「상사동전객기」란 제목으로 「백운선완춘결연록」과 묶여있기까지 하다. 함께 합철되어 전하는 「빙허자방화록」 역시 이 두 작품과 미의식적 자장 속에 놓여있는 작품인데, 본문 속의 여러 정황 증거들로 볼 때 「백운선완춘결연록」의 작가는 「빙허자방화록」을 읽고 난 후에 이 작품을 창작했을 가능성이 높아보인다. 이 네 작품은 모두 현실의 일상적 욕망에 견인되는 왜소한 남성 주인공을 내세우고 있으며 이로 인해 본질적 갈등이 빚어진다는 점에서 비슷한 문제 의식을 보여준다. 요컨대 사랑과 현실을 양손에 쥐고 어쩔 줄 몰라하는 인간의 고민을 다루고 있는 것이다. 문체 또한 상당히 비슷하다.

이처럼 「상사동기」, 「주생전」으로부터 「빙허자방화록」으로 이어지는 자장 속에 「백운선완춘결연록」이 위치해 있다는 사실은 매우 중요하게 다뤄질 필요가 있다. 소설사의 전환기인 17세기부터 18세기에 걸친 시기에 창작된 네 편의 작품이 상호 영향을 미치면서 창작되었으며 애정 테마나 인물 성격, 미의식 등의 측면에서 일정한 자장권을 형성했다는 점을 보여주기 때문이다. 한 세기를 지나는 동안 기존 작품을 어떤 방식으로든 의식하는 새로운 작품이 나올 수 있었다는 것은 이들 작품의 창작이 서사적 내러티브 속에서 상호 대화하는 방식으로 이루어졌다는 사실을 의미한다. 이는 변심이라는 테마가 전기소설사에서 한 줄기를 형성하면서 전변되어 나갔다는 필자의 시각과도 관련되어 있는 문제다. 이제 「백운선완춘결연록」의 작품 세계를 구체적으로 살펴보면서 이 문제를 찬찬히 짚

활용하고 있다는 사실도 간과할 수 없는 추정 증거가 된다. 물론 합철되어 전한다고 해서 두 작품이 같은 시기에 창작되었으리란 법은 없지만 전기소설을 소설집의 형태로 묶어놓은 경우 비슷한 시기의 작품들을 일정하게 선별해 놓고 있다는 점에서 무시할 수 없는 무게를 지니고 있다고 생각된다.

어나가기로 하자.

2. 전기 양식과 「백운선완춘결연록」

1) 변심 테마와 '부심한(負心漢)'의 전통

「백운선완춘결연록」은 1641년 전후의 중국 남양을 배경으로 백운선(白雲仙)이라는 남성과 이옥련(李玉蓮), 지월련(池月蓮)이라는 세 청춘남녀의 사랑을 그렸다. 백운선은 전쟁이 끝난 기념으로 열린 과거에 응시하러 상경하는 길에 여인들과 만나 사랑을 나눈다. 이후 나랏일에 바빠 소식이 끊긴 데다 엎친 데 덮친 격으로 여인들도 부친들의 임소에 따라가게 되면서 재회는 요원해진다. 그러던 어느 날 여인들이 자신들의 존재를 알리는 편지를 보내오고 이로써 다시 옛사랑은 이어져 세 사람이 혼인하게 된다는 게 대략적인 내용이다.

세 남녀의 인물 형상과 만남의 방식에는 전기 양식의 전통이 농후하게 배어있다. 요컨대 여기서 지적해 두려는 점은 전기 양식과 관련하여 「백운선완춘결연록」에서 발견되는 익숙함이다. 일단 전체적으로 볼 때 「백운선완춘결연록」은 문인층 남성의 사랑과 욕망의 유로라는 형식을 이어받았다. 백운선은 뛰어난 문예적 능력과 풍류를 즐길 줄 아는 여유를 지녔으며 출세에 얽매이지도 않는 호방한 남성이다. 한 마디로 풍류재자다. 비록 아직 출사하지는 못했지만 본인이 이에 연연해하지 않으니 스스로 치명적 결핍을 인지하고 있는 것도 아니다. 주변에서 독보적인 능력도 인정받고 있으며 여유로운 생활을 누릴 수 있을 만큼 가산도 요족하다.

한 가지 백운선 자신이 결핍을 강렬하게 인식하는 부분이 있다면 바로 혈연과 부부의 정 혹은 사랑에 관련된 부분이다. 부모는 일찍 죽었고 그 덕분인지 22살이라는 적지 않은 나이가 되도록 혼인도 이루지 못하였다. "다만 일찍 부모를 잃고 (자신의) 한 몸이 의탁할 곳 없음을 한탄하였다. 아직 일가를 이루지 못하고 홀로 있는 모습이 매우 외로웠는데, 이미 모친이 돌아가셨으니 혼정신성하는 정이 가련하였다. 또한 아내가 없어 부부 간에 금슬의 즐거움을 나눌 기약이 막연하였다."7)라고 하는 서술자의 설명은 백운선의 고독이 무엇과 관련되어 있는지를 정확하게 드러내준다. 비록 정도의 차이는 있을지라도 이러한 백운선의 형상에서 「만복사저포기」의 양생이 느꼈던 고독감을 떠올리기란 어렵지 않다.

그런데 결핍을 채워가는 구체적인 방식에 있어서 둘은 확실히 다르다. 이 차이야말로 「백운선완춘결연록」의 전기소설사적 위상과 관련된 중요한 부분이다. 혈연과 애정의 결핍을 오직 귀녀와의 사랑을 통해 해소하고자 하는 양생은 결핍의 충족에 있어서도 여전히 세계와 절연된 고독한 방식을 택했다. 사랑의 대상 역시 귀녀 한 사람뿐이다. 반면 백운선은 과거에 응시하려 상경함으로써 자기 쪽에서 세상에 다가선다. 만남과 사랑은 이 과정에서 이루어진다. 사랑 때문에 과거 응시를 포기하지도 그렇다고 사랑이 한 사람에 집중된 것도 아니다. 상경길에 이옥련과 사랑을 나누었음에도 삼일유가 중에 우연히 만난 지월련과도 사랑을 맹세한다. 또 그녀들 때문에 나랏일을 포기하지도 미뤄두지도 않는다.

서술자는 이러한 백운선의 태도를 가리켜 "정리사다(情移事多)"하였다고 간명하게 표현한다. 일의 많음에 따라 정이 변하였다는 뜻을 내포하고 있는 이 말을 곰곰이 들여다보다 보면 비슷한 표현이 쓰인 예가 드물지 않다는 사실을 발견하게 된다. 17세기의 작품인 「상사동기」와 같은 필사본 소설집에 합철된 「빙허자방화록」에 나온 "정수사변(情隨事變)"이란 말과 일맥상통하는 점이 있다. 「백운선완춘결연록」의 작가가 이 두 작품을

7) "只恨早失天地, 而一身無依, 未作雁行, 隻影甚孤, 旣無萱堂昏省之誠, 可哀, 且無荊妻, 琴瑟之樂, 邈然", 「白雲仙翫春結緣錄」, 김기동 · 이종은, 전게서, 348쪽

의식하고 썼거나 적어도 변심의 문제가 당시 전기 양식의 향유층들에게 최소한의 공감대를 형성하고 있었다고 생각된다.

이 테마가 형성하는 연결고리의 제일 앞자리에 「상사동기」가 놓여져야 한다는 사실은 의문의 여지가 없어 보인다. 그럼 「빙허자방화록」과 「백운선완춘결연록」의 경우는 어떨까.. 두 가지 가설이 가능하다. 한 작가가 두 작품을 모두 창작했을 경우와 둘 중의 어느 하나가 비슷한 시기에 나왔거나 아니면 한 작품의 향유 경험이 다른 쪽에 반영되었을 경우이다. 필자는 후자의 가능성에 더 무게를 둔다. 우선 같은 테마를 다룬 작품을 한 작가가 연거푸 창작했다고 보기에는 무리가 있다는 점을 들 수 있다. 또 다른 근거는 '부심한(負心漢)' 전통을 이은 중국 만당시인 두목(杜牧)에 관한 전고가 두 작품에 모두 나온다는 사실인데 그 인용방식이 확연히 다르다.

두목의 염정고사는 중국 전기소설의 단골소재로 등장했다. 고언휴(高言休)가 찬한 잡사소설집(雜事小說集)인 『궐사(厥史)』卷上 「두목(杜牧)」조에 처음으로 실려있으며, 『태평광기(太平廣記)』 권 273에도 같은 제명으로 실려있다. 명대(明代) 소설집인 「합각삼지(合刻三志)」, 「오조소설(五朝小說)」, 「당인설회(唐人說薈)」, 「용위비서(龍威秘書)」 등에는 제목이 「양주몽기(揚州夢記)」로 바뀌어 있으며, 빙몽룡(馮夢龍, 1574-1645)의 『정사(情史)』에도 수록되어 있다.[8] 「두목」이나 「양주몽기」 모두 두목의 십년에 걸친 여색편람과 박행(薄倖)을 다룬 내용은 대동소이하다. 「빙허자방화록」, 「백운선완춘결연록」의 작가들이 두목의 염정고사만을 인용한 것인지 아니면 소설화된 작품을 직접 접한 것인지의 여부는 쉽사리 확언할 수 없다. 그러나 고려중엽부터 「태평광기」가 수입되어서 널리 유통되었으며, 통원(通園) 유만주(兪晩柱)(1755-1788)의 독서목록에 『정사』가 포함되어 있는 것을 비롯하여 이옥(1760-1812) 역시 『정사』의 독서 기록을 남기고 있는 것으로

8) 李淑章 等編, 『中國古典文學人物形象大辭典』, 內蒙古人民出版社, 1998, 430쪽 ; 『中國古代小說百科全書』, 中國大百科全書出版社, 1998, 419-420쪽, 668쪽

미루어 이 두 작품집에 실려있는 「두목」, 「양주몽기」 역시 조선조의 문사들에게 익숙한 작품이었을 가능성이 크다. 간단히 내용을 소개하면 다음과 같다. 두목은 십년간 양주 절도사 서기로 재직하고 뒤이어 낙양의 어사분사(御史分司)로 있으면서 기생들과 숱한 염문을 뿌렸으며 사방을 두루 유람하며 미색을 열람하고 다니는 것을 즐겼다. 호주(湖州)에서는 한 미인을 만나 십 년 후 결혼을 약속했다. 그러나 기약을 어기고 십사 년이 지나서야 돌아오니 그녀는 이미 출가를 하고 자식을 세 명이나 낳았더라는 이야기이다. 공무에 따라 옮겨다니면서 사랑의 맹세를 저버렸다는 점에서 두목의 염정고사는 중국의 '부심한'의 전통을 이어받았으며, 「빙허자방화록」의 "변심"이나 「백운선완춘결연록」의 "정리사다" 문제와 통하는 맥락이 있다.

논의의 편의상 여기서 잠깐 남성의 박행을 형상화한 중국 전기소설의 부심한 전통을 살펴보고 넘어갈 필요가 있다. 중국 전기소설사에서는 당나라 때부터 변심의 문제가 다양한 형태로 다루어져 왔다. 「신도징(申都澄)」 같은 작품에서는 여성의 변심이 나타나며 「이혼기(離魂記)」, 「이장무전(李章武傳)」, 「유씨전(柳氏傳)」 등에서는 남주인공이 여주인공을 의심하거나 결연에 소극적인 자세로 일관하거나 방관함으로써 여주인공을 죽음으로 내모는 비극적인 양상이 형상화되어 있다. 이들 남성들은 언제나 여성보다 사회적으로 한층 더 높은 계층에 있으며 이러한 신분의 차이가 변심을 낳는 기반이 된다. 여성을 배신하는 남성이라는 부심한의 모티프가 보다 뚜렷하게 나타난 경우는 「앵앵전(鶯鶯傳)」, 「곽소옥전(霍小玉傳)」에서 찾아볼 수 있다. 「앵앵전」, 「곽소옥전」은 더 좋은 조건의 여성을 찾아 상대를 배신하는 남성의 이기심을 그렸다는 점에서 유사한 패턴을 보여준다.

그런데 부심한 전통을 비롯하여 변심 테마를 형상화한 이들 전기소설은 우리 전기소설사와 일정한 영향 관계에 있다. 「신도징」은 『삼국유사』

속에 나말여초의 전기 작품인 「김현감호」와 함께 전재되어 있는데 편저자 일연은 두 작품을 여성의 미덕을 중심으로 비교 분석해 놓았다. 한편 「앵앵전」은 「심생전」과 「곽소옥전」은 「주생전」, 「정생전」과 관련이 있다.

먼저 「앵앵전」을 원작으로 한 화본소설인 「서상기」는 조선 초기부터 수입 유통되었지만 두 작품은 변심과 절의를 바라보는 관점 자체가 상이하다. 「서상기」는 「앵앵전」의 변심 테마에 대한 향유층의 불만을 반영하여 해피엔딩으로 개작된 작품이기 때문이다.[9] 조선조에는 대체로 「앵앵전」과 「서상기」를 통칭하여 「서상기」이라고 한 경우가 많기 때문에 「앵앵전」의 정확한 수입 시기는 알 수 없으나 「앵앵전」이 편재되어 있는 『정사』에 관한 독서 기록이 여기저기에 남아있는 것으로 미루어 조선 후기에는 이 작품이 널리 읽혔던 것으로 보인다. 「앵앵전」은 『정사』 14권 '정구류(情仇類)' '박행(薄倖)'조에 들어있는데 '박행'이라는 분류명부터가 「앵앵전」과 변심 테마와의 관련성을 확실히 드러낸다. 주목할 점은 「앵앵전」의 변심 테마가 조선조 문인들 사이에서 논란거리를 제공했다는 사실이다. 「광한루기」에서는 「앵앵전」의 변심 테마에 대한 비판론을 전개하고 있으며[10] 「절화기담」의 작가는 남성이 변심하는 「앵앵전」과 여성이 변심

---

9) 「앵앵전」에서 그려진 남성의 변심과 비극적 결말은 중국 내에서도 앵앵에 대한 연민과 장생에 대한 비판이라는 향유층의 불만을 초래했다. 이 때문에 「앵앵전」은 시대에 따라 다른 양상으로 변개되어 갔다. 송나라 때의 「상조접련화(商調接蓮花)」에서는 장생에 대한 원작자 원진의 옹호 주장을 삭제함으로써 변심 테마에 따른 비극적 의미를 강화하였다. 한편 금나라 때의 「동서상(董西廂)」은 해피엔딩에 대한 향유층의 강한 열망을 받아들여서 장생을 변심하지 않는 주인공으로 변모시켜 놓았으며 앵앵의 죽음으로 인한 비극적 결말을 행복한 결말로 바꾸어놓았다. 이처럼 장생이 변심하지 않는 주인공으로 탈바꿈함에 따라 「동서상」 이후 원나라 때의 「잡극서상(雜劇西廂)」, 명말청초 김성탄의 「제육재자서(第六才子序)」에서 애정 갈등은 장생이 아닌 정항이라는 방해군에 의해 초래되는 것으로 형상화되게 되었다. 더 자세한 내용에 대해서는 졸고, 「조선후기 애정 전기소설의 변심 주지 연구」, 이화여대 박사학위논문, 2002, 35쪽을 참조 바람.

10) 「광한루기」의 평비자는 「앵앵전」의 변심 테마를 비판하며, 여성 쪽의 당위적 절의에 의해 영원한 사랑의 신화가 완성되는 「광한루기」의 작품성을 강조하고 있다. 「광한루

하는 「절화기담」이 표리 관계에 있다고 규정해 놓았다.[11] 「앵앵전」이 환기하는 변심 테마에 대한 뚜렷한 인식을 보여준 셈이다.

한편 「곽소옥전」은 「주생전」의 변심 테마에서 복선의 구실을 한다. 「주생전」에서는 배도가 주생과 인연을 맺는 장면에서 그의 변심을 염려하며 맹세를 요구하는데 여기서 「곽소옥전」의 이익이 곽소옥을 배신한 일이 전고로서 인용된다.[12] 「주생전」의 작가 권필이 「곽소옥전」의 변심 테마를 변별적으로 인식하고 있었음이 드러난다. 또한 「곽소옥전」은 남성의 변심과 원귀 복수담이 결합되고 있다는 점에서 18세기 작품인 김기의 「정생전」과 유사한 패턴을 보여주기도 한다.[13]

「빙허자방화록」에서는 두목이 여주인공 매영의 이상형으로 설정되어 있고 "樊川(杜牧의 號)이 취하여 양주를 지나가자 교목의 향기가 수레에 가득했고, 낙양의 봄바람이 주렴을 모두 걷었습니다."[14]라며 두목의 염정

기」 평비자의 「앵앵전」에 대한 불만은 주로 장생이 배신하자마자 다른 곳에 시집가 버린 앵앵의 냉정한 현실 인식과에 집중되어 있다. 약속을 배반한 장생을 소인으로 지칭함에도 불구하고 「광한루기」 평비자의 시각은 대체적으로 사족 남성의 무책임에 대해서는 관대하다. "「서상기」의 앵앵이 되기는 쉽지만 「광한루기」의 춘향이 되기는 어렵다."는 「광한루기」 평비자의 태도는 전통적인 절의 관념에 입각해 있음을 보여준다. 이처럼 「광한루기」 평비자는 「앵앵전」의 변심 테마를 비판할 정도로 전기소설의 장르 관습이나 서사에 대한 변별적인 인식을 지니고 있다. 그러나 「광한루기」는 창작층이 재자가인소설에서 주로 보이는 전통 윤리와 계층 질서에 대한 옹호 의식을 표출하고 있다는 점에서 전기소설과는 상반되는 창작 배경 하에서 탄생된 작품이라고 할 수 있다. 「광한루기」가 작품의 디테일한 부분에서는 전기소설의 향유 경험을 활용하면서도 주제 의식에 있어서는 「춘향전」식의 전통적인 윤리를 재확인하는 방향으로 나아간 배경 역시 이러한 창작 의식의 차이에서 찾을 수 있을 것이다.

11) "然事甚切, 至與西廂說表裏", 「折花奇談」, 南華散人, 「追序」

12) "郎君不見李益霍小玉之事乎, 郎君若不我遐棄, 願立盟辭"

13) 김기의 작가 의식과 작품 세계, 「정생전」의 변심 테마에 대해서는 졸고, 「김기의 문학 세계와 작가의식」, 『고소설연구』 13, 2002, 113-146쪽 : 「<정생전>의 서사구조적 특징과 18세기 전기소설적 의미」, 『민족문학사연구』18, 2001, 182-218쪽을 각각 참조하기 바람.

14) "樊川醉過楊州, 橋香滿車, 洛陽春風, 捲盡珠簾", 「憑虛子訪花錄」, 김기동 · 이종은

고사를 상세히 인용하고 있다. 무엇보다 매영이 여성에게 박정한 두목을 이상적 남성상으로 꼽았다가 두목과 진배없는 빙허자 때문에 비극적인 죽음을 맞는다는 점에서 「빙허자방화록」의 작가가 두목의 염정고사를 의도적으로 활용하고 있음이 확인된다. 매영과 빙허자에게 겹쳐지는 두목의 박정은 매영의 비극을 아이러니하게 고조시키는 측면이 있다. 「백운선완춘결연록」에서는 백운선의 시재를 비유하는 전고로 두목이 인용되는데 「빙허자방화록」처럼 본명이 아니라 번천이라는 호로써만 지칭한다는 공통점이 있다. 또 백운선이 이옥련을 만나는 동네의 지명이 "홍귤촌(紅橘村)"으로 되어 있는 부분에서는 「빙허자방화록」의 "지나간 곳이 양주뿐만이 아닌데 홀로 수레에 귤이 가득했다고 하는 것은 어찌 여자가 있은 연후에 귤을 던진 것이 아니겠느냐"[15]에서 인용한 두목의 염정고사를 관련시키지 않을래야 않을 수 없다. 주제의 측면에서 아이러니의 수법으로 전고를 활용한 「빙허자방화록」보다는 인물 묘사와 지명으로만 고사를 인용한 「백운선완춘결연록」 쪽이 뒤에 창작되었을 가능성을 조심스럽게 점칠 수 있는 대목들이다. 물론 두목의 염정고사를 활용한 두 작품이 비슷한 시기에 나왔을 가능성도 없지 않다. 두 작품의 관련성을 세심히 따져본 것은 단지 이런 전고의 유사성과 선후 관계를 유추해 보기 위함은 아니다. 두 작품은 변심 테마에 대한 상이한 접근 방식을 보여주고 있는 바 이러한 차이가 두목의 염정고사를 활용하는 방식에서도 드러난다는 점만 우선 지적해두자.

공편, 『고전한문소설선』, 교학연구사, 1984, 339쪽

15) "所經不啻楊州, 獨稱橘滿車者, 豈不以有是女然後投是橘也", 「憑虛子訪花錄」, 김기동 · 이종은 공편, 『고전한문소설선』, 교학연구사, 1984, 339쪽

2) 전란 소재의 간접화와 현실성 탈각

「백운선완춘결연록」은 전기 양식의 단골인 전란 소재도 빠뜨리지 않는다. 기존의 작품에서 전란 소재가 자연스러운 인간의 욕망 실현을 방해하는 장애 요인이 된다는 사실은 더 이상 재론의 여지가 없다. 다만 인간의 본능적인 정염과 그것을 억압하는 질곡, 그리고 그 사이에 존재하는 인간의 저항 의지와 질곡의 강고함을 엮어가는 방식에 있어서 세세한 두 가지 패턴을 찾을 수 있다. 하나는 우리에게 너무나 익숙하다시피 결혼 또는 약혼한, 혹은 사랑을 맹세한 청춘남녀를 갈라놓는 불가해한 횡포다. 「온달」이나 「이생규장전」 이래로 「최척전」, 「주생전」, 「위경천전」까지 주류로 자리잡았으며, 「백운선완춘결연록」과 합철되어 있는 「빙허자방화록」에도 예외는 아니다. 다른 하나는 주인공의 정염 추구를 좌절시킨 질곡으로서 작품 서두에 제시되는 패턴이다. 이 경우 세계와 단절된 주인공의 고독감이 강조된다. 뒤집어 말하면 주인공이 사랑에 그토록 목말라하는 필연성을 부여한다. 「만복사저포기」가 여기에 해당된다. 전란 소재의 전변 과정을 놓고 보면 「온달」, 「이생규장전」의 그것에 비해서 상대적으로 향유층의 지지를 덜 받았던 듯 싶다. 원인이야 다각도로 조명될 수 있겠지만 혼사장애와 맞물리면서 현실 세계와의 대립을 긴장감 있게 유지한 「온달」, 「이생규장전」의 전란 패턴과 비교할 때 자아의 고립과 폐쇄성이 너무 강한 점을 그 일예로 들 수 있겠다. 주지하다시피 자아와 세계가 현실 속에서 갈등을 진행시켜 나가는 방향으로 소설사의 주된 관심이 옮겨간 것이 부인할 수 없는 사실이다.

「백운선완춘결연록」은 표면상 「만복사저포기」에 보였던 전란 소재의 패턴을 이어받은 것으로 보인다. 전기 양식은 백이면 백 거의 대부분 실지로 발생했던 역사적 사건을 그대로 끌어온다. 「백운선완춘결연록」도 예외는 아니다. 1641년 중국은 이빨 빠진 호랑이 명나라가 멸망을 얼마 앞둔 상황에서 마지막 숨을 고르고, 신생강국 청나라 천하의 주도권을 거의 장악한 시기였다. 그럼에도 청나라가 아니라 명나라 연호인 숭정(崇禎)을 썼다는 사실은 「백운선완춘결연록」의 작가가 지닌 세계관이 다분히 복고주의적임을 짐작케 한다. 실상이야 어찌됐든 작가의 세계관에 따르자면 「백운선완춘결연록」에서 천하의 중심은 여전히 명나라이다. "숭정 14년 천하에 큰 난리가 일어나 백성들이 피난하니 민심이 어지럽고 마을과 집집마다 집에 남아있는 자가 없었다."[16]라는 설명에 나오는 난리는 바로 이처럼 작가가 원하는 대로 앵글을 맞춘, 명나라가 여전히 천하의 중심인 세계 속에서 존재한다. 이 부분은 「백운선완춘결연록」이 연의적 기법[17]을 활용하는 미의식과도 관련되어 있으므로 여기서는 전란 소재를 통해 작가의 의고적 의식을 읽을 수 있다는 정도만 언급하고 넘어가기로 하자.

그렇다면 명나라를 중심에 두고 봤을 때 그 당시 체제를 뒤흔든 치명적인 난리란? 이자성(李自成)·장헌충(張獻忠)으로 대표되는 농민 반란을 들 수 있을 것이다. 당시는 민변이 속출하고 환관의 전제와 동림당(東林黨)의 항쟁이 격심해져 왕조 권력의 중추부까지 균열이 확대되어 갔던 시기였다. 명 왕조는 청의 공격에 대처하기 위해 대대적인 군사비를 증징했지만 각지에서 농민의 도망과 반란이 발생했다. 특히 화북에서는 군량의 조달과 운송 등 과대한 부담이 지워져 거듭되는 천재와 함께 농민의 유망과 병사의 폭동이 확대되었다. 특히 1625년부터 1628년에 걸친 가뭄은 매우 극심하여 1627년 섬서성 징성현에서 농민봉기가 일어나자 반란은 광

16) "崇禎十四年, 秋九月, 天下大亂, 百姓逃亂, 人心擾擾, 村村戶戶, 無一在家者矣", 「白雲仙翫春結緣錄」, 김기동·이종은 공편, 『고전한문소설선』, 교학연구사, 1984, 348쪽

17) 여기서 말하는 연의적 기법이란 역사적 사실을 허구적 현실 속에 녹여내는 연의소설의 창작방식을 의미한다. 뒤에 사용한 연의적 현실성이란 용어 역시 이런 맥락이다. 굳이 설명하자면 역사적 사건을 얼마나 현실감 있게, 즉 사실적으로 서사적 현실 속에 구현해 놓았는가 하는 정도로 해석하면 될 것이다. 작가가 역사적 사실을 서사 속에 끌어들이는 방식은 다양할 터인데 필자는 여기에 작가의 특정한 의도가 관련되어 있다고 보았다.

범한 기민, 병사들을 포함하면서 감숙성 동부로 확대되었다. 그러나 1632년부터는 명군이 반격태세를 강화하여 반란군의 괴수 고영상(高迎祥)을 주살했고, 이자성과 장헌충도 도망하거나 항복했다.

1939년부터 1940년에 걸쳐 하남을 중심으로 화북을 강타한 가뭄이 재차 일어나자 반란군은 명나라 정부에 치명적인 위협을 가할 만한 존재로 성장했다. 이자성은 명군의 포위를 뚫고 하남에 들어가 3개월만에 수십만의 세력으로 팽창했고, 이때부터 명조를 대신할 새로운 정권의 수립을 꾀하기 시작했다. 일부의 사인층을 휘하에 거느리고 토지의 평등분배, 조세의 면제 등의 정책을 내걸고 농민층을 결집시켰다. 「백운선완춘결연록」에서 천하의 큰 난리가 일어난 해로 지칭한 1941년이 되면 드디어 이자성이 낙양을 공격하여 만력제(萬曆帝)의 아들 복왕(福王)을 주살하고 그 세력이 하남으로부터 호북, 호남에 미치게 된다. 1643년에는 호북성의 양양을 양경으로 고치고 신순왕(新順王)이라 칭왕하며, 이어 서안을 점령하여 서경으로 고친 후에 국호를 대순(大順)이라 하였다. 나아가 대학사 이하의 관제를 정하고 과거제를 시행하여 신왕조 수립의 포석으로 삼았다. 그리고 같은 해 북경을 함락시키고 황제라 칭하게 된다. 이에 마지막 황제 숭정제(崇禎帝)가 자금성 북쪽에 있는 경산에서 목매달아 자결함으로써 명조는 막을 내렸다.[18)]

이처럼 이자성의 난은 「백운선완춘결연록」의 작가가 지향하는 천하의 중심, 명나라를 전복시킨 결정적 사건이다. 그런데 「백운선완춘결연록」의 전란은 철저히 간접화되어 있다. 17세기에 이르러 전기 양식은 전란 소재를 통해 작품의 현실성을 대폭 확장했다. 전란의 와중에서 인물들이 직접적으로 겪는 경험이 이러한 현실성을 담보하는 데 큰 기여를 했음은 기왕의 연구에서 확인된 바와 같다. 그런데 백운선은 종군하거나 전란의 한

---

18) 이상은 松丸道雄, 永田英正, 尾形勇小山正明, 加藤祐三 지음, 『중국사개설』, 한울아카데미, 1994, 292-293쪽을 참조하기 바람.

가운데에서 이를 몸으로 직접 체험하지 않는다. 어디까지나 전화가 미치지 않는 피난지에서 고상하게 자연을 완상하고 풍류를 즐기는 생활을 영위한다. 마치 전란중이 아닌 것처럼 피난지는 평화롭고 안락하다. 종군 병사가 귀환하여 참상을 알린다든가 아니면 이탈병이 난입해 들어온다든가 하는 사건이 벌어지면서 전란을 좀더 사실적으로 끌어올 법도 하건만 전혀 그런 기미조차 비치지 않는다. 마치 백운선이 머무는 곳만 현실과 동떨어져 있는 것처럼도 보인다.

이러한 전란 소재의 간접화는 명을 천하의 중심으로 보는 작가의 의고적 세계관과 관련지어 설명할 수 있다. 단순히 복고의 차원에 그치는 게 아니라 그의 세계관은 다분히 실제 현실을 외면한 비현실성을 띤다. 17세기 전기 양식이 적극적으로 받아들였던 전란 소재의 연의적 현실성이 「백운선완춘결연록」에 와서는 다분히 역사의 실상에서 조금씩 비껴간 지점에서 구축되고 있는 것이다. "환란이 이미 안정되고 국가에 큰 경사가 있었다(時憂已定, 國家大以爲慶)"고 서술한 "이듬해 봄 삼월(明年春三月)" 즉 1642년은 명사(明史)상 결코 환란의 안정기가 아니다. 오히려 이자성을 중심으로 한 반란군이 체계화 되면서 1643년에 칭왕할 기틀을 닦은 시기였다. 잇달아 명군을 대패시키면서 하남의 모든 성을 점령했으며, 남쪽으로는 호광을 공격하고 양양과 호북의 수많은 주현을 복속시켰다.[19] 반란군의 세력이 걷잡을 수 없이 확대되는 시기였던 것이다. 「백운선완춘결연록」에서 말하는 1642년의 안정은 완연히 역사적 진실을 외면한, 작가에 의해 설정된 허구적 현실이다. 명나라 1641년의 역사적 사건인 농민 반란을 끌어오면서 채용된 연의 기법은 애초부터 실제 역사로부터 조금씩 어긋나 있었으며, 이 지점에 와서는 완전히 가공의 현실로 넘어간 것이다.

연의 기법의 탈각은 작가 의식의 측면에서는 그의 세계관에 입각해 있

19) 翦伯贊 편, 이진복·김진옥 옮김, 『中國全史』, 학민사, 1990, 225쪽

으며, 다른 한편으로 작중 서사의 필연성에 의거한다. 앞서 지적했듯 「백운선완춘결연록」에서 전란 소재를 활용하는 패턴은 「이생규장전」보다는 「만복사저포기」 쪽에 가깝다. 그리하여 「만복사저포기」의 전란이 귀녀를 정염의 결핍 상태로 몰아넣은 운명적 질곡이 되었듯 「백운선완춘결연록」에서도 전란은 혈연과 사랑에 대한 욕망을 채우려는 주인공의 지향을 가로막는 장애로 설정되어 있다. 그러나 여기서 주목해둘 점은 전란이 주인공의 결핍을 초래한 「만복사저포기」와 단지 원래의 고독감을 지속시키는데 불과한 「백운선완춘결연록」의 세계관 사이에는 명백한 미의식적 차이가 내재한다는 사실이다.

결핍을 산생하고 주인공을 부조리한 상황으로 몰아넣은 「만복사저포기」의 전란은 자아로 하여금 세계와 화합할 수 없게 한다. 반면 「백운선완춘결연록」의 전란은 기왕의 고독을 지속시키고 욕망의 충족을 지연시키는 정도일 따름이다. 고독감이 절망으로 이어질 만큼 치명적이지도 않다. 닫혀진 세계에서의 사랑을 그리고자 했다면 전란의 참상이 좀더 핍진하게 묘사되었을 법도 하고 혹은 환란이 계속되면서 만남이 엮여져 가는 방식으로 서사를 끌어갈 수도 있을 것이다. 백운선이 세계와 단절되지 않은 인간이기에 피난지에서의 생활이 치명적 고독감으로 점철되지 않았던 것으로 보인다. 혈연과 사랑에 대한 결핍은 느끼되 「만복사저포기」의 양생만큼 고독의 나락에 빠져 허우적 대지 않는 인간인 백운선이기에 인연은 현실에서 직접 구해야 하는 것이고 또 그러기 위해서 전란은 반드시 종결되어야만 한다. 전란 소재의 간접화와 연의 기법의 허구적 비틀림, 역사적 현실성의 탈각은 이렇게 작가의 독특한 세계관과 미의식에 기반을 두고 있다.

3. 변심 테마 비틀기와 미의식적 지향

1) 변심 테마의 형상화 양상과 기존 작품과의 차이

전기 양식에 등장하는 사랑에는 항상 장애 요소가 있다. 깊이 생각할 것도 없이 문벌 혹은 신분의 차이, 전란 등이 떠오른다. 그런데 「백운선완춘결연록」은 좀 다르다. 물론 「백운선완춘결연록」에도 신분의 차이라는 익숙한 소재가 나오기는 한다. 다만 기존 작품들에서 패턴화된 대로 흘러가지 않는다. 「백운선완춘결연록」의 애정 갈등이 전작들과 어떻게 같고도 또 다른지, 이를 통해 작가가 노렸던 바는 무엇인지를 살펴보자.

백운선은 과거에 응시하러 상경하는 길에 완춘하다가 끓어오르는 춘정을 주체하지 못한다. 그러다 우연히 대갓집의 한 누각에 이르게 되고 거기서 이상서의 딸 이옥련을 만난다. 두 사람은 첫눈에 반해서 서로가 평생 얻기 힘든 배필임을 직감한다. 그런데 이들의 앞에는 문벌의 차이가 가로놓여 있다. 마침 이옥련의 유모였던 객점 노파의 입을 빌어 이옥련의 신분이 밝혀지고 노파는 두 사람이 맺어질 수 없는 사이임을 강조한다. 백운선 역시 괴롭지만 이를 수긍한다. 그런데 이옥련이 백운선을 청하는 편지를 보내옴으로써 상황은 반전될 기회를 맞는다. 백운선은 둘의 문벌 차이를 끊임없이 인식하면서도 이옥련에게 구애하고 이옥련은 그의 뛰어난 필법을 보고 평생을 의탁할 사람으로 인정한다. 이렇게 놓고 보니 어디선가 상당히 친숙하게 보아온 결연의 절차다. 주지하다시피 문벌의 차이가 장애로 부각되면서도 여성 쪽의 적극적인 구애로 사사로이 연을 맺을 기회를 맞는 이런 패턴은 「이생규장전」 이래로 반복되어 왔다. 신분의 차이란 사랑의 감정만으로는 쉽사리 극복할 수 없는 현실이다. 그런데 이 현실에 대한 주인공들의 반응 혹은 대처방식에 있어서 「이생규장전」 이하의 기존 작품들과 「백운선완춘결연록」은 미세한 차이를 보여준다. 이는 작가의 세계관 혹은 작가 의식과도 관련된 문제이기도 하다.

「이생규장전」하면 세계의 횡포에도 불구하고 굴하지 않는 사랑을 그린 작품이라는 식으로 알려져 있지만 기실 자세히 들여다보면 완벽하게 이상적인 사랑이지만도 않다. 최랑은 몰라도 이생의 모습에서는 현실 앞에 소심한 보통 인간의 모습이 일부 투영되어 있다. "훗날 우리들의 사랑 얘기가 흘러나가면 사정없이 비바람 불 테니 어찌 가련하게 되지 않으리"[20]란 시구에서도 드러나듯 이생은 자신들의 사랑이 직면한 현실을 잘 알고 있다. 그리하여 최랑에게 매혹되었으면서도 한편으로는 주저하기도 한다. 부모에게 들통났을 때도 마찬가지다. 부친의 질책 앞에서 아무 말도 못하고 울주로 떠나라는 명령에 묵묵히 따른다. 하다못해 머리 싸매고 드러눕던가 하소연이라도 할 수 있을 텐데 이생에게는 그럴 만한 의지가 없어보인다. 혹 최랑에게 몰래 소식이라도 전하고 떠났다면 평범한 일상인의 왜소한 본질을 보여주는 정도로 해석하고 넘어가겠지만 그렇게 보기엔 이생의 침묵은 지나친 감이 있다. 현실의 장벽 앞에 지레 겁을 먹고 최랑과의 사랑이 부담스러워진 것은 아닌가 하는 의심의 여지가 있다. "저 교활한 사람에겐 내가 향을 한 번 훔쳐준 이후로 이 원한이 가득 쌓여있습니다"[21]이라는 최랑의 말은 이생의 이런 처신이 신의 없는 행동으로 비칠 수도 있음을 보여준다. 두 사람의 혼인이 결정된 후에 최랑이 지은 시구에 "나쁜 인연이 좋은 인연이 되었으니…"[22]란 내용이 있다. 자신만 내버려두고 울주로 떠나가 버린 이생과의 인연을 악연으로 보았음을 알 수 있다.

만약 최랑마저도 이생처럼 현실의 장벽 앞에 미리부터 좌절해서 마음을 접거나 병들어 죽었다면 두 사람의 사랑은 최랑의 마음속에 악연인 채로 남았을 것이다. 혼사장애의 극복은 두 말할 여지없이 현실 앞에서 주

20) "他時漏洩春消息 風雨無情亦可憐"

21) "彼狡童兮 一偸賈香 千生喬怨"

22) "惡因緣是好因緣"

저하거나 결정적인 순간에 비겁한 모습을 보이는 이생을 다잡고 나아간 최랑의 의지에 의해 이루어진 것이다. 여기서 강조하고 싶은 점은 최랑의 이러한 의지가 다분히 관념적인 영역에서 발현된 것이라는 사실이다. "제가 비록 여자이지만 마음에 확신이 있는데 장부의 뜻과 기운으로 이런 말을 할 수 있습니까? 훗날 규방일이 누설되어 친정에서 책망 당해도 내가 감당하겠습니다."[23]라는 최랑의 태도는 현실에 흔들리지 않는 꼿꼿함을 보여준다. 마음으로 일단 한 번 맺은 인연은 무슨 일이 있어도 변치 않는다는 이 자세는 마치 선비들이 추구하는 이상적인 경지를 보는 듯하다. 수재인 이생이 아니라 최랑 쪽에서 이런 관념성을 보여준다는 점은 흥미롭다. 이런 사실은 많은 해석의 여지가 있으나 여기서는 「이생규장전」의 혼사장애가 최랑의 다분히 관념적인 의지에 의해 극복될 수 있었다는 점만 지적해 두자.

「백운선완춘결연록」의 백운선과 이옥련은 둘다 최랑 같은 이상적인 캐릭터가 아니다. 다시 말해서 현실 앞에서 주저하는 이생의 유형에 가깝다. 백운선과 이옥련은 둘다 현실을 너무나 잘 알고 있어서 이를 극복할 수 있으리라는 희망조차 애초에 품지 않는다. 그렇다고 냉정하게 현실을 받아들이는 것도 아니다. 이별의 애상과 처연함이 부각되어 있다는 점에서 두 사람의 사랑과 헤어짐은 전기 양식의 권역 안에 있다. "후일의 만남을 기약할 수 없는"[24] 현실을 가슴 아프게 받아들인다는 식이다. 이옥련은 이옥련대로 백운선과 다시 만날 수 없을지도 모른다는 각오를 하고 있고 백운선은 백운선대로 몸조심하며 다시 볼 날을 기다리고 있으라고는 하지만 정확한 기약을 하지 않는다. 현실의 사정에 따라 어찌해 볼 수 없이 속수무책으로 자신들의 사랑을 내맡겨 버리는 것, 이것이 바로 「이

23) "妾雖女類 心意泰然 丈夫意氣 肯作此語乎 他日閨中事洩 親庭譴責 妾以身當之"
24) "後逢無期", 「白雲仙翫春結緣錄」, 김기동 · 이종은, 전게서, 351쪽

생규장전」의 애정 테마와는 다른 중요한 전변의 지점이다. 또 다른 여인 지월련과의 사랑 역시도 마찬가지다. 지월련과의 만남은 백운선이 과거에 급제하고 삼일유가를 하는 득의한 와중에서 이루어진다. 역관 출신의 거부인 지만춘이 초대한 연회에서 백운선은 그의 딸 지월련에게 한눈에 반한다. 두 사람 사이에는 이옥련과의 만남에서와 형태는 다르지만 역시 마찬가지의 신분 차이가 전재되어 있다. 지월련은 뛰어난 남성에게 일생을 맡기고자 하는 소망을 전하며 자신이 절개 있는 여인임을 강조한다. 이러한 만남의 형태 역시 남성보다 신분이 열등한 여성들이 등장하는 기존 작품에서 익히 보아온 것이다.

그런데 익숙함은 여기까지다. 대부분의 기존 작품에서 기녀 혹은 중인층 처녀들이 운우지정을 허락하는 것은 남성의 다짐을 받아내고 난 이후이다. 그녀들의 목소리는 다분히 엄숙하며 절절하다. 「백운선완춘결연록」에서 지월련의 태도는 이와 다르다. 다시 돌아와 자신을 거둬달라고 부탁하기는 하지만 어디까지나 부탁일 뿐 여기에는 확신이 없다. 서로 악수하고 헤어지면서 "어느 때 다시 서로 만날지 모르겠습니다."[25]라고 하는 데서 드러나듯이 재회를 기약할 수 없는 것이 두 사람 앞에 놓인 현실임을 잘 인식하고 있다. 이옥련에게 그랬던 것과 마찬가지로 백운선은 확실한 약속을 하지 않는다. 다만 사람이 헤어지고 만나는 것은 돌아오는 때에 따르는 것이라고 할 뿐이다. 출세 가도를 달릴 것이 확실시 되는 한림학사가 하룻밤이라면 모를까 한갓 중인 처자와의 사랑에 신경쓸 겨를이 없다는 것은 누구나 인정하는 현실일 터다. 이별의 애상에 젖은 채로 백운선도 지월련도 이 점을 당연하게 받아들인다.

또 하나 주목되는 점은 사랑과 입신출세에 대한 백운선의 태도이다. 백운선은 이 둘을 동시에 추구하며 어느 하나 때문에 다른 것을 포기하려

---

25) "不知何時, 更獲相接", 「白雲仙翫春結緣錄」, 김기동·이종은, 전게서, 352쪽

하지 않는다. 마치 양손에 떡을 쥐고 놓지 않으려 하는 것처럼 과거에 응시하러 가는 길이라 하여 다가온 사랑의 기회를 지나치지도 않고, 또 사랑하는 사람이 생겼다고 해서 과거 응시를 포기하거나 출세의 길을 지체하지도 않는다.

> 벼슬살이가 일이 많고 맡은 일이 한가하지가 않아서 정을 잊고 일을 많이 하여 세월을 보내니 세월이 얼마나 지났는지도 알지 못하였다.[26]

이런 백운선의 캐릭터가 전기 양식의 범주에서 봤을 때 다소 낯설게 보일 수도 있겠다. 그러나 여기서 지적해 두고 싶은 것은 백운선의 사랑이 아무리 현실적이라 하더라도 그 나름으로는 진정성을 지니고 있다는 점이다.

> 나랏일에 골몰하여서 두 낭자에 대한 정이 비록 마음 속에는 있었으나 바쁜 중에 사사로운 정을 펼 겨를이 없었으니 두 낭자가 촉 땅에 들어간 일은 알지 못하였다.[27]

마치 산화할 것을 알면서도 불속으로 뛰어드는 부나방 같은 사랑은 아니라 하더라도 끊임없이 현실을 의식하며 살아갈 수밖에 없는 범상한 인간의, 그 자신만은 진정하다고 믿는 사랑이기 때문이다. 유명의 간극을 뛰어넘고 현실을 의식하지 않는 철저히 순수한 사랑은 기실 실제 현실에는 없다. 우리 대부분은 백운선과 이옥련의 모습을 하고 있는 것이다. 이들의 사랑이 범속하냐 아니냐 혹은 현실적이냐 아니냐 하는 이분법적인 구분은 무의미하다. 현실을 고려하지 않은 사랑이란 우리가 그러할 수 없

---

26) "宦海要津, 生涯不閑, 情移事多, 日月流邁, 不知光陰蹉跎矣", 「白雲仙翫春結緣錄」, 김기동·이종은, 전게서, 352쪽

27) "汨於紅塵, 兩娘之恩情, 雖在於心, 而紛紜之中, 不暇私情, 而且兩家入蜀之事, 邈然不知也", 김기동·이종은, 전게서, 353쪽

기에 바라는 이상일 뿐이고 대부분의 인간은 백운선과 이옥련과 같은 사랑을 한다. 다만 다른 사람이 보기에는 범속할지 몰라도 그 당사자는 세상 어느 누구보다도 진실하고 슬픈 사랑이다. 「백운선완춘결연록」의 애정 테마가 전기 양식의 권역과 중첩될 수 있는 지점이기도 하다.

우리에게 친숙한 전대 작품들의 애정 테마와 비교했을 때 「백운선완춘결연록」이 이처럼 같고도 다른 점을 지니고 있다는 사실, 특히 유사성의 기반 위에서 차이점이 두드러진다는 사실은 작가가 이 작품을 창작하면서 특별히 이 지점이 부각되도록 신경을 썼다는 것을 의미한다. 「이생규장전」에서는 무심히 지나쳤던 인간의 왜소성이 「백운선완춘결연록」의 작가에게서는 심상치 않은 부분으로 다가왔던 것이다. 인간의 본능과 실제 삶의 영역으로 사랑의 문제를 끌어왔을 때 「이생규장전」에서 최랑의 관념적 절의에 의해 은폐되었던 이생의 소심함과 비겁성은 일상적 인간의 본질을 드러내는 부분으로 해석되었을 것으로 생각된다. 일상인인 우리들의 모습에 비추어 본다면 최랑의 모습은 다분히 또 다른 이념 혹은 관념일 수 있다. 이상화된 모습일 수 있다는 것이다. 이런 이유로 「백운선완춘결연록」의 작가는 「이생규장전」과 같은 작품에서 지향하는 이상적인 사랑의 모습에 불만을 가졌을 것으로 보인다. 그리하여 '이생이 드러내는 일상적 인간의 왜소성을 확대해 본다면?' 아니 '최랑에게서 관념성을 제거해 본다면?'하는 의문을 제기해 보았을 것이고 이러한 문제 의식이 「백운선완춘결연록」의 캐릭터를 낳았을 것이다.

현실 사정의 변화에 따라 사랑이 변하는 것, 그것이 바로 일상을 살아가는 우리들이 하는 사랑의 본모습일 수 있다는 인식은 「백운선완춘결연록」이 처음은 아니다. 나말여초의 「최치원」이나 「조신」에서 그 단초가 엿보인다. 여귀들과의 이별 후에 그녀들을 요망한 여우에게 미혹되지 말자며 다짐하는 최치원[28]이나 현실의 고단함에 지쳐 누가 먼저랄 것도 없이 이별에 합의하는 조신 부부[29]의 모습은 주인공들이 어떤 현실적 사정에도 불구하고 사랑이 변치 않기를 바라는 우리들의 바람을 배반한다. 다시 말해서 이들 작품은 「온달」이나 「설씨녀」로부터 「이생규장전」으로 이어지는 노선과는 평행선상에 있다. 특히 「조신」과 같은 작품에선 환몽의 세계를 축조하는 그 사실주의적 솜씨 덕분에 이러한 문제 의식이 더욱 인상적으로 부조된다. 「최치원」과 「조신」의 노선은 「주생전」, 「상사동기」와 같은 작품으로 이어진다.

필자는 이처럼 「온달」, 「설씨녀」, 「이생규장전」과 동전의 양면을 이루는 이들 작품의 애정 테마를 변심 테마라고 지칭하기로 한다. 이와 관련된 용어는 「상사동기」의 작가가 처음으로 사용하기 시작한 것으로 '정수사변(情隨事變)'으로 표현되어 있다. 「백운선완춘결연록」과 합철된 「빙허자방화록」에도 이 용어가 그대로 수용되어 있다. 「상사동기」나 「빙허자방화록」에서 쓰인 정수사변이란 용어에는 남성의 변심을 합리화하기 위한 면피성 의도도 다분히 내포되어 있다. 현실의 사정에 따라 애정을 굳건히 지켜낼 수 없는 인간의 나약함을 강조한다. 변심이란 어디까지나 의도적으로 배신한 것이 아니라 현실의 강고함 속에서 왜소한 인간이 어찌할 수 없이 행하게 되는 불가피함이란 것이다.

한편 본고가 다루는 「백운선완춘결연록」에서는 '정리사다(情移事多)'라

28) 이 대목은 설화적인 세계관을 노출하는 것으로 해석할 수도 있으나 필자가 주목하는 대목은 그러한 소설적 미분화성을 전제하고서도 숨길 수 없이 드러나는 사랑 자체에 대한 회의이다. 똑같이 미분화된 소설형태인 「수삽석남」이 이런 회의를 동반하지 않고 있다는 사실은 두 작품의 애정 테마가 태생적으로 다른 토대 위에서 형성되었음을 보여준다.

29) 조신 부부의 몽중 이별은 사정 즉 '사변(事變)'에 따라 사랑이 변하는 '정수사변(情隨事變)'을 사실주의적으로 담아냈다. 기존 연구에서는 애정의 당사자인 조신부부가 결별을 합의하는 측면에는 큰 의미를 부여하지 않았다. 그러나 서로가 상대에게 누만 될 뿐이며, 생활을 유지할 수 없는 상황에서 옛 맹세는 부질없는 것임을 인정하는 김씨녀의 고백에 이르면 전란의 참혹상에도 불구하고 애정을 변치 않았던 「만복사저포기」, 「이생규장전」에 비해 「조신」의 주인공들이 환경의 변화에 따라 애정을 포기할 수 있는 전혀 다른 캐릭터라는 사실을 뚜렷이 확인할 수 있다.

는 말로, 역시 남성의 배신을 다룬 작품인 「정생전」에는 '신환방흡, 구정도망(新歡方洽, 舊情都忘)'이란 표현으로 살짝 변형되어 있다. 용어는 조금씩 변형되어 있어도 그 뜻한 바는 모두 동일하다. 현실의 변화에 따라 애정도 또한 변한다는 것이 그 골자다. "사변(事變)"에 따른 "정변(情變)"에는 정을 잊었다가 다시 회복하는 플롯에서부터 상대를 버리고 다른 여자를 찾아가는 배신에 이르기까지 일상적으로 있을 수 있는 감정의 현실적 파노라마를 포괄한다.

「백운선완춘결연록」보다 앞서 나온 「주생전」과 「상사동기」는 변심의 구체적 양상이 다르다. 「주생전」은 새로운 여성의 등장과 함께 삼각 관계가 형성되고 남성이 과거의 여인을 배신하는 양상으로 전개된다. 반면 「상사동기」는 현실의 장애를 절감하고 애초부터 이루어질 수 없는 사랑임을 받아들인 주인공들이 이별을 했다가 다시 우연한 기회에 사랑을 회복하는 양상으로 진행된다. 재미있는 사실은 함께 합철되어 전하는 「빙허자방화록」과 「백운선완춘결연록」에서도 이런 차이가 발견된다는 점이다. 새로운 여인의 등장과 남성의 배신으로 삼각구도가 형성되고 이로 인해 처음의 여인이 비극적 죽음을 맞는 「빙허자방화록」은 「주생전」의 패턴에 가깝다. 「백운선완춘결연록」의 경우는 좀 복잡하다. 잊혀졌던 사랑을 회복하고 사랑의 결실을 맺는다는 점에서는 「상사동기」의 노선을 이은 듯이 보인다. 한편 한 여성과 전일한 사랑을 나누지 못하고 새로운 여성이 등장한다는 점에서는 「주생전」과 비교할 측면도 있다.

그러나 정작 중요한 점은 전작과의 비교에서 발견되는 부분적 설정의 유사성이 아니다. 전작과 공유하는 설정들이 「백운선완춘결연록」에서는 어떻게 변용되어 있는가, 유사한 갈등의 계기들이 세부적인 부분에서까지 비슷한 양상으로 해소되어 나가는가, 만약 아니라면 그것은 작가의 어떤 세계관에 근거하는가, 특정한 작가의 의도가 반영되어 있는 것은 아닌가 하는 점들이 보다 「백운선완춘결연록」의 작품 세계를 이해하는 데 보다 의미있는 주안점이 될 터이다.

2) 기존작에 대한 불만과 새로운 미의식 추구

앞서 언급했듯 백운선은 이옥련과 헤어진 후에 지월련과 새로운 사랑을 나눈다. 전기소설의 애독자라면 지월련의 등장과 함께 의례 한 번쯤 「주생전」을 떠올릴 수 있을 것이다. 함께 합철된 「빙허자방화록」이 새로운 여인의 등장이 남성의 배신과 여주인공의 죽음이라는 비극적 파국을 초래하는 작품이라는 점에서 더욱더 그런 기대를 할 법도 하다. 그런데 「백운선완춘결연록」은 이런 예상을 완전히 뒤집는다. 두 여인의 부친, 즉 이상서와 지월련은 원래 서로 아는 처진 데다 이상서의 귀양지인 촉땅의 역관으로 부임하게 된 지만춘은 이상서의 부탁으로 이옥련을 데려다 준다. 이옥련은 백운선의 소식을 알아보기 위해 지역관의 임소로 시비를 보내는 과정에서 지월련이 백운선과 정을 나눈 사이라는 사실을 알게 되는데 두 사람 사이에는 애정 갈등 상황이 연출되기는커녕 진한 동병상련의 기류가 형성된다. 분명히 「주생전」이나 「빙허자방화록」과는 다른 방향이다.

「백운선완춘결연록」이 전작들과 갈라지는 또 다른 중요한 지점은 갈등 상황의 해소 방식과 이에 내재된 작가의 세계관이다. 이미 언급했던 대로 「백운선완춘결연록」은 백운선이 여인들에 대한 사랑을 회복한다는 점에서 「상사동기」와 방사하다. 기존 연구에서 지적한 대로 한다면 행복한 결말로 결국하는 「상사동기」와 비교할 때 「백운선완춘결연록」의 대단원이 지향하는 바는 무엇인가, 이 점을 따져보자. 이를 위해서는 「상사동기」와 관련한 해피엔딩 논의부터 다시 점검하고 넘어갈 필요가 있다.

「상사동기」는 배신이나 죽음이라는 파국의 상황이 연출되지 않는다는 점에서 비극적 결말은 분명 아니다. 그렇다고 이를 두고 해피엔딩이라고 딱히 지칭할 수 있을까? 행복한 결말이라 함은 통속소설에서 흔히 그러하듯 자아와 세계 사이에 부조화의 소지가 전혀 남아있지 않은 화해의 대단원을 지칭한다. 이런 결말에는 뭔가 속시원히 말을 다 하지 못한 듯한 여운이 남지 않기 마련이다. 그런데 「상사동기」의 결말은 그렇지 않다. "이로부터 김생은 공명을 영원히 사양하고 마침내 다른 여자를 취하지 아니하고 英英으로 더불어 살았다 한다."란 식으로 끝나는 결말은 간결하기는 하되 그 속에 무수한 여백이 보인다. 문면화되어 있지는 않지만 애정이냐 공명이냐를 양자택일해야만 하는 주인공의 고뇌가 묻어난다.

만약 김생이 영영과 입신양명을 양손에 쥐고 어느 한 쪽도 포기하지 못한다고 했다면 어땠을까? 전도양양한 과거 장원 김생이 고관의 지위에 올랐을 때 가문이 상합하는 정실 부인을 맞지 않을 수도 없는 노릇이고 그렇다고 영영을 정부인으로 삼을 수는 더더욱 없는 일이다. 사랑을 포기하지 않은 채 입신의 길을 따라가다 보면 애써 되찾은 진정한 사랑을 유지할 수 없는 딜레마에 빠지게 될 것이 자명하다. 이런 점에서 김생이 공명을 버리고 영영을 택했다는 결말은 세계와 화합할 수 없는 자아의 심각한 고민을 함축하고 있는 것으로 보여진다. 입신의 길로 나아갔을 때 세계로부터 받아야 하는 간섭을 사양하고 세계와 맺어야 하는 관계를 단절하겠다는 의미다. 여기에서 환기되는 고립감은 『금오신화』의 주인공들이 선택한 '부지소종'에서 확인되는 울림과도 연결된다.[30)]

30) 이러한 점에서 「상사동기」의 행복한 결말을 단순히 통속적이라고만 볼 수는 없다. 박희병은 상사동기의 작가가 작품을 해피엔딩으로 만들기 위해 이정자와 회산군 부인을 친척간으로 만드는 우연성을 삽입하고 있으며, 이로 인해 작품의 문제 의식이나 긴장이 떨어지고 있다고 했다.(박희병, 「전기적 인간의 미적 특질」, 『전기소설의 미학』, 돌베개, 1997, 41쪽)이정자와 같은 보조 인물은 결연 단계에서 매개적 역할을 하는 것이 보통인데, 이러한 유형의 인물이 작품의 결말에까지 관여하고 있다는 점에서 안이한 결구라고 볼 수도 있을 것이다. 그러나 이정자의 서사적 기능은 「최척전」의 결말에 간여하고 있는 부처의 역할에 비견된다는 점에서 이렇게만 보고 말 것은 아니다. 지금까지 상사동기를 통속적 작품으로 보아온 이면에는 끊임없이 운영전과의 비교 속에서

반면 「백운선완춘결연록」에서는 사랑과 공명이 양자택일할 수 있는 문제가 아니다. 이 두 가지는 상호 보완적으로 교묘하게 교직되어 있다. 예컨대 백운선이 여인들을 찾고자 한다면 공무 수행중에도 얼마든지 사람을 보내어 불러올 수 있다. 그러나 백운선에게는 그렇게 할 만큼의 마음의 여유는 없다. 재회와 사랑의 회복은 여인들이 일부러 사람을 보내서 소식을 통하는 노력에 의해 이루어진다. 여기서 「백운선완춘결연록」이 과연 남성의 입신양명을 최종적인 지향가치로 둔 작품인가 하는 의문이 생길 수도 있겠다. 영웅소설류와 비교해 보면 「백운선완춘결연록」이 지향하는 바가 무엇인지가 보다 분명해질 수 있다. 영웅소설 유형은 가문의 회복을 최종적으로 지향하며 애정이란 어디까지나 부차적인 문제로 따라온다. 이에 비해 「백운선완춘결연록」에서는 어느 것이 우위에 있다고 말할 수 없다. 출세의 가도를 달리느라 사랑이 잊혀졌다면 또 그렇게 얻은 지위 덕분에 여인들을 수월하게 불러모아 혼인한다. 「백운선완춘결연록」의 세계에서는 사랑도 입신양명도 모두 중요한 문제다. 「상사동기」의 결말에서 저 김생이 보여준 결단에 비한다면 상대적으로 백운선의 진심이란게 과연 무엇일까 하는 의문을 가질 만하다. 그러나 「백운선완춘결연록」에서 사랑의 진정성 혹은 그 절대적 가치를 따지는 것은 무의미해 보인다. 적어도 작가의 세계관 혹은 창작 의식의 측면에서 볼 때 그렇단 말이다.

「백운선완춘결연록」의 작가가 최종적으로 지향하는 바는 사랑과 현실의 조화이다. 「상사동기」가 사랑과 현실이 조화될 수 없는 단절감을 재확인함으로써 깊은 울림을 남기고자 했다면 「백운선완춘결연록」에는 「상사동기」의 이런 결말에 대한 향유층의 불만이 반영되어 있다. 예컨대 왜 주인공들이 현실 세계와 절연하지 않고는 사랑을 이룰 수 없는가, 등장 인

만 이 작품을 평가하려는 선입견이 작용해왔기 때문이다.

물들이 모두 현실적으로 행복해지는 화합은 불가능한가와 같은 불만들이다. 말하자면 「상사동기」에서는 유보되었던 진정한 해피엔딩의 추구이다. 그리하여 이옥련과 백운선의 재회에 걸림돌이 되는 이상서의 유배가 황제의 조서 하나로 풀리기도 하고, 백운선의 장인이라는 이유로 역관인 지만춘이 예조판돈이라는 고관을 얻거나 그 딸 지월련이 백운선의 정식 아내가 되는 비현실적인 일이 벌어지기도 한다. 서사 내부의 현실적 질서란 황제를 정점으로 하고 있는 만큼 그의 아량에 의해서 모든 불가능한 일들이 단숨에 해결되는 양상으로 허구적 세계가 짜여져 있는 것이다. 이를 위해 모든 실제 현실에서 제기될 수 있는 갈등의 소지는 제거된다. 대신 조화의 논리에 의해 화합의 상황이 구축된다. 지월련의 존재가 대표적인 예가 된다.

앞서 지월련의 등장으로 인해 갈등 상황이 조성되지 않는다는 점을 지적했다. 지월련과 백운선의 관계를 알고서도 삼각 관계라 할 수 있는 상황이 벌어지지 않는 것은 지월련에게서 질투가 아니라 동병상련의 측은함을 느끼는 이옥련의 포용적 태도 때문이다. 이옥련에게서는 시종일관 배타적인 태도를 찾아볼 수 없다. 오히려 두 여인은 백운선을 향한 감정과 행동이 마치 쌍생아인양 동일한 것으로 나타난다. 이옥련의 부친 이상서도 마찬가지다. 지만춘이 지월련과 백운선의 혼인를 청하자 자신이 나서서 혼사를 주관한다. 이상서를 해배시키고 고관을 제수한 황제의 아량과 시혜가 고스란히 이상서와 지만춘 혹은 이옥련과 지월련의 관계 속에 대입된다. 「백운선완춘결연록」의 사랑은 이처럼 철저히 체제 내적인 조화의 논리에 기대어 있다. 그리고 그 질서는 지극히 남성 중심적이다. 남성 중심적 환타지 속에 사랑은 일부다처의 형태로 완수되며 여성들은 여기서 신분을 초월한 비현실적 평등성을 허여받는다. 전기 양식의 전통 속에서 드물게 보여지는 해피엔딩이 「백운선완춘결연록」의 대단원을 장식하게 되는 이면에는 이러한 남성적 환타지의 개입이 내재되어 있다. 이는

「백운선완춘결연록」이 전기 양식을 계승한 여타의 작품들과 미의식적으로 분지되는 지점이기도 하다.

4. 작가의 세계관과 전기소설사적 맥락

「백운선완춘결연록」이 「주생전」이나 「상사동기」와 같이 전대에 창작된 변심 테마의 전기소설 작품들과 달리 체제 내적인 조화와 해피엔딩의 노선을 지향한다면 그것은 구체적으로 작가의 어떤 세계관에 입각해 있는 것이며 소설사적인 맥락을 어떻게 잡아야 할 것인가. 「백운선완춘결연록」이 창작되었을 것으로 여겨지는 17세기 말에서 18세기 초중 무렵은 기실 전기소설사에서도 주목된 바가 없는 시기다. 「백운선완춘결연록」이 16세기 말에서 17세기 중반에 이르는 시기에 대거 쏟아져온 작품들과 다른 미의식을 표출하고 있다면 이는 달라진 소설사적인 요구를 반영한 결과일터다. 여기에는 「백운선완춘결연록」 작가의 세계관이라는 필터가 중간 단계로서 개입되어 있음은 물론이다.

17세기 전기소설은 그간 한 데 뭉뚱그려서 그 동향이 분석되었지만 각 작품들이 소설사와 조응하는 양상은 한 가지 흐름으로 통합할 수 없다. 다시 말해서 몇 개의 흐름이 간취된다는 말이다. 17세기라는 소설 외적 환경은 잘 알려져 있다시피 양란 이후의 도덕 붕괴, 계층 질서의 재편, 새로운 경제 집단의 등장 등 성리학의 지배 담론적 위상이 흔들린 시기였다. 기존의 주류 이념이 심각한 회의에 직면하게 될 때 사회 현상 및 이와 맞물리는 사람들의 의식은 극단적으로 상반된 방향으로 양분되게 마련이다. 한 층위는 유교 관념들에 위배되는 해체의 징후들이다. 이런 객관적인 현상과 더불어 성리학의 지배 이념들에 도전하거나 이를 근본적으로 회의하는 비판적 인식이 존재한다. 이러한 의식적 흐름은 주로 지배 질서 하부의 계층이나 드물게는 기득권의 핵심으로부터 소외된 상층에서 주로 형성되었을 것으로 보여진다. 왜냐하면 전후 사회 질서를 재통합하고자 하는 목적으로 예론의 복구를 위해 동분서주한 상부의 계층에서 기득층이 재구성되었기 때문이다. 사림으로 대표되는 이들 계층이 성리학 이데올로기를 현실의 정치에 끌어들여 국내적으로는 예치, 대외적으로는 화이론에 입각한 북벌론을 내세우면서 체제를 재정비해 나갔던 것은 잘 알려진 사실이다.[31)]

그렇다면 여기서 질문 한 가지를 던져보자. 양란 이후 과거의 기득층이 권력 창출과 유지를 위해 배포했던 이념 체계가 그 뿌리부터 흔들렸던 저간의 혼돈은 상기의 각종 조치에 의해 효과적으로 아니 일거에 수습되었을까. 『예기(禮記)』, 『의례(儀禮)』, 『가례집람(家禮輯覽)』, 『상례비요(喪禮備要)』, 『의례문해(儀禮問解)』과 같은 예서들이 끊임없이 편찬되고 『동국신속삼강행실도(東國新屬三綱行實圖)』가 국가적 사업으로 편찬된 것을 보면 유교 질서의 재확립은 지속적으로 홍보해 나가야만 하는 성질의 것이었음을 알 수 있다. 바꿔 말하면 단 한 번의 공포로 체제를 다잡기에는 그리 녹녹지 않은 문제였다는 말이다. 예서의 편찬은 조선의 개국초 국가의 기틀을 잡기 위해 시행된 사업이었다. 당시의 사항이 국초의 체제 정립과 유사한 과정을 보여주고 있지 않았나 생각된다. 특히 효자, 열녀, 충신을 가려뽑은 『동국신속삼강행실도』의 편찬은 새삼 국가적으로 교육할 정도로 유교적 절의 관념이 흔들리고 있었음을 보여준다.

왕위 계승과 왕실의 복제를 둘러싼 예송 논쟁이 집권층의 교체를 낳을 정도의 파워를 지니게 된 이면의 사정도 같은 맥락의 해석이 가능하다. 예송은 인조반정 이후 정권을 획득한 서인과 이에 공조했던 남인 혹은 서인 내부의 권력 다툼으로만 보여지지는 않는다. 핵심 집권층이 거상 기간

31) 이에 대해서는 정옥자, 「17세기 사상계의 재편과 예론」, 『한국문화』10, 서울대 한국문화연구소, 1989, 212쪽을 참조하기 바람.

이나 상복의 복제와 같은 일견 사소한 의례의 문제로 하루아침에 바뀔 정도라면 이것만큼 예론의 힘을 일반 백성에게 각인시킬 만한 이벤트는 없지 않았나 생각된다. 체제의 정점에 있는 왕실을 대상으로 벌어지는 사건인 만큼 성리학적 의례 절차를 사회 곳곳의 일상에 뿌리내리게 하는 극적인 효과를 거두었을 것으로 짐작된다. 예송은 집권층의 사활을 걸고 몸소 시행해 보여줘야만 하는 일종의 체제적 강박이 된 것이다. 이처럼 주도적 이념에 대한 회의와 예론에 대한 의도적인 담론화는 한동안 공존하는 상태였지 않을까 보여진다.

17세기를 이렇게 보게 되면 소설사가 당대와 조응해간 양상 역시 새로운 구도로 읽혀진다. 「주생전」, 「상사동기」는 유교의 이념적 권위가 심각한 도전을 받으면서 인간, 절의, 욕망, 사랑 등에 대해 기존의 관념이 내렸던 이상적 정의가 흔들리는 정신사적인 한 흐름 속에서 배태된 작품들로 보여진다. 「주생전」에 나타난 사족 남성의 계층적 이기심과 배신, 「상사동기」에서 보이는 바 입신양명의 과정에서 나타나는 사족 남성의 정수사변 등은 「이생규장전」이 절의 관념의 이상적인 모습과 그 사유의 기반부터 달리한다. 「이생규장전」이 최랑의 열행과 인귀교환, 이생의 부지소종을 통해 변치 않는 절의에 기반한 사랑을 그려내고자 했다면 「주생전」과 「상사동기」는 현실의 사정에 따라 사랑은 얼마든지 변할 수 있음을 드러낸다. 다분히 남성 중심적인 시선은 이런 시각을 합리화하기까지 한다. 한편 「최척전」, 「운영전」, 「동선기」, 「왕경룡전」 같은 작품들은 성리학적인 예론, 즉 유교적 관념체제의 향수에 젖어있는 향유층의 사유방식에 조응하는 것으로 생각된다. 특히 「운영전」, 「동선기」, 「왕경룡전」처럼 한글로 번역되어 기득 계층 이하로 수용되어갔던 작품들의 경우는 각박한 현실에 지친 사람들에게 영원한 사랑의 환타지와 열수행에 따른 신분상승 가능성을 암시하면서 향유층을 확대해나갔던 것으로 보여진다.

그러나 이들 전기소설들의 세계관은 장르적 특성상 권력의 최상부층의 그것과는 생래적으로 거리가 있다고 생각된다.[32] 전기소설의 작가는 전통적으로 상하의 신분 질서 속에서 상부 출신이지만 권력의 정점에 있는 핵심 집권층은 아니었다고 할 수 있다. 성리학적 이데올로기를 통해 사회를 재통합하고 자신들의 기득권을 재생산하고자 했던 지배 계층의 구미에 맞는 소설은 전기소설과는 다른 방향에서 요구되었다고 할 수 있는데 「구운몽」, 「사씨남정기」, 「창선감의록」 같은 작품이 여기에 해당된다. 이들 작품은 하나같이 권력의 중심부에 있는 집권 가문을 대상으로 하여 그 내부의 갈등사를 다루거나 결국에는 집권층의 최심장부로 들어가 가문을 형성하는 데 성공한 주인공의 여유로움과 화락함을 그려냈다. 최상층의 가문이 갈등을 해결하고 재화합한다든지 아니면 온유돈후(溫柔敦厚)와 열행(烈行)이란 이상적 미덕을 실행한 여성이 마침내 보상을 받는다든지, 혹은 상하의 수직 질서와 유교 이념 하의 조화로운 사회를 가정 내에 실행해 보인다든가 하는 것은 지배 계층의 욕망과 그들이 이상적으로 그리는 세계관이 그대로 투영된 것이다.

이런 의미에서 이들 소설이 유학자들에게 환영을 받으면서 그 독서가 권장되는 과정은 지배 계층이 자신들의 이러한 세계관을 확대 재생산하는 과정이랄 수 있다. 지배층 내부에서는 이들 소설의 향유를 통해 그들의 동질감과 결속력을 새삼 확인해갔을 것이다. 한편 한글 번역을 통해 이들 작품이 다양한 계층에 유통되는 시점이 되면 지배층이 옹호하는 세계의 질서가 독서를 통해 두루 유포되고 학습되는 효과를 거두었을 것으로 생각된다.

여기서 「백운선완춘결연록」의 작가가 자신의 「구운몽」 독서 경험을 여

---

32) 이는 전기소설이 자신의 문장 실력을 과시하고 상사의 비위를 맞춰 출세의 수단으로 삼기 위해 당대 문인들이 만들었던 온권(溫券)을 통해 확립되어 나갔다는 사실에서도 입증된다. 전기소설은 태생적으로 권력의 최상부에 있는 집권층의 세계관을 그려낸 것이 아니라 그 변두리에 있는 문인들의 세계관 속에서 배태된 장르인 것이다.

주인공 캐릭터를 묘사하면서 살짝 노출해놓았다는 사실은 새삼 주목할 필요가 있는 사항이 된다. 「구운공」, 「사씨남정기」, 「창선감의록」류의 작품에서 그리는 세계관이 일반화되면서 「구운몽」 같은 작품의 경우 남성들이 욕망하는 환타지의 원형으로 인식되었을 가능성이 농후해 보인다. 「구운몽」이 보유하고 있는 이본수와 이 작품이 확보하고 있는 인지도를 생각하면 무리한 추정만도 아니다. 「구운몽」은 영웅적인 남성 캐릭터가 공명의 정점에 서는 동시에 애정 행각을 통해 일부다처의 꿈을 완성하는 이야기다. 자그마치 여덟이나 되는 여성들은 남성을 중심으로 결코 질투하지 않는 자매애로 결합되어 있다. 심지어 그녀들은 남성들이 한 번씩 꿈꾸기 마련인 다양한 여성상을 한 가지씩 구현해내고 있지 않은가. 게다가 이 여성들은 남성과 분리되거나 그가 찾아주지 않는 때라도 결코 부심한이라고 원망하지 않는다. 변심 테마를 형상화한 전기소설의 유형군과는 세계관 자체가 다른 것이다. 이런 점에서 「백운선완춘결연록」의 작가가 변심 테마의 전통을 계승한 작품군에서 불만을 느끼는 지점, 즉 남성이 복수의 여성과 사귀거나 공사다망하여 약속을 어긴다거나 할 경우에 예외없이 변심했다는 비난을 받기 마련이며 그리하여 비극적인 결말을 맞을 수밖에 없는 설정을 남성 중심적으로 뒤집어놓은 바로 그 지점에 「구운몽」이 놓인다.[33]

「백운선완춘결연록」은 전기소설의 기존 작품에서 나타나는 남성의 변심의 전통을 「상사동기」식의 '정수사변'으로 합리화하고 「구운몽」식의 일부다처의 조화와 해피엔딩으로 새롭게 비틀어낸 작품이라고 할 수 있다. 변심 테마를 형상화한 전기소설의 전작들과 정반대의 세계관을 형상화한

33) 「구운몽」이 전기소설의 관습을 대거 차용하면서도 그 세계관과 미의식적 측면에 있어서는 다른 차원을 지향하는 작품이 된 이유도 여기서 찾을 수 있다. 「구운몽」과 전기소설의 유사점과 차이점에 대해서는 김대현, 『조선시대 소설사 연구-17세기 소설의 이행과정을 중심으로』(국학자료원, 1996, 178-193쪽)에서 자세히 다루어진 바 있다.

「구운몽」을 노골적으로 인용함으로써 전기소설의 세계관에 불만을 제기한 것이다. 「백운선완춘결연록」의 작가가 제기하는 의문은 아마도 왜 전기소설의 남주인공은 항상 최상부 지배층의 변두리에 있어야만 하는가, 체제 내부로 들어가려는 그들의 현실적 욕망과 사랑은 왜 반드시 접점을 찾을 수 없는가 하는 점들이 아닌가 생각된다. 결론적으로 말해서 「백운선완춘결연록」 작가의 세계관은 전기소설 작가들의 전통적인 그것으로부터 살짝 비껴나 있다고 볼 수 있다. 현실적인 처지는 전기소설의 전통적인 향유층과 겹치면서도 문학적인 지향점은 「구운몽」식의 그것을 꿈꾸는 형태다. 이는 「구운몽」이 애초에 배태되어 나왔던 계층을 벗어나 향유층을 확대해나간 세계관적 재생산의 부산물이랄 수 있다.

이 과정에서 「주생전」에서 환기되는 남성의 이기심과 배신으로 인한 파국의 비극적 정조, 「상사동기」에서 사랑은 이루었지만 결코 그 사랑이 체제 내부에서는 인정받을 수 없는 반푼짜리 해피엔딩과 그 진한 여운 등은 거세된다. 아울러 전기소설과 지배적 기득권 사이에 존재하는 관습적 거리와 그에 따른 독특한 장르적 미감도 희석된다. 이를 통해 「백운선완춘결연록」이 얻은 것과 잃은 것은 또 다른 논의거리가 될 것이다.

5. 남은 말

익숙지 않은 주제나 세계관을 표출하는 작품의 소설사적 위치를 제대로 잡아주는 것이란 언제나 어려운 작업이다. 기왕에 논자들에게 익숙하게 다뤄져온 작품이 아니라면 더욱더 그러하다. 그런 의미에서 「백운선완춘결연록」만큼 그 작품 세계를 온전하게 드러내기가 쉽지 않은 작품도 없다. 전기 양식을 차용한 기존 작품을 해석하는 데 사용했던 잣대들을 아무리 들이대봐도 이 작품에 딱 들어맞는 해석은 떨어지지 않는다. 「백운선완춘결연록」이 비교적 이른 시기에 소개된 작품이면서도 언제나 연구사의 주류에서 소외되어온 이유도 아마 여기에 있을 것이다.

그렇다고 언제까지나 전기 양식의 전통을 계승한 작품으로서 연구의 필요성이 있는 작품군의 언저리에만 놓아둘 수도 없는 노릇이다. 「백운선완춘결연록」에 맞는 기존의 해석틀을 찾을 수 없다면 잣대를 바꿀 필요가 있다. 본고에서 사정의 변화에 따라 사랑이 변하는 변심 테마의 소설사적 맥락을 설정하고 중국의 '부심한' 고사 전통과 17세기 이래로 '정수사변'을 표명한 작품 유형의 연결고리를 집어본 것도 이러한 차원에서다.

「백운선완춘결연록」은 아직까지 전기소설 연구사에서는 낯선 변심의 전통을 계승하되 기존의 작품에 불만을 가진 작가에 의해 창작되었다. 이런 「백운선완춘결연록」의 존재는 전기소설사적으로 몇 가지 중요한 시사점을 던져준다. 우선 「주생전」에서 나타나는 사족 남성의 이기심과 변심이 한 특정 작가인 권필에 의해서 이루어진 예외적인 현상이 아니란 사실을 알 수 있다. 「백운선완춘결연록」이 담아내고 있는 기존의 전기 양식적 전통은 실로 풍부한 것일 뿐 아니라 기존 연구사에서 익숙지 않은 변심 테마의 한 줄기도 고스란히 포함하고 있다. 또한 「백운선완춘결연록」의 작가가 작품 내부에서 변심 테마의 전통을 다양하게 활용할 수 있을 정도로 이러한 작품군이 이미 이 시기에 어느 정도는 향유층에게 익숙한 것이었다는 점도 뚜렷하게 드러난다. 이러한 사실들은 「백운선완춘결연록」의 소설사적 위상뿐만 아니라 전기소설사의 구도와도 관련되는 소중한 정보가 된다.

본고는 「백운선완춘결연록」에 대한 왕성한 연구로 가는 첫삽질이다. 앞으로 지속적인 관심이 이어져서 「백운선완춘결연록」의 소설사적 위치가 보다 확실히 매겨지기를 기대한다.

V. 「포의교집」의 애정 갈등과 비극적 결말의 현실적 의미

1. 문제 제기

「포의교집」은 신소설사와 맞닿아 있는 고소설사의 끝자락에 위치해 있다는 창작 시기도 충분히 문제적이지만, 기혼자들의 불륜을 시정을 배경으로 하여 지극히 일상적이고도 세속적인 모습으로 그려냈다는 점에서 연구자들의 주목을 받은 작품이다. 미혼의 선남선녀가 주류를 이루는 인물 형상화의 공식을 깼다는 파격과 함께 도시 서울의 모습이 손에 잡힐 듯이 생생하게 묘사되어 있다는 점은 「포의교집」의 독특한 전기소설사적 가치를 입증하는 근거로 받아들여지기도 했다. 그럼에도 불구하고 연구 성과는 일천하기 짝이 없다. 19세기의 유흥적 세태를 소재로 하여 전기소설의 애정 주제를 현실적인 방향으로 발전시킨 작품이라는 견해[1]가 제기된 이래, 전기소설사의 계승과 변용이라는 측면에서 이 작품을 분석한 연구[2]들은 여기서 한 발짝도 진전된 논의를 내놓지 못하고 있다. 이 작품을 분석한 가장 최근의 연구[3]에서 여주인공의 주체적인 애정 실현 욕구

1) 이승복, 「한문소설 <포의교집>의 인물 형상과 소설사적 의의」, 『규장각』21, 1998

2) 신상필, 「한문소설 『포의교집』 연구」, 『한문학보』3, 2001 : 한의숭, 「포의교집 연구」, 경북대학교 석사학위논문, 2001

3) 조혜란, 「<포의교집> 여성주인공 초옥에 대한 연구」, 『한국고전여성문학연구』3, 한

가 보여주는 관념성을 주목한 새로운 접근이 이루어졌을 따름이다. 요컨대 「포의교집」에 관한 연구는 이제 막 걸음마를 뗀 단계라 할 수 있다. 뿐만 아니라 기존 연구의 문제점도 적지 않다.

대표적으로 「포의교집」의 서사구도에서 핵심이라 할 수 있는 애정 갈등에 대한 견해를 들 수 있다. 첫째, 사랑이 파경에 이르게 되는 갈등의 주된 원인을 남녀의 어느 한쪽에만 두는 시각의 타당성 문제이다. 기존 연구는 대체적으로 애정 파탄의 원인을 애정과 현실적 처지 사이에서 방황하는 남성의 우유부단함에 두는 관점[4], 여성의 애정 실현 욕구와 세계와의 갈등이 빚어낸 착각과 오해에 두는 관점[5], 이 두 가지로 나누어진다. 그러나 「포의교집」에서도 빈번하게 사용되고 있거니와 일반적으로 전기소설의 연애 주제를 상징하는 말인 지기지음으로의 사랑이란, 내가 상대를 알아주고 상대가 나를 알아주는 상호 간의 관계를 의미한다. 이 점에서 전기소설의 연애 관습 속에서의 남녀 주인공은 양쪽 모두 사랑의 주체라 할 수 있다. 그렇다면 「포의교집」에서 빚어지는 애정 갈등의 정체는 이생과 양파 두 사람의 욕망이 상호 충돌하는 양상 속에서 보다 심도 있게 다루어져야 할 것이다.

둘째, 남녀의 이러한 비극적 사랑이 배태된 역사적, 현실적 의미, 즉 주인공들로 하여금 파경을 초래하게 한 사회적 맥락에 대한 정치한 분석이 부재하다는 사실이다. 기존의 연구는 「포의교집」의 사랑이 불륜이라는 사실에만 집착하여, "봉건윤리가 와해되고 신분적 질서가 그 형해(形骸)만을 남기고 있는 봉건말기의 증상"[6]으로서 불륜이 일종의 세태가 되었다는 측면과 '인격적 만남에 대한 하층 여성의 자의식이 불륜으로서의 자유

국고전여성문학회, 2001

4) 이승복, 전게논문

5) 조혜란, 전게논문

6) 이승복, 전게논문, 137쪽

연애에 대한 열망으로 이어졌다'[7]는 여성 의식적 측면으로 이 문제를 해석해왔다. 그러나 이러한 해석들은 기왕에 「포의교집」의 비극이 사랑에 대한 남녀의 태도와 관련되어 있음을 밝혀낸 탁월한 지적과 관련하여 보다 논의를 심화시키지 못한 한계를 지니고 있다는 점에서 아쉽다. 왜냐하면 「포의교집」에서 불륜은 심각한 현실적 질곡의 하나임은 분명하나, 비극을 초래하는 결정적인 원인은 아니기 때문이다. 이 점에서 자신들의 성격적 결함이나 잘못된 판단에 의해 파경으로 치닫는 주인공들의 인물 형상이 배태된 역사적 맥락이나, 애정에 접근하는 남녀의 본능이랄지 본질적인 입장의 차이 등에 대한 깊이 있는 논의가 필요하다고 할 수 있다.

셋째, 남자주인공 이생 쪽에서 사랑을 파경으로 몰고 가는 요인을 다층적으로 보지 못하고 오직 그의 소극성과 주저함에만 주목했다는 점이다. 양파와의 사랑에 임하는 이생의 태도는 다분히 다면적이다. 분명 이생에게는 불륜이라는 사회적 금기나 자신의 현실적 처지 때문에 사랑에 우유부단한 태도를 보였던 측면이 있는 것은 사실이다. 그러나 양파의 적극성에 의해 이로 인한 문제는 쉽사리 해결된다. 그렇다면 양파와의 사랑을 파탄에 이르게 한 또 다른 원인을 이생이 제공한 셈이 된다. 여기서 우리는 한 가지 의문을 가질 수 있다. 이생의 사랑에는 이기심이나 계층적 편견이 전혀 개입되어 있지 않은 것인가. 이생과 양파의 사랑이 상하의 중세적 신분 질서 속에 놓여있다는 사실은 결코 간과될 수 없는 무게를 지니고 있다. 「포의교집」의 사랑이 비극으로 치닫게 된 결정적인 원인으로서 이러한 측면은 중요하게 다루어져야 할 것이다.

넷째, 과연 여주인공인 양파의 태도를 관념적이라고 규정할 수 있는가 하는 의문이다. 포의지교에 대한 그녀의 집착은 중세적 현실과 비교할 때, 환상에 불과하며 지극히 비현실적이고 이념적인 면이 있다는 것은 부

7) 조혜란, 전게논문, 217-220쪽

인할 수 없는 사실이다. 「포의교집」이 애정 갈등의 양상 속에서 이러한 측면을 극명하게 보여주고 있으며, 이를 치밀하게 추적해 나가는 작가의 솜씨에 이 작품의 한 묘미가 있는 것은 분명하다. 그러나 그렇다고 양파의 행동 방식이나 의식을 고지식하다거나 관념적이라고만 보아 넘긴다면 이는 표피적인 해석에 불과하다. 이러한 시각으로 보면 양파를 통해 「포의교집」이 이루어낸 인물 형상화의 긍정적 성과를 적극적으로 평가해낼 수 없는 한계가 있다. 실제 「포의교집」 작가의 시각은 양파를 긍정적으로 보려는 쪽에 가 있다. 그녀가 내세우는 관념이란 경직된 이데올로기 자체, 혹은 전통적 이념에의 묵수로 읽혀져서는 곤란하다. 이념에 대한 양파의 경직성은 자신이 처한 현실을 헤쳐나가기 위한 나름의 삶의 방식이기 때문이다. 이 점에서 그 이면에 숨겨진 의도와 의미는 신중하게 해석될 필요가 있다.

그렇다면 여기서 가장 본질적인 질문을 던져보자. 과연 「포의교집」에서 사랑의 파탄은 정말로 불륜 때문에 발생한 것인가. 「포의교집」의 비극성을 불륜이라는 사회적 금기와 연결지으려 하는 기존의 관점들은 혹시, 전기소설의 연애 주제란 "예교의 속박으로부터 삶의 자유를 얻고자 하는 일탈적·저항적 행동이라는 의미를 갖는 것"[8]이라는 명제에 지나치게 속박되어 본말을 경도하고 있는 것은 아닌가. 전기소설적 연애 주제의 비극적 형식이 담지하고 있는 사회적 혹은 현실적 의미를 해석함에 있어서, 기존 연구들은 이를 남녀 주인공을 둘러싼 환경 혹은 세계의 문제로만 환치하는 경향이 있음을 부인할 수 없다. 이러한 경향은 「포의교집」에 관해서도 예외가 아니다. 물론 「포의교집」의 비극이 범박하게 보아서 불륜이라는 금기와 주인공들의 애정 욕구가 빚어내는 갈등과 관련되어 있음은 부정할 수 없는 사실이다. 그러나 그렇다고 하여 「포의교집」의 애정 갈등

8) 임형택, 「전기소설의 연애주제와 위경천전」, 『동양학』22, 단국대 동양학 연구소, 1992, 32-33쪽

의 전말과 비극적 결말이 전적으로 불륜 때문에 발생했다고 결론 내린다면, 이는 지나친 비약이요, 일반화의 오류라고 아니할 수 없다.[9] 다시 말해서 「포의교집」에서 불륜의 문제를 지나치게 강조하는 경향은 반중세적이라는 연애 주제의 전기소설사적 의미, 그 일반성에 지나치게 경도 당한 나머지 테스트가 담지하고 있는 차별적인 기호들을 섬세하게 해석해내지 못한 한계를 내포하고 있는 것이다. 「포의교집」의 인물 형상과 이들이 빚어낸 비극적 사랑이 놓여 있는 사회적 맥락에 대해서는 보다 예각화된 시각이 필요하며, 이와 관련하여 애정 갈등과 파경을 초래한 본질적 원인에 대한 심도 있는 논의가 요구된다고 할 수 있다.

본고는 이상과 같은 문제 의식을 중심으로 「포의교집」의 애정 갈등과 그 비극적 결말에 내포된 현실적 맥락에 대해 논하고, 이러한 남녀의 비극을 조망하는 작가의 서술태도와 의도를 세밀하게 살펴보고자 한다. 이를 통해 「포의교집」이 지향하는 애정 형상화의 미학은 물론, 나아가 그 소설사적 의의를 밝혀낼 수 있을 것이다.

9) 이러한 관점은 필연적으로 「포의교집」의 비극이 전적으로 인간성을 억압하는 "불륜"이라는 중세사회의 금기에 기인한다는 결론으로 귀결된다. 애정에 대한 남녀의 행동 양상이 갈등의 원인이 된다는 기존 논의에는 동의하면서도, 대안 없는 현실 때문에 남녀가 이별하는 양상으로 결말이 날 수밖에 없다는 논지로 비약되는 것이다. 단적인 예로 작가의 의도가 "기혼남녀의 사랑이라는 사회적 금기와 인간의 기본적 애정욕구라는 양립할 수 없는 관계로 설정"(신상필, 「한문소설 <포의교집> 연구」, 『한문학보』 3, 우리한문학회, 2001, 429쪽)하여 보여주고자 하는 데 있다는 주장을 들 수 있다. 다시 한 번 강조하지만 「포의교집」의 애정 갈등과 비극적 결말이 과연 중세적 질곡인 불륜과 자아의 대립 사이에서 발생한 것으로 보는 시각은 신중하게 재론할 필요가 있으며, 그 타당성의 여부를 반성할 필요가 있다.

2. 애정 갈등과 그 의미

1) 자기 본위적 사랑의 비극성

「포의교집」의 사랑은 이생과 양파의 신분 차이만큼이나 애정에 대한 생각이 다르다는 점에서 본질적으로 소통이 불가능하다. 이생은 진실한 감정이 결여되어 있으며, '화간(花奸)'이라는 표현 속에 자신도 모르는 본심을 은연중에 내비친다. 또한 이생은 불륜에 대한 비난을 정면으로 타개하려 하지 않고 오로지 임시방편적으로 벗어나고자 하는 비겁함을 드러낸다. 반면 양파는 이생의 열정과 소극성을 진정한 사랑으로 간주하며, 이러한 믿음을 변치 않는다. 그래서 이생의 본심도 모르고 변함없는 신뢰를 보내다 뒤통수를 맞는 양파의 비극은 이러한 대비 속에서 더욱 가중된다. 이와 같은 이생과 양파의 입장 차이는 애정의 파탄 이전부터 대화 속에서 빚어지는 소통의 어긋남 속에서 이미 예고된다. 이들의 대화는 일치점을 찾지 못하고 자신의 입장만을 주장하거나, 자기 본위에 따라 상대의 말을 해석함으로써 대화가 묘하게 어긋나는 상황이 연출된다. 이처럼 대화가 소통되지 못하는 이유는 이생과 양파의 의사소통이 지극히 상호 주관적이기 때문이다. 이들은 상대에게서 자기가 보고 싶은 면만큼만 보고, 상대의 행동 중에서 자기가 원하는 면만을 사랑한다. 이생과 양파의 사랑은 지극히 자기중심적인 사랑인 것이다. 여기서 「포의교집」의 비극이 어느 한 쪽의 일방적인 책임이 아니라는 사실을 확인하게 된다. 비극의 씨앗은 본질적으로 한 번도 합의점을 찾지 못하고 평행선을 그리는 두 사람의 자기중심성 속에 이미 잉태되어 있었던 것이다.

여기서 주목해야 할 것은 이처럼 파탄이 예견된 수순이었다 할지라도, 그 결정적인 계기를 제공한 책임은 역시 두 사람 중의 한 쪽에게 있다는 사실이다. 바로 이생의 계층적 편견과 상대에 대한 불신이다. 이생이 하층 여성을 지우로 대접하는 위선을 본격적으로 벗어버리기 시작하는 시점은 중약이라는 경쟁자가 등장한 시기와 일치한다. 경제력에서 이생을 압도하는 중약의 존재가 이생으로 하여금 자괴감과 열등감에 빠지게 한다는 점은 사실이다. 그러나 현실적 처지 때문에 이생이 양파와의 사랑에 소극적으로 대처했다는 해석은 재고를 요한다. 이생이 주변 인물들에게 양파를 노류장화로 몰고 가는 순간은 언제나 남성으로서의 자존심이 다치거나, 폭력 앞에 노출될 위기의 시점이기 때문이다. 다시 말해서 주저함과 내적 갈등이라는 해석에는 다분히 면책성 뉘앙스가 내포되어 있기 때문에, 그것이 비록 의식적이건 무의식적이건 간에 이생의 행동 속에 들어있는 의도를 충분히 드러낼 수 없다. 이를 명확히 드러내기 위해서는 이생이 장진사의 집에서 어떠한 위치에 있었는가, 중약의 등장이 이생의 생활전선에 어떠한 변화를 야기했는가 하는 점들을 꼼꼼히 따져볼 필요가 있다.

이생은 장진사의 집에서 더부살이를 한 것으로 소개되어 있다. 이로 미루어보면 이생의 실질적 신분은 양반가에 기식하는 문객, 또는 식객 정도로 추정할 수 있을 것이다. 그러나 장진사의 경제활동과 그의 죽동(竹洞) 집이 보여주는 특수성은 단순히 문면에 드러난 이러한 사실 이상의 정보를 내포하고 있다. 죽동의 집은 이생과 동향인 장진사가 남촌(南村)에 사는 장승지의 양자가 되어 이사하면서 사들인 것이다. 그런데 이 집은 단순한 살림집 이상의 목적으로 운영된 것으로 보인다. 원래 이판서라는 벌열가의 소유였던 것이 중간에 중인에게 넘어가면서 임대주택의 기능도 겸했던 것으로 나타난다. 장진사 바로 전의 주인인 이 중인은 집의 내외 사랑채 중에 외사랑을 당파라는 죽집 할미에게 임대했다고 되어있다. 집주인이 임대인과 하나의 큰 집 속에 구역을 나누어 거주하면서 고정적인 수익을 올리는 임대주택의 형태였던 것이다.[10] 장진사의 소유로

10) 일종의 다세대 주택인 이러한 임대주택의 형태는 조선 후기부터 생겨나서 일제시대 때까지 그대로 이어졌다. 일제시대 도시의 인구 팽창으로 주택이 부족하게 되자 전문적인 집장사들이 등장하였고, 이들은 도시 내의 큰 주택을 사들여 그 안에 여러 채의

넘어간 후에도 이러한 주거형태는 그대로 유지된 것으로 나타난다. 임대인을 끼고 주택을 매매한 것이다. 주목되는 점은 이 집에는 당파 외에도 임대인으로 보이는 사람들이 다수 보인다는 사실이다. 양파의 가족과 시댁 친척들, 행랑의 남녀 거주인들, 손씨라는 중문 거주인 등은 장진사와 주종관계가 아니면서도 이 집에 살고 있는 것으로 나타난다. 이들 역시 당파와 같은 세입자일 가능성이 크다. 이런 사실들로 미루어보아 이 죽동의 집은 장진사가 서울의 도시 생활을 영위해 가는 수익기반이었을 것으로 생각된다.

그럼 이생은 친구가 운영하는 일종의 임대주택에서 단지 식객으로만 머물렀을까. 장진사가 영리를 목적으로 운영한 임대주택인 만큼 아무 대가도 치르지 않고 거주했을 것으로는 생각되지 않는다. 명목상으로는 몰라도 실질적으로는 그 집의 일을 돌보아주고 머무르는 형식이었을 것으로 보인다. 이생이 귀향하고 중약이 등장하는 시점이 정확하게 대응되고 있는 것도 이러한 추정을 뒷받침한다. 행랑채 거주인들의 위에 군림하고 그들의 생활에 관여하는 등 이생과 중약의 실질적인 역할은 거의 동일하다. 그런데 중약이 행랑채 관리권을 행사하게 된 직후 당파를 비롯한 대부분의 임대인들이 그곳을 떠나고 있는 것으로 미루어, 임대 계약 관계에 일대 재조정이 일어난 것으로 보인다. 비록 문면에 뚜렷하게 서술되고 있지는 않지만 중약이 등장하기 직전에 이생이 고향으로 내려갔던 이면에는 관리인의 교체라는 사정이 있었을 것으로 생각된다.

경제적 기반이 전무한 이생에게 있어서 행랑채 관리인이라는 직업은 유일무이한 생계 수단이었을 것이다. 게다가 하층민들을 관리 감독하는

작은 주택을 지어 팔았는데, 이러한 개량 한옥은 그 발생과정상 조선후기 중류계층의 소위 '도시주택'의 특징들을 이어받은 것이었다. 개량 한옥은 작은 택지 안에 여러 가구를 병렬시키는 밀집형 주거의 형태였다.(강영환, 『한국주거문화의 역사』, 기문당, 1991, 151-153쪽) 「포의교집」의 행랑채는 여러 가구가 세들어사는 병렬형 주거였으므로 일제시대에 발전한 집중형 임대주택의 전신이라고 볼 수 있을 것이다.

임무는 직업을 떠나서 위에서 군림하는 자의 만족감까지 제공한 것으로 나타나며 이생은 이를 은근히 즐기기까지 했던 것으로 보인다. 그런데 이생은 새파랗게 젊은 중약 때문에 하루아침에 직업을 잃게 된 것이다. 게다가 중약은 이생과 양파가 애인 사이라는 사실을 뻔히 알고 있으면서도 면전에서 양파를 뺏겠다고 선언하기까지 한다. 노골적으로 이생을 무시한 것이라고 밖에는 달리 볼 수 없다. 만약 이 상황에서 양파가 중약에게 넘어간다면 이생의 자존심은 두 배로 상처 입게 되는 셈이다. 그러나 아이러니하게도 이때 이생의 분노는 생활전선과 애정 전선, 양쪽 모두에서 경쟁자가 된 중약이 아니라 양파에게로 표출된다. 이러한 이생의 심리는 어떻게 해석해야 할까.

이는 이생, 중약, 양파, 세 사람 간의 권력 관계로 해석할 수밖에 없다. 중약은 비록 친구라고는 해도 지금껏 실질적으로 이생의 고용주였던 장진사의 조카이다. 시골에서 직업을 찾아 서울로 흘러 들어온 뜨내기인 이생과 달리, 장진사는 안정적인 경제적 기반을 획득하여 훌륭히 뿌리내리는 데 성공했다. 중약은 젊은 나이에도 불구하고 이 장진사의 주요한 수입원인 임대주택을 실질적으로 관리하는 역할을 했으니, 나이 마흔이 넘도록 변변한 생계 수단 하나 마련하지 못한 이생과 비할 바가 아니다. 이생의 성격상 아무리 속으로 아니꼽게 생각했다 해도 직접적으로 이러한 심경을 표출할 수 없었음은 물론이다. 반면 양파는 자기가 한때 관리했던 행랑채의 임대인인 데다, 신분상으로도 하층민이다. 이생이 그녀를 어떻게 취급한다 해도 현실적으로 자신에게 위해를 가하거나 직접적인 조처를 취할 수 없는 입장인 것이다. 이생이 이런 양파를 부당하게 대접함으로써 자신의 상처받은 자존심을 보상받으려 한다 해도 하등에 이상할 것이 없다.

이생이 중약 앞에서 "입낭지물(入廊之物)"이라며 양파를 노류장화로 몰고 간 이유는 바로 여기에 있다. 양파를 육욕의 대상 이상으로 보지 않는 중약과 동일한 태도를 취함으로써 남성으로서 그와 동등한 위치임을 보여주고자 하는 허세, 양파가 중약에게 간다면 그것은 자신의 경제적 무능 때문이 아니라 그녀의 성적 방종 때문이라고 함으로써 최소한의 자존심만은 지키고 싶은 이기심이 작용한 것으로 보인다. 이러한 자기중심적인 허세와 이기심이 무의식적으로 하층 여성의 지조는 얼마든지 무고해도 된다는 식의 태도로 표명화되었을 것이다. 사선이 중약에게 양파를 빼겼다며 놀리자, "길가에 있는 우물을 어찌 혼자만 마시겠소?"(路邊井鑿, 豈可獨飮)라고 한 것 역시 같은 맥락이다. 자존심을 다치거나 남에게 놀림감이 되는 순간에 자신보다 약자인 대상을 핑계로 자아를 보호하려고 하는 이러한 행동 방식은 지극히 유아적인 것이라고 하지 않을 수 없다.

폭력적인 양파의 남편에게 불륜이 들통 난 순간 역시 마찬가지이다. 비록 이생이 신분상 양파의 남편보다 우위에 있다하더라도 육체적 폭력은 언제나 질서를 넘어 순간적으로 폭발할 수 있는 것이다. 더구나 이생은 하층민의 폭력으로부터 자신을 안전히 지켜줄 울타리인 재력이나 권력을 소유하지 못했다. 양파의 남편이 신분 질서를 넘어설 용기를 지니지 못한 사람이라 결과적으로 폭력은 양파에게 한정되기는 했지만, 그의 속내를 알 수 없는 이생이 폭력에 대한 두려움을 느끼지 않았다고 한다면 그것은 거짓말이 될 터이다. 실제 양파의 상태를 통해 간접적으로 그 위협을 감지한 순간이라면 더욱 그러하다.[11] 양파의 시아버지가 심부름꾼을 보내자, 거절의 이유로 또 다시 양파의 지조를 들먹인 것은 이 때문이다. '당신의 며느리와 간통한 사람은 자기뿐만이 아니니, 그 책임은 나에게 묻지 말고 당신 며느리에게 물으라'는 식이다. 폭력적인 양파의 남편

11) 비록 양파 스스로 남편의 폭력을 부채질한 측면이 있다 하더라도, 그의 계속적인 폭행에는 이생에 대한 과시성 시위인 측면이 있음을 간과할 수 없다. 반상의 질서 때문에 이생에게 직접 따지지는 못했지만 자신의 폭력이 얼마든지 이생에게 옮겨질 수 있음을 드러낸 것으로 보아야 한다.

때문에 당할지도 모르는 생명의 위협으로부터 도피하기 위해, 모든 책임을 양파에게 전가시켜 놓고 혼자서 도망갈 길을 찾고자 함인 것이다.

이러한 이생의 파렴치하고 이기적인 행동들을 볼 때, 애초에 계층을 초월하여 양파를 진정한 애정의 상대자로 대우하겠다며 자처했던 것이 모두 위선이었음이 드러난다. 자신의 자존심과 생명이 위협받는 상황이 되면 얼마든지 벗어 던질 수 있는 허세에 불과했던 것이다. 이러한 위선이 한 꺼풀 벗겨진 자리에는 사랑하는 사람을 부정한 하층 여성의 전형으로 몰아넣는 한이 있더라도, 사족 남성으로서의 체통을 유지하고자 하는 계층적 편견이 그 모습을 드러낸다. 이는 분명히 신의로 맺어진, 혹은 맺어졌다고 믿어졌던 사랑에 대한 변심이다. 양파가 이러한 이생의 본심을 인지한 순간 결별을 선언하게 되는 이유도 결국 여기에 있다. 신분 질서를 초월한 정신적 평등함과 일말의 불신도 용납하지 않는 상호 신의를 지향함이 지기지음적 사랑의 본질이다. 「포의교집」의 비극성은 남녀의 사랑이 각자의 자기중심성 때문에 한번도 상대에게 진정한 의미의 지음이 되어주지 못하다가, 결국 남성의 변심에 의해 그 본질이 마침내 폭로되는 지점에 그 정점이 놓여 있는 것이다.[12)]

2) 소통 부재의 현실적 맥락

그렇다면 「포의교집」에서 자기중심적인 사랑이 한 쪽은 변심하는 쪽으로 변질되고, 다른 한 쪽은 그로 인해 고통을 받는 형식으로 변주되어 나가게 되는 이유는 무엇일까. 여기에는 주인공 각자 나름의 현실적인 맥락이 있다. 먼저 이생의 경우를 살펴보자. 이생은 조선 후기의 지배적 특권

12) 그러나 「포의교집」의 작가가 바라보는 사랑의 비극은 이처럼 자기중심성과 이기심의 극단이 최고조에 달하는 지점에만 놓여있지 않다. 각자의 위선과 착각이 노출된 상태에서도 여전히 지속되는 자기 본위성과 오해의 연속들, 그 의사소통의 불능이 면면히 이어지는 지점에서도 사랑의 비극을 바라보는 작가의 독특한 시각이 묻어난다.

층인 벌열로부터 소외된 한족(寒族)이라는 역사적 전형성을 띠고 있다. 특권을 세습하는 가문을 지칭하는 벌열은 「포의교집」의 작중 배경인 1800년대 고종 통치기에 이르면, 몇몇 집권자의 가문만이 정권을 독점하는 세도정치가 형성되면서 그 고착기를 맞았다. 이러한 이유로 이 무렵 한족이 자기 대에서 과거 급제를 통해 특권을 획득하는 일은 거의 불가능하게 되었다.[13] 경화벌족들의 과거 부정에 의해 출사의 기회가 원천적으로 봉쇄된 상황 속에서 한족들이 택할 수 있는 방안은 향촌 사회에서 지배적 지위를 유지하거나 향리에서 유림으로 자수하며 자족감을 추구하는 길뿐이었다. 이러한 한족의 부류는 여전히 명목상일 뿐이지만 사족의 명분을 인정받기 위해서 전통적인 신분 질서와 전형적인 사족의 삶에 집착하는 보수적 성향을 보였다.[14]

이생은 충청도의 향촌사족 출신이다. 지방에 기반을 둔 물적 토대가 완전히 붕괴된 상황에서 서울로 도피하다시피 고향을 떠나올 수밖에 없을 정도로 같은 한족 내부에서도 몰락의 정도가 심각하다. 그러나 이생은 과거를 통한 출사의 꿈을 버리지 않을 정도로 보수적 의식 세계를 간직하고 있으며, 사족으로서의 자존심을 여전히 탈각하지 못한 채 살아간다. 서울로 상경한 이유도 다른 데 있는 것이 아니라 벌열가에 장가들어 환로를 열어볼까 하는 기대가 있었기 때문이다. 요컨대 이생의 삶을 지탱해 주는 것은 혹여나 특권층에 기식할 수 있을까 하는 비현실적인 꿈, 혹은 계층 질서의 전통적 권위에 기대어 살아가려는 보수적 의식이다. 여기서 한 가지 질문이 제기될 수도 있을 것이다. 일반적인 의미로 권위를 유지하기에는 이생의 경제력이나 지위가 너무나 보잘 것 없다는 사실이다. 그러나 이생은 이러한 객관적 처지의 어려움에도 불구하고 나름대로 자존

13) 차장섭, 『조선 후기 벌열 연구』, 일조각, 1997, 172-173쪽

14) 이옥경, 「조선시대 정절이데올로기의 형성기반과 정착방식에 대한 연구」, 이화여대 석사학위논문, 1985, 71-74쪽

심을 세울 구석을 찾을 수 있는 독특한 방식을 지니고 있었다. 바로 자신의 객관적 몰락 상태와는 상관없이 남들 위에 군림할 수 있다는 상대적 우월감이다. 임대주택의 관리인이라는 지위는 비록 실질적으로는 남의 고용인에 불과하지만, 다수의 하층민을 관리하고 위세를 부릴 수 있다는 점에서 이생의 허영을 만족시켜주는 측면이 있다. 행랑채의 우물을 공동 식수원으로 쓰는 이웃의 하층민들이 조금만 떠들어도 이를 빌미 삼아 매질을 하거나, 자신의 거처인 서헌과 세입자들의 주거를 엄격히 구분하여 출입을 금함으로써 권위를 강요하는 것은 모두 이러한 맥락이다.[15)]

이렇게 계층적 권위, 상대적 우월감에 대한 집착이 이생의 의식 세계를 구성하고 있는 본질이라는 사실을 파헤쳐 놓고 나면, 이생의 사랑이 내포하고 있는 한계 또한 분명해진다. 중세적 신분 질서의 이미 낡은 권위에 매달려 살아가는 이생이 하층 여성의 욕망을 이해한다고 말한다면 그것은 우월한 지위에서 베푸는 관용, 혹은 포용력을 과시한 것에 불과하다. 이생의 사랑이란 자존심과 권위가 인정받는 한에서만 유지될 수 있는 것이다. 다시 말해 영원불멸한 사랑의 이상이란 개념은 애초부터 이생에게는 존재하지 않는다. 이생에게 있어서 사랑은 숭고한 이상이나 관념이 개입될 수 없는, 지극히 현실적인 개념인 것이다.[16)] 같은 맥락에서 이생의 사랑은 우월감이 회복되는 순간 얼마든지 다시 시작될 수 있다. 비록 상대가 결별을 선언했건 말건, 그런 것은 이생에게 아무런 문제가 되지 않는다. 이생에게 있어서 하층 여성과의 사랑이란 자신의 시혜 속에서 유지

---

15) 그러나 이러한 사실은 반대로 이생 편에서 먼저 복종을 요구하지 않으면 결코 하층민 편에서 자발적인 순종이 이루어지지 않는다는 사실을 보여준다. 하층민과 공동 생활권 속에서 살 정도로 몰락한 상태에서 자신의 독점적 권역을 주장하지 않으면 권위를 인정받기가 그만큼 힘들어진 것이다.

16) 기존 연구에서는 이생의 의식 기저를 형성하고 있는 이러한 복잡다단하고도 상호 모순적인 측면을 이해하지 못했다. 애정의 파탄 계기를 이생이 현실적 처지 때문에 내적으로 갈등을 겪은 결과로 해석하고 만 것도 이 때문이다.

되는 것이기 때문이다. 이 때문에 이생은 양파의 결별 선언으로 파탄난 것이 분명해 보이는 순간에도 심각한 타격을 받지 않고, 세도가에 연줄을 대는 작업에 골몰할 수 있다. 이생에게는 눈앞의 결별보다는 사랑을 유지할 수 있는 토대를 회복하는 것이 무엇보다 급선무이기 때문이다. 이러한 이생의 행동 방식은 그의 사랑이 철저히 현실적 논리에 입각해 있다는 사실을 먼저 파악하지 않고서는 결코 쉽사리 이해될 수 없다. 민문(閔門)에 기생하는 데 성공한 이생의 행동 성향을 자세히 살펴보자.

이생은 여흥 민씨의 일족인 민참봉과 친교를 튼 후, 명성황후의 본댁에서 거주하게 되는데, 이때 이생의 실질적 위치는 세도가에 상주하는 문객 정도로 보면 될 것이다. 그다지 화려한 출세를 했다고는 보기 어렵지만 상처 난 자존심을 회복하기에는 충분했던 것으로 생각된다. 세도가에 비하면 객관적으로 미천하기 짝이 없는 위치임은 분명하나, 이생이라는 인물의 본성이란 것이 자신보다 열등한 인간에게 위세를 부림으로써 자신의 존재와 권위를 확인하려고 한다는 사실을 다시금 상기할 필요가 있다. 사적으로 관기를 집안으로 불러들여 즐길 수 있을 정도의 권세는 임대주택의 관리인으로서 맛보았던 그것과는 비교도 할 수 없을 정도로 이생에게 짜릿한 경험이었을 것이다. 이생은 비로소 하층 여성을 유흥의 대상 이상으로 취급하지 않는 상층 남성 일반의 특권을 마음껏 행사할 수 있게 된 것이다. 때마침 기생으로 팔려온 양파를 기적에서 빼줌으로써 자신의 권세를 자랑할 수 있는 기회가 우연히 생긴다. 이생으로서는 자기 인생에서 권력과 부가 최고의 정점을 이룬 상황에서 사랑을 쟁취할 순간을 맞은 셈이다.

이러한 이생의 태도에서 또 한 가지 주목해 볼 것은 바로 권력, 즉 범박하게 말해서 부귀영화와 애정, 이 두 가지에 두는 상대적 비중의 차이이다. 부귀영화와 사랑은 남성이라면 누구나 차지하기를 원하는 보편적인 욕망의 대상이다. 이러한 이유로 꼭 애정 주제를 중심에 두지 않은 작품이라 할지라도, 이 두 가지는 현실적 욕망을 지닌 남자주인공이라면 반드시 추구하는 대상으로 설정된다는 사실은 재론의 여지가 없다. 문제는 사랑이 영원히 변치 않는 전기소설의 경우, 애정이 절대적인 우위에 있거나 아니면 부귀공명이 부차적인 위치에 있는 형태로 되어 있다는 점이다. 그런데 이생의 경우는 다르다. 그는 재력이나 권력에도 변질되지 않는 영원불멸한 사랑을 하는 것처럼 행동하지만 현실적인 조건 앞에서 그의 사랑은 변질된다. 일종의 변심이다. 영원불멸한 특권 부재에 대한 인식이 하층 여성에 대한 계층적 편견과 특권 획득을 위한 본격적 욕망을 불러일으키고, 다시금 획득된 부와 권력을 매개로 하층 여성을 유혹하는 이생의 변심은 하층 여성과 맺어지는 사랑이란 현실적인 삶의 방식에 매몰된 사족 남성에게는 결코 불가능한 것임을 확인시켜준다. 이생이 보여주는 사랑의 독특함은 현실적 원리에 의해 변질된다는 점에서 변치 않는 사랑의 형식과는 전혀 다른 지점에 위치해 있음이 확인되는 것이다.

여기서 한 가지 가정을 해 보자. 만약 양파가 하층민이 아니라 신분적으로 우위에 있는 상층의 여성이었다면, 그래도 과연 이생이 그녀의 지조를 불신함으로써 사랑을 파경을 몰고 갔을까. 아마도 경제력과 신분의 차이로 인해 여전히 주저하는 그의 소극성은 되풀이되었을 것이다. 그러나 약속을 파기하는 무성의함이나 그녀를 노류장화로 몰고 가는 파렴치함은 보이지 않았을 것으로 생각된다. 경제적으로나 신분적으로 우위에 있는 상층의 여성이 그처럼 자신을 열렬히 사랑해주었다면, 이생은 그로부터 전망이 부재한 자신의 현실에 대해 대리 충족감을 맛보거나, 더 나아가 신분 상승의 기회도 노려봄직 했을 것이다. 어느 측면에서든지 이생으로서는 손해 볼 것이 없는 것일 뿐 아니라, 그토록 집착했던 입신출세의 희망에도 다시금 불씨를 당길 수 있는 조건을 제공했을 것이기 때문이다.

양파라는 인물이 보여주고 있는 관념성 역시 현실적 맥락 속에서 존재한다. 명분에 집착하는 양파의 행동이 고지식하고 답답해 보일지도 모르겠지만 이는 그녀가 현실을 살아가기 위해 선택한 일종의 삶의 방식이다. 이러한 사실은 양파라는 인물을 상층의 문화를 모방함으로써 자기의 존재감을 확인하고자 했던 조선 후기 중·하층민의 정체성 내에서 이해하지 않으면 분명하게 떠오르지 않는다. 양반 사족들이 지배 세력으로 군림할 때, 단지 경제력만으로 그 지배자적 위상을 구축한 것은 아니었다. 경제적 우위와 함께 문화적, 이념적 차원에서 헤게모니를 장악하고 있었다. 그것은 한편으로는 문학과 학문 활동으로, 혹은 교양과 가례를 통한 정신적 차원의 주도권 장악으로, 다른 한편으로는 사치 풍조와 같은 생활 방식 등으로 나타났다.[17] 중·하층민이 때로는 사대봉사(四代奉祀)도 제대로 치르기 힘들어진 몰락 양반보다도 오히려 더 철저하게 제례를 실행에 옮겼던 것은 단순히 상층 윤리를 동경함도 아니고 더구나 모방하기 위함도 아니었다. 그것은 헤게모니 장악의 수단인 상층의 이념과 문화에 동참함으로써 자부심과 자존감의 근거를 확립하기 위한 현실적인 이유에서 이루어진 것이었다.

조선조의 하층 여성들은 노주나 주변 남성들에게 주로 애욕의 대상으로 취급되었고 이러한 사정이 각종 야담이나 잡기류에서 확인된다. 이런 현실 속에서 하층 여성들은 주변의 성적 요구에 묵묵히 따르거나 아니면 이를 거부하거나 하는 두 가지의 길을 택할 수 있을 것이다. 전자의 경우는 자신에게 주어진 삶의 방식을 거부하지 않는다는 점에서 더 따져볼 필요도 없이 현실적이라고 할 수 있다. 자신의 존재가치를 화폐와 교환한다면 실익을 적극적으로 추구한다는 점에서 더욱 그러하다. 그러나 후자는 좀 다르다. 실재로는 추구하기 어려운 일이었던 만큼 현실적으로 이를 실현하기 위해서는 특별한 조처가 필요하다. 이런 경우 사회의 질서유지를 위해 특권층에서 배포한 관념을 내세워 자신의 삶의 방식을 정당화시키

---

17) 조성윤, 「조선 후기 사회변동과 행정직 중인」, 『한국 근대이행기 중인 연구』, 연세대 국학자료원, 신서원, 1999

는 것이 현실적인 한 방안이 될 수 있다. 도덕적 관념과 이해관계를 단선적으로만 이해한다면 절의와 같은 이념을 동원하는 것은 전혀 현실적인 방안이 될 수 없다. 그러나 상황에 따라서는 상대적으로 현실적으로 절실하게 요청되는, 혹은 현실적 요소를 다분히 내포하는 생의 전략이 될 수도 있다. 『삼강행실도』를 증판하여 절의와 열 관념을 하층에 배포하고 여기에 부응하는 하층민들에게 포상함으로써 유교적 도덕관념을 공고히 하고자 한 것이 조선의 국가적인 사업이었다. 그런 만큼 관념을 내세우는 것은 비록 하층 여성의 절의가 신분과 관습에는 어울리지 않는다 하더라도 명분상으로는 얼마든지 인정받을 수 있는 여지가 있다. 도덕적 관념과 현실적 이해를 기계적으로 나누지만 않는다면 성적 대상으로 존재하기를 거부하고 이를 위해 관념을 활용하는 것을 현실적으로 이해할 수 있는 것이다. 양파의 관념적 사랑의 현실성은 바로 여기에 기반해 있다.[18)]

그러나 상대가 만약 지배적 특권을 소유한 남성이라면 이러한 관념적 사랑의 현실적 근거를 상실한다. 특권층의 남성이 그녀를 지기로 대우해 준다는 것은 그야말로 일말의 현실적 가능성도 없는 것이기 때문이다. 이 점에서 이생의 생활 수준이 자신과 다를 바 없이 철저히 몰락한 사족이라는 사실은 의미심장하다. 경제기반이 붕괴된 몰락 양반이기 때문에 재력과 권력을 앞세운 사랑을 하지는 않으리라는 기대, 어느 정도 나이가 지긋하기 때문에 미인의 꽁무니나 쫓아다니는 젊은 혈기로 자신과 사귀지는 않으리라는 예상이 바로 그녀가 이생을 고른 이유이다. 여기에는 나름의 계산이 들어있다. 신분적 차이를 최소화하면서도 문화적 일치감을 공유할 수 있는 상대를 구하고자 하는 것, 바로 정신적 만족과 현실적 처지

18) 양파는 이생 이전에도 수많은 남성들로부터 구애를 받은 경험이 있는 것으로 나타난다. 특히 남녕위의 궁비로 있을 때, 종료였던 노복을 거절하여 결국 그를 죽게 만들었던 과거는 그녀가 자신과 동일한 계층의 남성으로부터는 결코 만족감을 얻을 수 없었다는 사실을 의미한다.

간의 간극 속에서 나름대로 최대의 접점을 찾고자 하는 현실 감각이다. 이생은 양파의 사랑을 시험할 가장 현실적인 상대인 것이다. 이처럼 현란한 포의지교의 명분을 뒤집어 보면 현실과 자존감 사이에서 절묘하게 절충점을 찾아낸 양파의 타산이 그 모습을 드러낸다.

아이러니한 점은 양파의 비극이 이처럼 신중하게 수립한 삶의 방식 때문에 발생한다는 사실이다. 양파가 자기 논리에 도취된 나머지 자가당착에 빠져 편견과 오만으로 똘똘 뭉친 이생의 실체를 직시하지 못한 것은 분명하다. 그러나 기존 연구에서처럼 이를 양파의 관념성이 부른 비극으로 해석해서는 곤란하다. 양파가 밟고 있는 결별의 수순은 비현실적인 명분에 집착하다 좌절한 여성이 취할 수 있는 행동이라기에는 너무도 냉철하고, 또 지극히 현실적이다. 양파는 상대가 자신의 절대적 신뢰를 받을 만한 위인이 못된다는 사실을 확인한 순간 바로 명확히 입장을 정리한다. 실수는 그야말로 실수로 받아들일 뿐, 어리석은 미련으로 자신을 갉아먹지 않는 것이다. 관념으로써 현실적인 자기 존재의 근거를 마련한다는 생의 방식에도 근본적인 회의는 없다. 오히려 양파의 현실 대응력과 삶의 자신감은 결별 후 더욱 강화된다. 기생으로 끌려온 양파를 이생이 구해주는 대목을 보자.

양파는 자신에게 여전히 미련이 남은 이생을 의도적으로 이용한다. 그에게 친근하게 대하는 양파의 태도는 이생으로 하여금 관계 회복의 희망을 심어주기에 충분하다. 양파는 이생으로 하여금 마음대로 착각하도록 내버려둠으로써 기적에서 제외될 기회를 얻어내고는 다시금 그의 사랑을 거절한다. "저의 이번 생은 끝이 났으니, 당신과 함께 할 수 없다.(郎君不久, 必與此花同華, 妾則此生已矣)"는 식의 말로 거절의 이유를 댔다 하여 생에 대한 패배감 때문에 결별을 재확인했다고도 할 수 없다. 이는 관념이 개재되지 않은 순연한 현실적 논리에 의해 지배받는 기생들에게 여전히 자신의 독특한 가치관을 일장 연설한 것에서도 확인된다. 양파는 사랑의 실패에도 굴하지 않고 자신의 삶의 방식이 타당함을 현실적 삶 속에서 지속적으로 입증해 나가고자 하는 의지를 버리지 않은 것이다. 이러한 생의 방식은 그것이 확고하면 할수록 주체의 자기중심성을 강화하기 마련이다. 아울러 상대와의 소통은 더욱 요원해진다. 의사소통은 각자가 조금씩 자신의 논리를 허물고 일치점을 찾아가려는 노력 속에서 가능해지는 것이기 때문이다. 양파의 사랑은 삶의 방식을 현실적으로 공고하게 구축하면 할수록 그만큼 그 실현 가능성이 낮아진다는 점에서 본질적으로 비극을 내포하고 있는 것이다.

3. 미의식의 층위와 서술시각

1) 욕망의 사실적 형상화와 일상성의 미학

「포의교집」의 인물구도는 독자적인 가치관의 소유자인 양파와 그 이외의 일반적인 편견, 관습, 세태 등에 매몰된 등장 인물의 두 부류로 나누어진다. 후자에는 물론 이생도 포함되어 있다. 여기서 작가가 궁극적으로 옹호하고자 하는 가치 평가의 대상은 양파이다. 기실 작가는 시종일관 양파에 대한 호의를 감추지 않는다. 그러나 그렇다고 하여 작가는 양파의 욕망과 그 타당성을 일방적으로 옹호하지는 않는다. 양파 역시 이생을 비롯한 주변 인물들과 마찬가지로 그 욕망이 지닌 현실성을 부단히 검증 받는다. 가령 자신의 삶의 방식을 너무나 자신한 나머지 양파가 자가당착에 빠지는 모습은 어느 다른 인물 못지않게 객관적 형상화의 대상이 된다. 여기서 우리가 주목해야 할 점은「포의교집」이 애정의 갈등과 파탄을 초래한 주인공들의 욕망, 그 소통의 부재를 초래한 소종래를 사실적으로 형상화하고 있다는 사실이다. 비록 그것이 다소간 속물적으로 나타나건, 비현실적으로 보이건 간에 하나의 욕망 주체로서 그 계기 및 추이를 충실하게 따라가며 내적인 갈등을 풍부하게 드러낸다.

우선 이생의 경우를 살펴보자. 당연히 이생은 애정을 파탄으로 몰고 간 결정적인 책임이 있다. 그렇지만 따지고 보면 이생에게 있어서 계층적 편견이란 그가 걸치고 있는 옷만큼이나 자연스러운 것이다. 양파를 만나기 전까지 그의 생을 지배해왔던 보편적인 삶의 방식과 생활 태도를 따른 것이라는 점에서 이는 일견 자연스럽고도 당연한 것일 수 있는 것이다. 문제가 있다면 그것은 이기적이고 편견에 싸인 인간인 이생이 현실을 초월한 포의지교의 주체가 되고자 한 이율배반적 심리일 것인데, 이 또한 굳이 이생의 입장에서 변론하라면 얼마든지 변명할 소지는 있다. 이생처럼 생활고에 찌들려 살아온 인간에게는 현실을 초월한 지점에 위치한 숭고한 것을 항상 꿈꾸기 마련이다. 그것이 아직껏 사대부의 이상적 삶을 상징한다면 더욱 그러하다. 자신의 현실적 처지와 어울리지 않게 복고의 언저리에서 벗어나지 못한 인간이 바로 이생이기 때문이다. 과거의 문헌에나 등장하는 이상적 사랑의 주인공이 되고픈 욕망과 그 틈새를 비집고 들어오는 현실 속에서 자존심을 지켜내고픈 이기심, 그 양극단을 끊임없이 오가는 선상에 바로 인간으로서 이생이 지닌 자연스런 본능이 위치한다. 인간이란 한 가지 기준으로 재단될 수 없는 다면적인 존재이기에 이생의 입장에서 이는 충분히 심각한 고민거리일 수 있다. 이생 역시 인간으로서의 나약함과 왜소함을 지닌 존재인 것이다. 「포의교집」은 이생을 일방적인 가치 평가의 대상으로 삼기에 앞서 바로 이 점, 그 역시 욕망을 지닌 한 사람의 주체라는 점을 인정했다. 이생의 무능력과 허세를 지적하는 것을 잊지 않으면서도, 그렇게 될 수 없는 저간의 사정이나 그 나름의 내적 갈등과 고민이 풍부한 인정기술과 함께 드러나는 이유도 바로 여기에 있다.

그럼에도 불구하고 「포의교집」이 이생의 소극성이나, 이기심을 문제 삼고 있다는 사실에는 변함이 없다. 다만 문제를 제기하는 방식과 시각에 독특한 점이 있다는 것인데, 이를 이해하지 않고서는 「포의교집」에 내포된 미의식의 실체를 이해할 수 없다. 이생의 딜레마는 다분히 이질적인, 그러나 근대 이행기라는 전통적 가치관의 해체기에 도시 시정을 배경으로 주체성의 성장을 이룬 하층 여성의 의지와 마주하게 되었다는 사실에 있다. 전통적인 이념과 질서가 반성의 대상이 되는 상황 속에서 근대 지향적인 주체성을 지닌 여성의 애정 상대가 되었기에 가치 평가의 측면에서 상대적으로 불리할 수밖에 없는 것이다. 「포의교집」에서는 이러한 측면을 부정하지 않고 다층적으로 보여주고자 하였다. 그렇기에 양파의 신의를 배신하고서도 여전히 그녀의 사랑에 연연해하는 일견 이율배반적인 이생의 욕망은 인간이라면 누구나 가질 수 있는 일상적인 본능으로서 부각될 수 있었다. 「포의교집」은 인간의 복잡다단한 심리와 욕망의 다층적 양상을 일정한 기준에 따라 재단하지 않은 것이다. 여기서 말하는 기준이란 선험적으로 규정된 이념이나 관습, 혹은 작가의 가치관을 말한다. 물론 「포의교집」 속에도 작가가 선호하는 인물과 지향하고자 하는 가치가 없는 것은 아니다. 다만 「포의교집」에서 의도하는 것은 현실 속에서 살아가는 인간이란 때로는 일관성이 있다가도 또 때로는 이중적이기도 하다는 점, 이것이 일상적인 인간하는 사랑의 실체라는 점을 드러내고자 한 것이다.

이러한 측면은 주인공들의 애정 전선에 개입하는 주변인물의 형상에서도 확인된다. 「포의교집」에 등장하는 다양한 주변 인물들은 정형화된 악인형으로 고정되어 있다는 점이 특징이다. 양파에게 불륜의 책임을 묻는 시댁식구들이나 그녀를 육욕의 대상으로 취급하는 유혹자들 모두 나름의 욕망에 충실한 인물들이다. 물론 중약이나 사선과 같은 인물들이 근대 이행기에 집중적으로 출현한 부정적 인간형이라는 것은 부정할 수 없는 사실이다. 그러나 이들의 입장에서 본다면 자신들이 평생을 통해 내면화해온 규범과 관습에 충실한 행동을 했을 뿐이다. 비록 비윤리적이고 부도덕한 인물임은 분명하지만 이들 역시 양파의 반극단에 위치하는 하나의 욕망 주체인 것이다. 양파의 남편, 중약, 사선 등의 인물들이 소유욕과 질투, 성적 욕망에 따라 움직일 뿐 징치되어야 할 악인으로 형상화되지 않은 이유도 바로 여기에 있다. 인물의 욕망을 형상화하는 「포의교집」의 시선은 상투적인 권선징악적 논리를 벗어나 있는 것이다. 이는 「포의교집」이 철저히 현실적 논리에 기반해 있다는 점을 입증한다. 복선화음의 주제가 기반하고 있는 중세적 이념으로부터 자유로워진 것이다. 「포의교집」은 이를 효과적으로 드러내기 위해 극적 장면화, 의사소통의 와해 등의 기법을 활용하고 있다. 이러한 인물 형상화의 기법들은 서술자가 직접적으로 설명하는 인물 평가적 언술 대신에 상황을 충실히 재현하여 보여주는 방식이다. 이를 통해 개별 인물들이 품고 있는 다양한 욕망의 층위들이 다면적으로 드러날 수 있음은 물론이다. 대표적인 장면이 바로 여령 모집 장면이다. 이 장면은 마치 한 편의 단편을 보는 듯한 착각을 불러일으킬 정도로 한 장면 속에 수많은 인물들이 등장하고 있으며, 이들은 또한 제각각 다른 사연과 욕망을 지닌 인물들로 설정되어 있다. 하나의 장면 묘사를 통해 다양한 욕망을 총체적으로 드러내고 있는 것이다.

이렇게 볼 때 「포의교집」이 애정의 비극을 조망하는 미의식의 층위가 한층 분명해진다. 양파의 결별 선언 후에도 이생은 상황을 직시하지 못하고 여전히 재회의 기회를 엿본다. 전쟁 때문에 고향으로 피난가야 할 사태가 발생하고 나서야 비로소 양파의 언저리를 맴도는 이생의 행동이 멈춘다. 아마도 전란 같이 불가항력적인 사건이 일어나지 않았다면 이생은 영원히 양파와의 사랑이 파탄났다는 사실을 받아들이지 않았을지도 모른다. 이러한 결말을 통해 「포의교집」이 드러내고 있는 것은 무엇일까. 실재 현실에서는 애정의 파탄이 인간으로 하여금 생의 반성에 이르게 할 만큼 운명적인 의미를 지니고 있지 않다는 사실이 아닐까 싶다. 대신 현실 속의 인간이 하는 사랑은 생활 속에서 변질될 수도 있다는 것이 결말의 여운 속에서 새삼 강조된다.

이는 양파의 경우에도 역시 마찬가지이다. 양파도 자신이 택한 삶의 방식을 근본적으로 반성하지 않는다. 사랑의 실패가 그녀의 죽음으로 이어지지도 않을 뿐더러, 이생의 이기심에 대한 항변은 철저히 현실 속에서 이루어진다. 양파의 현실성이 가장 돋보이는 대목은 결별 후의 이생과 중약에 대한 처신이다. 양파는 비록 애인으로서의 관계는 끝났지만 그와의 인간적인 관계까지 거부하지는 않는다. 무조건적으로 그를 피하고 보는 것이 아니라 그로부터 가능한 도움은 받아낸다. 마찬가지로 한때 적대적인 관계였던 중약에 대해서도 남녀의 관계는 거절하면서도 친교는 허락한다. 남성과의 관계 속에서만 자신의 존재를 확인하는 전통적인 여성상에서는 결코 기대할 수 없는 현실적인 행동 방식이다.

이처럼 「포의교집」의 미의식은 사랑의 파탄이 꼭 주인공의 요절이나 둔세(遁世)와 같은 극적인 사건으로 마무리되지 않을 수 있다는 철저히 현실적인 선상에 놓여있다. 결별 후에도 삶이 지속되는 것이 오히려 일상적인 사랑의 종말이라는 것이다. 그렇다고 「포의교집」의 결말이 비극적 여운을 남겨주지 않는다는 말은 아니다. 평행선을 그리다 결국 사랑의 파탄을 부른 남녀의 자기 본위적 욕망이 결별 후에도 여전히 지속된다는 사실을 확인해 주는 결말은 사랑의 허망함을 새삼 일깨워준다. 요컨대 운명적으로 극화되었느냐 아니냐의 문제일 뿐, 그것이 비극적 정조를 환기시키고 있다는 점에는 하등의 차이가 없다. 오히려 일상으로 걸어 들어온 사랑의 허무한 종말을 담담하게 그림으로써 일상적 공감과 함께 현실적인 여운을 남긴다.

2) 여성 중심적 시각의 형상화 방식과 그 의미

서문과 부기에서 강조되어 있듯이 「포의교집」의 궁극적인 초점화 대상이 양파라는 사실은 분명하다. 양파가 주장하는 절의는 중세적 이념과 전혀 일치하지 않는다. 「포의교집」은 양파의 주체성을 칭찬함으로써 중세적 이념의 지향과 그 방향을 달리하고 있음을 명백히 드러낸다. 결코 '정절일 수 없는 불륜으로써 정절을 주장하는 형식'이다. 이 지점에서 양파의 형상은 무운, 수급비, 일타홍 등 일련의 야담 속 여성들과 그 맥을 같이 한다. 그러나 「포의교집」의 작가는 이러한 관점이 전통적인 규범으로부터 일탈한 것이며, 논란을 불러일으킬 만하다는 사실을 충분히 인식하고 있다. 뿐만 아니라 이로 인해 제기될 비판에 대해서도 변명할 필요를 느끼고 있다. 「포의교집」의 서문에 나타난 '열절을 초월한 열절론'은 바로 이러한 의도를 보여준다. 이는 관념적 가치관의 틀 속에 진보적 메시지를 담음으로써 제기될 비난을 미연에 무마하고자 한 것이다. 여기서 예양(豫讓)과 형경(荊卿)의 전고가 인용된 의미에 대해 주목해볼 필요가 있다.

「포의교집」의 서문에서는 이 두 인물과 양파를 동일 선상에 놓았다.[19] 예양과 현경은 잘 알려져 있다시피 자기를 알아주는 새로운 주인에게 절의를 다한 사람들이다. 그런데 이들의 절의는 일반적인 의미의 충절 개념에 전혀 부합되지 않는다. 더구나 조선조에 들어 절의 관념이 유연성을 잃고 극단적인 방향으로 나아갔다는 점을 고려한다면 이들을 대상으로 절의를 논한다는 것 자체가 어불성설일 수 있다. 건국의 초기에 고려를 버리고 조선 창업에 결정적으로 기여한 정도전이 배척받은 배경은 절의 관념의 이러한 경직화를 보여주는 대표적인 사례이다. 유교적 이념에 의해 국가를 통합해야 할 마당에 주인을 바꾼 정도전은 충절의 상징으로 적당하지 않았던 것이다. 아이러니하게도 정도전 대신 유교의 도통에 포함된 것은 고려를 받들다 죽임을 당한 정몽주였다. 이로 미루어볼 때 예양과 형경 같은 인물은 보편적인 의미의 충절을 행했다고 볼 수 없다.

19) "故豫讓本非智伯之臣, 而效忠於趙, 荊卿本非燕丹之友, 而慕義於秦, 皆喪身殞命, 而無悔者, 豈非奮發忠義, 而成名耶"

실지로 「광한루기」 같은 작품에서 예양의 고사는 실절의 전고로 사용되었다. 잘 알려져 있다시피 「광한루기」는 「앵앵전」의 비판 의식 하에서 기획된 작품이다. 장생의 우유부단함 속에 내포된 이기심을 눈치 채자마자 다른 곳에 시집가 버린 앵앵의 모습은 양파와 흡사하다. 「앵앵전」에 대한 「광한루기」의 비판은 그녀의 냉정한 현실 인식과 처신에 관련되어 있다. 남성을 바꿈으로써 앵앵은 명백히 실절했다는 것[20]이며, 바람직한 여성상이란 곤궁하고 고초를 당하여 죽게 되어도 절개를 지켜야 한다[21]는 식의 논리이다. 예양의 고사는 이 지점에서 앵앵의 행위가 절개 없는 것임을 주장하는 근거로 인용되었다. 이런 논리로 보자면 양파도 마찬가지로 실절한 여성이다. 그러나 동일한 예양 고사를 두고 「포의교집」과 「광한루기」는 정확히 대립되는 관점을 보인다. 「광한루기」가 관념적 절의를 옹호하기 위한 반면교사로 이를 인용했다면, 「포의교집」은 동일한 전고를 통해 보편적 관념을 일탈한 양파의 행위 속에서 절의의 주체성을 강조하고자 한 것이다.

그러나 「포의교집」 내에서 이러한 작가의 가치관은 독자에게 강요되지 않는다. 등장 인물들을 하나의 욕망의 주체로 인정하고, 각각의 욕망들이 상충되는 모습들을 최대한 사실적으로 조망하는 기본 입장은 양파의 경우에도 예외가 아니다. 작가는 다만 인물들의 욕망이 빚어내는 갈등의 양상들을 객관적으로 그려낼 뿐 판단은 독자에게 맡긴 것이다. 양파에게 투사된 작가의 독특한 열절 아닌 열절론 역시 마찬가지이다. 이는 작중의 서사 내에서도 끊임없이 되풀이되지만 결코 교화적인 한 방향으로 흐르지 않는다. 등장 인물들의 대화와 논쟁이라는 장치를 통해 보여주는 방식을 택했기 때문이다. 양파는 이생, 중약, 사선, 화옥, 순홍 등의 인물들과 부단히 대화한다. 이들의 대화는 각자의 가치관에 입각해 있으며, 결코

20) "鶯鶯則失身於音書未絶之時"(「廣寒樓記」, 敍二)

21) "春香則保節於困苦將死之際"(「廣寒樓記」, 敍二)

합의점에 이르지 못한다.[22] 양파와 화옥 간의 대화가 대표적인 예가 될 것이다.

화옥은 자신의 미모와 재능이 신분과 상합하지 못한다는 사실을 자각하고 있다는 점에서는 양파와 동일하되, 그러한 자각을 표출하는 행동 방식에 있어서는 상반되는 양상을 보여준다. 화옥은 무의식적으로 유흥적 삶에 종속되어 있는 것이 아니라 다분히 의식적으로 자신의 재능을 발휘할 공간으로서 기생의 직업을 선택한 여성이다. 뿐만 아니라 화옥은 풍류의 장에 필수 불가결한 존재로서 기여하고 있다는 당당한 자신감까지도 지니고 있다. 두 사람은 유교적 질서가 하층 여성에게 요구하는 보편적인 삶의 방식을 따르는 자와 그렇지 않는 자로 대비된다고 할 수 있는 것이다. 그럼에도 불구하고 두 사람의 대화는 이러한 욕망의 차이를 극명하게 드러내며, 각자 상대방의 가치관을 그대로 존중해주는 선에서 마무리된다. 등장 인물들은 각자가 대화의 주체가 되고 있으며, 자신이 옳다고 믿는 혹은 당연히 그러해야 마땅하다고 생각하는 입장을 피력하는 것이다. 이러한 대화와 논쟁 속에서 양파의 가치관은 상대 인물의 그것에 의해 그 타당성이 검증되며, 상대 인물의 가치관 역시 마찬가지이다. 양파와 반대 입장에 있는 인물들의 의식 세계를 충분히 제시함으로써 그녀가 지향하는 욕망이 지닌 의의와 함께 한계까지도 객관적으로 보여준 것이다. 「포의교집」이 틈만 나면 양파와 대화할 상대를 물색한다는 인상마저도 주는 것은 바로 이러한 의도 때문이다.

양파가 대화의 주체로 나서지 않는 경우에는 역시 마찬가지다. 다른 등장 인물들 간의 대화를 통해 그녀의 행동 방식과 가치관은 끊임없이 대상화된다. 남편이 불륜을 추궁하며 폭력을 행사하자 양파가 무언의 저항을 지속하는 지독함에 대한 주변 인물들의 반응이 이에 해당한다. 당파를

---

22) 이생과의 대화에서는 일견 일치점을 찾은 것 같이 보이지만 이는 일시적일 따름이다. 본질적으로 두 사람은 합의에 이르지 못했기에 애정이 결렬된 것이다.

비롯한 행랑채 주민들은 생득적으로 자신들에게 습속화된 유교 도덕을 잣대로 자기 주변의 상황들을 판단하는 범속한 도시 주변의 일상인이다. 시정에서 하루 벌어 하루를 연명해 가는 이들은 유교적 구습을 회의 없이 일상의 한 부분으로 여기고 살아갈 따름이다. 이러한 주변 인물들의 입장에서 볼 때 양파의 행동은 결코 이해되지 못할 것일 수밖에 없다. 게다가 보통 사람이라면 불륜에 대한 변명이라도 할 법 한데, 양파는 이마저도 하지 않는다. 자기 이외의 사람들을 철저히 무시하는 행위라고 아니할 수 없다. 남편의 폭력이 가중되는 것도 바로 여기에 분노했기 때문이다.

남편의 폭력에 대항하기 위해 양파가 택한 신체 훼손의 방식은 더욱 문제적이다. 유교 이데올로기 하에서 여성의 신체는 가족 집단의 혈통 계승과 관계성 유지에 기여할 의무를 지니고 있었던 만큼,[23] 양파의 신체 훼손은 여성의 전통적인 존재이유를 방기한 적극적인 저항이다. 신체 훼손이 본래 유교의 정절 이념에 복무하기 위해 열녀들이 수행했던 열 수행의 한 방식이었다는 점을 고려한다면, 전통적인 열 수행 방식을 이용한 정절 관념의 뒤집기라고도 할 수 있을 것이다. 양파로서는 열절을 초월한 열절론의 실행이겠지만, 주변 인물들로서는 그 의도를 감지하기조차 어려운 것임은 물론이다. 이들에게 있어서 양파는 그저 세상에 무서운 것이 하나도 없는 지독한 사람일 뿐이다. 주변 인물들의 비난은 바로 양파를 바라보는 일반적인 시선과 평가기준에 다름 아닌 것이다.

이처럼 「포의교집」은 양파의 주체성과 의지를 옹호하면서도 그 의미를 현실적으로 검증하기 위한 노력을 아끼지 않았다. 열절을 초월한 열절론이라든가, 객관적인 인물 형상화 방식은 결국 이를 위해 동원된 장치들이다. 이 덕분에 「포의교집」에는 근대 이행기를 살다간 다기한 인물들의 현실적 욕망이 상충되는 양상이 가감 없이 수렴될 수 있다. 남녀의 욕망이

23) 신옥희, 「한국여성의 삶의 맥락에서 본 여성주의 윤리학」, 여성학회 1998년도 자료집, 4쪽

불러온 사랑의 파경을 일상에 밀착시켜 현실적으로 그려가는 「포의교집」의 독특한 미의식 역시 이러한 바탕 위에서 성립될 수 있었던 것이다.

4. 전기소설사적 위상과 의의 – 결론을 대신하여

「포의교집」은 계층 의식과 가치관의 차이가 남녀의 사랑에 의심과 회의를 초래하는 요인이 될 수 있다는 측면을 포착해냈다. 계층이 다른 남녀 사이에 본질적으로 존재할 수밖에 없는 미묘한 입장의 차이가 당사자 내부의 갈등을 초래할 수 있음을 보여준 것이다. 이러한 남녀 내부의 입장 차이와 갈등은 완전무결하고 영원불멸하며 이상적인 사랑의 모습과는 전혀 거리가 멀다. 이는 사랑이란 본질적으로 현실과 일상 속에서 얼마든지 변할 수도 있는 것이라는 사실을 보여준다. 거꾸로 이를 통해서 남녀간에 완벽한 합일로서의 사랑이란 그야말로 환상일 수밖에 없음이 드러난다. 이처럼 남녀 당사자 중의 어느 한 쪽이 배신하거나, 상대의 애정을 불신할 수밖에 없는 상황이 연출되는 사랑의 모습은 선험적인 이념에 의해 왜곡되지 않은 사랑의 모습을 그대로 보여준다. 이 점에서 「포의교집」에 나타난 남녀 주인공 간의 불신과 갈등의 양상은 변심 주지라고 이를 수 있을 것이다. 이는 마땅히 그러해야 한다는 당위적인 것으로 규정되어 온 영원불멸한 사랑의 신화와 양극단에 위치한다.

변심 테마와 영원한 사랑의 테마는 전기소설사의 발생기인 나말여초 때부터 공존해왔다. 기존 연구에서는 현실 세계의 장애나 유명의 간극에도 불구하고 결코 사랑이 변치 않는 영원한 사랑의 테마를 중심으로만 전기소설사의 구도를 이해해온 감이 없지 않다. 그러나 나말여초부터 조선 후기까지 전기소설사를 훑어내려 보면 의외의 사실을 발견하게 된다. 변심 테마와 영원한 사랑의 테마의 두 계열이 공존, 혹은 교체되는 동태적인 양상으로 전기소설사의 구도가 전개되고 있음이 확인된다.

나말여초에서부터 15-16세기는 변심 테마가 본격적으로 발전하지 못한 시기이다. 공명 성취와 가문 창달을 위한 배신(「천관녀」), 계층적 편견과 애정에 대한 회의(「최치원」)[24], 생활고로 인한 애정 상실과 결별[25](「조신」), 사족 남성의 계층적 편견과 불신(「안생전」)[26] 등 변심 테마의 다채로운 양상이 나타난다. 그러나 이들 작품에서 변심 테마는 대체적으로 작품 전체를 통어하는 핵심적 갈등으로 초점화되지 못하거나 에피소드식으로 삽입되는 데 그치고 있다. 전기소설사의 주류는 여전히 「온달」, 「설씨녀」, 「도미」, 「이생규장전」, 「하생기우전」 등 영원한 애정 테마의 작품들이 차지하고 있다.

전기소설사의 초기에 해당하는 이 시기에 변심 테마가 발전하지 못한 이유는 무엇일까. 우선적으로 변심 테마가 아직 성숙하지 못했을 가능성을 들 수 있다. 이 시기는 불교나 유교와 같은 지배담론들이 차례로 교체

24) 중인 여성인 애정의 상대를 요물 운운하는 최치원의 계층적 편견은 비단 환상적 애정이 종결되는 시점뿐만 아니라 만남과 결연 대목에서부터 지속적으로 표출된다. 최치원은 전고를 인용하여 여주인공들을 훼절한 역사 속 여성들에 빗댐으로써 희학적 분위기를 유발하며, 이로 인해 최치원과 여주인공 사이에는 긴장과 사소한 갈등이 형성된다. 이 점에서 작품 후반부에 가서 드러난 최치원의 계층적 편견은 적어도 돌출적이거나 이질적인 것이 아니라 서사적 진행 속에서 암시되었던 그의 계층적 정체성이 비로소 표면화된 결과로 볼 수 있을 것이다. 이렇게 볼 때, 환상적 사랑에 대한 최치원의 반성은 초현실의 일회성에 대한 회의와 상층 남성의 계층적 편견이 복합적으로 작용하여 형성된 것임을 알 수 있다.

25) 물론 「조신」의 주인공 부부가 헤어지는 마지막 장면은 사실적 수법에 의한 것으로 볼 수도 있을 것이다. 그러나 어떠한 외부의 고난에도 불구하고 주인공들 간의 애정이 퇴색되지 않는 영원불멸한 애정 테마의 작품들과 비교해 본다면 「조신」의 이질성이 두드러진다. 「조신」에서는 생활고에 의해 사랑이 퇴색되고 그로 인해 결별이 발생된다. 서로가 상대에게 누만 될 뿐이며, 생활을 유지할 수 없는 상황에서 사랑의 다짐은 부질없는 것임을 인정하는 김씨녀의 고백에 이르면 전란의 참혹상이나 삶의 고난에도 불구하고 애정을 변치 않는 영원불멸한 애정 테마와의 뚜렷한 차이가 드러난다. 「조신」의 주인공들은 현실적인 이유로 사랑을 포기할 수 있는 인물들인 것이다.

26) 이러한 양상은 성현의 『용재총화』 이본에서만 나타난다.

되면서 일상인의 생활을 지배했다. 유교는 고려조부터 국가의 통치이념으로서의 위상을 정립해 나갔으며 조선조에 와서는 이러한 경향이 더욱 강화되었다. 『삼강행실도』의 편찬을 통한 절의 관념의 배포와 충신, 열녀, 효자의 표창, 정몽주 계열을 중심으로 한 성리학의 도통 정립 등을 통해 변심과 배신을 부정적으로 보고 변치 않는 절의를 숭앙하는 분위기가 조선 초기를 지배했다.[27] 변심 테마는 이들 거대담론들이 배포하고자 한 절의, 열행 등의 관념을 한 꺼풀 걷어낼 수 있는 향유층의 의식이 전제되지 않는 한 발전할 수 없다. 이 시기는 아직 거대담론이 강고한 국가통합의 이데올로기로 기능했기 때문에 변심 주지를 초점화할 만한 의식이 충분히 성숙되지 못했을 것으로 추정할 수 있다.

두 번째는 변심 테마의 작품들이 수합되고 문헌에 정착되는 과정에서 선별되고 변형되는 자체 검열이 행해졌을 가능성이다. 이 시기의 전기 작품 중에서 고려조에 만들어진 문헌에 실린 것만 현재 전하고 있다는 사실도 이러한 추정을 뒷받침한다. 불교나 유교가 선양하고자 한 덕목인 신의, 절의, 충효 등을 남녀의 사랑으로 환치한다면 영원불멸한 사랑의 형태가 될 것이다. 이 점에서 생활 환경이나 계층 차이, 혹은 현실적 고난에 의해 사랑이 변질되는 변심 테마는 거대 담론들과 대립적인 관계에 있다고 할 수 있다. 이러한 이유로 변심 테마는 왜곡되거나 축소되는 운명을 맞았을 것으로 보인다. 이 시기의 작품들은 변심으로 인한 갈등을 미봉하거나 왜곡하는 대신 불교적 깨달음과 교화(「조신」), 남성의 영웅성과 비범성(「천관녀」), 계층적 편견과 남성 중심적 시각(「최치원」), 여성의 정절과 열행(「안생전」)을 강조하거나 정당화하고 있다. 나말여초에서 15-16세

27) 조선 왕조의 개창에 공헌한 정도전이 성리학의 도통에서 배제되었다는 사실은 이 시기 절의 관념이 국가 차원에서 선양되었던 분위기를 상징적으로 보여준다. 이전 시기인 고려조의 전란 와중에 도덕 붕괴로 인해 생겨나 전해졌거나, 당대 정도전의 고려 배신과 관련하여 생겨났을 변심 소재의 이야기들은 이러한 성리학 중심의 담론 정비 과정에서 소거되었을 것으로 생각된다.

기까지 변심 테마가 발전하지 못한 배경에는 이러한 두 요인이 상호 작용했을 것으로 생각된다.

전기소설사에서 변심 주지가 처음으로 확대되기 시작한 시기는 양란의 충격으로 인해 유교의 지배 담론적 위상이 흔들린 17세기이다. 양란 이후 성리학의 권위가 심각한 도전을 받았던 실제 현실 속에서 변화된 인간상, 욕망과 사랑에 대한 새로운 관념이 변심 테마의 확대로 나타났다. 「주생전」에 나타난 사족 남성의 계층적 이기심과 배신, 「최랑전」에 나타난 사족 남성의 공무 우선주의로 인한 약속 파기와 하층 여성의 비극적 죽음, 「상사동기」의 입신양명으로 인한 정수사변 등 변심의 양상 또한 다채로운 양상을 보였다. 그러나 이 시기에는 비록 현상적으로는 성리학의 지배적 위치가 동요되고 절의 관념들에 위배되는 징후들이 광범위하게 나타났으나, 지배층을 중심으로 한 담론에서는 국가를 재통합하고자 하는 목적에 따라 예론의 복구와 보수적 관념화가 더욱 심화되었다. 이 때문에 17세기 전기소설사에서 변심 테마의 작품은 주도권을 확보하지 못하고 「최척전」, 「운영전」, 「위경천전」, 「동선기」 등 애정이 불변하는 작품들과 공존하는 데 그쳤다. 애정이 불변하는 작품들 역시 영원한 사랑의 환상과 신분 상승 가능성에 대한 희망을 제시하면서 향유층들의 요구에 부응하는 길을 모색해 나갔기 때문에, 상대적으로 변심 테마의 확대에는 한계가 있을 수밖에 없었다.

17세기를 거쳐 변심 테마가 드디어 전기소설사의 주도적 위치를 확보한 시기는 바로 18-19세기이다. 이 시기에는 성리학 원론주의가 이념적, 윤리적 차원에서 인간의 삶을 지배하는 거대 담론으로서의 지위를 상실하게 됨에 따라, 인간의 본능, 욕망, 일상, 정감 등이 이념의 족쇄를 풀고 분출될 수 있었다. 조선 후기 변심 테마의 발전은 바로 이념에 의해 억눌리기 이전, 인간 본연의 본성이 풀려 나오게 된 정신사적 배경과 이를 주목하고 옹호하는 개별 담론들이 형성되게 된 문예적 배경 등과 함께 발맞추어 이루어진 것이다. 이 시기, 변심의 원인과 양상은 당사자의 소극성(「심생전」, 「절화기담」), 새로운 애정 상대의 추구와 삼각 관계(「정생전」, 「빙허자방화록」), 계층적 편견과 상대에 대한 불신(「포의교집」) 등으로 다양하다.

「포의교집」은 여성 중심적 시각을 택함으로써 변심한 남성의 계층적 편견과 이기심을 비판하고 있다는 점에서 변심 테마의 작품 계열이 주로 보여주고 있는 남성 중심적 시각을 극복했다는 또 다른 의의를 부여할 수 있다. 이 문제는 「포의교집」이 탁월하게 성취하고 있는 현실성과 일상성의 미학과도 관련되어 있다. 「정생전」, 「빙허자방화록」, 「절화기담」은 남성의 변심과 계층적 편견을 합리화하거나 그로 인한 갈등을 미봉하고자 하는 작가 의식의 한계를 드러낸다. 원혼담, 적강 모티프, 이계 탐방담(「정생전」), 인귀교환 모티프(「빙허자방화록」) 등 비현실적 장치들이 이러한 작가의 의도에 의해 동원되기도 한다. 뒤집어 생각하면 비현실성에 의존하지 않고서는 계층적 편견과 이기심을 합리화하기 어려울 만큼 변심 테마가 이전 시기에 비해 서사적으로 발전했다는 반증으로 받아들일 수도 있을 것이다. 이전 시기에 이미 변심 테마를 현실적인 서사 속에서 탄탄하게 구축한 작품들이 등장했음에도 불구하고 이 시기에 돌연 비현실적 장치를 활용한 작품이 다수 등장하는 이유도 바로 여기에 있다. 그러나 「포의교집」은 여성 중심적 시각을 현실적 맥락에서 구현함으로써 변심 테마의 전개과정에서 제기된 이러한 한계와 문제점을 극복했다. 「포의교집」은 변심 테마의 계열을 계승함으로써 남녀 내부의 갈등과 결렬의 비극적 의미를 집중적으로 탐구했으며, 이를 통해 인간성과 사랑의 본질 문제에 천착하는 성과를 거두었다. 관습과 전통에 구속받기 마련인 인간의 이기심과 소극성이 이를 극복하고자 하는 의지를 좌절하게 만드는 비극을 형상화했다는 점에서 변심 테마의 근대적 의의를 탁월하게 그려내게 되었다고 할 수 있다.

참고문헌

「洞仙記」, 김기동 편, 『筆寫本 古典小說全集』2, 아세아문화사, 1980.

「薄情花」, 이해조, 『大韓日報』, 1910.3.10-5.31.

「白雲仙翫春結緣錄」, 김기동·이종은 공편, 『고전한문소설선』, 교학연구사, 1984.

「憑虛子訪花錄」, 김기동·이종은 공편, 『고전한문소설선』, 교학연구사, 1984.

「山川草木」, 유일서관, 1912.

「相思洞記」, 김기동 편, 『筆寫本 古典小說全集』2, 아세아문화사, 1980.

「西廂記」, 이가원 역주, 『李家源全集』22, 정음사, 1986.

「沈生傳」, 李鈺, 『潭庭叢書』: 이가원, 역주, 『麗韓傳奇』, 『李家源全集』20, 정음사, 1986.

「安生傳」, 成俔, 『慵齋叢話』, 卷五.

「烏有蘭傳」, 김기동 편, 『筆寫本 古典小說全集』2, 아세아문화사, 1980.

「王慶龍傳」, 김동욱 편, 『羅孫本 筆寫本古小說資料叢書』29, 보경문화사, 1991.

「王十朋奇遇記」, 백영 소장본, 정학성 역주, 『17세기 한문소설집』, 삼경문화사, 2000.

「岑上苔」, 『少年韓半島』, 1906.11.1-1907.4.1 ; 『개화기소설의 사적 연구』, 일지사.

「折花奇談」, 일본 동양문고 소장본, 『한국학보』68, 1992, 영인본.

「丁生傳」, 송준호 소장본.

「崔娘傳」, 김동욱 편, 『羅孫本 筆寫本古小說資料叢書』71, 보경문화사, 1991.

「布衣交集」, 서울대학교 규장각 소장본.

「必英壯辭」, 李鈺, 『鳳城文餘』, 金鑢, 『潭庭叢書』, 권10.

「紅娘傳」, 김동욱 편, 『羅孫本 筆寫本古小說資料叢書』79, 보경문화사, 1991.

강명관, 『조선시대 문학예술의 생성공간』, 소명출판사, 1999.

강상순, 「전기소설의 해체와 17세기 소설사적 전환의 성격」, 『어문논집』36, 어문학회, 1997.

강진옥, 「열녀전승의 역사적 전개를 통해본 여성적 대응양상과 그 의미」, 『여성학논집』 12, 이화여자대학교 한국여성연구소, 1995.

______, 「원혼형 전설 연구」, 『구비문학』5, 한국정신문화연구원, 1981.

권도경, 「〈정생전〉 연구」, 『한국고전연구』5, 한국고전연구회, 1999.

______, 「16세기 기재기이의 전기소설사적 의의 연구」, 『한국고전연구』6, 한국고전연구회, 2000.

______, 「동선기 연구」, 『이화어문논집』18, 이화어문학회, 2000.

______, 「17세기 애정류 전기소설에 나타난 정절관념의 강화와 그 의미」, 『한국고전여성문학연구』2, 한국고전여성문학회, 2001.

______, 「김기의 문학세계와 작가의식」, 『고소설연구』13, 한국고소설학회, 2002.

______, 「빙허자방화록 연구」, 『민족문화연구』36, 고려대학교 민족문화연구소, 2002.

______, 「조선 후기 애정 전기소설의 변심 주지 연구」, 이화여대 박사학위논문, 2002.

______, 「포의교집의 애정 갈등과 비극적 결말의 현실적 의미」, 『국어국문학』132, 2002.

______, 「백운선완춘결연록의 작품 세계와 변심 테마의 전기소설사적 맥락」, 『고전문학연구』24, 2003.

김경미, 「절화기담 연구」, 『한국고전연구』1, 한국고전연구회, 1995.

김경미 · 조혜란 공역, 『19세기 서울의 사랑－〈절화기담〉, 〈포의교집〉』, 여이연, 2003.

김경숙, 「18세기 전반 서얼 문학 연구」, 이화여대 박사학위논문, 1999.

김균태, 「이옥의 문학이론과 작품세계의 연구」, 서울대 박사학위논문, 1985.

김　기, 『기헌유고(寄軒遺稿)』, 송준호 소장본.

김기동, 『고전한문소설선』, 교학연구사, 1984.

김대숙, 「문헌설화 소재 열과 애정의 주체로서의 여성」, 『한국고전여성문학연구』3, 한국고전여성문학회, 2001.

김대현, 「17세기 소설사의 한 연구」, 성균관대 박사학위논문, 1993.

______, 『조선시대 소설사 연구－17세기 소설의 이행과정을 중심으로』, 국학자료원, 1996.

김영진, 「유만주의 한문단편과 기사문에 대한 일고찰－조선 후기 경화노론 문인 의 문예취향의 한 단편」, 『대동한문학』13, 대동한문학회, 2000.

김종철, 「서사문학사에서 본 초기소설의 성립문제 : 전기소설과 관련하여」, 『고소설연구논총』, 다곡 이수봉 선생 회갑기념논총 간행위원회, 1988.

______, 「전기소설의 전개양상과 그 특성」, 『민족문화연구』28, 고려대학교민족문화연구소, 1995.

김진영, 「문헌소재 김유신 설화고(1)」, 『한국소설문학의 탐구』, 일조각, 1982

김태영, 『실학의 국가 개혁론』, 서울대 출판부, 1998.

김학주, 「앵앵전으로부터 서상기에 이르기까지」, 『동아문화』7, 서울대학교동아문화연구소, 1969.

김현양, 「최치원의 장르성격 논의에 대한 비판적 검토」, 『민족문학사연구』10, 민족문학사학회, 1997.

김현양 외 공역, 『역주 수이전 일문』, 박이정, 1996.

데이빗 부스 저, 김용석·민현경 역, 『욕망의 진화』, 백년도서, 1993.

리몬-케넌, 최상규 역, 『소설의 시학』, 문학과 지성사, 1983.

민영대, 「최랑전 연구(1)」, 『고소설연구』10, 한국고소설학회, 2000.

박노춘, 「빙허자방화록·백운선완춘결연록 략고」, 『한메 김영기선생 고희기념 논문집』, 1971.

박일용, 「운영전과 상사동기의 비극적 성격과 그 사회적 의미」, 『국어국문학』98, 국어국문학회, 1987.

______, 「주생전」, 『한국고전소설작품론』, 집문당, 1990.

______, 「명혼소설의 낭만적 경향성과 그 소설사적 의미」, 『관악어문연구』17, 서울대학교 국문과, 1992.

______, 「주생전의 사실적 경향성과 소설사적 위상」, 『조선시대의 애정소설』, 집문당, 1993.

______, 「전기계 소설의 양식적 특징과 그 소설사적 변모 양상」, 『민족문화연구』28, 고려대학교 민족문화연구소, 1995.

______, 「전기적 애정 모티프의 영웅소설적 형상화 방식 연구」, 『인문과학』3, 홍익대학교 인문과학연구소, 1995.

박혜숙, 「담정 김여-새로운 감수성과 평등의식」, 『부령을 그리며』, 돌베개, 1996.

박희병, 「최척전-16·7세기 동아시아의 전란과 가족이산」, 『한국고전소설작품론』, 집문당, 1990.

______, 『한국한문소설선』, 한샘출판사, 1995.

______, 『한국 전기소설의 미학』, 돌베개, 1997.

______, 「17세기 초의 숭명배호론과 부정적 소설주인공의 등장」, 『한국 고전 소설과

서사문학 상』, 집문당, 1998.
변신원, 「여성소설에 나타난 낭만적 사랑의 의미」, 『여성문학연구』창간호, 한국여성문학회, 1999.
사중명 저, 김기현 역, 『유학과 현대세계』, 서광사, 1998.
서울학연구소, 『조선 후기서울의 사회와 생활』, 서울시립대학교 부설 서울학연구소, 1998.
성현경, 『광한루기 역주』, 박이정, 1999.
소재영 역, 『기재기이 연구』, 고대 민족문화연구소, 1990.
송준호, 「실의의 미학 : 미발표 한문소설 정생전 고」, 『연세어문학』5, 연세대학교 국어국문학과, 1974.
松丸道雄, 永田英正, 尾形勇小山正明, 加藤祐三 지음, 『중국사개설』, 한울아카데미, 1994.
『殊異傳 逸文』, 김현양 외 역주, 박이정, 1996.
스탄젤, 김정신 역, 『소설의 이론』, 문학과 비평사, 1991.
신동흔, 「〈운영전〉에 대한 문학적 반론으로서의 〈영영전〉」, 『고전산문의 계보적 연구』, 국학자료원, 2001.
신상필, 「동선기 연구」, 성균관대학교 석사학위논문, 1999.
신상필, 「한문소설 〈포의교집〉연구」, 『한문학보』3, 우리한문학회, 2001.
신옥희, 「한국 여성의 삶의 맥락에서 본 여성주의 윤리학」, 여성학회 제14차 춘계학술대회자료집, 1998.
신재홍, 「몽유양식의 소설사적 전개에 관한 연구」, 서울대 박사학위논문, 1992.
심경호 옮김, 매월당 김시습 금오신화, 홍익출판사, 2000.
양승민, 「〈최척전〉의 창작동인과 소통과정」, 『고소설연구』 9, 한국고소설학회, 2000.
______, 『17세기 전기소설의 통속화 경향과 그 소설사적 의미』, 고려대학교 박사학위논문, 2003.
엘리 자레스키 저, 김정희 역, 『자본주의와 가족제도』, 한마당, 1983.
연세대 국학자료원, 『근대 이행기 중인연구』, 신서원, 1999.
『慵齋叢話』, 成俔, 『國譯 大東野乘』, 민족문화추진회, 1979.
유봉학, 『연암일파 북학사상 연구』, 일지사, 1995.
______, 『조선 후기학계와 지식인』, 신구문화사, 1998.
윤재민, 「전기소설의 인물성격」, 『민족문화연구』28, 고려대학교 민족문화연구원,

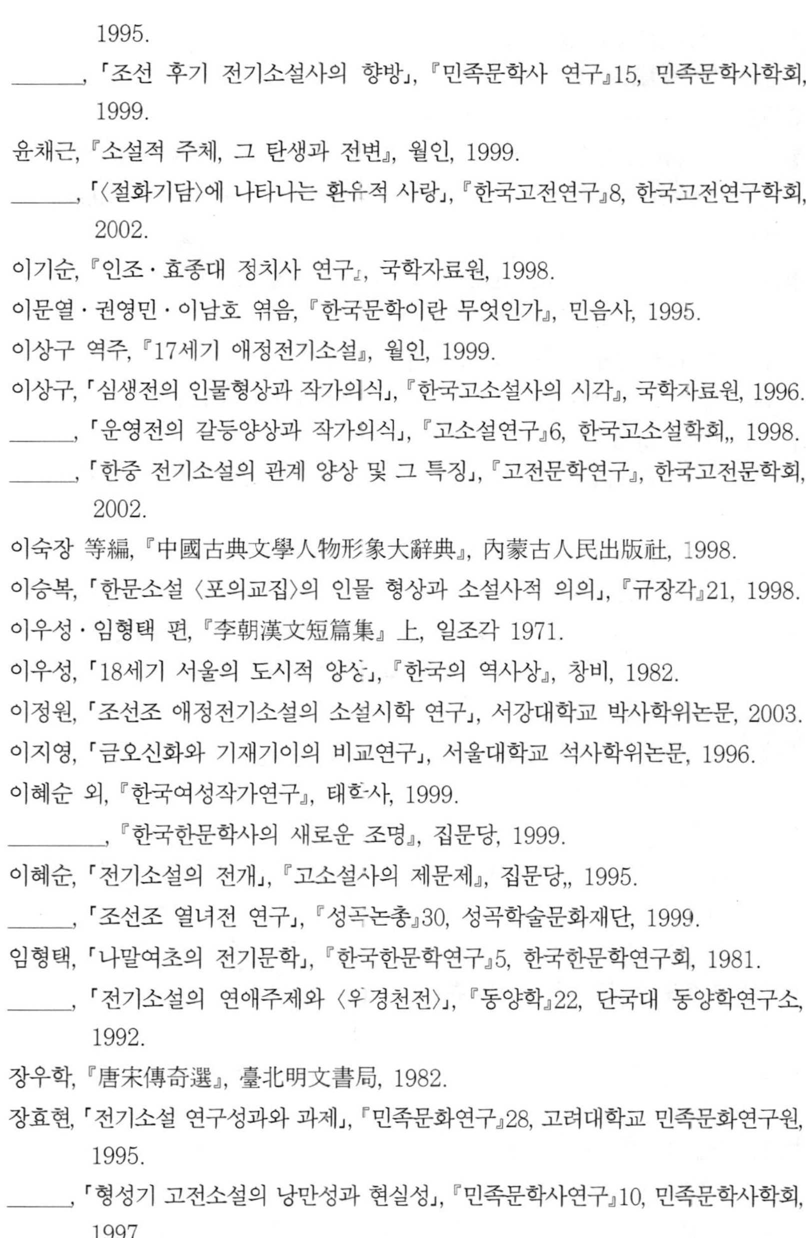

1995.
______, 「조선 후기 전기소설사의 향방」, 『민족문학사 연구』15, 민족문학사학회, 1999.
윤채근, 『소설적 주체, 그 탄생과 전변』, 월인, 1999.
______, 「〈절화기담〉에 나타나는 환유적 사랑」, 『한국고전연구』8, 한국고전연구학회, 2002.
이기순, 『인조·효종대 정치사 연구』, 국학자료원, 1998.
이문열·권영민·이남호 엮음, 『한국문학이란 무엇인가』, 민음사, 1995.
이상구 역주, 『17세기 애정전기소설』, 월인, 1999.
이상구, 「심생전의 인물형상과 작가의식」, 『한국고소설사의 시각』, 국학자료원, 1996.
______, 「운영전의 갈등양상과 작가의식」, 『고소설연구』6, 한국고소설학회,, 1998.
______, 「한중 전기소설의 관계 양상 및 그 특징」, 『고전문학연구』, 한국고전문학회, 2002.
이숙장 等編, 『中國古典文學人物形象大辭典』, 內蒙古人民出版社, 1998.
이승복, 「한문소설 〈포의교집〉의 인물 형상과 소설사적 의의」, 『규장각』21, 1998.
이우성·임형택 편, 『李朝漢文短篇集』 上, 일조각 1971.
이우성, 「18세기 서울의 도시적 양상」, 『한국의 역사상』, 창비, 1982.
이정원, 「조선조 애정전기소설의 소설시학 연구」, 서강대학교 박사학위논문, 2003.
이지영, 「금오신화와 기재기이의 비교연구」, 서울대학교 석사학위논문, 1996.
이혜순 외, 『한국여성작가연구』, 태학사, 1999.
________, 『한국한문학사의 새로운 조명』, 집문당, 1999.
이혜순, 「전기소설의 전개」, 『고소설사의 제문제』, 집문당,, 1995.
______, 「조선조 열녀전 연구」, 『성곡논총』30, 성곡학술문화재단, 1999.
임형택, 「나말여초의 전기문학」, 『한국한문학연구』5, 한국한문학연구회, 1981.
______, 「전기소설의 연애주제와 〈위경천전〉」, 『동양학』22, 단국대 동양학연구소, 1992.
장우학, 『唐宋傳奇選』, 臺北明文書局, 1982.
장효현, 「전기소설 연구성과와 과제」, 『민족문화연구』28, 고려대학교 민족문화연구원, 1995.
______, 「형성기 고전소설의 낭만성과 현실성」, 『민족문학사연구』10, 민족문학사학회, 1997.

______, 「〈삼한습유〉에 나타난 열녀의 형상」, 『한국고전여성문학연구』2, 한국 고전여성문학회, 2001.

翦伯贊 편, 이진복·김진옥 옮김, 『中國全史』, 학민사, 1990.

정 민, 「〈주생전〉의 창작 기층과 문학적 성격」, 한양어문연구9, 한양어문연구회, 1991.

______, 「〈위경천전〉의 낭만적 비극성」, 『한국학논집』24, 한국학연구소, 1994.

전수연, 「심생전의 양식적 특성」, 『이화어문논집』9, 이화어문학회, 1987.

정길수, 「절화기담 연구」, 서울대학교 석사학위논문, 1999.

정범진 역, 『당대전기소설선』, 범학도서, 1975.

정범진, 「당대전기연구」, 성균관대학교 박사학위논문, 1998.

정옥자, 「17세기 사상계의 재편과 예론」, 『한국문화』10, 서울대 한국문화연구소, 1989.

정출헌, 「운영전의 애정갈등과 그 비극적 성격」, 『한국고소설사의 시각』, 국학자료원, 1996.

______, 「〈향랑전〉을 통해본 열녀탄생의 메카니즘」, 『한국고전여성문학연구』3, 한국고전여성문학회, 2001.

정하영, 「광한루기 평비 연구」, 『한국고전연구』1, 한국고전연구회, 1995.

______, 「〈심생전〉의 제재적 맥락과 서사방식」, 『고전문학연구』18, 한국고전문학연구회, 2000.

정학성, 「전기소설 〈최랑전〉 연구」, 『고소설연구논총』, 다곡 이수봉 선생 회갑기념논총간행위원회, 1988.

정학성 역주, 『역주 17세기 한문소설집』, 삼경문화사, 2000.

정환국, 「16-17세기 동아시아 전란과 애정전기」, 『민족문학사연구』15, 민족문학사연구소, 1999.

정환국, 「17세기 애정류 한문소설 연구」, 성균관대 박사학위논문, 2000.

제라르 즈네뜨, 권택영 역, 『서사담론』, 교보문고, 1972.

조광국, 『기녀담 기녀등장소설 연구』, 월인, 2000.

조성윤, 「조선후기 사회변동과 행정직 중인」, 『한국 근대이행기 중인 연구』, 신서원, 1999.

조혜란, 「〈포의교집〉 여성주인공 초옥에 대한 연구」, 『한국고전여성문학연구』3, 한국고전여성문학회, 2001.

______, 「19세기 애정소설의 새로운 양상 고찰」, 『국어국문학』135, 2003.

『中國古代小說百科全書』, 中國大百科全書出版社, 1998.

진덕규, 「조선후기 정치사회의 권력구조에 관한 정치사적 인식」, 『19세기 한국 전통사회의 변모와 민중의식』, 1982.

차장섭, 『조선 후기벌열 연구』, 일조각, 1997.

찰즈 E. 메이, 『단편소설 이론』, 정음사, 1983.

채트먼, 김경수 역, 『영화와 소설의 서사구조』, 민음사, 1990.

『靑坡劇談』, 李陸, 『國譯 大東野乘』, 민족문화추진회, 1979.

최재우, 「하생기우전의결핍－충족 구조와 그 의미」, 『민족문학사연구』15, 민족문학사연구소, 1999.

최철 외 편, 『조선조 후기문학과 실학사상』, 정음사, 1987.

최혜실, 「『무정』에 나타난 근대성, 사랑, 성」, 『여성문학연구』 창간호, 한국여성문학회, 1999.

한국여성소설연구회, 『페미니즘과 소설비평』, 한길사, 1995.

한국역사연구회, 『조선정치사 1800-1963』상, 청년사.

『欽英』, 兪晩柱 著, 규장각 소장본, 『규장각자료총서』 문학편, 규장각, 1997.

찾아보기

ㄱ

ㄴ

ㅂ

ㅅ

ㅇ

ㅈ

ㅊ

ㅌ

ㅍ

ㅎ

기타

권도경(權都京)

1974년 부산 출생
이화여자대학교 국문학과 및 동대학원 박사 졸업
2002년 조선 후기 전기소설에 관한 연구로 박사학위를 받았다.
2002년부터 2004년까지 한국학술진흥재단이 주관하는 국학 고전 분야
기초학문육성 프로젝트 수행 결과물로 출간된 연구서로
『선진일사』『설월매전』『홍루몽(上, 下)』 등이 있다.
선문대학교 중한번역문헌연구소 전임 연구원을 거쳐
현재 동의대학교 문화 콘텐츠 연구소 전임 연구교수로 재직중이다.

한국고전서사문학연구총서 ③

조선 후기
전기소설사의 전변과 새로운 시각

2004년 11월 30일 초판 1쇄 발행

지은이 권도경
펴낸이 김홍국
펴낸곳 도서출판 **보고사**

등록 1990년 12월(제6-0429)
주소 서울시 성북구 보문동 7가 11번지
편집부 922-5120~1, 영업부 922-2246, 팩스 922-6990
홈페이지 www.bogosabooks.co.kr
메일 kanapub3@chol.com

ISBN 89-8433-263-1(93810)
정가 20,000원